BASTEI LÜBBE

BASTEI LÜBBE JOHN E. STITH IM TASCHENBUCH-PROGRAMM:

23 198 Rückkehr nach Neverend

John E. Stith

Die Grenzen der Unendlichkeit

Roman

Ins Deutsche übertragen
von Thomas Schichtel

BASTEI
LÜBBE

BASTEI LÜBBE TASCHENBUCH
Band 23 216

Erste Auflage: September 1999

Deutsche Lizenzausgabe 1999 by
Bastei-Verlag Gustav H. Lübbe GmbH & Co.,
Bergisch Gladbach
Originaltitel: Reckoning Infinity
Lektorat: Uwe Voehl / Stefan Bauer
Titelbild: Davis Martin / Agentur Schlück
Umschlaggestaltung: QuadroGrafik, Bensberg
Satz: Fotosatz Steckstor, Rösrath
Druck und Verarbeitung:
Brodard & Taupin, La Flèche, Frankreich
Printed in France
ISBN 3-404-23216-X

Der Preis dieses Bandes versteht sich einschließlich der gesetzlichen Mehrwertsteuer

Für Melissa Henning, Kelley Jones und Stuart Rose,
Marian Berzon und Brian Simpson,
Barb und Dennis Ellis,
Marianne und Howard Jones,
Donna und Mike Wortham
sowie Ann und Mike Thompson

1
Adrenalin

Anzeichen einer bevorstehenden Katastrophe können so klar und persönlich ausfallen wie ein heranfegendes Reifenquietschen oder so unbestimmt wie ein ferner Alarmsummer und das gedämpfte Trommeln von Laufschritten. Der Alarmsummer von Station Tokio war sicherlich nicht annähernd so direkt, als hätte Alis einen Glückskeks geöffnet und darin die Nachricht gefunden: »Lieutenant Commander Alis Mary Nussem, Sie werden heute einen schrecklichen Unfall haben. Ja, Sie, Alis.« Oder sogar ein Horoskop, das ihr mitteilte: »Es ist ein guter Tag, um in der Koje zu bleiben.«

Blinkende Kabinenlampen und ein pulsierender Summer, der von einem Schott gedämpft wurde, rissen Alis aus tiefem Schlaf und machten sie nervös. Benommen registrierte sie, daß sie nur ein paar Stunden geschlafen hatte. War das ein Drill oder ein echter Alarm? Unmöglich festzustellen. Für den laufenden Monat war ein Überraschungsdrill angesetzt, das, was die Bürokraten eine »geplante Spontanübung« nannten, also standen die Chancen gut, daß dieser Drill jetzt stattfand. Und natürlich in ihrer Schlafenszeit. Murphys Gesetz stammte noch aus der Zeit, ehe Menschen im Weltraum lebten, aber Murphys Ideen veralteten auch nicht schneller als die Leonardo da Vincis.

Sie setzte die Füße auf den Perserteppich neben dem Bett. Vier Schritte führten sie zum Wandschrank, und sie zog einen orangefarbenen Rettungsanzug aus dem oberen Fach. Der Plastikanzug fühlte sich kühl an, als sie mit den Beinen hineinstieg, und sie wünschte sich, es wäre nicht so lange her, daß sie sich die Zehennägel geschnitten hatte. Ihre Hände erreichten die dünnen Handschuhe am Ende der Ärmel, und Sekunden später zog sie den Reißverschluß entlang der Kurve von der Hüfte zum Hals zu.

Ungeachtet ihrer guten Figur saß der Anzug so eng, daß er die Umrisse ihres Höschens zeigte, und sie spürte die Textur des Teppichs mit den Fußsohlen, als sie zur Kabinentür ging.

Sie kontrollierte eine Anzeige neben der Tür und ließ den Ballonhelm offen und lose auf dem Rücken hängen. Vielleicht brauchte sie ihn später, wollte den Sauerstoff aber nicht schon in einem Korridor vergeuden, der immer noch gesichert unter Druck stand.

Sie öffnete das Türschloß und schob die Tür einen Zentimeter weit auf, auf den Verdacht hin, daß die Anzeige den Luftdruck nicht korrekt wiedergab. Jemand rannte am Spalt vorbei, und Schritte trommelten durch den Korridor. Alis mußte die letzte sein, die auf die Beine gekommen war. Sie schob die Tür ganz auf und betrat ein Territorium, das von beherrschter Besorgnis erfüllt war.

ISA-Lieutenant Karl Stanton war mit einem Shuttle auf dem Rückweg zur Station Tokio, als er ein leises *Ping* von irgendwoher hörte. Das erste Zeichen von Schwierigkeiten war greifbar, wirkte aber trotzdem harmlos. Einen Augenblick später blinkte eine rote Warmlampe am Rand seines Blickfelds los.

Ein Wärmetauscher auf der sonnenzugewandten Seite des Shuttles hatte versagt. Karl war leicht verwirrt über die Tatsache, daß die Anlage den Geist aufgegeben hatte, ohne eine Zeitlang in der Leistung nachgelassen zu haben. Er unternahm nichts weiter, als das Eigenwartungssystem des Shuttles anzeigte, daß es die Anlage abschaltete, ihre Funktionen auf ein Reservesystem übertrug und schließlich Einträge ins Störungslogbuch und Wartungsverzeichnis vornahm. Vielleicht lag der Aufprall eines Mikrometeors vor, der groß genug war, um die Abwehranlage des Shuttles zu durchschlagen.

Einen Moment lang wünschte sich Karl, er wäre Shuttlemechaniker oder Pilot statt Biologe. Das hier sollte eigentlich ein Routineflug sein, auf dem sich ein Pilot zu Tode gelangweilt hätte, ein Einsatz, der locker den Fähigkeiten jeder Person entsprach, die die verlangte Kurzausbildung absolviert hatte. Für Einsätze, die komplizierter waren als ein kurzer Hüpfer über ein paar Kilometer, wurden immer ausgebildete Piloten eingesetzt. Er wünschte sich, einer wäre jetzt hier.

Sekunden später verkündete die Anzeige, daß das Reservesystem normal funktionierte. Auf dem Hauptbildschirm ragte Station Tokio auf; die gewaltige Scheibe rotierte langsam um eine Andockachse, die zur Sonne wies. Hinter der Station lag die Erdscheibe in Dunkelheit, und nur ein dünner leuchtender Nimbus markierte die Grenze zwischen Erde und Vakuum.

Alles wirkte ruhig.

Im Korridor C-8 der Station Tokio war der Summer viel lauter. Eine Stimmaufzeichnung wiederholte ständig: »Bitte verlassen Sie diesen Korridor.« Alis schloß die Kabinentür und schaltete die Anzeige auf *Steht leer,* damit hier keine überflüssigen Rettungsmaßnahmen stattfanden. Ein Mann und eine Frau liefen an ihr vorbei, und sie folgte ihnen im Dauerlauftempo. Der Mann trug nicht seinen Rettungsanzug. Falls das hier ein Drill war, gewann er vielleicht Punkte, indem er frühzeitig eine Sicherheitszone erreichte, aber er verlor auch welche wegen des fehlenden Anzugs. Falls ein echter Notfall vorlag, konnte der Preis für die falsche Entscheidung höher liegen, als ihm recht war.

Alis vermutete, daß der Anzug deshalb fehlte, weil der Mann in der Kabine der Frau gewesen war und sich entschieden hatte, keinen Anzug in Einheitsgröße zu tragen.

Sie verbannte einen Stich der Eifersucht. Ein guter Offizier des ISA-Dreierdienstes zu sein beanspruchte zu viel Zeit, um noch Ablenkungen zu pflegen, aber sie hatte sich davon überzeugt, daß sie das ändern würde, sobald sie den nächsten Rang erreicht hatte. Tatsächlich war sie so gut darin, sich zum Warten durchzuringen, daß sie es schon zweimal getan hatte. Zwei verschiedene Freunde hatten ihr geduldig erklärt, daß sie zuviel arbeitete und ihnen nicht genug Zeit widmete, um die Beziehung mit ihr weiterzuführen.

Sie lief an einer Reihe Kabinen vorbei, die alle schon auf *Steht leer* geschaltet waren. Sie war nicht so schnell gewesen, wie sie geglaubt hatte. Vor ihr verlief der Korridor in einer sanften Krümmung aufwärts. Die Tonhöhe der Summer stieg an, und ein riesiger Notfallverschluß reagierte automatisch und traf Anstalten zuzufahren. Dahinter stand eine große Gruppe Menschen, die im Gang durcheinanderliefen. Das Paar vor Alis verschwendete mindestens ein oder zwei Sekunden, um zu entscheiden, wer als erster hindurch sollte, und einigte sich schließlich auf die Frau; der Mann drückte sich anschließend durch eine Lücke im Verschluß, die kaum noch größer war als er. Alis erreichte die Tür genau in dem Moment, in dem sich der Verschluß vor ihrer Nase abdichtete. Das Paar blickte durch das gehärtete Fenster zu ihr zurück und bat mit den Augen um Entschuldigung. In der Menge hinter ihnen entdeckte Alis ein paar vertraute Gesichter.

Es nützte jetzt überhaupt nichts, wenn sie sich selbst leid tat, also wandte sich Alis einfach ab und nahm Kurs auf den nächsten Doppelverschluß, der zu Korridoren rechts und links von ihr führte. Sie konnte das Training ohnehin gut gebrauchen. Da erkennbare Lecks fehlten, durch die Luft entwich, und ebenso keine sekundären Warnanzeigen ansprangen, war sie immer mehr davon überzeugt, daß sie es hier mit dem versprochenen Drill zu tun hatte.

Sie lief durch den verlassenen Korridor zurück. Der beige Gang krümmte sich vor ihr nach oben außer Sicht. Farblich codierte rote, blaue, grüne und schwarze Röhren drückten sich zwischen zwei größeren Rohren, beide beige, an die Decke. Alis rannte an einem *Sie-befinden-sich-hier*-Zeichen vorbei, das eigentlich mehr darüber aussagte, wo sie lieber gewesen wäre.

Ihr Weg führte sie jetzt in Gegenrichtung zur Rotation der Station, so daß sie sich etwas leichter fühlte. Das schulterlange Haar hüpfte mit den Schritten. Sie war froh, daß ihr Körper sich nicht über den plötzlichen Wechsel von Schlaf zu kräftigem Sport beschwerte.

Sie fand ihren Rhythmus und fragte sich dabei, wieso Drills immer in der Schlafschicht stattfanden und wieso sie attraktiven Männern immer nur dann begegnete, wenn sie vorübergehend allen Beziehungen abgeschworen hatte.

Karl stellte die Shuttle-Alarmanzeige aus, die mit dem gestörten Wärmetauscher zu tun hatte. Fünf Sekunden später sprang sie erneut an. Die Station Tokio füllte schon das halbe Blickfeld aus, und er konnte es sich nicht erlauben, sich ganz auf diesen einzelnen Ausfall zu konzentrieren. Er schaltete den Alarm wieder aus und ebenso die Kontrollbank, die für die gestörte Anlage und vier weitere Geräte von geringer Priorität zuständig war.

Der gegenwärtige Kurs führte sein Shuttle um fünf Grad an der Spitze der Andockachse vorbei. Das Navigationssystem warnte Karl vor einer bevorstehenden Kurskorrektur. Ohne den Blick von dem Bild voraus abzuwenden, sagte er: »Durchführen.« Und gab damit dem Navsystem freie Bahn.

Der Triebwerksschub drückte ihn fast fünf Sekunden lang rück- und seitwärts.

Er wußte ganz automatisch, daß irgendwas nicht stimmte, noch bevor das Display es ihm bestätigte. Die

Schubphase zur Kurskorrektur war vom Navsystem völlig falsch berechnet worden. Irgendwie hatte es sich um 180 Grad vertan. Statt präziseren Kurs auf die Andockachse zu nehmen, steuerte das Shuttle jetzt direkt die Wohnsektionen an.

Karls Herzschlag beschleunigte sich. Schweiß bildete sich auf seiner Stirn, und er wünschte sich noch sehnlicher, er wäre Pilot gewesen. Was ging hier vor?

Irgendwo hinter ihm ertönte ein *Plopp,* das er mehr spürte als hörte, und auf einmal wurde ein Drittel der Instrumententafel dunkel. Genauso schnell leuchtete es wieder auf, um dann ein zweites Mal auszufallen.

In einem halbdunklen Übungskontrollraum unweit der Zentralachse von Station Tokio verfolgten Albert McIntyre und sechs weitere Personen das Fortschreiten des Drills auf ihren Displays. Das Primärhologramm zeigte ein an einen mehrstöckigen Kuchen erinnerndes Gesamtbild der Station; jede Schicht bestand dabei aus konzentrischen Ringen, jeder mit einem eigenen Kreiskorridor.

Abschnitte von sechs aneinandergrenzenden Korridoren waren hervorgehoben und zeigten damit, in welchem Bereich der Station die Übung stattfand. Die sechs Korridorsegmente bildeten die äußerste Schicht der Station und erstreckten sich über etwa ein Drittel ihres Umfangs.

Bis zu diesem Punkt war die Übung streng nach Plan verlaufen, aber jetzt blinkte eine neue Warnanzeige los.

»Scheiße«, sagte Albert. »Das kommt aber früh, was? Ich sehe hier ein Objekt, das in Zone drei eindringt. Wer zum Teufel hat den Einsatzplan kontrolliert?«

»Das war ich«, sagte Lori Wend, eine Rothaarige, die einen Laborkittel trug. »Das Signal hätte eigentlich erst in fünf oder fünfeinhalb Minuten dort auftauchen dürfen.«

»Na ja, lassen Sie es doch. Aber seien Sie in Zukunft vorsichtiger.«

»Ich *war* ... Okay, ich mach's.« Lori drückte ein paar Schaltflächen auf dem Pult, und ein blinkendes rotes Licht wechselte zu stabilem Rosa.

Eine Kommschaltfläche summte, und das Gesicht eines Mannes in den Vierzigern erschien auf dem Monitor daneben. Red Adams rief aus dem Hauptkontrollzentrum von Station Tokio an.

»Ja?« fragte Albert gereizt.

»Wir sehen ein Shuttle in Zone drei«, sagte Red Adams. »Wir müssen den Drill abbrechen.«

»Das ist von *uns*. Es gehört zu den Testdaten. Ich weiß nicht, wie es dazu gekommen ist, aber laut Testplan sollte es in ein paar Minuten sowieso auftauchen. Irgendwie wurde das Testereignis nach vorn verschoben. Wir sehen uns das mal genau an, sobald wir fertig sind.«

Red blickte kurz zur Seite und wandte sich wieder ihm zu. »Wie sicher sind Sie, daß ...«

»Ich bin mir sicher, ich bin mir sicher. Was denken Sie denn ... daß die erste Störung in zehn Jahren nur wenige Minuten vor dem Zeitpunkt auftritt, an dem sie laut Testplan simuliert wird? Wir haben nur einen Fehler im Zeitablauf.«

»Na ja, mir gefällt das nicht. Achten Sie nächstesmal verdammt gründlich darauf, daß alle Ihre Testaktionen entsprechend markiert sind. Das Signal erweckt den Eindruck eines realen Ereignisses, und ich habe hier ein paar Leute, die sich gleich in die Hose machen.«

Eine anonyme Stimme rief aus dem Hintergrund: »Zu spät!«

»Alles klar.« Albert bedachte Lori mit einem wütenden Blick. »Manchmal sieht es so aus, als würde alles schiefgehen, was schiefgehen kann.«

Karls Puls beschleunigte sich, und Hitze breitete sich auf seinem Gesicht aus. Er drückte die Funkschaltfläche und sagte: »Station Tokio, hier Shuttle 142. Ich habe einen Notfall zu melden. Ich bin gegenwärtig auf einem Kollisionskurs mit der Station. Mein Steuersystem hatte eine Störung; ich versuche gerade, den Kurs zu ändern.«

Karl probierte erneut, die Schubtriebwerke einzuschalten. Immer noch tot.

Der Lautsprecher blieb still.

Karl versuchte es wieder. »Station Tokio, hören Sie? Station Tokio, hören Sie?«

Stille. Karl konnte nicht erkennen, ob der Empfänger ausgefallen war, oder ob die Störung, die ein Drittel des Schaltpults erledigt hatte, sich auf das ganze Kommunikationssystem auswirkte. Er stellte den Funkschalter fest auf offene Verbindung und sprach unablässig darüber, wo er war, was passiert war und welche Aktionen er gerade unternahm.

Die Station wurde in Zeitlupe ständig größer. Karl konnte nicht mal die relative Geschwindigkeit ablesen, aber sie mußte hoch genug sein, um durch den Aufprall des Shuttles erhebliche Schäden anzurichten. Für einen Augenblick dachte er daran, von Bord zu gehen, aber das ging einfach nicht – nicht, solange eine Chance bestand, das Shuttle zu stoppen. Obendrein hatte er vielleicht nicht mehr genug Zeit, um überhaupt zu verhindern, daß er auf die Station prallte, und dann war er innerhalb des Shuttles besser dran. Er versuchte, nicht daran zu denken, was der Zusammenstoß ihm antun würde. Wenigstens hatte er das gepolsterte Flugnetz und war auch dadurch geschützt, daß er sich innerhalb einer großen Masse befand.

»Ich bin weiter im Anflug«, sagte er. »Ich hoffe um Gottes willen, daß Sie mich hören. Sieht so aus, als würde ich wahrscheinlich zwei oder drei Korridore oberhalb des südlichen Rands aufprallen. Ich hätte versucht auszusteigen und manuell eines der Schubtriebwerke zu zünden, aber ich bin schon so nahe, daß die Zeit nicht mehr reicht.«

Die Station war jetzt nahe genug, daß sie den gesamten Sichtschirm ausfüllte. Die Rotation war immer deutlicher zu sehen, und Karl wurde sich darüber klar, daß die Rotationsgeschwindigkeit noch zum Schaden beitragen würde.

Ein weiterer riesiger Abschnitt der Instrumententafel wurde dunkel.

»Station Tokio, hören Sie mich? Antworten Sie, verdammt!«

Alis hatte seit über einer Minute niemanden mehr gesehen. Wahrscheinlich waren die Leute, die von Anfang an andere Ausgänge angesteuert hatten, längst draußen. Sie lief an einer Kabine nach der anderen vorbei, die als *Steht leer* ausgewiesen waren. Der pulsierende Summer schien mit dem Hintergrund zu verschmelzen, als wäre er einfach ein weiteres Stationsgeräusch, nur eine weitere Zutat zu der Sammlung normaler Geräusche, zu der in einer anderen Zeit und an anderer Stelle auch zirpende Grillen, raschelnde Blätter und eine knarrende Insektenschutztür gehört haben könnten.

Weit voraus, so weit, daß er von der Aufwärtskrümmung des Korridors verdeckt wurde, lag einer der vier Verbindungspunkte, wo Alis entweder in einen angrenzenden Korridor wechseln oder nach oben in den nächsten inneren Korridor steigen konnte. Im Moment fühlte sie sich gut, und ihr Körper bewegte sich in einem entspannten Rhythmus. Sie war fit und wachsam, da der geringfügige Adrenalinausstoß die Nachwirkungen des Schlafs weggespült hatte. Sie empfand keine Aversion mehr gegen die Übung, und eine Sekunde später wurde ihr klar, daß eigentlich kein Drill hätte nötig sein sollen, um sie vorübergehend von der Arbeit abzulenken.

Sie lächelte auf einmal darüber, wie ausgerechnet ein

forscher Lauf zu der Erkenntnis beitrug, daß sie zurückstecken sollte. Sie war an Bord der Station Tokio, weil sie sich förmlich angeboten hatte. Sie war im Weltraum und lebte ihren Traum. Sie müßte das eigentlich etwas mehr genießen und sich weniger stur nur in der Arbeit vergraben. Ganz gewiß wollte sie in der Ausübung ihrer Pflichten nicht nachlässig werden, aber die Arbeit mußte ja nicht auch noch alle Stunden ihrer Freizeit verschlingen. Sie fragte sich, wie lange es her war, seit sie das letzte Mal in den Aussichtssalon mit niedriger Schwerkraft gestiegen war und eine Stunde lang nur den Sternen zugesehen hatte. Nach der heutigen Schicht würde sie genau das tun, koste es, was es wolle.

Alis fühlte sich auf einmal lebendiger als seit Monaten. Sie hatte auf der Graduate School in Houston unermüdlich gearbeitet, hatte Stunden über Stunden in Simulatoren zugebracht und manchmal so wenig geschlafen, daß sie fortwährend benebelt war. Sie hatte ein Stipendium gehabt, eine von nur fünf Schülern ihrer Abschlußklasse auf der High School von El Paso, die nicht nur die Erde hatten verlassen wollen, sondern auch die dazu erforderlichen Testergebnisse erzielten. Diese ganze Arbeit, nur damit sie hier sein konnte!

Sie rang sich selbst das Versprechen ab, dem Vorsatz mit dem Aussichtssalon für heute abend treu zu bleiben, egal, wie viel mehr sie erledigen konnte, falls sie Überstunden machte. Sie dachte an einige ihrer alten Klassenkameraden, deren Bestimmung es war, die Sterne nur durch die Schmutzlinse der Erdatmosphäre zu sehen, für immer unter 1 g gefangen, ohne jede Chance, auch nur einmal die Rückseite des Mondes zu erblicken. Ja, dieser Drill kam genau zum richtigen Zeitpunkt. Er war das Signal, ihre Prioritäten zu verändern.

Während Station Tokio in Karls vorderer Sichtluke immer größer wurde, lösten sich kleine vage Formen auf und wurden zu riesigen Flächen aus Schotten, Antennen, Sicherungsschlaufen, Wartungslampen, Einstiegsplatten für Notfälle und Netzen aus Schweißnarben.

Zu einem anderen Zeitpunkt hätte Karl vielleicht darüber gestaunt, wie die Änderung der Perspektive den Eindruck machte, man würde etwas Vertrautes unter einem leistungsstarken Mikroskop betrachten. Jetzt war er jedoch einer Panik näher als je zuvor. Die Instrumententafel war völlig dunkel, so daß er nicht versuchen konnte, den Schaden zu begrenzen, indem er die Fluglage des Shuttles veränderte und dafür sorgte, daß es mit der größtmöglichen Fläche aufprallte.

Er hatte den Raumanzug geschlossen und atmete seinen persönlichen Luftvorrat. Das Rettungssignal müßte eigentlich eingeschaltet sein, aber er hatte keine Möglichkeit, sich davon zu überzeugen. Alles, was er tun konnte, war warten.

Plötzlich von Frustration überwältigt, hämmerte Karl auf das dunkle Schaltpult ein. Es blieb dunkel.

Er erinnerte sich an einen Wintertag auf der Erde, auf einem steilen, vereisten Hügel, an einem kalten und wolkigen Vormittag in Minnesota. Selbst das Antiblockiersystem war praktisch wirkungslos, während er mit seinem Intruder den Hang hinabrutschte. Damals hatte er ein mattes Gefühl wahren können, daß er die Lage beherrschte, indem er am Lenkrad drehte. Heute stand ihm nicht mal das zur Verfügung.

Die Funkschaltfläche unter Albert McIntyres Fingerspitzen summte wieder. Das Gesicht von Red Adams tauchte auf.

»Kann das nicht warten?« fragte Albert.

»Nein«, erwiderte Red. »Wir haben ein echtes Problem.«

Alberts Blick wanderte von den Drilldisplays zu Reds Gesicht auf dem Monitor, während Red fortfuhr: »Da draußen ist wirklich ein Shuttle, und es befindet sich tatsächlich auf Kollisionskurs mit der Station. Sie müssen die Übung abbrechen.«

»Ach, kommen Sie! Wir sind das doch schon durchgegangen. Was Sie sehen, sind fälschlich markierte Übungsdaten.«

»Falsch. Wir haben die Sache zurückverfolgt, und ein Wissenschaftsshuttle war schon im Anflug, ehe Ihr Typen losgelegt habt.«

»Und Sie erwarten, daß ich das glaube ...«

»Ich erwarte, daß Sie reagieren!«

Alis fühlte sich gut. Normalerweise rannte man nicht durch die Korridore. Die Trainingsräume standen rund um die Uhr für Lauftraining und andere konditionsfördernde Übungen zur Verfügung. Leider hatte Alis sich dazu konditioniert, es als Arbeit zu betrachten, wenn sie dorthinging. Hier im Korridor machte das Laufen irgendwie Spaß; es war ein bißchen so, als würde man gegen Bestimmungen verstoßen.

Die Reihe geschlossener Kabinentüren wich einer längeren Strecke massiver Korridorwand, als Alis eine der Krankenstationen mit Hochschwerkraft erreichte. Das einzige Krankenrevier mit Niedrigschwerkraft lag viel näher an der Rotationsachse der Station und war nur solchen Patienten vorbehalten, die sich in geringer Schwerkraft besser erholten.

Als sie an der ersten Tür vorbeikam, entspannte sich Alis noch mehr, denn sie entdeckte einen weiteren Hinweis darauf, daß hier nur eine Übung und kein echter Notfall vorlag: Die Anzeige neben der Tür stand auf *Belegt*.

Das Schild ergab Sinn, entschied Alis. Man gewann nicht viel, wenn man verletzte Personen während einer routinemäßigen Evakuierungsübung mit verlegte. Sie lief weiter.

Endlich kam sie in Sichtweite zu ihrem Ziel, der Korridordurchgangsluke. Linker Hand lag eine Wiederaufbereitungsanlage. Rechts war noch immer das Krankenrevier. Und keine dreißig Meter entfernt sah sie die Luke. Alis brauchte nichts weiter zu tun, als sie zu durchqueren.

Ihre Hochstimmung hielt weniger als eine Sekunde. Der Boden zitterte unter ihren Füßen, und auf einmal wölbte sich nur zehn Meter vor ihr der Stahlboden auf wie eine neu entstehende Gebirgskette. Risse entstanden. Schotts wurden durchgedrückt.

Alis stolperte, als die Schockwelle auf sie einstürzte; es hörte sich an wie eine Explosion. Auf diese gewaltige Erschütterung reagierten die Leute auf der gegenüberliegenden Seite der Station sicher mit der Frage: »Was war das denn?«

Ein metallisches, knirschendes Geräusch breitete sich aus, als wäre irgendeine riesige Maschine zwischen die Klemmbacken eines gewaltigen Schraubstocks geraten. Ein Nachbeben erfolgte, oder war es ein zweiter Aufprall? Der Lärm der Zerstörung verklang, nur um vom Zischen entweichender Luft ersetzt zu werden. Innerhalb einer weiteren Sekunde wurde aus dem Zischen ein Tosen.

Alis kam nach dem Schock wieder zu sich und versuchte zurückzuweichen. Der Zug der Luft drohte schon, sie zur beschädigten Zone und ihren schartigen Kanten aus aufgewölbtem Metall mitzureißen. Ihre zupackenden Finger konnten sich endlich um einen vertieft angebrachten Haltegriff hoch oben an der Wand schließen.

Gerade noch rechtzeitig. Sie wehte in einem Winkel von fünfundvierzig Grad im Wind, als die Luft aus dem Korridor explosiv durch das Loch in den Weltraum entwich.

Das Muster des Summers veränderte sich. An die

regelmäßige Folge von Summtönen trat ein neuer Code aus lang, kurz, lang, kurz. Eine Stimmaufzeichnung begann, die Durchsage zu wiederholen: »Rumpfbruch. Bitte suchen Sie eine höhere Ebene auf.« Alis brauchte diese zusätzliche Ermunterung nicht. Die Lautstärke schien bereits unter dem nachlassenden Luftdruck zu leiden.

Bald würde sie keine Luft mehr haben. Während sie an einer Hand hing und von der entweichenden Luft durchgeschüttelt wurde, versuchte sie, sich den Ballonhelm mit der freien Hand über den Kopf zu ziehen. In ihren Ohren knackte es, und das Blickfeld färbte sich leicht rot ein.

Sie erlebte es wie einen Alptraum, so an dem Haltegriff zu hängen, während ihr Körper vom Wind gepeitscht wurde. Die Konstrukteure der Station hatten mit gelegentlichen Einschlägen von Mikrometeoren gerechnet, aber hier lief etwas katastrophal schief. Nichts von der Größe eines Kieselsteins würde solche Schäden anrichten. Es sah aus, als wäre irgendein Idiot mit einem Shuttle direkt in die Station gekracht.

Karl verlor beim Aufprall fast das Bewußtsein, aber das Gurtnetz nahm der Erschütterung doch die Spitze. Sofort nach dem abrupten Stopp spürte er einen ruckhaften Zug zur Seite. Nur für diese ein oder zwei Sekunden hing das Shuttle an der Außenwand von Station Tokio wie ein Stück Schlamm an einem Reifen. Sobald jedoch die Drehung der Station ein oder zwei Sekunden Zeit gehabt hatte, wurde das Shuttle abgeworfen und fand sich Karl in Schwerelosigkeit wieder.

Die einzige gute Nachricht dabei lautete: Falls er von der Station geschleudert worden war wie Schlamm von einem rotierenden Reifen, dann konnte er keinen weiteren Schaden an der Station anstellen.

Er fragte sich, wohin er unterwegs war. Der Aufprall

hatte das Shuttle für mehrere Umdrehungen pro Minute in Rotation versetzt, und er konnte nichts weiter feststellen, als daß Station Tokio jedesmal ein wenig kleiner geworden war, wenn sie durch sein Blickfeld lief.

In der stillen, energietoten Kabine erzeugte das sich langsam drehende Sternenfeld ein falsches Gefühl von Gelassenheit.

Karl hoffte, daß man ihn fand, ehe ihm die Luft ausging.

»Glauben Sie mir jetzt?« fragte Red Adams. Sein Ausdruck auf dem Monitor der Funkschaltfläche verriet mehr Befriedigung darüber, daß er recht behalten hatte, als Sorge um die Beschädigung der Station Tokio.

»Okay, okay«, sagte Albert. »Wir haben es auch gespürt. Wir beenden die Übung. Aber wieso konnten Sie keine Verbindung zum Shuttle aufnehmen? Die Testanordnung enthält nichts, was den Funk stört.«

»Ich weiß es noch nicht. Wir hatten allerdings ein klein wenig Glück. Der Aufprall erfolgte in der Zone, die schon für Ihren Drill evakuiert worden war. Die Mannschaften sind inzwischen unterwegs.«

Alis fühlte sich wie eine Puppe in einem Wirbelsturm, als sie es endlich schaffte, den Ballonhelm sicher zu schließen. Sie packte einen anderen vertieft montierten Haltegriff und ließ den ersten los. Das Zischen der anzugeigenen Luftversorgung war beruhigend. Sekunden später klappte die durchsichtige Blase rings um ihren Kopf unter dem Druck ganz auf. Der Lufttauscher auf ihrem Rücken verbreitete schwache Vibrationen.

Der Luftstrom, der an Alis rüttelte, wurde langsamer. Fast die gesamte Luft war inzwischen aus dem Korridor entwichen.

Alis packte einen weiteren Griff und hielt sich mit beiden Händen fest, als sie sich umdrehte, um die Schäden in Augenschein zu nehmen. Mehrere schartige Schlitze wie Messerwunden zeichneten sich schwarz ab. Sie konnte durch sie hinaus ins All blicken, aber die Korridorlampen erleuchteten die umliegenden gerippten Flächen zu stark, um wirklich die draußen kreisenden Sterne zu sehen.

Was immer die Station getroffen hatte, war groß. Die Wände an beiden Seiten des Korridors waren beschädigt. Sogar der schwere Rahmen rings um die Notfalltür zwischen ihr und dem nächsten Korridorabschnitt war an der Unterkante eingedrückt.

Die Luft war schließlich fast ganz entwichen, und Alis hing schlaff an den Haltegriffen. Sie ließ los und stand auf. Zuerst fühlte sie sich wackelig auf den Beinen, aber die Kräfte kehrten zurück.

Sie näherte sich der Tür und wich dabei den scharfen Metallkanten aus, die aus dem Boden hochgestanzt worden waren.

Die Tür war blockiert. Durch die Pforte sah sie, wie Arbeiter auf der anderen Seite mit den Reparaturen begannen, aber es war deutlich, daß sie dafür einige Zeit brauchen würden.

Sie blickte durch den Gang zurück zu ihrer Kabine. Sie mußte den ganzen Weg zurückgehen, um am anderen Ende hinauszugelangen. Sicherlich würde man dort die Tür entriegeln; inzwischen mußten sie gemerkt haben, daß wirklich etwas schiefgegangen war.

Als sie durch den beschädigten Bereich zurückging, bemerkte sie zum erstenmal die winzigen Strahlen kondensierender Atmosphäre, die aus dem unter Druck stehenden Krankenrevier in das Vakuum auf dem Korridor spritzten. Verdammt! Die im Krankenrevier zurückgelassenen Patienten trugen fast mit Sicherheit keine Rettungsanzüge oder steckten in Luftdrucksäcken, wenn das Ganze als Drill begonnen hatte. Alis rannte zur nächsten Notfallklappe, öffnete sie und suchte in dem

Schließfach nach etwas, womit sie die Lecks verschließen konnte.

Sie schnappte sich einen Satz Universalflicken, die man sowohl für einen lecken Rettungsanzug als auch für sonst alles benutzen konnte. Als sie ein paar davon anbrachte und damit die größten Lecks stopfte, wurde ihr klar, daß die undichten Stellen sowohl gute als auch schlechte Nachrichten verkörperten. Die gute Nachricht lautete, daß die Krankenstation immer noch genügend Luft enthielt, um so heftig zu lecken. Die schlechte Nachricht war, daß ein Raum, der hierher zum Korridor Luft verlor, auch kleine Lecks nach außen haben konnte. Sie mußte also das Krankenrevier betreten, um die dortigen Lecks zu stopfen.

Denk nach! wies sie sich an. Sie konnte nicht einfach die Tür aufschieben und hineinspazieren. Dabei würde zuviel Luft entweichen.

Sie drehte sich um und lief zum Notfallschrank zurück. Sie hörte den mühsamen Atem innerhalb des Helms, sonst aber nichts. Das Vakuum hatte die Alarmsummer schon lange zum Schweigen gebracht. Im Schließfach fand sie ein Blockadesiegel, mit dem sie den Korridor abdichten konnte, aber sie brauchte zwei davon, um diesen Korridorabschnitt zu isolieren. Sie zog das Siegel hervor und warf es auf den Boden. Sie rannte die zwanzig Meter zum nächsten Schließfach und schnappte sich dort ein zweites Blockadesiegel. Sie schleppte es zu der Stelle, wo sie es aktivieren mußte, und ging zurück, um drei Luftflaschen zu holen. Sie brauchte alle Luft, die sie nur auftreiben konnte. Als eine der Flaschen auf den Boden fiel, spürte sie die Erschütterung in den Füßen.

Einen Meter vor der Tür zum Krankenrevier blieb sie stehen und kniete sich neben das Blockadesiegel. Sie ging den eigenen Plan noch mal kritisch durch, zog dann die Schnur und wich zurück.

Das Blockadesiegel füllte sich rasch mit Luft. In einer

Atmosphäre wäre es langsamer verlaufen und hätte Geräusche erzeugt. Hier ploppten die Falten des Materials einfach lautlos auseinander, während die riesige Form anschwoll. Innerhalb von Sekunden war es ein großer Ball von fast der Breite des Korridors. Während er weiter aufging, machte sich Alis daran, das zweite Siegel zu aktivieren.

Diesmal war es heikler. Sie benötigte es auf der anderen Seite der Wandschäden am Krankenrevier, aber sie mußte dabei den schärfsten Kanten des beschädigten Metalls ausweichen. Sie suchte sich die Stelle sorgfältig aus und zog die Schnur.

Wenige Sekunden später waren Alis' Sichthorizonte auf einen Korridor von nur noch zehn Metern Länge zusammengeschrumpft, an beiden Enden abgeschlossen von den beiden riesigen, aufgeblasenen Bällen, die sich fest an Ort und Stelle verkeilt hatten. Sie drehte die Düse erst einer und dann einer weiteren Luftflasche auf, damit sich das abgeschlossene Korridorstück mit Luft füllte. Während dieser Vorgang langsam ablief, schnappte sich Alis zwei weitere Luftflaschen aus dem Notfallfach, zu dem sie noch Zugang hatte, und stapelte ihre Vorräte vor der Tür zum Krankenrevier.

Sie versuchte, den Luftdruck um sie herum daran abzuschätzen, wie ihr Druckanzug saß. Als der Ballonhelm endlich leicht einsackte, rechnete sie sich aus, daß fast normaler Druck hergestellt war. Sie schob die Tür zum Krankenrevier leicht auf und steckte den Kopf durch die Lücke. Der Luftstrom schien ihre Hand leicht dort hineinzuziehen.

Gut. Wenigstens hatte sie die Situation im Krankenrevier nicht weiter verschlimmert. Sie schob die Tür weit auf, und der Ballonhelm spannte sich etwas fester.

Sie packte etwas von den Vorräten, die sie im Korridor gestapelt hatte, und trug sie ins Wartezimmer des Krankenreviers. Drei rasche Gänge später hatte sie alles im Inneren und schloß die Tür wieder. Sie drehte eine der

Luftflaschen zu und ließ die andere offen. Nervös öffnete sie den Verschluß zwischen Helm und Kragen. Genug Luft entwich, daß ihre Ohren wieder knackten, aber der Druck reichte. Sie schob den Helm vom Kopf nach hinten und schaltete die eigene Luftversorgung aus. Auch aus Deckendüsen strömte Luft herein, aber sie dienten der Zirkulation von Frischluft in einer abgeschlossenen Umgebung und nicht dazu, eine Atmosphäre zu ersetzen, die durch ein unerwartetes Leck entwich.

Alis nahm einen Teil des Flickenmaterials zur Hand und betrat einen Flur, der parallel zum Hauptkorridor verlief. Sie kam an einem leeren Büro und einem verlassenen Operationsraum vorbei. Das erste Krankenzimmer war unbelegt, aber im zweiten sah sie einen bettlägerigen, komatösen Mann mit ein paar Überwachungsgeräten an rasierten Stellen seitlich am Kopf. Die Zustandslinien auf dem Kontrollpult erweckten für Alis' ungeübte Augen den Eindruck, daß er mehr oder weniger noch in der gleichen Verfassung war wie vor Beginn des Drills.

Sie folgte dem Flur weiter. Sie fand ein zweites leeres Zimmer und dann wieder eine Patientin. Es war ein kleines Mädchen von vielleicht zehn oder zwölf Jahren, wach und mit großen Augen. Es versuchte, sich im Bett aufzusetzen.

»Was ist los? Was ist passiert?« fragte es.

»Ich weiß es nicht genau«, sagte Alis. »Aber ich bin sicher, daß die Lage bald wieder unter Kontrolle ist. Gibt es hier noch jemanden außer dir und dem Typ da hinten?«

»Ich glaube nicht.« Das Mädchen hatte offensichtlich Angst und wollte es offenkundig ungern zugeben. Anscheinend hatte sie sich ein Bein gebrochen. Das rechte Bein war geschient, und am Gehäuse hingen mehrere Überwachungsgeräte, die allesamt zweifellos Daten an das Schaltpult übermittelten. Das Mädchen wirkte winzig in dem riesigen Bett.

»Gut. Sieh mal, ich muß ein paar winzige Lecks stopfen. Die Station hat einige Schäden erlitten, aber weitere Hilfe ist schon unterwegs. Kommst du klar?«

Das Mädchen nickte rasch und strich sich dann eine Haarlocke aus einem Auge.

Alis ging wieder auf den Flur hinaus und wandte sich zur beschädigten Sektion. Sie kam an mehreren leeren Zimmern vorbei und erreichte das Ende des Korridors. Die Ecke zwischen Korridor und Rückwand bildete den Brennpunkt der Schäden, und etliche Risse liefen am Boden und an beiden Wänden durch zerknautschtes Metall, als wäre die Ecke nach innen gedrückt worden.

So dicht dran konnte Alis das Zischen der entweichenden Luft hören. Sie nahm eine Flickentasche zur Hand, in der sie flexible Flächen aus widerstandsfähigem Material fand, und klatschte drei Stück auf die am ehesten erkennbaren Löcher, zwei im Boden und eines in der Rückwand. Das schlimmste Risiko war damit wohl beseitigt. Da der Innenluftdruck den Klebstoff dabei unterstützte, die Flicken fest an die Lückenränder zu drücken, müßten die Lecks damit eigentlich leicht unter Kontrolle zu halten sein.

Alis packte eine Sprühdose und nebelte damit die Ecke ein. Ein paar kleinere Lecks wurden sofort erkennbar, als der Nebel durch die Risse im Metall gesaugt wurde. Alis verschloß auch diese undichten Stellen und dann eine weitere, noch kleinere. Jetzt verteilte sich der Nebel gleichmäßig im Raum, statt nach draußen zu entweichen. In Anbetracht der Schäden hatte Alis extremes Glück gehabt, daß diese Lecks so klein waren.

Endlich erlaubte sie sich, zu entspannen, und machte sich an den letzten Schritt. Sie nahm eine weitere Sprühdose zur Hand und verpaßte allen drei beschädigten Flächen eine Schicht Leckdichter. Der Sprühkleber müßte nun eine gummiartige Abdeckung über der ganzen Fläche bilden und damit sogar mikroskopischen Lecks vorbeugen, bis eine Reparaturmannschaft eintraf.

Das Mädchen schien sehr glücklich, daß Alis zurückkehrte.

Alis setzte die Reparaturtasche ab. »Ich denke, jetzt ist alles unter Kontrolle. Bist du sicher, daß mit dir alles okay ist?«

Das Mädchen nickte.

»Okay. Ich gehe nach vorn, um ein Funkpult zu finden und festzustellen, wie lange es dauert, bis wir Hilfe erhalten.«

Als sie zum Wartezimmer ging, fiel ihr ein, daß sie noch eine weitere Vorsichtsmaßnahme ergreifen sollte, nur für den Fall, daß die beschädigte Zone plötzlich aufbrach. Sie fand einen Versorgungsschrank und holte einen Luftsack hervor.

Im Zimmer des Mädchens löste Alis die Schlaufe, die den Stoff eng gewickelt hielt, und breitete ihn aus. »Hast du schon mal einen Luftsack gesehen?«

»Ja. Alle paar Monate zeigen sie es uns.«

»Gut. Ich möchte den hier für dich bereitmachen, nur für den Fall, daß es zu weiteren Luftproblemen kommt.« Alis breitete das Material unter dem Mädchen aus und zog einen Abschnitt über ihr Bein. Wenn sich der Luftsack mit Luft füllte, formte er eine metergroße Kugel mit einer Innenatmosphäre. Augenblicke später war das Mädchen fast ganz mit dem Stoff umwickelt und hielt den inneren Reißverschluß in der Hand, bereit, den Sack zuzuziehen, falls es nötig wurde.

»Ich glaube nicht, daß du ihn brauchen wirst, aber ich gehe lieber auf Nummer Sicher«, sagte Alis. »Ich kümmere mich dann um den Typ im anderen Zimmer, falls du das hier selbst zuziehen kannst.«

»Ja, das kann ich.«

»Gut. Ich muß ein paar Anrufe tätigen. Bist du sicher, daß du klarkommst?«

»Ja, danke.«

Alis lächelte. Nachdem sie für den Mann getan hatte, was sie konnte, suchte sie das kleine Büro neben dem

Wartezimmer auf. Die Funkschaltfläche war in einen Schreibtisch eingebaut, der seinerseits in die Wand eingebaut war. Sie drückte das Icon für die Kommandozentrale und wartete auf eine Reaktion.

Die Schaltfläche leuchtete auf und zeigte das Gesicht eines Mannes, an den sie sich vage erinnerte.

Alis formulierte sorgfältig: »Hier spricht Lieutenant Commander Nussem. Ich befinde mich im Krankenrevier an Korridor C-8. Aus dem Korridor ist die Luft entwichen, aber die beiden Patienten hier sind sicher, solange sich die Luftlecks nicht verschlimmern.«

»Ausgezeichnet! Wie geht es Ihnen?«

»Nur ein bißchen mitgenommen. Der Korridorboden ist direkt an dieser Seite der Haupttüren beschädigt worden. Ich habe zwei Blockadesiegel aufgeblasen, eines neben dem Schadensbereich und das andere auf der gegenüberliegenden Seite der Tür zum Krankenrevier. Dazwischen besteht eine Atmosphäre. Der restliche Korridor steht weiterhin zum Vakuum offen, vermute ich.«

»Richtig. Das sagen unsere Anzeigen hier auch.« Der Mann wandte den Blick vom Bildschirm ab und sah zu jemandem auf, der neben ihm stand. Sekunden später meldete er sich zurück. »Sehen Sie, wir haben noch ein anderes Problem. Ein Shuttle hat die Station seitlich gerammt. Wir erhalten miese Ablesungen von der Wiederaufbereitungsanlage auf der Korridorseite Ihnen gegenüber. Ein Riß muß aufgetreten sein, denn wir messen einen konstanten Gasverlust. Anscheinend verlieren wir riesige Mengen in den Weltraum. Wir versuchen, mit einer Reparaturmannschaft von außen hineinzukommen, aber bis dahin müssen wir es von innen probieren. Offensichtlich haben wir hier ein Problem. Ich befehle Ihnen nicht, dort hineinzugehen, aber falls Sie sich freiwillig melden ...«

»Ich kann nicht einfach davonspazieren«, sagte Alis. »Irgendwas Besonderes, was ich erfahren sollte, ehe ich hinübergehe?«

»Glaube ich nicht. Beurteilen Sie die Lage selbst und geben Sie uns Ihre Einschätzung durch, wenn Sie dort sind. Falls Sie irgendwas erkennen, was Sie selbst flicken können, toll. Unsere Mannschaft ist unterwegs, aber sie braucht vielleicht noch zehn oder fünfzehn Minuten.«

»Wird reichen.«

Alis blickte noch einmal kurz zu dem Mädchen hinein. »Wir haben noch weitere Schäden, die ich mir mal ansehen muß. Kommst du zurecht?«

»Ich glaub' schon. Ja.«

Alis lächelte das Mädchen noch mal kurz an und ging. Vor der Tür zum Korridor schloß sie den Ballonhelm wieder. Ihre Atemgeräusche wurden lauter, und sie holte tief Luft, was sich fast so anhörte, als wäre sie gerade nach einer der Unterwasser-Übungsstunden unten in Houston wieder aufgetaucht.

Sie schob die Tür ein Stück weit auf. Kein Luftstrom wurde spürbar, weder nach innen noch nach außen. Sie schob die Tür ganz auf, ging hindurch und schloß sie hinter sich, dankbar dafür, daß das Krankenrevier wahrscheinlich gut durchhalten würde, bis andere Leute eintrafen.

Die beiden aufblasbaren Korridorsiegel waren nach wie vor an Ort und Stelle und hielten gut stand, andernfalls wäre keine Luft mehr in dem Gangabschnitt gewesen. Alis ging den Korridor hinunter und blieb vor der Tür zur Wiederaufbereitungsanlage stehen. Überrascht stellte sie fest, daß sie nicht hineingehen wollte, und mühelos führte sie diese Reaktion sofort auf Texas zurück.

In ihrer Kindheit in El Paso hatte sie einmal mit einer Gruppe von Kindern aus der Gegend Verstecken gespielt. Bei diesem Spiel machte Alis nicht deshalb mit, weil sie Spaß daran hatte, sondern weil sie die Gesellschaft suchte und keine Außenseiterin sein wollte. Fast zwangsläufig hatte sich einer der Jungen im Kesselraum des Wohnkomplexes versteckt. Seit damals hielt sich Alis ungern in der Nähe großer Maschinen auf. Es war ihr einfach zuwider gewesen, durch den Irrgarten aus riesigen Kühlanlagen, Wassertanks, tropfenden Rohren und knarrendem Metall zu kriechen, voller Sorge, daß einer der riesigen Wassertanks genau in diesem Augenblick explodierte oder eines der versteckten Kinder aus einer dunklen Ecke hervorsprang und sie so heftig erschreckte, daß ihr Herz wie eine Trommel schlug.

Nach diesen Erfahrungen konnte sie sich vorstellen, wieso manche Leute Russisches Roulette als Spiel betrachteten, aber sie begriff trotzdem nicht, wieso sie fanden, daß es Spaß machte. Und doch war sie jetzt hier und lebte im Weltraum, umgeben von Maschinen.

Alis verbannte die Erinnerungen. Da womöglich auf der anderen Seite Vakuum herrschte, stellte sie sich neben die Tür und zog am vertieft montierten Griff. Nichts rührte sich.

Sie ging mit dem Kopf näher an die Schalttafel daneben heran. Die Anzeige informierte sie darüber, daß die Tür als Sicherheitsmaßnahme verschlossen war, weil auf der anderen Seite Vakuum gemeldet wurde. Alis gab den Notfallcode 9911 über die Tastatur ein, und eine Warnlampe, deren Helligkeit selbst für eine nebelige Landebahn ausgereicht hätte, blinkte los. Eine Sirene heulte. Alis drückte mit den Fingerspitzen gegen die Tür, und bald spürte sie das Klick, als der Computer das Schloß öffnete.

Sie öffnete die Tür ein paar Zentimeter weit, und Luft stürzte kreischend durch die Lücke. Verdammt, jetzt ging wieder soviel Gas an den Weltraum verloren! Ihre Helmblase straffte sich stärker, und das Geräusch der entweichenden Luft wurde leiser, als der Druck fiel. Sie zog die Tür weiter auf und warf ein paar Luftflaschen und eine Reparaturtasche hindurch. Sie ließ eine Luftflasche zurück, um das Korridorsegment wieder zu füllen, und schloß die Tür hinter sich. Die normale Deckenbeleuchtung in der Wiederaufbereitungsanlage war ausgefallen, und die Formen der Apparate wurden von Notleuchten an den Wänden grell hervorgehoben. Das Vakuum verstärkte den Kontrast entlang der Schattenränder.

Zurück in einem Irrgarten der Maschinen. Zahllose Alarmanzeigen gingen unabhängig voneinander an und aus und erzeugten dadurch ein fortlaufend wechselndes Flickenmuster aus beleuchteten Flächen – die Perspektive einer Ameise auf die Innenwelt eines altmodischen Flipperautomaten.

Alis ließ die Luftflaschen bei der Tür zurück und packte die Flickentasche. Während sie in den Irrgarten vordrang und vorsichtig einem schmalen Gang folgte, bemerkte sie, daß sich ihr Puls beschleunigt hatte. Sie wünschte sich, zu ihrem Rettungsanzug hätte ein Funkgerät gehört. Eine ruhige Stimme in den Ohren wäre jetzt schön gewesen.

Der Gang bog um neunzig Grad ab, legte ein paar weitere Meter zurück und spaltete sich in zwei Gänge auf. Sie nahm den rechten, der in die Richtung führte, wo sie die Schäden vermutete.

Nach noch einmal zehn Metern war sie in Sichtweite zur Aufprallzone. Die Schäden waren hier schlimmer als im Korridor. Ein Loch von fast einem halben Meter Durchmesser klaffte im Boden, als hätte ein riesiges stumpfes Messer die Schale der Station von außen aufgeschnitten. Die Flicken würden hier nichts nützen.

Gas strömte gleichmäßig aus einem aufgebrochenen Rohr, verwandelte sich zum Teil in Nebel und strömte durch das Loch im Rumpf hinaus. Soweit Alis wußte, konnte es sich dabei um Sauerstoff handeln, der nun vergeudet war. Aber was es auch war, man konnte es nicht zurückgewinnen.

Alis ging zu einem Geräteschrank hinüber. Sie öffnete ihn, klappte zwei Haken auf und hob die Tür aus den Angeln. Sie legte sie wie einen Riesenflicken über das Rumpfloch. Die aufgerichtete Metallkante ringsherum sorgte jedoch dafür, daß die Tür nicht flach am Boden anlag. Alis stellte einen Fuß auf eine Türseite und trat mit dem anderen auf die Seite gegenüber, wobei sie sich wünschte, sie wäre schwerer gewesen. Nach mehreren Tritten bog sich die Tür leicht über das beschädigte Rumpfmetall, und die Lücken zwischen Türkanten und dem Stationsrumpf wurden kleiner.

Sie grub die größten Flicken hervor, die sie nur fand, und machte sich daran, mit ihnen die Türkanten abzudichten. Nach etwa einer Minute konnte sie erkennen, daß sich Abschnitte des Materials nach außen wölbten. Gut! Das Loch wurde kleiner. Sie fuhr damit fort, das Dichtungsmaterial anzubringen, und schloß Sekunden später die Runde um die Tür ab. Bislang hielt das Material.

Sie versprühte Nebel und verfolgte dessen Ausbreitung. Zuerst war es im Schatten nur schwer zu sehen, aber bald erkannte sie, daß durch einen haarfeinen Riß zwischen zwei Schottplatten immer noch Gas entwich. Sie sprühte die Naht mit Leckdichter ab und wiederholte den Vorgang an den kompletten Flächen rings um die Tür. Auf einmal knallte die Tür in der Mitte mit einem vernehmlichen *Doing* nach außen. Atmosphäre baute sich auf. Endlich!

Der Druck stieg soweit an, daß der Blasenhelm sich nicht mehr fest spannte, und die Tür hielt. Als nächstes mußte Alis das geborstene Rohr reparieren oder eine Möglichkeit finden, den Gasstrom abzustellen. Sie drehte am Griff eines Ventils, ein paar Meter vom Bruch entfernt, aber das Gas strömte weiter aus. Sie suchte das Rohr an der anderen Seite des Bruchs ab.

Es verschwand hinter einer Reihe von Schränken. Sie rannte zur beschädigten Sektion zurück und versuchte, Flickenmaterial herumzuwickeln, bekam aber keine gute Abdichtung hin. Die Fläche neben dem Rohr war ölverschmiert, das Rohr ebenfalls. Obendrein wirkte sich der Druck diesmal gegen das Siegel aus, statt es zu unterstützen.

Sie lief zurück, um zu sehen, ob sie nicht feststellen konnte, wo sich das Rohr hinter der Schrankreihe fortsetzte. Hinter den Schränken endete der Weg an einem Wandschott, und sie mußte den Gang bis zur Verzweigung zurückverfolgen und dann den anderen Weg einschlagen.

Endlich erreichte sie die Rückwand der Schrankreihe und des kurzen Stützschotts. Sie entdeckte ein Rohr – drei Rohre sogar. Sie suchte das mit dem gleichen Durchmesser heraus, wie sie ihn nebenan vorgefunden hatte, verfolgte es durch ein Stück Korridor, kam an einem weiteren kleinen Labyrinth aus riesigen Behältern vorbei und entdeckte schließlich wieder ein Ventil. Sie drehte es zu und konnte sich endlich etwas entspannen.

Sie blieb nur zehn Sekunden oder so in diesem halb entspannten Zustand, denn als sie mit den Augen das Rohr bis zu der Stelle verfolgte, wo es sich in zwei Leitungen aufspaltete, las sie das Etikett darauf: *Wasserstoff.*

O Gott! Das bedeutete, daß der gesamte Raum inzwischen voller Wasserstoff sein mußte. Und sie hatte das Leck nach außen verstopft. Eine Rettungsmannschaft konnte jetzt jede Sekunde den Korridor entlangkommen – durch einen Korridor, der inzwischen mit Sauerstoff gefüllt war.

Sie mußte die Leute daran hindern, die Tür zu öffnen. Wenn sich diese beiden Gase vermischten und sich dann irgendwo ein Funke bildete, sagen wir mal, wenn ein Metallstiefel über den Korridorboden schrammte oder, noch schlimmer, jemand einen Schweißbrenner zündete ...

Sie rannte. Sie stürmte den schmalen Gang entlang. Sie prallte in einer scharfen Gangbiegung von einer Instrumententafel ab; ihre Schritte trommelten über den Stationsrumpf unter ihr. Der Atem klang innerhalb des Helms abgerissen.

Alis war in Sichtweite zur Tür. Sie war noch zu. Gott sei Dank! Sie raste die restliche Wegstrecke entlang und knallte den Schalter für das Schloß in Stellung *eingeschaltet*. Das war viel zu knapp gewesen.

Aber die Gefahr war noch nicht gebannt. Die Rettungsmannschaft konnte das Schloß mit einer Prioritätsschaltung überwinden. Sie mußte die Leute benachrichtigen.

Sie schaltete die Funktafel neben der Tür ein und war auf einmal noch wütender darüber, daß Notfall-Evakuierungsanzüge nicht mit Funkgeräten ausgestattet waren.

Die Funkschalttafel leuchtete auf und zeigte, daß jemand am anderen Ende war. Alis holte tief Luft und setzte rasch den Helm ab.

»Lassen Sie niemanden in die Wiederaufbereitungsanlage hier unten! Sie ist voller Wasserstoff!«

»Ist dort Alis Nussem? In der beschädigten Sektion?«

»Ja. Ich habe die Tür abgeschlossen, aber die Rettungsmannschaft wird sie mit Priorität öffnen.« Alis mußte Atem schöpfen. »Sie müssen Ihnen sagen ...« Sie brach ab. Ihre Stimme quiekste auf einmal wie die einer Zeichentrickfigur. Es war der Wasserstoff. Sie setzte den Helm wieder auf und holte ein paarmal tief Luft, um die Lungen mit Sauerstoff zu füllen. Sie riß den Helm erneut herunter und sagte: »Sie müssen Ihnen sagen, daß sie die Tür nicht öffnen dürfen!«

»Nelson sagt den Leuten sofort Bescheid. Gute Arbeit.«

Noch während diese Worte aus dem Lautsprecher kamen, hörte Alis einen dumpfen Schlag an der Tür. Die Rettungsmannschaft war schon da. Alis packte den Haltegriff in der Vertiefung und hielt die Tür zu.

Wer immer auf der anderen Seite der Tür war, hatte das Schloß bereits geöffnet und schob die Tür auf. Eine winzige Lücke entstand an der Seite.

Alis schob so heftig, wie sie nur konnte, damit sich die Tür nicht weiter öffnete. Sie wurde vom Sauerstoffmangel allmählich benommen, aber sie konnte den Helm nicht wieder aufsetzen, ohne ihren Druck auf die Tür zu mindern. Scharf empfand sie die grimmige Ironie der Tatsache, daß es hinter der Tür, die sie zuzuhalten versuchte, reichlich Sauerstoff gab. Falls die Person auf der anderen Seite doch nur die Nachricht erhielt, ehe Alis bewußtlos wurde!

Eine Brechstange aus Metall wurde durch die Lücke geschoben. Sie zwang die Tür auf, als ob Alis' Bemühungen überhaupt keine Wirkung zeitigten.

»Lassen Sie die Tür zu!« schrie sie. Der Hebel bewegte sich weiter, als ob der Arbeiter in seinem Druckanzug nichts hören konnte.

Sie gab den Versuch auf, die Tür zuzuhalten. Sobald die Öffnung weit genug war, daß Alis eine Gestalt in einem vollen Raumanzug sah, deutete sie mit Gesten an, daß die Tür wieder geschlossen werden mußte. Sie schrie: »Wasserstoff! Tür schließen!« Aber der letzte Atemzug voller Wasserstoff ermöglichte wieder nur ein schrilles Quieksen, das weder sonderlich verständlich noch zwingend klang.

Die Gestalt im Raumanzug stand eine Sekunde lang reglos da, wie sprachlos angesichts des Spektakels einer Alis, die mit ihrem Helm kämpfte. Plötzlich drehte sich die Person um, als wollte sie jemanden hinter ihr auf dem Korridor ansehen, und die Spitze der Brechstange knallte an den Rand des Türrahmens.

Alis fand nicht mal mehr Zeit zum Blinzeln. Die Explosion war wie eine Bauchlandung nach einem Sprung vom Turmbrett. Sie schlug eine Rolle rückwärts in die Schwärze und war schon bewußtlos, ehe sie ans Schott der Wiederaufbereitungszentrale knallte.

2
Biofeedback

Dr. Tommy Weng war weit genug von der Explosion entfernt, und der Lärm wurde von seinem Druckanzug stark genug gedämpft, so daß er den Schaden zunächst unterschätzte. Glücklicherweise war er dicht genug dran, um noch helfen zu können.

Auf das Drängen der Rettungsarbeiter hin, die vor ihm in Korridor C-8 waren, lief er nach vorn und kam dabei an mehreren anderen Besatzungsmitgliedern in Raumanzügen vorbei. Die Opfer warteten jedoch nicht im Krankenrevier, wie er vermutet hatte; die ersten fand er gleich draußen auf dem Korridor vor.

Der erste, den Tommy untersuchte, war anscheinend an die Korridorwand geschmettert worden. Er sah aus, als wäre er von einem zehnstöckigen Hochhaus gestürzt. Neben der Leiche kauerte ein Mitglied der Rettungsmannschaft im Raumanzug, ein Typ, der gerade eines der Dinge getan hatte, die niemand in einem Raumanzug erleben wollte; er hatte sich übergeben.

Manchmal ist der Tod absolut unübersehbar. Ohne dem Opfer auch nur den blutverschmierten Helm abzunehmen, erkannte Tommy, daß der Mann sofort an massiven Gehirnblutungen gestorben war. Während Tommys Medizinalpraktikum in San Francisco hatte ihn ein alter Mann mit einer so rauhen Haut aufgesucht, daß eine Rasur mit dem Messer schlechtberaten gewesen wäre, und sich über etwas beklagt, was er Gehirnhämorrhoiden nannte. Tommy erklärte ihm, seiner Meinung nach ständen die Chancen dagegen.

Tommy ging weiter und blieb neben einem Mann stehen, den es mehrere Meter von der offenen Tür erwischt hatte, vor der die Leiche lag. Der Mann erholte sich schon. Tommy untersuchte ihn kurz, wobei ihn der eigene Raumanzug und der des Patienten behinderten.

»Bleiben Sie ruhig liegen«, sagte Tommy zu ihm. »Ich möchte nicht, daß Sie sich bewegen, bis ich Gelegenheit hatte, Sie mir gründlicher anzusehen. Spielen Sie nicht den Helden! Rufen Sie laut, falls Sie sich benommen fühlen oder glauben, ohnmächtig zu werden. Verstanden? Nicht bewegen.«

Der Mann nickte.

»Ich sagte, Sie sollten sich nicht bewegen.«

Der Mann lächelte Tommy schief an. »Verstanden, Doc.«

Tommy gab einem offenkundig gesunden Mitglied des Rettungsteams einen Wink. »Packen Sie diesen Typ auf eine Trage. Und bleiben Sie bei ihm, so daß Sie um Hilfe rufen können, falls sich sein Zustand verschlimmert. Und ich möchte es auf schnellstem Weg erfahren, wenn er bewußtlos wird.«

»Klar.«

Er fand eine weitere Tote, eine Frau mit blondem Haar. Augenblicke später wurde ihre Leiche abtransportiert.

Tommy sah, wie ihm jemand innerhalb der Wiederaufbereitungsanlage einen Wink gab, die, wie man ihnen allen erklärt hatte, der Problembereich war. Etliche Personen beschäftigten sich dort mit Reparaturen, drehten Ventile zu und sortierten beschädigte Geräte aus. Als Tommy hineinging, sah er ein weiteres Opfer.

Dieses dritte Opfer trug nur einen dünnen Rettungsanzug. Das war sicher die Frau, die versucht hatte, die Katastrophe zu verhindern. Sein erster Eindruck angesichts des Blutverlustes und ihrer verrückten Körperhaltung war, daß sie wahrscheinlich ebenfalls nicht mehr lebte.

»Sieht nicht gut aus, Doc«, meinte die Frau, die die Verletzte gefunden hatte.

Das war der Aspekt seiner Arbeit, den Tommy am meisten verabscheute – Leute zu erreichen, wenn es vielleicht gerade ein paar Minuten zu spät war. Er bückte sich über die Gestalt. Sie war ein Opfer der Art, das, wenn es sich hätte entscheiden können, wahrscheinlich den Tod gewählt hätte. Durch die Wucht dessen, was immer sie erwischt hatte, war ihr das Gesicht eingedrückt worden, und die Augenbrauen waren glatt weggebrannt. Man mußte nicht Arzt sein, um zu erkennen, daß wenigstens eines ihrer Augen nicht mehr reparabel war, wahrscheinlich beide. Der Stoff des Rettungsanzugs war auf wundersame Weise intakt geblieben, konnte aber die Verletzungen trotzdem nicht verbergen. Ein Bein war verdreht, und beide Beine waren von einem umstürzenden Ausrüstungsschrank zerschmettert worden. Das schulterlange Haar war so stark blutverklebt, daß die Frau wie ein Rotschopf aussah. Tommy berührte ihre Brust und hatte das Gefühl, als würde er auf ein Wasserbett drücken. Ungeachtet seiner ganzen beruflichen Konditionierung wurde ihm schlecht.

Die Frau war mit fast hundertprozentiger Sicherheit tot, aber Tommy suchte doch obligatorisch nach einem Puls, während er überlegte, ob eine Herz-Lungen-Wiederbelebung im Grunde nur garantierte, daß sie starb, falls sie nicht schon tot war. Er spürte, wie ihm das Gesicht heiß anlief. Unter seinen Fingern schlug ein Puls. Allmächtiger Gott!

Er blickte zu der Frau im Druckanzug hoch, die neben ihm stand. »Sie lebt. Mein Gott, sie lebt!«

Ob die Patientin nun lieber tot oder lebendig wäre, war nicht mehr Stoff für müßige Spekulationen. An ihrer Stelle wäre Tommy wahrscheinlich lieber tot gewesen, aber er hätte es sich nie erlaubt, diese Entscheidung für einen anderen zu treffen.

Er schaltete sein Helmfunkgerät vom Orts- auf den Notfallkanal um und legte los. »Hier spricht Dr. Weng in C-8. Ich möchte auf schnellstem Weg ein komplettes chirurgisches Team hier unten haben. Schneller als auf schnellstem Wege. Wir haben eine lebensgefährlich verletzte Frau, wahrscheinlich die Frau, von der der Notruf stammt. Stellen Sie fest, wer sie ist, und halten Sie ihre Unterlagen bereit. Während die erste Mannschaft unterwegs ist, möchte ich eine zweite in Bereitschaft haben. Wir arbeiten in der Wiederaufbereitungsanlage gegenüber dem Krankenrevier und verlegen sie später, sobald es geht. Bringen Sie eine Menge Blut mit. Und ich möchte zwei der Lebenserhaltungssysteme haben, die wir zum sofortigen Einsatz bereithalten. Janny Rankine soll die Mannschaft leiten. Niemand sonst ist qualifiziert.«

»Verstanden, Tommy«, sagte jemand.

Tommy drehte sich zu der Frau um. Für kurze Zeit würde der engsitzende Anzug seine Bemühungen unterstützen, denn er wirkte wie eine leichte Aderpresse und verminderte den Blutverlust. Er schaltete wieder auf Ortsfunk um und sagte zu der Frau, die neben ihm stand: »Wir werden jede Menge Lampen hier drin brauchen. Und jemand soll eine Wasserversorgung einrichten. Machen Sie schon, ja?«

Noch weitere Crewmitglieder in Druckanzügen räumten jetzt die Umgebung.

Schon während Tommy damit loslegte, für die Patientin zu tun, was er konnte, fragte er sich, ob sie es ihm einmal danken oder ihn hassen würde, wenn sie überlebte.

Zu dem Zeitpunkt, an dem Karl Stanton eine Bewegung vor dem kreisenden Sternenfeld sah, war Station Tokio kaum noch mehr als ein heller Stern. Zuerst glaubte er, seinem Wunschdenken zum Opfer zu fallen, aber als die Station das nächste Mal vorbeiglitt, war er sicher, ein etwas helleres Objekt vor dem Hintergrund der Sterne zu sehen.

Der Kopf tat ihm weh, und das Pochen in den Schläfen hielt ihn mühelos über seine Herzfrequenz auf dem laufenden.

Die Luft in der Kabine wurde allmählich muffig, und

bald blockierte das andere Fahrzeug die ganze Aussicht, als es bei der Drehung von Karls Shuttle ins Blickfeld trat. Karl fühlte sich, als wäre er mehr als nur ein bißchen betrunken. Er fragte sich, wie sie zu ihm an Bord kommen konnten, solange er dermaßen rotierte.

Er erhielt die Antwort, als etwas Metallisches mit einem *Klick* den Shuttlerumpf berührte und ein Doppelklick verriet, daß etwas Magnetisches im Winkel aufprallte und der Magnet dann die Oberfläche ganz an den Shuttlerumpf drückte. Ein zweiter Doppelklick ertönte, diesmal aus einer anderen Richtung, falls die veränderte Tonbeschaffenheit ein guter Hinweis war.

Endlich wurde Karl klar, was passierte. Das andere Fahrzeug mußte ein paar ferngesteuerte Schubtriebwerke gestartet haben.

Tatsächlich. Sekunden später wurde das Shuttle mehrfach durchgerüttelt, während die Jets unter Computersteuerung zündeten, um seine Rotation zu stoppen. Das Sternenfeld wurde langsamer und stoppte.

Tiefere Geräusche als die vorherigen drangen durch den Rumpf zu ihm. Anscheinend hatte das Rettungsschiff Kontakt mit dem Shuttle hergestellt und waren die beiden Fahrzeuge jetzt magnetisch aneinandergekoppelt. Gerade, als Karl Stolz darüber empfinden wollte, daß er sich das alles zusammenreimen konnte, wurde ihm klar, daß er an Sauerstoffmangel leiden mußte. Wie konnte er das bislang übersehen haben? Oder hatte er es schon gewußt und wieder vergessen? Er versuchte, die Sauerstoffzufuhr zu erhöhen, konnte aber nicht feststellen, ob er mit der Betätigung des Schalters irgendwas erreicht hatte.

Der Zyklus der Luftschleuse lief durch, und das Rad an der Innentür drehte sich, scheinbar aus eigener Kraft. Die Tür schwenkte nach innen, und eine Gestalt im Raumanzug betrat die Shuttlekabine. Bei zwei Personen an Bord wirkten die Platzverhältnisse beengt.

Die Gestalt näherte sich Karl und legte ihren Helm an

seinen. Karl hatte nicht mal registriert, wie er sich den eigenen Helm aufsetzte. Er mußte es vor dem Aufprall getan und dann vergessen haben.

»Dr. Stanton, vermute ich?« fragte eine metallische Stimme.

»Ich denke schon.«

»Sind Sie okay?«

»Ich denke ... Woher kommen Sie?«

»Entspannen Sie sich einfach. Wir bringen Sie jetzt hinaus.«

»Wo hinaus?« Am nächsten Tag las Karl diese Worte im Protokoll, aber er konnte sich an nichts mehr erinnern, was nach der Kollision geschehen war.

Ein Auto fuhr Alis Nussem an, als sie zwölf Jahre alt war. Der Fahrer flüchtete vom Tatort, aber eine Sichtung der Mobilfunkaufzeichnungen für Fahrzeuge, die zum passenden Zeitpunkt in der Gegend unterwegs gewesen waren, engte den Suchbereich stark genug ein, daß man den Niponda-Lieferwagen mit Blut an der Stoßstange schon entdeckte, während er in der Warteschlange einer Autowaschanlage stand. Der Halter wurde verhaftet. Ein Teil seiner Erklärungen für die Fahrerflucht lautete, daß er sich nicht auf Erste Hilfe verstand.

Während sie auf der Straße lag und auch später im Krankenhaus, erlebte Alis Perioden, in denen sie mal bei Bewußtsein war, mal nicht. Auf der Straße waren diese kurz aufflackernden Momente des Bewußtseins von Schrecken erfüllt, da sie sich fragte, ob sie an Ort und Stelle verbluten oder sie ein weiterer Fahrer nicht rechtzeitig bemerken und dann überfahren würde. Im Krankenhaus verliefen die gelegentlichen Wachphasen friedvoller, da Alis vermutete, daß die Lage unter Kontrolle war.

Im Krankenrevier an Bord der Station Tokio, wo sie unbewußt hätte fühlen sollen, daß man sich um sie kümmerte und sie sich einfach ausruhen konnte, empfand sie vielmehr das gleiche Grauen wie auf jener Seitenstraße in El Paso. Zwar fuhr kein Auto die Straße entlang auf sie zu, aber sie war überzeugt, daß noch etwas Schreckliches geschehen würde, daß eine unausweichliche Katastrophe näherrückte.

Während Alis schlief, zog sie die Finger fester zusammen, als versuchte sie, die Fäuste zu ballen.

Tommy Weng taten vom langen Stehen die Beine weh, und er spürte, wie sich die Muskeln im unteren Rücken spannten. Er und Janny Rankine arbeiteten jetzt seit sechs Stunden an Alis Nussem, unterstützt von einem großen Team.

Zunächst zogen sie Alis nicht den Anzug aus, sondern schnitten einfach Abschnitte heraus und behandelten ihn wie eine zweite Haut, während sie sich mit einigen der inneren Blutungen befaßten und die Lebenszeichen zu stabilisieren versuchten. Nach einer halben Stunde konnten sie Alis durch den Gang ins Krankenrevier und auf einen echten Operationstisch befördern. Aus Gerätschaften über ihrem Körper verliefen Schläuche in Arme und Brust, und weitere Schläuche schlängelten sich aus Geräten herauf, die im Operationstisch selbst untergebracht waren.

Alis' schulterlanges Haar wurde an den meisten Stellen kurz geschoren, an anderen Stellen völlig abrasiert. Das war ein rein oberflächlicher Vorgang, aber die Veränderung verstärkte den Eindruck der Gesichtsquetschungen und erweckte den Anschein, die Patientin hätte den längsten Boxkampf der Weltgeschichte verloren.

Das bald zum Austausch anstehende Herz arbeitete müßig vor sich hin, während eine Pumpe den Blutkreislauf aufrechterhielt. Eine Nährstoffkanüle versorgte Alis mit einer Mischung, die dem Körper half, wieder Kraft aufzubauen. Die Muskeln, die normalerweise für die Lungentätigkeit zuständig waren, wurden von einer Pumpe unterstützt, die für eine gleichmäßige Zufuhr von Sauerstoff und Narkosemittel sorgte. Vier weitere eigenständige Systeme hielten vitale Körperfunktionen in Gang, jederzeit bereit, Warntöne abzugeben, wenn sie auf Probleme stießen, mit denen sie nicht fertig wurden. An einer Patientin mit solchen Verletzungen zu arbeiten glich der Reparatur eines Flugzeuges in der Luft.

Jannys Gedanken mußten sich in ähnlichen Bahnen bewegt haben, denn einen Moment später sagte sie: »Ich muß mal kurz in der Luft auftanken. Wie steht es mit dir?« Ihre hellen Augenbrauen stiegen über ruhigen braunen Augen hoch. Die leicht abstehenden Ohren teilten das kurze blonde Haar.

»Yeah, nur eine Sekunde.« Tommy wünschte sich, er hätte auch das Selbstvertrauen gehabt, das die medizinische Fakultät anscheinend allen seinen Kommilitonen vermittelt hatte.

Intellektuell hatte er großes Vertrauen in die eigenen Fähigkeiten, aber das hinderte ihn nicht daran, sich ständig über mögliche Fehler zu sorgen. Wenn diese gesteigerte Versagensangst zu stark wurde – und Tommy hatte fast schon das Bedürfnis, schreiend aus dem Operationssaal zu flüchten –, bot ihm Jannys solide Selbstbeherrschung einen Ankerpunkt. Er wußte, daß seine hängenden Lider fast ständig einen schläfrigen Eindruck verbreiteten, aber der konnte gar nicht weiter von der Wahrheit entfernt sein.

Tommy kauterisierte eine beschädigte Arterie mit dem Laser, band dann ein paar Nähte, die sich mit der Zeit von selbst wieder auflösen würden, und ein Assistent sprühte eine befristet haltbare Plastikhaut über den Bereich.

Augenblicke später trat die ganze Operationsmannschaft in den Bereitschaftsmodus zurück, während Tommy und Janny Nährstoffshakes und Amphetamine aus Drucktuben saugten. Tommy hatte schon gar nicht mehr geahnt, wie ausgehungert er war.

»Also, welchen Eindruck hast du bislang?« fragte Janny.

»Es läuft erstaunlich. Ich denke, sie wird sich wieder ganz erholen. Und ein Tsuyoi-Herz müßte viel länger halten als das Original.«

Janny nickte. »Wir haben auch eine Morganstern-Niere, die wir einsetzen können.«

Tommy und Janny unterhielten sich in einem Code, den jedes Mitglied des Operationsteams verstand. Weil die Gefahr bestand, daß der Patient mithörte, benutzten sie die übertrieben schmeichelhaften Einschätzungen, wie sie in persönlichen Urteilen verbreitet waren, wobei ›zehn‹ gleichbedeutend mit ›sieben‹ war und ›hervorragend‹ mit ›ziemlich gut‹. Es war eine Sprache, in der ›Ich habe hier ein kleines Problem‹ Pulsfrequenzen auf Trab brachte.

»Ich bin wirklich froh, daß du hier bist«, sagte Tommy. »Die Patientin könnte sich keine bessere Ärztin wünschen.« Diesmal brauchte Tommy auf keinen Code zurückzugreifen.

Janny blinzelte, ihre einzige Reaktion auf das Lob. »Reden wir bald mal über die Prioritäten?«

»Klar.« Zum Teil zielte Janny darauf ab, daß hier mehr Arbeit auf sie wartete, als sie selbst in einer Vierundzwanzig-Stunden-Schicht hätten erledigen können. Um die meisten wirklich lebensbedrohlichen Probleme hatten sie sich inzwischen gekümmert, und bald begann die bedächtigere Arbeit an Aufgaben wie der Gesichtsrekonstruktion und dem Austausch der Augen.

»Ich bin wirklich froh, daß du hier bist.« Manchmal mußte Tommy Janny zweimal einen Anstoß geben, ehe sie sich dazu durchrang, ein Kompliment anzunehmen.

Jannys Chirurgenmaske wölbte sich fast unmerklich über den Wangen, als sie lächelte. Winzige Falten erschienen in ihren Augenwinkeln. Sie senkte die

Stimme. »Danke, Tommy. Das ist nett von dir. Und du kannst sicherlich jede Hilfe gebrauchen, die du nur kriegst.« Diesmal war ihr Lächeln durch die Maske deutlicher zu sehen.

Tommy nickte gutmütig. Im Gegensatz zu ein paar seiner egozentrischen Kommilitonen war er Chirurg geworden, weil er wirklich in die Idee verliebt war, Menschen vom Rand des Todes zurückzuholen. Leider konnte er sich auch gut in andere hineinversetzen, manchmal zu gut. Ab und an verlor er sich für einen Augenblick in Gedanken und stellte sich vor, er wäre selbst der Patient oder einer von dessen Lieben. Janny konnte spüren, wenn er einen solchen toten Punkt erreichte, und ihn mühelos wieder herausholen; außerdem war sie eine wirklich talentierte Chirurgin. Falls Tommy selbst irgendwann mal der Patient sein sollte, wünschte er sich, daß Janny die leitende Chirurgin war, kein Zweifel. Janny war der einzige Mensch, dem gegenüber er seine »unärztlichen« Emotionen eingestand.

Tommy deutete auf die Beine der Frau. »Sobald wir mit der Reparatur von Herz und Nieren fertig sind, schätze ich, steht die Arbeit an den Beinen auf der Tagesordnung.« Beide Kniescheiben waren rettungslos zerdrückt, aber schlimmer noch schlug zu Buche, daß beide Oberschenkelknochen zertrümmert waren. Nicht einmal die längsten und stärksten Knochen im Körper waren stabil genug, um nicht zwischen einem Schott und einem schweren Schrank zermalmt zu werden. Falls Janny und Tommy jetzt versuchten, die Beine wieder hinzubekommen, war das ein langes und schmerzhaftes Verfahren, und das allerbeste, worauf Alis jemals hoffen konnte, war die Beschränkung auf sehr niedrige Schwerkraftverhältnisse. Falls sie sie jedoch mit neuen Beinen ausstatteten, würden die meisten Leute wahrscheinlich nie mitbekommen, daß sich überhaupt etwas verändert hatte.

Janny nickte. »Und ich denke, die Augen werden warten müssen, bis die Beine heilen.«

Tommy betrachtete Alis, während er auf Jannys Fragen antwortete. Alis war ohnehin die Person, für die er die Antworten gab. »Okay. Und Quentin wird ziemlich genau zum richtigen Zeitpunkt hier eintreffen. Falls überhaupt jemand Wunder an den Augen vollbringen kann, dann Quentin.«

Tommy mußte abbrechen und für einen kurzen Moment die Augen schließen; er dachte daran, wie erschreckend es für ihn wäre, wenn jemand eines seiner Augen ersetzen müßte. Ihm wurde schon übel, wenn er für die jährliche Laserkorrektur auf dem Stuhl saß und sich plötzlich vorstellte, wie es sich wohl anfühlte, wenn der Laser nicht auf die Unterseite der Hornhaut gerichtet wäre und der Impuls nicht nur Mikrosekunden dauerte, sondern der Laser tiefer eindrang und die Schaltuhr versagte. Tommy war ein noch schlechterer Patient als andere Ärzte.

Sie verwendeten noch ein paar Minuten auf ihre Planung, ohne dabei die langwierige Rehabilitation und Beratung anzusprechen, die Alis brauchen würde. Etliche Patienten mit geringeren Verletzungen hatten sich nie mehr von dem Selbstmitleid befreien können, das in der Zeit nach der Operation einsetzte. Nach mehreren Runden von Komplikationen, die durch Abstoßung von Gewebe bedingt waren, schienen etliche Patienten mehr am psychologischen Schaden als am ursprünglichen Unfall zu leiden, zusätzlich zu den dokumentierten Gefühlen der Mechanisierung, die daraus resultierten, daß ein so großer Teil des Körpers ersetzt worden war.

Schließlich sagte Janny: »In Ordnung. Bist du bereit, wieder an die Arbeit zu gehen?«

Karl erwachte in einem Krankenhausbett. Ein paar Sekunden lang fragte er sich, ob einige Spaßvögel der Clean Tricks Gang ihn mit Medikamenten betäubt und hier abgeladen hatten, zusammen mit einem Krankenblatt, dem zufolge er einen penisvergrößernden Eingriff beantragt hatte.

Nein, dieser Gag war Vergangenheit, und Franklin Amarty hatte ihn gutgelaunt hingenommen, wie zum Glück auch das Krankenhauspersonal. Das hier mußte ein neuer Gag sein.

Karls Kopf wurde ein wenig klarer, und ihm fiel ein, daß er seit Jahren niemanden aus der Gang mehr gesehen hatte. Er hob das linke Handgelenk und blickte auf die Datums- und Zeitanzeige auf dem hautfarbenen Pflaster am Daumenballen. Die Clean Tricks Gang gehörte seit fast zehn Jahren nicht mehr zu seinem Leben.

Karl bemerkte, daß er am rechten Handgelenk ein Armband trug. Vielleicht war es ein Überwachungsgerät oder diente der Identifizierung der Krankenhauspatienten. Er spürte auch ein paar warme Stellen auf der Brust und weitere an Hals und Beinen. Sie mußten von Überwachungsdisks herrühren, die an seine Haut geheftet waren.

Ein Krankenpfleger trat an sein Bett, und als wäre der Mann in seinem weißen Kittel ein Katalysator, stürmte die Erinnerung wieder auf Karl ein. Die leicht gekrümmte Decke, die fehlenden Fenster, der leichte metallische Geruch, den die Luftreiniger nie ganz beseitigen konnten, das fast unmerkliche Summen von Maschinen, das durch all die Verstrebungen und Metallplatten und Nieten der Station Tokio übertragen wurde. Er lag auf dem Krankenrevier.

Und er lag deshalb hier, weil sein Shuttle die Station gerammt hatte. Erneut blickte er auf die Uhr. Das mußte fast vierundzwanzig Stunden zurückliegen.

Der Krankenpfleger wirkte gar nicht so besorgt, wie Karl erwartet hatte. Der Mann sagte nur: »Dr. Himalt sieht bald nach Ihnen.«

Karl nickte. »Können Sie mir sagen, ob irgend jemand verletzt wurde? Ich meine, sonst noch jemand?«

Der Ausdruck des Krankenpflegers wechselte zu dem eines Bankangestellten, der sich überlegte, ob ein Kunde kreditwürdig war. Die dunklen Augen schienen auf einer Stelle hinter Karls Kopf zu ruhen. Endlich sagte er: »Zwei Tote plus eine Person, die sich wahrscheinlich nicht mehr erholen wird. Eigentlich erstaunlich, daß die Verluste so gering waren.«

Karl hörte die Bemerkung mit den Verlusten kaum. Er hörte nur »Zwei Tote plus eine Person, die sich wahrscheinlich nicht mehr erholen wird«, und ihm wurde kalt in der Magengrube. Er wünschte sich verzweifelt, dies wäre wirklich ein Streich, den ihm die Clean Tricks Gang spielte. Wie wütend er auch darüber gewesen wäre, wenn man ihm weisgemacht hätte, er wäre für einen Todesfall und einen Beinahe-Todesfall verantwortlich – es war immer noch nicht so schlimm, wie zu *wissen,* daß er so etwas getan hatte.

Als sich der Krankenpfleger schweigend entfernte, verlor sich Karl in einer inneren Auseinandersetzung über »Was-wäre-wenn«-Fragen. Natürlich hatte er die Station nicht absichtlich gerammt, und natürlich war es nicht aus Nachlässigkeit geschehen. Aber er hatte am Steuer gesessen. Pilot oder nicht, er hätte auf eine Möglichkeit kommen müssen, wie er die Katastrophe vermeiden konnte.

Der Mund fühlte sich trocken an. Als er sich umdrehte, um eine Wassertube zu suchen, konnte er das Armband an seinem Handgelenk besser sehen. Es war kein Überwachungsgerät des Krankenreviers. Es war eindeutig ein Apparat des Justizwesens – ein Lokalisationsarmband. Sobald ihm das klar geworden war und er an den Sprengstoff zur Manipulationssicherung dachte, kribbelte ihm der ganze Arm. Aber wieso trug er so was? Lokalisatoren kamen doch nur bei verurteilten Insassen und Angeklagten, die ihren Prozeß erwarteten, zum Einsatz.

Die Lage war noch schlimmer, als er erwartet hatte. Er

starrte auf das glänzende Armband. Er hatte noch nie eines aus der Nähe gesehen. Auf morbide Art wirkte es faszinierend. Die Oberfläche war mit etwas überzogen, was wie kleine Kugellagerkugeln aus rostfreiem Stahl aussah. Obwohl es ganz und gar nicht häßlich war, konnte man es nicht mit einem Schmuckstück verwechseln.

Karl hoffte, daß der Doktor bald eintraf. Er mußte erfahren, was hier vor sich ging.

Der Doktor erwies sich als eine sehr große Frau mit bronzefarbenen Haaren. Karl konnte sich vage daran erinnern, sie schon in der Cafeteria gesehen zu haben, aber da hatte er noch nicht gewußt, was sie beruflich machte. Entweder hatte der Pfleger ihr berichtet, daß Karl wach war, oder sie war von der Veränderung irgendeiner überwachten Körperfunktion alarmiert worden.

Der Doktor schien mit ihm als Patienten auch nicht allzu glücklich zu sein. Karl hatte auf einmal das Gefühl, Patient auf einer Station voller tödlicher Ansteckungsgefahr zu sein. Der Ausdruck der Ärztin blieb auch dann noch ernst, als sie neben seinem Bett stand. Ohne stärker auf Karl zu reagieren, als daß sie in seiner Nähe stehenblieb, stach sie mit dem Finger auf den Sensorbildschirm am Fußende des Bettes ein und betrachtete sich dort eine Folge von Bildern, die für Karl nicht erkennbar waren. Der Name, den das Schild auf ihrer Brust verriet, war Karl unbekannt; sie mußte relativ neu auf der Station sein.

»Guten Morgen, Doktor«, sagte Karl sanft.

Die Ärztin kontrollierte erst noch ein paar weitere Bilder, ehe sie aufblickte und Karl zum erstenmal zu sehen schien. »Sie hatten einen ganz schön fleißigen Tag, Mr. Stanton.«

»›Schrecklich‹ trifft es viel besser als ›fleißig‹.«

»Na ja, für die anderen Leute war es viel härter als für Sie, denken Sie nicht?«

»Es sind die anderen Leute, an die ich denke.«

»Vielleicht hätten sie früher an sie denken sollen.«

»Was genau soll das denn heißen?«

»Ich meine damit, daß ich dachte, Piloten sollten bei ihrer Arbeit wach bleiben.«

»Ich war wach.« Wäre plötzlich eine sehr lange Nadel aufgetaucht, hätte Karl sich auch nicht unbehaglicher gefühlt. »Warum denken Sie, ich hätte einen Pilotenfehler gemacht?«

»Das gehört nicht zu meinem Fachgebiet. Ich kann nur sagen: ›Sie werden es überleben.‹«

»Ist das alles, was Sie mir sagen möchten? Was zum Teufel ist hier eigentlich los?«

Die Ärztin ging weg, ohne zu antworten. Ihre sich entfernenden Schritte klangen in Karls Ohren irgendwie immer lauter.

Der lächelnde Mann traf keine zehn Minuten später ein, nachdem die Ärztin gegangen war. Er verbreitete eine lässige Atmosphäre, in der sich Karl stärker entspannte, als er hätte tun sollen.

»Hallo allerseits«, sagte der Mann. »Sie sind Karl Stanton, wenn ich richtig vermute.«

Karl blickte sich um.

Er war der einzige Patient in dieser Sektion des Krankenreviers, also wäre es etwas schwierig gewesen, ihn zu übersehen. »Das bin ich.«

»Wunderbar. Das ist wunderbar. Falls Sie sich dem gewachsen fühlen, muß ich Ihnen ein paar Fragen zu den gestrigen Ereignissen stellen.«

»Sicher.«

»Nebenbei, ich bin Leroy Barstow«, sagte der Mann. Er zog einen Stuhl heran, drehte ihn zu sich herum und setzte sich rittlings darauf. »Bei jedem Unfall müssen wir eine Menge Fragen stellen. Ich werde Ihnen ruckzuck auf die Nerven gehen.«

»Kein Problem. Sieht nicht danach aus, als würde ich heute noch irgendwoanders hingehen.«

»Das war wirklich gut, Doc«, sagte Leroy, der immer noch lächelte. »Sie sind doch ein Doc, stimmts?« Er brachte eine Packung Kaugummi hervor und bot Karl ein Stück an.

Karl lehnte mit einer Handbewegung ab. »Habe allerdings in Biologie promoviert, nicht Medizin.«

Leroy warf sich ein Kaugummi ein und steckte die Packung weg. »Ah. Dann erzählen Sie mir mal von gestern.«

»In welchem Detail?«

»Was immer Sie für sinnvoll halten. Ich frage Sie schon, wenn ich mehr erfahren möchte.«

»Okay.« Karl rekapitulierte die zwölf Stunden vor dem Unfall und fing mit dem Abendessen an Bord von Station Tokio an. Während der letzten Woche hatte er Nachtschicht gehabt und zusammen mit einem ganzen Biologenteam Experimente mit Mikroben durchgeführt. Die Mikroben steckten in Kugeln von der Größe von Basketbällen, die die Wissenschaftler periodisch durch den Weltraum treiben ließen, weit genug von der Station entfernt, daß die künstlich erzeugten elektrischen und magnetischen Restfelder effektiv unwirksam waren. Karl war damit an der Reihe gewesen, eine weitere Probe draußen abzusetzen, und hatte deshalb das Shuttle genommen.

Leroy unterbrach ihn ein paarmal gutmütig, um den einen oder anderen Punkt zu klären. Er war still, als Karl mit der Schilderung des Rückflugs begann. Als Karl beim Zeitpunkt des Shuttleversagens eintraf, hörte Leroy auf, auf seinem Kaugummi zu kauen.

Karl schloß seine Geschichte mit dem Aufprall und den unklaren Erinnerungen an das, was darauf folgte.

Leroy schwieg eine ganze Weile, ehe er wieder auf dem Kaugummi kaute. »Außerordentlich merkwürdige Geschichte, Doc.«

»Denke ich auch. Ich hatte noch nie zuvor eine Shuttlestörung erlebt, nicht bei all den Reserveanlagen, die diese Dinger haben.«

»Wieviel verstehen Sie von Shuttles?«

»Wie meinen Sie das? Ich weiß, wie man eines fliegt. Ich könnte aber keines reparieren.«

»Sie haben keine Ahnung von Elektronik oder dem Innenleben des Steuerungssystems?«

»Ich kenne mich noch ein wenig in der Theorie elektrischer Schaltungen und solchen Dingen aus, die ich auf der Schule gelernt habe, aber ich verstehe überhaupt nichts von Shuttleelektronik. Und selbst wenn ich es täte, könnte ich ein solches Problem nicht innerhalb weniger Minuten beheben, es sei denn durch Hämmern auf die Schalttafeln. Nebenbei – ich kann Ihnen sagen, daß das nicht funktioniert; ich habe es probiert.«

»Wie kommen Sie mit den Wechselschichten klar, Doc? Spielen die Ihrem Stoffwechsel nicht übel mit?«

Karl war von der plötzlichen Wendung überrascht, antwortete jedoch auf die Frage. »Ich bin nicht gerade verrückt danach, aber falls Sie je Schichtdienst gehabt haben, dann wissen Sie auch, daß wir einige recht gute Medikamente haben, die bei der Neueinstellung der inneren Uhr helfen. Die erste Schicht nach einem Wechsel ist etwas schlimmer als eine normale, aber nicht viel. Bei der zweiten Schicht läuft es schon wieder prima.«

»Haben diese Medikamente Sie je schläfrig gemacht?«

»Nee.«

»Was ist mit Ihrem Privatleben, Doc? Irgendwelche Probleme, die Ihnen den Schlaf rauben?«

»Keine dieser Art. Wieso fragen Sie ...« Karl drehte den Kopf und blickte Leroy direkt an. »Was wollen Sie mit all dem sagen? Denken Sie, es wäre ein Pilotenfehler gewesen? Das ist lächerlich.«

»Wirklich?« Leroy lächelte nicht mehr, und sein Ausdruck hatte nichts mehr von einem netten Burschen an sich.

Karl wurde sich abrupt darüber klar, daß Leroy in seinem Job sehr gut sein mußte. »Es war kein Pilotenfehler! Ich bin weder an der Steuerung eingeschlafen, noch habe ich irgendeinen dummen Fehler gemacht. Etwas ist ausgefallen. Mehrere Dinge sind ausgefallen. Ich habe Ihnen erklärt, was passiert ist. Wieso verschwenden Sie Ihre und meine Zeit, wenn Sie sich lieber über die Geschehnisse ins Bild setzen sollten, indem Sie sich den Flugschreiber ansehen?«

»Ah, da haben wir wieder einen dieser praktischen Haken, Doc.« Mit dem ernsten Gesicht wirkte Leroy wie eine ganz andere Person. »In der Black Box steht überhaupt nichts. Sie ist vollständig leer.«

»Was meinen Sie mit ›praktischen Haken‹?« fragte Karl, schon während ihm klar wurde, worauf Leroy die ganze Zeit abgezielt hatte.

»Ich meine, falls ich eingeschlafen wäre und einen Unfall verursacht hätte, der ein paar Leuten das Leben kostete und ebensogut eine dritte Person umgebracht haben könnte, und falls ich etwas von Shuttleanlagen verstehen würde, könnte ich mich versucht fühlen, die Black Box zu zerstören und dann zu behaupten, daß eine Störung vorgelegen hätte. Bei all den Schäden, die das Shuttle erlitten hat, könnte es ein bißchen schwierig sein, mir das nachzuweisen. Sie schlagen den falschen Verdächtigen zusammen. Das Shuttleversagen war ein Unfall.«

»Wir werden sehen.«

Als Leroy aufstand und sich zu gehen anschickte, war sein Ausdruck so eisig, wie er nur wenige Minuten zuvor jovial gewesen war.

Karl entschied, daß Leroy ein guter Schauspieler gewesen wäre.

Tommy Weng leistete in den nächsten paar Tagen mehr Arbeitsstunden als normalerweise in einer Woche.

Alis' Körper schien zufriedenstellend mit dem Tsuyoi-Herz klarzukommen, und auch die Morganstern-Niere bereitete keine Abstoßungsprobleme. Tommy hatte genügend Arterien- und Venenabschnitte durch Everlast-Leitungen ersetzt, daß er sich wie ein Elektriker vorkam, der Drähte in einem alten Radio austauschte. Tommy hatte noch nie eine Patientin gehabt, an der so viel auszutauschen war. Normalerweise waren Verletzungen, wie Alis Nussem sie hatte, von massiven Rückenmarksschäden begleitet oder führten zum Hirntod.

Die übrigen Faktoren, die sich zu Alis' Gunsten auswirkten, waren ihre ausgezeichnete Verfassung und das Alter von weniger als dreißig Jahren. Die gleichen Verletzungen hätten jeden, der nicht über diese Vorteile verfügte, fast mit Sicherheit umgebracht. Alis' Durchhaltevermögen wurde auch so schon bis an die Grenze beansprucht. Obwohl sie den ganzen Tag reglos dalag, verbrauchte sie eine kalorienreiche Diät, während den körperlichen Regenerationskräften Spitzenleistungen abverlangt wurden.

In gewisser Weise hatte sie Glück mit den vielen Transplantaten; hätte der Körper auch noch alle diese Organe heilen müssen, wäre entweder die Heilung viel langsamer verlaufen oder er hätte einfach aufgegeben. In weitgehend gleicher Weise konnte eine Unterkühlung dem Körper signalisieren, eine Reihe von Schutzmaßnahmen zu ergreifen; ein Trauma war manchmal jedoch so verheerend, daß der Körper fand, genug war genug, und einfach aufgab.

Bis hinab zu ihren weißen Blutkörperchen war Alis Nussem eine Kämpfernatur.

Seine Wege zum Trainingsraum führten Karl an dem Privatzimmer vorbei, in dem Alis Nussem lag, wenn sie gerade nicht operiert wurde. Beziehungsweise das, was von ihr übrig war.

Als Karl zum erstenmal das Hologramm gesehen hatte, das neben ihrer Tür an der Wand aushing, war er benommen gewesen. Jetzt, wo er es sich ein paarmal angeschaut hatte, war er nur noch sprachlos. In Krankenhäusern auf der Erde wurde das Krankenblatt sicher verwahrt und als privat behandelt; in den beengten Verhältnissen von Weltraumhabitaten war Privatsphäre eher eine glückliche Fügung als ein Recht. Er vermutete, daß man das Hologramm deshalb ausgehängt hatte, weil sich so viele Menschen ständig nach den Fortschritten erkundigten, die Alis machte. Obwohl er wußte, daß er den Unfall nicht verschuldet hatte, vermittelte ihm das Hologramm Schuldgefühle.

Der Aushang zeigte die bislang geleistete Arbeit und den weiteren Plan für Alis. Die Körperteile, die sie vor dem Unfall gehabt hatte, waren in verschiedenen Grau- und Rotschattierungen dargestellt. Die nichtorganischen Ersatzorgane wie das Herz waren in metallischen Tönen hervorgehoben. Beschädigte Bereiche, die sich aus körpereigenen Kräften regenerierten, wie die gebrochenen Armknochen, wurden purpurfarben dargestellt, struktureller Ersatz wie die großen Beinknochen dagegen kohlschwarz. Arbeit, die noch zu leisten war, wie der Austausch der Augen, war gelb abgebildet.

Neben dem Hologramm hing ein Bild von Alis vor dem Unfall. Glänzend schwarze Haare hingen ihr bis auf die Schultern. Intelligente grüne Augen erweckten einen wachsamen Eindruck; sie schien für alles bereit, mit dem das Leben sie vielleicht konfrontierte. Die Uniform ließ die eckigen Schultern vielleicht etwas breiter erscheinen, als sie tatsächlich waren. Die Lippen formten die Andeutung eines Lächelns, als hätte Alis den Photographen gerade bemerkt und würde auf ihn reagieren. Irgendwie schien das Photo, das sie in diesem Augenblick bannte, eine Mahnung daran zu sein, wie flüchtig bestimmte Augenblicke sein und wie schnell sich die Dinge ändern können.

Karl sah wieder das Hologramm an. Im Zuge seiner Abschlüsse in Biologie hatte er sich genügend beiläufige medizinische Kenntnisse erworben, um zu erkennen, daß Alis noch vor wenigen Jahrhunderten an jedem einzelnen von mindestens einem Dutzend dieser medizinischen Probleme hätte sterben können. So viel von Alis war ausgetauscht worden, daß Karl sich die Ärzte vorstellen konnte, wie sie geschmacklose Witze über Ersatzteile machten, die die Fragmente des ursprünglichen Gewebes abstießen.

Falls doch nur irgend jemand anderes zu diesem Einsatz gestartet wäre! Falls er sich doch nur ein anderes Shuttle ausgesucht, vielleicht auch nur eine so kleine Veränderung vorgenommen hätte wie einen um fünf Minuten verfrühten oder verspäteten Start! Falls doch nur.

»Lieutenant Stanton ist unschuldig«, sagte Rog Dameko, der Karl zugeteilte Verteidiger.

Karl sah sich die Gesichter an. Richter Thompson war gelassen, aber einer der beiden Beisitzer runzelte die Stirn, und der andere preßte die Lippen gerade fest genug zusammen, daß Karl es bemerkte. Karl schenkte sich einen Blick auf die Staatsanwältin; er konnte voraussetzen, daß sie nicht auf seiner Seite stand.

Zum Glück brauchte Karl nicht die Gesichter einer ganzen Geschworenenbank zu betrachten. Zum gegenwärtigen Zeitpunkt gab es noch keine Geschworenen. Die Voruntersuchung diente dazu, Klarheit über den nächsten Schritt zu gewinnen. Rog Dameko hatte Karl versichert, es würde zu keinem nächsten Schritt kommen.

Richter Thompson räusperte sich. »Tragen Sie Ihre Argumente vor.«

Rog Dameko stand auf. Er war ein spindeldürrer junger Bursche, der erst vor einem Jahr seinen Abschluß gemacht hatte, aber Karl war mit ihm zufrieden. Rog war clever, und wenigstens er sagte, er würde Karl glauben.

»Ich habe alles, was ich vortragen möchte, schriftlich vorliegen, so daß Sie es sich später genauer ansehen können, aber ich kann es recht kurz zusammenfassen. Und ich werde ganz offen sein. Obwohl ich aufrichtig glaube, daß mein Mandant Opfer eines Unfalls wurde und sich *keines* Pflichtversäumnisses schuldig gemacht hat, bestehen die Indizien, die ich vorlegen möchte, vor allem aus Material, das zwar die Unfalltheorie untermauert, aber ein Pflichtversäumnis nicht beweiskräftig ausschließt. Offenkundig ist, daß mein Mandant seine Unschuld nicht beweisen muß. Ich glaube, daß er unschuldig ist, und ich wünschte, ich könnte diese Unschuld beweisen, aber ohne die Daten aus dem Flugschreiber glaube ich ehrlich nicht, daß ich dazu in der Lage bin. Was ich allerdings vorhabe, ist die Unmöglichkeit zu demonstrieren, daß ihm irgend jemand eine Schuld nachweisen kann.«

Richter Thompsons Miene blieb undurchdringlich. »Fahren Sie fort.«

Rog holte tief Luft. »In Ordnung. Erstens. Der Flugschreiber ist irgendwie vor, während oder nach dem Aufprall beschädigt worden. Die Black Box selbst wies keine Spuren eines Manipulationsversuchs auf, und eine Durchsuchung des Shuttles erbrachte keine Hinweise auf die Spezialwerkzeuge, die dazu nötig wären, sie zu öffnen.

Zweitens. Beide Stromversorgungsanlagen zeigten Schäden, die allem Anschein nach auf Einschläge von Mikrometeoren zurückgehen. Ich habe hier ein technisches Dokument, verfaßt von einem Shuttlekonstrukteur, demzufolge eine simultane Störung, zu der es *anscheinend* gekommen ist, tatsächlich zu Effekten führen könnte wie einem Ausfall des Flugschreibers und massiven Störungen im Steuerungsmechanismus sowie im Subsystem für den Funk.

Drittens. Keine der befragten Personen kann ein Motiv anführen, das den Beschuldigten veranlaßt hätte, absichtlich die Station zu rammen, und keiner der Befragten würde von dem Beschuldigten erwarten, an der Steuerung einzuschlafen oder sonstwie unverantwortlich zu handeln.

Alles in allem halte ich es für unmöglich, daß die Anklagevertretung Methode, Gelegenheit oder Motivation für diesen Unfall auf eine absichtliche Handlung des Beschuldigten zurückführen oder als Resultat von Nachlässigkeit darstellen und das beweisen kann. Ich glaube, daß es ein echter Unfall war, und ich glaube auch, daß man das Gegenteil unmöglich *beweisen* kann.«

Karl hätte es gern gesehen, wenn seine Charakterzüge und die Unmöglichkeit eines Verschuldens seinerseits nachdrücklicher präsentiert worden wären, aber dieses Spiel hier drehte sich um Logik, und lauter zu werden schien nicht den Eindruck zu verstärken, daß jemand logisch argumentierte.

An der Wand hinter dem Richter sah er das Emblem des Dreierdienstes der Internationalen Raumfahrtagentur ISA, mit Adler, Wolf und Bär. Der Hintergrund des Emblems setzte sich aus Motiven aus den USA, der Japanisch-Chinesischen Allianz und der Russischen Föderation zusammen. In den Lücken zwischen den drei Unterteilungen waren die Kennzeichen von Heer, Marine und Luftwaffe zu sehen.

Karl hatte sein Patent von der ISA erhalten. Falls dieses Gericht es widerrief, wäre er künftig von den weitaus meisten Raumfahrteinsätzen ausgeschlossen, die unter dem militärischen Schirm der ISA stattfanden, und hätte sich mühsam bei der GSSC um Aufträge bemühen müssen – der General Space Support Corporation. Dabei handelte es sich um eine zivile Organisation, die hinter allen Jobs her war, die der ISA zu langweilig waren oder zu kurzfristig, um sich selbst darum zu kümmern.

Richter Thompson besprach sich unhörbar mit der Frau rechts und dem Mann links von ihm. Keiner von ihnen wirkte glücklich.

Da jeder Beweis dafür fehlte, daß der Unfall Karls Schuld gewesen war, hatte der Richter eigentlich keine Wahl. Karl bedankte sich bei Rog Dameko überschwenglich für die Zeit, die der Anwalt investiert hatte, und versuchte, sein Leben fortzuführen.

Bis zum Mittag des nächsten Tages war für Karl erkennbar geworden, daß seine Freunde gut mit dem Urteil »nicht schuldig« leben konnten, daß sich Fremde jedoch weniger geneigt zeigten, ihm zu glauben. Menschen, die er nicht kannte, bedachten ihn mit verwirrtem Stirnrunzeln, ausdruckslosen Blicken und gelegentlich einer finsteren Miene, aber keiner trat ihm offen entgegen und behauptete, das Urteil wäre falsch.

Ein Schulfreund von Karl war einmal des Diebstahls bezichtigt worden. Man warf ihn nicht von der Schule, also lag offensichtlich kein Beweis vor, aber trotzdem veränderte der Vorfall Karls Gefühle. Jetzt wurde ihm klar, daß die jetzige Situation davon gar nicht so stark abwich.

Karl hatte schon gelegentlich darüber nachgedacht, sich an Bord eines der Schiffe des Dreierdienstes versetzen zu lassen, die eine Vielzahl wissenschaftlicher Aufträge im ganzen Sonnensystem ausführten. Am Ende des Tages stellte sich diese Idee viel verlockender dar.

Er beschloß, nicht übereilt zu handeln. Mit ein bißchen Glück würden die Erinnerungen der Leute an den Zwischenfall schon bald verblassen.

Alis träumte. Sie schien in einem lauten Fahrzeug zu stecken und einem Radio zuzuhören, das sich einfach nicht fest auf einen Sender einstellen konnte. Einem Gesprächsfetzen folgte Rauschen, um dann wieder für gerade mal vier oder fünf klar verständliche Worte von einem anderen Sender abgelöst zu werden, ohne Zusammenhang zum Vorangegangenen und zum Folgenden.

»Vorsicht mit dem ...« Rauschen. »... funktioniert besser ...« Rauschen. »Denkst du, daß sie ...« Rauschen. »... sich daran erinnern wird ...« Rauschen. »... beiden Beinen ...«

Ganz allmählich verbesserte sich der Empfang, so allmählich, daß sie den Fortschritt nur feststellte, indem ihr gelegentlich plötzlich klar wurde, daß die Sätze länger geworden waren.

»Können Sie mich hören, Alis?« Rauschen. »... Herz scheint stabil zu arbeiten, und der Blutdruck bewegt sich innerhalb ...« Rauschen. »Wächst gut zusammen, aber sorgen wir doch für etwas mehr Strom in ...«

Mit der Zeit wurde der Empfang deutlicher und wirkte immer weniger wie ein schlechtes Radio; Alis gewann das Gefühl, daß die Leute, die da redeten, sich tatsächlich in ihrer Nähe befanden.

Irgendwann bemerkte Alis, daß sie nicht in einem Fahrzeug saß. Sie lag auf dem Rücken im Bett. Und eine der Stimmen wandte sich an sie.

»Alis? Alis Nussem? Hören Sie mich?« Es war eine Männerstimme.

»Sieh mal auf den Monitor, Tommy. Ich denke, sie müßte dich hören.« Die zweite Stimme gehörte einer Frau.

»Alis, Sie liegen auf dem Krankenrevier an Bord der Station Tokio, und Sie werden sich wieder ganz erholen.« Die Männerstimme klang zuversichtlich und erweckte Vertrauen.

Alis versuchte zu sprechen, aber der plötzliche

Schmerz im Hals reduzierte ihre Stimme auf ein Krächzen. »Hallo.«

»Alis!« sagte die Männerstimme. »Sie können mich also hören. Entspannen Sie sich einfach. Ihre Kehle ist vielleicht noch ein bißchen steif. Gehen Sie es ruhig an.«

Alis schluckte ein paarmal. »Was ist passiert?« Diesmal war ihre Stimme klarer.

»Sie hatten einen Unfall. Sie haben versucht, ein Gasleck zu stopfen, und es kam zu einer Explosion.«

»Ich erinnere mich nicht an einen Unfall.«

»Das ist nicht sehr ungewöhnlich. Sie haben eine Gehirnerschütterung erlitten. Die Erinnerungen an den Zeitpunkt des Unfalls kehren vielleicht zurück, vielleicht aber auch nicht.«

»Ich kann nicht ... kann nichts sehen.« Alis versuchte, nach den Augen zu greifen, konnte es aber nicht.

»Sie haben immer noch einige Verbände um den Kopf, vor allem zu Ihrem Schutz.« Während der Mann redete, sagte die Frau im Raum leise etwas, was Alis nicht verstand. »Ihre Arme sind angeschnallt. Beide Arme waren gebrochen, und wir wollten nicht, daß Sie sich versehentlich schaden, falls Sie unerwartet zu sich kämen. Aber machen Sie sich keine Sorgen um die Arme; sie heilen gut, und solange Sie vorsichtig sind, können wir die Halterung lockern.«

»Sie heilen gut? Wie lange bin ich schon hier?«

Der Mann zögerte. »Fast zwei Wochen.«

Alis spürte, wie sich ihre Finger unwillkürlich ins Bett krallten, und leichte Schmerzstiche zuckten durch beide Arme. »Was mit mir passiert ist, geht noch weit über zwei gebrochene Arme hinaus, nicht wahr, Doktor?«

»Dr. Weng. Und auch Dr. Rankine ist hier bei uns.«

»Hallo, Alis«, sagte die Frauenstimme.

»Alis, Sie sind ganz schön schlimm verletzt worden, aber Sie werden sich wieder erholen. Ihre Genesung wird noch einige Zeit dauern, aber Sie schaffen das.« Dr.

Wengs Stimme klang nicht mehr ganz so selbstsicher wie eben.

»Wenn Sie mir nicht erzählen, was los ist, machen Sie mich nur noch nervöser.« Alis hörte das Beben der eigenen Stimme und wußte nicht recht, ob es an der Panik lag, die durch ihre Nerven strömte, oder einfach am mangelnden Gebrauch.

»Es tut mir leid. Ich dachte nur, es wäre leichter für Sie zu erfahren, daß Sie wieder so gut wie neu sein werden, ehe wir uns über das verbreiten, was vorübergehende Probleme sind. Sie haben sich etliche Knochen gebrochen. Mehrere Ihrer Organe wurden beschädigt, aber darunter war keine Verletzung, mit der wir nicht fertig wurden.«

»Heißt ›fertig werden‹ so etwas wie ›amputieren‹, oder heißt es ›wieder hinbekommen, daß ich wieder so werde wie vorher‹?«

Der Doktor zögerte wieder. Alis gefiel das nicht.

»Ich meine damit, daß Sie wieder so werden wie vorher. Oder besser.«

Alis spürte, wie ihr ein Beben der Erleichterung durch die Brust lief. Als sie über diese Empfindung nachdachte, merkte sie, daß sie die Beine nicht spürte. Sie versuchte die Zehen durchzubiegen, aber sie spürte keinerlei körperliche Reaktion darauf.

»Bitte, Doktor. Sagen Sie mir die Wahrheit: Bin ich noch eine komplette Person?«

»Ja, Alis. Sie haben noch einiges an Behandlung vor sich, aber ich bin sicher, daß Sie im Anschluß wieder ganz okay sind.«

Auf einmal konnte Alis nicht mehr an sich halten. Sie fing an zu weinen und wußte nicht so recht, ob aus Angst oder Erleichterung. Sie spürte keine Tränen auf den Wangen, aber sie mußte die Nase hochziehen, um die Tränen aus den Nasenlöchern zu entfernen.

Die Ärzte ließen sie weinen und versuchten nicht, sie aufzuhalten; dafür war sie dankbar.

Etliche Minuten später hatte sich Alis wieder besser in der Gewalt. »Was ist passiert? Sie sagten, eine Explosion?«

Die Frau antwortete ihr. »Ein Shuttle hat die Station seitlich gerammt. Sie waren gerade dabei, einige der Schäden zu reparieren, als eine Gaskonzentration explodierte.«

»Wurde sonst noch jemand verletzt?«

»Drei Menschen. Zwei sind in derselben Explosion umgekommen; der dritte erholt sich wieder. Der Shuttlepilot wurde ein bißchen durchgeschüttelt, aber es geht ihm wieder gut.«

»Wer ist umgekommen?«

Die Ärztin brauchte eine Minute, um es herauszufinden. Alis kannte die Namen nicht.

»Wer war der Shuttlepilot?«

»Karl Stanton.«

Alis kannte auch diesen Namen nicht, aber das würde sie nicht daran hindern, ihn für immer zu behalten.

Alis schlief. Als sie erwachte, immer noch in Dunkelheit, waren die beiden selben Ärzte wieder da. Diesmal spürte Alis mehr von ihrem Körper, und sie schien überall leichte Schmerzen zu haben, außer unterhalb der Knie. Sie beugte einen Arm und war über die Reaktion beruhigt.

»Ich denke, wir sind jetzt soweit, Ihnen die Kopfverbände abzunehmen«, sagte Dr. Weng. »Aber zuerst müssen wir uns unterhalten. Sie werden erschrecken, wenn Sie sich im Spiegel sehen, aber Ihr Aussehen ist nur vorübergehend beeinträchtigt. Nasenbein und Wangenknochen wurden zerstört, und wir mußten das Gesicht chirurgisch rekonstruieren. Sie denken vielleicht, daß schreckliche Narben zurückbleiben, aber das wird nicht der Fall sein. Innerhalb von ein paar Wochen erkennen Sie nichts mehr davon.«

»In Ordnung. Ich denke, ich verkrafte das. Wenigstens bin ich am Leben.«

»Da gibt es noch mehr«, sagte die Frau, Dr. Rankine. »Ihre Augen wurden stark beschädigt, so daß Sie zunächst vielleicht eine Zeitlang nicht klar sehen. Sie werden wieder prima sehen können, aber zu Anfang könnten Sie ein paar Schwierigkeiten haben. Wir drehen die Lichtstärke herunter.«

Die Vorstellung, daß die Augen verletzt worden waren, machten Alis viel nervöser als die Frage, ob sie einen attraktiven Anblick bieten würde. Sie schluckte schwer. »In Ordnung.«

Leichter Druck an ihrem Kopf teilte ihr mit, daß jemand den Schutzverband löste, der den größten Teil des Gesichts bedeckte; Alis hielt die Luft an, aus Furcht, daß die Ärzte sich verrechnet hatten und sie blind sein würde.

Selbst nachdem der Schutzverband entfernt war und sie kühle Luft im Gesicht spürte, hielt Alis die Augen geschlossen.

Jetzt entdeckte sie schwaches Licht durch die Lider, und sie war enorm erleichtert.

»In Ordnung, Alis«, sagte Dr. Weng. »Können Sie langsam die Augen öffnen?«

Für einen Augenblick glaubte sie, die Lider würden zusammenkleben, aber plötzlich klappten sie auf. Direkt vor den Augen schwebte eine rot und gelb leuchtende Maske. Alis schnappte nach Luft und preßte die Augen wieder zu.

»Was ist los, Alis?« Dr. Wengs Ton war voller Besorgnis.

Sie holte tief Luft und zwang sich zur Entspannung. »Wo bin ich?«

»Sie liegen auf dem Krankenrevier. Bitten sagen Sie mir, was Sie gesehen haben.«

»Eine leuchtende Maske. Was haben Sie mit mir gemacht?«

Dr. Rankine richtete einige sanfte, leise Worte an Dr. Weng.

»Oh«, sagte Dr. Weng. »Jetzt wissen wir, was da nicht stimmt. Hören Sie mir gut zu, Alis. Ich möchte, daß Sie in genau einer Minute die Augen zusammenkneifen. Ich möchte, daß Sie dieselben Muskeln zusammenziehen, die Sie normalerweise benutzen, wenn Sie die Augen zukneifen, ja? Tun Sie so, als wollten Sie in die Sonne blicken und Ihr Helmvisier wäre nicht stark genug abgedunkelt. Ich möchte, daß Sie die Augen zukneifen und diese Muskeln dann wieder entspannen, und ich möchte, daß Sie das viermal hintereinander tun. Eins. Zwei. Drei. Vier. In Ordnung?«

Völlig verblüfft gehorchte Alis. Dann sagte sie: »In Ordnung.«

»Okay, jetzt öffnen Sie die Augen wieder.«

Voller Furcht vor dem, was sie vielleicht sah, schlug Alis langsam die Augen auf. Das Bild war verschwommen, wirkte aber schon viel normaler. Zwei getrennte Bilder vereinigten sich rasch zu einem Stereobild von dem Zimmer und den zwei Ärzten. Ein dunkelhaariger, schläfrig wirkender Mann in weißem Laborkittel stand neben dem Bett und blickte auf sie herunter. Auf der anderen Seite des Betts stand eine blonde Frau in weißem Laborkittel. Die Umgebung wirkte dämmerig, aber trotz des schwachen Lichts waren die Farben kräftig.

»Gott sei Dank«, sagte Alis leise. »Ich dachte, ich würde verrückt oder sowas.«

»In Ordnung«, sagte Dr. Weng. Diesmal sah sie, wie sich seine Lippen bewegten. »Erzählen Sie mir, was Sie sehen.«

»Ich sehe Sie, und ich sehe jemanden, der Dr. Rankine sein muß.«

Dr. Rankine nickte.

»Gut so.«

»Die Sicht ist ein bißchen verschwommen, aber die

Farbwahrnehmung scheint sehr gut zu funktionieren. Aber was habe ich eben gesehen?«

Dr. Weng setzte sich auf einen Stuhl neben dem Krankenhausbett. »Alis, Ihre Augen sind verbessert worden. Ich denke, Sie müssen irgendwie den Infrarotsichtmodus eingeschaltet haben.«

»Sichtmodus?« Alis schloß für einen Moment die Augen. »Verstärkt? Was für eine Untertreibung!«

»Sie haben recht. Wir haben Ihnen brandneue Augen eingesetzt. Es war die einzige Lösung.«

Alis schwieg lange. Sie hätte am liebsten geschrien, gab sich jedoch äußerste Mühe, klinisch ruhig zu bleiben. »Das geht über eine Augentransplantation hinaus, Doktor. Keiner meiner Freunde hat Infrarotsicht.«

»Da haben Sie recht. Ihre neuen Augen stammen nicht von einem Spender. Es sind künstlich hergestellte Ersatzorgane, die viel besser konstruiert sind als die Originale. Und dabei sehen sie Ihren alten Augen sehr ähnlich.«

»Was ist mit den alten Augen passiert?«

Dr. Weng drehte sich zu der Frau um, zu Dr. Rankine, die die Erklärung übernahm. »Ich fürchte, sie wurden irreparabel geschädigt. Wir hatten zwei Möglichkeiten – in dieser Hinsicht gar nichts zu unternehmen, oder Sie mit etwas Besserem auszustatten. Die Augen, die Sie erhalten haben, sind das jüngste Produkt noch anhaltender Forschungen. In zehn Jahren sind sie vielleicht allgemein erhältlich, aber die ersten Versionen sind mengenmäßig stark beschränkt. Ihre Tränenkanäle sind nach wie vor funktionsfähig; die Tränenflüssigkeit hält die neuen Linsen in derselben Weise klar, wie es bei den alten Augen der Fall war.«

Dr. Rankine sagte noch etwas zu Dr. Weng, der sich wieder Alis zuwandte.

»Die Muskelanspannung, zu der wir Sie angeleitet haben, dient dazu, die Augen auf Normalsicht einzustellen. Falls Sie keine Schmerzen haben, würden wir die Beleuchtung gern aufdrehen.«

»Keine Schmerzen. Aber was meinen Sie mit ›einstellen‹?«

»Ihre neuen Augen können viel mehr als die alten. Was Sie jetzt sehen, ist Ihre Normalsicht, aber Sie haben auch andere Modi zur Verfügung wie die Infrarotsicht, die Sie eben festgestellt haben. Winzige Mikroprozessoren helfen Ihnen dabei, zwischen diesen Fähigkeiten umzuschalten. Diese Prozessoren deuten Muskelkontraktionen und wirken daraufhin ihre Magie.«

»Wenn ich also viermal die Augen zukneife ...«

»Damit weisen Sie die Augen an, den Normalmodus zu benutzen. Kann ich die Beleuchtung jetzt hochdrehen?«

Alis nickte, fast überwältigt von diesen Neuigkeiten. Ihr Hals fühlte sich wund an.

Dr. Rankine ging zur Wand und drückte auf die Schaltfläche für die Beleuchtung. Die Lampen im Raum steigerten ihre Lichtstärke langsam und gleichmäßig.

Alis hatte keinerlei Schmerzen, als die Lichtstärke normale Werte erreichte.

Die Farbtöne verschoben sich leicht, und der Kontrast zwischen Licht und Schatten wurde eine Spur deutlicher, aber sie hatte nicht das Bedürfnis, die Augen bei dieser Helligkeit zuzukneifen, die für normale Augen nach zweiwöchiger Inaktivität vielleicht schmerzhaft gewesen wäre.

Dr. Weng drückte einen Schalter, und eine Sehstärkentafel tauchte auf der Wand gegenüber auf. Die unteren drei Buchstabenreihen waren verschwommen, aber die oberen Reihen konnte Alis lesen. »Sehen Sie die Tafel einfach mal für einen Moment an. Ich löse einen Satz von Mustern aus, die ihre neuen Augen auf Selbstdiagnose schalten, damit sie Ihnen die besten Sehleistungen bieten.«

Alis sah zu, wie in rascher Folge Buchstaben kreuz und quer auf der Tafel hell aufleuchteten. Eine Sekunde später wurde die Sicht kurz matter, aber als sie sich wieder klärte, konnte Alis die unterste Reihe auf der Tafel völlig klar lesen.

»Wow!« Sie holte tief Luft. »Ich habe wahrscheinlich noch nie so gut gesehen.« Sie blickte rasch von einer Seite auf die andere und dann wieder auf die Tafel. »Und ich sehe auch keine von diesen komischen kleinen dünnen Dingern; ich weiß nicht, wie man die nennt ...«

»Wahrscheinlich Schwebeteilchen«, sagte Dr. Weng. »Sie sind das Resultat kleiner Partikel im Glaskörper zwischen Retina und Linse. Solche Partikel werden Sie nie wieder sehen. Sie könnten andere Sehschwierigkeiten erleben, falls Ihre Augen mal beschädigt werden. Sie könnten tote Pixel wie auf einem Display sehen. Sie würden sich als winzige schwarze oder weiße Flecken bemerkbar machen, die im Verhältnis zu Ihrem Blickfeld immer an denselben Stellen auftauchen.«

Dr. Rankine trat näher heran und blickte Alis in die Augen. »Sie haben auch keine blinden Flecken mehr. Dort, wo der Sehnerv mit dem Auge verbunden ist, gibt es normalerweise keine Zäpfchen und Stäbchen, die Licht auffangen. Bei Ihren Augen bestand jedoch kein Grund, einen solchen Schwachpunkt einzubauen.«

Alis schloß für einen Moment die Augen. »Verbrauchen meine Augen viel Energie? Ich bin schon von diesen fünf Minuten erschöpft.«

»Nein«, sagte Dr. Weng. »Das ist nur Ihr Körper, der Ihnen mitteilt, daß Sie es ruhig angehen müssen. Ruhen Sie sich etwas aus; wir kommen später zurück.«

Alis nickte matt. »Möchten Sie damit sagen, daß mir noch einige weitere Überraschungen blühen?«

Dr. Weng zögerte. »Ja, das ist so. Aber auf lange Sicht wird nichts an Ihrem Körper in schlechterer Verfassung sein als vorher. Sie haben eine schwierige Genesung vor sich, aber Sie werden wieder ganz in Ordnung kommen. Besser als das.«

»Er hat recht«, bestätigte Dr. Rankine. »Ich habe ihn genau überwacht, und er hat gute Arbeit geleistet.«

»Lassen Sie Dr. Rankine nicht so leicht ohne Lob davonkommen! Sie hat die wirklich schwierigen Sachen gemacht. Und ein paar Experten haben sich um die Dinge gekümmert, die über unsere Fähigkeiten gingen. Hätte Präsidentin O'Langley einen Unfall gehabt, hätte sie auch keine bessere Pflege erhalten können.«

Die beiden Ärzte schafften es, einige von Alis' Ängsten zu zerstreuen, und sie schlief ein.

Irgendwann später erwachte sie. Sie konnte keine Uhrzeit ablesen, aber es schien mehrere Stunden später zu sein. Sie dachte ans Essen und stellte fest, daß sie keinen Hunger hatte. Zwei Schläuche schlängelten sich aus Schalttafeln neben ihrem Kopf herunter, und sie vermutete, daß damit geklärt war, warum sie keinen Bedarf hatte, etwas zu essen.

Sie hatte Schmerzen vom Kopf bis zu den Oberschenkeln, und ohne die beruhigende Anwesenheit der beiden Ärzte erging sie sich in Sorgen über die weiteren Verletzungen, die sie erlitten hatte. Das Fehlen von Gefühl unterhalb der Oberschenkel machte ihr allmählich angst.

Diese Angst wuchs von Minute zu Minute, bis die beiden Ärzte zurückkehrten.

»Ich bin froh, daß Sie wieder wach sind«, sagte Dr. Weng. »Das ist gut. Sie sollten inzwischen mehr Energie haben als gestern noch.«

Gestern? Hatte sie so lange geschlafen? »Was ist mit meinen Beinen los?« platzte Alis hervor. Sie hatte eigentlich geduldiger sein wollen, aber sie mußte es einfach erfahren.

Dr. Weng und Dr. Rankine wechselten Blicke, was nur dazu führte, daß Alis noch nervöser wurde. Das Ergebnis der schweigenden Verständigung war augenscheinlich, daß Dr. Rankine ausgewählt worden war, ihr die Informationen zu geben, und das steigerte Alis' Nervosität wiederum. Die Frau schien diejenige zu sein, deren Aufgabe es war, die schlimmsten Nachrichten zu überbringen.

Dr. Rankine setzte sich auf einen Stuhl neben dem Bett. »Erinnern Sie sich noch an das, was wir gestern gesagt haben? Daß jede Veränderung zum Besseren war? Bitte vergessen Sie das nicht. Ich weiß, daß es beängstigend sein wird, aber Sie kommen wieder ganz in Ordnung.«

»Was ist mit meinen Beinen?«

»Beide Beine wurden unmittelbar über dem Knie zerquetscht. Ihre Kniescheiben und die unteren Abschnitte der Oberschenkelknochen waren nicht mehr zu retten. Sie haben zwei neue synthetische Oberschenkelknochen, die von den ursprünglichen Muskeln, dem Gewebe und der Haut bis fast zu den Knien umgeben sind. Die Knie und alles darunter sind Prothesen, stärker als die ursprünglichen Teile.«

Alis schloß die Augen und weinte.

Dr. Rankine legte ihr eine Hand auf die Schulter. Nach einer Minute sagte sie: »Ich weiß, daß es schwierig ist, aber es ist gar nicht so schlimm ...«

Alis holte ein paarmal tief Luft, und es schmerzte. »Klar. Ich sollte an die positive Seite denken. Zum einen brauche ich mir nie wieder die Zehennägel zu schneiden«, versetzte sie bitter. Sie spürte, wie ihr die Tränen über die Wangen liefen, und irgendwie war das ein beruhigendes Gefühl. Wenigstens das hatten sie ihr nicht genommen.

»Ich meinte damit«, fuhr Dr. Rankine sanft fort, »daß Ihre neuen Beine praktisch immun gegen Verletzungen sind, und man kann die Prothesen nicht von den echten Abschnitten unterscheiden. Hätten wir Ihre zertrümmerten Kniescheiben nicht ersetzt, hätten Sie nie wieder richtig gehen können. Wie die Lage jedoch ist, sollten Sie sich in ein paar Monaten wieder normal bewegen können. Besser als normal.«

»Erzählen Sie auch den Rest.« Alis bemühte sich, mit

dem Weinen aufzuhören, und erreichte immerhin eine unsichere Ruhe.

»Den Rest?«

»Ich möchte alles erfahren. Wie viel von mir ist übriggeblieben?«

»Alles von Ihnen ist geblieben. Sie sind nach wie vor dieselbe Person wie eh und je.«

»Welche Körperteile bestehen nicht mehr aus Fleisch und Blut?«

»Alis, Sie müssen Geduld haben ...«

»Sagen Sie es mir, gottverdammt!«

Dr. Rankine zögerte. »In Ordnung. Neben dem, was wir schon besprochen haben, ist eine Ihrer Nieren neu. Wir hätten auf den Ersatz verzichten können, aber so ist es langfristig sicherer für Sie. Der linke Arm ist von unmittelbar über dem Ellbogen an neu. Und Sie haben ein neues Herz.«

»War es das?«

»Das und ein paar Nähte und so was wie biologisch abbaubarer Klebstoff, um solche Sachen wie Rippenbrüche zu heilen. Und, äh, Sie können nicht mehr auf normalem Wege empfangen. Wenn die Zeit kommt, können wir allerdings in dieser Hinsicht helfen.«

Alis lag eine ganze Weile benommen da und schwieg. »Gott, ich bin tot! Ich laufe nur noch mit einem Lebenserhaltungssystem. Der einzige Unterschied zwischen mir und einem Patienten, der permanent an Blutpumpen und Dialysegeräten hängt, ist der, daß die Geräte bei mir klein genug sind, um in den Körper zu passen.«

»Ich weiß, daß das alles beunruhigend ist ...«

»*Beunruhigend?* Ich bin gar kein richtiger Mensch mehr!«

»So stimmt das nicht.«

»Oh, nein? Und woher wollen Sie das wissen? Wieviel von Ihnen ist künstlich?«

»Alis ...«

»Gehen Sie weg. Bitte gehen Sie weg. Ich möchte allein sein.« Sogar mit geschlossenen Augen spürte Alis die

Blicke, die die beiden Ärzte wechselten. Sie hörte, wie Dr. Rankine von ihrem Stuhl aufstand.

»In Ordnung, Alis. Wir lassen Sie eine Zeitlang allein. Aber bedenken Sie folgendes: Eine Maschine wäre über ihren Zustand nicht beunruhigt. Nur menschliche Wesen haben solche Gefühle.«

Alis behielt die Augen zu, bis es im Zimmer ruhig war. Als die beiden gegangen waren, streckte sie die Hand nach dem Spiegel aus, den zu benutzen sie bislang gefürchtet hatte. Das Gesicht, das ihr daraus entgegenblickte, hätte zu einem Frankensteinmonster gepaßt. Das schwarze Haar war kurzgeschnitten und stand nur noch lückenhaft, wie bei einem Strahlungsopfer. Ihre grünen Augen waren verschwunden. An ihre Stelle waren Augen mit jeweils schwarzer, perfekt runder Iris getreten, umgeben von einem reinen Weiß, das man sich gar nicht blutunterlaufen vorstellen konnte. Sie wirkten wie die Augen eines Stoffbären. Alis machte sie zu und weinte.

Das Aufstehen war zunächst fast unmöglich, also verwandte Alis einen Teil ihrer Mußezeit darauf, mit den neuen Augen zu experimentieren.

Die richtigen Folgen von Muskelkontraktionen rings um die Augen schalteten auf Infrarotsicht um oder versetzten Alis in die metallisch wirkende Welt des Ultravioletts oder zurück in die normale Sichtweise. Alis konnte ihre Augen sogar als Teleobjektive nutzen.

Die ärgerlichste Eigenschaft der neuen Augen war, daß sie jedesmal, wenn Alis niesen mußte, auf Infrarot umschalteten. Der Arzt hatte davon gesprochen, neue Software für die Augen herunterzuladen, und irgendwie fühlte sich Alis dadurch eher schlechter als besser.

Manchmal fuhr sie mit dem Rollstuhl an eine Sichtluke heran, saß stundenlang im Dunkeln und blickte zu den Sternen hinaus. Mit Infrarotsicht konnte sie junge Sterne sehen, die für alle anderen unsichtbar waren, und mit der Infrarotsicht und dem Teleobjektivmodus machte sie Becklins Objekt im Orionnebel ausfindig.

Manchmal, während sie so im Dunkeln saß, mußte sie gelegentlich blinzeln, um die Linsen zu reinigen. Sie schienen von Tränen nicht ganz unbeeinträchtigt.

Die Tür zu Alis Nussems Zimmer auf dem Krankenrevier stand offen, aber Karl klopfte an den Türrahmen, ehe er eintrat.

»Ja?« fragte Alis.

»Sie kennen mich nicht, aber ich wollte einfach hallo sagen.« Karl trat einen Schritt weit ins Zimmer.

»Hallo.« Alis blickte an die Wand vor sich.

Karl unternahm einen weiteren Schritt ins Zimmer und kam sich töricht vor. Alis würde ihm das sicher nicht einfach machen. Dr. Weng hatte ihn davor gewarnt, daß sie feindselige Gefühle hegte, aber Karl hatte gehofft, daß sich diese Gefühle nur auf Ärzte erstreckten.

»Ich wollte nur sagen, wie leid es mir tut, daß Sie das alles durchmachen mußten.«

Alis zog die Brauen hoch. Ihr Gesicht war immer noch weitgehend schwarz und blau. »Wer sind Sie?«

»Ich bin Karl Stanton.«

»Karl Stanton. Ich kenne diesen Namen.«

»Ich habe das Shuttle geflogen, das die Station rammte.«

Alis schenkte ihm auf einmal ihre ganze Aufmerksamkeit.

»Ganz schön unverfroren von Ihnen, hierherzukommen.«

»Ich wollte nur ...«

»Sagen, daß Sie wünschten, Sie hätten mich nicht in einen Roboter verwandelt? Das hätten Sie sich früher überlegen sollen.«

»Sehen Sie, wenn ich sage, daß es mir leid tut, drücke

ich mein Mitgefühl für das aus, was Sie durchmachen mußten. Der Unfall lag nicht an einem Pilotenfehler; er resultierte aus einer Art mechanischem Versagen. Aber ich wollte gar nicht darüber sprechen. Ich wollte nur ...«

»Nach dem, was ich gehört habe, können Sie Ihre Behauptung nicht belegen.«

Obwohl sich Karl vor dieser Reaktion gefürchtet hatte, spürte er, wie er ärgerlich wurde. »Nein, das kann ich nicht, aber ich sage wirklich die Wahrheit.«

»Vielleicht ist das Gericht dieser Ansicht.«

»Ich schätze, das hier war eine schlechte Idee. Ich wollte nur mein Mitgefühl ausdrücken und sehen, ob ich irgendwas tun kann, um Ihnen den Aufenthalt hier ein bißchen angenehmer zu machen.« Karl fühlte sich noch schlechter als vor diesem Besuch.

»Jetzt, wo ich darüber nachdenke, könnten Sie wirklich etwas tun.«

»Ja?«

»Verschwinden Sie und kommen Sie nicht zurück. Ich möchte Sie nie wiedersehen.«

Karl überlegte und verwarf mehrere Antworten, drehte sich schließlich einfach wortlos um und ging. Jemand mit einer Neigung zu dramatischeren Reaktionen hätte vielleicht den Kopf oder die Faust an die Wand geschlagen. Karl kniff sich nur in den Nasensattel und schloß für einen Moment die Augen.

Auf dem Rückweg in seine Unterkunft schalt er sich dafür aus, daß er überhaupt gekommen war. Seine Freunde unterstützten ihn im Hinblick auf den Unfall weiterhin, aber er war es absolut leid, von jedermann sonst als schuldig angesehen zu werden. Er hatte weiterhin mit der Idee gespielt, sich nach draußen versetzen zu lassen. Vielleicht war jetzt ein guter Zeitpunkt, den Antrag zu stellen.

3
Die Leiche

Kälte und Einsamkeit bestimmten gänzlich Karl Stantons Wahrnehmung. Er versuchte sich klarzumachen, daß beide Gefühle von der Aussicht bedingt waren, aber er wußte, daß das nicht ganz stimmte.

Karl trieb im Weltraum, während seine Raumanzugheizung sich bemühte, ihn warm zu halten, ohne spezielle warme oder kalte Stellen. Er blickte zur Sonne hinüber, die nicht mehr war als ein heller Stern an einem erstarrten Himmel. Karl hatte fünf Lichtstunden und zehn Kalendermonate zwischen sich und die Erde gebracht, aber ungeachtet dieser Distanz erinnerte er sich nach wie vor an den Unfall, als wäre es gestern passiert.

Die Zeit schien hier draußen mit der Geschwindigkeit abzulaufen, mit der der sprichwörtliche Gletscher wanderte. Karl schwebte in einer Umlaufbahn zehn Kilometer über dem Pluto, einem gefrorenen Ball, der 250 Jahre brauchte, um einmal eine Sonne zu umkreisen, die so weit entfernt war, daß eine Supernova in einer Million Lichtjahren dem Betrachter hätte weismachen können, sie wäre die Sonne.

Kalte rote, gelbe, blaue und weiße Stecknadelköpfe durchdrangen die gewaltige Dunkelheit zwischen dem matten Rot der diversen Anzeigen im Helmvisier. Karl sonnte sich im Licht einer Milliarde Sterne, und ihre kollektive Wärme hätte nicht mal einen Eiswürfel geschmolzen.

»Sind Sie soweit?« hörte er die leicht blecherne Stimme von William Tocker, dem ersten Offizier der *Ranger.* William war ein Bär von einem Mann, aber wenn man nur seine Stimme hörte, konnte man sich leicht einen viel kleineren Typ am anderen Ende der Verbindung vorstellen.

Karls kurze Träumerei war vorüber, und er nahm wieder deutlich den Vermessungssatelliten direkt unter sich wahr sowie den Schiffsrumpf der *Ranger* fünfzig Meter hinter sich. William schwebte an der anderen Seite des Satelliten.

»Sicher«, sagte Karl. »Schritt eins. Den Stand-by-Strom einschalten.«

»Klar. Nur zu.«

Karl streckte die Hand nach der Wartungsplatte aus und schob den Deckel auf. Im Licht der Helmlampen entdeckte er den großen roten Knopf und drückte ihn. Das Ergebnis war weniger befriedigend, als es hätte sein können; zwei winzige Zählwerke leuchteten auf und zählten von zehn hinunter bis null. Sonst passierte nichts, aber das kleine Kernkraftwerk im Innern des Satelliten hatte den ersten Test bestanden. Hier draußen hätten Solarzellen viel zu groß sein müssen, um eine praktische Lösung darzustellen.

»Fertig«, sagte Karl.

»Okay. Was jetzt?«

Karl führte die nächsten beiden Schritte durch, um den Satelliten in Gang zu bringen, während William seine Fortschritte überwachte. Minuten später waren sie bereit zum entscheidenden Schritt, dem Ausfahren der Antennen.

»Ich bin soweit, wenn Sie es auch sind«, sagte William. Unter den wenigen Besatzungsmitgliedern der *Ranger* kam William einem Freund Karls noch am nächsten, obwohl er sein Boß war. Sobald einige andere Leute aus der Besatzung Karl erst mit dem Shuttleunfall auf der Station Tokio in Verbindung gebracht hatten, mieden sie ihn entweder oder schikanierten ihn deswegen. Unschuldig bis zum Beweis des Gegenteils – das war ein schöner Grundsatz, aber die Wirklichkeit wurde dem Ideal nicht immer gerecht. William war nicht Karls Freund in der

Hinsicht, daß sie sich gegenseitig Witze erzählten oder miteinander Karten spielten, aber sobald jemand aus der Crew Karl zu hart anging, gebot William ihm Einhalt. Karl konnte sich selbst verteidigen, aber Williams Unterstützung bedeutete ihm viel.

»Ich schalte den Antennenmotor ein: *Jetzt!*« sagte Karl und drehte einen Schalter. Die ganze Einschaltsequenz hätte natürlich unter Leitung des bordeigenen Computers auch automatisch durchgeführt werden können, aber die manuelle Prozedur war eine gute Ausrede, einmal die *Ranger* zu verlassen, und manchmal trug der aktive Ansatz dazu bei, Störungen vorzubeugen. Der Pluto war so ziemlich der abgelegenste Ort, den Karl je aufgesucht hatte, und er hielt nicht viel von der Idee, ein paar Wochen auf die Rückreise hierher zu verwenden, nur um eine Vermessungssonde zu reparieren. Lediglich ein paar Schiffe, die die Oortsche Wolke erforschten oder Messungen an Positionen weit außerhalb der Ekliptik durchführten, verbrachten noch mehr Zeit ohne Verbindung zu anderen Schiffen.

Der Motor versetzte die Satellitenhülle in Vibrationen. Langsam und gleichmäßig fuhren zwei lange Streben aus dem zylinderförmigen Rumpf aus. Als sie wie Taschenmesser voll ausgeklappt waren, entfalteten sich zwei Antennenschüsseln wie orientalische Fächer. Die größere Antenne, die letztlich zur Erde weisen würde, hielt auf halbem Weg mit einem Ruck an, nahm aber die Bewegung wieder auf, ehe Karl oder William sich rühren konnten.

Augenblicke später waren beide Antennen voll geöffnet, und die sachten Vibrationen schwächten sich ab und wurden schließlich ganz unsichtbar.

»Bereit zum Hochdrehen«, sagte Karl.

»Dann los.« William schwebte auf der anderen Seite des Vermessungssatelliten, und sein Gesicht lag hinter dem glänzenden Helmvisier im Dunkeln.

Karl blickte kurz zum kastenförmigen Rumpf der *Ran-*

ger zurück, die mehr daran zu erkennen war, daß sie einen rechteckigen Ausschnitt des Sternenhimmels verdeckte, als an irgendwelchem reflektiertem Licht.

Karl streckte den Handschuh aus und drückte einen großen Kippschalter. An einem Ende des Zentralschafts, der sich durch den Satelliten zog, beschleunigte lautlos ein rotierender Stabilisationszylinder. Die auf der glänzenden Oberfläche gespiegelten Sterne waberten wie auf einem Teich, der zu Wellen aufgerührt wurde. Karl blickte auf eine Kontrollanzeige im Helmvisier und blinzelte. Als Reaktion stieß seine nach vorne gewandte Düse kurz einen Schwall Sauerstoff aus. Langsam trieb Karl vom Satelliten weg, während der Computer des Raumanzugs ein paar Mikroschübe durchführte, einen aus jeder Beindüse, um seine Haltung zu stabilisieren.

Karl war schon ein paar Meter von der rotierenden Sektion entfernt, als er das erste Zeichen von Schwierigkeiten erblickte. Zwei oder drei dunkle Formen wirbelten vom Satelliten in den Weltraum hinaus, ehe er reagieren konnte. »Weg da, William! Wir müssen die Rotation wieder herunterfahren. Irgendwas hat sich gelockert.«

Karl hatte kaum ausgeredet, da schoß aus Williams Brustdüse ein Luftstrahl hervor. Nur entfernte sich die Gestalt im Raumanzug nicht langsam vom Satelliten, sondern geriet auf einmal kopfüber in Rotation. Aber selbst wenn eine Störung im Anzugcomputer zum Ausfall der Stabilisierungsdüsen geführt hätte, die Brustdüse lag so nahe am Schwerkraftzentrum, daß sie ihn nicht dermaßen herumwirbeln konnte. Karl spürte, wie ihm der kalte Schweiß im Gesicht ausbrach.

»William?« Er wartete eine Sekunde ab. »William, sagen Sie doch was! Sind Sie okay?«

Funkstille. Sekunden später knackte es in Karls Helm, und eine Stimme ertönte, die aber nicht William gehörte. »Was ist los da draußen?« Es war Enrico Fernandez, der Captain der *Ranger,* ein Mann in den Vierzigern, der sich schon durch die Barschheit auszeichnete, wie sie eher für Menschen in den Achtzigern typisch war.

»Weiß ich noch nicht. William ist vielleicht verletzt. Sagen Sie dem Vogel, er soll aufhören zu rotieren. Ich werde mir mal William ansehen.«

»Verdammt! Geben Sie laufend Ihre Meldung durch. Lucy gesellt sich zu Ihnen, sobald sie kann. Ich habe das Stoppsignal gesendet.«

»Gut«, sagte Karl. Er wandte sich Williams rotierender und sich entfernender Gestalt zu und gab Schub aus den Rückendüsen. Seine Haltung neigte sich um zehn Grad, ehe die automatischen Düsen sie stabilisierten. Im Augenwinkel sah er, wie die rotierende Sektion des Vermessungssatelliten merklich langsamer wurde. Ein weiteres Schwungrad am anderen Ende müßte jetzt ebenfalls abbremsen. »Ich nähere mich William. Er dreht sich etwa einmal pro Sekunde. Ich denke, er wurde von etwas getroffen, was sich von der rotierenden Sektion gelöst hat.«

»Muß ganz schön heftig eingeschlagen haben«, meldete sich Fernandez.

»Das macht mir ja Sorgen.« Karl bemühte sich, die Angst zu verbannen. In den Rückstreifen seitlich am Visier sah er, daß die Position der *Ranger* sich verschoben hatte und sie sich jetzt als Silhouette vor der matt leuchtenden Oberfläche des Plutos abzeichnete. Der Horizont des Plutos war so dunkel, daß nur der Bogen aus verdeckten Sternen dort einen Hinweis auf den Planeten gab. »Ich bin etwa zwanzig Meter von William entfernt und komme ihm näher.«

In Karls Rückfenstern verriet eine rechteckige Lichtschwade, wo Lucy das Schiff verließ. Lucy war wissenschaftlicher Assistenzoffizier und unterstand Karl. Sie war ein Junggenie und ärgerte Karl häufig, indem sie sich überrascht zeigte, wenn er eine seltene Information kannte oder sich im Kopf etwas ausgerechnet hatte, mit dem sie auch klarkam. Ihre Reaktionen hätten ihm nichts ausgemacht, wären sie von Äußerungen begleitet gewesen wie: »Sie sind ja ganz schön clever!« Statt dessen bekam er oft Dinge zu hören wie »Ganz ordentlich für einen Typen« oder »Ich lasse wohl nach; ich hatte gedacht, das wäre schwieriger.« Trotz ihrer unbewußten Arroganz gehörte sie wahrscheinlich zu denen, die Karl noch am höflichsten begegneten. Er wünschte sich, er hätte gewußt, wie viel davon Respekt vor dem Boß war und wie viel daraus resultierte, daß Lucy keine vorgefaßte Meinung über den Shuttleunfall hatte.

Die Luftschleuse ging hinter Lucy zu, und die beiden Helmlampen wirkten wie ferne Scheinwerfer.

Karl berichtete: »Noch etwa zehn Meter bis zu ihm. Ich konnte bislang nicht erkennen, daß seine Arme oder Beine die Haltung verändert hätten, also mache ich mir Sorgen, daß der Aufschlag ernstere Folgen hatte, als nur den Funk zu unterbrechen.«

»Roger«, antwortete Captain Fernandez, der seine Gefühlsregungen wie immer auf ein Minimum beschränkte. Wenn er mal Emotionen zeigte, war das auf den schmalen Bereich zwischen Ungeduld mit Menschen und Ärger über Vorschriften begrenzt. Gelegentlich lobte er jemanden, aber ohne Wärme erweckten die Worte den Anschein, als hielte er es nur für seine Pflicht, die Untergebenen zu motivieren, indem er ihre Leistungen besser einstufte, als sie tatsächlich waren.

Jetzt, wo die nahen Bezugspunkte wie der Vermessungssatellit nicht mehr zu sehen waren, hatte Karl eher das Gefühl, daß sich William ihm näherte, als umgekehrt. William hatte nach wie vor nicht die Haltung verändert. Er stürzte durch den Weltraum, als wäre eine Gliederpuppe mit ausgestreckten Armen ins Vakuum hinausgewirbelt. »Ich bin jetzt fast da«, sagte Karl. Je näher er William kam, desto kälter wurde ihm.

Karl bremste mit Hilfe einer Düse am Brusttornister. Eines von Williams Beinen drehte sich an seinem Visier vorbei. Karl machte sich bereit, und als das Bein das nächste Mal in sein Blickfeld kam, packte er es und hielt sich daran fest.

»Ich habe ihn«, meldete er, während seine Körpermasse Williams Drehungen verlangsamte und sie beide langsam durchs All kreisten. Die seitlich an Lucys Helm angebrachten Lampen waren jetzt viel näher als eben noch.

Karl bekam William um die Taille zu packen und wies den Computer seines Raumanzugs per Stimmbefehl an, die automatische Stabilisierung herbeizuführen. Eine Folge von Zügen und Schüben, die er an den Beinen spürte, brachte das kreisende Sternenfeld allmählich zum Halt. Die Schlaffheit von Williams Raumanzug verstärkte Karls schlimmste Befürchtungen. Der Anzug konnte nicht mehr voll unter Druck stehen, wenn er sich so anfühlte.

Lucy bremste ab und hielt nur einen Meter entfernt an. »Fliegen wir zum Schiff hinüber«, sagte sie.

»Klar.«

Karl packte einen von Williams Armen, Lucy den anderen. Als sie bereit waren, aktivierten sie beide die Anzugtriebwerke. Sekunden später brauste das Trio Richtung *Ranger.*

Sobald sie unterwegs waren, richtete Karl das Licht der Helmlampen auf William und suchte nach Schäden am Raumanzug. Es dauerte nur Sekunden. Karl deutete auf Williams Hals.

Lucys Helm drehte sich, als sie den Blick hinwandte. Sie schnappte nach Luft, ausreichend Bestätigung für Karl, daß er sich den Schlitz im Stoff und die Umrisse eines blutverschmierten Metallstücks, das aus dem Riß aufragte, nicht nur einbildete. Noch deutlicher war im hellen Licht der Helmlampen der gleichmäßige Nebel aus kondensierender Feuchtigkeit in der entweichenden Luft zu erkennen. Karl konnte Williams Helm nicht sehen, und im Augenblick war er nur froh darüber. Er glaubte nicht, daß er jetzt gern Williams Gesicht gesehen hätte. In seinen Träumen tauchten schon zu viele wiederkehrende Elemente auf – das Hologramm mit Alis Nussems Krankenblatt, der Schmerz in ihrem Gesicht, als er ihr zu erklären versuchte, daß die Shuttlekollision ein echter Unfall gewesen war, dann das Begräbnis der Todesopfer. Er konnte nicht auch noch Williams Gesicht in seinen Träumen gebrauchen.

Karl war es nun ebenso übel wie kalt, als er das Offensichtliche akzeptierte: William konnte unmöglich noch leben. Lucy streckte die Hand nach einem Notflicken aus und hielt dann inne, war augenscheinlich so unentschlossen wie Karl. Sollte man den Flicken über das Metallstück kleben, das in Williams Hals steckte? Sollte man das Stück herausziehen, ehe ein Arzt nahe genug war, um sich um William zu kümmern? Sollte man gar nichts unternehmen, ehe man an Bord war? Jede Entscheidung konnte schreckliche Folgen haben.

»Nun?« Enrico Fernandez klang ungeduldig, aber diesmal war die Stimme auch eine Spur heiser, verriet vielleicht wirklich einen Anflug von Angst oder Sorge. Schon dieser Anflug war das stärkste Gefühl, das Karl den Captain jemals äußern gehört hatte.

Lucy zögerte, nicht weil sie keine Meinung gehabt hätte, dachte Karl, sondern weil sie entweder auf ihn wartete, weil er der Boß war, oder weil sie nicht diejenige sein wollte, die die furchtbare Nachricht verkündete. Die *Ranger* wurde kontinuierlich größer.

Karl räusperte sich. »Ich fürchte, daß William tot ist. Sie sollten lieber dafür sorgen, daß Robert für alle Fälle bereitsteht. Williams Raumanzug wurde von einem scharfen Metallstück durchbohrt, wahrscheinlich etwas, was sich von dem Rotor gelöst hat, als er ansprang. Bislang kann ich kaum sagen, wieviel Blut William verloren hat, aber der Druck im Anzug muß seit etlichen Minuten praktisch null sein. Wir könnten das Metallstück herausziehen und dadurch eine stärkere Verletzung riskieren, oder einen Flicken daraufsetzen und riskieren, es tiefer in den Hals zu drücken. Falls er wirklich noch lebt, würde ich sagen, wir flicken das Loch, damit er wenigstens atmen kann, aber . . .«

»Klar«, sagte Enrico Fernandez. Diesmal klang er müde, als hätte er gerade viel Kraft verloren. Es war okay zu zeigen, daß man müde war; Trauer zu demonstrieren stand da schon auf einem anderen Blatt. »Robert steht bereit, schon die ganze Zeit.«

Robert Vasquez war der medizinische Offizier der *Ranger.* Er hatte ein breiteres Spektrum an Gefühlsäußerungen als der Captain. Er zeigte schnell Ärger, Verachtung, Überlegenheit, Humor oder Selbstvertrauen. Nur selten gestattete er sich, Unsicherheit und Verblüffung an den Tag zu legen. Ungeachtet der Reibungen mit Robert wußte Karl, daß der Mann äußerst tüchtig war, und falls William noch eine Chance hatte, würde Robert sie nutzen.

Karl wurde still, als die *Ranger* vor ihm aufragte. Der kastenförmige Schiffsrumpf war übersät mit Antennen, Sicherungsschlaufen, Haltegriffen, kleinen Düsen zur Lagekorrektur, Luftschleusenrahmen, Bullaugen, eingeklappten Teleskopgreifern, Prallpolstern fürs Anlegen und selten benutzten Ausrüstungsgegenständen, die an der Außenwand verschraubt waren.

Karl und Lucy zündeten Bremsdüsen, als die Lichter um die Luftschleusentür größer wurden.

Lucy öffnete die Außentür, während Karl in der Nähe schwebte und William am Arm festhielt. Die Tür glitt auf, und gelbes Licht ergoß sich in die Leere hinaus. Lucy packte einen Haltegriff in der Schleuse und streckte Karl die Hand entgegen. Langsam zog sie ihn und William herein.

Die Schleusentür fuhr zu. Sekunden später ertönte das gedämpfte Rauschen der einströmenden Luft, und Karls Raumanzug sackte ein, wölbte sich nicht mehr nach außen. Williams Anzug hatte sich von Anfang an schlaff angefühlt, und Karl sah keine Veränderung.

Die Innentür ging auf, und die Mischung aus Schnelligkeit und unterdrückter Panik, wie sie für eine Unfallstation typisch war, brach herein. Robert war da, ebenso Gwen Sonderson, die Aushilfsärztin für diesen Einsatz. Während Robert sich Karl gegenüber aktiv feindselig verhielt, ignorierte Gwen ihn einfach, selbst wenn sie im Korridor aneinander vorbeikamen. Karl lernte das richtige Verhalten bald – er hatte sich an die Wand zu drücken, während sie den Flur größtenteils in Anspruch nahm. Als Karl und Lucy William in die Abteilung hinter der Luftschleuse bugsierten, warf Robert Karl einen wütenden Blick zu, als wäre Karl an dem Unfall schuld gewesen. Gwen widmete ihre ganze Aufmerksamkeit Williams Raumanzug.

Eine riesige, scheibenförmige Sektion der *Ranger* konnte in Rotation versetzt werden, um Schwerkraft zu erzeugen. Man konnte die Drehgeschwindigkeit variabel einstellen, je nachdem, ob man Experimente in Mikroschwerkraft oder sportliches Training in hoher Schwerkraft durchführen wollte oder einfach mittlere Schwerkraft für eine gesunde Lebensweise brauchte. Es war der logische Ort, um einen Patienten zu operieren, aber die Zeit reichte jetzt nicht, William dorthinzubringen.

Statt dessen trugen Robert und Gwen Gurte und wurden von einem Labyrinth aus elastischen Riemen in Position gehalten, während Belinda Penson ihnen dabei half, Williams Raumanzug wegzuschneiden. Belinda war die Generalistin der *Ranger* und deshalb eines der meistbeschäftigten Besatzungsmitglieder; jetzt warf sie die abgezogenen Streifen von Williams Uniform einfach in den nach innen führenden Korridor; offensichtlich konnte sie sich ausrechnen, daß sie sie damit lange genug aus dem Weg hatte, um sich später um sie zu kümmern, falls sie zurückgeschwebt kamen. Ein tragbares Sauggerät war an der Wand festgeschnallt worden; es saugte das schmelzende Blut aus dem Arbeitsbereich weg und erzeugte dabei das ekelhafte Geräusch eines Spuckbeckens beim Zahnarzt.

Karl und Lucy halfen dabei, elastische Gurte um Williams Fußknöchel zu binden, während Robert und Gwen noch mehr Gurte einsetzten, um seinen Rumpf zwischen ihnen in schwebender Position zu halten. Als sie fertig waren, packten Karl und Lucy Griffe an der Wand und hielten sich daran fest, während sie die Helme absetzten.

Robert entfernte behutsam Williams Helm, während Belinda die letzten Reste des Raumanzugs vom Hals des Patienten löste. Gwen drückte ein paar Überwachungsscheiben auf Williams Brust und blickte auf einen Bildschirm an der Decke. Fast alle Linien darauf waren nahezu flach; die einzigen Wellenbewegungen stammten vom Anheften der Scheiben auf der Haut. William wurde gedreht, und Karl konnte endlich das in seinem Hals steckende Metallstück sehen, während Robert und Gwen die Wunde in Augenschein nahmen.

Sekunden später sackten beide etwas in sich zusammen, fast als wären sie in ein Feld aus hoher Schwerkraft geraten. Die Entspannung der Halsmuskeln war beinahe so deutlich zu sehen wie die Tatsache, daß beide für einen Moment die Augen schlossen.

»Wir können nichts mehr tun«, sagte Robert schließlich. »Er ist schon tot, war ohnehin zu lange ohne Sauerstoff. Selbst wenn wir ihn früher hätten behandeln können, wäre die Verletzung immer noch zu schwer gewesen.«

Karl wurde schlecht. Er überlegte, was er sagen sollte, als die Stimme von Captain Fernandez aus einem nahegelegenen Lautsprecher kam. »Ich verstehe.« Offensichtlich waren Roberts Worte an den Captain gerichtet gewesen.

Nach einer langen Pause ergänzte der Captain: »Ich möchte, daß eine umfassende Untersuchung vorgenommen wird.«

»Klar«, sagte Robert. Er gab Williams vollen Namen,

das Datum und die Uhrzeit zu Protokoll und fuhr dann fort: »Todesursache waren Blutverlust und umfangreiche Schäden am Rückenmark, verursacht durch ein körperfremdes Objekt von ungefähr zehn Zentimetern Länge. Das Objekt ist an einem Ende abgerundet, am anderen scharf. Falls es sich gedreht hat, bestand wahrscheinlich nur eine Chance von eins zu zwei, daß eine tödliche Verletzung erfolgte.«

»Verstanden. Lucy, ich möchte, daß Sie und Belinda sich in ein paar Minuten den Satelliten ansehen. Stellen Sie fest, was passiert ist. Nahmen Sie Daren mit, wenn Sie das Gefühl haben, ihn zu brauchen.«

»Roger«, sagten die Frauen gemeinsam.

Ein langer Augenblick des Schweigens endete, als Robert sagte: »Ich denke, Sie können sich frei nehmen, Karl. Für den Moment haben Sie genug getan.« In einem Gerichtsprotokoll hätten sich diese Worte neutral ausgenommen, aber Roberts Gesicht und sein harter Tonfall verrieten, daß er überzeugt war, auf der sicheren Seite zu sein, wenn er die Schuld für den Unfall Karl zuschob.

Normalerweise ließ Karl Roberts Feindseligkeit von sich abprallen; zumindest versuchte er, nach außen diesen Eindruck zu erwecken. In diesem Augenblick, in dem Williams Tod seit kaum ein paar Minuten eine Realität war, konnte er seinen Zorn nicht ganz zurückhalten. »Sie hatten mit Williams Tod soviel zu tun wie ich.«

Karl wartete nicht auf eine Reaktion oder Erwiderung. Er drehte sich einfach um und stieß sich ab, um durch den Korridor zu schweben. Als er in seiner Kabine war, verschloß er die Tür und schaltete die Anzeige auf *Nicht stören.* Er setzte sich in die Mitte des Raums und starrte durch den Außenbildschirm hinaus in die kalte Leere des Weltraums.

Der Weltraum wirkte kalt und endlos und leblos, während Alis Nussem auf den breiten Navigationsbildschirm der *Potemkin* blickte. Aus dieser Perspektive – dem Blick ins Sonnensystem von außerhalb der Umlaufbahn des Pluto – sah man praktisch das gleiche wie von der anderen Seite des Sonnensystems aus, abgesehen vom Stecknadelkopf der Sonne und dem nahegelegenen Lichtflecken, der die Venus war. Der Computer blendete auch die Standorte anderer Forschungsschiffe ein, eines nahe Pluto, eines weit außerhalb der Ekliptik und die übrigen viel dichter an Sol oder auf der anderen Seite des Sonnensystems.

Die meisten von Alis' Freunden hielten sich zur Zeit unweit der Erde auf, aber sie vermißte sie eigentlich nicht. Aus irgendeinem Grund fühlte sie sich nicht wohl in der Gesellschaft von Menschen, die sie aus der Zeit vor dem Unfall kannten. Die einen zeigten sich verlegen darüber, daß Alis so viel hatte durchmachen müssen; manche Leute waren anscheinend darüber verärgert, daß sie nach dieser Prüfung nicht sofort glücklich war, weil man sie mit ›Superersatzteilen‹ ausgestattet hatte.

Sie fragte sich, ob sich irgend jemand von denen je aufgeregt hatte, wenn man ihm nach dem Verlust eines Erbstücks bei einem Brand erklärte, es wäre ja kein Problem, er könnte sich statt dessen etwas Modernes zulegen. Alis' neue Beine waren natürlich stärker als die alten, aber sie fühlte sich darauf nie mehr so im Gleichgewicht, ohne groß an sie zu denken, wie es früher gewesen war. Stehen und Gehen waren jetzt immer von dieser Unsicherheit begleitet. Und für ihren Geschmack wirkten die neuen Augen immer noch eher wie die eines ausgestopften Tieres, egal wie viele Menschen ihr erklärten, sie wären ›einfach prima‹. In beiden Augen und Beinen traten nach wie vor Programmfehler auf, so daß sie gelegentlich unvorhergesehen torkelte oder mehrfach blinzeln mußte, um die Augen wieder auf Normalsicht einzustellen. Verdammt, ein menschlicher Körper hätte einfach keine Resetschalter haben sollen!

Ein paar Stellen im Gesicht und mehrere Stellen des ganzen Körpers waren weiterhin gefühllos und würden dies auch immer bleiben. Wo Nerven irreparabel beschädigt waren, wurden nie wieder Signale übermittelt. Als die Ärzte Alis' Kiefer und einen Teil ihres Gesichts rekonstruiert hatten, war ihnen entweder ein Fehler unterlaufen, oder sie waren auf eine weitere Stelle gestoßen, wo nie wieder Nervenimpulse übermittelt werden würden, denn Alis hatte jetzt ein schiefes Lächeln. Nicht, daß sie überhaupt noch viel gelächelt hätte, aber sie machte sich ständig Sorgen, daß dieses schiefe Lächeln den Menschen, die sie ansahen, die falschen Signale schickte.

Das früher pechschwarze Haar wies jetzt graue Streifen auf, und das in ihrem Alter! Den Ärzten zufolge resultierte das aus dem Trauma, und sie hatten ihr vorgeschlagen, sich das Haar zu färben. Schließlich war es ja auch nicht deren Haar. Alis dachte sich manchmal, daß die Ärzte erst zufrieden gewesen wären, wenn sie sich den Schädel rasiert, sich eine Perücke gekauft und sich das Make-up ins Gesicht tätowiert hätte, damit sie stets gut und stets gleich aussah.

Zuzeiten war sie auf sich selbst noch wütender und sagte sich, sie sollte nicht solchen Gefühlen nachhängen, sie sollte sich so fühlen, wie alle es ihr nahelegten. Aber einige Leute, die ihr erklärten »Ich weiß, wie du dich fühlen mußt«, taten das ganz gewiß nicht.

Eine der schweren Türen zur Brücke ging auf, und Captain Tsilkowsky schwebte herein; sie schien müde. Sie warf Alis einen kurzen Blick zu, als sich die Tür hinter ihr schloß.

»Eine lange Schicht«, meinte Tsilkowsky. Sie schob sich in eine Schlaufe hinein und zog sich den Gurt um die Taille. In Beschleunigungsphasen schien sie sich wohler zu fühlen, weil sie dann die Füße aufs Schaltpult legen konnte. Sie gehörte zu den ältesten ISA-Captains, die noch ihren Dienst versahen, und scherte sich nicht besonders um Äußerlichkeiten. Das längste Haar auf ihrem Kopf war so lang wie ein Finger dick, als hätte sie mit einer Hand einen Van de Graaffschen Generator berührt, damit jemand den Ring aus elektrostatisch aufgerichteten Haaren einfach abschnitt.

»Mir geht's gut.« Alis zuckte die Achseln.

»Bereit für eine Kursänderung?«

»Kein Problem.«

Der Captain zog den Reißverschluß einer Taillentasche auf und holte eine Packung Kaugummi hervor. Sie bot Alis eines an, aber sie lehnte ab. Captain Tsilkowsky musterte Alis lange, lange genug für diese, sich unbehaglich zu fühlen.

Endlich meinte der Captain: »Ich habe mit der *Ranger* gesprochen. Das ist das Schiff beim Pluto. Sie hatten einen Unfall, als sie eine Sonde zur Planetenvermessung aussetzten. Ihr erster Offizier ist tot.«

Alis verspürte keine große Reaktion. Manchmal fand sie, der Tod wäre einem Leben vorzuziehen, bei dem man sich tot fühlte. »Tut mir leid, das zu hören«, versetzte sie mechanisch.

Tsilkowsky musterte sie erneut. »Wir werden uns treffen und die Leiche nach Hause bringen. Die *Ranger* hat noch ein paar Monate Programm, ehe es für sie wieder zurück geht.«

»Benötigen sie dort Ersatz?« fragte Alis, ohne sich vorher zu überlegen, wieso sie danach fragte.

»Sie könnten jemanden gebrauchen, aber der Captain meint, sie kämen auch so klar.«

»Schicken Sie mich«, sagte Alis plötzlich, die sich darüber klargeworden war, daß sie noch nicht zur Station Tokio oder zur Erde zurückkehren wollte. Hier draußen in den toten Regionen des Weltraums, hier gehörte sie hin. Nicht nach Hause, wo sie Familien sehen und erleben würde, wie das Leben seinen Fortgang nahm, als wäre alles in bester Ordnung. Nicht auf die Station, wo sie sich nicht die meiste Zeit auf der Brücke oder in ihrer Kabine verstecken konnte.

»Ich dachte mir irgendwie, daß es Ihnen vielleicht so geht.«

»Also wissen Sie schon, ob die *Ranger* interessiert ist?«

»Richtig. Man wird Sie nehmen, wenn Sie es wirklich möchten.«

Alis erwog das Für und Wider. »Das tue ich.«

»In Ordnung.«

Als Alis sich für die Beschleunigung bereitmachte und eine Warndurchsage für die Besatzung einschaltete, merkte sie, daß sie ein gutes Gefühl bei diesem Wechsel hatte. Vielleicht nahm ihr Schicksal einen Aufschwung.

Karl Stanton schwebte im hintersten Winkel der größten Abteilung an Bord der *Ranger.* Der Rest der versammelten Besatzung hielt sich an verschiedenen Stellen der Wände fest, während Captain Enrico Fernandez davon sprach, was für ein guter Offizier William Tocker gewesen war.

Der kalte, silbrige Lagerungszylinder, der jetzt als Sarg diente, zeigte eine Patina aus vereistem Kondenswasser. Morgen würde man ihn vorübergehend der Kälte des Weltraums übergeben, wenn die *Ranger* ihren toten ersten Offizier gegen eine lebendige Ablösung eintauschte.

Karl tat sein Bestes, die kalten Blicke zu ignorieren, die ihm diverse Besatzungsmitglieder zuwarfen. Er hätte es vorgezogen, in der Isolation der eigenen Kabine von William Abschied zu nehmen, aber er vermutete, daß die Kälte, die ihm vom Rest der Besatzung entgegenschlug, dann noch weiter in den Keller gesunken wäre. Zuzeiten wünschte er sich, er steckte an Williams Stelle in diesem Zylinder, endlich an einem Ort angelangt, wo niemand eine höhnische Bemerkung über ihn machen konnte. Vielleicht war der Preis dafür, im Weltraum zu bleiben, einfach zu hoch. Nach Abschluß dieser Fahrt mußte er schon selbst auf einen zwingenden Grund kommen, ehe er in Erwägung zog, an einer weiteren teilzunehmen.

Er konnte die Vorstellung verkraften, daß er irgendwie ein Unglücksbringer war. Was er haßte, war das Gefühl, daß ihn zumindest ein Teil der Besatzung für ungeschickt und unqualifiziert hielt. Manchmal hatte der Weltraum so eine Art, Rechnungen zu begleichen, ohne dabei den mühseligen Weg des Strebens nach Gerechtigkeit einzuschlagen. Aber die Vorstellung, daß jemand bei einer Exkursion vielleicht absichtlich seinen Raumanzug durchlöcherte, bekümmerte Karl weniger als das Gefühl, daß er nicht mal mehr einen einzigen Freund hatte. Der Mensch an Bord, der diesem Begriff noch am ehesten entsprochen hatte, war zu Eis erstarrt.

Karl hoffte, daß der nächste erste Offizier so verständnisvoll wie William Tocker sein würde und so zurückhaltend wie dieser mit Verdammungsurteilen.

Alis sah, wie die *Ranger* auf dem Sichtschirm der *Potemkin* aufragte. Eine blinkende grüne Anzeige verkündete, daß die *Ranger* das andere Schiff mit der Nahbereichsortung erfaßt hatte.

Der Radar beider Schiffe war im Korridor zwischen ihnen abgeschaltet; statt dessen folgten beide einem Zyklus konstanter Positionsmeldungen, der jedes über die Koordinaten des anderen auf dem laufenden hielt, ohne daß ein Gesundheitsrisiko durch energiereiche Radiofrequenzen entstand.

Alis hatte alle persönlichen Habseligkeiten in einem Zylinder verstaut, der halb so hoch war wie sie und so schmal wie ihre Hüften. Sie hatte sich nie für besonders materialistisch gehalten, aber irgendwie fand sie, nach all den Jahren hätte mehr vorhanden sein sollen, als ein Paket, das kleiner als ein Sarg war.

Captain Tsilkowsky betrat die Brücke mit einem neutralen Ausdruck im Gesicht. »Die letzte Chance, es sich noch anders zu überlegen.«

Alis schüttelte den Kopf. »Ich bin bereit.«

»In Ordnung«, sagte Tsilkowsky. »Es ist Ihre Entscheidung.«

»Wenn Sie an meiner Stelle wären, würden Sie auch länger draußen bleiben, nicht wahr?«

»Vielleicht.«

Alis nahm den Captain gründlich in Augenschein und entschied, daß auch sie nicht hätte zurückkehren wollen. *Irgendwas* motivierte sie schließlich schon so lange, im Dienst zu bleiben. Die Rückkehr zur Erde oder zur Station Tokio mußte für den Captain eine eigene Bedrohung bereithalten. Dort hinten konnte man die Auswirkungen der Schwerkraft unmöglich ignorieren. Dort hinten wäre sie nur ein kleinerer Fisch in einem größeren Teich. Dort hinten hätte sie sich zu häufig jemand anderem unterordnen müssen.

Alis blickte auf die Uhr. »Also los.«

Captain Tsilkowsky nickte. Sie sicherte sich mit einer Schlaufe und öffnete die Funkverbindung zur *Ranger.*

Alis löste den Griff vom Gurtnetz und schwebte zu ihrem Zylinder hinüber. Sie löste ihn aus der Halterung, während auf dem Sichtschirm das Bild von Enrico Fernandez auftauchte, dem Captain der *Ranger.*

»Alles fertig?« fragte er.

»Wir sind soweit, wenn Sie es sind«, antwortete Tsilkowsky.

Alis stieß sich Richtung Tür ab, bereit für einen Abschied ohne Umarmung oder Händeschütteln, nach sechs Monaten gemeinsamen Dienstes und beengter Quartiere in einer Gemeinschaft von weniger als zwei Dutzend.

»Alis?« kam von Tsilkowsky.

Alis blickte von der Tür aus zu ihr zurück. Sie sah, daß Tsilkowsky den Finger auf der Stummschaltung hatte. »Ja?«

»Geben Sie auf sich acht. Eines Tages schütteln Sie diese Angst ab, und Sie werden wieder leben können.«

»Danke«, sagte Alis, ohne ihr zu glauben.

Alis drückte den Freigabeschalter. Eine kurze Sekunde der Beschleunigung erweckte den Eindruck, die *Potemkin* würde sie plötzlich zurückziehen, aber dann klang diese Empfindung wieder ab. Alis schwebte in Schwerelosigkeit, Kilometer über der dunklen Oberfläche des Plutos und zu einer blinkenden roten Lampe an der Flanke der *Ranger* ausgerichtet. In der Enge des Raumanzuges klang der Atem unnatürlich laut.

Nur Augenblicke später hatte sie den Antrieb präzise eingestellt und betätigte den Auslöser, der sie schließlich auf die Reise schickte; es war ein bißchen, als würde sie aus einem Torpedorohr abgeschossen.

Sie entdeckte einen sich bewegenden Lichtschimmer, bei dem es sich um den Sarg handeln mußte, mit dem die Leiche des früheren ersten Offiziers der *Ranger* zur *Potemkin* überführt wurde.

Der Tote ging, als Alis eintraf. Staub zu Staub. Nicht mal das Leben im Weltraum verändert die Regeln. Alis erkannte, daß sie den Tod nicht mehr so fürchtete wie früher. Falls er morgen kam, hatte sie das Gefühl, damit fertig werden zu können.

Die *Ranger* wurde vor dem Sternenfeld langsam größer. Sie sah nach einem Forschungsschiff vom Modell BoLock 3.1 aus, etwas älter als die *Potemkin.* Neben den Haupttriebwerken entdeckte sie eine graue Wölbung, in der sie das Gehäuse für Außenbordtanks erkannte, die man nach dem Bau des Schiffes installiert hatte. Die *Potemkin,* eine 3.3-Konstruktion, war einen oder zwei Meter länger, und die meisten Punkte, über die sich die Besatzungen der 3.1-Modelle beschwert hatten, waren bei ihr korrigiert worden. Ein paar 4.0-Fahrzeuge gab es inzwischen auch, aber Alis hatte noch keines gesehen.

Sie durften nur Einsätze in Erdnähe fahren, bis die Betatestcrews die Fehler ausgemerzt hatten.

Der Arzt auf Station Tokio hatte Alis scherzhaft erklärt, sie wäre ein Mensch vom Modell 1.1. Ihre Antwort hatte sie nicht laut ausgesprochen – daß sie sich eher wie ein Android vom Typ 1.0 fühlte.

Die *Ranger* trieb näher heran. *Sie muß ein 3.15-Modell sein*, entschied Alis, als sie die Verstärkungsstreben entlang des Bugs entdeckte.

Für gerade einen Augenblick fühlte sich Alis plötzlich allein. Sie ließ eine vertraute Besatzung zurück und kannte wahrscheinlich auf dem neuen Schiff niemanden, und sie schwebte zwischen zwei kalten und dunklen Schiffen im Vakuum, so weit von zu Hause entfernt, daß, falls sie umkäme, die Nachricht von ihrem Tod erst in fast sechs Stunden zu Hause einträfe. Treibgut – das war sie.

Erfolglos versuchte sie, diese Gefühle abzuschütteln, denn keine Gefühle zu haben, das zog sie negativen Empfindungen doch vor. Ihre Mutter würde es schwer treffen, wenn sie starb – falls ihre Reaktionen auf den Tod von Alis' Vater darauf einen Hinweis gaben.

Alis war mit ihrem Vater in den kleinen Haushaltsladen des Wohngebiets gegangen. Während sie im Auto wartete, wurde sie Zeuge, wie zwei Typen in ärmellosen Sweatshirts heranrasten, anhielten und aus dem Wagen stiegen, dessen Motor sie im Leerlauf ließen. Als sie sah, wie sich einer der beiden eine Schußwaffe am Rücken in den Hosenbund steckte, rutschte sie auf ihrem Platz tiefer und fürchtete sich plötzlich.

Sie war heute noch wütend auf sich, weil sie nicht in den Laden gegangen war und irgendwie Einfluß auf das genommen hatte, was geschah; zumindest aber hatte sie überlegt reagiert und die 911 angerufen. Die Cops trafen auch rechtzeitig ein, um die beiden Typen zu schnappen, als sie die Flucht ergreifen wollten, aber nicht ehe Alis' Vater und der Verkäufer getötet worden waren. Die riesigen Tafelglasfenster hatten Alis einen direkten Blick auf das Geschehen ermöglicht, und nur das Glas – der Laden- und der Autofenster – hatte verhindert, daß die Räuber sie schreien hörten. Ihre Mutter nahm die Nachricht noch schlimmer auf.

Die *Ranger* blockierte bald den größten Teil des Blickfelds, und die Landestelle wurde größer. Die runde, gepolsterte Zone von ein paar Metern Durchmesser war kreuz und quer von etlichen losen Schnüren durchzogen. Alis wechselte die Haltung und schwang die Füße zur *Ranger* herum. Sekunden später zündete sie eine andere Düse und stoppte ihre Drehung, unmittelbar nachdem die *Potemkin* nach oben aus ihrem Blickfeld verschwunden war.

Alis landete auf der Polsterung, und die Beine gaben nach. Mit der rechten Hand packte sie eine der Schnüre und schwebte dann längsseits der *Ranger*. Sie griff nach einer weiteren Schnur und zog sich zur Luftschleuse hinüber.

Das Display der Luftschleuse verkündete. »Kein Code erforderlich. Willkommen!«

Mit einer Hand packte sie den Haltegriff und schwenkte herum, bis sie einen letzten Blick auf die dunkle Silhouette der *Potemkin* werfen konnte. Sie unterdrückte die kurz aufflackernde Unentschlossenheit, drehte sich um und drückte den Öffnungsschalter.

Als sie sich plötzlich im hellen Licht der Luftschleuse wiederfand, zuckte Alis zusammen, denn sie wußte, daß beide Pupillen blockieren würden. Und tatsächlich. Eine Sekunde später schien die Schleusenbeleuchtung matter zu werden, als das Programm, das die Pupillen steuerte, eine Funktionsstörung hatte und beide Pupillen auf schmale Punkte eingestellt ließ. Alis blinzelte rasch viermal nacheinander, um das Programm zurückzustellen, und schaltete damit auf ›normale Sicht‹ um.

»Willkommen an Bord, Ms. Nussem«, sagte Captain Fernandez fünfzehn Minuten, nachdem sie die *Ranger* erreicht hatte.

Alis nickte. »Captain.«

Captain Enrico Fernandez war jünger, als Alis erwartet hatte, wahrscheinlich irgendwo in den Vierzigern. Er *klang* nur alt und barsch. Er saß auf einem Sitz der Brücke und traf keine Anstalten aufzustehen, als Alis eintrat. »Ist die Schwerkraft für Sie okay?«

Die Frage überraschte Alis. Brücke, Unterkünfte und einige Arbeitszonen an Bord rotierten, um dadurch Schwerkraft herzustellen, aber das hier fühlte sich nach dem üblichen halben g an, was auf den meisten Schiffen als Kompromiß zwischen Bequemlichkeit und Gesundheit diente.

»Ist okay.«

Der Captain schwieg für einen Moment, und Alis erkannte, daß er seinen Vorrat an Konversation wohl gerade aufgebraucht hatte. Endlich sagte er: »Ich, äh, weiß zu schätzen, daß Sie an Bord gekommen sind. Wir sind alle immer noch ein bißchen erschüttert.«

»Ja, Sir. Es hat mir leid getan, das von Ihrem ersten Offizier zu hören.«

»Ja, nun, keiner von uns hält diese Art Arbeit für ungefährlich.«

»Klar.«

»Waren Sie schon in Ihrem Quartier?«

»Ja, Sir. Daren Schrader hat mir den Weg gezeigt, und ich habe meine Sachen verstaut.«

»Gut. Daren ist für Funk und Computer zuständig. Und unser Reservemann als Pilot und Navigator. Einer der drei, die Ihnen unterstellt sind. Ein guter Mann. Wir haben überhaupt eine gute Besatzung. Die beiden übrigen leitenden Offiziere sind auf dem Weg hierher – unser medizinischer Offizier und der Wissenschaftsoffizier.«

»Ja, Sir.«

»Und fassen Sie Mr. Stanton für ein paar Tage etwas

sachter an. Er war mit Mr. Tocker draußen, als dieser ums Leben kam, und ich denke, daß einige aus der Besatzung ihm das Leben schwermachen.«

Alis war es auf einmal zu warm zumute, und sie fühlte sich eingeschlossen. Sie wandte den Blick von Captain Fernandez ab und bemühte sich um einen ruhigen Tonfall, als sie fragte: »Ah, Mr. Stanton?«

»Karl Stanton. Er ist mein Wissenschaftsoffizier. Ein Biologe, aber er scheint recht umfassende Kenntnisse zu haben.«

Als Alis den rotierenden Bereich betreten hatte und aus Schwerelosigkeit in halbe Erdschwerkraft gelangt war, hatte ihr Magen rebelliert. Auf einmal war die Übelkeit wieder da und noch stärker als zuvor. Sie versuchte, das Unbehagen zu ignorieren, und wollte sich wieder dem Captain zuwenden, um herauszufinden, ob sie wieder die *Potemkin* erreichen konnte, ehe es zu spät war. »Sir, ich ...«

Eine der Türen zur Brücke glitt auf, und ein Mann trat ein, der vielleicht zehn Jahre älter war als Alis.

»Ah, hier haben wir Mr. Vasquez«, sagte der Captain. »Robert.«

Alis schenkte Robert Vasquez nur wenig Beachtung, die über die automatische, unterbewußte Registrierung dunkler Augen, eines kräftigen Körperbaus und eines unglücklichen Gesichts hinausging.

Robert schloß die Tür nicht hinter sich, und ein paar Sekunden später folgte ihm ein weiterer Mann auf die Brücke.

»Und Mr. Stanton. Karl.«

Alis bekam irgendwie mit, daß der Captain etwas gesagt hatte, aber sie war ganz auf Karl Stanton konzentriert. Es *war* natürlich derselbe. Wie viele Karl Stantons konnte es schon im Weltraum geben? Diese stämmige Gestalt, das kurze rotblonde Haar, die graugrünen Augen, das gespaltene Kinn, all das war tief in ihr Gedächtnis eingegraben. In dem Augenblick, in dem sich ihre Blicke begegneten, sah sie, wie seine Wangen weiß wurden und er sie ungläubig anstarrte.

»Wie ich sehe, kennen Sie Mr. Stanton schon«, sagte der Captain einen Augenblick später.

Alis fühlte sich seekrank. Sie zwang sich zu einer Antwort. »Ja, wir sind uns schon begegnet.«

Im Augenwinkel sah sie, wie Robert verwirrt die Stirn runzelte.

Sie wandte sich Enrico Fernandez zu, die Arme starr an den Seiten. »Captain, ich würde gern auf die *Potemkin* zurückkehren.«

»Aber ich brauche Sie hier. Ich dachte ...«

Karl Stanton meldete sich zu Wort. »Falls Sie sie hier benötigen, Sir, kann ich ja auf die *Potemkin* wechseln.«

Captain Fernandez rieb sich die Stirn. »Jetzt mal langsam für eine Minute. Die *Potemkin* ist schon unterwegs, und ich brauche einen ersten Offizier, so daß niemand dieses Schiff verläßt. Worin besteht jetzt das Problem?«

Karl antwortete als erster. »Ich denke, es wäre das beste für uns, wenn wir nicht auf dem gleichen Einsatz dienen, Sir. Ms. Nussem hält mich dafür verantwortlich, daß sie verletzt worden ist.«

»›*Hält*‹?« fragte Alis. »Sie haben das Shuttle geflogen, ja oder nein?«

»Sehen Sie, wir haben das doch schon besprochen.«

»Die sind Sie?« fragte Robert Vasquez abrupt. »Sie sind die Frau, die nach Karls kleiner Spritztour in der Nähe der Station Tokio diesen ganzen chirurgischen Eingriffen unterzogen wurde?« Zum ersten Mal lächelte er.

»Das reicht!« sagte Captain Fernandez energisch. Er stand sogar auf, um seinen Befehl zu unterstreichen.

Alis musterte ihn, während er fünf Sekunden lang anscheinend über die Lage nachdachte.

»In Ordnung«, sagte er endlich. »Zurück zur Sache. Alis Nussem, das ist Robert Vasquez, der medizinische Offizier, der Ihnen untersteht. Robert, Alis. Und, Alis, hier haben wir Karl Stanton, den Ihnen unterstellten Wissenschaftsoffizier. Sie beide sind Profis und werden sich entsprechend den Maßstäben der Internationalen Raumfahrtagentur benehmen. Ich erwarte von Ihnen, nach besten Kräften Ihre Arbeit zu tun. Sobald dieser Einsatz abgeschlossen ist, haben Sie die üblichen Möglichkeiten zur Versetzung.« Er blickte auf die Datums- und Uhrzeitangabe auf dem Schaltpult. »Alis, ich möchte in vierundzwanzig Stunden Ihren ersten Bericht haben. Karl wird Sie über unsere derzeitigen Einsatzprioritäten unterrichten. Das ist alles.«

Niemand rührte sich.

»Ich sagte: Entlassen!«

Alis, Karl und Robert sagten gleichzeitig: »Ja, Sir.« Sie alle drehten sich zur Tür um. Alis durchquerte sie als erste und tat dabei ihr Bestes, Roberts Lächeln zu ignorieren.

Sie ging weiter, bis sie hörte, wie die Luke ins Schloß fiel. Sie blieb stehen und holte mehrmals tief Luft. Der Armbandcomp bestätigte, daß er synchron zur Dienstzeituhr der *Ranger* lief. Sie las die Uhrzeit ab, berechnete kurz etwas und drehte sich dann zu Robert Vasquez und Karl Stanton um.

Ohne einem der beiden Männer ins Gesicht zu blicken, sagte sie: »Mr. Stanton, ich erwarte Sie um sechzehn Uhr zur Einsatzbesprechung.«

Karl paßte sich ihrem sachlichen Ton an. »Ja, Ma'am. Wo soll das stattfinden?«

»Ich finde Sie.«

»Wann möchten Sie gern die übrige Besatzung kennenlernen?« fragte Robert. Sein Lächeln wirkte inzwischen eher süffisant, und wahrscheinlich hätte es Alis sogar geärgert, wenn sie nicht dem plötzlichen und unerwartet schmerzlichen Druck ausgesetzt gewesen wäre, Karl Stanton wiederzusehen.

»Ich sage es Ihnen noch.« Sie wandte sich ab und ließ die Männer stehen, ohne ein weiteres Wort zu verlieren.

Alis schloß sich in ihrer Kabine ein. Die geringe Schwerkraft und der beschränkte Bewegungsspielraum gestalteten es schwierig, hin und her zu gehen, aber sie tat ihr Bestes. Sie hatte den unerwarteten Drang, irgend etwas oder irgendwen zu schlagen. Das konnte doch alles nicht wahr sein!

Sie brauchte fast eine Stunde, ehe sie sich beruhigte. Sie überlegte eine Alternative nach der anderen und verwarf sie jeweils wieder, bis ihr nur noch eine akzeptable Handlungsweise blieb: So zu tun, als wäre Karl verdammt noch mal nur ein weiterer Untergebener, zu dem jeder Kontakt auf das beschränkt bleiben würde, was die Arbeit erforderte.

Resigniert und niedergeschlagen stellte sie ihren Armbandcomp auf die Personaldatenbank der *Ranger* ein. Als er anzeigte, daß er für Aktionen an Bord des Schiffes bereit war, sagte sie: »Rufe Mr. Stanton an.«

Ein paar Sekunden später reagierte dieser. »Hier Stanton.«

»Hier ist Lieutenant Commander Nussem.« Sie warf einen Blick auf den Bildschirm des Schiffscomputers. »Was die Einsatzbesprechung um sechzehn Uhr angeht: Würden Sie dazu in den Konferenzraum B kommen?«

»Ja, Ma'am.«

Alis beendete das Gespräch und begann mit einer geistigen Bestandsaufnahme dessen, was sie in ihrer Kabine vorfand, dem Raum, der für mindestens vier Monate ihr Gefängnis sein würde.

Karl Stanton wartete schon, als Alis Konferenzraum B betrat. Der Raum befand sich an der gleichen Stelle wie der ›Grüne Raum‹ an Bord der *Potemkin.* Anscheinend zog es Captain Fernandez vor, die Nutzbezeichnungen zu verwenden, die man auf den ursprünglichen Plänen des Schiffes fand, statt ästhetischere Namen zu vergeben.

Karl stand ein wenig zu schnell auf, als Alis eintrat. Also war er nervös. Gut.

»Sehen Sie«, sagte er, »ich weiß, was Sie denken, aber ...«

»Wir haben hier Arbeit zu erledigen«, sagte Alis. »Wie wäre es, wenn wir damit anfingen?«

Karl erstarrte wie ein Roboter in einem alten Film, der widersprüchliche Anweisungen erhalten hatte. Endlich schluckte er, nickte und sagte: »Wie Sie meinen.«

»Also, was kommt als erstes?«

Karl setzte sich. Es fiel ihm anscheinend immer noch schwer, einfach umzuschalten, aber einen Augenblick später wirkte sein Ausdruck sachlich und neutral. In den Monaten seit der Kollision hatte sich Alis sein Gesicht mit zwei unterschiedlichen Mienen vorgestellt, eine jammernd und die andere eine Kombination aus Ärger und Zufriedenheit. Als sie sich jetzt ihm gegenüber an den Tisch setzte, stellte sie fest, daß keine der beiden Vorstellungen ganz paßte. Zu einem anderen Zeitpunkt und an anderer Stelle hätte sie sich zu ihm hingezogen fühlen können, aber derzeit konnte sie sich kaum vorstellen, daß sie sich je wieder von jemandem angezogen fühlen würde. Und wer würde eine halbmenschliche Sammlung aus Ersatzteilen attraktiv finden?

Karl warf ihr einen Blick zu, als er zu reden begann, und sie unterbrach den Blickkontakt sofort. »Fangen wir oben an: Die Hauptaufgabe der *Ranger* besteht darin, eine Reihe von Langzeitsonden auszusetzen. Die meisten davon werden ungefähr zehn Jahre lang Messungen vornehmen, zum Teil deshalb, weil man davon ausgeht, daß viele dieser Messungen tief im Geräusch- ...«

Alis war neugierig darauf, wieso er ›die Hauptaufgabe der *Ranger*‹ gesagt hatte und nicht ›unsere Hauptaufgabe‹. War er hier so etwas wie ein Außenseiter? Sie verdrängte diese Überlegung und konzentrierte sich auf das, was er sagte, gab sich dabei Mühe, ihre Wut abzustellen und einfach ihre Arbeit zu tun.

Alis beendete das Abendessen in ihrer Kabine und verschloß sorgfältig den wiederverwertbaren Behälter, so daß er wieder der Kombüse zugeführt werden konnte. Nach zwei Wochen an Bord der *Ranger* langweilte sie das Angebot an Speisen schon.

Sie wurde es allmählich auch satt, sich die tristen Kabinenwände anzusehen, aber Langeweile war immer noch angenehmer, als sich mit der Besatzung zu beschäftigen. Jedesmal, wenn sie mit Karl Stanton sprach, ging ihr das verbotene Thema der Kollision durch den Kopf. Der Umgang mit Robert Vasquez brachte ganz eigene Schwierigkeiten mit sich, und aus irgendeinem Grund machten die ihr mehr zu schaffen als Karl.

Robert schien sie nur als medizinische Kuriosität zu betrachten, und Gespräche mit ihm nahmen fast unvermeidlich Kurs auf die Reihe von Operationen, die sie gehabt hatte. Wie fühlte sich das an, wie beeinflußte jenes sie?

Sie ertappte sich dabei, wie sie sich abkapselte und ihm absichtlich Informationen vorenthielt. Ihre Pupillen blockierten nach wie vor auf kleinster Öffnung, wenn sie plötzlich hellem Licht ausgesetzt wurde. Um Mitternacht nach Greenwich-Zeit, ein Zeitpunkt, der durch den täglichen Dienstplan wanderte, fühlten sich ihre Beine für jeweils einen Augenblick träge an – wie man ihr gesagt hatte, die Folge der Mikrocomputer-Controller, die routinemäßig das System neu kalibrierten. Die Ärzte auf Station Tokio hatten ihr erzählt, daß sie ihr bei der nächsten Kontrolluntersuchung vielleicht eine neue Software installieren konnten, die eleganter funktionierte. Alis verabscheute das Gefühl, die Betaversion eines Menschen zu sein.

Mit Daren Schrader, dem Frühzwanziger und Experten für Funk und Computer, hatte sie weniger Umgang, und noch weniger mit Captain Fernandez. Sie erstattete dem Captain täglich Bericht, was nie länger als fünf Minuten dauerte. Sie war seit dem Unfall verschlossener und hatte den Eindruck, daß der Captain schon immer so gewesen war.

Sie lehnte sich in der Koje zurück; sie war körperlich so entspannt, daß sie in der Zeit vor dem Unfall noch das rhythmische Pumpen des Herzens wie ein leises Metronom hätte hören können. Das Ersatzherz würde viel länger halten als das Original, mal vorausgesetzt, sie wollte das, aber es war praktisch unhörbar; sein Mechanismus arbeitete mit einem so glatten, rotierenden Wechsel, daß systolischer und diastolischer Druck praktisch gleich waren und schwer zu messen. Sie fragte sich, ob dieselbe Basiskonstruktion auch bei Pumpen für Fabriken und Verteilersysteme zum Einsatz kam.

Alis schloß die Augen. Sie hatte noch keine ganze Minute dort gelegen, als sich ihr Armbandcomp mit der Stimme von Captain Fernandez meldete.

»Ms. Nussem?«

»Ja?«

»Ich brauche Sie und Mr. Stanton auf der Brücke. Wir haben bei einer Distanzmessung etwas entdeckt, was wir noch nicht ganz begreifen.«

Auf dem Weg zur Brücke dachte sie an die ganzen Gespräche zurück, die sie im Krankenrevier mitgehört hatte, und fragte sich, ob diese Worte das Äquivalent zu dem waren, was in der Ärztesprache lautete: »Ich habe hier ein kleines Problem.«

4
Diagnose

Alis betrat die Brücke und traf dort bereits Karl Stanton und Daren Schrader bei Captain Fernandez an.

Der Hauptcomputermonitor zeigte die Himmelsregion Taurus mit der großen roten Scheibe des Aldebaran im Zentrum. Direkt rechts oberhalb des Aldebaran war eine quadratische Displaybox eingeblendet, mit einem Punkt darin, der viel kleiner war als die rote Sonne. Eine Ecke des Bildschirms zeigte eine Vergrößerung des Boxinhaltes.

Alis trat dichter an den Bildschirm heran und blieb stehen. Die Vergrößerungsbox zeigte eine computerverstärkte kleine dunkle Kugel, begleitet von Angaben, die besagten, daß sie sich mit etwa drei Prozent der Lichtgeschwindigkeit näherte. Die geschätzte Entfernung – etwa fünf Lichtstunden weiter draußen – verriet zusammen mit dem Winkelabstand, daß das Objekt ungefähr 100 Kilometer Durchmesser hatte, womit es ein klein wenig größer ausfiel als der Jupitermond Elara. Etwas von dieser Größe war viel kleiner als Luna, aber immer noch riesig.

»Was haben wir da?« fragte Alis.

Captain Fernandez schüttelte nur den Kopf.

Karl drehte sich um und sagte: »Sehen Sie es sich mal an. Sie erkennen Größe und Geschwindigkeit.« Er drückte ein paar Tasten auf der Schaltfläche, und ein weiteres Bild tauchte auf und füllte eine andere Ecke des Hauptdisplays aus. Auf diesem Bild erkannte man die Bahn, auf der das Objekt ins Sonnensystem eindrang. Die Bahn sah wie eine gerade Linie aus, die unweit der Erde vorbeikam.

Karl zeigte darauf. »Das ist sein Weg. Und es handelt

sich offenkundig nicht um einen Kometen. Die Geschwindigkeit ist viel zu hoch. Sieht so aus, als käme es vom Aldebaran.«

»Also ist es vom Aldebaran hierher unterwegs. Aber es kann kein Schiff sein, zumindest nichts, was wir als Schiff bezeichnen würden«, meinte Alis. »Nicht bei dieser Größe.«

»Klar, würde man nicht erwarten«, sagte Daren Schrader. »Und nicht nur das, sondern auch die Radarreaktion ist echt gering. Bei einem Mond oder Felsbrocken würde ich eine zehnmal stärkere Reflexion erwarten. Und ein Schiff würde wahrscheinlich viel mehr reflektieren als ein Felsen.« Daren war ein ziemlich ruhiger Vertreter, ein stiller Typ, der auf Alis den Eindruck machte, daß er gelegentlich rasch aufgebracht war, aber auch schnell wieder herunterschaltete.

»Und es sieht ganz sicher nicht nach einem Tarnkappenschiff aus«, sagte sie.

»Stimmt«, bestätigte Karl. »Es sendet nichts aus, was wir bislang hätten auffangen können, aber es ist mühelos zu sehen.«

»Also, was machen wir?«

Captain Fernandez wandte sich vom Display ab. »Ich möchte auf seinen Kurs einschwenken und mir die Sache mal genauer ansehen. Sobald es uns erreicht hat, braucht es nur ein paar Wochen, um das Sonnensystem zu durchqueren. Falls wir nicht bald anfangen, es unter die Lupe zu nehmen, haben wir keine große Chance mehr dazu.«

Alis wandte sich an Daren. »Haben Sie schon eine Kursprojektion?«

Er nickte. »Sobald der Captain den Befehl erteilt, beschleunigen wir mit zwei g in Richtung auf das Objekt. Wir tun das etwa eine Woche lang, wenden und bremsen eine weitere Woche lang mit zwei g ab. Dann beschleunigen wir für etwas weniger als eine Woche in derselben Richtung zur Sonne mit etwa zwei g, bis wir circa zwei

Lichtstunden von hier unseren Kurs an das Objekt angepaßt haben.«

Alis sah Captain Fernandez an. »Denken Sie, daß wir die Genehmigung dazu erhalten?«

Zum erst zweiten- oder drittenmal, seit Alis zurückdenken konnte, lächelte der Captain. »Ich warte nicht auf eine Genehmigung. Ich habe bereits eine Nachricht geschickt, daß das Einsatzziel gewechselt wurde, und werde nicht zehn oder zwölf Stunden auf eine Bestätigung warten. Ms. Nussem, ich möchte, daß das Schiff auf die Zwei-g-Beschleunigung vorbereitet wird. Wir waren in letzter Zeit ein bißchen lax, was ein paar der Ladebuchten angeht. Ihre Leute sollen dafür sorgen, daß alles richtig gesichert ist.«

Alis nickte und stellte fest, daß sie selbst lächelte – zum erstenmal, seit sie an Bord der *Ranger* war. Vielleicht zum erstenmal seit Monaten.

Da draußen war etwas Neues. Etwas, von dem niemand etwas wußte. Darum sollte es bei der Forschung schließlich gehen – nicht nur kartographieren und messen und die äußersten Grenzen dokumentieren, sondern tatsächlich Kontakt zu etwas bekommen, was noch nie ein Mensch gesehen hatte. Zum erstenmal seit zu langer Zeit spürte Alis echtes Interesse an dem, was rings um sie geschah.

»Sonst noch etwas, Sir?« fragte sie.

»Kümmern Sie sich einfach um jeden Posten auf dem Betriebsabschnitt der Vorab-Checkliste. Und benachrichtigen Sie die Besatzung. Ich möchte Sie wieder hier haben, sobald wir unterwegs sind. Ich schätze, das dürfte in dreißig Minuten der Fall sein.«

»Alles klar.«

Alis nahm ein Displaybuch und einen Stift aus einem Fach neben der Tür und verließ die Brücke.

Im angrenzenden Flur schaltete sie mit dem Daumen den Armbandcomp ein und sagte: »Belinda, hier Alis. Ich brauche Sie in Lagerraum C.«

Sekunden später ertönte Belindas Stimme. »Wird gemacht. Wann?«

»Sofort. Und bringen Sie jemanden aus Ihrer Abteilung mit.«

Alis schaltete den Armbandcomp auf Durchsagemodus und sagte: »Achtung allerseits. Hier spricht Lieutenant Commander Nussem. Die *Ranger* verläßt ihre Position. Bereiten Sie sich darauf vor, daß in fünfundzwanzig Minuten eine Beschleunigung von zwei g einsetzt. Sagen Sie mir oder Ihrem Abteilungsleiter Bescheid, falls Sie Probleme haben. Ich erwarte Sie in zwanzig Minuten in Konferenzraum A zur Einsatzbesprechung.« Die Einweisung der Besatzungsmitglieder, die für sie zum Teil immer noch praktisch Fremde waren, bildete definitiv den unerfreulichsten Posten auf ihrer Liste, aber sie kam nicht darum herum.

Alis drückte einen Schalter am Armbandcomp, damit diese Durchsage ständig wiederholt wurde, für jeden, der erst noch wach werden mußte.

Sie durchquerte die kreisende Schnittstelle zwischen der rotierenden Schiffssektion mit Schwerkraft und dem schwerelosen Bereich. Sie traf in der Ladebucht unmittelbar vor Belinda Penson ein, dem Betriebsoffizier. Belinda war in den frühen Vierzigern und hatte die Muskeln einer Turnerin. Alis langweilte sich immer schnell bei allen Methoden, mit denen man an Bord eines Raumfahrzeuges fit bleiben konnte, aber Belinda hatte dieses Problem anscheinend nicht. Beim Anblick ihres zerzausten Haares fragte sich Alis kurz, wobei sie sie gestört hatte.

Ehe Alis etwas sagen konnte, erklärte Belinda: »Ich habe Tim gerufen.« Tim war das jüngste Besatzungsmitglied und erst Anfang zwanzig; die meisten nannten ihn deshalb eher Timmy als Tim.

Belinda hatte kaum ausgesprochen, da erschien Tim auf der Bildfläche. Er wirkte ein bißchen erhitzt und nervös und vermied jeden Blickkontakt mit Belinda. Alis hatte auf einmal eine Theorie, die erklärte, was die beiden getrieben hatten, als der Anruf erfolgte. Sie verbannte den Gedanken und kam direkt zum Geschäftlichen: »Was, denken Sie, müssen wir außer dieser Sektion noch für den Zwei-g-Flug sichern?«

Belinda überlegte zwei Sekunden lang und sagte: »Nichts weiter.«

»Brauchen wir mehr Hilfe?«

Belinda zögerte. »Mehr als wir zwei oder als wir drei?«

»Als wir drei«, sagte Alis.

»Wir können es rechtzeitig schaffen.«

»Schön.« Alis sah, daß Tim nickte, und wandte sich wieder an Belinda: »Womit sollen wir Ihrer Meinung nach anfangen?«

»Irgendwo, wo Sie ein Netz sehen. Und es gibt ein paar gelbe Etiketten, die befristete Lagerung anzeigen. Tim könnte am hinteren Ende anfangen, ich in der Mitte und Sie hier.«

Alis blickte die Achse der langen, rechteckigen Lagersektion entlang. Sie war etwa vier oder fünf Meter breit und hoch und vielleicht fünfzig lang. Die Ausrüstung war an den Seiten untergebracht, so daß entlang der Achse ein paar Quadratmeter frei blieben, damit man die Ausrüstungsgegenstände erreichen und einzelne Posten bringen oder holen konnte. Neben der Tür waren einige schwerere Transporteinrichtungen befestigt, die für die jetzige haushälterische Aufgabe der reinste Overkill gewesen wären.

»Schön. Fangen wir an.« Alis hatte als Offizier nicht Karriere gemacht, indem sie den Rat von Leuten ignorierte, die sich mit den anstehenden Aufgaben auskannten.

Tim stieß sich durch die Achse der Ladebucht ab, und Belinda folgte ihm und ließ Alis zurück. Alis schob sich zum nächsten Netz, einer provisorischen, aber praktischen Einrichtung, um eine Sammlung Werkzeuge aufzubewahren, so daß sie nicht durch die Gegend schweben und abhanden kommen konnten, es aber leicht war, sie zur Hand zu nehmen.

Alis hielt sich mit einem Bein und einem Arm am Netz fest und steckte die Werkzeuge in ihre Behälter, ganz so, als würde sie den alten psychologischen Test durchführen, der darin bestand, runde Stifte in runde Löcher zu stecken und eckige Stifte in eckige Löcher. Wenige Sekunden später hatte sie das Netz in eine Ecke des Gehäuses gestopft und klappte den Deckel zu. Drei schwere Schnappschlösser sicherten ihn.

Alis schwebte zur nächsten Stelle weiter. Ein Stück weiter unten an der Achse der Ladebucht manövrierte Belinda einen schweren Werkzeugkasten für Exkursionen ins All in die richtige Position und knallte die Halterungen zu.

Der größte Teil der Ausrüstung war schon richtig verstaut, aber ein paar Werkzeuge hier und dort waren nur lose untergebracht, vielleicht am Ende einer langen Schicht.

»Was hat diese Änderung der Pläne zu bedeuten?« fragte Belinda nach ein oder zwei Minuten wortloser Arbeit.

Alis steckte ein Instrumentenpaket für den Außenbordeinsatz fester ins gepolsterte Gehäuse. »Wir haben ein Rendezvous mit einem näherkommenden Objekt. Es hat einige Eigenschaften eines kleinen Mondes. Rund, etwa einhundert Kilometer Durchmesser.« Damit war es ein gutes Stück kleiner als Luna und entsprach mehr einem der kleineren Jupitermonde.

»Und?«

»Die weiteren Daten ergeben wenig Sinn. Die normale Albedo ist hoch, aber die Radaralbedo furchtbar niedrig. Es bewegt sich mit etwa drei Prozent der Lichtgeschwindigkeit, was weit über der Fluchtgeschwindigkeit des Sonnensystems liegt.«

»Was bedeutet, daß es noch nie hier war.«

»Richtig«, sagte Alis. »Es sei denn, jemand hätte einen

kleinen Mond ausgehöhlt und benutzte ihn als Raumschiff.«

»Aber keine Signale.«

»Nichts dergleichen.«

»Vielleicht ist es nur ein großer Felsen«, sagte Tim vom hinteren Ende der Ladebucht.

»Vielleicht, aber was hat ihn dann auf eine solche Geschwindigkeit gebracht?«

Tim hatte keine Antwort darauf.

»In Ordnung«, sagte Alis. »Noch weitere Fragen?« Die Einsatzbesprechung war kurz gewesen, vor allem deshalb, weil man bislang so wenig wußte. Alis saß in Konferenzraum A mit den meisten Besatzungsmitgliedern der *Ranger* zusammen. Daren Schrader und Karl Stanton hielten sich nach wie vor mit dem Captain auf der Brücke auf. Belinda und Tim saßen fast so weit voneinander entfernt, wie es nur ging, vielleicht weil sich Belinda nicht wohl dabei gefühlt hätte, wenn die restliche Besatzung erfuhr, daß sie ihre Freizeit mit einem so jungen Mann verbrachte. Als ob sie in der Gesellschaft von weniger als drei Dutzend Menschen ein Geheimnis hätte bewahren können, und als ob eine Entfernung von vier Metern dabei helfen würde, die Beziehung zu verbergen.

»Noch dreißig Sekunden«, sagte Captain Fernandez aus einem Lautsprecher an der Decke. »Rotation wird heruntergefahren.«

Für etliche Tage brauchte die *Ranger* keine künstliche Schwerkraft mehr herzustellen, indem Unterkunfts- und Betriebsbereich rotierten, denn der Schub leistete das gleiche. Alis legte die Arme auf die Armlehnen. Sie spürte einen Zug zur Seite, als ein Gegenschub auf das Schiff ausgeübt wurde und allmählich die Zentrifugalkraft senkte. Der Magen stieg Alis hoch, als sie und die anderen allmählich schwerelos wurden, und sie packte die Armlehnen fester. Metallisches Knarren ertönte von Stellen, die sie kaum richtig lokalisieren konnte.

»Ein halb g beginnt in zehn Sekunden«, sagte der Captain.

Kurz darauf spürte Alis einen Zug zu dem, was eben noch Wand gewesen war.

»Wir sind stabil«, meldete der Captain. »Volle Beschleunigung beginnt in zwei Minuten.«

Alis und die anderen lösten ihre Sicherheitsgurte und stiegen auf den neuen Fußboden herab. Alis drehte die Sitzhalterung auf und löste den Stuhl von der Wand. Als sie die entsprechende Fassung im Boden gefunden hatte, verankerte sie den Sitz an der Stelle, die er für die nächsten paar Wochen beanspruchen würde. Die übrige Besatzung kümmerte sich um die restlichen Stühle, und ein paar Sekunden später waren der Raum umgebaut und die Besatzungsmitglieder wieder auf den Sitzen angeschnallt.

Als die volle Beschleunigung schließlich einsetzte, fand Alis die zwei g noch unbequemer als letztes Mal. Etliche der Stühle im Konferenzzimmer knarrten und ächzten, als die Belastung anstieg, und erzeugten mehr Geräusche als die darauf sitzenden Personen, obwohl die Sitze viel mehr Krafteinwirkung aushalten konnten als ihre Inhaber.

Das Atmen schien zunächst eine bewußte Anstrengung zu erfordern; allmählich erst fühlten sich die neuen Verhältnisse normal an.

Sobald die Beschleunigung gleichmäßig war, betrachtete Alis die Gesichter der Besatzung und sah nirgendwo einen fragenden Ausdruck. Sie schnallte sich los und stand auf. In den zwei g war sie etwas wackelig auf den Beinen. »Entlassen.«

Die Leute verließen nacheinander den Raum, und alle bewegten sich vorsichtiger als sonst üblich; Robert Vasquez bildete die Nachhut. Er blieb an der Tür stehen. »Ich bin nur neugierig«, sagte er. »Fühlt sich die höhere

Schwerkraft genauso an wie – vorher? Haben Sie das Bedürfnis, tiefer zu atmen? Irgendwelche neuen Schmerzen?«

Alis schluckte ihren Ärger hinunter. Praktisch jedes Gespräch mit dem Doktor erinnerte sie daran, daß sie eine Mißgeburt war. Wieso konnte er seine Frage nicht in etwas mehr Konversation verpacken und auch nur den Hauch eines Versuchs machen, sie als Person anzuerkennen, nicht als Mißgeburt? »Nein, ich kann nicht sagen, daß mir irgendwelche Änderungen auffallen.«

Robert nickte und ging. Sie hatte den Eindruck, daß er enttäuscht war. Ihr fiel auf, daß sie sich ungeachtet ihres Zorns auf Karl und des Unbehagens, das sie in seiner Gesellschaft empfand, bei Robert noch schlechter fühlte.

Alis verließ den Konferenzraum und bewegte sich vorsichtig und mühselig, da sie sich doppelt so schwer wie sonst fühlte. Sie nahm Kurs auf die Brücke. Auf einmal konnte sie sich mühelos vorstellen, wie man sich fühlte, wenn man dreimal so alt war wie sie.

Viereinhalb Tage doppelte Schwerkraft brachten Alis an den Punkt, wo sie fast ständig müde war. Daren und Karl waren auf der Brücke, als sie Karl ablöste, der zu verstehen schien, daß es unklug gewesen wäre, sie anzusprechen. Er nickte Daren zu und ging.

Alis machte es sich gerade für ihre Schicht bequem, als ihr auffiel, daß etwas fehlte. Sie sah Daren an. »Ich habe dieses Kissen vergessen, das ich für meinen Hals benutze. Kommen Sie für ein paar Minuten allein auf der Brücke klar?«

»Sicher. Es passiert ja nicht gerade viel.« Daren hatte die Beine mit Polstern abgestützt, damit sich das Blut nicht in den Füßen sammelte.

Alis verließ die Brücke und ging absichtlich mit bedächtigem Tempo, damit sie Karl nicht einholte. Er würde schon in seinem Quartier sein, ehe sie den entsprechenden Korridor erreichte, also brauchte sie sich keine Sorgen wegen einer Konfrontation zu machen.

Trotzdem holte sie fast zu schnell auf. Als sie um eine Ecke spähte, sah sie, daß Karl immer noch auf dem Kreiskorridor stand und im Begriff war, seine Kabine zu betreten. Sie mußte nur noch einen Augenblick warten, bis er drin war; dann wollte sie auf den Flur hinaustreten.

Während sie wartete, hörte sie ein plötzliches Knacken, als die Kabinentür aufging. Darauf folgte ein Geräusch, das ihr so fehl am Platz vorkam, daß sie noch einmal um die Ecke sah.

Karl war an die Wand gegenüber der Kabinentür geworfen worden, und Wasser strömte aus seiner Kabine. Alis starrte es verblüfft an.

Etliche Sekunden lang lag Karl nur da, während weiterhin Wasser aus seiner Tür strömte, sich in beiden Richtungen im Korridor ausbreitete und allmählich durch die Wiederaufbereitungsanlage aufgesaugt wurde. Langsam rappelte sich Karl wieder auf. Seine Haltung vermittelte Alis den Eindruck, daß er unverletzt, aber müde war, vielleicht resigniert.

Sie zog sich hinter die Ecke zurück, wußte nicht recht, was sie tun sollte. Eine Sekunde später hatte sie sich entschieden und trat vor, gab sich dabei Mühe, die Überraschung an den Tag zu legen, die inzwischen mehrere Sekunden alt war.

Karl stand auf dem Flur, und das Wasser, das aus seiner Kabine lief, reichte ihm bis auf halbe Wadenhöhe. Er war der Kabine zugewandt und leicht vorgebeugt, sei es durch Niedergeschlagenheit oder als Reaktion auf die doppelte Schwerkraft. Alis war bis auf ein paar Meter heran, ehe er sich umdrehte und sie sah.

»Was ist passiert?« fragte sie.

Er zögerte. »Ich schätze, ich habe wohl das Wasser laufen gelassen.«

Die Flut war auf eine leichte Strömung zurückgegangen.

»Und Sie müssen auch den Literzähler umgangen haben. Das war bestimmt der Vorrat von einigen Wochen.«

»Es sieht ganz so aus, nicht wahr?«

»Obendrein haben Sie anscheinend den Abfluß blockiert.« Sie folgte Karls Blick in die wassergeschädigte Kabine und sah, daß sein Bett durchnäßt war, ebenso der Kleiderspind. Der Schreibtisch und sein Inhalt waren offensichtlich unter Wasser geraten.

»Yeah«, sagte er. »Manchmal bin ich ganz schön vergeßlich.«

Alis schüttelte den Kopf. »Was geht hier vor?«

»Es war nur ein Unfall, okay?«

»Nein, war es nicht. Ich möchte erfahren, was hier vorgeht.«

Karl wandte sich wieder der Kabine zu und seufzte. »Es reicht festzustellen, daß ich hier nicht allzu beliebt bin.«

»Wegen der Sache auf Station Tokio?«

»Es sind nur – persönliche Konflikte.«

»Klar. Und passieren solche Sachen schon die ganze Zeit? Sie wirken nicht allzu erstaunt.«

»Nun, na ja. Es ist nicht das erste Mal.«

»Und Sie schlagen nicht zurück«, sagte Alis, war auf einmal überzeugt, daß das stimmte.

»Um aus dem Schiff ein Kriegsgebiet zu machen? Wer immer das war, wird mit der Zeit schon müde.«

»Sie wirken jetzt schon müde.«

Karl drehte den Kopf und sah sie an. »Manche Leute, die ich kenne, haben viel Schlimmeres durchgemacht. Ich kann das hier ertragen.«

»Das ist so ziemlich das Unprofessionellste, was ich je gehört habe. Also akzeptieren Sie so was als, nun, ›Strafe‹ für die Verursachung des Unfalls?«

Karl wirkte auf einmal lebhafter und trat einen Schritt auf Alis zu. Er sprach leise, aber sie spürte die nur mühsam beherrschte Frustration: »Sehen Sie, ich erwähne das noch einmal und werde das Thema nie wieder ansprechen. *Ich habe diesen Unfall nicht verursacht!* Daß es den Anschein hatte, ich hätte es getan, hat mir bisher schon viel Kummer bereitet, und ich rechne eigentlich nicht damit, jemals davon frei zu werden. Es tut mir mehr leid, als ich ausdrücken kann, daß Sie verletzt wurden, und ich sehe diese beiden Menschen häufiger in meinen Träumen, als ich sie je gesehen hatte, solange sie noch lebten. Ich habe für eine Menge Entscheidungen und Handlungen in meinem Leben die Verantwortung übernommen, und ich weiß, daß ich vor der letzten Schubphase des Shuttles noch einmal alles hätte kontrollieren sollen, aber ich habe diesen Unfall nicht *verursacht*!«

Alis stand da, konnte den Blick nicht von Karls Augen abwenden und wußte diesmal nicht, was sie sagen sollte.

Der Zorn verschwand von seinem Gesicht. »Sehen Sie, ich bin müde. Was geschehen ist, ist geschehen. Die Lage ist unter Kontrolle. Es gibt nichts, was ich melden möchte. Bin ich entlassen?«

Ohne auf eine Antwort zu warten, drehte Karl sich um und betrat seine Unterkunft, wo ihm das Wasser noch bis über die Schuhe reichte. Er stellte das Wasser am Becken ab und zog ein Klebeband vom Abfluß. Er löste erst eine und dann eine andere Ecke des Schlafnetzes und machte sich daran, das Material zusammenzurollen und das Wasser hinauszudrücken.

Ein paar Sekunden später drückte Alis eine Taste am Armbandcomp und meldete sich bei Daren auf der Brücke. »Ich bin in wenigen Minuten zurück. Rufen Sie durch, falls Sie mich dort brauchen.« Daren bestätigte.

Sie betrat Karls Kabine und ging ans andere Ende des Schlafnetzes. An den Füßen spürte sie eine leichte Kühlung, aber eine Empfindung der Nässe gab es nicht. Sie hakte beide Netzenden los. Als sie aufblickte, sah sie, wie Karl reglos dastand und sie ansah. »Nun«, sagte sie, »worauf warten Sie?«

Karl wurde wieder aktiv. Gemeinsam drückten sie das

meiste Wasser aus dem Schlafnetz und hängten dieses dann vor die Frischtluftöffnung. Karl holte die erforderlichen Utensilien aus einem nahegelegenen Wartungsspind und wischte das restliche Wasser in den Korridor hinaus, wo die Notabflüsse es der Wiederaufbereitung zuführten.

Alis hob einige durchnäßte Zertifikate und Unterlagen auf und breitete sie zum Trocknen aus. Es war eine nutzlose Geste; die Hardcopies waren wasserlöslich, damit man sie leicht wiederverwerten konnte. Ein sich auflösendes Bild von Karl und drei weiteren Menschen zog ihren Blick an sich. Es war ein Bild von einer Verleihungszeremonie, und es war Karl, der irgendeine Auszeichnung erhielt.

»Sagen Sie mir, daß Sie nicht nur deshalb helfen, um zu schnüffeln«, sagte Karl hinter ihr.

Sie drehte sich um und sah ihn an. Sie kannte ihn überhaupt nicht, egal, wie sehr sich ihre Gedanken um ihn drehten, aber sie fand nicht, daß er wirklich wütend war. Er wirkte ruhig, war aber schwer zu durchschauen.

»Nein, das tue ich nicht. Aber man kann seine Neugier manchmal nur schwer zügeln.« Sie wandte sich wieder dem Bild zu und las die Bildunterschrift. Karl erhielt dort gerade den Silver Star. Sie las den Text zu Ende und drehte sich erstaunt wieder zu Karl um. »Sie sind der, der die Yoterro-Geiseln gerettet hat?«

»Selbst Chaoten haben Glückstage.«

»So habe ich es nicht gemeint. Ich war nur überrascht, daß es jemand war, den ich kenne. Die Medien haben es nie gewußt, weil ...«

»Weil es schlechter Stil ist, die Gesichter von Geheimdienstlern in der Presse zu zeigen.«

»Sie waren beim Geheimdienst? Wieso haben Sie aufgehört?«

»Sie stellen eine Menge Fragen. Ist das ein offizielles Verhör?«

»Ich bin nur neugierig.«

Karl seufzte. »Ich wurde es leid, meine Freunde sterben zu sehen. Cleverer Zug, was? Ich dachte, es wäre die Arbeit, aber vielleicht liegt es ja an *mir.*« Karl nahm die klatschnassen Papiere zur Hand und warf sie in den Recyclingbehälter.

Alis sah sich um, ob sie noch bei irgendwas helfen konnte.

Karl sagte sanft: »Sehen Sie, ich weiß wirklich zu schätzen, daß Sie mir beim Saubermachen helfen, aber ich denke, hier sieht es wieder so gut aus, wie es in nächster Zeit überhaupt werden kann. Ich möchte nicht unhöflich sein, aber ich schätze, ich wäre wirklich gern eine Zeitlang allein.«

Alis nickte. Dieses Bedürfnis konnte sie verstehen. Sie versuchte, sich ein paar passende Worte auszudenken, aber als sie auf dem Flur stand, war ihr immer noch nichts eingefallen. Langsam ging sie zur Brücke zurück.

Je näher das fremde Objekt kam, desto verwirrender wurden die Meßergebnisse. Jetzt, wo die Entfernung von der *Ranger* nur noch einen Tag betrug, wirkte das Bild immer noch verschwommen, aber deutlich genug für die Besatzung, um ein paar neue Vermutungen anzustellen. Karl betrachtete sich voller Eifer die Folge computerverstärkter Bilder auf dem Wanddisplay der Brücke.

Alis Nussem und Captain Fernandez saßen in der Nähe. Alis drückte eine Taste, und eines der fehlfarbenen Bilder verschob sich weiter ins Rot. »Auf dieser Skala reflektiert es etwa soviel Licht wie eine Riesenerdnuß.«

Karl rieb sich eine Wange. Das Primärbild war gebrochen weiß und beinahe vollkommen rund. Besondere Kennzeichen waren bislang kaum zu erkennen, aber man sah doch eine Andeutung von ein paar Netzlinien, von riesigen Kreisen. Die Markierungen – falls es wirklich welche waren – hatten sich nicht verändert, seit sie sichtbar geworden waren, was die Vermutung nahelegte, daß das Objekt nicht rotierte.

Je mehr die Datensammlung anwuchs, desto aufgeregter wurde Karl. Die regelmäßige Form, die fehlende Rotation, die scheinbar regelmäßigen Markierungen, all das deutete auf die Möglichkeit hin, daß hier ein Produkt intelligenten Lebens vorlag, jedoch ganz eindeutig nichts, was in der menschlichen Geschichte hergestellt worden war. Womöglich war sogar intelligentes Leben an Bord – oder war es einmal gewesen. Karl rügte sich selbst dafür, solch gewaltige Hypothesen aufzustellen, aber wenn dieses Ding einfach nur ein riesiger Felsbrocken war, den irgendeine Kollision vor langer Zeit ins All geschleudert hatte, dann hätte er viel mehr Unregelmäßigkeiten der Form erwartet und wäre überhaupt nicht überrascht gewesen, wenn es rotiert hätte, sei es auch nur langsam, ausgelöst durch irgendeinen chaotischen Vorgang, der es auf den Weg gebracht hatte.

Die sehr kalte Oberfläche, auf die die Messungen hindeuteten, stimmte mit der Vorstellung überein, daß das Objekt nur ein Mond war, der irgendwie seinem Planeten entkommen war und irgendwie eine viel höhere Geschwindigkeit erreicht hatte, als man erwarten könnte, beträchtlich höher, als nötig gewesen wäre, um ein Sonnensystem zu verlassen. Andererseits konnte eine kalte Oberfläche durchaus ein wärmeres Innenleben umhüllen, eine adäquate Isolation mal vorausgesetzt.

Die Masse war schwieriger zu bestimmen; sie mußten dem Objekt noch viel näher kommen, um eine erste Vermutung zu wagen. Eine meßbare Atmosphäre war eindeutig nicht vorhanden. Bei dem geringen Durchmesser hätte der Körper eine enorme Dichte haben müssen, um irgendwelche freien Gasmoleküle einzufangen. Die Größe war so viel geringer als die Lunas, daß er bei ähnlicher Dichte eine Gravitation von weniger als einem Prozent der Erdschwerkraft haben mußte.

»Bilde ich mir das nur ein«, fragte Karl schließlich,

»oder erkennen Sie auch einen dunklen Fleck dicht am Rand?«

»An welchem Rand?« wollte Captain Fernandez wissen.

Alis sah erst Karl an und dann das Display. Wenigstens bedachte sie ihn nicht mehr mit Blicken, bei denen er sich wünschte, er wäre tot.

»Das möchte ich lieber nicht sagen. Ich würde gern hören, wo sie ihn zu sehen glauben, falls überhaupt.«

Alis musterte das Bild ausgiebig. Würde sie das Objekt selbst statt eines Displays betrachten, dann könnte sie, vermutete Karl, ihre Augen auf verschiedene Modi einstellen und damit viel mehr erkennen als er. Das Brückendisplay war ein ausgleichendes Element und gestattete niemandem einen Vorteil.

Karl lehnte sich auf seinem Stuhl zurück; er fühlte sich müde. Diese abschließende Beschleunigungsetappe begnügte sich mit 1,9 statt mit 2 g. Zuerst hatte er geglaubt, etwas weniger Krafteinwirkung zu spüren, aber nach etlichen Tagen der Ermüdung unter hoher Schwerkraft fühlten sich 1,9 g mehr wie 3 g an.

Einen Augenblick später sagte Captain Fernandez: »Zehn Uhr«, gerade als Alis bemerkte: »Oben links, vielleicht 160 Grad?«

Karl nickte Alis zu und sah dann den Captain mit hochgezogenen Brauen an.

»Sonderbar«, meinte Fernandez.

Karl kehrte auf die Brücke zurück, nachdem er sich gezwungen hatte, eine Schlafschicht einzulegen. Er hatte fast nicht einschlafen können, aber er wußte, daß die interessanteste Periode unmittelbar bevorstand, und er wollte auf Draht sein.

Alle an Bord waren ganz aufgeregt über das, was sie Kantalupe, Beutelmelone, getauft hatten. Karl vermutete, daß man einen passenderen Vergleich, vielleicht zu einer

Honigmelone, hätte ziehen können, aber alle Alternativen, die ihm einfielen, klangen noch doofer.

Die Feindseligkeit seitens Alis' und Roberts, die Karl gespürt hatte, ging jetzt im Hintergrundrauschen unter, entweder weil er sich ganz auf das ankommende Objekt konzentrierte, oder weil alle anderen es auch taten. Er fühlte sich wohler als seit Wochen.

Daren Schrader und Lucy Ito waren auf der Brücke, als Karl eintraf. Beide nahmen seine Ankunft aufgeregter zur Kenntnis als üblich, ehe sie sich wieder dem Wanddisplay zuwandten. Daren war damit beschäftigt, Daten abzulesen und in den Schiffscomputer einzugeben. Lucy schien von dem Hauptbild auf dem Monitor gebannt. Zur Zeit wirkte sie eher wie eine junge Frau, die ganz in ihrem ersten Anblick der Erde aus dem Weltraum versunken war, weniger wie ein Ensign und brillanter wissenschaftlicher Assistenzoffizier, der bei Karl ständig den Eindruck hervorrief, sie sollte Wissenschaftsoffizier sein und er ihr Assistent.

Karl holte tief Luft, als er eine Position erreichte, aus der er vollen Überblick gewann. Die Merkmale von Kantalupe wirkten jetzt schärfer und eindringlicher und erweckten immer mehr den Anschein einer riesigen, blassen, weißen Melone, überzogen mit einem regelmäßigen Muster aus Dellen. Eine Anzahl dünner, fast gerader dunkler Linien durchschnitten die Oberfläche, jede davon scheinbar Abschnitt eines großen Kreises, einige so lang, daß sie sich fast komplett über die einsehbare Oberfläche zogen, manche nur ein Zehntel so lang. Die Linien bildeten kein besonderes Muster, das Karl erkannt hätte.

Der dunkle Fleck am oberen linken Bildrand trat jetzt deutlicher zutage. Eine Sektion des Wandmonitors zeigte eine Vergrößerung dieser Stelle, aber nicht einmal anhand dieser Vergrößerung konnte Karl erkennen, was er da eigentlich betrachtete, außer daß es ein kleiner, verfärbter Fleck war. Er wirkte allein deshalb bedeutsam, weil er sich so stark von der restlichen Oberfläche Kantalupes abhob.

Unmittelbar vor dem Ende von Karls letzter Schicht war das jüngste Bild von Kantalupe so deutlich gewesen, daß der Captain die ISA-Einsatzzentrale informierte: Vielleicht wollte man dort ein zusätzliches Untersuchungsteam schicken, solange noch Zeit war, oder wenigstens hochauflösliche Meßinstrumente an der Flugbahn Kantalupes auffahren, um soviel über das Objekt zu erfahren wie nur möglich, ehe es das Sonnensystem durchquert hatte und wieder verschwand. Bislang ergaben die spektrometrischen Messungen nur wenig mehr als die visuelle Inspektion. Ein gleichmäßiger Datenstrom floß zum ISA-Hauptquartier.

Karl war jetzt dankbarer denn je, daß man ihm sein ISA-Patent nicht aberkannt hatte. Wäre er zu den zivilen Auftragnehmern, der GSSC, abgeschoben worden, wäre er jetzt nicht hier draußen gewesen, sondern einem der langweiligen Jobs nachgegangen, die die ISA an die GSSC vergab. Gelegentlich konnte die GSSC einen interessanten Job an Land ziehen, aber nicht oft.

Karl blickte auf eine Box im Display, die Stunden und Minuten abzählte. In weniger als einer Stunde würde die *Ranger* auf den Kurs des Objekts einschwenken, und endlich waren sie dann in der Lage, die Rückseite zu sehen.

5
Epidermis

»Achtung«, sagte Captain Fernandez. »Schub wird in zehn Sekunden heruntergefahren. Bereiten Sie sich auf die Schwerelosigkeit vor.« Er schaltete das Mikro mit dem Daumen ab und nickte Alis zu.

Mehrere Sekunden später stieg Karl der Magen in die Brust, aber der Sicherheitsgurt hielt ihn auf dem gepolsterten Sitz fest. Außer Alis und dem Captain waren noch Daren Schrader und Lucy Ito auf der Brücke, so daß der kleine Raum überfüllt wirkte. Die meisten übrigen Besatzungsmitglieder hielten sich in Konferenzraum A auf und sahen sich dort das vom Hauptwandmonitor übermittelte Videobild an. Alle Zusatzmonitore waren eingeschaltet, auch einer an der Decke.

Kantalupe füllte den Hauptbildschirm aus, jetzt eine Video-Liveübertragung. Die Sterne ringsherum leuchteten viel heller als sonst, da die Lichtstärke hochgedreht war, um die matte Oberfläche Kantalupes deutlicher sichtbar zu machen. Das Objekt war inzwischen nicht mehr als hundert Kilometer entfernt und scharf abgebildet, ein noch verwirrenderer Anblick als zuvor.

Innerhalb gewisser Grenzen wird die Struktur von Gegenständen immer beliebiger, wenn die Vergrößerung zunimmt, zum Beispiel, wenn ein Mikroskop einen Bogen Papier immer genauer unter die Lupe nimmt. Von oben sieht das Papier wie eine glatte, weiße Ebene aus. Geht man dicht genug heran, ähnelt es mehr einer Gebirgslandschaft. Aus der Nähe wirkte Kantalupe jedoch nicht immer unregelmäßiger, wie Luna beispielsweise, sondern immer gleichmäßiger, eher das Produkt einer Intelligenz als das Ergebnis einer Naturkatastrophe oder einer typischen Planetenbildung.

Die Dellen, die man von der *Ranger* aus schon über größere Entfernung entdeckt hatte, waren immer noch da und ausgefüllt von wiederum kleineren Dellen; die Vertiefungen ähnelten jedoch nicht Kratern, die unterschiedlich groß waren und von denen einige die anderen überdeckten. Vielmehr erinnerte die Oberfläche an die eines Golfballs – ein Muster von gleich großen und gleichmäßig verteilten Dellen mit gleichförmigen erhöhten Zonen dazwischen.

»Unheimlich«, sagte Alis leise.

»Amen«, bekräftigte Karl. Das Objekt war mit nichts vergleichbar, was die Menschheit bislang kennengelernt hatte, und Karl fragte sich, ob sie jetzt tatsächlich auf so was wie einen Erstkontakt zusteuerten. Zumindest hatte diese Entdeckung das Potential zu einem ersten konkreten Hinweis darauf, daß intelligentes Leben nicht nur auf der Erde entstanden war.

Die Reihe von Bögen, die schon aus der Ferne sichtbar gewesen waren, hatte sich äußerlich nicht sehr verändert. Die Bögen wirkten immer noch wie schwache dunkle Linien auf der Oberfläche. Eine Bildschirmsektion zeigte eine Abschnittsvergrößerung einer solchen Linie, und auf beiden Seiten breitete sich das normale Dellenmuster aus. Jetzt, wo man nahe genug war für erste Messungen der Masse Kantalupes, erwiesen sich auch diese Ergebnisse als überraschend. Die Dichte schien weniger als ein Drittel der Dichte Lunas zu betragen, ein Hinweis darauf, daß das Objekt entweder aus sehr leichtem Material bestand oder aus dichtem Material mit vielen Vakuumzonen dazwischen, oder daß Kantalupe einen hohlen Kern hatte. Nur ein weiteres Rätsel war die Messung von etwa 0,05 g, trotz der geringen scheinbaren Dichte und Kantalupes bescheidener Größe.

»Bereit, um in eine Umlaufbahn einzuschwenken?« fragte Alis.

»Ja«, sagte der Captain. »Und nehmen wir mal Kurs auf den dunklen Fleck.« Er schaltete das Mikrophon ein und wandte sich wieder an die übrige Besatzung. »Wir stehen im Begriff, auf eine Umlaufbahn um den Besucher zu gehen.« Er war der einzige, der das Objekt nicht »Kantalupe« nannte. »Solange wir im Orbit sind, werden wir unter stetiger Beschleunigung von gut unter einem g stehen. Ich habe vor, es eine Minute vorher durchzugeben, wenn wir wieder auf Schwerelosigkeit gehen, aber verlassen Sie sich nicht darauf.«

Er sah zu, wie die Uhr drei oder vier Sekunden weiterlief, und nickte dann Alis zu.

Alis drückte auf ihre Bedienungselemente, und die *Ranger* nahm gleichmäßig Fahrt auf, bis Karl etwa ein halbes g Schwerkraft spürte. Sie hielten das aufrecht, bis die *Ranger* eine Geschwindigkeit erreicht hatte, die sie alle zwanzig Minuten einmal um Kantalupe herumführte; dann nahm Alis den Schub weit zurück und zielte mit den Ausgängen der Triebwerke direkt von Kantalupe weg.

Daren Schrader startete eine neue Aufnahmesequenz von der Oberfläche, während die verfärbte Stelle allmählich vom Rand des Blickfeldes ins Zentrum wanderte und sich dabei immer mehr der *Ranger* zuwandte.

Karl blieb auf den Wandmonitor konzentriert. Der dunkle Fleck war jetzt komplett sichtbar, und er war definitiv das am meisten anomale Merkmal, das sie bislang von Kantalupe gesehen hatten. Die dunkle Tönung und die unregelmäßige Kreiskonfiguration vermittelten den Eindruck, als hätte jemand eine Riesenzigarre in die Oberfläche gesteckt und dabei einen flachen Krater erzeugt. Dicht am Mittelpunkt der verfärbten Stelle war ein kleiner Ringwall aus irgendeinem Material zu sehen. Hinter dem dunklen Fleck breitete sich wieder das regelmäßige Dellenmuster aus.

Kantalupe rotierte unter der *Ranger* langsam weiter, so daß Daren gute 3-D-Bilder von dem dunklen Fleck erhielt.

Karls Augen weiteten sich, und er sah plötzlich zu den

anderen hinüber, um festzustellen, ob sie es auch entdeckt hatten. Sie hatten. Etwas Kleines und Glänzendes war gerade am Horizont ins Blickfeld gekommen.

»Was ist das?« fragte Daren Schrader leise. Er betastete seine Steuerung und öffnete damit eine Box auf dem Display, die eine Vergrößerung des Gebietes um den Lichtschimmer auf Kantalupe zeigte.

Niemand gab ihm eine Antwort.

Die Vergrößerung nahm zu, bis das Objekt das komplette Unterfenster ausfüllte. Keine Frage – das neue Objekt auf Kantalupe mußte von intelligentem Leben hergestellt worden sein.

Das Bild erinnerte vage an die Absturzstelle eines Verkehrsflugzeuges; kleine glänzende Trümmerstücke waren über eine große, ausfächernde Zone hinter etwas verstreut, was womöglich ein außerirdisches Raumschiff gewesen war.

Nichts an den Formen des anscheinend beschädigten Raumschiffs – falls es eines war – erinnerte Karl auch nur entfernt an menschliche Raumschiffskonstruktionen. Das größte Trümmerstück glich ein bißchen einem deformierten Doughnut, aus dem jemand ein großes Stück herausgebissen hatte. Etwa ein Viertel des Ringwulstes war zerbröckelt. Drei weitere große Sektionen, alle hoch und dünn, trugen den Ringwulst, und alle drei liefen durch die Innenöffnung und ragten darüber auf. Sämtliche Außenflächen glänzten wie das Metall eines Gewehrlaufs, aber statt des dafür typischen Graus war die Farbe Gelbgrün. Karl warf einen Blick auf den Statustext unterhalb des Fensters und stellte fest, daß die Wiedergabe farbecht war und nicht das Ergebnis einer Spektralanalyse.

»Sieh sich das mal einer an«, sagte Alis, ohne jemand Bestimmtes anzusprechen.

Nach einer ganzen Weile räusperte sich Captain Fernandez und sah Daren an. »Ich vermute, Sie haben auf keiner Frequenz irgendeine Nachricht empfangen.«

Daren schüttelte den Kopf und kontrollierte noch mal seine Instrumententafel.

»Senden Sie fortlaufend eine Aufzeichnung mit dem Inhalt ›Bitte antworten Sie‹ an die da unten und halten Sie die Ohren offen. Versuchen Sie es auf jedem verfügbaren Senderband. Ich bin nicht optimistisch, was eine Antwort angeht, aber es wäre dumm, es nicht wenigstens zu versuchen. Und schalten Sie den Sender des Flugschreibers ein.«

Daren drückte ein paar Stellen auf dem Display der Instrumententafel, und ein blinkendes rotes Licht tauchte auf. Der Flugschreiber lief zwar immer und speicherte die jeweils letzten zehn Stunden Aktivität, egal was passierte.

Daß er periodisch auch komprimierte Sendungen an die Einsatzzentrale übermittelte, geschah normalerweise nur dann, wenn das Schiff in eine so gefährliche Situation geriet, daß die Black Box womöglich zusammen mit ihm zerstört wurde.

Der Überflug der Rückseite von Kantalupe zeigte nichts, was sie nicht schon gesehen hätten. Weitere gleichmäßige Dellenflächen, keine weiteren verfärbten Flecken oder mögliche Absturzstellen. Als sie sich wieder dem dunklen Krater näherten, wies Captain Fernandez Alis an, im rechten Winkel auf eine neue Umlaufbahn zu gehen, nur um sicherzustellen, daß sie an den Polen nichts verpaßt hatten.

Sie hatten es nicht. Der dunkle Krater und die Absturzstelle schienen die einzigen Anomalien auf der Oberfläche zu sein.

Als der dunkle Fleck wieder mitten unter ihnen lag, hatte Daren noch immer keine Sendung von Kantalupe erhalten. Ein kurzer Test mit einem Radarbild zeigte auch nichts, was nicht schon visuell erkennbar gewesen wäre.

»Na ja, wenn wir schon auf eine Erkundung gehen, scheint das die richtige Stelle zu sein«, meinte der Captain. »Führen Sie uns aus der Umlaufbahn und bringen Sie uns auf eine feste Position.«

Alis gehorchte. Wenige Augenblick Schub mit einem halben g verlangsamten Kantalupes scheinbare Rotation unter ihnen. Als der Besucher bewegungslos im All zu schweben schien, gab Alis den Befehl ein, die Position zu halten. Die Triebwerke gaben dazu kaum merklich Schub, gerade genug, damit die Distanz zwischen dem Schiff und Kantalupe konstant blieb. Schließlich wurde die Unterkunftssektion in Rotation versetzt, um im Interesse des Wohlbefindens ein halbes g Schwerkraft zu erzeugen.

»Nun, Karl«, sagte Captain Fernandez, als das Schiff sich stabilisiert hatte, »was möchten Sie tun? Es dauert mindestens einen oder zwei Tage, ehe irgend jemand sonst hier eintrifft.«

»Zeit für die unmittelbare Besichtigung«, versetzte Karl. »Wir haben die Oberfläche kartographiert und schon die meisten Messungen vorgenommen, die aus dem Orbit überhaupt möglich sind. Das Wrack ist nicht allzuweit von dem dunklen Fleck entfernt.« Er blickte auf das Display und aktivierte eine Darstellung des Maßstabs. »Ungefähr zwanzig Kilometer. Da eine von diesen Linien zwischen den beiden Stellen hindurch verläuft, könnte eine Landegruppe dort die vier interessantesten Merkmale untersuchen.«

»Vier?« fragte Daren.

»Den Krater, die Absturzstelle, die Linien und die unbeschädigte Oberfläche.«

Der Captain sah Alis an. »Möchten Sie nur ein Wissenschaftsteam hinunterschicken oder selbst gehen?«

»Ich möchte unbedingt selbst gehen.«

»Gute Antwort. Wer soll Ihrem Team angehören?«

Alis zögerte. »Außer Karl? Daren, für den Fall, daß wir Gelegenheit zur Kommunikation erhalten. Ich weiß, daß die Chance nicht hoch ist, aber wir haben nur eine oder zwei Wochen, ehe dieses Ding das Sonnensystem durchquert hat und für immer verschwindet, und es wäre mir zuwider, eine Chance zu versäumen.«

Daren nickte.

»Und Belinda. Sie kennt sich mit Logistik aus. Ich denke, sie wäre ein kühler Kopf, falls eine Notlage eintritt.«

»Niemand sonst?« fragte Karl schließlich.

»Wen würden Sie vorschlagen?« wollte sie wissen.

»Zum einen Lucy, und wahrscheinlich auch Robert.«

»Ich kann verstehen, daß Sie den wissenschaftlichen Assistenzoffizier mitnehmen möchten, aber auch den Arzt? Damit wären wir sechs.«

»Ich habe ein paar Gründe für den Vorschlag mit Robert. Zum einen erforschen wir etwas Fremdartiges. Ich denke, dabei dürfte das Verletzungsrisiko höher als normal liegen. Zweitens deuten die Dichte und die Oberfläche von Kantalupe auf etwas Organisches hin. Ein Mediziner könnte sich dabei als praktisch erweisen. Wie Sie schon sagten, genießen wir nicht den Luxus der Zeit.«

Karl beobachtete, wie Alis über den Vorschlag nachdachte.

Er vermutete, daß sie mit Robert auch nicht besser klarkam als er. Obwohl er persönlich gut auf Robert hätte verzichten können, war er froh, als sie mit einem Nicken ihr Einverständnis erklärte.

Captain Fernandez hatte nachgedacht, während er Alis musterte. Er drehte sich zu Karl um. »Etwas Organisches? Weshalb denken Sie das?«

»Es ist zur Zeit nur eine Vermutung, und auch nur eine von tausend. Ich könnte mich irren.«

»Aber was, wenn Sie recht haben?«

»Ich weiß nicht. Irgendeine bizarre Lebensform, die wie Fingerhirse auf der Oberfläche von Monden wächst. Vielleicht ist es eine organisch gezüchtete Außenhaut für ein Raumschiff. Die wildeste Spekulation ist, daß wir vielleicht ein komplett organisch gezüchtetes Sternenschiff vor uns sehen. Ich behaupte nicht, daß das wahrscheinlich ist, nur, daß es eine der Möglichkeiten ist.«

»Ein Sternenschiff?« fragte Daren. »Wo ist dann der Antrieb?«

»Keine Ahnung. Es könnte eine Technik sein, die wir nicht einmal erkennen. Vielleicht ist der Antrieb auch in den Rumpf eingebaut oder wird bei Bedarf ausgefahren. Die Geschwindigkeit dieses Dings paßt zu der Annahme, daß es sich aus eigener Kraft fortbewegt. Zumindest ist es viel schneller als jeder Felsbrocken, den wir je gesehen haben.«

Daren schüttelte den Kopf. »Selbst mal angenommen, daß es so ist – wäre jetzt nicht der richtige Zeitpunkt, um abzubremsen?«

»Vielleicht. Vielleicht wartet es aber noch, bis es näher an der Sonne ist. Vielleicht fliegt es auch einfach nur durch. Vielleicht bremst es aber auch deshalb nicht, weil die Besatzung tot oder nicht mehr einsatzfähig ist.« Karl blickte wieder auf den Bildschirm. »Vielleicht weist der dunkle Fleck auf eine tiefergehende Beschädigung hin.«

Captain Fernandez sah auf einmal unglücklich drein. »Wir wissen immer noch fast nichts über dieses Ding, außer daß es nicht danach aussieht, als ob es spontan in der Natur vorkäme. Mir gefällt die Idee nicht, daß es vielleicht plötzlich beschleunigt. Ich möchte Sie alle lebend zurückhaben.«

In Anbetracht der eigenen Vorgeschichte sprach Karl das Thema der Gefahr nicht gern an, aber er sagte: »Schon an Bord der *Ranger* zu sein, ist ein Risiko. Außerdem: Sollte Kantalupe eine signifikante Beschleunigung entwickeln, ist seine Schwerkraft doch so niedrig, daß wir einfach von der Oberfläche herunterfallen und zurückbleiben würden. Sie können uns leicht wieder aufsammeln, ohne auf den Kurs von etwas einzuschwenken, das ungleichmäßig beschleunigt. Falls Sie sich dann besser fühlen, bitten Sie doch um Freiwillige.«

Der Captain rümpfte die Nase. »Also, hier unter uns, wer möchte sich freiwillig melden?«

Karl, Alis und Daren hoben sofort die Hände.

Karl sagte: »Ich wette, daß sich Belinda, Lucy und Robert auch freiwillig melden.«

Captain Fernandez kam einem Lächeln näher, als man bei ihm gewohnt war. »Na ja, ich schätze, wir überlegen uns lieber, wie wir Sie am besten dort hinunterbringen. Es wird nicht ganz das übliche Andockverfahren, für das unser Schiff ausgelegt ist, und Außenbordanzüge könnten in einem Gravitationsfeld einiges an Übung erfordern. Wir können Sie einfach auf die Oberfläche hinabsinken lassen, wenn wir es mit einer recht geringen Schwerkraft zu tun haben. Wird sie reichen, um Sie zu halten, oder prallen Sie einfach ab?«

Daren rief ein Computerdisplay auf und wählte ein paar Standardgleichungen aus. Einen Augenblick später sagte er: »Die Fluchtgeschwindigkeit liegt satt über hundert Metern pro Sekunde, so daß wir vielleicht eine Zeitlang hüpfen, aber es besteht keine Gefahr, daß wir dauerhaft von der Oberfläche abprallen, es sei denn, das Objekt würde beschleunigen.«

»Gibt es irgendeine bessere Möglichkeit?« fragte Alis.

Der Captain kratzte sich am Kinn.

»Nun, ich denke nicht, daß die *Ranger* direkt auf der Oberfläche aufsetzen sollte. Selbst bei einem Hundertstel g wiegt sie Tonnen, so daß wir womöglich einbrechen.«

Karl nickte. »Besonders, wenn man an Kantalupes geringe Dichte denkt. Das Material könnte sich als ganz schön kräftig entpuppen, vielleicht aber auch nicht.«

Der Captain fuhr fort: »Und es wäre keine gute Idee, die Triebwerke aus der Nähe auf die Oberfläche zu richten. Unmöglich zu sagen, was sie anrichten würden. Wir könnten Sie an einer langen Leine herabsenken, bis Sie wenigstens nur noch ein paar Meter über der Oberfläche sind, ehe Sie sich fallenlassen. Und in der geringen

Schwerkraft müßten Sie eigentlich so hoch springen können.«

»Solange niemand verletzt wird.«

»Bei Bedarf fahren wir dichter heran. Ich möchte das Schiff nur nicht näher heranbringen als nötig.«

Alis nickte. »Das klingt gut, finde ich. Wie schnell können Sie uns absetzen?«

Der Captain warf einen Blick auf die Wanduhr. »Wie schnell sind Sie bereit?«

»In fünfzehn Minuten, aber falls wir uns eine Stunde Zeit nehmen, vergessen wir vielleicht nichts, was uns später leid tut.«

»Gibt Ihnen das die nötige Zeit, um sicherzustellen, daß jeder freiwillig mitmacht?«

Alis lächelte. »Wir können notfalls mit einem kleineren Team hinuntergehen. Aber ich wette, wir finden an Bord kaum jemanden, der sich nicht freiwillig melden würde.«

Alis hatte recht. Lucy Ito, Robert Vasquez und Belinda Penson meldeten sich alle sofort freiwillig. Robert brauchte am längsten – drei Sekunden –, weil Lucys Freudenschrei so laut ausfiel, daß er die Frage zunächst nicht verstand.

Alis betrachtete die anderen verstohlen, während sie in ihre Raumanzüge stiegen und sich bereitmachten, die *Ranger* zu verlassen. Lucy war so aufgeregt, daß sie ihre überhebliche Haltung ablegte.

Karl war schwer zu durchschauen. Alis hatte sich dabei ertappt, wie sie ihn seit der Überschwemmung seiner Kabine häufiger beobachtete. Davor hatte sie ihn für einen Jammerlappen gehalten, der sich ständig der Verantwortung für das zu entziehen versuchte, was er getan hatte. Seitdem war ihr aufgefallen, daß er eine Menge einsteckte, worüber er sich nie beklagte, daß er Feindseligkeiten spielend wegsteckte und gute Arbeit leistete, ungeachtet der Hindernisse, vor die ihn die Besatzung stellte. Er mußte extrem starke Gefühle über die Katastrophe gehegt haben, um so zu reagieren, wie er es getan hatte.

Wenn Alis mit Robert redete, wirkte er häufig hochmütig wie ein Neandertaler, dem es widerstrebte, einer Frau unterstellt zu sein. Jetzt wirkte er fast so aufgeregt wie Lucy.

Belinda Penson packte eine Werkzeugtasche in ein Bündel Ausrüstung, das als erstes auf Kantalupe landen würde, zum Teil deshalb, damit es niemandem auf den Kopf fiel, und auch, damit der mutmaßlich erfolgreiche Aufschlag dem Team demonstrierte, daß es selbst ebenfalls nicht durch irgendeine Schale brach, die dünn wie eine Membran war. Belinda ergab eine gute Assistentin; sie erledigte alles, was man ihr auftrug, und bemühte sich ständig darum, einen Schritt weit vorauszudenken, ohne dabei irrtümlich anzunehmen, daß alles gutgeheißen würde, was sie sich überlegte.

Daren Schrader hantierte an einem kastenförmigen Ausrüstungsgegenstand herum, der, wie er Alis erklärte, ein Funkverstärker war, mit genug Energie, um ihre Funksprüche selbst dann noch an die *Ranger* durchzugeben, wenn diese sich auf mittlere Entfernung zurückziehen mußte. Das Gerät paßte auf den Rücken von Darens Raumanzug. Die Helmfunkgeräte konnten die Übermittlungen aus dem starken Sender der *Ranger* unter praktisch allen Bedingungen empfangen.

Alis bemerkte auf einmal, daß sie auf alle anderen geachtet, aber die eigenen Gefühle vernachlässigt hatte. Zu ihrer Überraschung fühlte sie sich kraftvoller als seit Monaten. Sie konnte nicht feststellen, ob das künstliche Herz schneller schlug als vorher, aber sie spürte einen leichten Adrenalinstoß. Obwohl der Einsatz sie nervös machte, konnte sie sich nicht vorstellen, jetzt lieber irgendwas anderes zu tun.

Minuten voller Aktivität vergingen. Luftvorräte wurden kontrolliert. Anzugscomputer schlossen ihre Diagnose ab. Eine lange Liste von Ausrüstungsgegenständen und Vorräten wanderte in Anzugtaschen und in das zentrale Ausrüstungspaket. Froh darüber, daß sie den Vorteil einer Umgebung mit geringer Schwerkraft genossen, achtete Alis darauf, daß sie viel mehr Überlebensvorräte mitnahmen, als für einen Routine-Tageseinsatz nötig gewesen wären. Dieser Einsatz war alles andere als Routine.

Alis schloß das Helmvisier und schaltete die Luftzufuhr ein. Sie kontrollierte ihre Gefährten und sah, wie eine Helmstatusanzeige nach der anderen auf Grün sprang.

Sie warf einen Blick auf das holographische Display im Helm und schaltete sich in die Funksprüche zwischen den Raumanzügen und dem Schiff ein, indem sie an die richtigen Stellen blickte und blinzelte. »Wir sind soweit.«

»Wir sind in Position«, sagte Captain Fernandez. »Viel Glück.«

Alis wartete, bis ihr alle fünf Gefährten den aufgerichteten Daumen gezeigt hatten, und betrat die Luftschleuse. Dabei nahm sie das Kabel mit, das sie für den Abstieg auf Kantalupe brauchten.

Unter den Himmelskörpern schnitt Kantalupe nur als eher kleiner Mond ab, aber verglichen mit einem Asteroiden, der groß genug war, um von der Erde aus sichtbar zu sein, war der Besucher riesig. Die dellenübersäte Oberfläche war viel dunkler, als es auf dem lichtverstärkten Brückenbildschirm den Anschein gehabt hatte. Alis befestigte ein Seilende an einer Öse neben der Luftschleusenluke und sah zu, wie das Seil ganz langsam auf Kantalupe hinunterfiel und sich dabei abwickelte.

Alis entfernte sich von der Luftschleuse und hielt sich dabei an den Griffen am Rumpf der *Ranger* fest. Der Blick auf Kantalupe hinunter reichte, um ihr eine leichte Höhenangst zu vermitteln. Obwohl sie in der ultraniedrigen Schwerkraft wahrscheinlich einen Sturz von hier oben überlebt hätte, war sie doch nervös, als ob ein Aussetzer von einem Sekundenbruchteil ausgereicht hätte, um zu Tode zu stürzen. Die kleinsten Dellen dort unten schienen mehrere Meter Durchmesser zu haben und nicht weniger als einen halben Meter Tiefe. Kantalupes Horizont wirkte absolut gleichmäßig. Die Oberfläche füllte inzwischen fast Alis' halbes Blickfeld aus.

Nicht weit entfernt war die außerirdische Absturzstelle. Das größte Wrackteil, der deformierte Ringwulst, wies eine lange, beschädigte Sektion auf, wo eine klaffende Spalte an der Seite eher nach zerrissenem Papier als nach aufgerissenem Metall aussah. Die Trümmerstücke lagen dort vielleicht seit einem Tag oder einer Million Jahren. Alis konnte das anhand des Aussehens unmöglich bestimmen.

Eine Gestalt im Raumanzug tauchte aus der Luftschleuse auf, Karl Stanton, nach den Helmmarkierungen zu urteilen. Er entfernte sich von der Luke und hielt sich neben Alis an Handgriffen fest. Aus irgendeinem Grund beruhigte es sie, daß er da war, aber sobald sie sich dieses Gefühls bewußt wurde, unterdrückte sie es schon. Sie brauchte niemanden, um sich sicher zu fühlen, am allerwenigsten Karl.

Ein paar Minuten später hielt sich das ganze Team an Griffen neben der Schleusentür fest. Belinda war in der Gruppe am leichtesten auszumachen, da sie das größte Ausrüstungspaket trug. Alis nahm wieder das Seil in Augenschein, das sie hinuntergelassen hatte. Es schwenkte ganz langsam zur Seite, wie von einer Brise bewegt, und reichte bis fast zur Oberfläche hinunter.

»Sind Sie soweit, Belinda?« fragte Alis.

»Ja.«

»Dann los. Und werfen Sie den Ausrüstungssack ab, sobald Sie auf halbem Weg nach unten sind. Ich möchte einen ordentlichen Testaufprall haben, ehe wir selbst die Oberfläche erreichen.«

»Wird gemacht.«

Belinda manövrierte sich in Position, wickelte das Kabel um sich und zog es durch eine Klammer an ihrem Gürtel. Sie ließ den Haltegriff an der *Ranger* los, und die ultraleichte Gravitation Kantalupes zog sie langsam abwärts.

Wenige Sekunden später übte Belinda ein bißchen mehr Druck auf das Kabel aus und rutschte mit fast gleichmäßiger Geschwindigkeit – etwa einen Meter pro Sekunde – daran herab. Sie schwankte dabei jetzt hin und her, als hinge sie an einem riesigen Zeitlupenpendel, das immer noch langsamer wurde. Unter ihr schwankte das restliche Kabel in seiner eigenen Frequenz.

Eine oder zwei Minuten später stoppte Belinda den Abstieg. »In Ordnung«, sagte sie über Helmfunk. »Bereit zum Loslassen.«

»Dann los«, sagte Alis.

Der Ausrüstungssack sank in Zeitlupe abwärts. Ganz allmählich beschleunigte er, bis er kurz vor dem Aufprall stand. Es sah auch nicht anders aus, als wenn man ihn unter normaler Schwerkraft von einem Haus heruntergeworfen hätte.

Er schlug auf. Er hüpfte ein wenig zur Seite. Er schien etwa zehn Meter hoch zu springen, nach wie vor wie in Zeitlupe. Wahrscheinlich wäre er noch viel höher gestiegen, hätte es sich um einen geschlossenen elastischen Körper gehandelt statt um einen Sack mit losen Ausrüstungsgegenständen. Die Aufprallstelle wies keine Spuren auf.

»In Ordnung«, sagte Alis. »Weiter geht's.«

Belinda setzte ihren reibungsgesteuerten Abstieg fort, während der Ausrüstungssack weiter herumhüpfte, dabei jedoch immer weniger Höhe erreichte. Innerhalb einer Minute baumelte Belinda unweit des Seilendes, nur noch ein paar Meter über der Oberfläche. »Alles klar?« fragte sie.

»Los«, sagte Alis.

Belinda ließ los. Sie stürzte ein paar Sekunden lang

und traf auf. Sie sprang höher als auf einem Trampolin. »Huah!« rief sie unwillkürlich und setzte rasch hinzu: »Ich bin okay.«

Alis mußte über diese Antithese der Kleiner-Schritt-Rede lächeln.

Belinda konnte das Herumhüpfen schneller unterbinden, als es bei dem Ausrüstungssack gegangen war, indem sie ihre Beine als Stoßdämpfer benutzte. »Ich bin okay«, wiederholte sie. »Die Oberfläche ist ein bißchen elastisch, wie ein fester Schaumbelag auf hartem Boden.«

»Okay. Treten Sie zur Seite«, sagte Alis und packte das Kabel. Sie wickelte es sich um die Taille und führte es dabei durch einen Haken am Gürtel, und dann ließ sie die *Ranger* hinter sich.

So von der *Ranger* herabzugleiten und sich der bizarren Oberfläche Kantalupes zu nähern, das war eine der unwirklichsten Erfahrungen in ihrem ganzen Leben. Für einen Moment sorgte sie sich, was passieren würde, falls der Antrieb der *Ranger* plötzlich ausfiel, während sie zwischen dem Schiff und der Dellenfläche unter ihr schwebte. Würde die *Ranger* abprallen, und wenn ja, wie hoch? Wäre Alis schon unten gewesen, hätte sie sich wenigstens in eine der Vertiefungen drücken und hoffen können, daß die Masse der *Ranger* nicht ausreichte, um die kleinen erhöhten Zwischenflächen zwischen den Dellen so weit einzudrücken.

Alis blinzelte in der Folge, mit der sie ihre Augen auf Infrarot einstellte. Der Wärmetauscher, den Belinda auf dem Rücken trug, wurde zu einem Leuchtsignal in einer dunklen Landschaft. Die Dellen und erhöhten Flächen, die Kantalupes Oberfläche bildeten, veränderten sich farblich, und ihre Beschaffenheit wirkte ein wenig rauher, aber sonst zeigte diese abweichende Sichtweise nichts Neues. Alis schaltete wieder auf normale Sehweise um, ehe die Kombination aus bizarrer Situation und verzerrter Realität zuviel für sie wurde.

Sie packte das Seil fester, als sie sich seinem Ende

näherte. Sekunden später schwankte sie über dem Boden von Kantalupe hin und her. Sie wartete ein paar Sekunden lang, bis sie instinktiv fühlte, daß ihr Sturz auf einer erhöhten Fläche und nicht in einer Delle enden würde; dann ließ sie los.

Mehrere Sekunden in Schwerelosigkeit endeten, als Alis mit den Füßen Bodenkontakt bekam. Sie versuchte, sich seitlich fallen zu lassen und sich abzurollen, statt den kompletten Impuls nur mit den Beinen abzustoppen. Sie hatte nicht das Gefühl eines kontrollierten Sturzes, sondern fühlte sich als Opfer eines ungezielten Wurfs. Ein oder zwei Sekunden lang hatte sie Kontakt mit einer federnden Fläche, aber schon wurde sie wieder hochgeworfen und drehte sich dabei weiterhin um sich selbst. Die *Ranger* schoß zweimal durch ihr Blickfeld, ehe sie wieder aufprallte. Sie war völlig unverletzt, kam sich aber dumm vor. Bionische Beine boten anscheinend keine Garantie auf Beherrschung.

Alis prallte noch zweimal ab, ehe sie das Gleichgewicht wiederfand. Sie blickte zur Unterseite der *Ranger* hinauf. Das dunkle Rechteck war so nahe, daß es sich über zwei Drittel des Himmels erstreckte. Von ihrem Standort aus erkannte Alis mühelos die jeweils zwei Helmlampen aller vier übrigen Teammitglieder. Die Lichterpaare hätten auch ferne Scheinwerfer in einer klaren, dunklen Texasnacht sein können, aber ein rascher Blick auf die Umgebung erneuerte wieder das Gefühl des Staunens. »In Ordnung«, sagte sie, lauter, als sie beabsichtigt hatte. »Karl, Sie als nächstes.«

Sie holte ein paarmal tief Luft, während sie zusah, wie Karl sich an den Abstieg machte. Seltsam – aber ohne Karl und den Unfall wäre sie jetzt wahrscheinlich nicht hier gewesen, hier auf dem seltsamsten Ding, dem die menschliche Spezies je begegnet war.

Alis entfernte sich vom Landepunkt, umging ihn und näherte sich der Stelle, wo Belinda an den Ausrüstungssack herangetreten war. Die Oberfläche von Kantalupe war verrückt. Von hier aus sah Alis Ringe, die sich strahlenförmig von ihr entfernten und aus den erhöhten Oberflächen zwischen den Dellen bestanden. Plötzlich stellte sie sich eine Ameise auf einem Golfball vor. Was sich hier dem Blick darbot, schien eher eine computererzeugte Kunstwelt zu sein als etwas aus dem wirklichen Leben.

Sie schlitterte in eine der Vertiefungen hinunter, und es fiel ihr schwer, in der ultraniedrigen Schwerkraft wieder auf der anderen Seite hinauszusteigen. Von einer Stelle zur nächsten zu springen erschien ihr einfacher, abgesehen von dem Problem, sich jeweils wieder abzufangen. Sie kniete sich auf den Boden und strich mit dem Handschuh darüber. Die geringe Schwerkraft hatte ihr das Gefühl vermittelt, die Oberfläche wäre glatt, aber eigentlich traf das nicht zu. Es fiel Alis schwer, sich durch das Material des Raumanzugs hindurch wirklich sicher zu sein, aber die Beschaffenheit des Bodens schien der einer Apfelsinenschale zu ähneln, nur rauher und fester.

Karl war auf halbem Weg am Kabel herunter, als Alis Belinda erreichte. Alis betrachtete erneut ausgiebig den Horizont. Die Krümmung war so glatt, daß Kantalupe klein wirkte, und Alis mußte sich daran erinnern, daß die Oberfläche nicht viel kleiner war als das Gebiet der Schweiz.

Sie drehte sich um und sah, wie Karl sprang. Er traf leicht vornübergebeugt auf, und während er abprallte, drehte er sich ganz langsam, so daß er auf allen Vieren zum zweiten Hüpfer aufprallte und dabei vage an einen mutierten High-Tech-Frosch erinnerte. Alis dachte daran, wie unelegant sie selbst gewesen war, und entschied, daß seine Haltungsnote gar nicht so schlecht ausfiel.

Robert kam als nächster herunter, gefolgt von Daren und Lucy. Deren entzückter Ruf, als sie abprallte, erinnerte Alis daran, daß Lucy trotz ihres sonst üblichen Benehmens kaum älter als Tim war. Sie ruderte mit den Armen, um sich aufrecht zu halten, und schaffte es beinahe auch. Augenblicke später war sie auf dem Boden und im Gleichgewicht.

Als die Gruppe versammelt war, komplett unverletzt, sagte Alis über Funk: »Captain, das Team ist gelandet. Wir sind alle okay. Sie können sich zurückziehen.«

»Roger, und viel Glück.«

Am Himmel schien die dunkle Form der *Ranger* für einen langen Augenblick reglos zu bleiben, aber schließlich stieg sie hoch, erst langsam, dann schneller. Sekunden später war sie nur noch ein dunkler Fleck, der eine faustgroße Stelle am Sternenhimmel verdeckte.

Alis sah sich im Ring aus Helmen um, dankbar für die polarisierenden Visiere, die eine Blendung durch die Helmlampen verhinderten. Sie warf einen Blick auf die Peilantenne, die sie am Handgelenk trug. »Belinda, sagen Sie mir Bescheid, wenn der Ausrüstungssack Sie müde macht. Gehen wir.«

Sie wandte sich in Richtung auf die außerirdische Absturzstelle und ließ sich nach vorn sinken. Mit leichten Schritten, für die sie nur die Zehenspitzen benutzte, schritt sie über den Boden von Kantalupe hinweg. Die anderen folgten ihr durch ein Gelände, durch das noch nie zuvor Menschen auf Zehenspitzen getappt waren.

6
Todesopfer

Karl trabte hinter Belinda und Alis her und benutzte die Zehen, um in der Mikroschwerkraft voranzukommen. Das erforderte weniger Energie als Wassertreten. Die bizarre Oberfläche Kantalupes wirkte wie das endlose 3-D-Modell einer mathematischen Funktion. Der Himmel war voller Sterne, die näher schienen als je zuvor. Karl machte sich nicht direkt die Mühe, sich zu kneifen, aber die ganze Szene wirkte surreal auf ihn, war ohne Zusammenhang mit allem, was er je getan hatte, und er mußte sich in Abständen doch daran erinnern, daß dies hier real *war,* daß er lieber vorsichtig blieb und nicht duldete, sich im traumartigen Charakter der Umgebung zu verlieren.

Alis schien völlig entspannt voranzukommen; ihre Bewegungen waren glatt und präzise, wenn sie den Körper bei jedem Schritt mit genau dem richtigen geschickten Druck nach vorn schob. Karl fragte sich kurz, zum tausendsten Mal, ob er so wütend gewesen wäre, wenn er mit künstlichen Beinen und Augen, mit einem künstlichen Herz und den übrigen Prothesen hätte ausgestattet werden müssen, wie Alis sie hatte. Ihm schien, daß die Ersatzkörperteile sie in mancherlei Hinsicht übermenschlich machten, aber sie legte eine Einstellung an den Tag, als hätte der Unfall sie zu etwas Geringerem als einem Menschen gemacht. Karl blickte schnurstracks voraus und bemühte sich, sie aus seinen Gedanken zu verbannen.

Nach ein paar Stürzen erreichte die Gruppe eine komfortable Geschwindigkeit, mit der sie alle von einer kreuzförmigen erhöhten Zwischenfläche zur nächsten sprangen. Der Vorgang rief eine alte Erinnerung wach, wie Karl auf Eisenbahngleisen entlanglief, dabei von Schwelle zu Schwelle sprang und auf jeder zweiten landete. Es war nicht sehr wahrscheinlich, daß sie sich hier um einen näherkommenden Zug sorgen mußten, aber Karl fragte sich, welche anderen Gefahren sie erwarteten.

Karl warf einen Blick auf den Heckbildschirm im Helm, um sicherzugehen, daß Lucy, Daren und Robert mit ihnen Schritt hielten. Die *Ranger* konnte zwar dabei helfen, Nachzügler zu lokalisieren, aber falls die Gruppe getrennt wurde, konnte es die Regelmäßigkeit der Umgebung wirklich schwermachen, Leute wiederzufinden. Karl katalogisierte mögliche Lösungen für das Problem, nur für alle Fälle. Zum einen war möglich, den Helmfunk einzusetzen, um Sprungzeiten zu koordinieren; zwei getrennte Gruppen konnten dann gleichzeitig so hoch springen wie nur möglich. Er versuchte sich nicht mit Kopfrechnen, aber in Anbetracht der fehlenden Bodenhindernisse und der auf große Entfernung sichtbaren Helmlampen vermutete er, daß man jede andere Person auf mehrere Kilometer Distanz ausmachen konnte.

Karl fühlte sich besser, als er eine potentielle Lösung für ein mögliches Problem wußte. Er legte mehrere weitere sehr lange Schritte zurück, ehe ihm ein Problem mit dieser Lösung bewußt wurde. Falls eine der Parteien verletzt war und keinen solchen Sprung ausführen konnte, würde das die Entfernung, auf die man jemanden entdeckte, stark herabsetzen.

Kantalupe rotierte nicht. Dadurch war es möglich, die Koordinaten bestimmter Sterne unweit des Horizonts anzugeben, und indem zwei Parteien verglichen, was an verschiedenen Kompaßpunkten unter oder über dem Horizont zu sehen war, konnten sie sich möglicherweise gegenseitig finden.

Die leichten Sprünge von einer erhöhten Zwischenfläche zur nächsten wurden nach einer Weile extrem langweilig, fast hypnotisch. Wenigstens wußte Karl, daß sie nicht vom Kurs abkamen. Solange sie sich nach demselben Schema fortbewegten, blieben sie immer präzise auf Kurs, als folgten sie einer Diagonale auf einem Schachbrett.

»Ich sehe sie!« sagte Belinda plötzlich.

Als ihre Stimme in Karls Helm ertönte, beschleunigte sich sein Puls, denn ihre Erregung sprang sofort auf ihn über. Ein paar Sekunden später konnte er die Spitze der außerirdischen Sonde – oder was immer es war – erkennen, die vor ihm über den Horizont aufragte. Auf dem lichtverstärkten Display an Bord der *Ranger* hatte das Ding gelbgrün ausgesehen; hier im matten Licht spielte es mehr ins Dunkelgrüne.

Sie näherten sich ihrem Ziel weiter, und das Trio aus schrägstehenden grünlichen Türmen wurde immer größer. Karl fand die schiere Größe der Konstruktion überraschend. Die Gruppe kam in noch dreißig oder vierzig Metern Entfernung dazu unbeholfen schlitternd zum Stehen. Die Spitzen der Türme mußten zwanzig Meter weit über dem Boden Kantalupes aufragen.

Karl bemerkte, daß seine Gefährten sich verteilt hatten, um das Artefakt zu betrachten; jeder stand auf einer der kleinen erhöhten Flächen, um die beste Aussicht zu haben.

»Wow.« Lucys Stimme klang gedämpft.

Karl spürte ebenfalls die Ehrfurcht, die sie empfinden mußte. Die Türme schienen keine langen Stangen zu sein, sondern Kegel, die sich ganz allmählich verjüngten. Das untere Ende des nächsten hatte dem Anschein nach ein paar Meter Durchmesser und war ein wenig in die Oberfläche Kantalupes eingesunken. Die Spitze war auch nicht breiter als der Kopf eines Menschen, und sie schien in einer glatten Rundung auszulaufen.

Rings um die drei Turmkegel verlief, vielleicht anderthalb Meter über dem Boden, der riesige, deformierte Ringwulst, der den gleichen metallischen Grünton aufwies. Das Grün war so dunkel, daß man es im schwachen Licht hier kaum von Schwarz unterscheiden konnte, aber im Licht der Helmlampen zeigte es sich in einem unheimlichen gelblichen Schimmer, ohne richtig zu leuchten. Von Karls Position aus schien die Konstruktion intakt. Selbst wenn es für Kantalupe selbst eine Erklärung gab, die nicht implizierte, daß es von intelligenten Lebewesen hergestellt worden war, mußte dieses Fahrzeug eine nichtmenschliche Konstruktion sein. Irgendwo da draußen mußte es noch andere Lebensformen geben oder zumindest irgendwann gegeben haben.

Nach längerem Schweigen sagte Alis: »Ich bin bereit, den Umkreis abzusuchen. Belinda, könnten Sie die Kameras verteilen? Hat sonst noch jemand einen Vorschlag?«

Karl wartete einen Moment lang und sagte dann in die Stille hinein: »Lucy, stecken Sie ein Gebiet ab, in dem wir noch nicht herumgetrampelt sind, damit Sie ein unberührtes Arbeitsfeld haben, um Oberflächenproben zu nehmen.«

»Klar.« Lucys Tonfall konnte man keine Spur der selbstgefälligen Überlegenheit entnehmen, mit der Karl inzwischen bei ihr rechnete. *Man sollte seltsame Sachen wie die hier öfter entdecken,* dachte er.

Belinda hatte den Ausrüstungssack teilweise aufgemacht. Sie öffnete einen gepolsterten Kasten und holte Kameras hervor. Eine nach der anderen reichte sie sie den übrigen Teammitgliedern. Karl nahm seine entgegen und befestigte sie vorsichtig in der Halterung auf der linken Schulter. Als er sie einschaltete und das Helmdisplay auf sie einstellte, erhielt er ein klares Bild von Darens Gestalt in wenigen Metern Entfernung. Karl drehte sich, und das Bild aus der Kamera folgte dem Schwenk.

Karl ließ die Kamera eingeschaltet und wechselte mit dem Helmdisplay wieder auf allgemeine Statusanzeige. Die Energiereserven lagen noch bei neunundneunzig Prozent. Die jüngste der automatisch erfolgenden periodischen Gesundheitsprüfungen zeigte keine Probleme auf. Die Sauerstoff-Stickstoff-Balance war okay. Die Temperatursteuerung war okay. Die Energieversorgung war okay. Die Vorräte an Nährstoffen und Medikamenten für Notfälle betrugen neunundneunzig Prozent.

Karl blickte auf die richtige Steuerungsfläche und öffnete den Mund; eine Nährstoffpille hüpfte ihm hinein. Er beugte sich vor und nahm einen Schluck Wasser, um die Pille hinunterzuspülen. Er stieg gern im Raumanzug aus und mochte das damit verbundene Gefühl der Eigenständigkeit, das er an Bord eines Schiffes nie hatte. Die einzigen Aspekte an langen Zeitspannen im Raumanzug, die er haßte, hatten mit der Wiederaufbereitung zu tun. Intellektuell war ihm klar, daß sich das Recycling in einem Raumanzug im Grunde nicht von der Wiederaufbereitungsanlage eines Schiffes oder einer Stadt unterschied, aber in der Enge des Raumanzugs war es schwieriger, den Vorgang zu ignorieren. Anscheinend fühlten sich die Konstrukteure von Raumanzügen dabei auch nicht ganz wohl, denn sie belegten die Bauteile mit technischen Begriffen wie *Rekombinationsbehälter, Rückgewinnungskapsel für Flüssigkeiten* und *Adaptives Wiederaufbereitungsfach.*

Als Karl zu Lucy zurückblickte, hatte sie schon eine Fläche mit ein paar Fähnchen abgegrenzt und hielt einen Probenbehälter bereit. Sie kniete sich auf den Boden und drückte mit einem Messer zu. Karl ging näher heran, achtete aber darauf, nicht ihren Arbeitsbereich zu betreten. »Brauchen Sie Hilfe mit den Proben?« fragte er.

Lucys Helm schwenkte herum, und der Lichtschein ihrer Lampen fiel auf Karl. »Alles unter Kontrolle.« Es hätte Karl nicht überrascht, wenn sie es damit hätte bewenden lassen, aber die Expedition zeitigte weiter Wirkung auf sie, denn sie ergänzte: »Das ist ein seltsames Zeug. Hat in der Konsistenz nichts mit Gestein gemeinsam. Ähnelt mehr einer sehr zähen Apfelsinenschale.« Vorsichtig steckte sie ein Scheibchen von dem Material in ein Gefäß.

»Wird es nicht Zeit, daß wir uns dieses – dieses Vehikel

anschauen, falls es eines ist?« fragte Robert, und Ungeduld schwang in seinem Ton mit.

»Wir haben ein bißchen Zeit übrig, um Proben zu sammeln«, erwiderte Alis ruhig. »Wir machen uns gleich an die Untersuchung.«

»Nun, ich werde hier nicht gebraucht. Ich könnte vorausgehen oder eine Messung des Umkreises vornehmen. Daren und Belinda werden hier im Moment wahrscheinlich auch nicht benötigt.«

»Bleiben Sie zunächst hier. Wir sind ein Team, und ich erwarte keinen ausgeprägten Vorteil, wenn wir uns jetzt trennen, nur um ein paar Minuten zu sparen.«

»Aber es gibt so viel ...«

Karl mischte sich ein. »Ihnen würde es auch nicht gefallen, wenn einer Ihrer Patienten anfinge, sich mit Ihnen über die Diagnose zu zanken. Alis hat einen Job zu erledigen; wieso versuchen wir nicht, es ihr ein wenig einfacher zu machen?«

Ein Glockenton ertönte in seinem Helm, was eine private Übermittlung ankündigte. Alis sagte: »Danke, aber ich werde mit ihm fertig.« Sie sagte es so rasch, daß Karl nicht richtig mitbekam, ob sie sauer war oder nur selbstbewußt in ihrer Führungsrolle.

Eine zweite Glocke läutete, ehe er sich entscheiden konnte, und Robert sagte: »Wieso machen Sie nicht einen langen Spaziergang mit einem knappen Luftvorrat?«

Eine Antwort hätte alles nur schlimmer gemacht, also sagte Karl nichts dazu. Er sah wieder Lucy zu. Sie hatte einen Handbohrer mit einem Gerät ausgestattet, das für die Entnahme von Tiefenproben diente. Als sie loskurbelte, grub sich eine Röhre von einem halben Meter Länge und dem Durchmesser von Karls Daumen langsam in den Boden.

Karl fragte sich, ob sie sich durch eine Ballonhülle bohrte oder durch etwas, was eher der Bezeichnung Kantalupe gerecht wurde.

Lucy wechselte die Haltung, um das zunehmende

Drehmoment auszugleichen. »Könnte sich jemand auf meine Füße setzen?« fragte sie.

Karl trat vor. Sekunden später saß er auf dem Boden und hielt Lucy an den Stiefeln fest.

Lucy drehte sich wieder, und Karl spürte, wie ihre Füße sich ihm zu entwinden versuchten. Nach einer Weile spürte er plötzlich, wie er selbst über den Boden rutschte. Alis und Belinda setzten sich vor ihm hin, und als er mit den Füßen an ihre Raumanzüge stieß, kam er wieder zum Halt.

Ihre kombinierte Reibung reichte, damit Lucy weiterbohren konnte. Wenige Minuten später rief sie: »Ich hab's!«

Karl rappelte sich zusammen mit den anderen wieder auf, während Lucy die Tiefenprobe in einen zylinderförmigen Behälter steckte und diesen versiegelte.

»Ich denke, ich habe genug von den oberen Schichten«, sagte Lucy. »Mit Proben aus größerer Tiefe möchte ich lieber noch warten. Falls wir Glück haben, hat sich diese Sonde bei der Landung durch die Oberfläche gebohrt.«

»Wieso denken Sie, daß es eine Sonde ist?« fragte Robert.

»Wieso? Glauben Sie, daß es hier gewachsen ist?«

»Ich habe keine Ahnung. Ich bemühe mich nur, in jeder Richtung offen zu sein.«

»Ich auch. Es war nur eine Vermutung, okay? Es sieht beschädigt aus, vielleicht vom Aufprall hier. Es scheint in keiner uns bekannten Eigenschaft mit Kantalupe übereinzustimmen. Für mich hat es den Anschein, als wäre Kantalupe irgendwann mal an einer anderen Lebensform vorbeigekommen, und diese Wesen waren neugierig genug und technisch ausreichend versiert, um etwas zu schicken und den Besucher zu erforschen.«

»Ich frage mich, ob wir tote Außerirdische finden werden«, sagte Belinda auf einmal.

»Das ist absurd!« meinte Robert im Brustton der Überzeugung. »Selbst wenn dieses Ding eine Sonde ist, und selbst wenn es mit Außerirdischen bemannt war, liegt der Absturz wahrscheinlich Millionen Jahre zurück. Sie wären längst zu Staub zerfallen.«

»Klingt für mich nach einer Spekulation, Doc«, sagte Lucy. Karl konnte normalerweise aus dem Tonfall eines Menschen entnehmen, ob dieser lächelte, und er war überzeugt, daß Lucy gerade lächelte.

»Nennen Sie mich nicht ›Doc‹.«

»Okay, Leute«, warf Alis ein. »Wir haben Arbeit zu tun. Wenn Sie mit Ihren Proben fertig sind, Lucy, ziehen wir los. Ich möchte einmal den Umfang abschreiten, ehe wir näher herangehen.«

»Oh, gute Idee«, sagte Robert.

»Dr. Vasquez, wenn Sie vom Dienst entbunden und zur *Ranger* zurückgeschickt werden möchten, denke ich, kommen wir auch so gut zurecht.«

Nach einer Weile unbehaglichen Schweigens sagte Robert: »Tut mir leid. Ich bin nur ungeduldig.«

»Wie ich. Gehen wir.«

Diesmal übernahm Alis die Führung. Die Gruppe umkreiste das außerirdische Objekt und wahrte dabei mindestens dreißig Meter Abstand.

Das Objekt schien von oben aus symmetrisch gegliedert zu sein, wie ein Kaleidoskop. Aus mehreren Blickrichtungen sah es von beiden Seiten gleich aus. Insgesamt schien der riesige Ringwulst ebensoviel mit einer Brezel gemein zu haben wie mit einem Doughnut. Topologisch war er ein Doughnut, aber die Oberfläche war gekrümmt und gekräuselt, als enthielte der Rumpf riesige Rollen, die nicht gleichmäßig angeordnet, sondern verflochten waren.

Die Gruppe hatte etwa sechzig Grad des Umkreises der Sonde – oder was immer es war – abgeschritten, als sie die beschädigte Sektion erreichte.

Selbst aus der Nähe ähnelte der Schaden mehr zerrissenem Papier als auseinandergerissenem Metall. Eine

Kante bestand aus vorstehenden Fasern. Sie schienen dünn genug für Garnfäden, aber im Vakuum über Kantalupe hingen sie absolut bewegungslos, was den Eindruck verstärkte, daß sie viel kräftiger waren als Garn.

Karl hatte den Drang, näher heranzugehen, um in die Konstruktion hineinzublicken und den Schaden mit dem eigenen Handschuh abzutasten. Er blieb, wo er war.

»Sehen Sie mal«, sagte Belinda. »Da ist etwas von dem Rückstand – ein paar Teile von diesem Ding.«

Karl blickte auf die Stelle, auf die sie deutete, und sah, daß sie beinahe schon die verfärbte Stelle auf der Oberfläche Kantalupes erreicht hatten, die anscheinend mit Fragmenten oder Gas aus der Sonde bespritzt worden war.

»Warten wir lieber, bis ich ein paar Proben gesammelt habe, ehe wir sie betreten«, sagte Lucy. Sie ging mit ihrem Probenkoffer voraus.

Nach wenigen Metern blieb sie stehen und füllte weitere Probenflaschen. Karl blickte wieder zur Sonde hinüber.

Innerhalb der Ringwulstschale schien ein Hohlraum durch die Beschädigung geöffnet worden zu sein. Karl ging ein paar Meter weit nach links, um einen leicht versetzten Blickwinkel zu erhalten, aber es fiel ihm weiterhin schwer, aus dem schlau zu werden, was er im Innern sah.

Minuten später, als Lucy mit der Entnahme von Proben aus den Trümmern fertig war, gab Alis den Befehl, die Umrundung der Sonde fortzusetzen. Das Team beendete den Kreis, ohne etwas Neues zu entdecken. Sie blieben wieder stehen und blickten zur beschädigten Sektion hinüber.

Inzwischen hatte Karl wirklich den Eindruck, daß es eine Sonde war, und er konnte nicht umhin, sie in Gedanken mit Exponaten des Museums auf Luna zu vergleichen. Das Ding wirkte gedrungen und gehörte fast mit Sicherheit nicht an seinen gegenwärtigen Standort.

Mit seinem niedrigen Schwerpunkt war es nicht aerodynamisch ausgelegt.

»Ich denke, es wird Zeit, einmal aus größerer Nähe einen Blick zu riskieren«, sagte Alis.

Niemand erhob Einwände. Wahrscheinlich waren alle so ungeduldig wie Karl.

»Ich möchte vorher nur noch sicherstellen, daß die *Ranger* gute Bilder aus allen unseren Kameras erhält«, sagte Karl.

»Schön.«

Karl schaltete den Helm-Schiff-Kanal ein und erreichte Captain Fernandez, der sich munterer anhörte, als Karl ihn je erlebt hatte.

»Ja, sämtliche Kameras funktionieren perfekt. Ich habe alle sechs Bilder auf dem Wandmonitor. Faszinierendes Zeug. Oh, Alis, für den Moment sollte das Schiff auf Ihre Stimme und Ihr Videobild eingestellt bleiben.«

»Wird gemacht«, versetzte sie. Zu ihrem Team sagte sie: »Gehen wir.«

Sie näherten sich der Sonde. Ohne sich bewußt zu koordinieren, bewegten sie sich Schulter an Schulter in einer Reihe, nicht mehr einer hinter dem anderen wie bisher.

Das Licht der Helmlampen spielte über die metallisch grüne Oberfläche und erhellte dann auch den offenliegenden Hohlraum an der Seite des Ringwulstes. Die Unterkante des Rings befand sich anderthalb Meter über dem Boden, und eines der Dreifußbeine bohrte sich unmittelbar hinter der Ringwulstunterseite in den Boden Kantalupes.

Karl ging weiter und wurde langsamer, als er in die Nähe des Wulstes kam. Dessen Seite wirkte jetzt viel größer als vorher. Karl hob die Hand und strich mit dem Handschuh über die Unterseite der grünen Konstruktion. Einen Reibungswiderstand konnte er dabei nicht feststellen.

Er ging zur beschädigten Stelle weiter und berührte

sachte einige der freiliegenden Fasern. Sie waren nicht dicker als Garnfäden, fühlten sich aber starr an. Er zog so heftig daran, wie er sich traute, und konnte nicht spüren, daß sie auch nur ein klein wenig nachgegeben hätten.

Lucy durchbrach als erste die Stille. »Ich möchte unter den Ringwulst gehen und mich dort umsehen, wo die Füße aufgesetzt haben. Irgendwelche Einwände?«

Karl sagte: »Ich würde mir das auch gern ansehen.«

Nach einem Moment sagte Alis: »Nur zu.«

Lucy und Karl zogen die Köpfe ein und duckten sich unter den Ringwulst. Selbst in dieser Mikroschwerkraft war Karl dabei nervös. Dieses Ding stand wahrscheinlich seit Äonen hier, aber er machte sich trotzdem Sorgen, daß es vielleicht schließlich doch zusammenbrach.

Das Landebein war riesig. Falls er und Lucy sich daran einander gegenüber aufgebaut hätten, bezweifelte er, daß sie einander an den Händen hätten fassen können. Karl kniete neben ihr und dem Landebein nieder. Anscheinend hatte es sich beim Aufsetzen in die Oberfläche gegraben, aber der Schaden entsprach dem eines scharfen Kuchenschneiders, den man in Teig zwängte. Die Oberfläche des Beins wurde fest von der Kantalupes umschlossen, und es blieb kaum eine Lücke zwischen beiden.

Lucy stemmte das Oberflächenmaterial mit einem kleinen Werkzeug vom Landebein weg, aber das Material gab kaum nach, und der Vorgang schien so schwierig, als wollte man einen prallen Reifen vom Bordstein wegdrücken.

»Unmöglich«, sagte Lucy. Sie sagte es so leise, daß es vielleicht nur an sie selbst gerichtet war, aber die Stimmaktivierungselektronik sorgte ohnehin dafür, daß der Sender ansprang.

»Was ist unmöglich?« wollte Karl wissen.

»Na ja, sehen Sie sich mal die Oberfläche rings um das Landebein an; das ist unmöglich.«

»Yeah?« Karl spürte, wie die anderen näherkamen.

»Das Material schmiegt sich fast direkt an.«

»Yeah«, sagte Karl, der sie auf einmal verstand.

»Yeah was?« fragte Robert.

Lucys Helm drehte sich zu Karl. Karl sagte: »Nur zu, Sie haben es entdeckt.«

»Okay. Diese glatte Fläche weist für mich auf zwei Dinge hin, eines wahrscheinlich, das andere weniger wahrscheinlich. Falls das hier wirklich eine Sonde ist, die auf Kantalupe landen sollte – hätte dann der, der sie geschickt hat, die Landebeine als scharfe und schneidende Instrumente gestaltet oder eher als stumpfe?«

»Als stumpfe, schätze ich«, sagte Robert.

»Finde ich auch. Sagen wir mal, jemand rammt einen großen stumpfen Zylinder in eine Apfelsine. Könnte man dann eine so glatte Markierung erwarten wie bei einem Messer?«

»Natürlich nicht, aber was ...«

»Ich denke, das Landebein läuft unten nicht spitz zu. Ich wette, die Oberfläche ist deshalb so glatt, weil sie seit dem Aufprall repariert wurde.«

»Huah«, sagte Daren. »Das ist aber eine mutige Annahme.«

»Sicher«, sagte sie. »Und mehr ist es auch nicht – eine Vermutung. Aber falls dieses Ding organischer Natur ist, so wie es sich anfühlt, so wie es die Dichte andeutet, dann kann es vielleicht immer noch Schaden beheben, den es erlitten hat.«

»Jetzt weiß ich, daß Sie sich irren«, warf Robert ein. Die Zufriedenheit in seinem Ton war nicht zu überhören. »Wir haben den dunklen Fleck gesehen, die Sektion, die beschädigt aussieht. Sicher ist das nicht erst vor wenigen Tagen passiert. Ich denke, es liegt lange zurück, und es ist nicht repariert worden.«

»Viel ist möglich«, kam Karl Lucy zu Hilfe. »Möglicherweise war der Schaden ursprünglich viel umfassender, und die Reparatur ist gerade so weit gediehen. Womöglich ist der Schaden auch von einer Art, die nicht zu beheben ist, oder der für Reparaturen zuständige Teil Kantalupes wurde ebenfalls in Mitleidenschaft gezogen.«

»Selbst wenn das zutrifft«, meinte Daren, »bringt uns das wieder auf die Frage, was Kantalupe eigentlich ist.«

»Ich finde, daß es ein organisches Sternenschiff ist«, sagte Lucy, ohne zu zögern.

Robert lachte. »Das ist absurd. Warum sind wir dann nicht begrüßt worden?«

»Wieder ist viel möglich«, sagte Karl. »Könnte sein, daß die Besatzung tot ist. Womöglich ist die beschädigte Stelle mit einem Flecken auf einer Frucht vergleichbar und weist auf eine Menge verdeckter Schäden hin. Wir wissen einfach noch nicht genug, um intelligente Vermutungen anzustellen. Das Sternenschiff ist nur eine Theorie, mit deren Prüfung wir beginnen können. Sobald wir Hinweise finden, die sie ausschließen, oder sobald wir Hinweise finden, die auf eine wahrscheinlichere Lösung deuten, fangen wir an, diese neue Theorie zu belasten.«

»Richtig«, sagte Alis. »Suchen wir weiter und nehmen Proben. Wir haben später noch Zeit für Spekulationen, und falls wir Glück haben, finden wir ein paar Dinge, die einige unserer Fragen beantworten.«

Lucy war offenkundig noch nicht bereit, mit ihren Ideen hinterm Berg zu halten, aber sie hielt sich an Befehle. Karl sah ihr zu, wie sie versuchte, etwas von der metallischen Oberfläche abzukratzen, und das Skalpell nur daran abrutschte. »Ich möchte mal hineinblicken«, sagte Lucy schließlich.

»Ich auch«, sagte Karl.

Alis zögerte. »Ich möchte nicht zu viele Risiken eingehen. Karl, Sie und Lucy können hineingehen, aber ich möchte zunächst nicht, daß es sonst noch jemand tut.«

Karl und Lucy gingen nebeneinander her zur Öffnung im Ringwulst hinüber. Als sie sie erreichten, zögerten sie.

Alis sagte: »Eine Sekunde noch. Ich möchte Ihre Videoaufnahmen sehen, solange Sie da drin sind.«

Karl wartete noch einen Augenblick, während Alis ihr Helmdisplay auf sein Video oder das Lucys umschaltete.

»Bin soweit«, verkündete Alis.

»Möchten Sie zuerst hinein, oder soll ich?« fragte Lucy.

Karl vermutete, es lag an der Nervosität, daß sie sich zur Abwechslung mal respektvoll verhielt, aber er gab dem Respekt allemal den Vorrang vor Aggressivität. »Ich gehe.« Er führte einen senkrechten Probesprung aus und schwenkte das Licht der Helmlampen durch den Hohlraum. Der Sprung fiel etwas zu tief aus, und er sah weiterhin nicht viel. Die aufgerissene Sektion war etwa doppelt so hoch wie er und fast so breit.

Karl sprang. Diesmal stieß er sich kräftiger und nach vorn ab.

Es paßte einigermaßen. Er übersprang die Unterkante der Öffnung, ohne an die Decke zu prallen. Die Bewegung verlief langsam, aber er war trotzdem nervös, weil ein paar der Kanten ganz schön scharf aussahen. Der Boden war uneben, und Karl landete unbeholfen.

Innerhalb weniger Sekunden konnte er sich abstoppen. Er beugte sich vor, richtete die Lampen erst auf den Boden und dann weiter in den Innenraum. »In Ordnung, Lucy. Bereiten Sie sich auf einen Sturz hier drin vor – der Boden ist uneben. Bislang scheint jedoch alles einigermaßen sicher. Ich gehe aus dem Weg.«

Ein paar Sekunden später landete Lucy ungefähr an der gleichen Stelle wie Karl. Sie stürzte ebenfalls, fand aber recht schnell das Gleichgewicht wieder.

»Uuuh«, sagte sie, während ihre Lampen durch den Innenraum strichen.

»Plaudern Sie mal ein wenig«, sagte Alis. »Bislang sieht alles ziemlich dunkel aus.«

»Ist gar nicht wie in Kansas«, meinte Lucy. »Der Raum ist voller Apparate – ich schätze, daß es welche sind –, aber nichts wirkt auch nur entfernt vertraut.«

Karl sagte: »Die Nabe des Ringwulstes zeigt eine wandmontierte Ansammlung von Sachen, die vage nach

Gerätschaften aussehen. Oder vielleicht ist es eine Gerätebank, die jemand mit schwarzer Farbe übersprüht hat. Man sieht Schaltflächen und allerlei Formen und ein paar Vorsprünge hier und da, aber die gesamte Oberfläche ist ein gleichmäßig mattes Schwarz.«

Lucy übernahm wieder: »Selbst, wo das Zeug durch das beschädigt wurde, was auch immer diesem Ding passiert ist, ist es immer noch schwarz. Als wären die Sachen aus einem schwarzen Block irgendeines Materials herausgeschnitten worden.«

Karl duckte sich. »Sieht so aus, als liefe eine Art Kriechgang rings um das Schiff. An manchen Stellen reichen die Geräte dicht an die äußere Wand heran, aber ich kann ein gutes Stück weit an der unteren Außenwand entlangblicken.«

»In dieser Richtung das gleiche«, ergänzte Lucy.

»Sieht so aus, als könnten wir entlang des Kriechgangs ein ganzes Stück weit ums Schiff herumkommen«, sagte Karl. »Ich kann hier entlanggehen und eine Videoaufzeichnung machen. Nehmen Sie die Gegenrichtung?«

»Sicher.«

Karl fand gerade genug Platz, um in Hockstellung tiefer ins Schiff vorzudringen. Er hätte auch kriechen können, aber die Stiefel waren viel widerstandsfähiger als die Kniestücke des Raumanzugs. Zum Glück wurden die Knie in der ultraniedrigen Schwerkraft kaum belastet.

Belindas Stimme ertönte in Karls Helmlautsprechern. »Ich bin noch draußen und gehe in dieselbe Richtung wie Sie, Lucy. Ich sehe da eine Abweichung. Einen großen Ring an der Unterseite des Ringwulstes. Ich denke, ich kann dort ins Schiff hineinblicken. Sehen Sie innen das Licht meiner Lampen?«

Es dauerte einige Sekunden, ehe Lucy antwortete. »Ja! Ich sehe es. Und hier blockiert etwas einen Teil des Kriechgangs.«

»Könnten Sie sich deutlich ausdrücken?« fragte Alis.

»Sieht gar nicht aus wie ein Ergebnis der Beschädigung«, meinte Lucy. »Scheint eher, als würde ein Teil der Geräte einfach in den Kriechgang hinausragen. Bizarr!«

Lucy war ein paar Sekunden lang still und sagte dann: »Ich denke, ich komme daran vorbei, Belinda. Welchen Durchmesser hat der Ring, den Sie sehen?«

»Oh, vielleicht einen Meter.«

Karl entdeckte noch mehr von den gleichen Sachen, die sie im Hohlraum vorgefunden hatten, Bänke von etwas, was nach Geräten aussah, nichts, was Lucys Entdeckung ähnelte. Er ging weiter, dankbar für die geringe Schwerkraft.

Alis meldete sich wieder. »Ich gehe mal außen herum. Sehen Sie meine Lampen auf der anderen Seite des Rings?«

»Nein«, antwortete Belinda. »Nein, warten Sie. Ja.«

Das war Belindas letzte Durchsage. Eine Sekunde später schrie Lucy: »O Gott!« Der Schrei war begleitet von einem rumpelnden Geräusch.

Karl, Alis, Robert und Daren mußten gleichzeitig gefragt haben: »Was ist da los?« Das Grauen beschlich Karl schon, und er rechnete mit dem Schlimmsten, als Alis leise sagte: »Oh, mein Gott.«

Karl versuchte sich umzudrehen und blieb fast stecken, aber Sekunden später lief er den Weg zurück, den er gekommen war.

»Kommen Sie unter dem Ringwulst hervor, sofort!« sagte Alis. Sie mußte es an Belinda, Robert und Daren gerichtet haben.

»Was ist los?« fragte Karl, während er auf die Öffnung zuhastete. »Lucy, sind Sie okay?«

»Ich schätze«, antwortete Lucy langsam; sie klang benommen. »Oh, mein Gott.«

»Was zum Teufel ist da los?« wollte Karl wissen.

»Ein Unfall«, sagte Alis. »Belinda ist tot.«

Sofort wurde es Karl extrem kalt. Er wußte nicht, wieso sich Alis so schnell ihrer Sache so sicher war, aber Sekunden später erreichte er die Öffnung in der Wand des Ringwulstes und sprang hinaus. Er schwebte zum Boden hinunter und prallte ab, hätte sich am liebsten sofort umgedreht, um zu sehen, was da los war, und war frustriert über die Verzögerung. Gerade, als er Anstalten traf, sich umzudrehen, redete Alis weiter, anscheinend vor allem an Captain Fernandez gerichtet.

»Belinda ist tot«, wiederholte Alis. »Zerquetscht.«

Karl sah endlich einen Teil des Unfallschauplatzes.

»Etwas ist aus der Sonde hervorgeschossen. Belinda war direkt darunter. Keine Chance, daß sie überlebt hat.«

Karls anfängliche Reaktion war, daß das für eine so schnell formulierte Annahme ganz schön weitreichend war, aber als er näherkam, sah er keinen Grund, sich ihr nicht anzuschließen. Eine Säule von fast einem Meter Durchmesser war anscheinend durch die Unterseite des Ringwulstes zur Oberfläche Kantalupes heruntergestoßen und hatte Belinda praktisch zur Hälfte zermalmt. Kopf und Schultern waren unter die Säule geraten. Die Beine ragten von der blutbespritzten Säule weg. Der Druckanzug hatte nicht viel von dem Schaden verhindern können. Die Lücke zwischen dem freiliegenden Teil von Belindas Leiche und der Säule zeigte, daß diese ein bißchen wie ein riesiger Locher funktioniert hatte. Karl mußte sich abwenden. Sein Magen protestierte, und das Bild verschwamm ihm vor den Augen.

Stimmen vermischten sich einige Sekunden lang in seinem Kopf, bis er Darens erschütterten Ton ausmachen konnte: »... schwer zu sagen. Einige unserer frühen Sonden waren mit Instrumenten für seismische Messungen ausgestattet. Mit Dingen, die entweder Explosionen auslösten oder große Massen fallenließen. Das hier könnte was Ähnliches sein, oder vielleicht auch nicht.«

Sekunden später tauchte Lucys Raumanzug in der seitlichen Öffnung der Sonde auf, und sie sprang heraus. Sie verlor bei der Landung das Gleichgewicht und rollte und hüpfte weiter.

Daren und Robert standen ein paar Meter von Belindas Leiche entfernt, und ihre Helmlampen erhellten schwankend den Unfallort.

Karl wies sich lautlos an: *Nicht übergeben! Nicht übergeben! Nicht übergeben!*

»Mein Gott, ich wollte doch nicht ...« sagte Lucy einen Moment später. »Wie entsetzlich.« Kurz darauf brach sie in Tränen aus und schluchzte laut genug, daß es die Stimmschaltung in ihrem Helm aktivierte.

»Es ist nicht Ihre Schuld«, sagte Alis. Sie hörte sich an, als würde sie von jemandem gewürgt. »Wir spielen hier mit etwas herum, was wir nicht verstehen.«

Sekunden später beherrschte sich Lucy langsam wieder. »Es muß versagt haben, als die Sonde landete, und ich muß es irgendwie ausgelöst oder freigesetzt haben. Eben war noch alles in Ordnung, und einen Augenblick später rutschte dieses Ding schnell an mir vorbei.«

»He, wenn wir sichere Jobs haben wollten, wären wir nicht hier«, sagte Robert sanft, aber auch seine Stimme schwankte ein wenig. Das war die freundlichste Äußerung, die Karl je von ihm gehört hatte.

Karl setzte sich auf den Boden. Allmählich erholte sich sein Magen wieder.

»Sind Sie okay, Karl?« fragte Alis.

»Ich schätze, ich bin es gleich. Ich bin – nur ein bißchen mitgenommen.«

»Na ja, wenigstens ... Egal.«

Karl fragte sich, was sie hatte sagen wollen. Wenigstens war es diesmal nicht Ihre Schuld? Zitternd rappelte er sich auf.

»Robert«, sagte Alis, »können Sie irgendwas ... Ich möchte damit nicht sagen, daß Sie ... Gott, was rede ich da?« Alis holte ein paarmal tief Luft, laut genug, daß Karl es in seinem Helm hörte. »Captain? Ich möchte nicht versuchen, dieses Landebein wieder einzuziehen. Soweit wir wissen, *gibt* es dazu auch keinen Mechanismus. Ich empfehle, daß wir die Untersuchung der Sonde beenden. Falls Sie ausreichend Kabel und Haken und ein bißchen Klebeband zu uns herunterlassen, befestigen wir die Sonde damit so, daß Sie sie von der Oberfläche hieven können. Wir können sie dann später in aller Ruhe untersuchen. Und wir befestigen Belindas Raumanzug an der Sonde, damit Sie auch ihre Leiche bergen können. Was denken Sie? Wir haben dann mehr Zeit, das beschädigte Gebiet zu erkunden.«

Einen Augenblick später sagte Captain Fernandez: »Geben Sie uns zehn Minuten, und Sie erhalten die gewünschten Sachen. Bleiben Sie bis dahin, wo Sie sind. Ich möchte nicht, daß das alles auf Sie drauffällt.«

»Wird gemacht.«

Karl hatte sich so weit erholt, daß er sich überwinden und auf Lucy zugehen konnte. Er trat dicht vor sie, schaltete eine Privatverbindung ein und sagte leise: »Es tut mir wirklich leid, daß Sie eine Freundin verloren haben, aber niemand gibt Ihnen die Schuld. Es ist einfach passiert. Es wäre ohnehin passiert, egal wer in der Sonde war.«

Lucys Helm nickte langsam. »Danke, Karl.«

Karl stellte fest, daß er jedes Interesse verloren hatte, Kantalupe weiter zu erforschen. Einen Moment lang wünschte er sich an einen Schreibtisch zurück, wo er einfach für eine Stunde die Tür hinter sich schließen oder abends nach Hause gehen konnte. Er starrte zum Horizont hinüber und holte einige Male tief Luft. Er dachte an Tim, der ungeduldig an Bord der *Ranger* wartete, zuhörte und vielleicht zusah, wie seine Geliebte und das übrige Team die Oberfläche untersuchten. Niemand konnte stärker überrascht und stärker verletzt worden sein. Jemanden, den man liebte, von einem Augenblick zum nächsten zu verlieren! Karl schloß kurz die Augen.

Keine zehn Minuten später wuchs die *Ranger* aus nichts zu einem Rechteck an, das fast den halben Himmel verdeckte. »Die Bomben sind unterwegs«, sagte Captain Fernandez.

Mehrere Sekunden lang sah Karl nicht, daß etwas passierte, aber dann tauchte ein blinkender roter Punkt vor dem dunklen Schiffsrumpf auf, und die *Ranger* begann wieder zu schrumpfen. Das Ausrüstungspaket mit der Warnlampe daran fiel langsam herab und prallte schließlich in mindestens hundert Metern Entfernung auf. Karl und Robert erreichten es fast zur gleichen Zeit, als es nach dem Herumhüpfen zur Ruhe kam.

Alis übernahm die Aufgabe, die Überreste Belindas an das Dreifußbein zu binden. Sie hatte versucht, sich eine andere Möglichkeit auszudenken, war aber auf nichts gekommen, was ebenso zuverlässig gewesen wäre. Karl und die übrigen banden neben jedem Dreifußbein Kabel um den Ringwulst und sicherten sie. Als sie fertig waren, liefen drei lange Kabel in einem viel längeren Kabel zusammen. Am anderen Ende des Einzelkabels war ein starker Magnet befestigt. Karl war übel; er arbeitete sich von einem Augenblick zum nächsten vor und gab sich Mühe, das Bild von Belindas zerstörtem Raumanzug aus seinen Gedanken zu verbannen.

Alis rief die *Ranger* zurück, und als das Schiff erneut tief über Kantalupe hing, war das Kabel bereits neben einem kleinen Werfer ordentlich aufgewickelt. Karl und die übrigen traten ein gutes Stück zurück, als Alis auf einen Befehl aus der *Ranger* hin die Taste der Fernsteuerung drückte und damit die kleine Rakete zündete, die den Magneten mit dem Kabel hochschoß.

In der niedrigen Schwerkraft war die Rakete der schnellste Gegenstand, den Karl seit Stunden gesehen hatte. Sie schoß auf die *Ranger* zu und entrollte dabei das aufgewickelte Kabel, die schnellste und längste Schlange, die sich je zur Musik eines Schlangenbeschwörers bewegt hatte.

Sie hatten Glück und schafften es beim ersten Versuch. Ehe die Rakete vom geringen Gewicht des entrollten Kabels wieder zurückgezogen werden konnte, hatte die *Ranger* den Magneten schon mit einem viel stärkeren Gegenstück eingefangen. Karl und die anderen traten noch weiter zurück, während die Besatzung das Kabel ordentlich sicherte und das Schiff dann so langsam zu steigen begann, daß man die Bewegung nur an den sich langsam spannenden Kabeln um die Sonde erkennen konnte.

Endlich schienen sämtliche Kabel straff gespannt. Etliche lange Sekunden passierte überhaupt nichts weiter, und Karl fragte sich müßig, wie stark die *Ranger* Kantalupe vom Kurs abbringen konnte, indem sie derart daran zog. Dann ruckte eines der Landebeine der Sonde plötzlich einen halben Meter weit hoch. Und die übrigen Beine waren frei. Belindas Leiche blieb an die kürzere Stange geheftet, die aus der Sonde herausgefahren war. Karl hatte einen Kloß im Hals, als ihr Raumanzug von dem geronnen Blut gerissen wurde, das den Boden befleckte.

Auf einmal schien die Sonde seitlich wegzurutschen, direkt auf Karl zu. Offenkundig zog die *Ranger* nicht aus einer präzise zentralen Position oberhalb der Sonde. Zum Glück stieg diese jedoch rasch aufwärts, ehe sie mehr als ein Drittel der Distanz zur Landegruppe zurückgelegt hatte. Eine halbe Minute später war sie nur noch ein Fleck vor dem zurückweichenden Schiff.

Erst als das Schiff fast nicht mehr zu sehen war, befreite sich Karl von der Angst, das Kabel könnte reißen und die Sonde wieder heruntergetrudelt kommen. Niedrige Schwerkraft oder nicht, die Trägheit war ein Killer, der nicht groß nachdachte.

Karl ging zum früheren Standort der Sonde hinüber. Als er sich der Stelle näherte, wo das nächstgelegene Dreifußbein gestanden hatte, bemerkte er eine Bewegung seitlich von ihm und stellte fest, daß Lucy anscheinend die gleiche Idee gehabt hatte. Sie beide blieben an der runden Vertiefung stehen und zielten mit den Helmlampen hinein.

Der Fußabdruck eines Elefanten im Schlamm war das Bild, das sich Karl aufdrängte, obwohl er so etwas nie gesehen hatte. Die Vertiefung war vollkommen rund und nicht tiefer als eine Handspanne.

In Karls Helm ertönte das *Bing,* das eine private Mitteilung ankündigte, und Lucy sagte: »Ich muß weiterarbeiten. Andernfalls, fürchte ich, kann ich Ihnen nichts mehr nützen.«

Karls Blick zuckte auf die Anzeige für »Private Antwort«, und er sagte: »Das ist okay. Ich kannte Belinda nicht so lange wie Sie, aber ich denke, daß ich weiß, wie Sie sich fühlen.«

Lucy ging um das Loch herum und hielt dabei die Helmlampe in die Vertiefung gerichtet, zweifellos, um eine vollständige Videoaufnahme zu erhalten, mit der sie später arbeiten konnte. Nach einer Weile sagte sie: »Es tut mir leid, daß Sie es an Bord so schwerhatten. Sie waren immer fair zu mir, selbst wenn Ihr Geduldsfaden ganz schön straff gespannt gewesen sein mußte.«

Karl fragte sich, ob Belindas Tod Lucy an die eigene Sterblichkeit erinnert hatte, und er kam zu dem Schluß, daß er jetzt eigentlich ungern gestorben wäre, wo noch so vieles ungesagt und so vieles unversucht war.

»Danke, Lucy. Es war ein bißchen hart, und ich danke Ihnen für das, was Sie gesagt haben.«

»Sagen Sie mir: Haben Sie wirklich ... Nein, vergessen Sie's. Ich habe nicht das Recht, danach zu fragen.«

»Habe ich den Stationsunfall wirklich verschuldet? Nein, ich bin wirklich der Meinung, daß ich es nicht getan habe. Aber irgendwie hindert mich das nicht daran, mich schuldig zu fühlen. Sie wissen ja selbst, daß Herz und Kopf nicht immer übereinstimmen. Wenn ich den Navcomputer nur noch mal kontrolliert hätte, wenn ich nur ein bißchen später gestartet wäre oder an diesem Tag nur einen anderen Job gehabt hätte, wenn doch nur, wenn doch nur.«

»Ich denke, ich verstehe das«, sagte sie, und es klang ganz so, als täte sie es wirklich. Sie ging weiter langsam um die Vertiefung herum.

Nach etlichen Sekunden Stille sprang die Funkanzeige in Karls Helm von *privat* auf *öffentlich,* und die Warnglocke ertönte und wies ihn darauf hin, daß alles, was er jetzt sagte, alle anderen erreichen würde. Er mußte Lucy ausweichen und kniete sich an den Rand der Vertiefung.

Die Oberfläche sah nicht danach aus, als wäre sie vom Dreifußbein durchschnitten worden, sondern war eher der Spur vergleichbar, die ein Couchbein nach mehreren Jahren auf einem Teppich hinterließ. Der Grund der Vertiefung war flacher als der Boden ringsherum, und das Material zeigte am Rand weder Spalten noch Risse.

Lucy nahm jetzt weitere Proben, einige vom Grund der Vertiefung, etwas vom Rand, weitere von den Seitenhängen und einige von der unberührten Oberfläche neben der Vertiefung. Als sie wieder etwas sagte, klang es fast, als führte sie ein Selbstgespräch. »Es sieht wirklich so aus, als wäre das Material repariert worden. Wäre das hier Gestein oder Erde, hätte ich Brüche erwartet, ein Zerbröckeln oder Aufreißen, irgendeine Spur von tatsächlichem Schaden, der übers bloße Zusammendrücken hinausginge.«

Karl war der gleichen Meinung, aber irgendein subtiler, distanzierter Unterton in ihrer Stimme veranlaßte ihn, nichts zu sagen. Schließlich drehte er sich um und sah nach, was die übrigen taten. Daren und Robert untersuchten eine der beiden anderen Vertiefungen, die der Dreifuß hinterlassen hatte. Alis saß neben der Stelle, wo Belinda umgekommen war.

Als hätte der Lichtschein von Karls Helmlampen sie aus ihren Gedanken gerissen, sagte Alis plötzlich: »Okay, Leute. Es wird Zeit, daß wir weitergehen.« Ihre Stimme war immer noch ein bißchen rauh. Ihre erste Reaktion auf Belindas Tod war weniger ausgeprägt erschienen als die der anderen; vielleicht holte sie der Vorfall erst jetzt richtig ein.

Niemand erhob Einwände. In den nächsten Minuten bestimmten sie, in welcher Richtung der beschädigte

Fleck lag, den sie von der *Ranger* aus gesehen hatten. Zwischen dem Fleck und ihrem gegenwärtigen Standort verlief eine der dünnen dunklen Bodenlinien hindurch. Kurz darauf lief die Gruppe wieder im alten Stil dahin, alle um fast fünfundvierzig Grad vornübergebeugt.

Das Laufen wurde schnell monoton. Karl stellte sich vor, er würde auf der Stelle laufen, während sich Kantalupe ganz langsam unter ihm drehte. Die gleichförmige Bewegung und die ständig gleiche Landschaft versetzten ihn in eine leichte Trance, und er übersah beinahe, was sie suchten. Er entdeckte die dunkle Linie in der Oberfläche Kantalupes zwar, aber erst, nachdem er schon darüber hinweggelaufen war.

Diesmal konnte er stehenbleiben, ohne dabei zu stürzen. Eine Minute später suchten er und die anderen die Markierung mit den Lampen ab. Der dunkle Streifen war ein wenig schmaler als die Mittellinie einer Straße. Karl baute sich rittlings darüber auf und sprang so hoch, wie er konnte. Die Linie erstreckte sich bis zum Horizont. Sie verlief völlig geradlinig und durchquerte eine Reihe winziger, aneinandergrenzender Täler.

Als Karl wieder gelandet war, kniete er sich neben die dunkle Linie. Im kleinen Maßstab wirkte sie nicht weniger gerade als von weiter oben. Die Ränder hätten mit einem Lineal aufgemalt sein können.

Er betrachtete sie sich aus verschiedenen Richtungen und sah, daß ein winziger Schatten parallel zum Rand verlief.

»Lucy«, fragte er, »kann ich ein Messer haben?«

Lucy fand eines in der Werkzeugtasche und reichte es ihm. Er kniete sich erst neben die dunkle Linie, veränderte dann aber die Haltung, bis er flach auf dem Bauch lag und mit dem Helmvisier direkt an die Linie reichte. Er zog den Hebel für die Klinge zurück und arretierte ihn.

Behutsam schob er die Klinge seitlich unter die Linie, dort, wo sich anscheinend eine Lücke entlangzog. Da war wirklich ein Spalt. Das Messer drang mehrere Zentimeter tief ein, ohne daß dazu irgendein Kraftaufwand nötig gewesen wäre.

»Also haben wir da eine Lücke«, sagte Alis.

Karl stellte fest, daß er im Zentrum der Aktivität lag. Von vier Raumanzügen leuchteten die Helmlampen auf seinen Arbeitsplatz. »Richtig«, sagte er.

»Was denken Sie, hat das zu bedeuten?« fragte Robert.

Heute war wirklich ein Tag der neuen Entwicklungen. Karl glaubte nicht, daß ihn Robert je zuvor nach seiner Meinung gefragt hatte. Karl haßte es einzugestehen, daß er nicht den leisesten Schimmer hatte, aber er tat es doch.

»Wie wäre es, wenn wir etwas Größeres nehmen?« fragte Lucy. Sie kniete sich neben die Linie und versuchte, eine kleine Brechstange in die Lücke zu stecken. Sie stemmte sich dagegen und konnte die Brechstange etwa zehn Zentimeter tief hineinschieben.

Daren durchbrach ein längeres Schweigen mit den Worten: »Wenn wir herausfinden möchten, was unter der Oberfläche steckt, sollten wir vielleicht einfach warten, bis wir den Krater erreicht haben.«

Alis sagte: »Klingt vernünftig, finde ich. Karl, haben Sie oder Lucy ein Problem damit?«

»Ist okay«, antwortete Karl, während Lucy sagte: »Schätze ich auch.«

Sekunden später war das Team wieder in Marsch.

Alis konnte bequem atmen, während sie gleichmäßig und mit mittlerer Geschwindigkeit über den Boden Kantalupes lief. Das leichte Abstoßen, das nötig war, um in Bewegung zu bleiben, war etwa so anstrengend, als würde sie einen Ballon von sich wegschubsen. Sie führte das Team von der Stelle, wo Karl und Lucy eine der Oberflächenmarkierungen untersucht hatten, auf den dunklen Krater zu.

Obwohl sie bislang ein bißchen über Kantalupe herausgefunden hatten, hatte Alis im Moment das Gefühl, noch weniger zu wissen als zu Beginn. Einige lange Augenblicke mußte sie sich richtig zwingen, an den voraus liegenden Krater zu denken. Eigentlich war dieser Einsatz genau das Richtige, um sich auf den nächsten Erkundungsschritt zu freuen, aber statt dessen sah sie immer wieder Belindas blutigen Raumanzug, wie er plattgedrückt dalag.

Alis war für Belindas Leben verantwortlich gewesen; Belindas Tod war ihre Schuld. Sicher, niemand hatte das laut ausgesprochen, aber Alis war diejenige, die vorsichtiger hätte zu Werke gehen müssen.

Speziell Karl hatte es vermieden, Lucy oder Alis die Schuld zu geben. Alis hätte zunächst erwartet, daß er es tun würde, um seine Schuld an dem Unfall in weniger grellem Licht erscheinen zu lassen. Nach den ersten Minuten des Schocks kam ihr allerdings der Gedanke, daß er womöglich doch unschuldig an dem Stationsunfall gewesen war. Daß vielleicht Belindas Tod und Alis' Trauma nur Zufallsakte eines niederträchtigen Schicksals gewesen waren, Ereignisse, die kein Mensch verursacht hatte oder hätte verhindern können.

Alis stellte fest, daß sie einen kleinlichen Grund hatte, diese Theorie abzulehnen. Falls Ihr Unfall gar nicht von Karl verursacht worden war, stand ihm eine umfangreiche Entschuldigung ihrerseits zu. Er war unschuldig und damit unfair verfolgt worden, was er natürlich schon die ganze Zeit lang behauptete. Allerdings, wäre er doch schuldig, hätte er genau das gleiche gesagt.

Alis blinzelte. Die Oberfläche vor ihr bestand aus weiteren der monotonen winzigen Berge und Täler. Aber warte mal. Auf dem höchsten Punkt des nächsten Schritts glaubte sie, etwas Dunkles am Horizont aufragen zu sehen. Der nächste Schritt bestätigte den ersten Eindruck. »Sieht so aus, als wären wir fast da, Leute.«

Während sie immer näher herankamen, wurden sie langsamer und gingen schließlich nur noch im Schritt.

Ein paar Minuten später standen alle fünf am Rand eines kleinen Kraters, der vielleicht hundert Meter Durchmesser hatte und weniger als zwanzig Meter tief war. Die Form deutete mehr auf vulkanischen Ursprung als einen Meteoreinschlag hin, aber der Kraterrand war von derselben Höhe wie Kantalupes Oberfläche sonst auch, und die Vorstellung, Kantalupe könnte Vulkane haben, schien ganz und gar unpassend.

Lucy machte sich daran, eine Anzahl Proben vom Kraterrand zu nehmen. Alis verkündete ihre Absicht, den Umfang des Kraters abzuschreiten, und Karl folgte ihr.

Der Kraterboden war kohlschwarz gefleckt und wirkte irgendwie ungesund, verglichen mit Kantalupes normaler Oberflächenfarbe.

Alis konnte die Vorstellung einer verfaulten Frucht einfach nicht abschütteln, obwohl der Krater definitiv auf einen Einschlag zurückzugehen schien, weniger auf den ungewöhnlichen Vorgang einer kraterförmigen Senkung.

Während Alis um den Rand herumging, stellte sie fest, daß die Bodenerhebung im Zentrum des Kraters nicht symmetrisch war.

Statt der Halbkugel, für die sie sie zunächst gehalten hatte, sah es doch mehr nach einem alten Musikpavillon aus oder erweckte den Anschein, jemand hätte einen sehr großen Ball in zwei Hälften geschnitten, eine der Hälften noch mal in zwei Teile zerlegt und nur ein Viertel des Balls übriggelassen.

Als sie ihren Weg fortsetzte, wurde ein dunkler Fleck unter dem Überhang deutlicher.

»Ich steige in den Krater hinunter und sehe mich mal um«, verkündete Alis plötzlich.

Sie hörte keine Einwände, also setzte sie sich auf den Rand und ließ sich von der extrem niedrigen Schwerkraft sachte an der gekrümmten Wand hinabziehen. Am Grund kam sie zur Ruhe und stand auf. Sie nahm eine

Rationspille und einen Schluck Wasser zu sich. Instinktiv kontrollierte sie den Zustand des Raumanzugs, und kein Vorrat lag unter neunundneunzig Prozent. Der Fusionstornister und die Wiederaufbereitungskapsel taten alles, was von ihnen verlangt wurde.

»Was dagegen, wenn ich auch hinunterkomme?« fragte Karl.

»Nein. Der Boden wirkt hier so massiv wie oben. Ich möchte allerdings, daß ständig mindestens zwei von Ihnen außerhalb des Kraters bleiben. Wir brauchen vielleicht ein Seil als Hilfsmittel, um wieder hinauszukommen.«

Alis wartete, bis Karl sie eingeholt hatte, und gemeinsam näherten sie sich vorsichtig dem Zentrum des Kraters.

Das Kuppelmaterial wirkte ein klein wenig heller als der Kraterboden. Die Erhebung ragte doppelt so hoch auf wie Alis' Helm. Beim Näherkommen blieb der dunkle Fleck ein Geheimnis und verschluckte das Licht der Helmlampen fast komplett.

Alis und Karl wurden noch langsamer, als sie bis auf ein paar Meter an den schwarzen Fleck heran waren, und aus dieser Entfernung konnten sie sehen, daß es ein Loch im Boden war, durch irgendeinen Vorgang angekohlt oder geschwärzt. Es durchmaß etwa zwei Meter. Die Tiefe war schwer abzuschätzen.

Alis näherte sich ihm ganz langsam weiter.

»Vorsichtig«, empfahl Karl.

Und noch näher. Sie stand jetzt nur noch einen Schritt vom Rand des Lochs entfernt. Das Licht der Helmlampen reichte nicht tief genug hinein, also trat Alis zwei Schritte zurück und legte sich auf den Boden. Sie rutschte langsam vorwärts, bis ihr Kopf über das Loch ragte und sie steil hinunterblicken konnte. Auf einmal ging ihr Atem viel schwerer.

»Erstaunlich«, sagte Alis. »Es sieht aus wie ein Grubenschacht. Dieses Loch muß enorm tief reichen.«

Karl rückte auch vorsichtig heran, aber selbst die kombinierte Lichtstärke ihrer Helmlampen reichte nicht, um den Schachtboden zu erreichen.

Alis dachte kurz nach und sprach das Offenkundige aus. »Wissen Sie, es ist wirklich ausgeschlossen, daß wir *nicht* dort hinuntersteigen.«

7
Gefälle

Karl bildete mit den übrigen Mitgliedern des Teams einen Halbkreis vor dem Schacht, der ins Innere Kantalupes führte. Sie erwarteten jetzt jederzeit ein weiteres Versorgungspaket von der *Ranger.*

Nach wie vor konnten sie nicht recht abschätzen, wie tief der Schacht war oder was ihn erzeugt hatte. Die umliegende, an einen Krater erinnernde Schadenszone wies auf einen Einschlag hin, aber was war hier aufgeprallt, und wie lange war das her?

Wäre der Schacht horizontal verlaufen, hätte Karl aufrecht hindurchgehen können und dabei die gerundete Decke unmittelbar über dem Kopf gehabt. In Anbetracht des vertikalen Verlaufs und der winzigen Schwerkraft könnte Karl wahrscheinlich hinuntersteigen, indem er die Füße an einer Seite abstützte und die Hände an der anderen, wie jemand, der an zwei dicht nebeneinanderstehenden Wänden herumkletterte. Was er nicht wußte: Wie lange würde er das durchhalten und wie tief würde er stürzen, wenn er keine Kraft mehr hatte?

Im Team hatten sie darüber diskutiert, eine Schulterkamera von einem ihrer Raumanzüge hinunterzulassen, aber letztlich hatte sich die angeborene Neugier erneut als eine der stärksten Triebkräfte der Welt erwiesen, stärker sogar als die Angst, und niemand wollte auf der Oberfläche warten. Falls sie Schwierigkeiten bekamen, konnte die *Ranger* weitere Besatzungsmitglieder absetzen. Karl dachte düster an Belindas zerschmetterte Leiche zurück. Der Abstieg konnte gefährlich werden, aber gleichzeitig wußte er, wie sehr es ihm zuwider sein würde, nicht mehr von diesem Abschnitt der Expedition mit nach Hause zu bringen als die Erzählungen der anderen, wie faszinierend die Innenwelt Kantalupes war und daß er hätte mitkommen sollen.

Allmählich verdeckte die *Ranger* die Sterne am Himmel, und die rechteckige Form wurde erneut so groß, daß sie das Team fast unter sich plattzudrücken drohte. Endlich ertönte die Stimme von Captain Fernandez im Helmfunk und warnte das Team, daß man an Bord bereit war, das neueste Bündel mit Zusatzausrüstung abzuwerfen.

Nach einem Sturz in Zeitlupe hüpfte das Paket ein paarmal am Rand des Kraters herum. Die schiere Masse gestaltete die Handhabung des Bündels etwas schwierig, aber Karl und Robert konnten es in die Nähe der Schachtöffnung schleppen, wo sie die Riemen lösten, die alles zusammengeschnürt hielten.

Alis, Lucy und Daren halfen Karl und Robert dabei, die Sachen auszupacken und vorzubereiten. Nach zehn Minuten hatten sie ein stabiles Stativ über dem Schacht errichtet, und eine ferngesteuerte Winde war bereit, 2.000 Meter eines starken Kabels abzuwickeln.

Falls die fünf Teamgefährten die einzigen Menschen in der Nähe gewesen wären, wären einer oder zwei von ihnen zur Sicherheit auf der Oberfläche zurückgeblieben. Da jedoch die *Ranger* bereitstand, im Notfall weitere Leute abzusetzen, befestigten sie in Abständen von jeweils fünf Metern fünf Haltegriffe am Kabel.

Karl reagierte nervös auf diesen Vorstoß in etwas, von dem sie so wenig wußten, aber er äußerte seine Befürchtungen nicht. In schweigender Übereinstimmung tat es auch kein anderer, aber bei den nur knappen Wortwechseln während der Vorbereitung glaubte Karl, bei allen anderen eine ähnliche Nervosität festzustellen.

Gleichzeitig fand er genau das, was ihn nervös machte – die Vorstellung, etwas aufzusuchen, wo noch nie ein Mensch zuvor gewesen war – auch aufregend. Falls der Ausflug wirklich interessant wurde, würde man ihn vielleicht eines Tages als einen der Leute betrachten, die

Kantalupe erforscht hatten, nicht mehr als den Idioten, der mit einem Shuttle Station Tokio gerammt hatte.

Er befestigte ein kleines Ausrüstungspaket am Ende des Seils. Nach kurzer Diskussion übernahm Alis den untersten Haltegriff daran und sprach die Computerbefehle aus, mit denen ihr Raumanzug die Prioritätskontrolle über die Winde erhielt. Sie trat ins Nichts und verschwand. Karl ging als zweiter, und sein Anzugcomputer war so eingestellt, daß er die Windensteuerung übernahm, falls Alis' Funkverbindung unterbrochen wurde.

Karl trat einen Schritt über den Schachtrand hinaus, und er fiel.

Er griff nach dem sich langsam bewegenden Haltegriff und konnte sich damit mühelos abstoppen, so daß er an einem Arm hing. Er kippte den Helm nach unten und sah Alis an einer Schlaufe weiter unten hängen. »Bei mir alles klar«, informierte er sie.

»Roger.« Alis übermittelte der Winde einen weiteren Befehl.

Karl fühlte sich einen Augenblick lang gewichtslos, als es tiefer ging. Er fragte sich, was ihn unten erwartete. War Kantalupe wirklich ein Produkt intelligenter Lebewesen? Erstaunen darüber, daß er hier war, nahm ihn ganz gefangen.

Sekunden später stoppte die Winde wieder, damit Lucy einsteigen konnte. Zwei Stopps danach war das ganze Team bereit für den Abstieg. Alis signalisierte den bevorstehenden Start und gab der Winde einen weiteren Befehl.

Die übrigen Teammitglieder schwiegen lange, oder sie tauschten private Botschaften aus, die Karl nicht mitbekam. Er fragte sich, worauf sie dort unten stoßen würden, und obwohl er sich gut zuredete, daß alles völlig unter Kontrolle war, konnte er die Gedanken nicht verscheuchen, daß die an seinem Helm vorbeihuschenden Wände langsam aufeinander zurückten, als ob das Team durch einen ganz allmählich zulaufenden Trichter reiste. Falls das so war, schwebte Alis in größerer Gefahr, am Grund steckenzubleiben.

Karl legte den Kopf in den Nacken, um die drei Teamgefährten über sich zu sehen. Da durch das Loch weit über ihm nur ein mattes Sternenfeld zu erkennen war, hatte er den Eindruck, schon Hunderte von Metern tief zu sein, obwohl sie bislang unmöglich so weit hatten kommen können. Zu wissen, daß die Winde sie automatisch abbremsen würde, wenn das Ende des Seils nahte, bot ihm einen gewissen Trost. Er griff jedoch fester zu, als seine Vorstellungskraft das Bild heraufbeschwor, daß der Sensor versagte und die Teamgefährten plötzlich den Halt verloren, wenn das Kabel ganz abrupt abstoppte. Dies war eine der seltenen Gelegenheiten, bei denen er sich wünschte, seine Vorstellungskraft wäre weniger lebhaft gewesen.

Keiner ihrer improvisierten Tricks hatte eine Schätzung ergeben, wie tief der Schacht war. Sie konnten nicht mal sicher sein, daß sie mit zwei Kilometern Kabellänge überhaupt den Grund erreichten.

»Oh«, sagte Alis plötzlich ohne nähere Erklärung.

Eine Sekunde später entdeckte Karl, worauf sie reagiert hatte. Ein Seitentunnel glitt so rasch an ihm vorbei nach oben, daß er keine Gelegenheit fand, die Helmlampen direkt hineinzurichten oder sich umzudrehen und nachzusehen, ob gegenüber eine ähnliche Öffnung war. Die Öffnung in der Schachtwand hatte etwa den halben Durchmesser des Schachts gehabt – groß genug, um hindurchzukriechen, aber nicht ausreichend, um hindurchzugehen.

»Wir sehen uns das genauer an, falls wir auf dem Weg nach oben genug Zeit haben«, sagte Alis.

Die Beschaffenheit der Schachtwand hatte sich bislang überhaupt nicht verändert, soweit Karl es feststellen konnte. Er streckte die Hand aus und strich im Absinken daran entlang, und überrascht registrierte er, daß sich die

Oberfläche schwammig anfühlte. Als sie weiter in die Tiefe sanken, änderte sich plötzlich die Färbung der Wand, und sie wurde dunkler. Im Verlauf der nächsten Minute oszillierte die Wand mehrfach zwischen dunkel und hell. Karl überredete sich zu der Auffassung, daß sie einfach an ein paar Farbbändern vorbeigekommen waren und dieser Wechsel völlig unbeeinflußt davon gewesen war, daß er vorher die Wand berührt hatte.

Erneut faßte er sie an und hatte jetzt ein rauheres Gefühl; er freute sich, diesmal keine erkennbaren Veränderungen in der Wandbeschaffenheit zu sehen. Er folgte den eigenen Gedanken noch mal zurück und stellte fest, daß ihn die Weichheit der Wand weiter oben davon überzeugt hatte, sich in einer größtenteils organischen Struktur zu befinden und eher nicht in einem Asteroiden oder Mond, der nur mit einer seltsamen organischen Schicht überzogen war.

»Wieder ein Seitentunnel«, sagte Alis plötzlich.

Die Vorwarnung verschaffte Karl Zeit, sich vorzubereiten, und diesmal konnte er das Licht der Helmlampen direkt in den Seitentunnel richten, als dieser nach oben vorbeihuschte. Er hatte den starken Eindruck von so etwas wie einem Schraubengewinde, das sich um den Gang wickelte.

Die Reise nach unten schien ewig zu dauern. Karl warf einen Blick auf die Helmuhr und erkannte, daß sie noch nicht länger als zwei Minuten unterwegs waren. Sie legten etwa einen Meter pro Sekunde zurück, was sich bislang auf 120 Meter belief. Etwa so tief wie ein vierzigstöckiges Haus. Falls sie nicht vorher den Grund erreichten, konnten sie etwa eine halbe Stunde lang herabsinken, ohne daß ihnen das Kabel ausging.

Verglichen mit dem Durchmesser Kantalupes hatten sie erst die Haut geritzt, aber es schien trotzdem schon ein langer Weg nach unten gewesen zu sein. Die in gleichmäßigem Tempo vorbeiziehende Schachtwand wirkte fast hypnotisch, und zuzeiten hatte Karl das

Gefühl, daß er stillstand und ein unglaublich langes Rohr rings um ihn herum nach oben stieg.

»Immer noch kein Ende in Sicht«, sagte Alis.

»Dieses Ding wirkt immer noch organisch«, meinte Robert.

Daren meldete sich zum erstenmal seit einer ganzen Weile. »Was denken Sie, was das für Seitentunnel sind?«

Lucy reagierte als erste. »Soweit wir wissen, ist das ein riesiges organisches Sternenschiff und wie eine Honigwabe mit Tunneln und Wohnbereichen durchsetzt.«

Robert lachte. »Dieser Tunnel war nicht sehr breit. Damit wären die Bewohner ganz schön klein. Möchten Sie also sagen, daß wir es hier mit einem riesigen Kaninchenbau zu tun haben? Mit Weltraumkaninchen?«

Sie sanken mehrere Meter weiter durch den Schacht ab, ehe Robert hinzufügte: »Außerdem – nur, weil wir ein paar Tunnel gesehen haben, heißt das noch nicht, daß Kantalupe ganz mit ihnen durchsetzt ist. Vielleicht sind wir einfach nur an der richtigen Stelle.«

Karl meinte: »Vielleicht, aber die Chancen sprechen mehr für eine Menge Tunnel, vorausgesetzt, daß dieser Schacht zufällig plaziert ist.«

»Richtig«, sagte Lucy, und Karl stellte fest, daß es ein gutes Gefühl war, jemandes Zustimmung zu erfahren. »Dieser Schacht *scheint* von etwas erzeugt worden zu sein, was von außerhalb Kantalupes stammt, also gibt es keinen Grund, von etwas anderem als einer Zufallsplazierung auszugehen. Vielleicht ist eine zweite Sonde hier eingeschlagen.«

Robert hörte sich immer noch streitsüchtig an. »Der Schacht scheint mir für das Ergebnis eines Einschlags doch sehr gleichförmig zu sein.«

Alis warf ein: »Sie würden das vielleicht nicht sagen, wenn Sie sähen, wie ein Tornado einen Strohhalm in eine Eiche getrieben oder jemand einen Pfeil durch eine Wassermelone geschossen hat.«

»Stimmt«, sagte Lucy. »Und falls dieser Schacht von

einer Sonde hervorgerufen wurde, dann hat sie sich vielleicht absichtlich geradlinig hineingebohrt, um Messungen des Inneren vorzunehmen. Oder womöglich ist Kantalupe von senkrechten Bruchlinien durchzogen und hat deshalb eine Sonde, die eigentlich dazu gedacht war, ein paar Meter Gestein zu durchdringen, vielmehr ein wirklich tiefes Loch gegraben.«

»Hier ist wieder ein Tunnel«, verkündete Alis. »Ein wirklich großer.«

Der Schacht hatte die Seitenwand eines größeren Tunnels durchschnitten, so daß an der Schnittstelle ein ovales Loch entstanden war. Dieser Tunnel wirkte entschieden größer als die ersten beiden und war mindestens dreimal so breit wie sie. Die Tunnelwände sahen auch hier wie ein Schraubengewinde aus. Ein Mensch im Raumanzug hätte bequem hindurchspazieren können.

Der Abstieg ging weiter.

Nach wieder einer Minute, in der Karl zusah, wie die Schachtwände an ihm vorbeistrichen, und gelegentlich dunkle Flecken daran entdeckte, sagte er auf einmal: »Diese dunklen Flecken – das sind sehr kleine Tunnel. Oder Löcher. Wie nennt man sehr kleine Tunnel?«

»Sehr kleine Tunnel«, antwortete Robert hilfreich.

»Können wir anhalten?« fragte Daren.

Eine Sekunde später fühlte sich Karl etwas schwerer, denn Alis gab der Winde den Befehl, langsam anzuhalten.

»Was ist los?« fragte Alis.

»Ich möchte einen weiteren Sender anbringen. Für den Bildempfang auf der *Ranger*.«

»Nur zu.«

»Können Sie uns etwa einen halben Meter tiefer bringen? Ich sehe dort einen dieser kleinen Tunnel. Der Sender wird wahrscheinlich besser steckenbleiben, wenn ich ihn dort hineinschiebe.«

Karl spürte, wie es langsam tiefer ging, bis Daren rief: »Halt! Perfekt.«

Karl faßte die Wand vor seinem Gesicht an. Sie wirkte schwammig und gab so weit nach wie ein Basketball mit etwas zu wenig Druck.

»In Ordnung«, sagte Daren einige Sekunden später. »Alles montiert.«

Alis hob die Stimme ein bißchen mehr als üblich, als sie fragte: »Captain, empfangen Sie?«

Captain Fernandez rieb sich die müden Augen und antwortete: »Ist auf meinem Bildschirm, danke.«

Der Deckenmonitor zeigte das Bild der Kamera, die Alis mitführte, und so konnte er es sich ansehen, während er sich in seinem Sitz zurücklehnte. Auf einem der Nebenmonitore verriet eine Statusbox die Frequenz und die durchschnittliche Stromleistung des neuen Senders. Ein weiterer Monitor zeigte Normalwerte für einen zweiten Sender an, den Daren auf der Oberfläche neben der Schachtöffnung zurückgelassen hatte, ebenso den Status fünf weiterer Sender, die in gleichmäßigen Abständen auf der Oberfläche Kantalupes abgelegt worden waren; damit waren vier Punkte eines willkürlich festgelegten Äquators und die beiden Pole gekennzeichnet.

Vor zehn Minuten war die *Ranger* damit fertiggeworden, eine Reihe von Sender/Empfängern auf mehreren Umlaufbahnen auszusetzen, um Kantalupe zu kartographieren. Das Schiff empfing inzwischen schon die von diesen Orbital-Sender/Empfängern übermittelten Daten, wobei das Ziel darin bestand, eine dreidimensionale Karte vom Inneren des Besuchers zu erstellen. Noch war es zu früh, um schon sagen zu können, ob sich die diversen Elemente der Innenwelt Kantalupes bei der Signalabsorption gut oder schlecht voneinander abhoben.

Die Kartographierung eines solch großen Volumens belastete den Hauptcomputerspeicher des Schiffs beträchtlich. Als Junge hatte Fernandez mit seinem Personal Computer herumgespielt, um herauszufinden, wie weit die Fähigkeiten des Geräts reichten. Er hatte es beinahe geschafft, die Rechenvorgänge zum Erliegen zu bringen, indem er den Rechner anwies, immer größere, dreidimensionale fraktale Bilder in Bewegung zu erzeugen. Das jetzige Problem ließ dieses frühe Experiment als etwas erscheinen, das er auf seinem Armbandcomputer hätte durchführen können.

Im Augenblick fand Captain Fernandez, daß sie sich glücklich schätzen konnten, wenn sie wenigstens ein Gespür dafür erhielten, wie Kantalupes Dichte je nach Tiefe schwankte, falls sie das tat. Eine holographische Projektion schwebte in einem abgedunkelten Winkel der Brücke, aber bislang vermittelte sie nur den Eindruck einer massiven Kugel.

Fernandez blickte wieder auf den Monitor, der die Bilder aus Alis Nussems Schulterkamera zeigte. Die gleichmäßige Fahrt den Schacht hinunter erinnerte ihn an die Innenansicht von Arterien, durch die sich eine Kamera am Glasfaserkabel immer weiter vorarbeitete.

In den ersten Stunden der Erforschung hatten sie festgestellt, daß sie es nicht mit einem Mond zu tun hatten, egal, was Kantalupe auch immer darstellte. Während sich Fernandez diese Bilder anschaute, entschied er, daß zu wissen, was es nicht war, auch nicht sehr zu der Erkenntnis beitrug, was es denn eigentlich war.

Das Team fuhr eine ganze Weile weiter hinunter, ohne noch mehr Tunnel zu entdecken, egal welcher Größe. Karl rechnete sich aus, daß sie jetzt mindestens einen Kilometer tief waren.

Die Farbe der Schachtwände änderte sich abrupt von einem gefleckten Grau zu einem gleichförmigeren dunklen Blau.

»Ich glaube das nicht«, sagte Karl auf einmal.

»Was?« fragte Lucy als erste.

»Arne Saknussemm. Haben Sie die Inschrift gesehen? Wir sind gerade an einer hingekritzelten Botschaft vorbeigekommen, die lautete: ›Arne Saknussemm war hier.‹«

Alis lachte, aber sonst kapierte es niemand.

»Okay«, sagte Lucy. »Was geht hier vor?«

»Nur ein kläglicher Witz«, antwortete Karl. »Arne Saknussemm war der Mann, der im Roman *Die Reise zum Mittelpunkt der Erde* als erster hinabstieg.«

»In was?« fragte Robert.

»Vergessen Sie's«, sagte Karl. »Sie haben also Verne gelesen, Alis?«

»Er ist einer meiner Lieblingsautoren.«

Meiner auch, dachte Karl. »Die Originale oder die modernisierten Versionen des Heiligen Paramount?«

»Die Originale.«

»Erstaunt es sonst niemanden, daß wir nicht auf die Seite gezogen werden?« fragte Robert und zerrte damit Karls Gedanken grob zum aktuellen Einsatz zurück.

»Und das bedeutet was?« fragte Lucy. »Daß dieser Schacht vollkommen senkrecht verläuft?«

»Exakt.«

Karl schüttelte den Kopf. »Selbst wenn der Schacht nicht vollkommen senkrecht verläuft, reicht es in der geringen Schwerkraft, wenn gelegentlich ein Stiefel über die Wand scharrt, um jeder horizontalen Kraft entgegenzuwirken.«

Alis sagte: »Tatsächlich bin ich hin und wieder an die Wand gestoßen. Wahrscheinlich reicht es, daß ich in der Schachtmitte bleibe, damit es euch Leuten seltener passiert.«

Robert ließ das Thema auf sich beruhen.

Die dunkelblaue Tönung der Schachtwand schien ganz langsam noch dunkler zu werden, so langsam, daß Karl nicht recht wußte, ob ihm seine Phantasie einen Streich spielte. Nach ein paar weiteren Minuten war er sicher, daß die Oberfläche wirklich dunkler wurde.

Immer noch ging es tiefer. Die Farbe der Wand wurde weiterhin dunkler, bis sie schwarz war.

Als Karl schätzte, daß sie jetzt mindestens anderthalb Kilometer tief waren, sagte Alis rasch: »Wir nähern uns vielleicht dem Grund. Ich denke, ich sehe da etwas.«

Karl blickte hinunter, aber Alis blockierte sein Blickfeld zu stark.

»Und, was erkennen Sie?« erkundigte sich Robert ungeduldig.

»Ich kann es noch nicht sagen. Ich sehe da unten nur eine Lichtspiegelung.«

Karl spürte, wie Alis das Tempo der Winde herabsetzte. Er schätzte, daß sie sich jetzt noch mit etwa einem halben Meter pro Sekunde bewegten. Die Schachtwand fühlte sich fester an als weiter oben.

Karl blickte weiter zu Alis hinunter und versuchte, an ihr vorbei etwas zu erkennen. Endlich sah auch er so etwas wie ein Leuchten von schwach grünlicher Farbe. Ob es aus zehn oder hundert Metern Tiefe heraufschimmerte, konnte er nicht sagen.

Als das Team tiefer hinabsank, wurde die Leuchtquelle als größere Fläche mit einem dunklen Fleck im Mittelpunkt erkennbar. Die Reise nach unten ging weiter.

»Huah«, kam schließlich von Alis.

»Was hat das zu bedeuten?« fragte Robert hörbar verärgert.

»Das sehen Sie selbst in einer Minute.«

Unter Karl sank Alis in einen Teich aus mattem, grünem Licht, und Sekunden später folgte er ihr.

Er holte tief Luft und spürte, wie der Adrenalinschub ein Prickeln im Genick erzeugte. Sie hatten ein Loch in der Decke eines riesigen Tunnels durchquert, der über zwanzig Meter hoch war. Die Breite lag etwas über diesem Wert, und der Tunnel verlief in entgegengesetzten Richtungen über die Grenzen ihres Blickfelds hinaus. Etliche große Kleckse auf den Wänden erzeugten ein schwaches grünes Licht, wenn der Schein der Helmlampen auf sie fiel. Der kombinierte Effekt von so wenig Licht aus einer so großen Fläche reichte, daß Karl überzeugt war, die Augenfarbe eines Gegenübers auch ohne zusätzliche Lichtquelle erkennen zu können.

Unter Alis und Karl klaffte im Boden des Tunnels ein dunkles Loch, wo der Schacht weiterging, durch den sie herabgesunken waren.

Alis ließ sich weiter sinken, während die Teamgefährten über Karl einer nach dem anderen ins Blickfeld kamen.

Als Alis die Fahrt bremste und schließlich ganz stoppte, befanden sich alle fünf im Tunnel.

Alis sagte: »Halten wir hier mal kurz an.« Sie drehte die Winde, bis sie mit den Füßen dicht über dem Tunnelboden war, und schwenkte sich dann zur Seite. Es dauerte einen Augenblick, bis sie das Gleichgewicht gefunden hatte, und sie stand auf dem Tunnelboden.

Anschließend ließ sie einen Teamgefährten nach dem anderen herabsinken, bis er bequem absteigen konnte, und endlich waren sie alle auf dem Boden des bizarren Tunnels eingetroffen.

»Erstaunlich«, sagte Lucy so leise, daß es ein Selbstgespräch hätte sein können.

Karl schaltete seine Helmlampen aus und ließ sich sachte auf die Knie sinken. Die Tunneloberfläche wirkte schwammiger als die Außenseite Kantalupes. Er drückte mit dem Handschuh auf den Boden, als die Lichtstärke links von ihm plötzlich abnahm und er sich umdrehte. Lucy hatte ebenfalls ihre Lampen abgeschaltet.

»Ich kann keine nennenswerte Strahlungsintensität orten«, sagte sie. »Dieses Material scheint biolumineszente Eigenschaften zu haben. Aber wenn das zutrifft, paßt es ganz gewiß nicht zu der Theorie, Kantalupe wäre, was immer es ist, schon seit Jahrmillionen tot.«

Robert trat dichter an Alis und Karl heran. »Was, wenn es ein riesiges Sternenschiff ist?«

Lucy schnaubte, beherrschte sich dann und gab sich

ein bißchen respektvoller. »Sehr interessante Theorie, Robert.«

Roberts Ton wurde schroff. »He, ich bringe einfach Ideen vor! Falls Sie genau wissen, womit wir es zu tun haben, fühlen Sie sich frei, uns jederzeit die Erleuchtung zu bringen. Bis dahin halte ich es für sinnvoll, ein paar Hypothesen zu entwickeln und zu prüfen, ob sie auch standhalten. Falls man eine große Bevölkerung in ein anderes Sonnensystem befördern möchte, ist es wahrscheinlich effizienter, ein riesiges Schiff zu bauen, als Hunderte oder Tausende von kleinen, jedes mit eigenem Antrieb, eigenem Lebenserhaltungssystem, Funkanlagen und dem ganzen Rest. Die Kugelform bietet ein maximales Innenvolumen im Verhältnis zur Oberflächengröße. Eine extrem dicke Schutzschicht an der Außenseite würde Schutz vor Strahlung und Kollisionen mittleren Ausmaßes bieten.«

»Also könnte das hier ein riesiges Generationenschiff sein?« fragte Lucy. »Oder ein Kältedepot für eine ganze Bevölkerung?«

»Ich weiß nicht, wie wahrscheinlich das ist, aber ich halte beides für möglich.«

»Falls es ein Schiff ist«, gab Alis zu bedenken, »wieso reagiert es nicht auf unsere Grußbotschaften? Wieso nicht auf unsere Anwesenheit?«

»Vielleicht sind alle tot«, antwortete Robert. »Vielleicht funktioniert das Schiff nur noch in Teilen. Vielleicht hat dieser Schacht, was immer ihn erzeugt hat, entscheidenden Schaden angerichtet, der nicht mehr zu beheben ist. Vielleicht haben unsere Sendemethoden nichts mit deren Technik gemeinsam. Es gibt viele Vielleichts.«

Karl bemerkte, daß Daren, während diese Diskussion lief, einen weiteren Sender einschaltete. Er befestigte ihn dicht über dem Boden an der Tunnelwand, indem er einen Anker hineindrückte.

Karl schaltete die Helmlampen wieder ein und drückte mit der Hand an die Tunnelwand. »Wenn man möchte, daß eine Konstruktion lange funktioniert, dann ergibt es Sinn, automatische Wartungsmechanismen einzubauen. Man könnte ein Schiff mit zahlreichen Reservesystemen bauen, aber ich kann erkennen, wie verlockend eine durchgängig organische Bauweise ist, wenn es lange halten soll. Man baut die Fähigkeit ein, alle auftretenden Schäden zu reparieren, und eliminiert die überflüssigen Aspekte – zum Beispiel ein Gegenstück zu nachwachsenden Fingernägeln, die man immer wieder schneiden muß. Ein richtig konstruiertes und mit konstanter Energieversorgung ausgestattetes biotechnisches System könnte lange halten.«

Lucy sagte: »Also könnte es hier irgendwo ein Fusionskraftwerk oder ein Kraftwerk anderer Art geben?«

Karl zuckte die Achseln, obwohl niemand das sehen konnte. »Könnte sein, aber ich halte auch für möglich, daß Kantalupe nur eine gewaltige Batterie hat und Energie aus Sternen bezieht, an denen es vorbeifliegt. Bedenkt man, wie groß Kantalupe ist, dann könnte sich sogar herausstellen, daß ein ansehnlicher Teil des Volumens riesigen chemischen Brennstoffzellen vorbehalten ist, die für lange Zeit Energie liefern können.«

Karl ging ein Stück weit den Tunnel hinunter und entdeckte die Mündung eines kleineren Seitengangs. Dieser hatte weniger als den halben Durchmesser des Haupttunnels und lief in einem Winkel von etwa fünfundvierzig Grad abwärts. Da eine geringe Schwerkraft Oberflächen rutschiger machte, als es unter Erdschwerkraft der Fall gewesen wäre, vermutete Karl, daß eine Erforschung dieses Gangs ohne Seil auf eine Erfahrung hinausliefe, als rutschte man durch einen Wäscheschacht. Als seine Phantasie das Resultat einer möglichen Sackgasse lieferte, ging er weiter.

Nach einer Minute merkte Karl, daß andere ihm folgten. Er blieb vor einem neuen kleineren Seitengang stehen, der auf halber Höhe der Haupttunnelwand abzweigte und nicht viel höher war, als ein Mensch im

Raumanzug Platz brauchte. Er richtete das Licht der Helmlampen hinein. Der Tunnel verlief zwanzig oder dreißig Meter weit schnurgerade leicht aufwärts, ehe eine Biegung kam.

Karl drehte sich zu den beiden Gestalten in Raumanzügen um, die neben ihm standen. Er konnte nicht in die Helme hineinsehen, aber die Oberarmaufnäher identifizierten sie als Alis und Robert. »Ich würde gerne hineingehen und mich mal kurz umsehen. Irgendwelche Einwände?«

Alis zögerte erst, sagte dann aber: »Schön, aber bleiben Sie in Sichtweite.«

»Wird gemacht.« Karl führte einen senkrechten Probesprung aus, um zu testen, wie kräftig er sich abstoßen mußte, um in den kleineren Tunnel zu gelangen. Nachdem er gelandet war und sich wieder zu seinem Ziel umgedreht hatte, sprang er erneut, diesmal etwas höher und nach vorn.

Karl empfand einen Hauch von Stolz, als er direkt am Rand der Tunnelöffnung landete, obwohl der Sprung eigentlich keine so große Leistung gewesen war.

Dieser Stolz erlosch eine Sekunde später wieder, als er in den kleineren Tunnel hineingehen wollte und dabei ausrutschte. Er stürzte fast in den Haupttunnel zurück, fand aber gerade noch rechtzeitig das Gleichgewicht wieder. Er drückte mit den Händen an die Decke, was ihm eine bessere Balance und mehr Haftung verlieh. Vorsichtig ging er die leichte Steigung hinauf, wie ein Käfer, der einen leicht schräg liegenden Strohhalm hinaufkrabbelte.

Die Wände erinnerten in ihrer Beschaffenheit sehr an die des größeren Tunnels und zeigten weiterhin dunkle Kleckse, die Karl den Eindruck vermittelten, er würde durch eine Arterie eines sehr kranken Menschen kriechen.

Karl erreichte die Biegung und blickte mit Hilfe der Helmlampen dahinter. Der Tunnel lief auf einen fernen

Punkt zu, aber Karl konnte nicht feststellen, ob der Gang einfach immer kleiner wurde oder hier die typische perspektivische Illusion in einem Tunnel vorlag, der endlos weiterging.

Weniger als zwei Meter von der Biegung entfernt, entdeckte er die Abzweigung eines noch kleineren Tunnels.

»Sehen Sie das?« fragte Karl. Er vermutete, daß Alis inzwischen auf seine Schulterkamera umgeschaltet hatte, wußte es aber nicht mit Sicherheit.

»Ich sehe es«, antwortete sie.

»Ich vermute, daß ich nicht als einziger die vage Ähnlichkeit dieses ganzen Tunnelsystems mit einem Netz aus immer kleineren Adern erkenne, die sich durch einen menschlichen Körper ziehen.«

»Da bin ich Ihnen weit voraus«, sagte Robert. »Unter anderem deshalb bin ich hier. Meine medizinischen Kenntnisse könnten sich sehr gut als Schlüssel erweisen.«

Karl knirschte mit den Zähnen. »Ich kann Ihnen gar nicht sagen, wie froh ich bin, das zu hören, Robert. Ich fürchtete schon, man hätte Sie nur für den Fall mitgenommen, daß jemand einen Einlauf braucht.«

»Warum lutschen Sie nicht einfach ...«

»Jungs, Jungs«, sagte Alis. »Ist es das, was Sie in den Expeditionsaufzeichnungen wiederfinden möchten?«

Karl schloß für einen Moment die Augen und spürte, wie er ruhiger wurde. Er wandte sich wieder dem Haupttunnel zu und ging behutsam zum Ausgang hinunter. Er sagte nichts weiter, ebensowenig wie Robert. Als Karl wieder abgekühlt war, fiel ihm auf, daß er sich gar nicht durch Alis' Bemerkung beleidigt fühlte, sondern dankbar dafür war, wie leicht sie die Lage entschärft hatte.

Er erreichte den Ausgang des kleineren Tunnels und stellte fest, daß die anderen ebenso wie er fürchteten, er könnte den Halt verlieren; sie hielten ein gutes Stück

Distanz zu der Stelle, wo er landen würde. Er setzte sich auf die Kante und rutschte den restlichen Weg hinunter.

»Das möchten Sie sich vielleicht ansehen«, sagte Daren.

Karl sah sich um und entdeckte Darens Raumanzug etwa fünfzig Meter weiter unten im Haupttunnel. Karl ging los, und eine Minute später betrachtete sich das restliche Team Darens Entdeckung.

Der Tunnel bog in einem Winkel von fünfundvierzig Grad seitlich ab, und von hier aus konnten sie erkennen, daß er etwa dreißig Meter weiter blockiert war.

Das ganze Team ging näher heran. Das Hindernis hatte keine Ähnlichkeit mit einem Steinschlag. Es erinnerte Karl viel eher an Anatomie als an Geologie. Rings um das Hindernis herum war die Tunnelwand expandiert, wie durch eine Krankheit angeschwollen. Die Schwellung drückte den Durchmesser des Tunnels fast auf die Hälfte und ließ im Zentrum einen kleineren Kreis frei. Dieser Kreis war ausgefüllt mit einer Masse, die vage an große Blätter erinnerte und so dicht gepackt war, daß es sich um massive Materie zu handeln schien. Die Masse schloß am Rand mehr oder weniger bündig mit dem Tunnelrand ab, aber im Zentrum bildete sie einen Kegel, der auf das Team deutete.

Karl blickte in den offenen Tunnel hinter ihnen zurück. In Abständen von etwa zehn Metern markierte jeweils eine leichte Verfärbung einen Ring an der Tunnelwand, als ob jede dieser Stellen anschwellen könnte, um den Tunnel abzuschnüren.

»Keine weiteren Vermutungen, Robert?« fragte Alis schließlich.

»Ich bin mir nicht sicher, ob ich noch mehr Beschimpfungen brauche.« Robert zögerte. »Aber ich wäre nicht überrascht, wenn wir es hier mit einer Reaktion auf das Loch zu tun hätten, durch das wir gerade gekommen sind. Es erinnert mich an eine mit Plättchen verstopfte Arterie.«

Karl hatte dieselbe Idee gehabt. Er bemühte sich, so wenig provokant wie möglich zu reagieren. »Das erscheint mir sehr plausibel, Robert, aber haben Sie eine Theorie, warum der Verschluß hier aufgetreten ist und nicht dichter an der Beschädigung?« Karl ging ein paar Schritte weit und zeigte auf etwas. »Diese Ringe erwecken für mich den Anschein, daß der Tunnel an einer beliebigen von mehreren möglichen Stellen hätte versiegelt werden können.«

»Darüber habe ich mir auch Gedanken gemacht. Hier kommt eine weitere Vermutung, aber es ist nur wilde Spekulation, klar? Falls dieser Tunnel durch einen Mechanismus zur Selbstreparatur oder Schadensbehebung blockiert wurde – auf eine Art und Weise, die vage daran erinnert, wie der menschliche Körper von selbst heilt –, vielleicht erstreckt sich dann der Schaden auf den eigentlichen Reparaturmechanismus, und das hier ist ein Teil des Ganzen, den man mit einer Narbe vergleichen könnte, die niemals heilen wird, oder vielleicht auch nur solange nicht, bis der Reparaturmechanismus wieder in Stand gesetzt wurde.«

Lucy trat heran und nahm einige weitere Proben, sowohl von der Schwellung in der Tunnelwand als auch der verstopften Sektion in der Mitte. Sie mußte sich auf Darens Schultern stellen, um die Mittelsektion zu erreichen.

»Falls das zutrifft«, sagte Alis, »möchten Sie damit sagen, daß normalerweise etwas durch diesen Tunnel fließt – eine Flüssigkeit oder ein Gas?«

»Ich halte das für möglich«, antwortete Robert. »Es könnte sogar sein, daß in dieser ultraniedrigen Schwerkraft gar keine Trägerflüssigkeit benötigt wird. Ich halte es für möglich, daß Reparaturmechanismen wie diese Plättchen – oder was immer es ist – nur freigesetzt werden, wenn irgendeine Instanz ein Problem erkennt; sie könnten mit einer Polarität geladen werden, während die ›Wunde‹ die entgegengesetzte Polarität enthält;

danach hüpfen sie einfach durch den Tunnel, bis sie dort landen, wo sie gebraucht werden. Ich bin sicher, es gibt noch weitere Methoden, auf die ich noch gar nicht gekommen bin.«

Das Schweigen zog sich in die Länge, bis Alis sagte: »Ich denke, wir waren lange genug hier. Sofern niemand Einwände hat, möchte ich weiter durch den Hauptschacht nach unten fahren.«

Niemand erhob Einwände. Während das Team zum Kabel der Winde zurückging, sprach Alis mit Captain Fernandez an Bord der *Ranger.* »Wie stark empfangen Sie unsere Signale, Captain? Ich möchte noch tiefer gehen.«

»Wir empfangen Sie mit fünfundneunzig Prozent Signalstärke«, antwortete der Captain.

»Wir empfangen Sie weiter mit hundert Prozent«, sagte Daren.

Bei der schwarzen Beule auf dem Rücken seines Raumanzugs handelte es sich um den Hochleistungstransponder, der ihren Helmfunk verstärkte, damit die *Ranger* mitsehen und mithören konnte, ungeachtet der Entfernung und potentieller mittelstarker Störungen oder Abschirmungen innerhalb Kantalupes. Der Sender der *Ranger* war dagegen stark genug, daß sie das Schiff unter allen Umständen hören konnten.

Als sie sich dem vertikalen Schacht näherten, stellte Karl erleichtert fest, daß das Kabel noch an Ort und Stelle war. Vielleicht war ein wenig Verfolgungswahn ja ganz gesund, aber es gefiel ihm nie, sich selbst dabei zu ertappen.

Minuten später fuhren Karl und die anderen wieder mit gleichmäßiger Geschwindigkeit durch die Schale Kantalupes abwärts, wobei Alis weiterhin die unterste Position einnahm. Lange Minuten verstrichen mit dieser lautlosen Abfahrt. Die Schachtwände schienen weiterhin dunkler zu werden, als verstärkte sich die lichtschluckende Eigenschaft des schwarzen Materials, aber der Vorgang lief so allmählich, daß Karl nicht genau wußte, ob sich vielleicht seine Augen nur langsam anpaßten.

Gerade als Karl sich ausrechnen wollte, wieviel Kabel noch an der Winde weit über ihnen aufgewickelt war, sagte Alis: »Ich sehe mehr Licht da unten. Sieht wie eine Spiegelung aus.«

Captain Fernandez brach sein langes Schweigen. »Die Innenabtastung zeigt nach wie vor nicht viele Einzelheiten, aber ein dunkler Fleck bildet sich etwa hundert Meter unter Ihnen heraus. Das Reflexionsvermögen für Radiofrequenzen ist im Vergleich zum Rest dieses Dings groß genug, um sich vorzustellen, daß wir da einen Fremdkörper haben.«

»Was bedeutet, daß wir uns vielleicht dem nähern, was dieses Loch gemacht hat?«

»Exakt.«

Karl spürte, wie sein Herz etwas flotter schlug, als sie sich der Ursache der Reflexionen weiter näherten. Er fragte sich, ob Alis' Ersatzherz das gleiche tat.

Die Winde hoch oben spulte immer noch Kabellänge ab. Endlich spürte Karl den leichten Ruck, an dem er erkannte, daß Alis die Winde abbremste. Sie mußten schon dicht am Ziel sein.

»Hier unten ist wirklich etwas«, sagte Alis.

8
Blutung

Alis schaltete die Augen auf Normalsicht zurück. Die Reflexion unter ihr verschwand.

Sie blinzelte die Sequenz, um wieder den Teleobjektivmodus zu erhalten, und die Reflexion war erneut da, zusammen mit einem rötlichen Ton und den schwachen Umrissen von irgend etwas direkt unter Alis. Zum erstenmal seit Antritt des jetzigen Fahrtabschnitts durch den Schacht sah sie keinen schwarzen Punkt mehr direkt unter sich.

Sie wartete ein paar Sekunden lang, ehe sie auf Normalsicht umschaltete. Die Reflexion wurde in diesem Moment auch so sichtbar.

»Ich sehe es ebenfalls«, sagte Karl schließlich, und Alis fiel wieder ein, daß sie teilweise sein Blickfeld am Kabel hinunter versperrte; selbst wenn sie nicht den Vorteil des Teleobjektivmodus gehabt hätte, hätte er die Reflexion nicht so schnell sehen können wie sie.

Sie blickte nach oben und sah nichts weiter als die Reihe immer schwächer erkennbarer Helmlampen. Es war schon lange her, daß sie noch hatte hoffen können, den Sternenhimmel über der Schachtöffnung zu sehen, selbst im Teleobjektivmodus.

Eine Sekunde lang überlegte sie, ob es wohl gefährlich war, das zu erforschen, was immer dort unten auf sie wartete. Die Erkundung der Oberfläche hatte schon ein Menschenleben gekostet. Sie stellte fest, daß die Gefahr ihr keine Sorgen machte, und auf einmal wurde ihr klar, wie nützlich sie für diesen Einsatz war. Wer kam besser für einen möglicherweise gefährlichen Einsatz in Frage, als jemand, der sich nicht darum scherte, ob er zurückkehrte?

Allerdings waren ihre Gefühle nicht so abgestorben, wie sie gedacht hatte; andernfalls hätte sie sich nach Belindas Tod nicht so mies gefühlt. Für alle Beteiligten wäre es besser gewesen, wenn es sie an Belindas Stelle erwischt hätte. Belinda hätte noch ein Leben gehabt, und Karl hätte sich nicht mit einer wütenden, anklagenden Präsenz herumschlagen müssen, die ihn ständig an die Folgen des Aufpralls erinnerte. Sollte Alis allerdings hier unten einen tödlichen Unfall erleiden, würde man Karl sicher die ganze Schuld geben, falls er in irgendeiner Weise als Mitverursacher in Frage kam.

Näher heran. Die rötliche Spiegelung schien nicht mehr als dreißig Meter entfernt. Alis mußte noch einmal prüfen, ob sie wirklich Normalsicht eingestellt hatte. Auf Station Tokio hatte sie mal ein paar Minuten lang die Augen im Teleobjektivmodus belassen, während sie einem Korridor folgte, und dabei die ärgerliche Erfahrung gemacht, daß Passanten ihr besorgtes Stirnrunzeln mit wohlwollendem Lächeln überkleisterten, wenn sie näherkam. Als Alis auf die Treppe im Trainingsraum zuging, fiel sie beinahe auf die Nase, denn sie wollte schon ›hinaufsteigen‹, ehe sie die Stufen tatsächlich erreichte.

Sie vermutete, daß sie damit Unsicherheit verriet, aber sie fürchtete sich davor, dumm auszusehen, mehr noch als vor einem Knochenbruch. Wenigstens brauchte sie Beinbrüche nicht mehr groß zu fürchten. Jeder Unfall, der schwer genug war, um ihre Ersatzbeine zu verletzen, wäre wahrscheinlich gleich tödlich. Falls sie doch nur gewußt hätte, wie sie vermeiden konnte, jemals in Fettnäpfchen zu treten oder sich sonstwie der Lächerlichkeit preiszugeben!

Karl schien den ganzen Druck, den er von der Besatzung zu spüren bekam, und das Unbehagen, das Alis ihm vermittelte, recht gut zu verkraften. War er innerlich auch so gelassen, oder teilte er ihre neurotischen Gefühle?

Noch fünfzehn Meter. Unter ihr lag ein großer Hohlraum, und vielleicht fünf Meter unter der Stelle, wo der Schacht in die Höhle mündete, war das, was wie eine metallische Spiegelung auf einer verwitterten roten Fläche aussah, einer Fläche, die vage an die Motorhaube eines alten Autos erinnerte – irgendwann mal glänzend rot lackiert gewesen, um dann fünfzig Jahre lang auf einem Schrottplatz unter der Wüstensonne zu schmoren.

Noch zehn Meter. Die rote Oberfläche sah gekräuselt aus, als bestünde sie aus Leder, nicht aus einer Metalllegierung. Alis bremste die Abfahrt noch stärker ab.

Direkt unter ihren Füßen breitete sich die größte Verformung aus, die Alis im ganzen Schacht gesehen hatte. Die Öffnung in die Höhle unter ihr war nicht vollkommen rund und wich damit vom restlichen Schacht ab. Sie war zwar vage kreisförmig, aber verformt, als hätte jemand mit einem Kuchenmesser Teig aus einem Plätzchen herausgeschnitten und dann den Rest gebacken, wobei der Teig geschmolzen und in das Loch gelaufen war. Die Öffnung reichte für einen Menschen im Raumanzug, aber viel Spielraum blieb dabei nicht.

»Der Schacht verengt sich hier«, erklärte Alis den Teamgefährten weiter oben am Kabel. »Ich denke, ich passe hindurch. Sollte mir irgendwas zustoßen, kennen Sie ja die Kommandorangfolge.«

Sie holte tief Luft und setzte die Abfahrt fort, allerdings sehr langsam. Der Raumanzug war widerstandsfähig, aber der Rand des Lochs konnte schärfer sein, als er aussah.

Ihre Füße passierten die Öffnung. Vorsichtige Sekunden später war Alis auch mit dem Helm hindurch und hielt an.

Sie hing unter der Decke einer unregelmäßigen Höhle. Vier oder fünf Meter tiefer wurde die rote, spiegelnde Fläche als Kreis erkennbar, der im Durchmesser mit dem Schacht übereinstimmte. Das konnte sehr gut die Kugel sein, die jemand in Kantalupe hineingeschossen hatte.

Über Alis baumelten Karls Füße direkt über dem unregelmäßigen Loch in der Decke. Aus diesem Blickwinkel wirkte die Öffnung immer noch ziemlich sicher – keine scharfen Kanten zu sehen.

Alis ließ sich weiter herabsinken. Als sie mit den Füßen fast schon auf der roten Fläche war, befand sich auch Karl inzwischen komplett in der Höhle.

Die Höhlenwände ähnelten kaum mehr den Tunnelwänden weiter oben. Anders als die relativ glatten und scheinbar mit Bedacht hergestellten Tunnel sah dieser Raum ein bißchen wie der Krater an der Spitze einer gigantischen Kerze aus, als wäre er teils verbrannt, teils geschmolzen worden, vielleicht von dem Objekt unter Alis. Die Höhle durchmaß an der breitesten Stelle vielleicht dreißig Meter, und im Gegensatz zu den leicht lumineszierenden Tunneln darüber war sie dunkel, abgesehen von den Lichtpfützen, die die Helmlampen erzeugten.

Alis strich mit den Füßen über die rote Fläche. Sie senkte sich ein paar Zentimeter weiter ab und übte Druck auf das Objekt aus. Es gab kein bißchen nach. In der geringen Schwerkraft hatte der Test nicht viel zu besagen, also hob Alis ein Bein und trat mit der Ferse auf die Fläche. Die Empfindung erinnerte überhaupt nicht an so etwas wie das Eintreten einer Motorhaube, eher an einen Tritt gegen einen Felsbrocken.

»Wir haben hier unten ein großes Objekt«, sagte sie. »Es scheint den gleichen Durchmesser zu haben wie der Schacht und ist wahrscheinlich das, was den Schacht überhaupt erst erzeugt hat. Es ist massiv, und wir könnten wahrscheinlich darauf stehen, ohne es zu beschädigen, aber ich ziehe doch den eigentlichen Höhlenboden vor.«

Sie senkte sich weiter ab, bis sie den Rand der runden Fläche erreichte und daran hinabrutschen konnte.

Sie baumelte mit den Füßen unter dem Rand, und für einen Moment fragte sie sich, ob das Objekt nur eine

Scheibe war, die im Raum hing, aber sobald sie unter die Oberseite blicken konnte, stellte sie fest, daß ihr Weg nach unten direkt an einer Öffnung in der Seite vorbeiführte. Augenblicke später stand sie neben dem Objekt, das über ihren Kopf aufragte.

Die übrigen Teammitglieder fuhren einer nach dem anderen langsam in die Höhle ein, während Alis das rote Objekt umrundete. Die ganze erkennbare Oberfläche wies dieselbe rauhe Beschaffenheit und rote Färbung auf. Zwischen Kopfhöhe und der Spitze der Sonde – mal vorausgesetzt, daß es eine war – verlief ein Ring aus acht kleineren Hohlräumen, die mit einer Ausnahme alle leer waren. Anscheinend hatte jeder dieser Hohlräume eine Tür, die sich nach unten in die Basis der Sonde öffnete und den Innenraum freilegte. Der achte Hohlraum war immer noch besetzt; anscheinend klemmte die Tür auf halbem Weg. Alis sprang hoch und erwischte einen kurzen Eindruck von etwas, was noch darinsteckte und ebenfalls rötlich aussah, etwas Mechanisches mit zahlreichen Schaltflächen und Öffnungen und kleinen Vorsprüngen.

Unter dem Ring aus Kabinen ragte ein glatter Kegel nach unten aus der Sonde hervor und erstreckte sich tiefer in das Innere Kantalupes. Falls das vergrabene Stück wirklich ein Kegel war, dann mußte er sich weitere zwanzig oder dreißig Meter tief eingegraben haben.

Noch eine Minute verging, und Lucy, Robert und Daren hatten sich zu Alis und Karl gesellt, neben dem, was Alis immer mehr für eine Sonde hielt.

Robert fragte: »Haben Sie das schon gesehen?«

Alis entdeckte ihn neben einer der dunklen Unregelmäßigkeiten, die sie dicht über der Unterkante der Höhlenwand gesehen hatte. »Was haben Sie da?«

»Das ist nicht nur ein kleiner Hohlraum. Ich denke, es ist ein Tunnel.«

»Und?«

»Und die Oberfläche sieht nicht so aus wie die der

übrigen Tunnel, die wir entdeckt haben.« Robert trat zurück, damit Alis einen besseren Blick erhielt. »Er wirkt viel glatter, viel gleichmäßiger.«

Alis betrachtete die Sache. Robert hatte recht. Der sich in die teilweise geschmolzene Wand hinein erstreckende Tunnel wirkte sogar noch gleichmäßiger als der Schacht, durch den sie gekommen waren. In der Ferne bog er in einer ganz leichten Krümmung nach links ab. Der Tunnel hatte ein klaustrophobisches Maß und hätte Karls Schultern nicht viel Spielraum geboten.

Alis wich zurück, und Karl warf einen Blick hinein. Alis sah sich in der unregelmäßigen Höhle um und entdeckte vier weitere Öffnungen, die anscheinend Tunnelmündungen waren.

Robert sagte: »Bestimmt erkennen Sie, daß der Tunnel in der Größe ganz schön dicht an die Breite von diesem Ding, was immer es ist, in der Kabine dort oben herankommt.«

Er redete von dem, was Alis in Gedanken als Untersonde kategorisiert hatte. Seine Überlegungen gingen in die gleiche Richtung wie ihre. Bislang hatte Alis nichts gesehen, was der Theorie widersprochen hätte, daß dieses große rote Objekt eine Sonde war, dazu gedacht, möglichst tief unter die Oberfläche vorzudringen und einen Schwarm kleinerer, ferngesteuerter oder autonomer Sekundärsonden zu verteilen. »Also sind Sie der Meinung, daß die leeren Fächer in diesem Ding ...« Sie deutete auf das riesige Objekt in der Mitte der Höhle. »... die kleineren Sonden freigesetzt haben, damit sie sich weiter eingraben, vielleicht Untersuchungen vornehmen und ihre Ergebnisse übermitteln?«

»Klingt für mich nach einer vernünftigen Hypothese.«

Alis drehte sich zu Karl um. »Stimmen Sie dem zu, Karl?«

»O sicher.« Karls Reaktion erfolgte schnell und lässig, und Alis gewann daraus den Eindruck, daß auch er schon mit dieser Theorie gespielt und noch keinen

Grund gefunden hatte, sie anzuzweifeln. Sie fragte sich, wieso er noch nicht selbst Überlegungen vorgebracht hatte, falls sie mit ihrem Gefühl richtig lag.

»Aber falls das stimmt«, fuhr Karl fort, »bin ich mir immer noch nicht sicher, was aus dem Material geworden ist, das sie herausgeschaufelt haben müssen, als sie sich ihren Weg durch Kantalupe bahnten.«

»Sachte«, warf Lucy ein. »Die ganze Anlage steht zum Vakuum hin offen. Alles, was die Sonden zu tun brauchten, war, das Material auf ihrem Weg zu verdampfen. Das beim Graben ausgespuckte Gas wäre dann einfach kontinuierlich ins All hinausgesaugt worden.« Sie wandte sich wieder der riesigen roten Sonde zu. »Könnte sein, daß auch diese Hauptsonde das von ihr weggeschaufelte Material verdampft hat.«

Anscheinend hatte niemand bislang eine bessere Theorie, und so ließen sie das Thema fallen.

Alis suchte den Umfang der Höhle gründlicher ab als beim ersten Mal, während Daren sich hinsetzte und die anderen ebenfalls den Raum an der Grenze abschritten. Alis entdeckte insgesamt sechs Tunnel und rätselte darüber, wo wohl der siebente war, bis sie endlich feststellte, daß sich einer der Tunnel direkt hinter der Mündung verzweigte, als ob zwei Sonden an derselben Stelle gestartet wären und sich dann auseinanderbewegt hätten. Sie wies die Teamgefährten auf diese Stelle hin.

Keiner der Tunnel stieg aufwärts. Zwei schienen ungefähr horizontal zu verlaufen, und die übrigen fünf zogen sich tiefer ins Innere Kantalupes hinein, wobei die Winkel zwischen etwa dreißig Grad unter der Horizontalen bis zu in einem Fall fast neunzig Grad reichten.

Karl sagte: »Ich würde mir gern die zurückgebliebene Sonde mal genauer ansehen. Irgendwelche Einwände? Vielleicht können wir sie sogar mit zurücknehmen, vorausgesetzt, wir kriegen sie aus dem Fach heraus.«

»Nur zu«, sagte Alis.

Die Platte, die die feststeckende Sonde verdeckte,

befand sich oberhalb von Karls Kopf. Er sprang hoch und packte die Oberkante der halb geöffneten Tür. Einen Moment lang hing er dort, aber es war keine Spur davon zu sehen, daß sich die Platte bewegt hätte. Alis war nicht sehr überrascht. Karl wog auf Kantalupe nicht sonderlich viel.

Alis sah zu, wie Karl sich weiter an der Platte festhielt und den Körper hochschwenkte, bis er fast kopfunter stand; in dieser Stellung setzte er die Füße an die Oberkante der Öffnung und versuchte, die Platte mit den Händen hinunterzudrücken.

Für mehrere lange Sekunden rührte sich nichts; auf einmal rutschte die Platte nach unten und öffnete das Fach.

Karl purzelte auf den Höhlenboden herunter. Während er immer wieder vom Boden abprallte und dabei versuchte, sich zu drehen und wieder auf die Beine zu kommen, kam die Sonde langsam aus dem Fach gerutscht und stürzte herab. In Zeitlupe senkte sie sich auf Karl hinab und wäre vielleicht auf ihm gelandet, hätte Alis nicht seine ausgestreckte Hand gepackt, sich mit der anderen Hand an der größeren Sonde festgehalten und Karl weggezogen.

»Danke!« sagte Karl.

»Ist schon okay«, sagte sie, während die Sonde aufprallte und herumhüpfte. »In der hiesigen Schwerkraft wäre Ihnen wahrscheinlich nichts passiert, aber ich gehe lieber kein Risiko ein.«

»Na ja, ich danke Ihnen trotzdem. Sie hätten mich einfach zappeln lassen können.«

»Ist es das, was Sie von mir erwarten?« fragte Alis, auf einmal hitzig. »Daß ich, nur weil Sie meinen Unfall verschuldet haben, so rachsüchtig wäre, daß ich ...«

»Ich habe diesen Unfall nicht ... Sehen Sie, ich wollte doch nur sagen, daß Sie recht haben; wahrscheinlich wäre mir nichts passiert, aber ich weiß Ihre Hilfe, die Sie mir sicherheitshalber gewährt haben, zu schätzen.«

»Klar.« Alis spürte, wie ihr Zorn rapide dahinschwand. »Das war anmaßend von mir. Tut mir leid.«

»Ist okay. Ich habe nicht das gesagt, was ich eigentlich hatte sagen wollen.«

Inzwischen war die Sonde zur Ruhe gekommen. Sie wirkte vollständig leblos, und Alis war froh, daß sie nicht aktiv geworden war und sich durch irgendwas in ihrer Nähe gefressen hatte, um einem vorprogrammierten Suchkurs zu folgen.

»Sie hatten Glück, daß das Ding abgeschaltet ist«, meinte Lucy. »Wenn es sich wirklich durch Substanzen gräbt, indem es sie verdampft, könnte das irgendwie weh tun.«

»Oh, bitte!« sagte Robert. »Dieses Ding muß aus einem anderen Sonnensystem stammen und schon seit Jahrhunderten hier sein, wenn nicht seit Jahrtausenden. Was immer es mit Strom versorgt, muß schon lange ausgefallen sein.«

»Danke, Doktor Wissenschaft«, sagte Lucy. »Ich habe einen Scherz gemacht, okay?«

»Ja, natürlich haben Sie das.«

Alis knirschte mit den Zähnen und fragte sich, ob sie Robert die Zügel anziehen mußte, aber zum Glück beendeten er und Lucy ihren Streit. Wieso ging Intelligenz nur zu oft mit Idiotie als Triebkraft des Handelns Hand in Hand? Wieso konnten intelligentere Menschen nicht mal die Luft anhalten und sich überlegen, wie sie sich anderen gegenüber verhalten sollten? Wieso konnten sie nicht begreifen, daß man andere Leute nicht zu Spitzenleistungen motivierte, indem man sie quälte? Wenn man sich ständig herablassend gab, baute man sich nur selbst Hindernisse auf. Karl schien in jeder Hinsicht so intelligent wie Robert zu sein, aber Karl protzte nicht mit seinem IQ.

Eben überlegte sie sich noch, daß Karl womöglich doch gar kein so schlechter Kerl war, und im nächsten Augenblick hatte sie das Bild eines Shuttles vor Augen, das seitlich in die Station Tokio hineinkrachte. Sie schüttelte den Kopf und wandte sich wieder ihrer aktuellen Aufgabe zu.

An Bord der *Ranger* verfolgte Captain Fernandez konzentriert die Bilder, die das Forschungsteam übermittelte; er bemühte sich, aus der Situation schlau zu werden, hatte aber auch nicht mehr Durchblick als Alis Nussem und ihre Gruppe.

Eine Funkglocke ertönte; das Signal bestand aus der einsekündigen Tonfolge, die für »Nachricht aus der Zentrale« stand. Der Schiffscomputer verkündete: »Nachricht aus dem ISA-Hauptquartier wird empfangen. Ich speichere sie für später ab, es sei denn, Sie möchten gleich mithören.«

»Nachricht abspielen«, sagte Fernandez.

Auf einem bislang leeren Abschnitt des Bildschirms leuchtete das Emblem des ISA-Dreierdienstes auf, Adler, Wolf und Bär, die den Eindruck erweckten, daß sie von Hause aus gut miteinander auskamen. An der Wand in Fernandez' Kabine hing eine leicht abgewandelte Version; sie zeigte einen Erdkuckuck mit Fernandez' buschigen Augenbrauen, der dem Wolf über die Schulter blickte. Die Inschrift unter dem Bild lautete: *»Für Enrico Fernandez von der Besatzung der Shark. Auf daß Sie nie die Fähigkeit verlieren, Bürokraten zu bändigen und Politikern die Krallen zu stutzen.«*

Noch ein neues Gesicht tauchte auf der Bildschirmsektion auf, und die junge Frau sprach ihren Text. Eine Zeile am unteren Bildrand besagte, daß der Genehmigungscode geprüft und bestätigt worden war.

»Captain Fernandez«, sagte die Frau. »Vor wenigen Minuten wurden die präzisen Kursberechnungen für das Objekt abgeschlossen, das die *Ranger* begleitet. Im Moment sieht es so aus, als hätten wir ein Problem. Die jüngst ermittelte Flugbahn zieht nach wie vor in sicherer

Entfernung an der Erde vorbei, aber es hat inzwischen den Anschein, als würde sie die Umlaufbahn des Hochhabitats Station Hamilton schneiden.«

Während die Frau weiterredete, rief Fernandez ein Bild der Station neben einer Computerdarstellung ihrer stark elliptischen Umlaufbahn ab.

»In Anbetracht der Umstände konnte die zeitliche Abfolge nicht günstiger sein, denn Station Hamilton erreicht in wenigen Stunden ihren erdnächsten Punkt, und die Ingenieure stellen bereits Kalkulationen an, wo Hamilton seine Stabilisierungstriebwerke einsetzen muß, um die größte Wirkung zu erzielen. Man wird versuchen, die Orbitalneigung so stark wie nur möglich zu verändern, und vielleicht können wir sicherstellen, daß die Station nicht in die Nähe Ihres Objektes kommt, wenn es dort vorbeifliegt. Nachteilig schlägt zu Buche, daß die Schubtriebwerke der Station nur für ziemlich kleine Bahnkorrekturen ausgelegt sind. Die Evakuierung von Station Hamilton ist schon angelaufen, aber wir haben nicht genug Zeit, alle herauszuholen.

In Anbetracht der Entfernung und der Zeitspanne, mit der wir es zu tun haben, schicken wir zur Sicherheit drei schubstarke Scoutschiffe mit drei der größten Sprengsätze zur Asteroidenabwehr hinaus, die sich im ISA-Arsenal finden. Die Schiffe werden Ihrem Kommando unterstellt. Sollten die nächsten Berechnungen die Notwendigkeit ergeben, müssen Sie die Besatzungen anweisen, die Sprengsätze an Stellen zu montieren, die wir dann errechnen, und sie notfalls zum richtigen Zeitpunkt zünden.

Wir übermitteln Ihnen die jeweils aktuellen Daten in mindestens vierstündigen Abständen. Halten Sie Ihre Besatzung einsatzbereit. Bitte bestätigen Sie den Empfang der Nachricht.«

Der Bildschirm wurde dunkler, und einen Augenblick später war wieder das Tiertrio mit dem ISA-Wappen zu sehen. Fernandez gab einen kurzen Befehl, lehnte sich zurück, spitzte die Lippen und überlegte lange, ehe er die Funkverbindung zu Alis Nussem herstellte.

Sobald er Alis informiert hatte, mußte er ein Paket Videodaten für das ISA-Hauptquartier zusammenstellen.

Klar war man dort um die Menschenleben auf Station Hamilton besorgt, aber je mehr Informationen über das Erstkontaktpotential hier vorlagen, desto zurückhaltender würde man mit Aktionen sein, die den Neuankömmling und Fernandez' Besatzung gefährdeten. Als was immer sich dieses Objekt herausstellte, die Videoaufzeichnungen wiesen jetzt schon darauf hin, daß die menschliche Spezies viel von dem Besucher lernen konnte.

»Verstanden, Sir«, sagte Alis. »Wir sind bereit, von hier zu verschwinden, wann immer Sie den Befehl geben.«

»Okay. Ich halte Sie auf dem laufenden. Anscheinend ist es nicht eilig, da es mindestens einen oder zwei Tage dauern wird, die Kursdaten endgültig zu bestimmen.« Captain Fernandez wurde still, und eine Sekunde später schaltete die Stimmschaltung die Hintergrundgeräusche von der Brücke ab.

»Das ist ja wie verhext«, meinte Robert. Seine Helmlampen schwangen zu Karl herum.

»Reden Sie mit mir?« fragte Karl.

»Messerscharf geschlossen. Sie haben wirklich ein Talent dafür, auf Stationen zu prallen, was?«

»Vielleicht habe ich das. Aber für Kantalupes Kurs bin ich auch nicht mehr verantwortlich als für den Shuttleunfall.«

Robert zögerte, sah offensichtlich ein, daß er einen taktischen Fehler gemacht hatte.

»Sehen Sie«, sagte Karl, »ich bin diese ganze Diskussion wirklich leid. Ich beschuldige Sie auch nicht, daß Sie Arzt geworden sind, um die Leute nackt zu sehen, also hören Sie auf, mir etwas vorzuwerfen, was ich nicht getan habe.«

»Ich habe Medizin studiert, weil meine Mutter gestorben ist, als ich ein Junge war. Ich dachte, vielleicht ... Vielleicht würde ich nie wieder zusehen müssen, wie jemand sinnlos stirbt.«

»Sehen Sie? Wir haben uns beide geirrt.«

Alis wollte sich gerade einschalten und den Streit beenden, aber er war schon vorüber. Beide Männer widmeten sich wieder der Untersuchung der Höhle. Lucys Helm drehte sich ein paarmal hin und her, als würde sie den Kopf schütteln. Daren war ganz in die kleine Sonde vertieft.

Alis wandte sich wieder der großen Sonde zu und fuhr mit der Helmkamera langsam über alle Sektionen, damit die aufgezeichneten Daten später möglichst viel hergaben. Die Nähte, an denen sich verschiedene ebene Flächen trafen, waren perfekt; es hatte den Anschein, als wäre die Sonde entweder aus einem massiven Block herausgeschnitten oder nach der Montage so stark erhitzt worden, daß alle Nähte völlig zuschmolzen.

Alis ging langsam einmal komplett um die große Sonde herum, während die übrigen Teammitglieder jede Nische und jeden Winkel des Raums ausleuchteten. Dann ließ Alis die Sonde stehen, um die nächste kleine Tunnelmündung zu untersuchen.

Der kleine runde Tunnel verlief in einem Winkel von etwa dreißig Grad unter der Horizontalen abwärts und sah aus, als hätte hier jemand eine organische Luftröhre plaziert. Alis tastete die glatte Oberfläche mit dem Handschuh ab. Das Material erinnerte vom Gefühl her eher an Leder als an Glas. Sie fragte sich, ob wohl genügend Reibungswiderstand vorhanden war, damit sie durch den Tunnel rutschen konnte, wohin immer er letztlich führte. Geschichten über Leute, die in Schornsteinen steckenblieben, traten plötzlich viel deutlicher aus der Erinnerung hervor als alles andere, was sie in jenem Jahr auf der High School gehört hatte. Manche dieser Geschichten handelten von Leuten, deren Leichen jahrelang nicht gefunden wurden. Ihr schauderte.

Sie schaltete die Augen auf Teleobjektivmodus um und nahm die entfernteste Sektion des Tunnels in Augenschein, bis zu der Stelle, wo er stärker in die Senkrechte abbog und außer Sicht verschwand. Die Tunneloberfläche wirkte auf ganzer Strecke ziemlich gleichförmig.

Alis schaltete auf Infrarot um, aber diese Sichtweise war nicht sehr hilfreich. Das gleichmäßige fleckige Schwarz besagte nur, daß die Tunnelwand durchgängig kalt war.

Jemand kniete neben ihr nieder. Lucy. »Könnte interessant sein zu sehen, was es da unten gibt, wie?«

»Ja, wäre es.« Alis zögerte. »Welches Gefühl haben Sie bei dem Gedanken, hinunterzurutschen?«

»Ich bin bereit.«

Die rasche, vorbehaltlose Antwort erstaunte Alis ein bißchen.

Karl meldete sich zu Wort. »Ich denke auch, daß es interessant sein könnte, aber es ist furchtbar eng da drin. Vielleicht sollten wir eine Schulterkamera an einem Kabel hinunterlassen, um einen ersten Eindruck zu gewinnen.«

»Gute Idee. Und damit wir kürzere Bezeichnungen für diese Tunnel erhalten, werde ich sie numerieren und dabei mit dem anfangen, der der ausgefallenen Untersonde am nächsten liegt; dann geht es im Uhrzeigersinn um die Höhle herum.«

Als Alis ausgeredet hatte, war Daren schon dabei, seine Schulterkamera abzumontieren. Sekunden später reichte er sie ihr.

Alis hatte ein wenig zu kämpfen, als sie versuchte, das Kabel durch eine Lücke in der Montagehalterung zu führen, aber wenig später hatte sie die Kamera festgebunden.

»Tunnel Nummer eins ist nahezu vertikal«, sagte Robert. »Wahrscheinlich ein guter Startplatz.«

Alis ließ das Kabelende mit der Kamera daran in den Tunnel gleiten. Sie hielt die Kamera zunächst fest, während sie einen Teil des Helmdisplays auf Empfang für die Bilder umschaltete. Sie zog die Kamera wieder hoch und justierte sie, bis sie so geradlinig wie möglich abwärts blickte, und ließ sie erneut hinunter.

Viel besser. Jetzt zeigte das Display einen zentralen dunklen Fleck, umgeben von aufragenden Tunnelwänden, während sie das Kabel weiter abspulte.

»Ich wünschte, wir hätten eine Lampe, die wir mit hinunterlassen könnten. Ich bin nicht sicher, wie tief wir noch kommen, bis das Licht nicht mehr reicht.«

Alis ging das Kabel aus, und sie wies die Winde hoch oben an, mehr davon abzuwickeln. Langsam schlängelte sich das Kabel durch die Öffnung in der Höhlendecke und glitt in den Tunnel, der weiter in die Tiefe führte. Das Bild, das die Kamera übermittelte, ähnelte vage dem Blick in eine lange Röhre oder vielleicht auch dem, was ein Arzt sah, während er eine winzige Kamera durch eine Ader schickte.

Die Kamera schaukelte in der geringen Schwerkraft hin und her, aber das Kabel war steif genug, damit sie weiter nach unten blickte.

»Haben wir noch genug Kabellänge übrig, um bis ganz hinunter zu kommen?« fragte Robert.

Alis schüttelte den Kopf. »Keine Ahnung, wie weit es bis ›ganz hinunter‹ ist. Wahrscheinlich geht uns aber das Licht vor dem Kabel aus.«

Alis hielt eine ihrer Helmlampen ins Loch gerichtet und bewegte den Lichtstrahl dabei hin und her, um soviel Helligkeit zu erzeugen, wie sie konnte. Ganz allmählich verlor das Kamerabild an Kontrast und ging in gleichförmiges Grau über, obwohl sich die Kameraautomatik bemühte, in dem immer matter werdenden Licht noch etwas zu erkennen.

Von einem Kontrast konnte man kaum noch sprechen, als sie schließlich eine subtile Veränderung im Bild entdeckten. Der zentrale dunkle Fleck wirkte nicht mehr ganz so dunkel.

»Vielleicht habe ich da was«, sagte Alis. In dem von der Kamera weit unter ihr übermittelten Bild erkannte sie ansatzweise eine Reihe konzentrischer Ringe. Sie stoppte die Winde.

Alis spürte, wie sich hinter ihr etwas bewegte, und drehte sich um. Karl kippte gerade die Untersonde auf eines ihrer Enden. Er hielt sie damit in einer Position, bei der Alis intuitiv fand, daß die Grabungsspitze nach unten deutete. Auf der Oberseite war eine flache Platte mit sechs eingegrabenen konzentrischen Ringen zu sehen.

»Eine Sackgasse, wie?« fragte Lucy. »Dieses Ding hat sich so weit vorgearbeitet, wie es ging, und ist dann ausgefallen.«

»Sieht so aus«, sagte Alis. Sie ließ die Kamera ein bißchen weiter hinunter, und die Ringe wurden unscharf.

Alis schaltete die Winde um und wartete darauf, daß die Kamera wieder auftauchte.

Der nächste Tunnel wich um vielleicht zehn Grad von der Vertikalen ab, und das Kabel schlängelte sich auch hier recht mühelos hinein. Dieser Tunnel erwies sich als kürzer, und am Ende entdeckten sie erneut die Rückseite einer Untersonde. Dieses Exemplar war leichter zu erkennen, weil sie jetzt schon wußten, was sie vielleicht fanden, und das Licht stärker war, da die Untersonde in geringerer Entfernung gestoppt hatte.

Der dritte Tunnel reichte so tief, daß ihnen das Licht ausging, ehe sie irgendwas entdeckten. Alis ließ das Kabel weiter hineinlaufen.

Minuten später stoppte es.

»Sind wir auf etwas gestoßen?« fragte Robert.

»Das glaube ich nicht«, sagte Alis. Sie kontrollierte die

Statusanzeige der Winde. »Das Kabel ist vollständig abgewickelt. Tiefer kommen wir nicht.«

Der Rücklauf der Winde war für Alis das langweiligste Erlebnis, seit sie die *Ranger* verlassen hatte. Sie spürte, daß ihre Arme ein wenig müde geworden waren, und überlegte sich, wie es wohl den anderen ging. Sie fragte allerdings nicht danach. Ihren neuen Augen ging es prima. Ihnen ging es immer prima. Vor dem Unfall waren die Augen nach einem langen Tag gewöhnlich als erstes müde geworden, und sie hatte müßig spekuliert, ob müde Augen irgendwie die Methode der Natur waren, dem Körper zeitig das Signal zu geben, daß er es für eine Weile ruhig angehen sollte. Schließlich entschied sie, daß müde Augen ein Aspekt ihres früheren Lebens waren, um den es ihr nicht leid tat.

Der nächste Tunnel verlief beinahe horizontal, und Kamera und Kabel wollten nicht kooperieren und verhakten sich immer wieder. Die Erfahrung unterschied sich kaum von dem Versuch, ein Seil zu schieben, und erwies sich letztlich als Fehlschlag ohne jeden Informationsgewinn. Inzwischen hatte die Kamera den größten Teil ihrer Ladung verbraucht, so daß Daren sie wieder auf der Schulter montierte und wartete, bis sie sich neu aufgeladen hatte.

Nur einer der übrigen Tunnel zog sich steil genug nach unten, um eine Kamera hinunterzulassen. Alis gab gleichmäßig Kabel nach, bis das Bild wiederum an Kontrastschärfe verlor.

»Hier ist was anders«, sagte Lucy auf einmal.

Auch Alis sah es und bremste den Lauf des Kabels ab. Als sie es schließlich ganz stoppte, hatte das Bild nichts mit früheren Eindrücken gemeinsam.

»Sieht so aus, als wäre der Tunnel vollständig blockiert«, sagte Robert. »Aber wo ist die Sonde?«

Alis betrachtete konzentriert das Bild, das ihr die Kamera übermittelte. Der Tunnel schien zugeschmolzen. Im Zentrum des Bildes blockierte eine glatte Fläche den

Weg der Kamera, und rings um diese kreisförmige Fläche schien das Material der Tunnelwände zerlaufen zu sein, als würde dort alles aus Wachs bestehen und wäre nur für eine Sekunde einer heißen Flamme ausgesetzt worden – lange genug, daß die Wände aufeinander zuflossen, aber nicht so lange, daß der Tunnel die vertraute runde Form verloren hätte.

»Die Sonde muß dort entlanggekommen sein, finden Sie nicht?« fragte Lucy.

»Klingt für meinen Geschmack vernünftig«, antwortete Alis. »Die Alternative wäre, daß sie denselben Weg zurückgekommen und anschließend dem Weg eines der anderen Tunnel gefolgt ist, andernfalls wir sie ja hier sehen würden.«

»Also«, warf Karl langsam ein, »hat die Sonde diese Blockierung herbeigeführt, oder sie geht auf eine Reaktion Kantalupes auf den Schaden zurück, den die Sonde angerichtet hat.«

Robert holte geräuschvoll Luft. »Okay, aber falls Kantalupe hier, sagen wir mal, eine Selbstreparatur durchgeführt hat, ergibt sich daraus ein weiteres Problem. Es impliziert, daß die Sonde gelandet ist, als Kantalupe noch in der Lage war, sich selbst zu reparieren – es wirkt schließlich organisch –, aber falls das so war, wieso hat es an dieser Stelle aufgehört? Wieso hat es nicht den ganzen Tunnel, alle Tunnel, diese Höhle und den zur Oberfläche führenden Schacht repariert?«

»Rätselhaft, nicht wahr?« versetzte Karl. »Aber man könnte der Sache einen Sinn abgewinnen, falls Kantalupe einige Eigenschaften mit dem menschlichen Körper gemeinsam hat. Wir werden geschnitten, und die Haut verheilt. Ein Virus greift an, und das Immunsystem bekämpft die Infektion. Aber falls der Schaden schlimmer ausfällt, als der Körper noch beheben kann, sagen wir, wenn ein Bein verloren geht ... Ah, schlechtes Beispiel ...«

»Fahren Sie fort«, sagte Alis gelassen.

»Verzeihung. Jedenfalls – falls der Schaden schlimm genug ist, kann der Körper ihn nicht mehr selbst beheben.«

»Noch eine Erklärung ist möglich«, meinte Robert. »Falls der Schaden direkt an Reparaturmechanismen erfolgt, seien es solche für den ganzen Körper oder nur welche für bestimmte Körperteile, dann kann ihn der Körper auch nicht aus eigener Kraft beheben.«

»Also«, folgerte Lucy, »falls Kantalupe sich selbst repariert, könnte diese Sonde einen Mechanismus so stark beschädigt haben, daß er diese Sektion nicht mehr reparieren kann, oder daß er vielleicht gar nichts mehr reparieren kann?«

»Möglich«, sagte Robert. »Aber nahezu unmöglich nachzuweisen, wenn man bedenkt, wie wenig wir bislang wissen.« Er blickte auf. »Aber es liegt im Bereich des Möglichen, daß einer dieser größeren Tunnel, die der Schacht über uns durchschnitten hat, eine entscheidende Funktion hatte.«

Karl ergänzte: »Oder daß eine dieser Sekundärsonden bedeutsame Schäden angerichtet hat, als sie sich tiefer unter die Oberfläche grub.«

Robert nickte so energisch, daß sich sein Helm mitbewegte. »Stimmt, oder es liegt eine Kombination aus allen diesen Beschädigungen vor.«

Lucy meinte: »Also denken Sie, daß wir Kantalupe helfen könnten, sich selbst zu reparieren, wenn wir wüßten, was instandgesetzt werden müßte?«

»Wirklich schwer zu sagen«, antwortete Robert. »Wir stecken schon zwei oder drei Schichten tief in Was-wäre-wenn-Überlegungen. Vielleicht ist Kantalupe insgesamt tot, entweder aufgrund des von der Sonde angerichteten Schadens, oder weil es für eine bestimmte Haltbarkeitsdauer konstruiert wurde. Vielleicht überstieg die Reise zwischen Sonnensystemen, möglicherweise vielen Sonnensystemen, die bei der Konstruktion vorgesehene Lebensdauer.«

Robert ging zurück und blickte den Schacht hinauf, der zur Oberfläche führte. »Wir haben schon von der Theorie gesprochen, daß Kantalupe ein riesiges organisches Raumschiff ist. Falls das zutrifft, dann weist die Tatsache, daß dieser Schaden bislang nicht behoben wurde, darauf hin, daß die Besatzung schon lange tot ist. Falls Kantalupe auf ungewöhnliche Weise beschädigt wurde, wissen vielleicht die Erbauer, wie man es reparieren könnte.«

»Falls sie über die erforderlichen Ressourcen verfügten«, sagte Karl.

»Kantalupe ist riesig. Mir scheint, es muß auf lange Haltbarkeit ausgelegt sein. Falls einige unserer anfänglichen Annahmen stimmen, dann müßten, finde ich, Besatzung und Passagiere alles mitgebracht haben, was sie brauchten. Selbst wenn nur ein Prozent des Volumens für Reparaturmechanismen vorbehalten wäre, wäre das eine Menge Platz.«

»Allerdings ist prinzipiell möglich«, sagte Karl, »daß die Konstrukteure nicht wirklich damit rechneten, irgendwann werde eine Sonde durch ihre Oberfläche knallen und anfangen, zusätzliche Sonden auszusetzen, die sich noch tiefer hineinschneiden und noch mehr Schaden anrichten. Womöglich hat die Sonde irgendwie genug Schaden angerichtet, um die Bewohner umzubringen.«

»Das ist sicher möglich«, sagte Alis, »aber ich denke, wir sollten uns wieder damit beschäftigen, Daten zu sammeln. Wir haben später noch reichlich Zeit, die Daten zu sichten, um aus ihnen schlau zu werden.« Später würde auch reichlich Zeit für die Trauer um Belinda sein. Sie spürte, wie ihre Gefährten dafür dankbar waren, daß die rätselhafte Umgebung ihnen dabei half, nicht in einem Morast aus Depressionen zu versinken.

»Ich bin mit diesem Gebiet weitgehend fertig«, sagte Lucy. »Ich habe eine Menge weiterer Proben gesammelt, und wir müssen inzwischen genügend Videobilder treppauf geschickt haben, um diese Höhle detailgetreu nachzubilden.«

»Was bleibt dann noch? Wir könnten wieder den Hauptschacht hinauffahren und die Seitentunnels gründlicher erforschen. Oder wir könnten diskutieren, welche anderen Möglichkeiten es gäbe, diese kleineren Tunnel zu erkunden, in die wir noch nicht bis zum Ende blicken konnten.«

Lucy meldete sich zu Wort. »Ich bin immer noch bereit einzusteigen.«

Alis erschauerte instinktiv. Die Vorstellung, in einen dieser Tunnels zu kriechen und dort steckenzubleiben, machte ihr jetzt noch mehr zu schaffen als eben, wo ihr diese Vorstellung zum ersten Mal durch den Kopf gegangen war. »Es würde Ihnen nichts ausmachen?«

»Ich denke, ich schaffe das. Es ist eine Möglichkeit, mehr herauszufinden. Aber wenn wir es tun, dann jetzt. Geben Sie mir nicht so viel Zeit, darüber nachzudenken.«

Alis hätte ungern jemandem den Befehl gegeben, in einen dieser Tunnel zu kriechen, aber Lucy schien so entschlossen, daß sie sagte: »In Ordnung. Versuchen wir es mit dem Gang, wo uns das Licht ausgegangen ist, ehe wir das Ende erreicht haben. Wir können Ihnen das Kabel um ein Bein binden und Sie daran herablassen.«

»Achten Sie nur darauf, daß es richtig sitzt.«

Alis schauderte es wieder, und sie sagte: »Absolut.«

Lucy drehte die Schulterkamera, bis die Linse direkt nach oben wies. Robert band ihr das Kabelende um den linken Knöchel, als sollte sie als Köder für irgendeine riesige Meereskreatur dienen. Alis kontrollierte das Arrangement doppelt und dreifach und stellte so sicher, daß das Kabel fest genug saß, um Lucy nicht über den Stiefel zu rutschen, und doch locker genug, um ihr nicht das Blut abzuschnüren; dann kroch Lucy mit dem Kopf voran in den Tunnel. Sie hatte neben jeder Schulter noch eine Fingerlänge Spielraum bis zu den Tunnelwänden.

»Los geht's«, sagte Alis und wies die Winde an, langsam Kabel abzuwickeln. »Sagen Sie mir sofort Bescheid, wenn sich der Tunnel zu verengen scheint.«

»Verlassen Sie sich drauf.«

»Und zählen Sie oder plaudern Sie oder irgendwas, damit ich auch weiß, daß die Funkverbindung immer noch steht. Falls Sie außer Reichweite gelangen, ziehe ich Sie sofort wieder rauf.«

»Ist mir recht. Ich bin zu diesem Trip bereit, aber ich bin nicht gerade verrückt danach.«

Lucy verschwand im Tunnel, und Alis schaltete einen Abschnitt ihres Helmdisplays auf die Bilder von Lucys Kamera um.

»Danke, daß Sie das tun«, sagte Alis. »Das Fehlen männlicher Freiwilliger überrascht mich ein wenig. Man sollte meinen, daß sie so etwas in den Testosteronhimmel befördern würde.«

»Eigentlich«, sagte Robert, »fürchte ich, daß meine Schultern zu breit für den Tunnel sind.«

»Ich auch«, warf Daren ein, gerade als Karl sagte: »Richtig, genau mein Gedanke.«

Daren hatte sich so ernst wie Robert angehört, aber in Karls Tonfall konnte Alis sein unverhohlenes Grinsen ausmachen, und sie lächelte vor sich hin.

»Männer!« sagte Lucy. »Okay, so weit, so gut.« Nach ein paar schweigsamen Augenblicken setzte sie hinzu: »Hier ist es eigentlich ein bißchen unheimlicher, als ich erwartet hatte. Ich frage mich, ob ich hier erlebe, wie sich Schornsteinfeger fühlen.«

Alis hatte keine Ahnung. »Möchten Sie, daß wir Sie wieder heraufziehen?«

»Nein.« Pause. »Ja. Ähm, nicht wieder ganz hinauf, aber könnten Sie mich einen Meter oder so hochziehen? Nur damit ich weiß, wie leicht es geht.«

»Wird gemacht.« Alis hielt die Winde an, wartete eine Sekunde und ließ sie dann ein paar Sekunden lang in Gegenrichtung laufen. »Wie geht es?«

»Besser. Ich komme jetzt wieder klar.«

Alis kehrte den Lauf der Winde erneut um.

»Wenigstens strömt mir in dieser ultraniedrigen Schwerkraft das Blut nicht so in den Kopf, wie das normalerweise der Fall wäre«, sagte Lucy und fuhr damit fort, sich über die Beschaffenheit der Tunnelwände zu verbreiten und darüber, daß sich die Aussicht nicht veränderte. »Wissen Sie, so hatte ich mir das wirklich nicht vorgestellt, als ich von Zuhause wegging und meinen Eltern erklärte, ich wollte den Weltraum erforschen.«

»Andererseits«, warf Karl ein, »bekommen die meisten Leute nie die Chance, etwas Außerirdisches zu erforschen, das aus vielen Lichtjahren Entfernung stammen muß.«

Daren trat näher an den Tunnel heran und blickte hinein, während sich das Kabel immer tiefer hineinschlängelte. »Ich bin nur froh, wenn wir nicht über ein Nest böswilliger, säurespuckender und fleischfressender Außerirdischer stolpern.«

»Oh, guter Zeitpunkt, Daren«, entgegnete Lucy. »Als hätte ich nicht schon genug Grund zur Sorge. Und an einem Fußknöchel zu hängen ist nicht unbedingt eine Position der Stärke.«

»Oh, machen Sie sich keine Sorgen wegen dieser Äußerung«, sagte Robert. »Das Risiko, daß so etwas passiert, muß gut unter fünfzig Prozent liegen.«

»Wenn wir wieder auf dem Schiff sind, werde ich es euch Typen heimzahlen, selbst wenn es die ganze restliche Fahrt dauert.«

Robert lachte in sich hinein. »Unklug, Drohungen auszustoßen, solange man sich in einer solchen Position befindet. Sollte dieses Kabel versehentlich durchgeschnitten werden, bleiben immer noch genug von uns übrig, um wieder die Oberfläche zu erreichen.«

»Okay, okay«, sagte Alis schließlich. »Wir sind ein Team, und Teamgefährten sollten sich unterstützen und keine ansteckende Paranoia unter sich verbreiten. Wir haben schon einen Teamgefährten verloren; sorgen wir doch dafür, daß der weitere Einsatz etwas glatter abläuft.« Sobald sie ausgeredet hatte und das plötzliche Schweigen wahrnahm, kamen ihr auf einmal Bedenken, weil sie die anderen an Belindas Tod erinnert hatte. Die Gruppe mußte sich auf ihre aktuelle Aufgabe konzentrieren und nicht der schauerlichen Szene von dort oben nachhängen.

Karl sagte: »Sie haben recht. Lucy, wir sind Ihnen wirklich dankbar für das, was Sie tun. Mir zum Beispiel wäre es da drin sehr unwohl.«

»Danke, Karl«, sagte Lucy. »Es ist ein schmutziger Job ...«

Alis bedankte sich in Gedanken bei Karl für seine Hilfe dabei, das Team wieder auf Kurs zu bringen. Sie zweifelte nicht daran, daß er eine absolut tüchtige Führungspersönlichkeit war, aber sie wußte zu schätzen, daß er sich in dieser Situation für eine helfende Rolle entschieden hatte und Alis in ihrer Führungsrolle stärkte, statt daran zu sägen, wie es Robert so oft tat.

»Bin ich schon an der Stelle vorbei, wo uns das Licht ausgegangen ist?« wollte Lucy wissen.

Alis rechnete das im Kopf kurz durch und sagte: »Ja. Sie sind wahrscheinlich schon hundert Meter darüber hinaus.«

»Gut. Der Tunnel scheint nicht vollkommen geradlinig zu verlaufen, wie es der Schacht über uns tut. Er erinnert mehr an den nicht ganz gelungenen Versuch eines Insekts, einen geraden Gang zu graben.«

Mehrere Minuten verstrichen, in denen Lucy immer tiefer sank.

»He, ich denke, ich sehe da was!« rief sie plötzlich.

Alis erkannte die Spur einer Veränderung im Zentrum des Displays. Das Bild zitterte, da Lucy am Kabel baumelte, also konnte sie nicht genau sehen, was da war.

»Bremsen Sie mich mal ab«, sagte Lucy. »Das hier sieht wie das hintere Ende einer weiteren Sonde aus.«

Jetzt, wo Lucy dem Objekt näher gekommen war,

konnte Alis mehr erkennen. Sie senkte Lucy weiter ab, bis diese direkt über der Sonde hing und verlangte, daß sie das Kabel anhielt. Die inzwischen vertrauten konzentrischen Ringe auf der Sondenrückseite waren im Zentrum des Displays deutlich zu sehen, aber sie wirkten schmutzig.

»Die Rückseite sieht verstaubt aus«, sagte Lucy. »Ich möchte eine Probe nehmen, ehe Sie mich wieder raufziehen.«

»Roger. Sagen Sie einfach Bescheid.«

»Sehen Sie sich das mal an«, sagte Karl.

Alis drehte sich um und sah, daß Karl neben der Sonde hockte, die nicht ausgefahren war. Er musterte sie an einem Ende und deutete auf die Höhlenwand gegenüber. Zuerst wußte Alis nicht, worauf er hinauswollte, aber dann sah sie den Lichtkreis, der auf der Wand waberte. Sie ging zu Karl hinüber. Das Licht stammte aus seinen Helmlampen und fiel durch ein Loch, das sich anscheinend durch das Zentrum der Sonde zog.

Karl fuhr fort: »Falls die Sonde im Fahren das Material vor sich verdampft, könnte dieses Loch dazu dienen, das Abraumgas nach hinten zu befördern. Und falls die Sonde so funktioniert, dann könnte das Material rings um den Strahl – oder womit immer es verdampft wird – ganz leicht zu Staub oder kleinen Teilchen zerbröckeln, die nicht ins Vakuum abgesaugt werden. Womöglich ist das der ›Staub‹, den Lucy gerade entdeckt hat.«

»Klingt für mich nach einer vernünftigen Annahme«, sagte Alis. Sie vermutete, daß Robert und Daren ihr zustimmten, da sie nichts äußerten.

Lucy schien für einen oder zwei Momente zu kämpfen zu haben, während sie sich unter den beengten Verhältnissen in eine aufrechte Position manövrierte, aber sie kam an ihre Proben. »Okay, ziehen Sie mich hoch, aber zu Anfang nur langsam. Falls sich mein freier Fuß an der Wand verhakt, bleibe ich vielleicht stecken.«

»Wird gemacht.« Alis startete die Winde in Rückwärtsbewegung, und das mit etwa einem Fünftel der Geschwindigkeit, mit der Lucy hinuntergefahren war.

Nach einigen Minuten sagte Lucy: »Okay. Jetzt schneller. Mit diesem Tempo sterbe ich noch an Langeweile oder Altersschwäche.«

Alis steigerte die Geschwindigkeit allmählich auf einen angenehmeren Wert.

Die Stimme von Captain Fernandez ertönte in ihrem Helm. »Die Innenabtastung ergibt allmählich etwas mehr Einzelheiten. Ich habe gerade eine neue Version an Sie gesendet.

Das erste Bild ist eine Vergrößerung Ihrer Umgebung. Die übrigen zeigen Kantalupe komplett in Scheiben, identifiziert durch die Breitengrade. Ich sende jetzt stündlich ein völlig neues Hologramm, im Falle bedeutsamer Änderungen auch öfter.«

»Vielen Dank. Ich sehe mir das an.« Alis rief die gespeicherten Bilder im Display auf und wählte das erste. Sie war sicher, daß die Teamgefährten das gleiche taten.

Das Bild zeigte im Zentrum einen länglichen dunklen Fleck, den sie für die Hauptsonde hielt. Ein kleiner, hellerer Ballon schloß die Sonde ein, wobei deren obere Hälfte in der Blase steckte und die untere Hälfte darunter herausragte. Ein wenig unter Lucys Position war ein ganz schwacher kleiner dunkler Fleck zu sehen, wahrscheinlich die Untersonde, die sie gerade besucht hatte.

Der interessanteste Aspekt des Bildes war die geisterhaft schwache Andeutung einer weiteren offenen Zone seitlich unter der Höhle mit der Hauptsonde. Alis schaltete auf eine andere Perspektive um, damit sie sich besser orientieren konnte.

Nachdem sie diesen Teil der Höhle umkreist und dabei das Trägheits-Referenzdisplay auf ihrem Helmschirm im Auge behalten hatte, blieb sie vor einem der übrigen Tunnel stehen und fand sich dort neben Karl wieder, der anscheinend exakt das gleiche getan hatte.

Er sagte: »Falls einer dieser Tunnel in den anderen offenen Bereich führt, dann am ehesten dieser, denken Sie nicht?«

»Doch, finde ich auch.«

Sie standen hier wieder vor dem Gang, der fast horizontal begann und nach mehreren Metern abwärts kippte. Alis konnte sich beinahe vorstellen, auf ihrem Display eine ultradünne Linie zu sehen, die aus der gegenwärtigen Höhle zu diesem anderen Hohlraum hinunter führte, aber sie vermutete, daß dieser Eindruck auch nicht zuverlässiger war als der jener frühen Astronomen, die auf dem Mars Kanäle zu erkennen glaubten.

Lucy meldete sich zu Wort. »Möchten Sie damit sagen, daß Sie weitere Arbeit für mich haben, sobald ich aus diesem Ding herauskomme?«

»Falls Sie bereit sind«, antwortete Alis. »Wir haben nur dieses eine Kabel. Ich bin aber immer noch geneigt, den Auftrag anderweitig zu vergeben, falls ich freiwillige Meldungen höre.«

In ihrem Helm hörte sie nichts anderes als die Geräusche des eigenen ruhigen Atems, ein leichtes Rauschen der zirkulierenden Luft, begleitet von leise summenden Schaltungen. Keinerlei Getöse von Männerstimmen, die freiwillige Meldungen vorbrachten, drang in diese gleichmäßige Akustik ein.

Endlich sagte Karl: »Freuen Sie sich nicht, daß Sie hier keine dieser Machocrews haben, die sich ständig um die gefährlichen Aufgaben prügeln?«

Während Alis sich überlegte, ob sie darauf antworten sollte, sagte Lucy: »Eigentlich nicht.«

Robert warf ein: »Es gibt etwas, was wir tun könnten, während wir warten. Wir könnten versuchen, die Hauptsonde von ihrem Standort zu lösen. Wir haben vielleicht die Chance, sie mitzunehmen, wenn wir mit unseren Erkundungen fertig sind. Dann könnten wir sie mit besseren Werkzeugen genauer untersuchen.«

»Klingt vernünftig«, sagte Karl einen Augenblick später. »In etwa einer Woche hat Kantalupe das Sonnensystem durchquert. Wir bekommen es nie wieder zu sehen, solange wir keine neue Generation interstellarer Triebwerke entwickeln. Alles, was wir behalten können, erhöht das Potential an weiteren Informationen.«

Alis betrachtete die Hauptsonde. In normaler Schwerkraft hätte sie eindeutig vorhersehen können, daß es Zeitverschwendung war, sie lösen zu wollen, aber wer wollte das hier schon wissen? »Okay. Falls Sie sie wirklich freibekommen, können wir sie hinter uns hochziehen, wenn wir wieder ausfahren.«

Robert näherte sich der Sonde. »Helft mir mal, Jungs. Verteilt euch ringsherum. Mal sehen, ob wir sie anheben können.«

Karl nahm seine Position ein und sagte: »Vielleicht kommt es nicht nur auf das Gewicht an. Dieses Ding könnte hier verkeilt sein.«

»Na ja, sehen wir mal, wie es sich anfühlt.«

Alis blieb an der Mündung des kleinen Tunnels und überwachte den Lauf des Kabels, das Lucy heraufzog.

Robert, Karl und Daren verteilten sich um die Sonde und suchten kurz nach geeigneten Griffmöglichkeiten. Robert sagte: »Okay, sobald ich ›jetzt‹ sage, sehen wir mal, was passiert.« Er zögerte. »Jetzt!«

Alis hatte soviel Gebrumm und Geächze nicht mehr gehört, seit ihr Hund Puffer unter einem Zaun steckengeblieben war, als er ihre Katze jagte.

»Okay, okay«, sagte Robert. »Ruhen wir uns eine Minute aus und probieren es noch mal.«

Weiteres Brummen und Stöhnen. Die Sonde schien sich leicht zu bewegen, aber Alis fand, daß ihr auch die Phantasie einen Streich spielen konnte.

»Sie bewegt sich ein bißchen«, sagte Robert. »Es fühlt sich an, als würde sie feststecken. Wir haben sie ein paar Zentimeter weit hochgezogen, aber die Spannung hat dabei zugenommen.«

Alis sagte: »Lucy ist jetzt nicht mehr weit unten. Sobald sie zurück ist, könnten wir zu fünft ziehen. Vielleicht reicht das, um die Sonde freizukriegen.«

»Hört sich gut an«, meinte Karl.

»Wie geht es Ihnen, Lucy?« fragte Alis.

»Gut. Wie weit noch?«

Alis überschlug das kurz. »Ein paar Minuten.«

»Schön. Kann ich für ein paar Minuten auf den Beinen bleiben, ehe Sie mich wieder runterschicken?«

»Ich denke, das können wir arrangieren.«

Kaum mehr als eine Minute später sah Alis, wie Lucys Stiefel auftauchten. Sie bremste die Winde ab, und schließlich war Lucy wieder in der Höhle.

»Vielleicht sollte ich das Windenkabel gar nicht erst lösen«, überlegte Lucy. »Es hat mich so, wie es befestigt ist, sicher wieder hochgezogen.«

»Schön.« Alis schaltete den Lauf der Winde wieder um und spulte genügend Kabellänge ab, damit sich Lucy frei in der Höhle bewegen konnte. »Bereit für den Versuch, die Hauptsonde anzuheben?«

»Beinahe.« Lucy holte ein paarmal tief Luft. »Okay.«

Alle fünf verteilten sich um die große Sonde. Alis brauchte ein paar Versuche, um endlich einen Griff zu finden, der ihr erlaubte, ihre Kraft auch einzusetzen.

»Alle bereit?« fragte Robert.

Alle waren es. Auf Roberts Kommando hin stemmten sie sich gegen den unebenen Boden und versuchten, die Sonde anzuheben. Alis verstand sofort, was Robert gemeint hatte, als er sein Gefühl erwähnte, die Sonde würde feststecken.

Es fühlte sich so an, als würde man an einer starken Sprungfeder ziehen, und weniger, als wollte man ein schweres Gewicht heben. Es war, als würde die Spitze der Sonde in etwas Pappigem und Elastischem feststecken.

Ungeachtet der Lautstärke alles Brummens und Ächzens blieb die Sonde stecken.

»Schaukeln wir sie mal«, schlug Robert vor. »Ziehen Sie sie auf mein Kommando hoch und lassen Sie los, sobald ich es sage. Versuchen wir das mindestens drei- oder viermal. Okay, alle. Heben!«

Sie wechselten mehrere Male zwischen dem Brumm- und Ächzmodus und dem Entspannungsmodus. Alis war gerade zu dem Schluß gekommen, daß sich die Mühen nicht auszahlen würden, da ruckte die Sonde beim nächsten Zug plötzlich hoch.

»Wir haben sie!« schrie Robert.

»In Ordnung«, sagte Karl.

Die Sonde schien sich tatsächlich gelockert zu haben, ungeachtet ihres Gewichts selbst in der geringen Schwerkraft. Gemeinsam hoben sie sie fast einen halben Meter weit an, ehe Alis sagte: »Moment mal. Falls wir sie hoch genug heben, blockiert sie den Weg hinaus. Lassen wir sie doch zunächst hier, und wenn wir wieder hochfahren, binden wir das Kabelende daran.«

Robert sagte: »Wir könnten sie jetzt anbinden und mit der Winde hochhieven, während wir Kantalupe weiter erforschen. Falls wir noch etwas finden, könnten wir es dann auch mitnehmen.«

»Vielleicht, aber ich möchte nicht riskieren, daß dieses Ding im Schacht steckenbleibt. Befänden wir uns darüber und könnten das Kabel unter uns durchtrennen, wäre das etwas anderes. Obendrein möchte ich Lucy mit Hilfe des Kabels jetzt diesen anderen Tunnel hinunterlassen.«

Die Gruppe senkte die große Sonde in ihre Vertiefung zurück. Das Gerät kam in einer etwas höheren Position zur Ruhe als vorher.

Alis wandte sich Lucy zu. »Sind Sie bereit, noch einen Erkundungstrip zu unternehmen?«

»Eine nette Art, das auszudrücken. Ja, ich schätze schon.«

Sowohl Alis als auch Lucy kontrollierten zweimal, ob das Kabel immer noch sicher um den Stiefel gebunden war. Die Tunnelmündung lag einen halben Meter über dem Boden, und der Tunnel verlief zunächst nur ansatzweise abwärts, ehe er in etwa zwanzig Metern Entfernung deutlicher nach unten abbog.

Lucy kroch hinein und zog dabei das Kabel hinter sich her.

Alis blickte ihr hinterher, wie sie tiefer in den Gang eindrang. Alis machte sich nicht die Mühe, den Spielraum des Kabels wieder mit der Winde einzuholen, sondern hielt die Leine selbst fest. Solange sie mit den Füßen beiderseits der Tunnelöffnung festen Stand hatte, konnte sie ausreichend Kraft zur Geltung bringen, um Lucys geringes Gewicht zu halten, bis der Kabelspielraum aufgebraucht war.

Lucy hielt kurz vor der Stelle an, wo der Tunnel nach unten kippte. »Sind Sie sicher, daß das Kabel nicht in die Tunnelwand schneidet, wenn Sie mich wieder hochziehen?«

»Vertrauen Sie uns«, sagte Robert mit unüberhörbarer Süffisanz.

»Schluß damit, Robert«, sagte Alis. »Sofern Sie nicht mit Lucy tauschen möchten.«

Robert wurde still.

Alis räusperte sich. »Wie wäre es, wenn wir Sie nur ein paar Meter weit hinunterlassen und dann heraufziehen? Sie können sich dann die Tunnelfläche an der Stelle ansehen, wo das Kabel reibt, und sich eine Meinung dazu bilden.«

»Klingt okay für mich.« Lucy krabbelte voraus, und innerhalb von Sekunden verschwand sie. Alis mußte leichte Spannung aufwenden, damit Lucy nicht einfach abrutschte.

Alis sah, wie sich neben ihr etwas bewegte. Sie drehte sich um und sah Karl mit dem Kabel in den Händen. Er führte es ihr zu und hielt sich offensichtlich zur Unterstützung bereit, falls der erforderliche Kraftaufwand plötzlich stieg.

Sie wandte sich wieder dem Tunnel zu und war erleichtert darüber, daß sie sich nicht mit jedem in der Gruppe streiten mußte.

»Okay, können Sie mich wieder raufziehen?« fragte Lucy.

»Wird gemacht.«

Alis zog am Kabel, und ohne große Mühe konnte sie Lucy wieder in den fast waagrechten Tunnelabschnitt zurückziehen.

»Ich denke, es wird funktionieren«, sagte Lucy vorsichtig. »Die Oberfläche zeigt hier Spuren von Reibung, aber ich halte mein Gewicht für so niedrig, daß die Reibung kein großes Problem sein wird.«

»Gut. Bereit, wieder hinunterzugehen?«

»Okay.«

Lucy verschwand wieder nach unten, und Alis gab weiterhin langsam Kabel nach.

Aus Lucys Kamerabild auf ihrem Helmdisplay war schwer zu erkennen, ob der Schacht jetzt wirklich fast senkrecht verlief, aber die leichte Gewichtsänderung deutete es doch an. Eine Minute später spannte sich das Kabel. Alis blickte auf und stellte fest, daß der Spielraum an losem Kabel aufgebraucht war. »Es wird wieder Zeit für die Winde. Ist bei Ihnen immer noch alles in Ordnung?«

»Ich denke schon«, antwortete Lucy.

Alis warf die Winde an, und Lucy sank tiefer ins Innere Kantalupes.

»Der Tunnel macht wieder eine Kurve«, sagte Lucy Augenblicke später. »Er ist fast senkrecht verlaufen, krümmt sich jetzt aber um vielleicht zwanzig Grad von der Vertikalen weg. Inzwischen ist es etwas schwierig geworden, auf und ab zu unterscheiden.«

»Falls der Tunnel so viele Kurven macht, daß Sie sich Sorgen machen, ob wir Sie herausziehen können, sagen Sie es einfach.«

»Darauf können Sie wetten!«

Dieser Tunnel reichte tiefer als der erste. Lucy hielt Alis über die Drehungen und Wendungen auf dem laufenden, während es insgesamt stetig nach unten ging.

»He, das könnte interessant sein!« meinte Lucy

»Was?«

Alis sah, daß sich das Kamerabild verändert hatte, aber sie wurde nicht recht schlau daraus.

»Sieht so aus, als näherte ich mich einer weiteren Höhle oder zumindest einer großen Öffnung. Ich bin nicht ... He!«

Alis bekam zunächst nicht mit, was hier schiefgegangen war, und reagierte nicht schnell genug, um noch zu helfen.

Das Kabel, das Lucy hielt, war durchgetrennt. Das lose Ende kam in die Höhle gerast und schlug dabei hin und her wie ein Spaghetti, das jemand in den Mund saugte. Alis hastete los, um es zu packen; Karl tat das gleiche, aber es peitschte vorher außer Reichweite und wurde gerade in die Tunnelmündung gesaugt, als Lucy losschrie.

»Was zum Teufel ..?« rief Karl, während Daren und Robert Geräusche erzeugten, die Verblüffung und Sorge ausdrückten.

Lucys langgezogener Schrei und der nachfolgende untypische Strom von Flüchen brachen abrupt ab. Stille. Das Bild aus ihrer Kamera zeigte eine chaotische Folge aufblitzender Abschnitte von Tunnelwänden.

»Lucy!« schrie Alis. »Lucy, sind Sie okay?« Sie ging ins Zentrum der Höhle, damit sie nach oben in den Schacht blicken konnte und vielleicht einen Hinweis bekam, wie es zum Kabelriß gekommen war. Karl und Robert waren auch da und reckten die Hälse.

Etwas schien den Schacht zur Oberfläche hin zu blockieren, und der Kabelrest, der an Lucys Fuß hing, war verschwunden.

»Was ist hier los?« schrie Karl hörbar frustriert.

»Und was zum Teufel ist *das*?« fragte Robert gleich anschließend.

Alis blickte zu der Stelle, auf die er deutete. Aus der Vertiefung rings um die große Sonde sprudelte eine grünliche Flüssigkeit in die Höhle.

9
Infektion

Kostbare Sekunden lang herrschte Panik.

Karl starrte erstaunt auf die grünliche Flüssigkeit, die rings um die große Sonde hochquoll. Ihre Konsistenz veränderte sich, und innerhalb von Sekunden verdickte sie sich von so etwas wie Erbsensuppe zu einer Substanz, die mehr an grünes Achsenfett erinnerte.

Die Bilder aus Lucys Kamera stabilisierten sich endlich, aber die Umgebung dort war größtenteils dunkel, und man konnte nur schwer sagen, was die Kamera eigentlich zeigte. Alis hatte es nicht geschafft, Lucy eine Antwort zu entlocken.

Noch bevor Karl damit fertig wurde, in Gedanken alles zu katalogisieren, was schiefging, trat ein neuer Faktor auf. Die Sonde ruckte hoch und stieg aus der Vertiefung auf, in der sie steckte.

Robert rief: »Sie wird die Öffnung verschließen!« Er deutete auf das runde Loch in der Decke darüber.

Daren stand nur zitternd an der Höhlenwand, während Alis erneut versuchte, eine Reaktion von Lucy zu erhalten.

Captain Fernandez sagte während der Panik nichts; zweifellos hatte er nichts hinzuzufügen und wollte nicht auch noch zum Chaos beitragen.

Robert sprang hoch genug und konnte auf der Sonde landen, wollte offensichtlich aus der Höhle fliehen, ehe der Ausgang versperrt war. Er schwankte dort hin und her, aber dann sprang er so schnell, wie er hinaufgelangt war, wieder hinunter und hüpfte durch die Höhle.

Karl entdeckte den Grund dafür.

Der Schacht in der Decke wuchs schon zu. Wäre Robert dort oben geblieben, dann wäre er zwischen

Decke und der weiter hochsteigenden Sonde zerquetscht worden.

Der Sirup strömte jetzt von der Basis der Sonde weg, und das etwa zu dem Zeitpunkt, an dem das Gerät die Decke erreichte. Es drückte sich vielleicht einen Viertelmeter dort hinein, ehe es zum Stehen kam. Der Ausgang war verstopft.

Robert sagte: »Wir sind eingesperrt! Wir sind tot!«

»Behalten Sie das für sich!« fauchte Alis. »Lucy ist auch noch hier unten und vielleicht in schlimmerer Verfassung.« Sie rief wieder nach ihr, erhielt aber nach wie vor keine Antwort.

Plötzlich schrie Daren unzusammenhängendes Zeug und entfernte sich von der Höhlenwand.

Karl sah, was ihn auf Trab gebracht hatte. Weiterer grüner Schleim wurde langsam aus einer der kleinen Tunnelmündungen gepumpt.

»Ich bin okay, denke ich«, gab Lucy unerwartet durch. »Was zum Teufel geht da oben vor?«

Captain Fernandez sagte: »Würde ich auch gern wissen.«

Als Alis Antwort gab, geschah das ebenso zu seiner Information wie zu der Lucys: »Sieht so aus, als würden wir gleich von einer Flüssigkeit verschluckt, die unter der Hauptsonde hervorgepumpt wird. Der Weg nach draußen ist versperrt. Es hat den Anschein, als versuchte Kantalupe auf einmal, den Schaden zu reparieren, oder so was.«

Sie schwieg kurz. »Versuchen wir mal, die Sonde wieder herunterzudrücken. Vielleicht können wir den Zufluß dadurch absperren.«

Karl war schon überzeugt, daß das nichts nützen würde und sie wirklich nur eine Chance hatten, aus der Höhle zu gelangen, aber er half trotzdem bei den hektischen Bemühungen, die Sonde herunterzuzerren. Sein Gewicht war nichts, verglichen mit dem der Sonde, also schwenkte er sich in eine Position kopfüber und stieß sich mit den Füßen von der Decke ab, während er die Sonde nach unten drückte.

Genausogut hätten sie versuchen können, einen Findling von zwei Tonnen einen Abhang hinaufzuschieben. Die Sonde rührte sich nicht.

Immer mehr Flüssigkeit quoll auf den Höhlenboden.

Karl brachte das, was er zu sagen hatte, so ökonomisch wie möglich zum Ausdruck: »Ich denke, der einzige Ausweg ist, Lucy zu folgen.«

»Sie haben den Verstand verloren«, meinte Robert. »Wir sollten uns neben der Sonde diagonal durch die Decke schneiden und zusehen, daß wir uns der Oberfläche nähern.«

»Wir haben nicht genug Zeit dafür. Und Lucy ist noch da unten.«

»Besser stirbt eine Person als fünf, finden Sie ...«

»Das reicht!« sagte Alis auf einmal. »Karl hat recht. Wenn wir noch länger streiten, erreicht der Schleim die Tunnelöffnung, und es bleibt uns nicht mal mehr diese Wahl.«

»Hier unten scheint alles sicher zu sein!« rief Lucy. »Es sieht nach einem natürlichen Bestandteil Kantalupes aus. Es wird nicht einstürzen.«

Robert sagte: »Aber falls Kantalupe sich repariert, könnte auch dieser Tunnel mit Schleim gefüllt werden. Selbst wenn das jetzt noch nicht passiert, könnte er sich füllen, während wir auf dem Weg nach unten sind.«

»Je länger wir diskutieren, desto schlechter stehen die Chancen«, sagte Alis. »Karl, Sie zuerst.«

»Ich bin dazu bereit, aber Sie sollten als erste gehen, weil Sie die Kleinste sind. Sollte der Tunnel kollabieren oder sich einer von uns als zu groß für ihn erweisen, sterben wir alle, falls der Größte an erster Stelle geht.«

»Richtig. Ich mache den Anfang. Mir nach!«

Karl hörte die Nervosität aus Alis' Tonfall heraus, während sie in den Tunnel kroch. Er selbst war noch nervöser, aber er hatte recht. So schlimm es auch aussah, diese Option bot noch die größten Chancen, daß sie überlebten.

Sobald Alis verschwunden war, sagte Karl: »Der nächste?«

Robert sagte: »Kommt nicht in Frage.«

Daren schien wie gelähmt.

Der Sirup stieg mit gleichbleibender Geschwindigkeit an. Karl packte Daren am Arm und zog ihn Richtung Tunnel. »Sie müssen dort hinunter!«

Wie ein Automat und ohne ein Wort zu sagen, stieg Daren in den Tunnel. Direkt hinter der Öffnung zögerte er, und Karl glaubte schon, er würde ihn schieben müssen, aber sobald er auch nur die Füße berührte, sprang Daren vorwärts wie ein angestachelter Frosch.

Der grüne Schleim hatte fast schon die Stelle erreicht, wo Karl stand. »Robert, wir müssen raus!«

»Es ist verrückt.«

»Yeah, aber es ist die einzige Chance!«

Robert stand wie erstarrt. Erst, als grüner Schleim auf einmal aus einer Tunnelmündung neben seinen Füßen quoll, lief er zum Fluchttunnel.

Robert entsprach von der Statur her Karl einigermaßen, und Karl schluckte, als er sah, wie wenig Spielraum zwischen Roberts Schultern und den Tunnelwänden blieb. Robert schlängelte sich unbeholfen in die Öffnung und fluchte die ganze Zeit lang.

Noch bevor Roberts Füße hinter der Tunnelbiegung verschwanden, kroch auch Karl hinein und hatte dabei das Gefühl, in einen Schlauch zu krabbeln, den unsichtbare und allmählich ermüdende Hände auseinanderhielten.

Alis stürzte nach wie vor in die Tiefe, danach zu urteilen, wie sie nach Luft schnappte und schrie, während sie durch die Biegungen und Wendungen des Ganges purzelte. Karl betete darum, daß sich der Tunnel nicht plötzlich schloß oder mit grünem Sirup füllte.

Mit so wenig Spielraum durch den Tunnel zu rutschen

war nervenzermürbend. Daren jammerte laut, während er stürzte, aber in gewisser Weise klang das tröstlich, denn es bedeutete, daß er noch lebte. Karl erreichte den Punkt ohne Wiederkehr, wo der Gang stärker nach unten kippte, und er war nicht mal sicher, ob er den Rückweg an dieser Stelle noch geschafft hätte, wenn er gesehen hätte, wie grüner Schleim hereinquoll. Nach den Schreien der anderen zu urteilen, purzelten sie immer noch ungehindert einen offenen Schacht hinunter, also biß sich Karl auf die Lippen, holte tief Luft und stieß sich ab, bis er spürte, daß er hilflos weiterrutschte.

Keine Achterbahnfahrt hatte Karl auf dieses Erlebnis vorbereitet. Er spürte, wie er unwillkürlich stöhnen mußte. Achterbahnfahrten waren wenigstens theoretisch sicher und endeten auch nicht plötzlich in Sackgassen. Er wurde nur langsam schneller, aber der Tunnel war *tief*, und mit jeder Sekunde stieg seine Geschwindigkeit ein wenig. Wenn man nur genügend lange abstürzte, war das mehr als nur ein Ausgleich für die geringe Schwerkraft.

Karl spürte, wie er immer schneller wurde, bis die Tunnelwände nur noch verschwommene Eindrücke waren. Er versuchte, sich abzubremsen, indem er die Hände ausstreckte, hatte dann aber doch Angst, sich an einem unerwarteten scharfen Vorsprung einen Handschuh aufzureißen.

Er bemühte sich, nicht daran zu denken, was passieren würde, falls Kantalupe die Heilung dieser Sektion einleitete und sich dadurch der Tunnel verengte. Oder schlimmer noch, falls die Wände sich um Robert oder Daren schlossen, Karl dann auf Robert prallte und sie für alle Ewigkeit in einer verdickten Masse aus grünem Kleister steckten. Bei ausgestreckten Armen wäre er dann nicht in der Lage gewesen, manuell die Luftzufuhr abzustellen, und deshalb noch lange bei Bewußtsein geblieben, während er kopfunter und bewegungslos in der Schwärze festklebte.

Er bemühte sich, nicht daran zu denken, was passieren könnte, falls er es auf wundersame Weise ganz durch den Tunnel schaffte und dann mit zermalmender Geschwindigkeit in die Körper seiner bewußtlosen Teamgefährten krachte.

Er erreichte eine Krümmung des Tunnels, in der sich seine Hände und der Kopf so weit nach hinten bogen, daß ihm fast das Rückgrat brach. Erst als er die Biegung schon hinter sich hatte, wurde ihm klar, daß er vielleicht dort steckengeblieben wäre, hätte er weniger Tempo draufgehabt.

Der Tunnel bog sich nach rechts und dann schnell wieder nach links, immer noch stetig abwärts, und Karls Hirn und Blickfeld wurden so durchgeschüttelt, daß er sich für kurze Zeit gar nicht mehr auf seine Ängste konzentrieren konnte.

Die Schreie seiner Teamgefährten klangen jetzt leiser, aber er wußte nicht recht, ob er sie nur selbst übertönte, ob sie es schon zum Tunnel hinaus geschafft hatten oder alle tot oder verletzt waren und nur darauf warteten, daß er in sie hineinkrachte. Falls er irgendwo im Tunnel steckenblieb, hoffte er, daß ihm der Aufprall gnädig das Leben raubte. Wie konnte er nur so dumm gewesen sein, diesen Ausweg vorzuschlagen?

Er hatte noch nie einen Rodelschlitten gefahren, außer in Computersimulationen, aber dieses Kaninchenloch kam ihm wie eine senkrechte Rodelbahn vor.

Wieder eine Drehung, die ihm das Rückgrat durchbog. Wieso nur hatte die kleine Sonde sich nicht geradlinig hindurchgraben können, mit so vielleicht zehn Grad von der Horizontalen? Dann hätte die Reise sogar Spaß machen können. Falls natürlich die ersten Tropfen zähflüssigen grünen Schleims über die Unterkante der Tunnelöffnung stiegen, würde er sich wünschen, noch schneller dahinzurasen.

Schneller. Die Tunnelwände schossen vorbei. Falls sie sich als rauh genug erwiesen, konnte sein Raumanzug jederzeit reißen. Verdammt! Wieso kam er auf keinen einzigen positiven Gedanken?

Karl hielt die Arme über den Kopf ausgestreckt, die Finger fest verschränkt. Er blickte inzwischen nicht mehr nach vorn, zum Teil aufgrund der Befürchtung, damit ein größeres Profil zu haben und sich vielleicht das Genick zu brechen, indem er mit dem Helm irgendein Hindernis erwischte.

Er sauste durch den absinkenden Tunnel und schrammte härter über den Boden, als der Gang sich allmählich wieder auf die Horizontale zukrümmte. Kaum ergriff die absurde Sorge von ihm Besitz, daß der Tunnel entweder nach oben stieg und er dort strandete, oder daß die Reise vielleicht nie endete, da war er auf einmal aus dem Tunnel hinaus in einem großen offenen Raum und flog auf das zu, was immer ihn weiter vorn erwartete.

Er krümmte sich zu einer sichereren Haltung, kurz bevor er aufprallte. Seine letzte Erinnerung war, daß er auf die Wand einer neuen Höhle zuflog, über die Gestalten seiner Teamgefährten hinweg.

Er mußte geträumt haben. Karl bemühte sich, die schweren Lider zu heben, und irgendwo vor ihm klaffte eine runde Tunnelöffnung. Während er hinsah, erhellte sich der dunkle Kreis langsam und zeigte schließlich die gleiche Färbung wie das Material ringsherum.

Er blinzelte. Die Oberfläche war glatt, als wäre sie nie von einer Öffnung durchbrochen gewesen.

Erschrockenes Flüstern im Helm brachte ihn schließlich zu der Erkenntnis, daß er wach war. Andere waren ebenfalls Zeugen des Phänomens geworden, das er gerade erlebt hatte.

»Ist das auch, wofür ich es halte?« fragte er mit trockenem Mund.

»Sie sind wach!« sagte Alis. Ihre Stimme vermittelte

den Eindruck, daß auch sie gerade erst wieder zu sich gekommen war.

»Beweisen Sie es.«

»Haben Sie Schmerzen?«

»Sie vielleicht nicht?« Karl wollte sich strecken, aber gesteigerter Schmerz stoppte dieses Unterfangen.

»Wo tut es Ihnen weh?«

Karl überlegte kurz. »Ich denke ... Ich bin nicht sicher, aber ich denke, einer meiner linken Zehen tut nicht weh. Nein, warten Sie. Ich denke doch, daß ich sagen muß: Alles tut weh.«

»Irgendwas mehr als der Rest?« Robert klang müde oder benommen. Sein Verhalten am Krankenbett hatte nie dem entsprochen, was Karl als angemessen bezeichnet hätte, aber jetzt lag es selbst für Roberts Verhältnisse unter pari.

»Wer ist der Schwachkopf, der vorgeschlagen hat, daß wir es mit dem Tunnel versuchen?« fragte Karl.

»Sie sind dieser Schwachkopf«, antwortete Alis. »Zumindest waren Sie der erste Schwachkopf, der es offen vorgeschlagen hat. Es war allerdings nicht ganz so schlimm. Wären wir oben geblieben, dann wären wir wahrscheinlich umgekommen – früher oder später jedenfalls. Sie haben ja gesehen, wie sich dieser Tunnel gerade selbst versiegelt hat.«

Karl malte sich auf einmal aus, wie er in diesem Tunnel steckte, während er sich schloß, und erschauerte. »Also haben wir alle überlebt?« Daren hatte bislang nichts gesagt, aber das war nicht ungewöhnlich.

»Falls Sie das als Überleben bezeichnen«, meinte Lucy. »Wir sitzen Tausende von Metern unter der Oberfläche fest, und wir verlassen in ein oder zwei Wochen das Sonnensystem. Ich denke, die einzige Steigerung könnte darin bestehen, daß wir nur noch ein paar Minuten Luftvorrat hätten.«

»Wir schaffen es wieder hinaus«, sagte Alis in einem sachlichen Ton, der bestimmt sorgfältig zurechtgelegt war. »Wenn alles andere scheitert, kann uns die *Ranger* den Weg hinaus freischneiden.«

»Warum sind Sie da so sicher?« fragte Robert. »Falls dieses Ding sich wieder selbst repariert, dann könnte es dazu kommen, daß selbst ein von der *Ranger* gebohrter Schacht nicht lange genug offen bleibt.«

Karl sagte: »Möglicherweise unternimmt die *Ranger* nicht mal den Versuch. Falls Kantalupe weiterhin funktioniert, könnte es eine Menge Druck geben, uns abzuschreiben und dieses Ding ohne Beschädigung fröhlich seines Weges ziehen zu lassen.«

»Ohne Beschädigung?« fragte Robert. »Man hat von der Notwendigkeit gesprochen, Sprengsätze zur Asteroidenabwehr einzusetzen. Vielleicht pusten sie einfach die Scheiße aus dem Ding raus. Und aus uns.«

»Nun, das ist wirklich ein aufmunternder Gedanke«, fand Lucy.

»He, ich bin nur realistisch.«

»Na ja«, warf Alis ein. »Konzentrieren wir diese Vorstellungskraft lieber auf Möglichkeiten, wie wir wieder hinauskommen.«

In der nun einsetzenden Stille bemerkte Karl endlich eine langsam blinkende Statusanzeige auf seinem Helmmonitor.

Er wies das System an, ein umfassendes diagnostisches Display einzublenden. Eine Reihe grüner Lichter schoß an einer Seite des Helmdisplays in die Höhe. Nur eine gelbe Anzeige. Die Zirkulationsspulen im linken Arm waren anscheinend beschädigt, funktionierten aber in herabgesetztem Zustand weiterhin. Gott sei Dank keine rote Lampe. Hier unten hätte Rot nicht nur ein paar ungemütliche Sekunden bedeutet. Es hätte wahrscheinlich den Tod bedeutet. Der Computer gab die Vorräte an Nahrung, Wasser, Luft und Strom weiterhin mit achtundneunzig Prozent an. Karl sprach ein stilles Dankgebet für die Konstrukteure des Raumanzugs, die Möglichkeiten gefunden hatten, in einen für zweiwöchigen Betrieb ausgelegten Überlebensanzug eine elektrisch unterstützte Wiederaufbereitung einzubauen.

Karl rappelte sich auf und war noch wackelig auf den Beinen, teils durch die geringe Schwerkraft, teils durch den Sturz. Sie befanden sich hier doch nicht in einer Höhle, sondern in einem weiteren großen Tunnel, dessen Breite die Höhe übertraf, wobei die Decke trotzdem mindestens doppelt so hoch lag, wie Karl mit dem Kopf reichte.

In einer Richtung verlief der Tunnel gerader als jeder andere Gang, den er hier bislang gesehen hatte, und schrumpfte in der Ferne auf einen Punkt. In der anderen Richtung blockierte schon nach kurzer Strecke eine Biegung den Blick.

Karl ging einige Schritte weit und erreichte den Fleck an der Wand, bei dem er überzeugt war, die ehemalige Mündung eines viel kleineren Tunnels vor sich zu haben. Plötzlich war er sich gar keiner Sache mehr sicher. Die Wand wirkte völlig unversehrt.

Jemand trat neben ihn. Lucy streckte die Hand aus und berührte die Stelle, die Karl für eine ehemalige Tunnelöffnung hielt. Er streckte ebenfalls die Hand aus. Die Fläche fühlte sich dort nicht anders an als einen Meter daneben, fest, aber nicht wie Gestein, irgendwo zwischen einem dünn gepolsterten Stuhl und einem nicht ganz prall aufgeblasenen Basketball.

»Unglaublich«, sagte Lucy leise.

Karl stellte sich vor, es hätte ihn im letzten Augenblick erwischt, und nur seine beiden behandschuhten Hände würden aus der Wand hervorschauen wie die Trophäe eines Streichs. Er drehte sich zu der Stelle an der gegenüberliegenden Wand um, wo sie alle einer nach dem anderen aufgeprallt sein mußten. Ein paar abgeschabte Stellen bewiesen ihm, daß ihre Zwangslage nur allzu real war.

Daren mußte sehr unter der Situation leiden. Er saß auf dem Tunnelboden, hatte die Arme um die angezogenen Knie geschlungen und den Kopf gesenkt. Karl ging langsam hinüber und setzte sich vor ihn.

»Alles in Ordnung, Kumpel?« fragte er.

Schweigen.

»Alis hat recht. Wir werden wirklich wieder hinauskommen. Die *Ranger* verfügt über ganz ordentliche Feuerkraft, falls es das ist, was wir brauchen. Und wir haben immer noch unseren Grips. Na ja, Robert war noch nie anders, aber wir übrigen ...«

»Wir sind erledigt«, sagte Daren plötzlich. »Wir sind abgeschnitten.«

»Von der *Ranger*?« Karl fiel in diesem Moment auf, daß er seit vor dem Debakel nichts mehr von dort oben gehört hatte.

»Yeah.«

Karl bemerkte, daß sich eine kleine Gruppe hinter ihm und Daren bildete. »Sind wir außer Reichweite? Wir sind eigentlich gar nicht so tief gestürzt, verglichen damit, wie tief wir schon waren.«

»Ich weiß. Der Verstärker auf meinem Rücken muß durchgeschmort sein. Ich vermute, ich bin damit an die Tunnelwand gestoßen. Wir sind erledigt. Wir können sie hören, aber unsere Sender sind nicht stark genug.«

»Wir wollen nicht so schnell aufgeben. Warten Sie mal, ich sehe mir das an.«

»Wir sind erledigt. Hören Sie mir nicht zu?«

»Ich möchte es mir trotzdem mal ansehen. Falls wir erledigt sind, haben wir eine Menge Zeit.« Karl vermutete, daß sie selbst mit einer Energieversorgung und einem Wiederaufbereitungssystem, für die frühe Erforscher des Weltraums gemordet hätten, eigentlich nur etwa eine Woche hatten, bis es wirklich ungemütlich wurde, und wahrscheinlich nicht mehr als einen Tag darüber hinaus, bis sie alle tot waren.

Daren beugte sich vor, so daß Karl an das Tornistergerät kam. »Verstehen Sie nicht? Auf der *Ranger* werden sie uns für tot halten. Sie haben keinen Grund zu der

Annahme, daß wir Hilfe brauchen. Wir sind einfach vom Bildschirm verschwunden.«

»Oh, das meinten Sie also damit, als Sie sagten, wir wären erledigt?«

»Jetzt haben Sie's kapiert.«

»Legen Sie sich auf den Bauch. Ich kann mir dieses Ding so nicht richtig ansehen.«

Daren gehorchte, aber nicht, ehe er seine Einschätzung wiederholt hatte, daß sie alle erledigt waren. Er konnte sich wirklich in eine Sache verbeißen, wenn er wollte.

»Er hat recht, wissen Sie?« meldete sich Robert. »Falls wir nicht mit der *Ranger* sprechen können, sind wir wirklich ...«

»Ich möchte es wirklich nicht hören«, erwiderte Karl. »Warten wir jetzt erst mal ein paar Minuten, ehe wir vom Schlimmsten ausgehen.«

Das Gerät auf Darens Rücken sah tatsächlich beschädigt aus. Der Koffer war würfelförmig und etwa so dick wie eine geöffnete Hand, ein in sich geschlossenes System mit Sender/Empfänger und Antenne. Der Deckel hatte eine große Delle abbekommen. Ein solches Gerät war nichts, was man so einfach reparieren konnte, da es wahrscheinlich nur ein integriertes Modul enthielt, und es war nichts, wobei sie auf den Gedanken gekommen wären, ein Ersatzgerät mitzunehmen. Unter normalen Umständen wären sie im Fall einer Beschädigung einfach an die Oberfläche zurückgekehrt.

Karl klappte die Haken der Abdeckung auf und zog sie zurück. Ein schwarzes Viereck hatte dort, wo die Delle war, einen hellen Fleck. Die kleine Antenne, der einzige Bauteil, den das Team vielleicht hätte wieder zurechtbasteln können, sah okay aus.

Während Karl an dem Gerät hantierte, ertönte eine weitere Stimme in seinem Helm. »Hier ist die *Ranger*. Jemand antworte bitte.« Captain Fernandez klang ruhig, aber Karl wußte, daß es in ihm wahrscheinlich anders aussah.

»Sie haben es repariert!« sagte Lucy. »Vielleicht sind wir doch nicht erledigt.«

»In Ordnung!« sagte Robert.

»Erhoffen Sie sich nicht zuviel«, versetzte Karl. »Diese Box dient nur dazu, unsere Helmfunksprüche zu verstärken. Das Schiff hören wir auch so.«

»Wir sind erledigt«, meinte Daren.

Karl überzeugte sich davon, daß sein Helmfunk auf das Schiff eingestellt war. »Captain Fernandez, hören Sie mich?« Er wartete. »Hören Sie mich?«

Keine Antwort.

Karl hob den Verstärker aus dem Kasten und überlegte dabei, daß das eigentlich Darens Aufgabe war – als ob Daren an einem Gerät auf seinem Rücken hätte arbeiten können. Karl kam sich töricht vor, während er den flachen Tornister mit dem dünnen Kabel ansah, das zur Antenne führte. Offenkundig bestand keine Möglichkeit, ihn zu reparieren. Das Gerät war ringsum verschlossen, und wahrscheinlich waren alle aktiven Bauteile in irgendein flexibles, leitfähiges Gel eingebettet. Er bog das Gerät leicht durch. »Hören Sie mich jetzt?«

Nichts.

Karl bog das Gerät in eine andere Richtung. »*Ranger*, empfangen Sie mich?«

Nichts.

Er drehte das Gerät entlang einer Diagonale. »Hören Sie mich? *Ranger*?«

»Ich höre Sie, Karl.« Noch nie hatte er sich über Captain Fernandez' unbewegte Stimme so gefreut.

Ein Chor aus Sprüchen wie »Okay!« und »Wir sind auf Sendung!« und »Wir sind hier unten immer noch am Leben!« brach sofort über Karls Ohren herein.

»Ich hatte mir schon Sorgen gemacht, Sie wären tot«, sagte der Captain, ohne daß sein Tonfall Besorgnis oder deren Nachwirkungen zum Ausdruck gebracht hätte.

Karl sagte: »Reden Sie, Alis. Nutzen Sie die Zeit aus, denn ich weiß nicht, wie lange die Verbindung steht.«

Alis redete schnell. »Wir sind alle noch am Leben. Unsere Fähigkeit, mit Ihnen Kontakt aufzunehmen, ist beeinträchtigt und könnte jederzeit ausfallen. Gehen Sie also nicht davon aus, daß fehlende Meldung von uns bedeutet, wir wären tot.«

»Verstanden.«

»Bitte senden Sie uns weiter aktualisierte Karten des Inneren, sobald bedeutsame Veränderungen vorliegen. Wir müssen einen Rückweg zum Schacht finden, falls es einen gibt.«

»Der Schacht ist geschlossen.«

»Was? Schon?« Alis Helmvisier wandte sich Karl zu.

»Anscheinend. Ich habe Lambert und Chow auf die Oberfläche geschickt, um sich die Sache anzusehen.«

»In Ordnung. Dann müssen wir einen anderen Weg hinaus suchen. Vielleicht finden wir auf stärker detaillierten Kartenversionen einen Tunnel, der nach oben führt.«

»Roger.«

»Was, wenn wir nichts finden, was uns bis ganz hinauf führt?« fragte Alis. »Denken Sie, die ISA würde Ihnen gestatten, uns herauszuschneiden?«

»Ich habe nicht gefragt«, sagte Captain Fernandez mit Bedacht. »Ich habe auch nicht vor zu fragen. Ich trage hier die Verantwortung, und ich werde alles Nötige unternehmen, um meine Besatzung zu schützen.«

Karl empfand auf einmal gesteigerte Wertschätzung für die Fähigkeit des Captains, sich mit Bürokraten auseinanderzusetzen. Wenn man sorgfältig überlegte, auf welche Fragen man erst gar keine Antworten einholen wollte, und das Thema gar nicht erst vorbrachte, dann verschaffte man sich damit viel mehr Spielraum. Karl kannte zumindest zwei Vorgesetzte, die, wenn sie einem Ansinnen nicht stattgeben, aber auch nicht als böse Buben dastehen wollten, ihre Anfragen so formulierten, daß sie ein »Nein« vorwegnahmen. Er war in diesem Augenblick besonders froh darüber, dem Kommando einer Person vom entgegengesetzten Ende des Spektrums zu unterstehen.

»Ich mache mir jedoch Sorgen, was ein Aufschneiden der Oberfläche angeht«, setzte der Captain hinzu, »da wir jetzt wissen, daß dieses Ding immer noch lebt oder immer noch funktioniert. Falls es sich jedoch selbst reparieren kann, vermindert das die Probleme auch wieder. Sehen Sie einfach zu, daß Sie möglichst dicht an die Oberfläche herankommen.«

»Okay. Für den Moment ...«

»Ich habe Ihr Signal wieder verloren.«

Karl stellte fest, daß er den Griff leicht gelockert hatte. Er drehte die Platte ein wenig stärker, blickte zu Alis hinauf und nickte.

»Und jetzt?« fragte Alis.

»Signal trifft ein.«

Karl räusperte sich. »Ich schlage vor, daß wir zunächst die meiste Zeit nicht mehr auf Sendung gehen. Falls Sie wirklich mit uns reden müssen, sagen Sie bitte Bescheid, und falls wir unbedingt etwas durchgeben müssen, tun wir es. Ich mache mir Sorgen, daß dieser Verstärker komplett ausfällt, wenn wir ihn zu oft durchbiegen.«

Alis war einverstanden.

Der Captain sagte: »Roger. Die jüngste Karte müßte schon in Ihren Anzugcomputern gespeichert sein. Wir erhalten weiterhin immer ein paar Details mehr, aber die Sache ist nach wie vor ganz schön unscharf. Jetzt ist vielleicht ein guter Zeitpunkt, über Ihren Helmfunk alles zu senden, was Sie gespeichert haben, seit die Verbindung unterbrochen war. Vielleicht entdecken wir etwas, was Ihnen entgangen ist.«

Während Alis diesem Wunsch nachkam, las Karl zwischen den Zeilen. Falls sie bald umkamen oder für immer hier unten gestrandet blieben, hatte zumindest die *Ranger* den größten Teil der Informationen, deretwegen sie gekommen war.

»Okay, das müßte es gewesen sein«, sagte Alis. »Wir

schicken jedesmal die neu gesammelten Daten, wenn wir miteinander reden.«

»Gut.« Captain Fernandez zögerte. »Sie machen dort alle gute Arbeit.« Er sagte es im Ton eines Sohnes, der seinem Vater erklärte, daß er ihn liebte, damit dieser es noch erfuhr, ehe er starb.

Karl wünschte sich, der Captain hätte das nicht gesagt. Zumindest hatte er jedoch nicht auch noch hinzugefügt: »Seien Sie vorsichtig.«

»Danke, Captain«, sagte Alis. Sie nickte Karl zu.

Karl steckte den Verstärker ins Gehäuse zurück und verschloß den Deckel wieder. »In Ordnung, Daren. Sie können aufstehen.«

Karl sammelte ein, was von ihrem Kabel noch übrig war, wickelte es auf und befestigte es an seinem Raumanzug.

Augenblicke später bildeten die Teamgefährten einen Kreis und sahen sich gegenseitig an. Karl fühlte sich ein wenig nervös und vermutete, daß es den anderen auch so ging.

»Finden wir erst mal etwas mehr über unseren hiesigen Standort heraus, ehe wir uns darüber Sorgen machen, wohin wir gehen«, sagte Alis. »Wir haben mehr Zeit, als Kantalupe braucht, bis es das Sonnensystem wieder verläßt, denn die *Ranger* kann darüber hinaus bei uns bleiben, solange die Vorräte für die Rückkehr reichen. Und sie hat die Möglichkeit, von den übrigen Schiffen noch weitere Vorräte zu übernehmen.«

Sie hatte recht, aber die Fakten sprachen eigentlich für sich; deshalb wußte Karl nicht so richtig, ob sie das gesagt hatte, um die Moral zu stärken, oder ob die Worte im Grunde an Captain Fernandez gerichtet waren, damit er nicht vergaß, die entsprechende Anforderung zu übermitteln.

»Mal vorausgesetzt, die neuen Schiffe pusten nicht die Scheiße aus Kantalupe heraus, ehe wir das Sonnensystem verlassen«, gab Robert zu bedenken.

»Versuchen wir doch, noch ein paar Stunden länger positiv zu denken, ehe wir aufgeben.« Karl behielt den Gedanken für sich, daß Kantalupe so fremdartig und so unbekannt war, daß das Leben von fünf Forschern im Vergleich dazu als relativ unbedeutend gelten würde. Die wahrscheinliche Prioritätenfolge lautete: Zuerst die Sicherheit von Station Hamilton, zweitens die Bewahrung Kantalupes und drittens, sie fünf wieder herauszuholen, falls möglich.

»Ich gebe nicht auf«, versetzte Robert entrüstet. »Ich denke nur, wir sollten realistisch sein.«

»Was auch immer.«

»Die Lage könnte schlimmer sein«, meinte Karl und richtete die Helmlampen auf die Stelle, wo die kleine Tunnelmündung gewesen war.

»In Ordnung«, sagte Alis. »Karl, Sie und Lucy überprüfen diese Richtung. Ich gehe mit Robert dort entlang. Daren, wieso ruhen Sie sich nicht ein Weilchen aus?«

»Noch mehr von uns könnten eine Pause gebrauchen«, meinte Robert.

»Ich möchte auf Nummer sicher gehen. Bleiben wir also zunächst beim Kameradschaftssystem für die, die herumlaufen.«

Robert schwieg, und die Gruppe teilte sich.

Der Tunnel, in dem sie sich aufhielten, war einigermaßen eben. Karl und Lucy entfernten sich langsam von Daren und gingen dabei an Wänden entlang, die glatter und weniger fleckig wirkten, als Karl sie in Erinnerung hatte. Er fragte sich, ob neben der Reparatur des eindringenden Schachts noch weitere Veränderungen geschahen.

Karl streckte eine Hand aus und drückte an die Tunnelwand. Er konnte nicht viel Kraft aufwenden, ohne sich in der niedrigen Schwerkraft zu Fall zu bringen, aber als er die Hand zurücknahm, wirkten die Fingerabdrücke heller als die umgebende Fläche. Er drehte den Kopf, bis er die Stelle gerade noch im Augenwinkel hatte. Mit den Händen blockierte er das Licht der Helmlampen, damit die Stelle im Schatten lag. Die Fingerabdrücke leuchteten.

»Wow, der kleine Kerl war aber wirklich fleißig«, meinte Lucy.

Karl folgte ihrem Fingerzeig. Vom Gang bog ein kleinerer, abwärts führender Tunnel ab, der etwa das gleiche Format hatte wie die Rutschbahn, die sie auf diese Tiefe gebracht hatte. Damit die anderen davon erfuhren, sagte Karl: »Lucy hat etwas entdeckt, was die nächste Etappe des Wegs zu sein scheint, den die kleine Sonde genommen hat.«

Lucy sah sich das lange an und trat dann zur Seite, damit auch Karl einen Blick hineinwerfen konnte. Der Tunnel, durch den sie gerutscht waren, verlief über weite Strecken einigermaßen gerade, hatte aber definitiv auch einige Windungen. Dieser neue Tunnel sah völlig gerade aus, so gleichförmig wie ein kilometerlanger Abwasserkanal; er führte um etwa zehn Grad von der Vertikalen abwärts.

Als Karl von der Öffnung zurücktrat, hatten sich zwei weitere Gestalten in Raumanzügen zu ihnen gesellt – Alis und Robert.

»Wir könnten Sie dort hinunterlassen, Karl, falls Sie der Sache nachgehen möchten.«

»Ich denke, ich habe für heute genug von kleinen Tunneln. Für die ganze Woche.«

»Ich frage mich, wieso dieser Abschnitt noch nicht repariert wurde«, fragte Alis. »Vorausgesetzt, er wurde wirklich von der Sonde gegraben.«

Lucy sagte: »Vielleicht wird dieser hier nicht als Schaden registriert, der behoben werden müßte. Vielleicht tut er nirgendwo weh.«

Karl sagte: »Vielleicht wird er aber auch schon repariert, und der Vorgang hat am unteren Ende begonnen. Oder er hat einige für Reparaturen wichtige Mechanismen durchgeschnitten.«

»Falls das so ist«, sagte Robert, »wie konnte dann der obere Tunnel repariert werden?«

»Vielleicht ist das Innere in Reparaturzonen unterteilt, wie der menschliche Körper auch. Man kann sich einen Finger so tief aufschneiden, daß eine Narbe zurückbleibt, verhindert aber damit nicht, daß eine klaffende Wunde an der Wange heilt.«

Alis sagte: »Ich begreife immer noch nicht, warum nach dieser ganzen Zeit jetzt die Reparaturen beginnen.«

Karl meinte: »Ich denke nach wie vor, daß wir durch das Anheben der großen Sonde die Blockade irgendeines Reparaturmechanismus aufgehoben haben.«

»Es könnte noch einen anderen Grund geben«, fand Lucy. »Wir nähern uns der Sonne. Vielleicht erhält Kantalupe jetzt endlich die nötige Energie für seine Funktionen. Womöglich befand es sich zwischen den Sternen in einer Art Winterschlafmodus.«

»Interessant«, meinte Karl. »Darauf war ich noch gar nicht gekommen.«

Robert gab ein *Ts ts* von sich, das bei ihm fast immer eine abschätzige Bemerkung ankündigte. »Yeah, es gibt eine Menge, worauf Sie noch nicht . . .«

»Robert.« Alis sagte es leise, aber ein großer Knüppel schwang darin mit.

Robert hielt den Mund.

Eine ›Privatgespräch‹-Glocke läutete, und Robert meldete sich bei Karl. »Welch ein Glück, daß Sie hier eine Frau haben, die sich für Sie einsetzt.«

Karl aktivierte mit einem Blick seinen Privatkanal. »Ich habe eigentlich keinen Streit mit Ihnen. Falls wir zusammenarbeiten, finden wir entweder einen Weg hinaus oder unsere letzten Tage gestalten sich etwas angenehmer. Unsere Lage hier erinnert immer stärker an ein biologisch-medizinisches Problem, wofür wir die Experten sind. Wie wäre es damit, für eine kurze Zeit einen Waffenstillstand zu vereinbaren?«

Robert gab keine Antwort.

Ein weiteres Läuten zeigte an, daß der Privatkanal unterbrochen war.

Alis und Robert entfernten sich, um den Haupttunnel in Gegenrichtung zu erkunden.

Karl fügte seine gegenwärtige Position an der Mündung des kleinen Tunnels als zusätzlichen Punkt in die 3-D-Navigationskarte des Anzugcomps ein und ging dann mit Lucy weiter.

»Falls Kantalupe *wirklich* ein riesiges Sternenschiff ist«, sagte Lucy, »haben Sie dann irgendeine Idee, wie man mit den Bewohnern Kontakt aufnehmen könnte?«

Karl dachte darüber nach. »Könnte sein, daß wir nur irgendwas beschädigen müssen, damit sie angelockt werden. Könnte sein, daß sie schon im Anmarsch sind. Das Ding ist groß, und vielleicht haben wir erst vor kurzem etwas getan, was mit hoher Wahrscheinlichkeit zu einem Alarm führen könnte.«

»Möglicherweise liegen die Bewohner aber auch im Winterschlaf«, überlegte sie, als hätte sie die Idee schon gehabt, als sie Karl fragte.

»Sicherlich möglich.«

Karl blieb stehen und wußte im ersten Moment nicht recht, wieso. Er betrachtete sich die Tunnelwand genauer und stellte fest, daß ihm unbewußt ein neues Merkmal aufgefallen war. Eine haarfeine Naht zog sich von einer Stelle dicht über dem Boden bis fast zur Decke, eine so dünne Naht, daß sie fast nicht zu sehen war. Karl ging weiter und blieb nach wenigen Meter erneut stehen, um genau hinzusehen. Noch eine Naht.

»Was ist?« fragte Lucy.

Karl zog die Naht mit einem Finger nach, ohne sie anzufassen. Lucy trat dichter an die Wand heran, um einen anderen Winkel für die Helmlampen zu erhalten, und die Naht wurde etwas deutlicher erkennbar. Karl tat das gleiche für sie, damit sie besser sehen konnte, als sie sich die Naht aus unmittelbarer Nähe betrachtete.

»Interessant«, meinte sie.

»Es könnte sie überall oder nur stellenweise geben. Ein paar Meter zurück ist noch eine.«

Als sie ihren Weg fortsetzten, um nach einer weiteren Naht zu suchen, fragte Robert, was da vorging. Karl erklärte es ihm.

Eine Minute später bestätigten Robert und Alis, daß auch in ihrem Tunnelabschnitt Nähte zu finden waren.

»Irgendeine Theorie?« wollte Lucy wissen.

Karl drückte auf einer der senkrechten dünnen Linien an die Wand, aber es fühlte sich nicht anders an als überall sonst. »Überhaupt keine.«

Lucy schwieg lieber, als zuzugeben, daß sie auch keine Theorie hatte.

Eine Sekunde lang überlegte Karl, ob er sein Schneidwerkzeug zur Hand nehmen und damit in die Tunnelwand schneiden sollte, verwarf die Idee aber wieder, ehe er sich wirklich dazu entschließen konnte.

»Ich sehe auch in meiner Nähe eine dieser Linien«, meldete sich Daren.

Karl blickte zurück und sah, daß sie sich bei der Inspektion des Tunnels inzwischen etwa dreißig Meter von Daren entfernt hatten. »Soweit wir wissen, könnten sie überall im Tunnel zu finden sein.«

Etwa zwanzig Meter tiefer im Tunnel blieben Karl und Lucy vor einem kreisförmigen Umriß an der Wand stehen. Der Kreis war fast so hoch wie der Gang.

»Was halten Sie davon?« wollte Karl wissen.

»Keine Ahnung.« Lucy streckte die Hand aus und berührte die Fläche innerhalb des Kreises. »Huah!«

»Was ›huah‹?« fragte Alis scharf.

Die Tunnelwand innerhalb des Kreises hatte auf einmal die Form geändert, sich vor Lucys Hand zurückgezogen und einen Trichter gebildet. Ringsherum veränderte sich die Oberfläche kaum, aber der Mittelpunkt wich tief in die Wand zurück und öffnete sich an der Spitze zu einem kleinen dunklen Loch.

Lucy faßte die Fläche erneut an, und die entsprechende Wandsektion zog sich noch weiter zurück. Das Loch im Zentrum wurde größer.

Karl erklärte den anderen, was passierte, während Lucy erneut hinlangte und diesmal fester zudrückte. Inzwischen war der Trichter so tief geworden, daß sich praktisch ein kurzer Seitentunnel von nicht mehr als drei Metern Länge gebildet hatte. Die eingesunkene Wandfläche des Haupttunnels schien nicht mehr als eine Verfärbung rings um die Mündung des kleinen Tunnels zu sein.

Innerhalb von Sekunden hatten sich Alis, Robert und Daren zu Karl und Lucy gesellt, und die Gruppe starrte die seitliche Sackgasse an. Die Innenwand war dunkel und hatte kleine Falten, die ihr das Aussehen von Leder verliehen.

Die Innenfläche des Trichters lockerte sich rings um die Öffnung wieder, als wollte sie in die frühere Form zurückkehren und das Loch überdecken. Lucy faßte sie erneut an, und sie zog sich wieder zurück.

Karl fühlte sich plötzlich an manche Pflanzen erinnert, deren Blätter sich bei Berührung aufrollten. Einen Augenblick lang stellte er sich die Reaktion einer Fliege auf eine Venusfliegenfalle vor.

Er wünschte sich, sie wären auf einer Waldwanderung gewesen und hätten dadurch die Chance gehabt, irgendwas in die Öffnung zu werfen und zu sehen, was passierte. Aber besonders jetzt, wo sie von der *Ranger* abgeschnitten waren, konnten sie nichts, was sie mitführten, als verzichtbar betrachten. Außer vielleicht Robert.

»Was zum Teufel ist das für ein Ding?« fragte Daren.

»Keine Ahnung«, antwortete Karl. »Ein Wandschrank?«

»Nein, ich meine, was ist Kantalupe?«

»Oh. Keine Ahnung.«

Das Wandstück kroch wieder in die geschlossene Position zurück. Diesmal mischte sich Lucy nicht ein, und auch sonst steckte niemand eine Hand in die Öffnung.

Karl hatte nach wie vor keinen Schimmer, welche

Funktion dieser Mechanismus hatte, aber er fühlte sich unwohl dabei und war dankbar, daß sich der Mechanismus in der Tunnelwand befand und nicht im Boden.

»Ich weiß nicht, wie es Ihnen geht«, sagte Robert, »aber anstatt allmählich schlauer aus der Umgebung zu werden, komme ich mir immer dümmer vor.«

Karl beherrschte sich und hielt den Mund. Lucys Helmvisier drehte sich zu ihm herum und wandte sich wieder ab.

Alis sagte: »Da wir jetzt ohnehin wieder zusammen sind, gehen wir mal in diese Richtung weiter.«

Zu fünft setzten sie sich in Marsch. Karl warf erneut einen prüfenden Blick auf das Navigationsdisplay. Falls die holographische Karte mal ausreichend komplett wurde, um festzustellen, ob Kantalupe noch mehr symmetrische Aspekte aufwies als nur die Kugelform, konnten sie Pole, Längen- und Breitengrade sowie Tiefenangaben festlegen und damit dem Inneren wenigstens ein bißchen Sinn abgewinnen. Wie die Lage aussah, mußte er sich damit begnügen, daß sie nicht nach ›Osten‹ oder ›Norden‹ gingen, sondern sich in Richtung zunehmender x-Werte und abnehmender y-Werte in einem willkürlichen Koordinatensystem bewegten, das durch den Schacht definiert war, den es anscheinend nicht mehr gab. Karl markierte die Position des Schachts auf der Karte, für den Fall, daß sie aus neueren Ortungsergebnissen ganz verschwand.

Der nächste Tunnelabschnitt veränderte aus keinem erkennbaren Grund in regelmäßigen Abständen die Form. Zuerst wurde er flacher, als hätte ihn jemand mit Riesenfingern an Decke und Boden gepackt und zusammengedrückt. Der nächste Abschnitt war vertikal zusammengedrückt und damit höher und schmaler als vorher. Nach diesem Schema wechselte die Form mehrmals hintereinander.

Ein paar Minuten später sagte Robert: »He, was halten Sie davon?«

An der Tunnelwand war wieder ein kreisförmiger Umriß zu sehen, diesmal viel deutlicher, als wäre geplant, daß er leicht auffallen sollte. Der Durchmesser betrug etwa zwei Meter, und die Fläche im Ring war fast weiß, ein scharfer Kontrast zu dem fleckigen Grau der übrigen Tunnelwand.

Wieder war es Lucy, die die Hand danach ausstreckte und deren Neugier offenkundig wenigstens ein bißchen ausgeprägter war als ihre Vorsicht.

Auch hier bewegte sich die Oberfläche, aber der Effekt fiel doch ganz anders aus als bei der ersten Öffnung. Dieses Material ging einfach auf, als wäre es durch eine elastische Spannung zugehalten worden, die plötzlich abgestellt wurde. Es zog sich zu einer kleinen Rolle rings um die Öffnung zusammen.

Auch der Raum dahinter sah diesmal ganz anders aus. Karl hatte die erste Höhle als vage bedrohlich empfunden, aber diese kam ihm irgendwie zweckmäßig vor. Sie war fast kugelförmig, als hätte jemand mit einer Kugel angefangen und dann an der Seite einen Kreis von zwei Metern Durchmesser herausgeschnitten, was etwa dem halben Durchmesser der Kugel entsprach. Die Innenwände leuchteten, anscheinend das Ergebnis einer schwachen Biolumineszenz.

Das meiste an Kantalupe wirkte entschieden organisch, als ob es so etwas wie ein riesiges, lebendiges Schiff sein könnte – aber das hier war eine seltsame Mischung aus Fleisch und Technik. Die Oberfläche sah weiterhin so aus, als könnte sie organisch sein, vielleicht die Innenwand einer gigantischen und stark regelmäßigen Apfelsinenschale, aber die in gleichmäßigen Abständen auftretenden Reihen aus Dingen, die womöglich Handgriffe waren, und die Präzision, mit der die Kugel in ihre Umgebung zu passen schien, vermittelten ein Gefühl, wie es ein Chirurg vielleicht erlebte, wenn er eine Autopsie vornahm und ein künstliches Herz entdeckte. Was immer das hier war, es schien ein ganz natürlicher

Bestandteil der Umgebung zu sein und gleichzeitig doch fremd und konstruiert.

»Vielleicht haben wir es wirklich mit einem Sternenschiff zu tun«, sagte Robert leise.

Karl verstand ihn. Dieser Hohlraum wirkte konstruiert, mit Bedacht hergestellt. Und die Wahrscheinlichkeit, daß ganz Kantalupe ein konstruiertes Etwas war und nicht eine sehr ungewöhnliche Lebensform, war gerade um eine ganze Größenordnung angestiegen. Und falls es wirklich ein Sternenschiff war, welche bessere Möglichkeit hätte es schon gegeben, auf Wartungsprobleme und Unfälle zu reagieren, als daraus eine sich selbst reparierende, praktisch lebendige Größe zu machen?

Nach einer Minute, in der nichts geschah, traf die am Rand zusammengerollte Wand Anstalten, sich wieder auszudehnen und die Öffnung zu schließen. Sie schrumpfte, bis auch der letzte kleine schwarze Punkt im Zentrum verschwand und die Innenfläche des Kreises wieder bündig mit der umgebenden Tunnelwand abschloß.

»Seltsamer und seltsamer«, meinte Alis.

»He, was zum Teufel ...!« Darens Stimme enthielt diese undefinierbare Andeutung von Panik, die wahrscheinlich Eltern darüber informierte, daß ihr Kind wirklich Probleme hatte und nicht nur im Spiel herumschrie.

Karl drehte sich rasch um und versuchte, ihn ausfindig zu machen.

Daren war anscheinend zwanzig oder dreißig Meter weitergegangen. Er hielt ein Messer in der Hand und hackte heftig auf etwas ein, das vage an eine große weiße Schlange erinnerte.

Karl reagierte so schnell, wie er in der niedrigen Schwerkraft nur konnte.

Die ›Schlange‹ hatte sich inzwischen um ein Bein von Daren geschlungen.

Während er versuchte, sie mit dem Messer wegzuschneiden, gingen drei weitere dieser langen weißen

Kreaturen auf ihn los; eine umschlang das andere Bein, zwei den Brustkorb.

Daren kreischte: »Hilfe! Diese Dinger sind stark!«

Karl nahm sein Messer zur Hand, während er sich Daren näherte. Die Kreaturen drückten an den Beinen so fest zu, daß der Raumanzug dort wie ein Ballon aussah, um den jemand ein engsitzendes Gummiband gebunden hatte.

Eine vierte Kreatur tauchte aus einem der vertikalen Schlitze in der Wand auf und schlängelte sich auf Daren zu.

Daren stieß einen mitleiderregend qualvollen Schrei aus, gerade als ihn Karl erreichte. Die Kreaturen, die den Brustkorb umschlangen, übten offenkundig einen furchtbaren Druck aus.

Für einen Augenblick fielen Karls Helmlampen in einem solchen Winkel durch Darens Helmvisier, daß er das Gesicht dahinter sehen konnte. Daren schnappte nach Luft, konnte nicht mehr atmen.

Karl hackte auf die Kreaturen ein, die die Brust eindrückten, und gab sich dabei verzweifelt Mühe, nicht Darens Raumanzug aufzuschneiden oder selbst von Darens krampfhaften Schwüngen mit dem Messer aufgeschnitten zu werden.

Die Kreaturen waren zäh. Karl hatte ein scharfes Messer, aber der Versuch, eine der Schlangen durchzuschneiden, war, als wollte man ein Tau durchtrennen, das vorher ins Wasser getaucht worden und gefroren war.

Daren bewegte sich nicht mehr. Die Kreaturen spannten sich inzwischen so fest um seine Brust, daß sich Karl überlegte, ob Daren nicht schon tot war.

Das Messer durchtrennte schließlich eine der Kreaturen. Kein Blut oder sonst eine Flüssigkeit trat aus, aber die Kreatur bestand plötzlich nur noch aus zwei schlaffen Seilstücken statt aus einer aktiven Kraft. Keines der beiden Enden schien irgendein Merkmal aufzuweisen, das an einen Kopf oder an Augen erinnerte. Beide Enden hätten das hintere Stück eines Riesenplattwurms sein können.

Karl schaffte es, auch noch die zweite Kreatur zu durchschneiden, ehe er merkte, daß ihm jemand half. Lucy schnitt durch die Kreatur an Darens linkem Bein.

Wenige Sekunden später hatte Karl endlich das Gefühl, daß die Lage unter Kontrolle war. Womöglich war Daren aber schon tot.

Daren lag auf dem Boden, und der Raumanzug stand nach wie vor unter Druck. Karl blickte hinter sich zu Robert und Alis. Robert hielt das Messer bereit, als wollte er helfen, stand aber nur reglos da.

»Daren, hören Sie mich?« fragte Karl.

»Ich denke, das werden Sie ihn später fragen müssen«, sagte Alis plötzlich. »Schauen Sie mal in diese Richtung.«

Karl folgte ihrem Finger. Die Schlitze in der Wand, die weiter unten im Tunnel folgten, hatten sich alle geöffnet, und Dutzende weißer, schlangenähnlicher Kreaturen schwärmten auf die Gruppe zu.

»Mein Gott!« sagte Lucy.

Karl hob Daren auf und entfernte sich von den näherrückenden Kreaturen. Er kam nur wenige Meter weit, ehe er vor sich Bewegung sah. Noch mehr dieser Wesen.

»Wir sind umzingelt!« sagte Robert.

»Hier entlang«, sagte Alis.

Sie blieb vor dem weißen Ring stehen und versetzte der Wand darin einen Stoß. Das Material öffnete sich wieder.

»Dort hinein?« fragte Robert.

»Wir haben keine große Wahl, oder?«

Karl ging hinüber, hatte weiterhin Daren auf den Armen. Die Höhle war groß genug, um sie alle aufzunehmen, aber er war immer noch nervös, wußte nicht, welchem Zweck diese Kammer diente. Trotzdem konnte er kaum glauben, daß es hier schlimmer werden würde, als mit den Schlangen zu kämpfen.

Alis gesellte sich zu Karl und Daren in die Kammer, gefolgt von Lucy. Endlich kam auch Robert hinzu. Die Schlangen waren nur noch zehn Meter entfernt.

»Treten Sie an die Rückwand«, befahl Alis. »Die Abdeckung schließt sich nicht.«

»Vielleicht schließt sie sich überhaupt nicht, solange jemand hier drin ist«, sagte Robert.

Alis zerrte ihn mit zurück. »Falls nicht, sind wir tot.«

Wie durch ein Wunder schloß sich das Material auf Höhe der Tunnelwand allmählich wie eine Irisblende.

»Gott sei Dank«, sagte Lucy.

Wenige Sekunden später hatte sich die Öffnung ganz geschlossen.

»Was jetzt?« fragte Robert. »Warten wir, bis diese Dinger sich wieder verziehen?«

»Sofern Sie keine bessere ... Huah!«

Auch Karl stieß beinahe einen unwillkürlichen Schrei aus. Der Raum war plötzlich scharf gekippt. Und drehte sich weiter.

Karl fand sich kopfüber wieder, dann mit der rechten Seite nach oben. Runter, dann rauf. Und die Kammer rotierte weiter.

Sie drehte sich immer schneller, während die Teammitglieder durcheinanderpurzelten und sich Karl allmählich wie eine Flickenpuppe in einer Wäscheschleuder vorkam.

»Was ist das?« schrie Lucy.

Niemand gab eine Antwort. Die Rotation stabilisierte sich auf einer Umdrehungszahl, die alle an die Wände gedrückt hielt. Karl mußte an die Vertiefungen denken, die wie kleine Handgriffe aussahen.

»Die Kammer bewegt sich«, stellte Robert fest.

»Nein, wirklich?« entgegnete Lucy.

Karl wußte, worauf Robert anspielte. Die Türfläche war verschwunden und einer flachen Ebene ohne besondere Merkmale gewichen; sie wies gerade genug Oberflächenstruktur auf, daß Karl sehen konnte, wie die

Kammer daran entlangfuhr. Sie befand sich nicht mehr in ihrer Startposition hinter der Tunnelwand.

Sobald sich die Rotation stabilisiert hatte und Karls Herz nicht mehr so schnell schlug, daß es seine ganze Aufmerksamkeit auf sich zog, zwang er sich zum Nachdenken, um zu analysieren, was hier geschah.

Ein Blick auf das Trägheitsleitsystem verriet ihm, daß es im Moment nutzlos war. Dort blinkte in einem fort die Nachricht »Wird aktualisiert«, da das System nicht mit den Ereignissen Schritt halten konnte.

Die Rotation schien gleichmäßig zu verlaufen und erzeugte eine konstante, aber erträgliche Kraft, die Karl an die Wand gedrückt hielt. Er brauchte mehrere Sekunden, ehe er begriff, was das bedeutete. Er gelangte zu der Überzeugung, daß kein periodischer Wechsel zu- und abnehmenden Gewichts mehr stattfand, wie es der Fall sein müßte, wenn sie immer noch in einem Schwerkraftfeld um eine horizontale Achse rotiert wären.

Also rotierten sie jetzt entweder um eine senkrechte Achse, oder sie fuhren irgendwie noch tiefer ins Innere Kantalupes hinab.

10
Gelbsucht

Alis fühlte sich, als wäre sie auf einem Rummelplatz in eine Art Achterbahn geworfen worden. Die Rotation erinnerte sie vage an die Ausbildungszentrifuge, und sie spürte, wie ihr Gesicht heiß wurde durch die Anspannung und das Blut, das ihr in den Kopf stieg.

Sie ›lag‹ mit dem Gesicht nach unten an der Wand der sich drehenden Kugel. Sie wechselte in die Rückenlage und brachte sich mehr in eine Linie mit dem ›Äquator‹ der Kugel; den Druck auf den Kopf empfand sie jetzt noch unmittelbarer. Die übrigen Teammitglieder wurden in kunterbunten Winkeln an die Wände gedrückt, und die Helmlampen erzeugten ein Durcheinander aus zufälligen Lichtpunkten an den Wänden.

Sobald sich Alis in eine Linie mit der Rotationsachse gebracht hatte, fiel es ihr leichter, sich vorzustellen, daß sie einfach durch Schwerkraft am Grund der Kugel festgehalten wurde. Sie streckte eine Hand seitlich aus und spürte den seitlichen Zug der Coriolis-Kraft. Die Kugel rotierte eindeutig immer noch.

»Ich denke, wir fahren abwärts«, sagte Karl.

»Natürlich«, versetzte Lucy, deren Frustration allmählich das Übergewicht über die Angst bekam. »Die Lage war schließlich noch nicht schlimm genug.«

»Wieso denken Sie ...« begann Robert.

»Daren?« fragte Karl. »Daren, wie geht es Ihnen?«

Daren blieb still. Alis fiel auf, daß er es war, der ihr fast direkt gegenüberlag. Robert und Karl waren ihm am nächsten und näherten sich ihm jetzt beide.

»Daren, reden Sie mit uns.« Karls Helm hing inzwischen dicht vor dem Darens, und die Lampen waren auf dessen Helmvisier gerichtet.

Alis war schon fast überzeugt, daß er tot war, als er endlich etwas sagte.

»Ich habe mich schon viel besser gefühlt.« Seine Stimme war schwach, aber die Worte verleiteten Alis zu der Überlegung, er könnte vielleicht in besserer Verfassung sein, als dies wahrscheinlich der Fall war.

»Wo tut es Ihnen weh?« fragte Robert. In Anbetracht der Tatsache, daß sowohl Patient als auch Arzt in Raumanzügen steckten, war das unter dem Gesichtspunkt tatsächlicher medizinischer Hilfe eine ganz schön sinnlose Frage, aber Alis vermutete, daß sich Daren besser fühlte, wenn ein Arzt zumindest in der Nähe war.

Daren ignorierte Roberts Frage oder hatte sie gar nicht gehört. »Karl? Sind Sie hier?«

»Yeah. Direkt neben Ihnen.«

»Ich schaffe es nicht.«

»Sicher tun Sie das. Aber Sie müssen Robert sagen ...«

»Ich muß Ihnen etwas erzählen. Ich möchte nicht sterben, ohne ... Betrachten Sie es als ...« Husten. »... eine Art Geständnis auf dem Sterbebett.«

»Ihnen wird es wieder gutgehen. Und ich bin ohnehin kein Priester oder so was. Ich war seit zehn Jahren nicht mal mehr in einer Kirche.«

»Halten Sie einfach den Mund ... und hören Sie zu. Ich weiß über den Unfall Bescheid. Und Tockers Tod ... Man hat mich gezwungen, die Sonde zu sabotieren.«

»Was möchten Sie damit sagen?« fragte Karl. Er war reglos.

»Man hat mich dazu gezwungen. Wenn ich es nicht ...« Daren hustete mehrmals; es war ein feuchter Husten, der scheußlich klang. »Es gibt da eine Gruppe – Leute, die die ISA loswerden und die militärische Beteiligung stoppen möchten. Sie möchten, daß der private Sektor, die GSSC, die Arbeit tut.«

»Das ist schon lange so«, sagte Karl. »Eine lautstarke Minderheit wollte schon immer, daß der private Sektor mehr tut und der Staat nur die Aufsicht führt.«

»Alle reden davon, aber ... diese Leute *unternehmen* etwas in dieser Richtung.«

Das innerhalb der geschlossenen und rotierenden Kugel zu hören war wohl die unwirklichste Erfahrung, die Alis je im Wachzustand gemacht hatte.

Daren hustete erneut und redete weiter; die Stimme war schwächer geworden. »Sie führen Unfälle herbei. Unfälle ... die ein schlechtes Licht auf die ISA werfen, damit die Leute auf die Idee kommen, die GSSC – der private Sektor – sollte mehr tun.«

»Aber wieso erzählen Sie ...« Karl holte auf einmal so tief Luft, daß man es über Helmfunk hörte.

»Genau. Der Shuttle-Unfall.«

Alis hörte auf einmal um tausend Prozent konzentrierter zu.

Karl schwieg für einen Moment. »Möchten Sie damit wirklich ... Falls das stimmt, bin ich nicht der richtige Empfänger für das Geständnis. Alis ist genau hier bei uns.«

»Schätze ich auch. Aber sie lebt ... hat überlebt. Andere Leute sind bei dem Unfall umgekommen. Und ich habe gesehen, was Sie ... auf der *Ranger* durchgemacht haben.« Darens Husten wurde von einem mitleiderregenden Schmerzensschrei unterbrochen, ehe er fortfuhr: »Sie haben das alles nicht verdient.«

Einen Augenblick lang wünschte sich Alis, sie wäre ebenfalls umgekommen und jetzt nicht diese lebendige Monstrosität, halb Frau, halb Maschine.

Karl sagte: »Diese Leute haben vorsätzlich getötet?«

»Nein, nein, nein. Haben sich nur überlegt, sie sollten versuchen – die ISA und den Staat in ein schlechtes Licht zu rücken, nicht ...« Ein erneuter Hustenkrampf erschütterte Daren. »Ich fühle mich wirklich nicht sehr ...«

Das waren Darens letzte Worte. Ein weiterer Hustenkrampf hinterließ nur Stille und Entspannung. Für einen morbiden Augenblick überlegte sich Alis, daß diese letzten Worte vielleicht gar nicht so selten waren, aber anscheinend waren sie nicht sehr oft wiedergegeben worden.

Robert hielt seinen Helm dichter vor den Darens und warf einen forschenden Blick durch dessen Helmvisier. Alis fühlte sich ein wenig benommen, während sie ihm dabei zusah, wie er ein Verbindungskabel von Schulter zu Schulter einsteckte.

Augenblicke später sagte Robert: »Ich fürchte, er ist wirklich tot. Diese Schlangen – oder was immer sie waren – müssen durch den Druck, den sie auf ihn ausgeübt haben, massive innere Verletzungen hervorgerufen haben.«

»Das kann einfach nicht wahr sein«, sagte Lucy leise.

»Und jetzt sind wir noch vier«, ergänzte Robert.

Alis sah plötzlich Belindas zerschmetterte Leiche vor sich, die am Sockel der Sonde klebte. Zuzeiten scherte sich Alis nicht darum, ob sie selbst überlebte oder starb, aber das verschonte sie nicht vor Schuldgefühlen, weil inzwischen ein Drittel ihres Teams tot war. Sie versuchte sich zu sagen, daß sie keine Schuld an den Todesfällen hatte, aber irgendwo tief in ihr wollte etwas nicht daran glauben.

Und hatte Daren die Wahrheit gesagt? Oder war er nur ein guter Freund Karls gewesen und hatte die Gelegenheit genutzt, seinem Kumpel zu helfen, indem er Lügen erzählte, die wahrscheinlich nie zu widerlegen waren?

»Wissen Sie«, sagte Robert mit wieder etwas kräftigerer Stimme, »ich denke, Daren könnte recht haben.«

»Womit?« fragte Karl. »Was den Unfall angeht?«

»Nein. Darin, daß wir erledigt sind.«

Die Kugel drehte sich weiter, und die Stille dauerte an. Und Alis mußte in einem fort an den Unfall denken.

Lucy räusperte sich. »Wissen Sie, Doc, ich wollte schon länger etwas mit Ihnen besprechen.«

»Und das wäre?« fragte Robert.

»Mir scheint, ich erinnere mich an eine Situation, in der ich in diesem Tunnel gebaumelt habe und der Schlamassel dort losging, wo ihr Typen wart; da sagten Sie, ein Todesfall wäre eher tolerierbar als fünf.«

»Zu dem Zeitpunkt ...«

»Ich möchte nur sagen: Wenn das der Lohn dafür ist, daß ich mich in Gefahr begeben habe, dann können Sie sich einen anderen Dummen suchen. Und Sie können mich mal am ...«

»Das reicht!« unterbrach Alis sie scharf. »Wir haben Sie nicht sterben lassen, Lucy. Mal angenommen, Robert wäre in Gefahr gewesen und Sie hätten entscheiden müssen, ob Sie ihn sterben lassen oder das Leben der übrigen aufs Spiel setzen?«

»Roberts Leben, wie? Na, das ändert natürlich alles.«

Alis vermutete, daß sie Lucy klargemacht hatte, was sie wollte, war aber trotzdem nicht glücklich mit dem Verlauf des Gesprächs.

In der sich anschließenden Stille drehte Karl Darens schlaffen Körper auf den Bauch, und Alis mußte wieder an den Verstärker denken.

Karl öffnete vorsichtig die Schutzabdeckung und hob den Verstärker aus dem Behälter. Alis bemerkte den Schaden fast so schnell, wie er Karl aufgefallen sein mußte. Der Verstärker war in zwei Teile zerbrochen und offensichtlich nicht mehr zu reparieren. Das Schlangending, das Darens Brustkorb umschlungen hatte, hatte nicht nur ihn umgebracht. Es hatte sie vielleicht alle umgebracht. Sie konnten weiter die Funksprüche der *Ranger* hören, aber selbst kein Signal mehr senden, das stark genug gewesen wäre, das Schiff zu erreichen.

Alis achtete sorgfältig darauf, ihre Besorgnis nicht zu verraten. »Sieht so aus, als hätten wir ein Reservegerät mitbringen sollen, wie?«

Karl nickte, und die Spiegelungen auf seinem Helmvisier hüpften auf und ab. »Wir haben nicht die Werkzeuge, um noch irgendwas daran zu retten. Wir können nur hoffen, daß sich Captain Fernandez weiter an den Plan hält und uns nicht nur deshalb im Stich läßt, weil wir ihn nicht anfunken und nachweisen können, daß wir noch leben.«

»Ich vertraue ihm. Natürlich könnten seine Möglichkeiten begrenzt sein, falls wir es nicht wieder an die Oberfläche schaffen oder ihr wenigstens nahekommen.«

»Ich vertraue ihm auch. Er gehört zu den Menschen, bei denen man einfach weiß, daß sie immer das Richtige tun.

Komisch, dachte Alis. *Das war eine der Äußerungen eines gemeinsamen Bekannten über Karl, während sie sich an Bord von Station Tokio erholte.*

»Es ist ein heikles Thema«, sagte Karl, »aber wir sollten darüber nachdenken, Darens Vorräte zu verteilen.«

»Er ist noch nicht mal kalt!« erwiderte Lucy und klang eher überrascht als entrüstet.

»Ich weiß, aber wir erreichen vielleicht bald das Ziel dieser Fahrt, und jetzt könnte gerade noch die Ruhe vor dem Sturm sein.«

»Ich bin mir nicht mal sicher, ob wir seine Vorräte überhaupt brauchen«, sagte Robert. »Falls wir es nicht schaffen, hier wieder herauszukommen, ehe wir die eigenen Vorräte verbraucht haben, denke ich nicht, daß ich dann überhaupt noch am Leben sein möchte.«

»Falls Sie irgendwann die eigene Luftzufuhr abstellen möchten, ist das Ihre Sache. Falls irgendwas Unerwartetes passiert, habe ich lieber die Entscheidungsfreiheit.«

»Dann nur zu«, versetzte Robert.

Karl nahm sich Zeit für den Transfer. Niemand erhob Einwände dagegen, daß er alles übernahm, weil jeder wußte, daß er die Ressourcen seinerseits von Karl übernehmen konnte, falls auch diesem etwas widerfuhr. Karl zog eine kleine Doppelschlauchverbindung aus einem Ärmelfach und steckte sie in Darens Oberarmhalterung ein. Statuslampen, die sogar Alis sehen konnte, gingen an und aus, während die restlichen Überlebensvorräte aus Darens Raumanzug in den Karls hinüberströmten und die nicht wiederverwertbaren Reste aus Karls

Anzug in den Darens abgeladen wurden. Die Konstrukteure von Raumanzügen waren sich offensichtlich der Risiken bewußt gewesen, die die Träger eingingen.

Als Karl fertig war, gab er dreimal den Prioritätscode ein, trennte den Generator von Darens Raumanzug und steckte das Gerät in eine eigene Beintasche. Wenigstens mußte er sich in der klitzekleinen Schwerkraft hier nur mit der erhöhten Trägheit herumschlagen.

Darens Raumanzug blieb dunkel zurück. Keine Helmlampen.

Kein grüner Lichtbalken an der Oberseite des Helms, keine Widerspiegelungen des ebenfalls dunkel gewordenen Statusdisplays in Augen oder Gesicht.

Alis vermutete, daß Darens erkaltende Leiche bald gefror. Sie verbannte den morbiden Gedanken, daß er so auch leichter zu tragen war.

Was für ein Ort zum Sterben! Was für ein Ort, um die ewige Ruhe zu finden. Wahrscheinlich konnten sie Darens Leiche nie mit an die Oberfläche nehmen, selbst wenn sie am Leben blieben und es versuchen konnten.

»Was waren das überhaupt für Schlangendinger?« wollte Lucy plötzlich wissen, als würde sie mit der Stille und der Präsenz von Darens Leiche nicht fertig. »Waren das die Bewohner? Haben wir gerade Mord zu Einbruch und Hausfriedensbruch hinzugefügt?«

»Jetzt mal im Ernst«, antwortete Robert. »Diese Dinger waren nicht intelligent.«

»Danke, daß Sie dieses Wissen mit mir teilen, o Neunmalkluger«, sagte sie. »Ich wußte gar nicht, daß Sie außerirdische Wesen so rasch einschätzen können. Solange Sie mir so weit voraus sind, wieso erzählen Sie uns nicht, wohin wir unterwegs sind und wo sich die wirklichen Bewohner aufhalten?«

»Woher soll ich das wissen?«

Da Lucy ihn nicht weiter anstachelte, setzte er hinzu: »Das hier ist ganz offenkundig ein Riesending. Selbst wenn die Bewohner noch leben und von uns wissen, könnte es lange dauern, bis sie uns erreichen. Sie könnten tiefgekühlt sein und gar nicht mitbekommen, daß sich irgendwas verändert hat.«

»Und die Schlangen?«

»Vielleicht Abwehreinrichtungen. Falls Kantalupe zur Selbstreparatur ausgelegt wurde, könnte es alle möglichen Mechanismen haben, die Beschädigungen eingrenzen.«

»Sind wir also womöglich mit Krankheitserregern gleichzusetzen, die in einen menschlichen Körper eindringen?« fragte Karl. »Oder Fremdkörper wie zum Beispiel Splitter?«

»Exakt.« Robert schien tatsächlich erleichtert, daß Karl sich zu Wort gemeldet hatte. Alis vermutete, daß Robert alles besser fand, als angegriffen zu werden, besonders von einer Frau. »Der menschliche Körper verfügt über zahlreiche Abwehrmechanismen. Plättchen verstopfen Wunden, damit der Blutverlust gestoppt wird. Weiße Blutkörperchen greifen eindringende Organismen an. Die Körpertemperatur steigt kontrolliert an, um Infektionen zu bekämpfen. Der Magen gibt Inhalte wieder von sich, um sich von potentiellen Giften zu befreien. Tränen spülen Fremdkörper aus. Die Nieren filtern schädlichen Abfall aus.«

Für einen Augenblick fiel es Alis schwer, Roberts nüchternen Tonfall mit der rotierenden Situation in Einklang zu bringen.

Karl sagte: »Okay, ich kann die Vorstellung akzeptieren, daß diese Schlangen eine Art Abwehrmechanismus sind – und das wiederum impliziert womöglich, daß noch weitere Abwehrmechanismen vorhanden sind. Was beweist schon, daß wir in diesem Augenblick nicht gerade innerhalb eines solchen stecken? Wir könnten unterwegs zu so etwas wie Nieren sein.«

»Oder zum After«, meinte Lucy.

»Vielleicht. Instinktiv sage ich nein dazu, denn wir haben diesen Raum absichtlich betreten, und er scheint für einen anderen Zweck als den der Abwehr konstruiert zu sein, aber da könnte ich mich irren.«

Plötzlich schien die Kugel zu schrumpfen und von allen Seiten her auf Alis einzudringen. Sie blinzelte heftig. Die Wände wichen zurück, und alles fühlte sich wieder ›normal‹ an.

Lucy sagte: »Okay, ich räume ein, daß die Theorie Sinn macht. Aber könnten diese Dinger nicht Haustiere gewesen sein – oder Parasiten?«

»Könnte sein. Könnte sein, daß etwas von dieser Größe die verschiedensten symbiotischen Beziehungen zu speziellen, äh, Dingen hat.«

»Na ja, was auch immer«, sagte Karl. »Jedenfalls sind wir schon eine ganze Weile unterwegs. Ich mache mir Sorgen, daß wir in viel größere Tiefe geraten.«

»Vielleicht ist das ohnehin das günstigste für uns«, meinte Alis. »Mit schierer Gewalt wieder an die Oberfläche zu kommen, das ist jetzt praktisch nicht mehr möglich. Wenn wir die Leitzentrale finden und zumindest mehr über dieses Ding herausfinden, vielleicht erfahren wir dann genug, um einen Ausweg zu finden.«

»Das ist eine Menge für nur ein paar Tage«, sagte Lucy.

»Es ist immer noch realistischer als, sagen wir mal, uns mit den Schweißbrennern wieder einen Weg nach oben zu bahnen. Inzwischen könnten wir mehrere Kilometer tief sein. Falls wir beim Schneiden einen Meter pro Minute oder sowas schafften, wären wir immer noch viel zu tief, wenn uns schließlich der Treibstoff ausgeht. Mal vorausgesetzt, wir stießen nicht ohnehin wieder auf Schlangen oder andere Abwehrmechanismen.«

»Sie schlagen doch nicht vor, daß wir aufgeben, oder?« fragte Robert.

Alis schüttelte überflüssigerweise den Kopf. »Nein. Ich bin nur realistisch.«

»Sie hat recht«, sagte Karl. »Kenntnisse sind der einzige Weg für uns, wieder hinauszugelangen. Entweder das oder in rauhen Maßen Glück.«

»Na, dann sind wir ja wirklich auf einem Höhepunkt angelangt«, meinte Lucy.

»Sozusagen«, meinte Robert.

Lucy stöhnte. »Das ist Grund genug, um einen Mord zu rechtfertigen, denken Sie nicht?«

Eine schmerzliche Stille folgte, und Alis starrte Darens leblosen Raumanzug an. Zuzeiten hatte sie sich selbst gewünscht, tot zu sein, und wenn eine praktische, schmerzlose Methode greifbar gewesen wäre, hätte sie vielleicht mehr getan, als nur darüber nachzudenken. Jetzt jedoch, angesichts der Realität von Darens Leiche, fand sie, daß die Entscheidung viel schwieriger wäre. Wäre das nicht eine grauenhafte Ironie, wenn sie das Überleben nicht wirklich als positiv empfunden hätte, bis sie in einer Situation landete, die immer mehr nach einem Todesurteil aussah?

Sie nahm eine weitere Nährstoffpille und einen Schluck Wasser zu sich und kontrollierte erneut den Zustand ihres Raumanzuges. Der Stand der Vorräte lag nach wie vor über neunzig Prozent. Das Wiederaufbereitungssystem empfand sie mit der Zeit als immer unbehaglicher, aber zumindest war dieser Aspekt des Lebens im Raumanzug nicht lebensbedrohlich.

Alle vier behielten ihre Gedanken für sich. Alis schloß die Augen, nicht, weil sie müde gewesen wären – sie wurden niemals müde –, sondern um den Rest der Welt auszusperren.

Eine geraume Weile später sagte Lucy: »Was ist da los?«

Im selben Augenblick bemerkte Alis, daß sich etwas verändert hatte.

Es war eine Art Wackeln. Sie fühlte sich schwerer, dann leichter, und dieser Wechsel wiederholte sich. Die Oszillationen wurden stärker und erreichten in der Schwerephase Spitzenwerte von zwei g. In den leichteren Phasen sorgte sich Alis, sie könnte von der Wand hochschweben.

»Ich wette, wir werden abgebremst«, sagte Karl. »Wir nähern uns dem Ziel.«

Der Wechsel zwischen erhöhtem und vermindertem Gewicht hielt etliche lange Minuten an, während Alis die ganze Zeit damit rechnete, daß er wieder endete. Als sie schließlich überzeugt war, es würde noch viel länger so weitergehen, hörten die Schwankungen auf. Die Kugel rotierte jetzt wieder gleichmäßig, nachweislich der Tatsache, daß alle Teamgefährten weiterhin an die Wand gedrückt blieben. Allmählich fühlte sich Alis immer leichter, als würde die Rotation kontinuierlich nachlassen.

»Ich denke, wir sind da«, sagte Karl, während sich alle von den Wänden lösten und langsam zu der Seite der Kugel schwebten, wo Darens Leiche lag. Die Seitenfläche bewegte sich in Relation zur Kugel nicht mehr.

»Sind alle bereit zum Aussteigen?« fragte Alis.

Niemand sagte nein, also streckte sie die Hand aus und berührte das, was vielleicht die Tür war, falls es hier genauso funktionierte wie am Ausgangspunkt.

Das Material öffnete sich und gab den Blick auf eine Umgebung frei, die sich entschieden von dem Tunnel unterschied, in dem sie die Schlangen zurückgelassen hatten. Alis trat aus der Kugel hinaus.

Zum erstenmal empfand sie das Innere Kantalupes als groß. Die Teamgefährten standen auf etwas, was vage einem langen Vorsprung ähnelte, tief in einer Gebirgsschlucht gelegen. In zwanzig Metern Entfernung ragte die Wand eines gewaltigen Abgrunds auf. Weit über ihnen war ein offener Spalt zu sehen. Von aufs Geratewohl verteilten dunklen Klecksen abgesehen, leuchteten hier alle Flächen schwach in Blaugrün.

»Wow«, sagte Lucy leise.

Dankbar für jeden Vorteil, stellte Alis fest, daß der Vorsprung zum Rand des Abgrunds hin wie eine Rampe leicht anstieg. In der geringen Schwerkraft und bei der niedrigen Reibung wäre es andersherum zu leicht möglich gewesen, daß man über die Kante rutschte und in die Kluft fiel. Alis konnte nicht sehen, wie tief diese reichte, aber sie hatte instinktiv das Gefühl, daß es sehr tief sein würde.

»Nehmen wir Daren mit hinaus«, sagte sie, ehe jemand die Kugel verließ. Sie steckte das Messer wieder weg und bekam am Rand mit, daß die anderen das gleiche taten. Ohne daß eine unmittelbare Gefahr drohte, war eine scharfe Messerspitze in der Nähe eines Druckanzugs selbst zu gefährlich.

Als Karl Darens Leiche hinauszog, bemühte sich Alis zu ignorieren, wie steif der gefrorene Raumanzug war. Sie blickte sich um und ertappte sich dabei, wie sie gebannt die gegenüberliegende Wand der Kluft anstarrte.

Die Wand war leicht zu sehen und wahrscheinlich nicht mehr als dreißig Meter entfernt, aber die Kluft erstreckte sich nach links und rechts über Distanzen von möglicherweise mehreren Kilometern, ehe sich die Wände trafen oder die Schlucht abbog. Und die Flächen waren so ausgesprochen gleichmäßig, als hätte hier ein wirklich riesiges Skalpell Kantalupe durchschnitten und nur die schmale Ritze hinterlassen.

Alis legte den Helm in den Nacken und erlebte einen Augenblick der Höhenangst, während sie zu der haarfeinen dunklen Linie am oberen Rand der Kluft hinaufblickte. Einen kurzen Moment lang vermittelte ihr das Gehirn den trügerischen Einblick, sie würde in die tiefste Gletscherspalte der Welt hinabblicken. Besonders in der ultraniedrigen Schwerkraft war nur schwer nachzuweisen, daß sie nicht abstürzte, solange sie sich nicht an etwas festhielt.

Karl unterbrach ihre Gedanken. »Mein Trägheits-Navigationssystem läuft wieder. Ihm zufolge sind wir fast zwölf Kilometer unter der Oberfläche und mehr als drei Kilometer seitlich der Stelle, wo wir eingedrungen sind.«

»Ich erhalte die gleichen Ergebnisse«, sagte Lucy.

Alis blickte zu der glatten, farblich abweichenden Scheibe an der Wand, die jetzt den Durchgang abdeckte, aus dem sie gekommen waren. Die Farbe wich gerade so stark von der Umgebung ab, daß man die Stelle leicht fand, wenn man wußte, wonach man suchte. Darens Leiche lag in ihrem Raumanzug direkt daneben und markierte die Stelle.

Karl legte sich mit dem Kopf zum Abgrund auf den Boden und kroch langsam auf den Rand zu.

Auch Alis war neugierig auf das, was darunter lag, und einen Augenblick später kroch sie neben Karl ebenfalls dorthin. Jemand, der tapferer oder törichter gewesen wäre als sie beide, wäre vielleicht aufrecht an den Rand des Vorsprungs getreten, aber bei so rutschigem Untergrund hätte Alis das keinesfalls riskiert.

Sie wurde langsamer, als sie sich dem Rand näherte. Als sie hinunterblickte, verschlug es ihr noch stärker den Atem als zu dem Zeitpunkt, an dem der Fahrstuhl – oder was immer das war – zu rotieren begonnen hatte. Die Kluft schien weiter in die Tiefe zu reichen, als sie über ihnen aufragte. Alis hatte noch nie etwas gesehen, was so tief war.

Gut möglich, daß sie schon einmal höher geflogen war, als die Distanz von hier bis zum Grund betrug, aber es war schon etwas anderes, wenn man zur Szenerie gehörte und dieselbe Oberfläche berührte, die sich bis ins Unendliche zu erstrecken schien. Der Grund schien weiter entfernt als der Horizont eines Planeten, denn die Kluft verlief schnurgerade abwärts und krümmte sich nicht allmählich außer Sicht. Geringe Schwerkraft hin, geringe Schwerkraft her, ein Sturz wäre trotzdem ganz schön flott geworden, wahrscheinlich flotter als auf der Erde, da hier keine Atmosphäre die Endgeschwindigkeit begrenzte.

Als Alis noch ein Mädchen gewesen war, hatten die anderen Kinder sie gern absichtlich erschreckt, wenn sie sie ertappten, wie sie ohnehin schon ein bißchen Angst hatte. Sie packten sie genau zu dem Zeitpunkt am Arm, wenn auf dem Bildschirm das Messer des Mörders aus der Dunkelheit aufblitzte, oder sie sprangen aus dem Gebüsch hervor, wenn Alis im Dunkeln nach Hause ging. Matthew Wie-auch-immer, der Junge, der sich immer beschwerte, wenn der Lehrer den Termin für eine Hausaufgabe verlängerte, mit der Matthew schon fertig war, kam einmal mit einer bemerkenswert echt wirkenden abgeschnittenen Hand in die Schule, und Alis wurde sein erstes Opfer. In diesem Augenblick jetzt hätte sie jeden, der sie am Fuß angestoßen und gesagt hätte »War nur Spaß!«, wahrscheinlich über den Rand gestoßen und gesagt: »Damit haben wir drei Tote. Wer möchte der nächste sein?«

Neben ihr gab Karl ein Geräusch von sich, das irgendwo zwischen einem Stöhnen und einem Grunzen angesiedelt war. Obgleich unartikuliert, vermittelte diese Lautgebung doch sein Staunen.

Karl zog sich vom Rand zurück, Alis ebenfalls. Robert stand ein paar Meter weit davon entfernt, nahe genug, um einen Eindruck davon zu erhalten, daß der Schlund tief war, aber nicht nahe genug, um zu sehen, wie tief. Lucy stand an der Wand neben Darens Leiche.

»Wir sind wirklich erledigt, nicht wahr?« meinte sie, als Alis und Karl zurückkamen.

»Es wird schwer für uns«, sagte Alis.

»Schwer? Ich habe mir gerade den Verstärker angesehen. Karl hat recht; wir können ihn nie reparieren. Auf der *Ranger* kann man uns nicht hören; sie können uns nicht finden, und wir sind zehn Kilometer tief. Dort können wir ohne Werkzeuge nicht hinaufklettern.« Sie deutete auf die senkrechte Klippenwand. »Und falls wir mit diesem Ding wieder hinauffahren, wer kann sagen, ob die Schlangen nicht noch da sind?«

»Falls wir überhaupt damit zurückfahren können«, ergänzte Robert hilfreich.

Alis wollte sich schon äußern, als Karl sagte: »He,

dann sterben wir halt hier! Sehen Sie es doch von der positiven Seite. Wir werden berühmt werden – vielleicht benennt man dieses Ding sogar nach uns. Wir werden Dinge sehen, die niemand zuvor gesehen hat. Wir erreichen Orte – und sind ja schon dabei –, die noch nie ein Mensch betreten hat. Wir werden Helden sein, sofern wir zum Ende hin nicht anfangen zu stammeln. Und falls es nicht planmäßig läuft und das völlig Unerwartete passiert und wir eine Möglichkeit zur Zusammenarbeit finden, ohne in Panik zu geraten, dann schaffen wir es vielleicht sogar, lebendig zurückzukehren. Wieso gehen wir also nicht einfach davon aus, daß wir sterben werden, und sind dann angenehm überrascht, falls es nicht so kommt?«

Robert sagte: »Wissen Sie, Sie sind wirklich ein Schwachkopf.«

Karl gab Alis keine Chance, ein Wort dazwischenzukriegen. »Sicher, bin ich. Wer sonst wäre schon mit Ihnen hier heruntergekommen? Ich sage nur, daß Alis recht hat. Bewahren wir einen klaren Kopf und versuchen, soviel über Kantalupe herauszufinden, wie wir können, und vielleicht haben wir Glück. Falls nicht, sind wir nachher zumindest etwas klüger. Sollten wir uns darauf versteifen, mit brutaler Gewalt zur Oberfläche durchzubrechen, wenn uns dabei nur die Zeit davonläuft, gebrauchen wir nicht unsere Köpfe. Wir haben nur eine realistische Chance, hier wieder herauszukommen – indem wir Alis folgen.«

Alis gab Karl Spitzennoten im Fach Menschenführung, besonders bei jemandem, der nach außen vorgab, ein Gefolgsmann zu sein.

»Sehen Sie«, sagte Lucy. »Ich bin jetzt okay. Ich komme schon klar.«

Robert seufzte nur.

Alis wartete darauf, daß Hintergedanken geäußert wurden, aber das geschah nicht. »In Ordnung. Wir müssen diesen Vorsprung erkunden und mal sehen, ob wir irgendwelche weiteren Fahrstühle – oder was das für Dinger sind – entdecken, oder ob uns sonst etwas auffällt. Falls wir keinen anderen Weg finden, können wir versuchen, dorthin zurückzukehren, wo wir herkommen. Wenigstens haben wir dann eine Menge Bilder hiervon abgespeichert.«

Sie sah die übrigen drei an. »Und wir lassen Darens Leiche hier liegen. Es gefällt mir nicht, aber wir können ihn einfach nicht überallhin mitschleppen. Möchte irgend jemand ein paar letzte Worte für Daren und Belinda sprechen?«

Langdauerndes Schweigen wurde von Karl beendet, der sich neben Daren kniete und ihm die Hand auf den Raumanzug legte. »Daren, Sie und Belinda sind weit von zu Hause entfernt gestorben. Wahrscheinlich werden Sie nicht Bestandteil des Wechsels von Staub zu Staub sein, außer in unseren Herzen. Sie werden jedoch im Gedächtnis aller weiterleben. Sie werden Teil unserer Geschichte sein und in Erzählungen von Forschern erinnert werden, in Geschichten, wie sie seit Homers Tagen gesammelt werden. Und jedes Jahr werden ein paar kleine Jungen und Mädchen mehr Ihre Geschichte hören und sich sagen: ›Das waren tapfere Menschen. Ich hoffe, daß ich eines Tages auch so bin.‹«

Karl stand langsam wieder auf und lehnte sich mit dem Rücken an die Klippe.

Alis war überrascht, in seiner Stimme einen so ausgeprägten Stolz auf zwei Menschen zu entdecken, die sie selbst kaum gekannt hatte, und dazu so starke Trauer über den Verlust.

Sie erkannte, daß sie selbst keine so starken Gefühle gehabt hatte, als Daren und Belinda starben. Und mehr: Sie hatte schon lange nichts anderes mehr so stark empfunden wie Zorn.

Sie fragte sich, ob Daren wohl die Wahrheit gesagt hatte. War Karl wirklich nur ein Opfer wie sie? Sie sagte eine ganze Weile nichts, traute ihrer Stimme nicht, und als sie sich zu Wort meldete, geschah es nur mit den Worten: »Danke, Karl.«

Niemand sonst äußerte sich, und endlich schlug Alis vor: »Sehen wir mal nach, was wir in dieser Richtung finden.« Sie ging voraus, und die anderen folgten ihr mit selbstgewähltem Tempo.

Der breite Vorsprung blieb eben, und auch die Breite schwankte nicht. Alis hielt sich an der Klippe. Aus dieser Nähe war es schwieriger, die Verfärbungen zu finden, die vielleicht auf weitere Gänge hinwiesen, aber über die Kante zu stürzen erschien ihr als schreckliche Todesart. Die Beschaffenheit der Felswand blieb unverändert, eher Leder als Gestein.

Der Vorsprung folgte in weiten Sinuskurven den breiten Wellen der Felswand. Die Wand gegenüber schien genau parallel zu dieser zu verlaufen, so daß der Abstand zwischen beiden überall gleich war.

»Welchem Zweck dient wohl diese Kluft?« fragte Lucy nach mehreren Minuten.

Alis hatte nicht die leiseste Ahnung; die anderen anscheinend auch nicht, denn niemand riskierte eine Vermutung. Die Kluft schien absichtlich hergestellt zu sein und sah weniger nach dem Ergebnis eines bizarren Unfalls aus, aber selbst das war reine Spekulation. Der ›Fahrstuhlhalt‹ ähnelte dem anderen weit über ihnen, und ohne die Kluft hätte es keinen Grund gegeben, hier zu halten.

»Gerade ist eine aktualisierte Karte eingetroffen«, sagte Karl etwa zum gleichen Zeitpunkt, an dem Alis die kleine Anzeige in ihrem Helmdisplay entdeckte.

Eine Sekunde später ertönte die Stimme des Captains in ihrem Helm. »Wir haben Ihnen gerade eine neue Karte überspielt. Sie scheint sogar allmählich von Nutzen zu sein. Melden Sie sich ab jetzt zu jeder vollen Stunde, falls es geht, damit wir über die von Ihnen gesammelten Daten auf dem laufenden bleiben.«

»Ich wünschte, es ginge«, sagte Alis zu sich und blieb

stehen. Sie wechselte mit dem Blick auf die Steuerpunkte im Helm und rief die jüngste Karte auf.

Der größte Teil der Karte war in einheitlichem Grau, aber Stellen von höherer Dichte erschienen dunkler, solche mit geringerer Dichte heller. Die Grautöne waren nicht leicht zu unterscheiden, also verschob Alis die Karte farblich, damit die neutrale Zone grün wurde, dichtere Bereiche rot und weniger dichte blau. Das Navigationssystem blendete einen blinkenden weißen Punkt ein, der ihre aktuelle Position zeigte.

»Wow«, sagte Lucy. »Ich kann die Kluft sehen, irgendwie.«

Alis sah, was sie meinte. Der blinkende ›Hier-sind-Sie‹-Punkt überlappte eine verschwommene blaue Ebene im Display. Alis verschob ein paarmal die Perspektive. Die Kluft schien bis fast an die Oberfläche zu reichen und fast bis auf halbem Weg zum Kern. Etwa um 150 Grad dazu entdeckten sie auf der anderen Seite Kantalupes eine ähnliche blaue Ebene. Der blinkende Punkt zeigte, daß sie etwa auf halber Höhe der keilförmigen Ebene waren, die zum Kern hin schmaler wurde.

Der Kern selbst war als Kugel zu sehen, die eine Federfüllung aus roten und blauen Elementen enthielt. Weiter entfernt war an einer Stelle zwischen den beiden zueinander passenden Ebenen die Andeutung einer großen und vage hantelförmigen Zone zu erkennen. Darüber bildeten drei schwächere Ebenen ein Dreieck. Die Schale Kantalupes wirkte durchgängig etwas dunkler als der Rest der Kugel.

Scheinbar zufällig zogen sich hier und da Fäden durch Kantalupe, die nur so schwach sichtbar waren, daß sie vielleicht auch nicht realer waren als früher die Marskanäle. Viele verliefen weitgehend horizontal, aber eine große Zahl von ihnen folgte steilen Diagonalen.

Eine dünne senkrechte Linie, so schwach, daß sie sich am Rand zur Einbildung bewegte, stand für den Schacht, durch den sie herabgekommen waren. Eine vergrößerte

Darstellung zeigte einen winzigen roten Punkt, bei dem es sich wahrscheinlich um die große Sonde handelte, die sie gefunden hatten. Eine Diagonallinie, so undeutlich, daß überhaupt nur unzusammenhängende Abschnitte erkennbar waren, zog sich von einer Stelle unter der Sonde zu einem Ort unweit des blinkenden Punktes. Eine weitere ultradünne Linie führte in einem Winkel von etwa fünfundvierzig Grad von der gegenwärtigen Position der Gruppe aus nach unten, hin zu einer verschwommenen Sektion, in der Schwankungen der Dichte angedeutet waren.

Alis fühlte sich durch das Display beruhigt. Sie waren immer noch so tief unter der Oberfläche wie fünf Minuten zuvor, aber sie kam sich nicht mehr so verlassen vor.

Robert sagte: »Sieht so aus, als führten vom hiesigen Fahrstuhlhaltepunkt aus Passagen nach unten und nach oben. Irgendwelche Theorien, wie wir dem Ding klarmachen könnten, daß wir wieder nach oben möchten?«

»Ich habe nichts gesehen, was auch nur entfernt nach Steuerungselementen ausgesehen hätte«, sagte Karl. »Womöglich haben wir gar keine Wahl. Diese Passagen könnten mehr ein Rundreisemechanismus sein als richtige Fahrstühle.«

Sie gingen weiter, und Alis dachte über die Möglichkeit nach, daß der einzige Weg, der ihnen offenstand, nach unten führte.

»Das, was Daren gesagt hat, ehe er starb«, meldete sich Lucy. »Was halten Sie davon? Karl?« Was zunächst eine offene Frage gewesen war, wurde kaum eine Sekunde, nachdem sie sie ausgesprochen hatte, auf Karl zugespitzt.

Ein Augenblick verging, ehe er antwortete: »Ich kann den Reiz einer Erklärung nicht leugnen, derzufolge ich nicht der unfähige Trottel war, als den mich alle betrachtet haben.«

»Aber glauben Sie daran?«

»Keine ausreichenden Indizien. Aber es würde schon

erklären, was ganz gewiß unwahrscheinlich war – daß ein Shuttle die Station genau zu einer Zeit rammte, in der eine Übung stattfand, um Reaktionen auf eine Shuttlekollision zu testen. Und sicherlich gibt es Präzedenzfälle für schmutzige Tricks zwischen GSSC und ISA.«

»Sie glauben doch nicht an diesen Verschwörungsscheiß, oder?« fragte Alis. Trotz der Überzeugungskraft, die von den Worten des sterbenden Darens ausging: Falls er die Wahrheit gesagt hatte, dann hatte Alis einen Unschuldigen verfolgt – und war ihr Zustand das Ergebnis einer vorsätzlichen Zerstörungstat.

»Sie meinen, die alten NASA-Geschichten?« fragte Robert. »Das ist nicht gerade das, was ich als bewiesene Fakten bezeichnen würde.«

»Was für alte NASA-Geschichten?« wollte Lucy wissen.

Karl sagte: »Das war im frühen einundzwanzigsten Jahrhundert. Damals fand eine ganze Reihe von Anhörungen im Kongreß statt, weil einige Leute behaupteten, daß eine Reihe von NASA-Katastrophen auf Sabotageakte durch eine Gruppe von Privatpersonen zurückging, die wollten, daß man der NASA das Raumfahrtprogramm wegnahm und es in die Hände der privaten Industrie legte. Sie behaupteten, eine ganze Liste von Katastrophen wären keine Unfälle gewesen, sondern tatsächlich durch Sabotage herbeigeführt worden.«

»Was für Katastrophen?«

»Viele verschiedene. *Apollo 13,* eine Shuttleexplosion, das erste und das zweite Hubble-Teleskop, ein Brand auf einer Startrampe, ein Gasleck an einer Raumstation, eine Marssonde, die fast das Ziel erreicht hatte, als sie explodierte. Ich erinnere mich nicht mehr an die ganze Liste.«

»Denken Sie, daß wirklich Menschen so etwas tun würden?«

»Menschen haben schon viel Schlimmeres getan«, sagte Karl. »Ich habe Robert mit offenem Mund essen gesehen.«

»Aber denken Sie, daß Ihr Unfall wirklich arrangiert worden ist?«

»Ich weiß es nicht. Ich kann nur sagen, daß er nicht auf Nachlässigkeit zurückging.«

»Sagen Sie«, stellte Alis fest.

»Sage ich«, versetzte Karl müde.

Sie gingen noch einmal zwanzig oder dreißig Meter weiter. Alis näherte sich ein klein wenig dem Rand des Abgrunds und wich dann wieder davon zurück.

»Oh, ich hatte einen interessanten Gedanken«, gab Robert bekannt.

»Jetzt mal ernsthaft«, sagte Karl.

»Falls wir Darens Geschichte glauben, folgt daraus, daß er vielleicht auch unseren Einsatz sabotieren sollte. Wer sagt dann, daß es nicht *zwei* Saboteure geben könnte?«

»Nur die Wahrscheinlichkeit. Falls es wirklich eine Verschwörung gibt, um die ISA zu diskreditieren, dann wäre es, je mehr Leute darin verwickelt sind, desto wahrscheinlicher, daß längst jemand Alarm gegeben hätte.«

»Sicher, genau das würden *diese Leute* sagen.«

»Wow«, sagte Lucy. »Werden wir hier ein bißchen paranoid?«

»Auch das würden ...«

»Robert, geben Sie es auf«, warf Karl ein. »Alis ist das größte überlebende Opfer des ›Unfalls‹, gefolgt von mir. Sie selbst wissen am besten, ob Sie ein Saboteur sind oder nicht, und damit bliebe nur Lucy.«

»Richtig«, meinte Robert. »Einer Frau würden sie das Geheimnis wohl kaum anvertrauen.«

»Was soll das denn heißen?« fragte Lucy gereizt.

»Nein«, entgegnete Karl, »so habe ich das nicht gemeint. Ich wollte nur sagen, daß Lucys Mutter ein hohes Tier bei der ISA ist. Nicht sehr wahrscheinlich, daß Lucy für die Verschwörer erste Wahl wäre, selbst wenn man sie für empfänglich hielte.«

»Ein hohes Tier? Oh, klar, das war mir bekannt.«

Roberts durchschaubarer Neueinschätzung, wie er Lucy behandeln sollte, fehlte es dermaßen an Subtilität, daß Alis beinahe laut gelacht hätte. »Aber was für eine Art hohes Tier? Wie es scheint, ist mir das entfallen.«

»Nichts Geringeres als eine Sektordirektorin.«

Lucy sagte: »Also, Karl, ist das der Grund, weshalb Sie bislang so nett zu mir waren?«

»Oh, Sie haben mich erwischt! Deshalb war ich bislang so grob zu Daren und Belinda. Ihnen fehlte es an wichtigen Verwandten.«

»Tut mir leid, das war wirklich irgendwie dumm von mir.«

»Ihr gutes Recht. Schließlich ist Ihre Mutter wirklich mächtig.«

»He, ich sagte, daß es mir leid tut!«

»Mir auch.« Karl zögerte. »Ich bin es nur leid, daß Leute mein Tun und Lassen im schlechtestmöglichen Licht interpretieren. Könnten wir in Sachen Beurteilungen einen Waffenstillstand für die Zeit schließen, die wir hier unten sind?«

»Klingt für mich fair«, sagte Lucy.

Zu Alis' Erleichterung ließ Robert das Thema fallen. Ungeachtet der kühlen Luft, die durch Raumanzug und Helm strömte, wurde ihr ein bißchen wärmer. Sekunden später sagte sie, damit das Gespräch nicht wieder in alte Bahnen geriet: »Ich habe nach wie vor keine Ahnung, wozu diese Kluft dienen könnte.«

Niemand sonst hatte eine Idee, die er vorbringen wollte. Alis blieb an der nächsten Kurve stehen, die der Vorsprung nach außen machte, und blinzelte ihre Augen in den Teleobjektivmodus. Die weiter voraus folgenden Wellen des Vorsprungs um die Felswand rückten näher heran, und sie überblickte vielleicht hundert Ausschläge der Sinuskurve. Soweit sie sehen konnte, sah es überall so aus wie hier.

Niemand beschwerte sich, als sie Befehl gab, denselben Weg zurückzugehen.

Darens Leiche war eine grausige Markierung, die darauf hinwies, daß sie wieder den Transportmechanismus erreicht hatten.

Alis trat vor den großen Ring an der Wand neben Daren. »Ich habe hier genug gesehen. Ich denke, es wird Zeit zu prüfen, ob uns dieses Ding noch tiefer bringt, oder ob die Schlangen immer noch dort sind, wo wir sie zurückgelassen haben.«

11
Keloid

Karl betrat als letzter den Transportmechanismus. Ihm gefiel die Idee eigentlich nicht, Darens Leiche einfach neben dem Abgrund liegen zu lassen, aber er wußte, daß Alis recht hatte. Sie konnten Daren nicht die ganze Zeit mitschleppen. Er gab dem Toten in Gedanken das Versprechen, daß er zurückkommen würde, falls er konnte. Er hoffte, daß er überlebte und es erfüllen konnte.

Er zog sich weit genug in die Transportkapsel zurück, damit sich die kreisförmige Öffnung wieder schloß. Sekunden später verschwand die letzte kleine Lücke im Zentrum vollständig.

Einen Moment lang geschah nichts, aber dann nahm die Kapsel wie schon zuvor ihre Rotation auf und wurde immer schneller, erzeugte dabei an den Wänden ein eigenes künstliches Schwerefeld. Karl kroch in eine bequemere Position und machte es sich für die Fahrt gemütlich.

Robert sagte: »Ich denke, es geht wieder abwärts.«

Karl spürte den gleichmäßigen Druck, der ihn an der Wand hielt, und gelangte zur gleichen Schlußfolgerung. Wäre es aufwärts gegangen oder wären sie auf derselben horizontalen Ebene geblieben, hätte sich der Druck mehr stoßweise anfühlen oder eine andere Richtung haben sollen als die künstliche Schwerkraft. Karl wußte nicht recht, ob es günstig oder ungünstig war, daß es weiter abwärts ging. Alis' Theorie über die Möglichkeit, mit Hilfe umfassenderer Kenntnisse über Kantalupes Innenleben wieder hinauszugelangen, klang vernünftig, aber gleichzeitig hatte er ein Gefühl, als griffe er tiefer in ein Piranha-Aquarium, um einen Hamburger zu packen, den er fallengelassen hatte.

»Nehmen Sie den Fuß weg, ja, Robert?« Lucy nahm eine bequemere Position ein. Als sie damit fertig war, waren alle vier am Äquator der Kapsel aufgereiht. »Ich halte es immer noch für möglich, daß dieser Mechanismus kein Fahrstuhl ist, sondern eine Rundfahrt bieten soll – einen vorprogrammierten Kurs von A über B nach C. Ich sehe nirgendwo etwas, was nach einer Schalttafel aussieht.«

Karl sagte zu Alis: »Haben Sie sich die Umgebung auch im infraroten und ultravioletten Bereich angesehen – für den Fall, daß es hier etwas zu erfahren gibt, nur nicht in dem Spektrum, das unsere Augen sehen?«

»Sicher, aber da ist nichts.« Eine Sekunde später setzte sie hinzu: »Wieviel wissen Sie über meine Augen?«

»Genug, um mir auch so welche zu wünschen.«

Alis schnaubte.

»Was?«

»Möchten Sie, daß man Ihnen die Augen herausreißt und durch Instrumente ersetzt? Um mehr eine Maschine zu werden als ein menschliches Wesen?«

Karl zögerte. »Sie drücken es so aus, als wäre es etwas Schlimmes.«

»Ganz schön schnodderig für jemanden, den es nicht erwischt hat.«

»In Ordnung. Vergessen wir mal das Schnodderige. Sie haben attraktive Augen erhalten, die, vermute ich, nie ermüden und mit deren Hilfe sie über große Distanzen sehen, aber auch Nahaufnahmen erhalten können. Sie können im infraroten und ultravioletten Bereich sehen, wenn Sie möchten. Oberflächlich klingt das nach einer guten Sache, ja.«

»Attraktiv? Vielleicht so attraktiv, wie Perücken auf Sie wirken.«

»Ich bin ehrlich der Meinung, daß jemand, der Ihre Geschichte nicht kennt, nie auf die Idee kommen würde, daß Ihre Augen nicht die ursprünglichen sind.«

»Bei Ihnen klingt das nach einem Extra für ein Auto.«

»In gewisser Hinsicht ist das auch so.«

»Sie wissen nicht, wovon Sie reden.«

»Sie haben ein künstliches Herz, stimmt's?«

»Und?«

»Was, wenn ich Ihnen sagte, daß auch Robert eins hat?«

»Wirklich? Nein, das wußte ich nicht.«

Robert sagte: »Sie wußten es nicht, weil es gar nicht stimmt.«

»Richtig«, sagte Karl. »Aber sehen Sie denn nicht? Man weiß es einfach nicht. Teile sind Teile. Es kommt nicht darauf an, ob man über die Originalausstattung oder Ersatzteile verfügt.« Karl warf einen prüfenden Blick auf das Display der Trägheitsnavigation, aber wiederum wollte es ihm nicht mehr verraten, als daß es zu sehr mit der Berechnung neuer Daten befaßt war, um ihm zu sagen, ob es nun aufwärts oder abwärts ging.

»Also bin ich die einzige mit einem neuen Herzen. Sie stellen nur müßige Spekulationen an.«

»Was war Ihr liebstes Geburtstagsgeschenk in Ihren Kindertagen?«

»Ein Fahrrad. Ein grünes mit einer kleinen Geräuschmaschine, die *Wuuusch* machte, als ob es ein Luftkissenfahrzeug wäre. Und?«

»Das sind Sie dann also.«

»Das geht jetzt völlig über meine Begriffe.«

»Hätten Sie gesagt, es wäre ein ›Lasergewehr‹ oder ein ›rosa Partykleid‹ gewesen, dann wären Sie jemand anderes. Sie hätten Robert sein können.«

Robert sagte: »Ha ha! Ich hätte ›ein Teleskop‹ gesagt.«

»Oh, wie tiefgründig!« versetzte Alis. »Diese eine Frage bestimmt also meine ganze Persönlichkeit?«

»Nein. Aber ergänzen Sie sie um ein paar tausend oder ein paar Millionen weiterer Fragen dieser Art, dann nähern Sie sich allmählich einer Definition dessen an, wer Sie sind. Sie sind keine ›Standardfrau mit neuen Augen, neuem Herzen und neuen Beinen‹. Sie sind eine

Frau, die es zur ISA geschafft hat, indem sie fast jedes Schuljahr als Klassenbeste abschloß. Eine Frau, die in Westtexas aufgewachsen ist und noch als Kind miterlebt hat, wie ihr Vater einem Akt zufälliger, sinnloser Gewalt zum Opfer fiel. Sie sind ...«

»Woher wissen Sie das alles?«

»Nach dem Unfall kamen Sie oft in den Nachrichten vor, obwohl Sie es nicht bemerkten, und ich hatte einen Grund, die Nachrichten zu verfolgen. Ich möchte mit all dem nichts anderes sagen, als daß neue Augen und ein neues Herz nichts an dem ändern, wer Sie sind. Ich möchte damit die Verletzungen nicht herunterspielen oder behaupten, sie hätten Sie überhaupt nicht verändert. Ich sage nur, daß diese Dinge Sie auch nicht stärker definieren als mich ein künstlicher Zahn.«

»Oh, bitte«, sagte Alis. »Neue Augen gehen ein bißchen tiefer als ein neuer Zahn.«

»Finde ich auch. Aber die Tatsache, daß Sie neue Augen und ein neues Herz haben, macht Sie nicht zu einem Roboter.«

»Das hatte ich auch nicht behauptet.«

»Ich weiß. Manchmal übertreibe ich, um etwas zu verdeutlichen, wie es George Bernard Shaw mit seinem Angebot an eine Frau tat.«

»Sie sehen die Dinge also in Schwarzweiß, nicht in Grauschattierungen?«

Karl überlegte kurz. »Vielleicht sehe ich dieselben Dinge wie Sie und ziehe nur andere Schlüsse daraus. Bei vernünftigen Leuten passiert das schon mal.«

»Es hat sich mehr so angehört, als wollten Sie mich überreden, meinen Standpunkt zu ändern.«

»Vielleicht wollte ich das unbewußt, aber nicht absichtlich. Also, falls jemand bei Ihnen anklopfte und fragte ›Entschuldigen Sie, aber Sie können Ihre ursprünglichen Augen in perfektem Zustand zurückhaben, falls Sie möchten‹, würde Ihre Antwort dann ›ja‹ lauten?«

»Nun, natürlich ...« Alis wurde auf einmal still.
»Oder vielleicht müßten Sie doch erst darüber nachdenken.«

Da die künstliche Schwerkraft gleichmäßig war, konnte Karl nicht feststellen, wie oft die Kapsel rotiert hatte, ehe Alis ihm antwortete, aber er schätzte es auf fünf oder sechs Umdrehungen.

»Wissen Sie, ich dachte, ich wüßte die Antwort darauf.«

»Nun«, warf Robert ein, »ich wünschte, meine Augen wären jetzt nicht müde. Falls diese Kapsel noch viel länger braucht, werde ich ein Nickerchen machen.«

»Was ich mir wirklich gewünscht hatte, war ein Ausflug zur Erde«, sagte Lucy auf einmal.

»Sie waren noch nie unten?« fragte Alis.

»Nein. Meine Mutter hat immer wieder davon gesprochen, aber wir haben es nie getan.«

Karl sagte: »Ich hätte eigentlich gedacht, mit einer Mutter, die in der Hierarchie so weit oben steht, wären Sie mehrfach dort gewesen.«

»Sie wären erstaunt, wie beschäftigt sie immer war«, sagte Lucy mit einem leisen Unterton der Traurigkeit, bei dem Alis sich den Zusatz ›jedenfalls zu beschäftigt für mich‹ vorstellte.

Alis sagte: »Wir sollten uns wohl alle ein bißchen Zeit nehmen, um uns zu entspannen. Das hier ist wahrscheinlich die sicherste Stelle, die wir bislang gefunden haben, und wir kommen offensichtlich nicht nach Plan wieder aus Kantalupe heraus.«

Karl überließ sich der Stille. Das Kapselinnere, dessen Dunkelheit nur von vier Paaren von Helmlampen durchbrochen wurde, wirkte wie ein unwirkliches Bergmannsversteck. Auch Karls Augen waren müde, und er machte sie zu.

Alis formte aus ihrem Zorn eine ganz schön effektive Barriere um sich, aber trotzdem fand Karl sie faszinierend, eine reizvolle Frau, die sich verändert hatte und noch nicht wieder aus diesem Zustand hervorgekommen war. Er fragte sich, wie sie sein würde, wenn sie das mal tat, und er fragte sich, ob er sich so gut gehalten hätte wie sie.

Er war unabhängig genug, um gern seine eigenen Entscheidungen zu fällen. Selten hatte er sich auch mal zu etwas anderem entschlossen, nur weil eine andere Person ihm gesagt hatte, was er tun sollte. Manchmal konnte er sich selbst gegenüber zugeben, daß er ohne Einflüsse seines Gegenübers ohnehin genau das getan hätte, was gefordert war. Vielleicht ging es Alis genauso. Vielleicht hätte sie sich für das neue Herz entschieden, wenn jemand sie vorher gefragt hätte, ob sie nicht lieber ein unbegrenzt haltbares Herz haben wollte als das alte, aber als sie mit vollendeten Fakten konfrontiert wurde, war es ihr zuwider, daß sie die Entscheidung nicht selbst hatte treffen können.

Er entspannte sich in der maßvollen Schwerkraft, und seine Gedanken wanderten von Alis zurück zu dem, was Daren gesagt hatte.

Gewiß würde er nie die Wahrheit über den Unfall erfahren. Die Zahl der Leute, die in seiner Gegenwart sterben würden, war begrenzt, und falls eine moderne Verschwörung so geheim gehalten worden war, daß er nie auch nur ein Flüstern davon gehört hatte, bestand keine Chance, daß er irgendwann über mehr Informationen darüber stolperte. Trotzdem milderten Darens Worte ein wenig seinen Schmerz. Und er spürte eine untergründige Veränderung bei Alis, ein Zögern, das vorher nicht spürbar gewesen war, einen winzigen Riß in ihrer Panzerschale. Gerade eben hatte sie länger als je zuvor ganz normal mit ihm geredet.

Er vermutete, daß es typisch für sein Schicksal wäre, endlich diese Fassade zu durchbrechen und Frieden mit Alis zu schließen, kurz bevor sie alle starben. Als Kind hatte er mal eine Katze, die von einem Auto verletzt worden war, wieder gesundgepflegt, nur um dann zu sehen, wie sie sich eine dieser neuen Virusmutationen einfing und in weniger als einer Woche starb. Daß der Tierarzt sechs Monate später den neuen Impfstoff parat hatte, bot wenig Trost. Das war auch nicht hilfreicher, als wenn die *Ranger* sie endlich fand, nachdem ihnen schon eine Woche vorher die Luft ausgegangen war.

Er versuchte angestrengt, seine Gedanken positiver zu gestalten. Er haßte die Instanz in sich, die ständig über den schlimmsten Fall spekulierte, zu dem sich seine aktuelle Lage entwickeln konnte, ob es nun um die Distanz ging, über die ein Scoutschiff sie verfolgen konnte, ehe der Stand seiner Vorräte es zur Umkehr zwang, oder darum, wie lang es dauern würde, bis er an der Taucherkrankheit starb, falls er mal zu schnell wieder auftauchte.

Ungeachtet davon, wie leicht es zum Schlimmsten kommen konnte, sagte er sich, daß alles gut werden würde. Alles. Aber dann fielen ihm wieder Belinda und Daren ein.

Karl drückte die Augen fester zu und versuchte, an gar nichts mehr zu denken. Nach einer Weile entspannten sich die Augen, und es gelang ihm besser.

Jemand schüttelte ihn wach, oder zumindest schien es zunächst so.

Er öffnete die Augen. Lucy reckte die Arme, als wäre auch sie gerade aufgewacht. Sie befanden sich immer noch in der rotierenden Kapsel, und niemand faßte Karl an.

Die Vibration, die ihn aus dem Schlaf gerissen hatte, war das gleiche ruckhafte Gefühl, wie es schon das Ende der ersten Fahrtetappe mit der Kapsel angekündigt hatte. Die Bremsphase mußte begonnen haben.

Und tatsächlich. Mehrere Minuten später hielt die Kapsel an, und für einen Moment purzelten die Teamgefährten im Mittelpunkt durcheinander.

Robert schaffte es als erster zur Öffnung. Die Abdeckung zog sich bis an den Rand zurück.

Dahinter lag ein weiterer Tunnel, diesmal einer mit farbintensiveren Wänden und stärkerer Biolumineszenz. Die Wände leuchteten in einem rötlichen Ton, und das Material schien lichtempfindlich. Der Weg, den das Licht aus Karls Helmlampen über die Wand zog, wurde durch eine Spur aus hellerem Rot markiert, das erst langsam wieder auf das normale Niveau zurückging, so als striche man mit einem Elektronenstrahl über das aktive Ende einer ultralangsamen Kathodenstrahlröhre. Einer nach dem anderen gingen die Teamgefährten hinaus in den Tunnel.

Fester Stand war hier noch schwerer zu finden. Sie alle rutschten aus, als sie sich den Weg an der leichten Neigung der Tunnelwand hinab zum abgerundeten Boden suchten.

Karl warf einen Blick auf das Display der Trägheitsnavigation. »Wir sind viel tiefer als vorher, und deshalb sind wir hier noch leichter.«

»Wir sind leichter?« fragte Lucy. Sie sprang zaghaft hoch, nicht viel kraftvoller, als würde sie nur die Zehen gegen den Boden drücken. Trotzdem prallte sie an die Decke und schützte den Helm dabei durch die ausgestreckten Hände. Unbeholfen sank sie wieder herunter. »Ups, Sie haben recht.«

»Wieso leichter?« fragte Robert.

»Weil die Schwerkraft hier nur eine Funktion der Masse ist, die wir noch unter uns haben.« Ehe Robert die nächste Frage stellen konnte, fuhr Karl fort: »Die über uns liegende Masse gleicht die unter uns aus, was die Schwerkraft angeht. Die Masse direkt über uns zieht am stärksten aufwärts, aber die ganze übrige Masse zieht uns leicht abwärts, und die Mathematik läuft dabei auf eine Summe von fast null hinaus.«

»Also gibt es im Zentrum überhaupt keine Schwerkraft?«

»Richtig. Falls Sie pingelig sein möchten: Im Zentrum besteht ein Schwerefeld, aber es bildet die Summe eines gleichstarken Zuges in alle Richtungen, also kann man es nicht von Schwerelosigkeit unterscheiden.«

Dieser Tunnel schien regelmäßiger als die anderen, die Karl bislang gesehen hatte. Er war ebenfalls rund, das jedoch fast perfekt. Der Durchmesser betrug etwa drei Meter, und die Wände wirkten glatter und gleichförmiger als in den bisherigen Tunneln. Der Gang verlief über die gesamte sichtbare Strecke in einer leichten Kurve und vermittelte dadurch den Eindruck, es könnte sich um einen sehr großen, horizontalen Ring handeln. Die runde Öffnung, durch die sie gerade gekommen waren, zeigte sich in dunklem Braun. Im Gegensatz zum Kapseleinstieg an der Kluft trat diese Öffnung klar hervor und war fast unmöglich zu übersehen.

Karl kontrollierte seine Navigationsanlage, während die übrigen ihre Beine streckten und sich umsahen. Sie hatten locker ein Drittel des Weges bis zum Kern Kantalupes zurückgelegt. Er versuchte, nicht daran zu denken, wie schnell sie sich der Erde und der Sonne näherten und wie schnell es anschließend auf der anderen Seite aus dem Sonnensystem hinaus ging.

In schweigender Übereinkunft wandten sie sich nach rechts und gingen einer nach dem anderen durch den Tunnel, angeführt von Alis. In nur zwanzig oder dreißig Metern Entfernung fanden sie eine weitere kreisförmige Verfärbung an der Wand vor, diesmal links, an der Innenwand des Rings und gegenüber der Transportkapsel, die sie hergebracht hatte. Der große Kreis zeigte ein Muster aus vielleicht hundert konzentrischen Ringen und konnte somit nur schwer mit dem einfachen Ring verwechselt werden, der den Eingang zur Transportkapsel markierte.

Mit Hilfe der Visiersteuerung rief Karl die aktuelle Innenkarte mit Markierung ihrer Position auf. Sie hatten wirklich die Stelle erreicht, die auf dem Display klecksig aussah, und als Karl eine Vergrößerung abrief, zeigte sich, daß sie sich am Rand der klecksigen Zone befanden, die vage einem Doughnut ähnelte. Er vergrößerte das Bild noch mehr, aber was mit der vorherigen Auflösung ein bißchen undeutlich gewesen war, zeigte sich mit der jetzigen in Form undeutlicher Wolkenfetzen.

»Interessant wird es vielleicht in dieser Richtung«, sagte Alis und deutete nach links, zur Ringinnenseite, womit sie die gleiche Schlußfolgerung äußerte, zu der auch Karl gerade gelangt war. »Aber gehen wir erst mal weiter. Ich möchte sehen, ob es noch andere Eingänge gibt, vorausgesetzt, das hier ...« Sie deutete auf den Kreis. »... ist einer.«

»Ich frage mich«, sagte Lucy, »ob wir uns allmählich den Unterkünften nähern, falls das hier wirklich ein riesiges Sternenschiff ist.«

»Ich hoffe, Sie sind alle in Sicherheit«, ertönte plötzlich die Stimme von Captain Fernandez in Karls Helm. »Ich habe in letzter Zeit keine Meldung von Ihnen gehört, aber Sie sollen wissen, daß ich diesen Umstand nur darauf zurückführe, daß der Verstärker komplett ausgefallen ist. Falls Sie immer noch in der Lage sind, mit dem Schiff zu kommunizieren, oder präziser ausgedrückt, dem Schiff Informationen zu übermitteln, teilen Sie es mir mit, sobald es Ihnen paßt. Es dauert wahrscheinlich noch einige Stunden, bis die GSSC-Schiffe mit den Ablenksprengsätzen eintreffen, und je weniger Zeit dann seit Ihrer letzten Meldung vergangen ist – als Nachweis, daß Sie noch am Leben sind –, desto bessere Munition habe ich, um jede Aktion hinauszuzögern.«

Als offenkundig wurde, daß Captain Fernandez alles gesagt hatte, was er sagen wollte, meinte Robert: »Das ist einfach nur toll. Falls das wirklich GSSC-Schiffe sind, und falls stimmt, daß einige Leute innerhalb der GSSC die ISA in ein schlechtes Licht rücken möchten – welch günstigere Gelegenheit könnte sich ihnen bieten, als die Retter zu sein, die Kantalupe aus ihrem Kurs geworfen haben? Und falls wir immer noch drin festsitzen und dabei umkommen, dann sehen wir schlecht aus, weil wir den Einsatz vermurkst haben.«

Karl dachte, Lucy würde die gleiche Position beziehen, aber sie überraschte ihn.

»Robert, liegen Sie nachts wach und sorgen sich, ob während Ihrer nächsten Schicht ein Patient stirbt oder ein Asteroid eine Raumstation trifft?«

»Ich erkenne da keinen Zusammenhang.«

»Sie machen sich zu viele Sorgen. Über Dinge, auf die wir keinen Einfluß haben.«

»Und Sie denken wohl nie weiter voraus als bis zu der Frage, ob Sie jammern oder stöhnen sollen?«

»Das reicht«, sagte Alis, und das Gespräch stoppte in dem Augenblick, als Lucy gerade tief Luft geholt hatte.

Karl hatte in diesem Punkt tatsächlich etwas Mitgefühl mit Robert. Auch Karl hatte an den potentiellen Konflikt zwischen ISA und GSSC denken müssen, und er war ganz gewiß dafür bekannt, sich um Dinge zu sorgen, die sich seinem Einfluß entzogen. Er beneidete Menschen, die sich auf das konzentrieren konnten, was zu ändern in ihrer Macht stand, aber so war er nicht gemacht.

Weiter voraus folgte links ein weiterer der großen Kreise voller konzentrischer Ringe, die an die Jahresringe eines Baumes erinnerten. Karl glaubte, daß sie inzwischen die Hälfte des Ringtunnels zurückgelegt hatten, hatte aber nicht gut genug aufgepaßt, um sich dessen sicher zu sein.

Alis blieb vor dem Kreis stehen. »Ich möchte mal einen Blick hineinwerfen. Laut meinem Kartendisplay müßte das ein Durchgang sein, nicht der Einstieg zu einer Transportkapsel.«

Niemand äußerte Nervosität hinsichtlich dieses Plans.

Alis sprang zum Kreis hoch, schaffte es aber nicht ganz. Sie fand das Gleichgewicht wieder und versuchte es erneut. Diesmal konnte sie den Kreis berühren, ehe sie zurückfiel.

Tatsächlich öffnete er sich. Karl konnte von seiner Position aus nicht hindurchblicken, sah nur Dunkelheit. Der Kreis blieb fünf oder zehn Sekunden lang offen und schloß sich langsam wieder.

Alis sprang erneut hoch und packte den Rand des Kreises, ehe die Öffnung sich ganz schließen konnte. Das Material öffnete sich wieder.

Alis hielt sich weiter fest, und ein paar Sekunden später war die Öffnung groß genug für sie. Sie blieb dahinter stehen, hielt den Durchgang offen und fragte: »Wer als nächstes?«

Erst Robert, dann Lucy und Karl sprangen einer nach dem anderen hoch und zogen sich durch die runde Öffnung.

Dahinter lag Dunkelheit, wie in der Transportkapsel, aber der Raum war nicht kugelförmig, sondern wieder ein runder Tunnel, der vielleicht zehn Meter weit reichte, ehe er mit einer weiteren kreisrunden Abdeckung endete, die vom selben Format war wie der Eingang.

Alis hielt den Durchgang geöffnet. »Karl, probieren Sie mal, ob sich das andere Ende öffnet.«

Karl ging an Lucy und Robert vorbei zum hinteren Ende des kurzen dunklen Tunnels. Er drückte auf den dortigen Kreis. Nichts geschah.

»Vielleicht ist sie verschlossen«, meinte Robert.

»Oder kaputt«, ergänzte Lucy.

»Oder es ist eine Luftschleuse«, sagte Karl. Das Wort ›Luftschleuse‹ klang wie ein Echo, als Alis es beinahe gleichzeitig aussprach.

Alis nahm die Hand weg, damit sich die Öffnung schloß. »Sollte irgendwas schiefgehen, können wir uns hier jederzeit den Weg freischneiden.«

Als die Öffnung auf ein kleines Loch zusammenschrumpfte, hoffte Karl, daß sie recht hatte.

Zumindest erwies es sich als richtig, daß sie hier in einer Luftschleuse oder einer ähnlichen Doppeltürverbindung steckten, denn sobald sich der Eingang geschlossen hatte, öffnete eine Berührung der gegenüberliegenden Fläche den dortigen Kreis.

Karl konnte nicht feststellen, daß sich Luft bewegt hätte. Er hielt die Hand vor den aufgehenden Durchgang, solange er noch ziemlich klein war, und spürte keinerlei Schub, der auf eine eindringende Atmosphäre hingedeutet hätte.

Er sah noch einmal genauer hin, ehe er sagte: »Meine Instrumente messen nach wie vor ein gutes Stück weniger als eine Zehntelatmosphäre, also weiß ich nicht recht, wozu es hier eine Luftschleuse gibt.«

Hinter ihm sagte Robert: »Man könnte sich mehr als nur einen Grund für einen gekoppelten Durchgang denken. Er könnte zum Beispiel auch der Entseuchung dienen.«

»Na ja, ich schätze, das hier sind nicht die Besatzungsquartiere«, sagte Karl langsam, sobald die Tür weit genug aufgegangen war, um ihm den Blick auf das freizugeben, was dahinter lag.

»Ich würde sagen, das ist eine sichere Wette«, bestätigte Alis leise.

Karl ging hindurch und blieb stehen. Er stand aufrecht auf einer flachen braunen Ebene, die wenigstens ein paar hundert Meter weit reichte, ehe sie an die Wand gegenüber stieß. Der Boden war rund, als würde der Ringkorridor draußen seine Umrandung bilden. Allerdings war der Boden nicht massiv, sondern wurde von einer regelmäßigen Folge von Löchern von jeweils einem Meter Durchmesser durchbrochen und erinnerte damit an einen riesigen Duschabfluß. Dort, wo wahrscheinlich der Mittelpunkt war, ragte eine dicke Säule senkrecht auf.

Die Decke glich einer vergrößerten Darstellung der Szenerie unten. Sie lag ein paar Meter über den Köpfen des Teams und war ebenfalls durch große Löcher perforiert, größer als die im Boden. Die Deckenlöcher konnten zwei Meter durchmessen.

Karl ging ein Stück weit in den Raum hinein und

blickte in eines der näherliegenden Löcher. Der Boden war etwa so dick wie seine Hand. Durch das runde Loch erblickte er eine weitere Fläche etwa zwei Meter tiefer, ebenfalls mit runden Löchern perforiert, die aber versetzt waren im Vergleich zu denen des Bodens, auf dem Karl stand. Distanz und Dimensionen waren schwer zu schätzen, aber die Löcher in dem tieferliegenden Boden schienen dichter gesetzt zu sein und jeweils nur etwa einen Dreiviertelmeter Durchmesser zu haben.

Robert stieß einen Pfiff aus. »Ich wollte schon sagen, daß nicht extra betont werden muß, wie bizarr das ganze Innenleben dieses Himmelskörpers ist, aber ich schätze, man muß es doch aussprechen. Das ist ein verrücktes Ding.«

Karl warf einen Blick zurück und sah, daß seine drei Gefährten ausgeschwärmt waren und jeder durch ein Loch im Boden oder in der Decke blickte. »Ich möchte ein Stockwerk hinaufspringen und mich dort mal umsehen. Irgendwelche Einwände?«

»Nur zu«, sagte Alis. Ein anderer Kommandant hätte vielleicht gesagt »Seien Sie vorsichtig«, und Karl wußte nicht recht, wie er ihre Worte deuten sollte.

»Klar. Ich werde vorsichtig sein.« Er versuchte sich auszurechnen, wie kräftig er abspringen mußte.

»Das ist okay«, meinte Robert.

Karls Sprung fiel doch etwas zu kurz aus, und er fand sich am Rand des Deckenlochs hängend wieder. Er hatte so sehr darauf geachtet, in der geringen Schwerkraft nicht zu hoch zu springen, daß er sich verrechnet hatte. Zum Glück ließ sich der Rest des Weges einfach dadurch bewältigen, daß er mit beiden Händen kräftig zupackte und sich in einem Bogen hochschwang, bis er sachte auf dem flachen Boden neben dem Loch landete.

Er rappelte sich vorsichtig auf. Dieses Stockwerk ähnelte dem darunter, denn es bildete einen sehr großen Kreis mit einer dicken senkrechten Säule im Zentrum.

Er blickte auf, und die Helmlampen leuchteten durch

weitere runde Ausschnitte in der Decke, diesmal noch größer als das Loch, durch das er heraufgekommen war. Die Strahlen erleuchteten auch darüber eine weitere Ebene, und dort entdeckte er den Rand eines noch größeren Loches.

Karl trat an die Öffnung zurück, durch die er gekommen war. Er blickte hinab, um sicherzugehen, daß keiner der Gefährten direkt unter ihm stand. Er senkte sich durch das Loch, bis er wieder an der Kante hing. Er ließ los, und als er leicht auf dem Boden auftippte, sank er absichtlich in sich zusammen, so gut es ging, damit er nicht abprallte. Die Ebene darunter wollte er nur aus eigenem Entschluß erkunden, nicht in der Folge unkontrollierten Abprallens, das ihn schließlich durch eines der Löcher im Boden beförderte.

»Wie es scheint, setzen sich die Stockwerke über uns fort, und sie haben zunehmend größere Löcher«, sagte er.

»Nein, wirklich?« versetzte Robert.

Karl ignorierte ihn. »Ich würde gern auf die nächste Ebene unter uns hinabsteigen.«

»Noch nicht«, sagte Alis. »Sehen wir uns erst mal den Mittelpunkt an.«

Zu viert gingen sie zu der dicken Säule im Zentrum des Raums hinüber, und sie trabten dabei hin und her, um den Löchern im Boden auszuweichen. Karl kam sich wie eine Wanze in einer riesigen Käseraspel vor. Zumindest waren die Löcher in den aufeinanderfolgenden Stockwerken versetzt angeordnet, so daß man durch einen Fehltritt nur eine Ebene weit hinunterfallen konnte.

»Kriegt sonst noch jemand ein mieses Gefühl bei dieser Sache?« erkundigte sich Lucy.

Karl tat es, aber er sagte nichts. Ganz Kantalupe verschaffte ihm ein mieses Gefühl.

Während sie sich vorsichtig ihren Weg suchten, hatte Karl für einen Augenblick das Gefühl, daß nichts im Universum mehr real auf ihn wirkte, besonders dieser Ort hier, aber so rasch, wie die Empfindung aufgekommen war, verschwand sie wieder. Er blinzelte und ging weiter, und er wünschte sich dabei, das Erlebnis wäre zutreffend und die Umgebung hier nur das Produkt seiner Erwartungen gewesen; er wünschte sich, er hätte einfach etwas anderes erwarten und sich damit sofort zurück auf die *Ranger* versetzen können, sicher und gesund und bereit zu einem Nickerchen. Anscheinend sollte das jedoch nicht sein.

Ein Blick, den er diagonal durch das nächste Loch warf, erweckte den Eindruck, er erlebte eine perfekte Ausrichtung der Planeten in einer Reihe. Von dort, wo er gerade stand, war das Loch im nächsttieferen Boden vollständig durch das Loch neben ihm sichtbar. Im Mittelpunkt des tieferen Loches war ein etwas kleineres Loch auf der nächsten Ebene darunter zu sehen, und so ging es von Stockwerk zu Stockwerk weiter. Die immer kleineren Löcher schienen sich endlos fortzusetzen, bis das entfernteste von ihnen nur noch ein Punkt war.

Karl blickte auf und hinter sich, und der Blick in die entgegengesetzte Richtung der diagonalen Linie wirkte gleichermaßen seltsam. Das Loch zwei Stockwerke über ihm schien etwa dieselbe Größe zu haben wie das Loch auf der nächsthöheren Ebene, da es sowohl größer als auch weiter entfernt war; es bildete nur einen leicht erhellten Ring darin. Dieses Schema setzte sich fort und erzeugte den Eindruck eines runden Tunnels, der perspektivisch falsch wirkte, da er in der Ferne nicht auf einen Punkt zulief, sondern vielmehr im Durchmesser gleichblieb. Karl sagte sich, daß er nicht in einen Tunnel blickte, sondern in einen langgestreckten Kegel, aber es kam ihm trotzdem wie die optische Täuschung in einer Arkade vor. Das Licht der Helmlampen reichte nicht aus, um am Ende des Tunnels widergespiegelt zu werden, und die Dunkelheit im Zentrum erweckte den Eindruck, er würde bis ganz hinauf zur Oberfläche Kantalupes blicken.

Als sie näher am vertikalen Zylinder in der Mitte waren, wurden Markierungen auf dessen Außenseite sichtbar. Eine dünne Linie schlängelte sich spiralförmig auf oder ab, je nach Blickwinkel. Die Spirale zog eine enge Spur und erweckte den Eindruck, man hätte eine Schraube vor sich.

Alle zusammen gingen einmal um den Zylinder herum. Karl schätzte den Durchmesser auf mehrere Meter.

Robert sagte: »Ich fände es besser, wenn wir von hier verschwinden würden. Das sind eindeutig nicht die Besatzungsunterkünfte.«

»Ich stimme Ihnen zu«, sagte Alis. »Und wir haben inzwischen reichlich Videoaufnahmen. Nehmen wir dieselbe Tür, durch die wir hereingekommen sind.«

Kaum hatte sie ausgeredet, da erhellte sich auf einmal die Außenwand des Zylinders, als wäre darin eine Lampe eingeschaltet worden. Eine Sekunde später wurde sie wieder dunkel, und dann wiederholte sich der Zyklus in einem fort. Hell – dunkel – hell – dunkel.

»Sehen wir zu, daß wir verschwinden«, sagte Alis.

Die Gruppe hatte noch nicht ein Drittel des Weges zurückgelegt, als Karl stehenblieb. Er wartete, bis er in der niedrigen Schwerkraft sicher im Gleichgewicht war. »Spüren Sie das auch? Vibrationen.« Der Boden unter ihm schwankte leicht und vermittelte ein Gefühl, als stünde er während eines Erdbebens auf einem Sandstrand. Hinter ihm ging das Licht im Zylinder weiterhin fortwährend an und aus.

»Yeah«, sagte Alis einen Augenblick später. »Wahrscheinlich um so mehr Grund, daß wir von hier verschwinden.«

Die Gruppe setzte ihren Weg zur fernen Tür fort, diesmal mit einem intensiveren Gefühl für die Dringlichkeit ihres Vorhabens.

In der geringen Schwerkraft berührte Karl nur selten kurz den Boden mit den Füßen, aber jedesmal, wenn das geschah, schienen die Vibrationen stärker geworden zu sein. Er ging schneller, fürchtete zwar das Risiko eines Fehltritts und eines Sturzes durch eines der Löcher, fragte sich aber noch nervöser, was die immer wieder aufleuchtende Säule und das Rumpeln zu bedeuten hatten.

Sie waren etwa auf halbem Weg zur Tür, als Karl mitten in einem seiner Schritte nach oben blickte. Seine Helmlampen erhellten kurz den Raum über einem der Deckenlöcher, und er war überzeugt, daß sich dort oben etwas bewegte. Dann war das Bild verschwunden, und er war über die Stelle hinaus, wo er es noch hätte sehen können. »Ich dachte, ich hätte da etwas gesehen ...«

Plötzlich strömte eine grüne Flüssigkeit aus einem Deckenloch vor ihnen. »Strömen« deutete einen schnelleren Vorgang an, als tatsächlich zu beobachten war. Die Flüssigkeit sickerte durch das Loch. Zwar wirkte sie eher dünn- als zähflüssig, aber in der geringen Schwerkraft war es nur ein gemächlicher Sickervorgang.

»Was ist das?« schrie Lucy.

»O Scheiße!« sagte Robert.

Karl versuchte der Flüssigkeit auszuweichen, aber die Bodenhaftung war hier schlechter als mit Socken auf rutschigem Grund. Während des Manövers sah er, daß aus weiteren Deckenlöchern jetzt ebenfalls Flüssigkeit tropfte. Eine morbide Sekunde lang fragte er sich, ob man, falls jemals jemand ihre Leichen fand, ihre letzten Worte ebenso abhören würde wie die Flugschreiberaufzeichnungen von Piloten. Er fühlte sich plötzlich befangen und sagte nichts.

Jetzt tropfte es aus fast jedem Loch in der Decke. Karl mußte an die löcherversiegelnde Flüssigkeit denken, auf die sie weiter oben gestoßen waren. Ihn schauderte.

»Weiterlaufen!« schrie Alis. »Wir müssen hier raus!«

Karl war unbedingt ihrer Meinung, aber die Flüssigkeit kam immer schneller, und ihr Volumen wuchs kontinuierlich.

Lucy sagte: »Ich hasse diesen gottverdammten Job.«

Der Untergrund wurde noch schlüpfriger, und Karl ging zu Boden, prallte ab und rutschte mit dem Rücken dahin. Für einen Moment dachte er, er würde zum Halten kommen, ehe er zu dicht an eines der Löcher geriet. Er irrte sich.

Er rutschte allmählich über den Rand, während sich mehr grüne Flüssigkeit um ihn herum sammelte und ebenfalls hinunterschwappte. Er konnte sich nicht festhalten. Er stürzte ab.

Jemand packte ihn am Arm.

Alis sagte: »Fallen Sie nicht, verdammt!« Einen ewigen Augenblick lang hielt sie ihn an Ort und Stelle, und dann rutschte auch sie auf die Kante zu. »O nein!«

Ein Felsbrocken prallte von Karls Rücken ab, während er stürzte. Zuerst dachte er, Alis wäre auf ihn gefallen, aber als er den Kopf drehte, sah er im Schein der Helmlampen einen großen grünen Ball von einem halben Meter Durchmesser an sich vorbeistürzen und durch ein Loch im nächsten Stockwerk unter ihm fallen.

Karl schlug unten auf und prallte ab. Alis' Griff löste sich von seinem Arm, und sie wurden beide durch ein Loch weiter nach unten gespült.

»Trotzdem danke!« sagte Karl.

Er war auf einmal enorm dankbar dafür, daß die Löcher immer kleiner wurden, während er immer tiefer stürzte. Ein stärker werdender Strom aus grüner Schmiere spülte ihn mal in die eine, mal in die andere Richtung. Die Flüssigkeit war durchsetzt mit runden Bällen, die teilweise nicht größer als sein Kopf waren, aber auch in jedem anderen Format bis hinauf zu einem halben Meter Durchmesser auftraten. Er überlebte nur deshalb, weil sie in der Dichte eher Croutons entsprachen als Kugellagerkugeln.

Karl hörte einen fast gleichmäßigen Strom aus Ächz- und Grunzlauten und ›Uffs‹, während seine Gefährten von dem bizarren Sturzbach mitgerissen wurden. Sein

Helmvisier wurde plötzlich von grüner Schmiere verklebt, und er konnte nichts mehr klar sehen. Zum Glück waren die Helmlampen außerhalb des Visiers montiert, andernfalls hätte er gar nichts mehr gesehen außer den Anzeigen im Helm und dem Spiegelbild seines Gesichts. Wie die Lage war, konnte er weiterhin undeutliche Gestalten ausmachen, als hätte jemand eine Menge Vaseline auf dem Helmvisier verschmiert.

Er schlug wieder ein Stockwerk tiefer auf und rutschte seitlich weiter. Noch ein Loch. Er spürte, wie er über einen Rand rutschte. Und weiterrutschte. Er machte die Beine lang und streckte die Arme aus.

Dieses Loch war viel kleiner als die Öffnungen über ihm. Mit den Füßen erreichte er die Kante gegenüber. Eine Sekunde lang dachte er, er könnte verhindern, daß er erneut nach unten gespült wurde, aber etwas knallte in seinen Rücken und stieß ihn hindurch. Gleichzeitig vernahm er über Helmfunk ein ›Uff‹, das sich ganz nach Lucy anhörte.

Er stürzte hinab, landete diesmal gleich auf dem Rand eines weiteren Lochs und rutschte hindurch, ehe er die Hände nach der Kante ausstrecken konnte.

Er trudelte im Sturz, hin- und hergestoßen von den großen Bällen in der suppigen Masse. Er schlug auf. Stechender Schmerz fuhr ihm durch ein Bein, und er schnappte nach Luft. Er war mit dem Rücken aufgeschlagen, und das Bein war darunter teilweise durchgeknickt worden.

Er tastete umher, ob er nicht irgendwas packen konnte, spürte aber nichts weiter als nur immer mehr Flüssigkeit, die in die Tiefe stürzte. Sie verdickte sich, und auf einmal wurde er hilflos mitgerissen wie ein Blatt in einem Strudel. Wieder ging es durch ein Loch in die Tiefe. Wenigstens ließ der Schmerz im Bein nach. Vielleicht war es ja doch nicht gebrochen.

Er landete erneut auf einer Fläche, und zum erstenmal bekam er plötzlich etwas in die Finger, woran er sich festhalten konnte, den Rand eines weiteren Lochs. Karl war liegend ausgestreckt, mit dem Gesicht nach unten, und erreichte mit den Händen gerade eben die Kante.

Er hielt sich fest und breitete die Beine aus. Mit einem Zeh rutschte er über die Kante eines anderen Lochs. Sofort krümmte er die Zehen hoch, um sich dort einzuhaken. Er bewegte den anderen Fuß an die gleiche Stelle und fand auch mit ihm Halt. Während die grüne Suppe weiter über ihn hinwegströmte, veränderte er leicht die Position, war dann mit beiden Füßen an der Kante eines Lochs verhakt und hielt sich mit den ausgestreckten Händen in einem anderen fest.

Zum erstenmal seit Minuten fühlte er sich sicher. Flüssigkeit und kleinere, unregelmäßige Bälle sprudelten nach wie vor über ihn hinweg und schaukelten ihn hin und her, aber er konnte sich festhalten.

Die Strömung wurde stärker, und eine Zeitlang hatte Karl das Gefühl, förmlich in der schmutzigen Flüssigkeit untergetaucht zu sein. Zum ersten Mal brachte er wieder einen Anflug von vernünftigen Überlegungen zustande. Die Flüssigkeit konnte nicht auf Wasser beruhen, wenn man bedachte, wie kalt sie war. Vielleicht eine Methanbasis; bei dieser Temperatur wäre sowas flüssig.

Und worin waren sie da eigentlich hineingetappt? War das ein winziger Teil einer monströs großen Küche oder einer Heizungsanlage? Gehörte es zu dem System, das dem Körper Kantalupes Nährstoffe zuführte? Falls Kantalupe wirklich ein organisches Raumschiff war, dann vermutete Karl, bestand auch die Notwendigkeit, das Gewebe mit Stoffen zu versorgen, die es zum Überleben und Heilen brauchte.

Der Strom setzte sich fort, gab keinen Hinweis darauf, daß er wieder nachlassen würde. Karls Arme und Beine verspannten sich unter dem anhaltenden Zwang, sich an Ort und Stelle festzuhalten, aber der Schmerz im Bein ging kontinuierlich zurück, und bald war er überzeugt, daß er sich vielleicht den Fuß verstaucht, aber das Bein nicht gebrochen hatte. Einer der tollen Aspekte an niedriger Schwerkraft war, daß er selbst mit einer schlimmen Verstauchung weiterhin herumlaufen konnte.

Zusätzlich zu dem Schmerz wurde ihm jedoch immer kälter. Der Raumanzug war extrem gut isoliert, aber die derzeitigen Anforderungen an den Fusionstornister und die Heizspulen mußten viel härter sein, als die Konstrukteure vorgesehen hatten. Einen Augenblick lang war er überzeugt, er hätte die Flüssigkeit sprudeln gesehen, von der Wärme aus dem Helmvisier zum Siedepunkt gebracht.

Gerade als Karl zu dem Schluß kam, die Strömung könnte noch für Stunden oder Tage anhalten, ließ sie nach.

»Was ist das überhaupt für eine Scheiße?« war Robert plötzlich zu vernehmen.

»Eine rhetorische Frage, stimmt's?« fragte Karl.

»Ich bin auch okay«, sagte Alis.

»Ich denke, ich habe überlebt«, sagte Lucy.

Den Stimmen allein konnte Karl nicht entnehmen, ob sie alle nur wenige Meter oder einen ganzen Kilometer voneinander entfernt waren. Solange sie sich innerhalb der offiziellen Reichweite befanden, stellten die sich selbst korrigierenden Sende- und Empfangsgeräte sicher, daß die Funksprüche deutlich und vollständig übermittelt wurden.

Die Strömung ließ weiter nach. Karl sah sich um und versuchte, ungeachtet des verschmierten Blickfelds durch das Helmvisier so viel wie möglich zu erkennen. In dem Bereich, den er überblicken konnte, war anscheinend jedes zehnte Loch durch einen runden, felsbrockenähnlichen Gegenstand verstopft, der ein wenig größer war als das Loch selbst. Karl versuchte, das Helmvisier mit einem Unterarm abzuwischen. Zum größten Teil erreichte er damit nicht mehr, als die grüne Schmiere noch mehr zu verteilen, aber er bekam doch einen Streifen direkt vor den Augen frei und blickte forschend hindurch, wie ein Autofahrer früherer Zeiten in einem Schlammsturm, nachdem die Scheibenwischer ausgefallen waren.

Karl führte eine gründliche Diagnose des Raumanzugs durch, und die Ergebnisse stimmten mit denen der Routinekontrolle überein, die im Hintergrund ablief. Der Raumanzug war nach wie vor in Ordnung.

»Wir müssen uns neu sammeln«, sagte Alis. »Und dann nichts wie raus hier.«

Die Strömung war jetzt auf ein bloßes Tröpfeln zurückgegangen, wobei Karl ein Tropfen beharrlich immer mitten im Rücken traf.

Er wollte gerade den Griff lösen und aufstehen, als er spürte, wie er zur Seite geschoben wurde.

»Was ist denn jetzt wieder los?« fragte Robert.

»O nein!« rief Lucy. Ihre Stimme verlor sich und brach dann abrupt mit einem weiteren »Uff!« ab.

Die Fläche, auf der Karl sich festhielt, bewegte sich und drückte ihn seitlich weg, während sie beschleunigte. Karl verstärkte den Griff. Sekunden später war die Geschwindigkeit so stark angestiegen, daß die Belastung überwiegend auf den ausgestreckten Armen ruhte. Er steckte in einer gewaltigen Zentrifuge, und seine Hände waren der Säule im Mittelpunkt am nächsten; sie mußte die Rotationsachse sein.

Die ganze Situation war so unerhört, daß er mehrere Sekunden verlor, ehe er daran denken konnte, eine Entscheidung zu treffen. Er konnte loslassen und sich zum Rand vorarbeiten, wo er, falls die Wände sich als stationär erwiesen, vielleicht in Sicherheit war. Aber falls sich die Wände mit den rotierenden Böden bewegten, wäre er dort an der Stelle der größten Kraft, und es gab keine Garantie, daß er dieser Kraft standhalten konnte.

Er konnte sich weiter festhalten und hoffen, daß die Fliehkraft nicht irgendwann seine Kräfte überstieg, denn dann würde er weit heftiger an die Wand geschleudert werden, als wenn er sofort losließ.

Am Ende hielt er sich weiter fest. Als er damit fertig war, über die Alternativen nachzudenken, bestand nur noch diese eine Chance.

Nach dem Klang ihres Brummens und Stöhnens zu urteilen, hatte Lucy gar keine Wahl mehr. Sie mußte auf die Wand zupurzeln.

Die Belastung von Karls Armen stieg langsam. Allmählich taten ihm die Hände weh. Ein Ball wie eine Felskugel, der sich aus einem Loch zwischen ihm und der Achse gelöst hatte, holperte an ihm vorbei, und die geringe Masse des Balls war der einzige Grund, warum es Karl nicht das Leben kostete, als er seinen Helm traf. Wie die Lage war, klingelten ihm nur die Ohren.

Lucy wurde still, und diese Stille wirkte bedrohlicher als ihre Schmerzensschreie zuvor.

Ein weiterer Brocken hüpfte an Karl vorbei. Er reckte den Hals, fürchtete zwar, damit ein größeres Ziel zu bilden, wollte aber sehen, was sonst noch in seine Richtung unterwegs war.

Eine schmierige grüne Flüssigkeit strömte auf ihn zu und an ihm vorbei, wie von einem lautlosen Sturm aufgepeitscht. Karl spürte überhaupt nichts von einer Drehung, obwohl er wußte, daß genau das geschehen mußte. Der verschwommene Blick durch das verschmierte Helmvisier klärte sich allmählich, als sich die künstliche Schwerkraft und die Oberflächenspannung als stark genug erwiesen, um die Haftfähigkeit zu überwinden. Der Zylinder im Zentrum der riesigen Zone schien jetzt viel höher als Karl selbst zu liegen, denn die körperliche Reaktion auf die Zentrifugalkraft täuschte dem Gehirn vor, die ganze Ebene hätte sich geneigt und die Schwerkraft wäre um das Hundertfache gestiegen. Der Intellekt forderte diese irrigen Reaktionen auf, die Klappe zu halten, aber Karl fiel es trotzdem schwer, sich gänzlich von ihnen zu befreien; schließlich wäre eine Lösung seines Griffs auf das gleiche Ergebnis hinausgelaufen, als wenn sich die getäuschte Wahrnehmung als richtig erwiesen hätte: Ein langer Sturz in die Dunkelheit.

Wellenbänder aus grüner Flüssigkeit fegten weiter durch die Randbereiche des Gebiets, das Karls Helmlampen ausleuchteten, als liefen dort kleine grüne Kreaturen um ihr Leben.

Karl taten die Hände weh. Ein dunkler Fleck formte sich vor seinem Gesicht, und für einen Augenblick glaubte Karl, das wäre das Ende, er würde jetzt das Bewußtsein verlieren und loslassen und an die ferne Wand wirbeln. Sekunden später konnte er jedoch immer noch sehen und war nach wie vor bei Bewußtsein.

Die Belastung der Hände schien tatsächlich abzunehmen, und er sorgte sich, das könnte ein Symptom wie Unterkühlung sein, bei der sich das Opfer ja irrigerweise warm fühlte. Was für ein grausamer Trick!

Aber es war anscheinend gar kein Trick. Die Zugkraft fühlte sich jetzt wirklich geringer an, und Karl spürte, wie sich die Arme beugten. Hätte noch der Spitzenwert der Belastung fortbestanden, wäre das unmöglich gewesen.

»Rotationszyklus abgeschlossen?« fragte Alis' müde, körperlose Stimme.

»Vielleicht.«

»Gott sei Dank«, sagte Robert.

Karl hörte nichts von Lucy. »Lucy?« rief er.

Stille.

»Ah, oh«, sagte Robert nach einer Pause, die Lucy ausreichend Zeit für eine Antwort gegeben hatte, wäre sie noch am Leben und bei Bewußtsein und in Reichweite des Helmfunks gewesen.

Karl war überzeugt, daß Lucy noch in Funkreichweite sein mußte. »Lucy!« rief er, als trüge seine Stimme weiter, wenn er brüllte.

Weiterhin Stille. Karl erinnerte sich auf einmal daran, wie er Lucy zum erstenmal begegnet war. Er hatte ihr erzählt, manche Leute würden behaupten, er hätte den

Unfall auf Station Tokio verschuldet. Sie antwortete: »›Sie‹ behaupten vieles. Jemand hat mir mal gesagt, ›sie‹ fänden, daß Männer klüger sind als Frauen.« Sie hatte den Kopf geschüttelt und sich wieder an die Arbeit gemacht.

Sie war ihm gar nicht besonders freundlich erschienen – sie war niemandem gegenüber besonders freundlich –, aber sie hatte doch deutlich gemacht, daß sie eine Grundlage brauchte, auf der sie sich ihre Meinungen bildete, und das gefiel Karl sehr.

Wenige Sekunden später hatte er ein leichtes Gefühl zu fallen, wie es ihm stets eine Abnahme der Schwerkraft verriet. Endlich ließ er den Griff an der Lochkante los.

Als er aufstand, stieß er beinahe mit dem Helm an die Decke. Anscheinend wurden nicht nur die Löcher kleiner, je tiefer es ging, sondern auch die Stockwerke niedriger.

»Lucy!« rief Alis.

Wieder keine Antwort.

Ein leises *Piep* durchbrach die Stille und kündigte eine Durchsage von der *Ranger* an. Captain Fernandez räusperte sich, und ein ungewohnter Unterton daran bewirkte, daß Karl sich anspannte.

»Hier spricht Captain Fernandez«, begann dieser unnötigerweise. »Ich hoffe, Sie alle können mich noch hören, und daß Sie sich so bald wie möglich melden. Sie müssen dort schnellstens hinaus. Die Kursberechnungen sind noch nicht endgültig und werden nach wie vor genauer – womit immer noch ein Fehlerspielraum gegeben ist –, aber im Augenblick spricht alles dafür, daß Sie auch dann nicht in Sicherheit sind, wenn dieses Objekt Station Hamilton verfehlen sollte.

Die gegenwärtigen Berechnungen besagen, daß das Objekt, nachdem es den Gravitationsschacht der Erde verlassen hat, einen Kurs haben wird, der es zu dicht an die Sonne heranführt. Sollten diese Zahlen glaubhaft sein, führt die Umlaufbahn durch die Korona – viel zu dicht, als daß Kantalupe den Vorbeiflug überleben könnte.

Ich wiederhole: Sie müssen dort unten herauskommen, und Sie müssen es schnell tun. Natürlich stellt sich nach wie vor das Problem der Sprengsätze zur Asteroidenabwehr, die jetzt weniger als vierundzwanzig Stunden entfernt sind. Ich werde versuchen, diese Aktion so lange wie möglich hinauszuschieben und sogar zu verhindern, falls Berechnungen in letzter Minute sie überflüssig machen. Ich möchte nur, daß Sie sich über eins im klaren sind: Selbst wenn Sie alle diese Komplikation überleben, müssen Sie schnellstens dort unten heraus. Wir können uns nicht mehr den Luxus gönnen, Ihnen weiter durch das Sonnensystem zu folgen, wie wir mal gedacht haben.«

Karl hatte nun eine neue Anwendungsmöglichkeit für das Sprichwort gefunden: »Ahnungslosigkeit macht selig.«

»Lucy!« rief er.

Keine Antwort. Irgendwie ergänzten sich das anhaltende Schweigen Lucys und das brandneue Schweigen von Captain Fernandez, und es wirkte noch schlimmer als die vorangegangene Stille.

12
Läsion

»Lucy!« rief Karl erneut.

»Was macht es schon aus?« fragte Robert. »Kantalupe wird entweder in Fetzen gerissen oder von der Sonne verbrannt. Da bedeutet es doch nicht viel, ob wir Lucy noch mal finden, oder?«

»Wenn Sie so davon überzeugt sind, daß wir alle sterben, wieso schalten Sie nicht auf der Stelle Ihre Luftzufuhr ab?«

»Wieso lutschen Sie sich nicht einfach am ...«

»Lucy!« rief Alis noch lauter, als Karl es getan hatte. »Lucy, antworten Sie, wenn Sie uns hören!«

Karl gab die Konfrontation mit Robert auf. Er hatte sich um wichtigere Dinge zu sorgen. Er schaltete die Helmlampen aus und blickte forschend in die Dunkelheit. Auf diesem Stockwerk sah er keine anderen Helmlampen, weder die von Alis noch die von Robert, und, noch wichtiger, nicht die von Lucy.

Er schaltete die Lampen wieder ein und sprang durch ein Loch in der Nähe aufs nächsthöhere Stockwerk. »Wir müssen uns neu gruppieren, damit wir wissen, ob es Lucys Lampen sind, falls wir ein Licht entdecken.«

Er war etwa auf halbem Weg zwischen der Zentralsäule und der dunklen Wand. Das Lochmuster breitete sich gleichförmig in alle Richtungen aus, und die Löcher an der Decke waren größer.

Er hielt noch einmal mit abgeschalteten Helmlampen Ausschau und entdeckte eine Lichtspiegelung ein oder zwei Stockwerke über sich. »Ich bin auf einer Etage, die gerade eben ein bißchen höher aufragt als ich, und die Löcher sind etwa einen Meter groß. Sind Sie über oder unter mir?«

»Ich bin über Ihnen«, antwortete Alis prompt. »Ich schätze, zwei oder drei Stockwerke. Und ich sehe eine Lampe von jemandem, der ein Stockwerk über mir ist.«

»Das bin dann wohl ich, denke ich«, sagte Robert. »Ist das Licht gerade ausgegangen?«

»Ja.«

»Ja, dann bin ich es. Ich komme zu Ihnen hinunter.«

Während Alis und Robert miteinander geredet hatten, war Karl zwei Stockwerke höher gestiegen und sah jetzt zwei Paare von Helmlampen. »Also sind wir drei zusammen, richtig?«

Alis und Robert antworteten beide mit ja.

»Ich bin mir ziemlich sicher, daß Lucy weiter unten war«, sagte Karl. »Ich denke, daß Sie es war, die mit mir zusammengestoßen ist. Ich schlage vor, jeweils ein Stockwerk hinunterzugehen und nach ihren Helmlampen zu suchen.«

»Machen wir«, sagte Alis.

Gemeinsam ließen sie sich eine Ebene weit hinunter. »Hier habe ich mich schon umgesehen«, stellte Karl fest, »aber nur für den Fall, daß ihr Funk ausgefallen ist und sie herumläuft und uns sucht, sehen wir doch mal kurz mit ausgeschaltetem Licht nach.«

Eine Sekunde später, als alle Helmlampen aus waren und Karl auch das Helmdisplay abgeschaltet hatte, war es ringsherum so dunkel, daß er nur noch die zitternden Nachwirkungen von Netzhautreizen sehen konnte, ein Eindruck, der aus Hunderten von Leuchtkäfern an der fernen Schwelle der Wahrnehmung hätte resultieren können.

Die Teamgefährten schalteten die Helmlampen ein und stiegen weiter hinunter.

Sie suchten erneut den dunklen Horizont ab, ehe Robert sagte: »Ich hoffe, daß sich nicht alle fünfzehn Minuten wiederholt, was wir vor fünf Minuten erlebt haben.«

Karl und Alis ignorierten die Äußerung.

Auf dem nächsttieferen Stockwerk war es ebenfalls dunkel, aber etwas bewegte sich in der Ferne.

»Haben Sie das gesehen?« fragte Robert.

»Ja«, antwortete Alis leise. »Sehen wir mal nach, was es ist.«

Karl verstand, warum sie es so ausdrückte. Er konnte nicht erkennen, was sich in der Ferne bewegte, aber er sah genug, um zu wissen, daß es nicht Lucy war, Licht hin, Licht her.

Je näher sie dem Phänomen kamen, desto runder sah es aus, was immer es war.

»Was in drei Teufels ...« Robert wurde wieder still. Karl wünschte sich, Robert würde häufiger den Mund halten, nicht nur, wenn sie auf eine bizarre Kreatur stießen, die vage nach einem Medizinball aussah. Wenigstens vermutete er, daß es sich um eine Kreatur handelte.

Das runde Ding, ein ledriger brauner Ball von einem halben Meter Durchmesser, rollte rings um die Ebene, auf der sie standen, und bewegte sich dabei nach einem bemerkenswert geordneten Schema. Die drei blieben so weit vor ihm stehen, wie sie es in schweigender Übereinkunft für sicher hielten, und sahen dem Ball dabei zu, wie er um eines der Löcher im Boden herumrollte. Nach abgeschlossener Umrundung setzte er seinen Weg nach einem Schema fort, das jeden Fleck in dem von weiteren Löchern umgebenen Bereich abzudecken schien.

Alis fragte: »Denken Sie, daß wir endlich einem der Bewohner begegnet sind?«

»Ich wette, daß er eher in die Kategorie der Schlangen gehört als die der Bewohner«, antwortete Karl. »Auf mich wirkt er eigentlich nicht besonders clever. Und er hat nicht auf uns reagiert.«

»Vielleicht kann er nicht in dem Spektrum sehen, in dem unsere Lampen leuchten. Und ohne Atmosphäre kann er uns weder riechen noch hören, selbst wenn er die richtigen Organe dafür hat.«

»Ich denke, Karl hat recht«, sagte Robert. »Ich habe

langsam das Gefühl, daß wir einen sehr entfernten Vetter der weißen Blutkörperchen vor uns sehen.«

»Bedeutet das, daß er Nährstoffe transportiert oder Eindringlinge angreift?« fragte Alis. »Meine medizinischen Kenntnisse sind ganz schön angerostet.«

»Ich meinte das generell, nicht spezifisch. Ich denke, es ist ein Körpermechanismus, der einem bestimmten Zweck dient und ihn erfüllt. Ich weiß nicht, welche Funktion das ist, sofern er nicht nach der Flüssigkeit einfach saubermacht und damit das außerirdische Äquivalent einer Reinigung der Zellwände vornimmt. Falls Kantalupe ein riesiges lebendiges Schiff ist, das sich selbst repariert und all das, dann denke ich, macht es Sinn, von einem riesigen Körper zu sprechen.«

»Wir könnten also, soviel wir wissen, in den Lungen oder Nieren stecken, und dieser Saubermacher ist im Grunde genommen ein nur für diesen Zweck konstruierter Automat?« fragte Karl.

»Könnte sein. Könnte auch sein, daß man in einen Körper dieser Größe, besonders falls er eine künstliche Konstruktion ist, das Äquivalent von hundert Nieren eingebaut hat, damit der Ausfall von nur einer oder zweien ohne Folgen bliebe, oder auch, damit jede für eine bestimmte Körperzone zuständig ist.«

»So daß auch die Schlangen eine Art körperlicher Abwehrmechanismus sein könnten?«

»Richtig.«

Der runde Tropfen rollte weiter durch die Gegend und schien dabei einem programmierten Kurs zu folgen, der ihn fast nie zweimal über dieselbe Stelle führte.

»Und es besteht die Chance, daß dieses Ding eigene Abwehrmechanismen hat?«

Alis sagte: »Reden Sie von allgemeinen Abwehrmechanismen? Wer immer das hier konstruiert hat, konnte wohl kaum vorhersehen, daß wir hier auftauchen; er würde diesen Körper so ausgestattet haben, daß er alles aufspürt, was nicht ›normal‹ ist, und sich damit befaßt.«

Robert sagte: »Diese Theorie ist so gut wie jede andere.«

Das ballförmige Ding näherte sich allmählich der Gruppe. Karl schlug vor: »Bleiben wir lieber auf Distanz und suchen weiter nach Lucy, okay?«

»Richtig«, sagte Alis und rief erneut nach Lucy.

Nachdem lange nur Schweigen geherrscht hatte, entfernte sich das Trio ein gutes Stück vom Saubermacher und stieg eine weitere Ebene hinunter. Hier mußte Karl die Knie beugen, um nicht mit dem Kopf an die Decke zu stoßen.

Die nächsttiefere Etage hatte genau die richtige Höhe, um Karl mörderische Rückenschmerzen zu verschaffen, falls die Schwerkraft viel höher gewesen wäre. Er mußte sich ganz ordentlich bücken und den Kopf scharf in den Nacken legen, um sich umzusehen. Er setzte sich lieber.

Sie alle schalteten erneut die Helmlampen aus, und Karl starrte in die Dunkelheit und wartete darauf, daß sich die Augen daran anpaßten. »Falls dieses Ding ein riesiger Körper ist, dann finde ich es zu schade, daß wir nicht genug wissen, um ihn zum Kotzen zu bringen.«

»Oder was noch Schlimmeres«, ergänzte Robert. »Wir könnten vielleicht herausfinden, wie wir ihn dazu bringen könnten, daß er ...«

»Ich denke nicht, daß ich das noch hören möchte.« Karl drehte sich um und blickte in die andere Richtung.

»Ich auch nicht«, sagte Alis.

Karls Puls beschleunigte sich. Flackerte da ein mattes Licht in der Ferne? Er konnte nichts weiter erkennen, solange er genau auf den Punkt starrte, also richtete er den Blick leicht neben die Stelle, wo er geglaubt hatte, etwas zu sehen. Er konnte jedoch nicht feststellen, ob er sich das nur eingebildet hatte. »Alis?«

»Yeah.«

»Ich könnte mich irren, aber ich dachte, ich hätte kurz etwas aufleuchten gesehen. Könnten Sie Ihren Teleobjektivmodus einschalten und mal hinsehen?«

»Okay, aber ich weiß nicht, in welche Richtung Sie blicken.«

»Ich rühre mich lieber nicht, damit ich die Stelle nicht verliere. Können Sie mich finden? Ich zeige in die Richtung, und Sie können meinen Arm abtasten.«

»Nur zu, zeigen Sie. Ich sehe Sie jetzt im Infrarotbild.«

»Oh, richtig. Das hatte ich vergessen.«

Karl deutete in die Richtung, die er meinte.

Lange Sekunden verstrichen. Endlich sagte Alis: »Nein, ich kann nichts ... Warten Sie. Vielleicht ist das etwas. Ja. Ich sehe etwas Licht. Es ist unter uns, aber ich kann nicht erkennen, ob es nur eine Ebene oder mehrere sind.«

»In Ordnung.«

Alis schaltete die Helmlampen ein. »Gehen wir.«

Karl und Robert folgten ihrem Beispiel. Karl blinzelte ein paarmal im plötzlich wieder so hellen Licht und versuchte, sich an der gegenüberliegenden Wand, auf die er deutete, eine Stelle zu suchen, anhand derer er sich orientieren konnte.

»Es hat so ausgesehen, als wäre die Lichtquelle ganz an der Wand drüben«, sagte Alis, als sie sich zu dritt wieder in Marsch setzten.

»Das macht Sinn«, meinte Karl. »Falls sie den Halt verloren oder gar nicht erst gefunden hat, könnte sie bei der Rotation an die Wand geschleudert worden sein.«

»Ich hoffe, sie ist okay«, sagte Alis.

Karl hatte sicherlich seinen Anteil an der Fehldeutung von Tonfällen, aber Alis klang aufrichtig um Lucy besorgt. Bei Karls bislang begrenztem Umgang mit Alis hatte diese immer distanziert gewirkt – manche hätten gesagt, roboterhaft und unpersönlich –, ständig angespannt und kritisch, wie durch eine dünne, aber feste Schicht aus Zorn von der Welt getrennt. Er kommentierte die Veränderung nicht, sondern sagte nur: »Ich auch.«

Karl ging auf das Licht zu. Im Zangengriff von niedriger Decke und geringer Schwerkraft bewegte er sich dabei mehr wie ein Schwimmer. Vor jedem neuen runden Loch im Boden streckte er die Hände aus und zog fest genug, um über das Loch zu springen und auf dem nächsten Zwischenraum zu landen, bereit, seinen Weg fortzusetzen.

Nach zwei Minuten waren sie der Wand schon nahe gekommen. Als sie diesmal die Helmlampen ausschalteten, brauchte Karl Alis gar nicht mehr zu fragen, was sie sah. Das Licht unter ihnen war schwach, aber unübersehbar.

Einer nach dem anderen sprangen sie durch das nächste runde Loch auf die Ebene darunter. Das Licht wurde heller.

Karl legte sich neben einem Loch, das etwa einen halben Meter durchmaß, auf den Bauch und blickte auf die nächste Etage unter ihm. »Ich kann sie sehen!« sagte er.

Sekunden später erleuchteten auch Alis' und Roberts Helmlampen Lucys Umgebung, und es sah aus, als hätten zwei weitere Leute die Köpfe in einen Teich gesteckt, um nach Fischen zu suchen.

Lucy rührte sich nicht und lag an die Wand gelehnt da. Ihre Helmlampen brannten, was es den Gefährten überhaupt erst möglich gemacht hatte, sie zu finden.

»Lucy«, sagte Karl. »Hören Sie mich?« Kaum hatte er die Worte ausgesprochen, wurde ihm bewußt, daß er vorher geschrien hatte, als sie noch weiter entfernt gewesen waren, während er jetzt in ihrer Nähe einen normalen Gesprächston anschlug – so als hielten sie sich alle irgendwo im Freien auf, wo man sich aus der Nähe leichter unterhalten konnte.

Keine Antwort.

»Sieht so aus, als liegt sie nicht auf dem Boden, sondern höher. Was hält sie fest?« fragte Robert.

»Ich weiß nicht«, sagte Karl. Er schob sich durch das Loch auf die nächste Ebene. Sie war nur etwa halb so hoch wie er, so daß er zu Lucy hinüberkriechen mußte. Auf und ab hüpfende Lichter am Rand seines Blickfelds verrieten ihm, daß Alis oder Robert oder beide sich zu ihm auf diese Ebene gesellt hatten.

Als er näher an Lucy herankam, wurde erkennbar, daß die Wand von einer unebenen grünen Kruste bedeckt war. Lucys Gestalt im Raumanzug bildete eine bizarre Freiheitsstatue, denn ein Arm war hochgeworfen und klebte an der Wand.

Zehn Meter neben Lucy klebte der Rest eines der Bälle an der Wand, die von der grünen Flüssigkeit mitgerissen worden waren; er sah aus wie eine halbe Eiscremekugel oder ein riesiger Krebs.

Karl erreichte Lucy. »Lucy? Leben Sie noch? Hören Sie mich?« Er packte einen ihrer Arme und drückte ihn. Wenigstens stand der Raumanzug nach wie vor unter Druck.

»Lucy?«

»Mmm?« Es war noch nie so schön gewesen, Lucys Stimme zu hören.

»Lucy! Wir sind da! Wachen Sie auf, ja?«

Gleichzeitig sagte Alis »Gott sei Dank!« und murmelte Robert etwas, was erleichtert klang.

Karl zog an Lucys Arm, aber er klebte an der Wand. Er zog an einem Bein, aber das klebte ebenfalls fest. »Lucy, wachen Sie auf!«

»Ich bin ... Ich bin ...« fing sie an. »Irgendwas stimmt da nicht.«

Zumindest war sie am Leben und konnte sprechen. Karl rückte näher heran und hob einen ihrer Arme so weit von der Wand an, wie es ging. Groß war der Spielraum nicht. Er veränderte seine Haltung, um besser hinsehen zu können.

Lucys Raumanzug schien durch die grünliche Kruste an die Wand geklebt zu sein. Karl berührte vorsichtig die Wand, als wollte er einen feuchten Anstrich testen, tastete erst ganz leicht und drückte dann fester zu. Die Substanz wirkte trocken und machte gar nicht den Eindruck eines Klebstoffs.

Er zog ein Messer und schob es behutsam zwischen Lucys Arm und die Wand. So vorsichtig wie ein frischgebackener Chirurg versuchte er, etwas von der grünen Substanz wegzuschneiden, ohne einen Schnitt in Lucys Raumanzug zu riskieren. Einen Moment später zog er die Klinge zurück. Der Schnitt reichte nicht tiefer als sein Daumen.

Anscheinend würde sich Lucys Befreiung als ebenso schwierig erweisen, wie sie aus geschmolzenem Plastik herauszulösen, aber immerhin war das Zeug viel schwächer als Epoxydharz oder Permakleister.

»Ich werde Hilfe brauchen, um sie freizuschneiden«, sagte Karl und erläuterte die Situation.

Alis und Robert rückten näher heran, und Robert sagte: »Ich hoffe jedenfalls, daß wir damit fertig werden, ehe dieser Zyklus neu beginnt. Sollten wir irgendwann alle an der Wand kleben, sind wir tot.«

»Denken wir doch lieber positiv«, sagte Alis.

»Was geht hier vor?« fragte Lucy.

»Entspannen Sie sich einfach, Lucy«, sagte Karl. »Alles ist unter Kontrolle.« Die Lage war zumindest soweit unter Kontrolle wie früher, wenn die Polizei eine Menge amoklaufender Fußballfans mit Wasserwerfern bespritzte. »Teile Ihres Raumanzugs kleben an der Wand, aber wir kriegen Sie wieder frei.«

»Das ist schön«, sagte Lucy, wie eine Patientin, der man zu viele Medikamente verabreicht hatte.

Wenige Augenblicke später hatte Robert sich einen Arm und Alis ein Bein ausgesucht, und sie alle vertieften sich in die Aufgabe,

Lucy vorsichtig loszuschneiden. Karl mußte unter den beengten Platzverhältnissen häufig die Position wechseln, aber er dankte lautlos denen, die Messer berücksichtigt hatten, als sie das Standardausrüstungspaket zusammenstellten. Er hätte auch den Acetylenschneider benutzen können, aber die Verhältnisse waren zu beengt, um sich dabei sicher zu fühlen. In Anbetracht der

Umstände fand er ohnehin keinen Gefallen an der Idee, Substanzen zu verbrauchen, für die er keinen Nachschub hatte.

Eine Weile später sagte Alis: »Das Zeug ist schlimmer als Baumsaft.«

»Was ist das?« fragte Robert.

»Ach, egal.«

Lucy meldete sich schließlich wieder zu Wort. »Wir sind immer noch innerhalb Kantalupes, nicht wahr?«

»Ja«, sagte Karl sanft.

»Scheiße. Dann sind wir immer noch erledigt.«

Karl war überzeugt, daß Lucy den Kopf zurück an die Wand geschlagen hätte, falls er dort noch nicht festgeklebt gewesen wäre.

»Sachte, sachte!« sagte er plötzlich, als Lucy sich freizukämpfen versuchte. »Ihr Raumanzug klebt an der Wand, und wir sind dabei, Sie loszuschneiden. Wenn Sie zu sehr drängeln, schneidet vielleicht noch ein Messer dort hinein, wo es nicht sollte.«

»Sie machen Scherze, was?«

»Sagen Sie es ihr, Alis. Sie weiß, daß Sie nie einen Scherz machen.«

»Er sagt die Wahrheit«, stellte Alis fest. Sie zögerte. »Bin ich so humorlos?«

»Noch weniger.«

Lucy sagte: »Vielleicht hat man auch die Humordrüse entfernt, als man bei Ihnen ... Ich glaube einfach nicht, daß ich das gesagt habe! Tut mir leid! Was geht hier vor?«

»Ich denke, Sie sind noch ein bißchen benommen vom Sturz«, sagte Karl. »Erinnern Sie sich, wie das Ding hier angefangen hat zu rotieren? Dabei sind Sie wohl hierhergeschleudert worden.«

»Das kommt mir vertraut vor. Ich klebe hier fest? Wie, ist mein Anzug geschmolzen oder so was?«

»Glaube ich nicht. Anscheinend ist der Rückstand der grünen Flüssigkeit irgendwie klebrig.« Karl hatte bislang ihren Arm auf halber Länge freischneiden können, und seine Hand verkrampfte sich allmählich.

»Ich würde jetzt wirklich gern nach Hause gehen«, sagte Lucy leise. »Ich bin müde.«

»Ich auch.« Karl schnitt weiter an der Schicht zwischen ihrem Raumanzug und der Wand herum.

»Das dauert ja ewig«, bemerkte Robert hilfreich.

»Tut es Ihnen irgendwo weh, Lucy?« fragte Karl, zum Teil, um Robert in den Arztmodus zu versetzen.

»Ich habe Kopfschmerzen.«

Robert verstand den Wink mit dem Zaunpfahl. »Ein örtlich begrenzter scharfer Schmerz oder mehr typische Kopfschmerzen?«

»Vielleicht am Hinterkopf ein bißchen stärkere Schmerzen als normal, aber überwiegend wie normale Kopfschmerzen.«

»Haben Sie irgendwo Stellen, wo kein Gefühl mehr ist?«

»Nein, ich denke nicht.«

»Ich werde Sie jetzt auffordern, die Muskeln in Armen und Beinen anzuspannen, einen nach dem anderen, damit Sie nicht Gefahr laufen, geschnitten zu werden. Okay?«

»Okay.«

»Karl, hören Sie für einen Moment auf zu schneiden. Okay, Lucy, versuchen Sie, die rechte Faust zu ballen. Falls Sie keinen Schmerz spüren, erhöhen Sie den Druck, bis es nicht mehr fester geht.«

Nach einer ganzen Weile sagte Lucy: »Ich schätze, es ist alles okay. Kein wirklich lästiger Schmerz.«

»Gut. Entspannen Sie den Arm jetzt wieder ganz, damit Karl weiterschneiden kann.«

Robert fuhr mit der Rundreise fort, und als es schließlich soweit war, forderte er Lucy auf, die Wadenmuskeln zu spannen. Sie hatte keine Probleme zu vermelden, die über die Kopfschmerzen hinausgingen.

»Wie lange noch?«

»Vielleicht zehn Minuten«, sagte Karl.

»Können Sie nicht schneller schneiden? Ich habe eine Flickentasche dabei, falls etwas schiefgeht.«

»Ich denke, wir machen inzwischen so schnell, wie wir riskieren können. Sie möchten doch bestimmt nicht, daß wir Ihren Raumanzug an einer Stelle aufschneiden, wo wir nicht mehr rechtzeitig einen Flicken aufsetzen könnten.«

»Na ja, ich schätze, zehn Minuten wären erträglich.«

»Da bin ich mir nicht so sicher«, sagte Alis. »Sehen Sie mal dorthin.«

Karl folgte der Richtung, in die Alis ihre Helmlampen gerichtet hatte. Lucy fragte: »Was, wo? Ich kann den Kopf nicht drehen.«

»Ah, oh«, sagte Karl.

»Was ›ah, oh‹?« fragte Lucy lauter.

»Was zum Teufel ist das?« fragte Robert noch lauter.

»Was zum Teufel ist was?« wollte Lucy wissen.

Etwa dreißig oder vierzig Meter entfernt bewegte sich anscheinend etwas auf sie zu, unmittelbar auf der anderen Seite der Halbkugel aus Schmiere, die an der Wand klebte. Das Ding ähnelte vage einem sehr fetten und sehr großen Wurm. Er ragte so hoch auf wie die Etage, auf der sie hockten, und war etwa genauso dick. Karl konnte es aus seinem Blickwinkel nicht sicher erkennen, aber der Wurm schien zwei- oder dreimal so lang zu sein wie breit. Eine seiner Flanken paßte sich der Wand an, während die ihr abgewandte Flanke gerundet war und auf ganzer Länge Furchen aufwies. Karl beschrieb Lucy in groben Zügen, was er sah.

Alis sagte: »Robert, überprüfen Sie das mal.«

»Überprüfen?«

»Gehen Sie näher heran; sehen Sie nach, was es tut, ob es eine Gefahr darstellt.«

»Wie nahe?«

»Los jetzt!«

Robert ging los. Karl folgerte aus seinem Verhalten,

daß Ärzte so daran gewöhnt sein mußten, andere Leute herumzukommandieren, daß sie keine guten Kandidaten bildeten, um selbst den Befehlen anderer nachzukommen.

»Schnell!« sagte Lucy, aber ob sie damit meinte, daß sie schneller schneiden sollten, oder ob Robert schneller machen sollte, das wußte Karl nicht so recht.

Karl bemühte sich, schneller zu schneiden, aber da er gelegentlich Blicke zu dem Wurmding hinüberwarf, blieb seine Geschwindigkeit wahrscheinlich so wie vorher.

»Es nähert sich definitiv Lucys Position«, meldete Robert Augenblicke später. »Es scheint die Wand zu säubern. Dahinter ist das grüne Zeug verschwunden. Es hat jetzt fast schon diesen großen Ball aus Zeug erreicht, der an der Wand klebt.«

»Toll«, sagte Alis.

»Wenigstens könnt Ihr Typen ihm aus dem Weg gehen«, meinte Lucy.

Als Robert wieder etwas sagte, klang es nervöser als zuvor.

»Es frißt sich in die Schmiere hinein. Ich kann nicht erkennen, was für einen Mechanismus es einsetzt, aber die Schmiere verschwindet anscheinend in etwas, was wie Poren in der Wand aussieht.«

Karl runzelte die Stirn und warf einen prüfenden Blick auf ein Helmdisplay. »Irgendwie ist die Anlage aufgepumpt worden. Ich lese einen Druck von etwas über einer Zehntelatmosphäre ab, erhalte aber keinen Hinweis darauf, daß das Gas atembar wäre. Falls dieses Ding das restliche Zeug an der Wand zermahlt, könnte der Druck es zu den Poren hinausbefördern.«

»Nun, das ist ja alles sehr lehrreich«, meinte Lucy, »aber vielleicht sollte Robert zurückkommen und dabei helfen, mich freizuschneiden.«

»Einverstanden«, sagte Alis.

»Das Ding macht kurzen Prozeß mit dem grünen

Zeug«, erklärte Robert, als er zurückgelaufen kam. »Es könnte in fünf Minuten damit fertig werden.«

»Machen Sie schnell!« sagte Lucy.

Karl hielt den Kopf gesenkt und schnitt, so schnell er konnte. Er wurde mit dem Arm fertig und ging zum oberen Rücken über.

»Ich komme jetzt schneller voran«, sagte er, um Lucy zu beruhigen.«

»Das sagen Sie nur so.«

»Nein, wirklich«, erwiderte Karl und bemühte sich diesmal, überzeugender zu klingen.

»Verdammt, ich werde sterben!«

»Wir werden alle sterben«, meinte Robert.

»Das weiß ich. Ich wollte nur vorher noch ein bißchen älter werden.«

»Nein, ich meine, wir sterben alle in zwei oder drei Tagen. Falls wir die Ablenksprengung überstehen und eine Kollision mit Station Hamilton vermeiden, geht es anschließend auf die Sonne zu.«

»Kümmern wir uns lieber später darum«, sagte Alis.

Robert erreichte Lucy und nahm seine Schneidepflichten wieder auf.

»Stimmt das, was er gesagt hat?« fragte Lucy.

»Na ja«, sagte Alis, »so hat man es uns erzählt. Aber es besteht viel Spielraum für Irrtümer. Wenn sie durch Sprengung den Kurs ändern, führt er vielleicht in größerem Abstand an der Sonne vorbei.«

»Oder führt direkter auf die Sonne zu, nicht wahr? Ich meine, sie werden vor allem darauf achten, daß wir nicht mit Station Hamilton zusammenprallen, und weniger auf das Überleben von uns vieren geben.«

»Fünfen«, sagte Karl. »Die glauben immer noch, daß fünf von uns am Leben sind.«

»Oh, ich bin erleichtert, das zu hören«, stellte Lucy fest. »Natürlich ändert es alles, wenn *fünf* Menschenleben auf dem Spiel stehen.«

Karl kam sich ein bißchen dumm vor und entschied,

sich lieber auf das Schneiden zu konzentrieren. Sollte doch Alis versuchen, Lucy etwas aufzuheitern.

Alis versuchte es. »Obendrein haben wir immer noch eine gute Chance, wieder herauszukommen. Die von der *Ranger* übermittelten Karten des Inneren zeigen jedesmal etwas mehr Details, und es kann leicht passieren, daß wir mit einer aktualisierten Version etwas Wichtiges erfahren.«

Lucy drückte den Rücken durch und die Arme nach vorn, wollte sich von der Wand losreißen. »Ich muß hier raus!«

»Sachte!« sagte Karl. »Wir wollen schließlich nicht in Ihren Raumanzug schneiden.«

»Dieses Wurmding hat es schon zur Hälfte durch den Klumpen aus grünem Zeug geschafft«, sagte Robert.

»Verdammt!« schimpfte Lucy. »Sehen Sie, ich habe jetzt den Arm frei. Geben Sie mir ein Messer und helfen Sie mir, es auf der Rückseite des Helms einzusetzen. Ich kann dort selbst arbeiten, und es ist weniger gefährlich, als es beim Anzugstoff zu versuchen.«

»Gute Idee«, sagte Alis. Sie zog Lucys Messer aus einer Beintasche und half Lucy, den Arm in die richtige Position zu heben.

Karl blickte zu dem heranrückenden Wurmding hinüber. Es schien sich so mühelos durch den Hügel aus grünem Kleister zu arbeiten wie ein Schneepflug durch eine große Schneeverwehung, nur daß der Hügel einfach verschwand.

»Es ist einfach nicht fair«, sagte Lucy. »Ich habe immer noch nicht den Olympus-Beobachtungsposten besucht oder bin auf dem Titan spazierengegangen – uff, dieses Zeug läßt sich aber schwer schneiden.«

»Kein Vertun«, stimmte ihr Robert zu.

»Und dieses Ding, das näherkommt, arbeitet sich glattweg hindurch?«

»Mehr oder weniger.«

»Wir wissen aber nicht mit Sicherheit, ob es wirklich

gefährlich für Sie ist«, stellte Karl fest. »Vielleicht versprüht es eine Chemikalie, die speziell das grüne Zeug auflöst, und vielleicht ist Ihr Raumanzug unempfindlich dagegen.«

»Sie haben doch nicht vor, das zu testen, oder?«

»Natürlich nicht«, sagte Karl. »Wir testen es mit Roberts Raumanzug.«

»Ha!«

»Es ist fast durch den Huckel hindurch«, meldete Alis. »Uns bleiben vermutlich nur noch ein paar Minuten.«

Es würde knapp werden. Lucy hing immer noch mit einem Teil von Bein und Rücken sowie dem Helm fest. Noch höchstens eine Minute, und Alis mußte dem Wurmding den Weg freigeben. Karls Hand schmerzte inzwischen wirklich, aber er konnte jetzt nicht aufhören.

»Oh, ich sehe es jetzt!« sagte Lucy schließlich, als sie den Helm drehen konnte. »Es ist wirklich groß!«

»Sagen Sie das ruhig noch mal«, empfahl ihr Karl. »Robert bekommt es wahrscheinlich nicht sehr oft zu hören.«

»Bück dich, Witzbold!«

»Jungs«, sagte Alis, »ich muß dem Ding den Weg freimachen.«

Alis wich blitzartig von der Wand zurück und entging gerade noch dem vorderen Ende des Wurmdings, das nun mit dem Haufen aus grünem Zeug fertig geworden war und jetzt sogar noch besser vorankam, während es sich mit der dünneren Schicht aus grüner Kruste befaßte. Das vordere Ende des Wurmdings leckte mit einer senkrechten Lippe aus Gewebe über die Wand, wie man einen Gummiwischer einsetzte, um Wasser wegzuschieben. Neben der Lippe sah man einen breiten feuchten Hautstreifen mit Rautenmuster – der an die Haut einer Klapperschlange erinnerte, die man in diese Form gebracht und mit Wasser bespritzt hatte. Vor dem Gummiwischer schien eine Sprühnebelsäule herzuwandern, die in die Wand gesaugt wurde.

Nur noch Sekunden blieben, aber Karl dachte weiterhin, daß die Zeit reichte.

»Die Zeit reicht nicht«, meinte Robert.

»Alis«, sagte Karl, »nehmen Sie einen Reparaturflicken zur Hand. Wir müssen sie vielleicht einfach losreißen.«

»Mache ich.«

Hier herrschte eine Atmosphäre pulshämmernder Spannung und Teamarbeit, wie sie Karl mit einer Unfallstation in Verbindung brachte. Außer daß in ihrer Situation die Patientin einfach aufgelöst werden würde, falls sie nicht rechtzeitig Erfolg hatten.

Karl wechselte die Position, rückte näher an das Wurmding heran und versuchte, den Rest an klebrigem Rückstand von Lucys Bein zu entfernen. Nur diese handgroße Stelle schien Lucy schließlich noch festzuhalten, und sie ruderte mit den Gliedmaßen, ein chaotischer Versuch, sich von der Wand zu lösen und dem Wurm auszuweichen.

»Holt mich verdammt noch mal hier raus!« schrie sie.

»Wir haben es fast geschafft«, sagte Karl.

Der Wurm kam näher. Noch mehr grüner Rückstand verwandelte sich vor ihm in Nebel. Und wieder näher.

»Ziehen!« sagte Karl. Er hackte auf die restliche Klebefläche ein. Er nahm eine andere Haltung ein, dichter am Wurm, damit er eine bessere Hebelwirkung entfalten konnte, und zog Lucys Bein von der Wand weg, setzte immer mehr Kraft ein. Robert und Alis hielten sich beide am Rand eines nahegelegenen Lochs fest und zogen an Lucys ausgestreckter Hand.

Der Wurm ragte immer höher auf, eine nur noch Zentimeter entfernte Dampfwalze. Der Flecken, mit dem Lucys Bein noch an der Wand heftete, war inzwischen kleiner als eine Handfläche. Und noch kleiner. Und fast nicht mehr da.

Aber der Wurm war da. Keine Zeit mehr.

Karl stemmte die Füße an die Wand und zerrte, so fest er konnte.

Lucy unterdrückte einen Schmerzensschrei.

Der Wurm war da. Keine Zeit mehr.

Lucys Raumanzug löste sich von der Wand. Sie und Karl kamen mit einem Ruck frei und stürzten in den engen Raum hinaus. Karls Fuß schrammte dabei am Wurm entlang.

»Wow!« schrie Lucy. »Habe ich ein Leck?«

Als Karl nicht mehr durch die Gegend purzelte und wieder zu Lucy und Alis und Robert zurückgekehrt war, hatte Alis bereits die Rückseite von Lucys Bein überprüft. »Ich denke, Sie sind okay«, sagte Alis. »Aber da ist eine kleine Stelle, die ein bißchen zerknittert aussieht. Gehen wir auf Nummer Sicher und bringen einen Flicken an.«

»Ist mir recht.«

Karl sah sich an, wie der Wurm unbeirrt seine Bahn um die Wand herum fortsetzte und schon ein Viertel der Fläche zurückgelegt hatte, an der Lucy festgehangen hatte. Wenigstens schien er für nichts eine Gefahr darzustellen, was nicht an der Wand hing. Hinter dem Wurm war die Wand völlig sauber und dunkel.

Karl zog sich durch ein Loch in der Decke und fühlte sich unter der höheren Decke des nächsten Stockwerks etwas weniger klaustrophobisch. Weit entfernt an der Wand glaubte er einen weiteren Wurm auf seinem Reinigungsweg um diese Etage herum zu sehen. Karl trat an ein Loch heran und sah, wie Alis die kurze Reparatur beendete.

»Okay, ich denke, das wird reichen«, sagte Alis Sekunden später. »Sehen wir zu, daß wir hier rauskommen.«

»Amen«, bekräftigte Lucy.

Karl führte sie auf dem Weg nach oben an, durch immer größere Löcher auf Ebenen mit zunehmender Deckenhöhe.

»Karl!« sagte Alis plötzlich.

»Was?«

»Halten Sie einfach an und rühren Sie sich nicht.«

Karl hatte die Arme flach auf dem nächsthöheren Stockwerk ausgebreitet und hing mit dem Rumpf mitten in der Luft. Er spürte, wie Alis einen seiner Stiefel drehte.

»Sie sollten diesen Stiefel lieber auch flicken, nur für alle Fälle«, sagte sie.

Karl stemmte sich ganz auf die höhere Etage hinauf. Er zog ein Bein an, bis der Stiefel in der Lichtbahn seiner Helmlampen war. »Wow!« Die Ferse war seitlich abgeschliffen, als hätte er sie für ein oder zwei Minuten an eine Schleifscheibe gehalten.

»Ich wette, der Wurm hat das Stück aufgelöst.«

»Ich wette, daß Sie recht haben.« Karl holte zwei Flicken aus einer Schultertasche und setzte beide auf.

Während er arbeitete, trat Lucy an ihn heran. »›Wow‹ trifft es wirklich. Sie drei haben mich gerade noch rechtzeitig rausgeholt. Danke.«

»He, wozu sind Teamgefährten da?« Karl entschied, daß er froh war, bislang nicht gewußt zu haben, wie gefährlich der Wurm für das Material der Raumanzüge war. »Gehen Sie lieber voraus; ich hole Sie wieder ein. Wir wissen nach wie vor nicht, wie oft sich der ganze Vorgang wiederholt.«

Robert war schon auf dem nächsthöheren Stockwerk. Alis und Lucy folgten ihm, und als sie die wiederum nächste Etage erreicht hatten, folgte ihnen Karl. Zumindest beanspruchte er in der niedrigen Schwerkraft die Ferse nicht sehr stark. Während er sich beeilte, die anderen einzuholen, versuchte er, nicht daran zu denken, welche Konsequenzen es gehabt hätte, wäre er mit dem Fuß wenige Zentimeter mehr an den Wurm herangeraten. Es gab Grenzen für den Schaden, den man mit kleinen Stoffstücken und Klebstoff beheben konnte.

Sie kamen recht flott Richtung Hauptebene voran, auch wenn Karl sich fortlaufend einbildete, ein Aufleuchten der Zentralsäule zu sehen oder den Eindruck eines dieser Wurmdinger zu erhaschen, wie es sich ihm schnell aus der Dunkelheit näherte.

»Ich sehe eine dieser Luftschleusentüren«, meldete Robert Sekunden später. »Ich weiß aber nicht, ob es die ist, durch die wir hereingekommen sind.«

»Nehmen wir sie trotzdem«, sagte Alis. »Ich möchte auf schnellstem Weg hier raus.«

»Klingt für mich nach einem guten Plan.« Roberts gelegentliches Widerstreben, auf Befehle einer Frau zu hören, schien sich gelegt zu haben.

Karl traf gerade rechtzeitig auf der Hauptebene ein, um zu sehen, wie die anderen noch zum Ausgang unterwegs waren. Er beeilte sich aufzuholen, achtete aber auch sorgfältig darauf, den Löchern im Boden auszuweichen.

»Komm schon, komm schon!« sagte Robert. »Geh auf!«

Gerade als Karl sich ausmalte, wie sie für immer in diesem riesigen Raum eingesperrt blieben und sich bemühten, nicht an der Wand festzukleben und verdampft zu werden, sagte Robert: »Okay!«

Robert und Alis waren schon durch die Tür, ehe Karl auch nur den halben Weg dorthin geschafft hatte. Lucy folgte ihnen. Unter der Tür drehte sie sich um und blickte zurück. »Schnell, Karl!«

»Ich mache schnell, glauben Sie mir.«

Karl näherte sich der Tür, und sein Puls beschleunigte. *Schließt bitte nicht die Tür!* dachte er. *Laßt mich bitte nicht hier drin zurück!*

Noch zehn Meter. Fünf.

Er erreichte die Tür und lief so schnell hindurch, daß er auf Robert prallte.

»He!« rief Robert.

»Tut mir leid.« Karl tat es überhaupt nicht leid. Hätte er gewußt, daß er seinen Aufprall dämpfen konnte, indem er in Robert hineinrannte, hätte er sich nicht die Mühe gemacht zu bremsen.

Er drehte sich zur Luftschleusentür um und war dankbar festzustellen, daß sie sich bereits geschlossen hatte.

Alis öffnete die Tür gegenüber. Dahinter lag der vertraute Ringkorridor um die Höhle herum. Karl hatte die irrationale Sorge gehabt, die Tür würde an diesem verrückten Ort, in dieser verkehrten Welt diesmal in etwas anderes führen.

Alis und Robert gingen hinaus, gefolgt von Karl und Lucy. Die Luftschleusentür ging hinter ihnen zu wie eine Irisblende.

»Ich könnte ein Schläfchen gebrauchen«, sagte Lucy.

»Ich auch«, sagte Karl.

Alis sagte: »Die Transportkapsel braucht lange genug für ihre Etappen, so daß wir genausogut eine Pause machen können, solange wir darin sind.«

Niemand erhob Einwände, als Alis sich durch den Tunnel aufmachte. Karl folgte, war aber so desorientiert, daß er keine Ahnung hatte, ob sie auch den kürzesten Weg nahmen. Er war so erleichtert, der Kammer entkommen zu sein, daß es ihm nicht mal etwas ausmachte. Er hätte die gegenwärtigen Koordinaten der Gruppe aufrufen und mit der Karte vergleichen können, aber es fühlte sich einfach gut an, ein paar Minuten lang nur gedankenlos dahinzugehen.

Der Tunnel veränderte sich unterwegs kaum. Sie kamen an einer weiteren Kreistür zu der Kammer vorbei, ehe sie den Kreis an der äußeren Wand erreichten. An dieser Stelle verglich Karl noch einmal ihre gegenwärtige Position mit der Stelle, wo sie die Transportkapsel verlassen hatten, und freute sich zu sehen, daß beide übereinstimmten.

Alis setzte sich. »Machen Sie eine kurze Pause, wenn Sie möchten. Ich möchte mir nur noch einmal die neueste Karte ansehen, die von der *Ranger* gekommen ist.«

Karl streckte sich aus wie in einer großen Hängematte, lehnte sich an die Tunnelwand und stützte die Beine an der Wand gegenüber ab. Er schaltete das Kartendisplay ein und studierte es.

Auflösung und Kontrast in der Darstellung des Innenlebens von Kantalupe verbesserten sich weiterhin und verrieten immer mehr Details, obwohl das Gesamtergebnis nach wie vor eher einer fragmentarischen und antiken Karte von der flachen Erde ähnelte als einer modernen Datensammlung, deren Maßeinheit der Millimeter war, nicht die Wegstunde. Wie eine Reihe Straßenlaternen, die durch den Nebel schimmerten, ließen diese Daten jedoch das Unbekannte weniger furchteinflößend erscheinen.

Lucy sagte: »Ich kann jetzt mehr vom Weg der Sonde entdecken. Er ist deutlicher zu sehen und wirkt ein bißchen wie eine winzige Narbe.«

Karl betrachtete die Narbe auf seinem Kartendisplay. Das obere Ende war diffuser als vorher, als würde es heilen, aber das untere Ende erreichte einen weiteren unscharfen Klecks tiefer im Körper Kantalupes. »Ich frage mich, ob die Sonde die Kleckszone gesucht hat, oder ob die Kleckszone nur da ist, weil die Sonde den Bereich verletzt hat.«

»Keinen Schimmer. Aber die Transportkapsel kann uns viel näher heranbringen. Vielleicht nahe genug, um es herauszufinden.«

»Sicher doch, verflucht noch mal«, sagte Robert. »Wir können uns genausogut noch tiefer in die Tinte bringen.«

»Möchten Sie schneller sterben?« fragte Lucy.

Robert bat sie nicht, das näher zu erläutern.

»Gehen wir«, sagte Alis. »Vielleicht erfahren wir am nächsten Haltepunkt Neues.«

Sicher, dachte Karl. *Als ob wir hier viel erfahren hätten.* Da Alis jedoch schon genug Probleme mit Robert hatte, sagte er nichts.

Die Tür zur Transportkapsel ging auf, als Alis die Fläche berührte, und eine halbe Minute später war das, was vom Team noch übrig war, in der Kapsel eingeschlossen und fuhr noch tiefer ins Innere Kantalupes hinab.

Die Kapsel beschleunigte auf ihre normale Rotationsgeschwindigkeit, und Karl machte es sich an der Wand bequem.

»Wird sonst noch jemandem warm?« fragte Lucy nach mehreren Sekunden. Sie schien sich nicht wohl zu fühlen, klang fast krank.

Karl fühlte sich gut und kontrollierte den Thermostat seines Raumanzugs. Einundzwanzig Grad Celsius. »Ich bin okay.«

Auch Alis und Robert ging es gut.

»Na, dann stimmt hier was nicht. Ich verbrenne förmlich. Es geht langsam auf fünfundzwanzig Grad zu.«

Robert sagte: »Vielleicht ist Ihr Raumanzug beschädigt worden, als wir Sie losgeschnitten haben.«

»Drehen Sie sich um«, sagte Karl.

Lucy drehte sich um, so daß die Rückseite des Raumanzugs in die Mitte der Kapsel wies.

»Ich denke, ich erkenne das Problem«, sagte Karl. Er fuhr mit dem Handschuh über eine Masse aus plastikähnlichen Resten, die noch von Lucys Begegnung mit der Wand herrührten. »Der Kleister, mit dem Sie an der Wand hingen, deckt den Wärmetauscher ab. Ihr Raumanzug kann die Körperwärme nicht mehr abstrahlen.«

»Das kann doch nicht wahr sein!«

Karl holte sein Messer hervor und hackte auf den Rand der Schmiere ein. Splitter lösten sich unter der Klinge. »Ich denke, wir können genug davon entfernen. Versuchen Sie zunächst, sich zu entspannen. Setzen Sie Ihren Puls herunter. Meditieren Sie, falls Sie können. Versuchen Sie einfach, den Stoffwechsel so stark abzusenken wie nur möglich.«

Robert und Alis zogen ebenfalls ihre Messer und machten sich an die Arbeit, nahmen sich dabei andere Stellen des dunklen, schwarzen, gerippten Rechtecks vor, das Lucys Körperwärme eigentlich schneller hätte abstrahlen sollen. Die Idee, daß jemand in dieser kalten Umgebung überhitzt wurde, schien gut in die insgesamt verrückte Erfahrung zu passen.

Den Kleister wegzuhacken war mühselig, besonders, da sich alle drei Mühe gaben, möglichst nicht zufällig jemand anderes Raumanzug aufzuschlitzen.

»Ich kann nicht mehr viel davon ertragen«, sagte Lucy nach einer Weile.

Karl hatte inzwischen eine Fläche freigekratzt, die nicht größer war als seine Hand. Er bemühte sich, noch schneller zu schneiden, wobei er zunächst die Schmiere von den Rippen kratzte und sie erst dann aus den Kanälen dazwischen herausbohrte, was schwieriger war. Er wünschte sich, die Platte des Wärmetauschers wäre flach gewesen, aber dann hätte sie auch dreimal so groß sein müssen, um ebensoviel Wärme abzustrahlen wie die wellige Version mit ihrer größeren Oberfläche.

»Lucy«, sagte Karl, nachdem lange Schweigen geherrscht hatte.

Keine Antwort.

»Lucy, wir müssen wissen, ob Sie noch okay sind«, sagte Robert. »Können Sie langsam zählen?«

Lucy fing schließlich an zu zählen, aber ihr Tonfall machte Karl nervös. Sie ließ Zahlen aus und stotterte und legte zwischen einzelnen Zahlen Pausen von bis zu zehn Sekunden ein.

Mit ihren Anstrengungen hatten die Gefährten inzwischen ein schwarzes Gitter von Wellen freigelegt, die aus all dem grünen Kleister hervorlugten, aber die Oberfläche des Wärmetauschers lag zum größten Teil in den Kanälen.

Karl bemerkte auf einmal, daß Lucy seit über einer Minute nichts mehr gesagt hatte.

Er schüttelte sie. »Lucy, halten Sie durch!« Er schabte weiter, aber Lucy blieb still.

13
Malignität

Alis hackte weiter auf die Schmiere ein, die hinten an Lucys Raumanzug klebte, und bemühte sich darum, so rasch wie möglich voranzukommen, ohne dabei zu riskieren, daß sie Karl oder Robert in die Hände schnitt, die an der gleichen Fläche arbeiteten. Lucy schwieg jetzt seit mindestens ein paar Minuten, und Alis war sich nur zu klar darüber, was das vielleicht bedeutete.

Die Transportkapsel rotierte nach wie vor gleichmäßig und erzeugte dabei die künstliche Anziehungskraft, die die Teamgefährten an die Wand zog. Es ging immer tiefer in Kantalupe hinein.

»Mir wird auch heiß«, sagte Robert.

»Gut«, sagte Karl. »Das bedeutet, daß Sie Ihren Beitrag leisten.« Karl stieß die Worte schwer atmend hervor, als schleppte er gerade einen schweren Baumstamm bergauf.

Alis schnitt weiter Material weg, so schnell sie konnte, und fragte sich dabei in einem Winkel ihres Bewußtseins, ob die Anspannung, die aus Karls Ton so deutlich herauszuhören war, nicht nur an der Anstrengung lag, sondern auch an einer unterschwelligen Gefühlsbindung an Lucy. Wenn Alis es sich genau überlegte, konnten Karl und Lucy auch ein Liebespaar sein, soweit sie wußte. Kaum war dieser Gedanke an die Oberfläche getreten, wurde sich Alis eines noch erstaunlicheren Phänomens bewußt. Irgendwo in einem versteckten Winkel ihrer Gedanken, den sie bislang recht gut hatte ignorieren können, spürte sie einen schmerzhaften Stich. Sie brauchte einen Augenblick, um das Gefühl zu identifizieren – es war ein Stich der Eifersucht.

Sie hielt das Arbeitstempo aufrecht, als wäre nichts

passiert, aber innerlich stockte sie plötzlich. Eifersucht ergab keinen Sinn. Überhaupt keinen! Karl hatte ihr Leben auf den Kopf gestellt. Zorn war das, was sie ihm gegenüber empfand. Aber falls er Lucy liebte, dann ... *Hör auf damit!* wies sie sich zurecht. *Das ist ja verrückt! Selbst wenn ich mich zu Karl hingezogen fühlte, würde es nicht auf Gegenseitigkeit beruhen, und wir sind in ein paar Tagen ohnehin alle tot.*

Weiter fielen grüne Splitter vom schwarzen Wärmetauscher auf Lucys Rücken herunter. *Bitte stirb nicht, Lucy! Nicht nach Belinda und Daren. Es wäre zuviel.* Falls sie letzten Endes alle gemeinsam plötzlich umkamen, brauchte sich Alis wenigstens nicht den Nachwirkungen zu stellen. Aber zu viele Menschen waren schon gestorben.

»Haben Sie was gesagt?« fragte Karl plötzlich.

»Mit wem reden Sie?« wollte Robert wissen.

»Schhhh!«

Alis hörte lediglich schweres Atmen. Dann jedoch etwas Neues. Ein leises Stöhnen. »Lucy!«

Zu dritt hackten sie mit frischer Kraft auf den verklebten Wärmetauscher ein. Wenn sie Glück hatten, hatten sie inzwischen genug von der Oberfläche freigelegt, damit das Gerät die Temperatur im Anzuginneren senken konnte.

Eine Minute später stöhnte Lucy lauter.

»Jetzt nicht schlappmachen«, sagte Karl. »Sie schaffen es!«

Alis' Hand war fast taub von der Anspannung, mit der sie das Messer gepackt hielt. Jetzt, wo Lucy scheinbar auf dem Weg der Besserung war, ließ Alis gerade genug nach, damit sich wieder etwas Gefühl in der Hand ausbreiten konnte.

Ihre Gedanken kehrten exakt an die Stelle zurück, die sie ihnen untersagt hatte, und sie fragte sich, ob sie so kleinlich war, daß sie sich nur deshalb zu Karl hingezogen fühlte, weil er sich vielleicht in jemand anderen verguckt hatte. Bitte, daß sie bloß nicht so jemand war! Gab es an Karl etwas, was ihn für sie anziehend machte?

Sie versuchte sich vorzustellen, welche Gefühle ihr Karl vermitteln würde, wenn sie wüßte, daß er den Unfall auf Station Tokio wirklich nicht verschuldet hatte. Um mit den kleinlichsten Gründen anzufangen: Ihr gefiel wirklich, wie er aussah. Sein Aussehen entsprach nicht den Schönheitsanforderungen der Videobranche, aber ihr gefiel tatsächlich das jungenhafte Gesicht, dem man entnehmen konnte, daß er immer noch wußte, wie man spielte, obwohl Alis selbst sich schon lange nicht mehr Zeit für Spiele genommen hatte. Er stichelte Robert ein bißchen zu oft, aber Robert war auch der Typ, der es nötig hatte. Karl hätte eindeutig einen guten Anführer abgegeben, obwohl er sie, Alis, als Teamleiterin unterstützte, dies jedoch unter Verzicht auf jedes Einschmeicheln und jede Gönnerhaftigkeit. Er hatte einen starken Willen, war tapfer und findig. Menschen, die alle wie Karl waren, wären eine beachtliche Truppe gewesen.

Lucy stöhnte wieder und sagte: »Ist es heiß hier drin, oder bin ich das?« Ihre Worte klangen etwas undeutlich, aber es war noch nie so schön gewesen, ihre Stimme zu hören.

»Sie kommen wieder in Ordnung!« sagte Alis. »Wir haben den Wärmetauscher größtenteils freigelegt.«

»Danke, Leute«, sagte Lucy in ernsterem Ton. »Ich schulde euch wirklich was.«

»Wie hoch liegt die Temperatur im Anzug?« fragte Robert.

»Dreiundzwanzig Grad. Und fällt. Zweiundzwanzig Komma neun.«

Karl sagte: »Ich denke, wir sollten auch den Rest dieser Schmiere vom Wärmetauscher entfernen, nur um auf Nummer Sicher zu gehen, aber wenigstens können wir jetzt etwas langsamer machen. Wie wäre es, wenn ich die erste Schicht übernehme und wir uns alle fünf Minuten ablösen?«

»Gut, Karl«, sagte Alis. Sie lehnte sich zurück und gönnte sich endlich etwas Entspannung, während sie Karl bei der Arbeit zusah. Nachdem Lucy sich wieder erholt hatte, hatte er nichts gesagt, dem man hätte entnehmen können, daß er ihr näher stand als einer Teamgefährtin. *Lenk dich endlich davon ab!* sagte sie sich. *Das Überleben hat deine volle Konzentration verdient.*

Sie schaltete das Display vom Inneren Kantalupes ein und lokalisierte den blinkenden Punkt. Seine Farbe hatte sich vom üblichen Gelb nach Rot verschoben, was andeutete, daß der Punkt die letzte bekannte Position der Gruppe anzeigte, nicht die aktuelle. Solange die Transportkapsel rotierte, kam das Navigationssystem nicht mit seinen Berechnungen zu Rande. Das System sollte eigentlich mit einem Raumanzug klarkommen, der durch den Weltraum trudelte; deshalb überlegte Alis, daß die größeren Abweichungen, die aus dem Haften an der rotierenden Kapselwand resultierten, wohl knapp die Kapazität des Systems überstiegen. Eine Sekunde lang dachte Alis über die Idee nach, daß sie die Position theoretisch dadurch bestimmen konnte, daß sie im Zentrum der Kapsel schwebte, während das Navigationssystem seine Daten aktualisierte – vorausgesetzt, die Sinkgeschwindigkeit der Kapsel war nur durch den Zug der Schwerkraft bedingt. Die Situation rechtfertigte jedoch nicht den Aufwand, der mit diesem Experiment verbunden gewesen wäre. Alis würde nur zu rasch erfahren, wie tief unter der Oberfläche Kantalupes sie inzwischen waren.

Robert übernahm von Karl und säuberte die Oberfläche von Lucys Wärmetauscher weiter. Karl lehnte sich zurück, und sein Helm landete in der Nähe von Alis' Helm.

Alis wandte sich wieder dem Display zu und dem Tunnel, den die Sonde auf ihrem Weg hinterlassen hatte. »Wissen Sie«, sagte sie, primär an Karl gerichtet, obwohl sie wußte, daß jeder mithörte, »falls wir den Indizien folgen, daß Kantalupe in gewisser Hinsicht ein großer lebendiger Körper ist – selbst wenn er dazu dient, eine große Bevölkerung zu befördern –, dann hat die Sonde eigentlich eine Vivisektion vorgenommen. Hat an einem lebenden Patienten ohne dessen Einwilligung operiert.«

Karl sagte: »Ich frage mich, ob Kantalupe Schmerz empfindet. Offenkundig reagieren Körperzonen auf Schaden oder das Eindringen von Fremdkörpern, aber das ist nicht unbedingt dasselbe.«

»Ich hoffe, daß es keinen Schmerz empfindet. Die Sonde muß schon lange in Kantalupe stecken, und ein Teil des Schadens muß uralt sein. Was mich vor ein Rätsel stellt, ist das Fehlen von Leuten – von außerirdischen Lebewesen. Es scheint sinnvoll, daß Kantalupe Selbstheilungsmechanismen besitzt, aber diese Transportkapsel und einige der Tunnel weisen definitiv auf Lebewesen hin, die nicht viel größer sind als wir. Man sollte meinen, daß sie losgeschickt werden, um Schäden zu reparieren, mit denen die normalen Abwehrmechanismen nicht fertig werden.«

»Könnte sein, daß sie alle tiefgekühlt sind. Mit der Geschwindigkeit Kantalupes dauern interstellare Reisen schrecklich lang.«

»Vielleicht. Oder vielleicht sind alle tot. Ich bin auch neugierig darauf, wo die Sonde angehalten hat und ob sie noch aktiv ist. Sie ist viel weiter vorgedrungen als irgendeine der anderen. Vielleicht weist das auf eine andere Konstruktion hin. Vielleicht ist sie tief genug eingedrungen, um die Besatzungsquartiere zu beschädigen.«

Robert wich von Lucy zurück. »Wollen Sie immer noch übernehmen?«

Als Alis sich in Position begeben hatte und weitere Schmiere von Lucys Wärmetauscherplatte kratzte, fuhr Robert fort: »Ich interessiere mich mehr dafür, wann wir in die Sonne knallen. Nennen Sie mich ruhig egoistisch.«

»Sie sind egoistisch«, sagte Lucy.

»Interessante Art, seine Dankbarkeit zu zeigen«, meinte er.

»He, ich bin dankbar! Glauben Sie mir. Aber das ist doch keiner dieser Fälle, wo ich für den Rest meines Lebens Ihr Sklave sein und die ganze Zeit kriechen muß, oder?«

»Nur eine Minute«, sagte Karl. »Wir denken nach.«

»Sehr komisch – für einen Mann.«

Alis kratzte weiter Schmiere von der Platte und überlegte sich, wieviel leichter das mit einem Sandstrahler gegangen wäre. Wenigstens sah die Fläche endlich ziemlich sauber aus. »Welche Temperatur haben Sie, Lucy?«

»Die ist fast wieder normal. Ich bin ein bißchen müde, aber sonst okay.«

»Ich denke, wir sind alle ein bißchen müde.«

Nach einer Pause fragte Karl. »Was, wenn es gar keine Besatzung gibt?«

»Sie meinen, falls alle tot oder von Bord gegangen sind?« fragte Alis.

»Nein. Vielleicht war nie eine Besatzung an Bord.«

»Gut gemacht, Karl«, meinte Robert. »Niemand hat seit über einer Stunde mehr etwas wirklich Dummes gesagt. Ich bin froh, daß Sie bereit waren, die Scharte auszuwetzen.«

Lucy ignorierte Robert. »Falls es nie eine Besatzung gab, existiert Kantalupe dann für ganz eigene Zwecke? Aber es macht einen so *konstruierten* Eindruck!«

»Es könnte trotzdem das Produkt von Konstrukteuren sein. Ich behaupte nicht, daß es unbedingt eine natürliche Lebensform ist. Wie Sie sagten – diese ganzen Zugangstunnel und Transportkapseln erwecken den Anschein, daß die Erbauer Zugang haben wollten – wer auch immer Kantalupe gebaut oder gezüchtet hat. Vielleicht mußten sie sich im Inneren bewegen können, um Feineinstellungen vorzunehmen oder unerwartete Schäden zu beheben. Oder sie wollten einfach aus erster Hand sehen, was aus ihrer Schöpfung geworden ist.«

»Zu welchem Zweck sollte man etwas Derartiges konstruieren?«

»Nicht die geringste Ahnung.«

Lucy sagte: »Es könnte so etwas wie die Informationsplakette der *Pioneer*-Sonde in ganz großem Maßstab sein. Etwas, um anderen Zivilisationen zu sagen, daß es da draußen noch jemanden gibt.«

»Aber es ist so riesig!« wandte Robert ein.

»Könnte sein, daß man das Ding darauf ausgelegt hat, lange zu halten«, überlegte Karl. »Die Sonde hat Kantalupe stark beschädigt, ungeachtet seiner Größe. Je kleiner Kantalupe wäre, desto leichter könnte es durch irgendeine Zivilisation beschädigt werden, die Sonden schickt.«

»Na ja«, sagte Alis. »Vielleicht erfahren wir am nächsten Haltepunkt viel mehr darüber. Ob nun eine Besatzung an Bord ist oder nicht – wir haben nach wie vor keine Ahnung, wie die Energieversorgung aussieht oder ob Kantalupe überhaupt einen eigenen Energievorrat hat. Ändert es je den Kurs, oder wurde es einfach aus einer Kanone abgeschossen, wie die Sonde *Pioneer*?«

»Mir ist da ein interessanter Gedanke gekommen«, sagte Karl. »Falls wir ein Steuerzentrum finden und Kantalupe irgendwie dazu bringen könnten, den Kurs zu wechseln . . .«

»Viel Glück!« sagte Robert. »Das wäre wie eine Ameise, die in ein Auto steigt und ihr Glück mit den Bremsen versucht.«

Alis fand nicht, daß die Chance so gering war, aber vielleicht erwies es sich als unmöglich, die Steuerzentrale rechtzeitig zu finden, selbst wenn es eine gab. Sie schabte noch ein paarmal an Lucys Wärmetauscherplatte und lehnte sich schließlich wieder zurück. »Lucy, ich denke, bei Ihnen ist alles wieder in Ordnung.«

»Das ist wahrscheinlich zuviel verlangt«, sagte Karl gutmütig, »aber falls mit ihrem Raumanzug wieder alles in Ordnung ist, kann man das begrüßen.«

Lucy ging auf seinen Tonfall ein. »Also, Karl, möchten Sie, daß ich mich jetzt mit dem Messer an Sie heranmache?«

»Mir geht es gut, aber Robert hat einen scheußlichen Niednagel, den Sie sich vielleicht mal ansehen möchten.«

»Ich leg' mich schlafen«, verkündete Robert. »Wecken Sie mich nicht vor dem nächsten Haltepunkt, in Ordnung?«

Eine andere Stimme meldete sich.

»Die *Ranger* ruft das Innenteam«, sagte Captain Fernandez. »Ich hoffe, Sie sind auf dem Rückweg zur Oberfläche. Die GSSC-Schiffe sind mit ihren Ablenksprengsätzen eingetroffen. Dieses Objekt ist viel größer als alles, worüber sich die Leute bislang Gedanken machen mußten, aber auch viel weniger dicht. Zur Zeit überlegen sie sich, wie sie vorgehen sollen – irgendeine Methode, um Kantalupe abzulenken, ohne es in Stücke zu blasen –, und das wird noch zu einiger Verwirrung und falschen Ansätzen führen.

Uns bleiben immer noch fast vierundzwanzig Stunden vor dem letztmöglichen Zeitpunkt für die Sprengung. Ich wette, daß ich die GSSC-Leute dazu bringen kann, bis fast zur letzten Minute zu warten, aber Sie müssen dort heraus! Ich aktualisiere die Karte, sobald die möglichen Detonationspunkte feststehen.

Ein weiteres GSSC-Schiff ist auf eine Umlaufbahn um einen großen Brocken im Asteroidengürtel eingeschwenkt, und dort arbeitet man an einem Ausweichplan, um die Bahn des Asteroiden so zu verändern, daß er mit Kantalupe zusammenstößt. Ich denke, ich brauche nicht erst zu sagen, daß diese neue Alternative ein viel größeres Schadensrisiko mit sich bringt. Der Felsbrocken, den sie sich ausgesucht haben, hat eine solche Masse, daß die Kollision dem Aufprall einer .45er-Kugel in einer Weintraube gleichen würde.

Also kommen Sie zum Kuckuck sofort da unten heraus! Das ist ein Befehl. *Ranger,* Ende.«

Alis atmete tief aus und sagte leise: »Wir würden Ihren Befehlen nur zu gern nachkommen, Sir.«

»Haben wir hier eine depressive Stimmung?« fragte Lucy. »Oder bin das nur ich?«

»Wie sieht es jetzt mit Ihrem Raumanzug aus?«

»Ich bin okay. Da der Raumanzug die Überhitzung wieder abbauen konnte, denke ich, kommt er auch mit jeder Anstrengung zurecht, die ich mir zutraue.«

»Gut.« Nachdem sie das Gespräch mit einem positiveren Klang abgeschlossen hatte, ließ Alis zu, daß die Stille andauerte. Sie schloß die Augen. Die Rotation der Transportkapsel verhinderte immer noch, daß sie auf dem Navigationsdisplay nachsehen konnte, aber sie vermutete, daß sie inzwischen zwei Drittel des Weges zum nächsten Haltepunkt geschafft hatten.

Trotz ihrer Erschöpfung konnte Alis nicht die Augen zubehalten. Sie rief die aktuelle Kartenversion auf dem Display ab und sah sie sich noch einmal an.

Der Weg der Transportkapsel war jetzt deutlicher zu erkennen als vorher. Das gleiche galt für andere offenkundige Routen. Alis folgte dem Weg von ihrer aktuellen Position rückwärts, um festzustellen, ob er irgendwo dicht an die Oberfläche kam. Das war nicht der Fall. Sie waren unweit des höchsten Punktes eingestiegen. Alis drehte die 3-D-Darstellung und sah sich weitere Routen an. Sie fand keine, die viel näher an die Oberfläche reichte, als sie zu dem Zeitpunkt gewesen waren, an dem sie die jetzige Route gefunden hatten.

Das Netz der Transportkapselrouten – falls all die ähnlichen Linien ein solches darstellten – bildete eine Struktur, der man sich hätte annähern können, indem man ein Dutzend Gummibänder nahm und sie zu unregelmäßigen Kreisbahnen langzog, die alle sehr dicht am Mittelpunkt vorbeiführten. Etwa zehn der Routen schienen durch eine kleine Zone unweit des Zentrums von Kantalupe zu führen, als wären es U-Bahn-Strecken, die zu einem Zentralbahnhof führten.

Zwischen der gegenwärtigen Position der Gruppe und dem ›Zentralbahnhof‹ lag der Haltepunkt, der der Endposition der Sonde am nächsten kam, eine Zone, deren gesprenkelte Struktur im Vergleich zu anderen Zonen immer stärker auf eine Krankheit oder Beschädigung hinzudeuten schien. Auf der gegenüberliegenden Seite Kantalupes waren die beiden großen Kugeln noch besser zu erkennen als vorher, aber ihr Zweck blieb so unergründlich wie eh und je. Sie waren so angeordnet, daß eine Strecke, die man vom Mittelpunkt Kantalupes aus zog, durch die Mittelpunkte beider Kugeln geführt hätte, aber das machte Alis auch nicht schlauer.

Ganz dicht am Zentrum Kantalupes entdeckte sie eine weitere Zone, die sich vom gleichförmigen Grau abhob, wie es neunzig Prozent von Kantalupes Volumen ausfüllte. Diese kleine Zone, vielleicht so groß wie die *Ranger,* war rötlich eingefärbt – Hinweis darauf, daß ihre Dichte beträchtlich unter dem Durchschnitt Kantalupes lag. Die Zone lag ziemlich dicht am ›Zentralbahnhof‹, so daß Alis vermutete, dort einen Zugang vorzufinden, falls sie in einigen Stunden noch lebten.

Sie schloß wieder die Augen und wartete auf das Ende der Fahrtetappe. Die beiden toten Gefährten gingen ihr erneut durch den Kopf. Einen Moment lang suchte sie nach einem Begriff wie ›Landsmann‹, der weniger Freundschaft implizierte. *Na, das ist aber wirklich dumm!* sagte sie sich plötzlich. Wieso sollte sie auf Distanz gehen? Vielleicht hatte sie sie nicht sonderlich gut gekannt, aber es waren Menschen gewesen, die sie gern viel besser kennengelernt hätte. Und sie war für sie verantwortlich gewesen.

Vielleicht suchte sie deshalb die Distanz. Damit sie keine Schuld und keine Trauer über ihren Tod verspüren mußte. Diese beiden Reaktionen waren ein deutlicher Wandel nach dem steten Zorn, der zu lange in ihr geschwelt hatte.

Auf der High School hatte ihr einer ihrer Lehrer

erzählt, im Grunde gäbe es nur zwei Emotionen; entweder man fühlte sich gut, oder man fühlte sich schlecht. Eine Zeitlang hatte sie dem Lehrer geglaubt, aber einen oder zwei Monate später wurde der Klassentyrann von einem Auto angefahren und starb im Krankenhaus. Alis verspürte schuldbewußte Freude bei dem Gedanken, daß sie sich nicht mehr mit dem Jungen herumärgern mußte, und analysierte dann befangen ihre Reaktion. Sie kam zu dem Schluß, daß ihr nicht gefiel, wer sie war, wenn sie beim Tod eines Klassenkameraden und beim Erzielen der Bestnote in einer Arbeit das gleiche empfand.

Wenn sie jedoch zum Beispiel zwischen Stolz und Erleichterung unterschied, fühlte sie sich mit beiden Reaktionen wohler und insgesamt besser.

Alis verlagerte ihr Gewicht. Sobald sie einmal an den Tod gedacht hatte, fiel es ihr schwer, sich davon abzulenken. Nach dem Tod ihres Papas verbrachte sie immer mehr Zeit mit ihrem Border Collie. Puffer bekam schließlich eine tödliche Leberkrankheit, als Alis gerade fünfzehn war und Puffer acht. Er war ihr bester Freund gewesen und hatte ihr zeigen können, wie sehr er sich freute, mit ihr zusammenzusein, indem er sich an sie kuschelte oder aufgeregt bellte, und hatte dabei eine bedingungslose Freundschaft demonstriert. Ihre menschlichen Freunde hingegen schienen immer Bedingungen zu stellen. Alis bestand darauf, ihre Mutter zum Tierarzt zu begleiten, als sie ihn zum letztenmal aufsuchten. Intellektuell war ihr klar, daß sie nichts Mitfühlenderes und Liebevolleres für Puffer tun konnte, als seine Schmerzen zu beenden, aber als sie in diese vertrauensvollen braunen Augen blickte, verdrehte es ihr Inneres einfach zu einem schmerzhaften Knäuel.

Auch Belinda und Daren hatten ihr vertraut, zumindest dahingehend, daß sie klaglos eingewilligt hatten, am Einsatz teilzunehmen. Wenigstens hatte Alis ihnen nicht während der letzten Momente in die Augen blicken müssen, um darin die Anklage zu sehen, weil sie sie im Stich gelassen hatte.

Abrupt riß Alis sich von diesen Gedanken los. Die Gefühle entglitten ihr. Sie stellte sich hier etwas vor, was Belinda und Daren wahrscheinlich nie empfunden hatten. Sie blinzelte heftig und war dankbar dafür, daß der Helm ihr Gesicht vor den Gefährten verbarg. Sie holte ein paarmal langsam und tief Luft.

»Spüren Sie das?« fragte Lucy.

Alis war auf einmal nervös, fragte sich, ob sie ihre emotionelle Verfassung durch irgend etwas verraten hatte. Dann jedoch spürte sie den wechselnden Zug der Schwerkraft, erst leichter, dann stärker, dann wieder leichter. Die Kapsel bremste wohl für den nächsten Haltepunkt ab.

»Verdammt!« sagte Robert. »Ich hätte gern länger geschlafen.«

Alis sagte: »Vielleicht wird es Zeit, daß wir alle ein Stimulans einnehmen.«

Alis dachte zunächst, Robert würde sich als Arzt bemüßigt fühlen, eine kurze Ansprache über Suchtgefahren zu halten oder über das Risiko, daß sie körperliche Schäden erlitten, wenn sie zu lange mit imaginärer Energie aktiv blieben.

»Denke ich auch. Wenn wir in vierundzwanzig Stunden möglicherweise alle tot sind, was schadet es dann schon?«

»Guter Punkt«, versetzte Lucy trocken.

Alis drehte den Kopf und entdeckte den Wasserschlauch. Mit den Augen schaltete sie den Stimulansspender ein. Der nächste Schluck Wasser schmeckte ein bißchen süß, und Sekunden später fühlte sie sich besser ausgeruht, als wäre sie im Verlauf des ganzen Einsatzes pfleglich mit sich umgegangen, anstatt Schlafmangel noch durch starken Streß zu ergänzen.

Karl war still. Sie hatte eigentlich erwartet, daß er sich am Gespräch beteiligte, während die Kapsel sich dem nächsten Haltepunkt näherte und dabei die Schwankungen zwischen leicht und schwer stärker wurden. »Alles okay mit Ihnen, Karl?« fragte sie einen Augenblick später.

»Yeah.« Er klang müde.

»Sie klingen aber gar nicht so.«

»Mir geht es gut.«

Beim zweiten Versuch war sein Ton überzeugender, aber etwas daran war für sie Grund genug, um erneut zu fragen. »Sind Sie sicher?«

Er zögerte.

»Vielleicht bin ich ein wenig deprimiert. Komisch ist dabei nur – falls man es komisch nennen kann: Was mir Sorgen macht, ist nicht der Gedanke, wir könnten morgen alle tot sein. Was mir auf der Seele liegt, ist die Vorstellung, daß ich nicht weitererzählen kann, was Daren über den Unfall gesagt hat; ich werde also nicht nur tot sein, sondern alle Welt wird mich weiterhin für einen unfähigen und nachlässigen Trottel halten. Irgendwie albern, was?«

»Überhaupt nicht«, erwiderte Robert. »Sie *sind* ein unfähiger und nachlässiger Trottel.«

»Geben Sie endlich mal Ruhe, ja, Robert?« sagte Alis abrupt und war selbst überrascht, daß sie Karl verteidigte. »Ich halte das nicht für albern. Wir müssen uns vor allem darauf konzentrieren, daß wir eine Möglichkeit finden, lebend hier herauszukommen. Trotzdem fällt es schwer, nicht ans – na ja, ans Sterben zu denken und daran, wie man sich an uns erinnern wird. Falls wir wirklich umkommen, stelle ich mir vor, daß man uns als Forscher im Gedächtnis behält, die alles gaben, was sie hatten.«

»Von mir mal abgesehen«, meinte Karl. »Mich behält man wahrscheinlich als den Typen im Gedächtnis, der es auf Station Tokio vermasselt hat, und als den Unglücksraben, der wahrscheinlich mit einem tödlichen Fehler das restliche Team zum Tode verurteilt hat.«

»Trifft wahrscheinlich zu«, sagte Robert. »Sie reden uns noch zu Tode.«

Karl beugte sich auf einmal vor und sagte ganz leise und drohend: »Robert, ich habe viel von Ihnen eingesteckt, um den Frieden zu wahren, aber ich bin so ziemlich mit dem Geduldsfaden am Ende. Bringen Sie mich nicht dazu, etwas zu tun, was im Moment sehr befriedigend wäre, später jedoch wahrscheinlich als schlechte Idee erscheinen würde.«

Robert lernte inzwischen wohl, wann es besser war, den Mund zu halten.

Auch Karl wurde still, und Alis wurde sich darüber klar, daß er sich gar nicht zu Wort gemeldet hätte, hätte sie ihn nicht aus seiner schweigsamen Haltung gelockt.

Die Vibrationen wurden konstant stärker, bis zu dem Punkt, an dem Alis das Gefühl hatte, in den leichten Phasen fast von der Wand hochzuschweben, während sie in den schweren Phasen unter der Last von fast zwei g zu stehen schien.

Endlich nahmen die Schwerkraftschwankungen ab, und die Kapsel hielt an. Als nur noch die Schwerkraft Kantalupes auf sie einwirkte, wußte Alis, daß sie noch viel tiefer waren als vorher. Die Gravitation war hier noch geringer, so gering, daß ein Schwarm Murmeln, den man aus einem Beutel schüttete, erst nach langer Verzögerung schließlich am Boden gelandet wäre.

Alis streckte die Hand nach der Kapseltür aus, wartete aber erst noch. »Alle bereit?«

Niemand erhob Einwände.

Alis berührte die Türfläche, und die Irisblende öffnete sich. Dahinter lag ein flachgedrückter Tunnel von etwa einem Meter Höhe und drei Metern Breite, als hätte hier jemand auf einen riesigen Schlauch getreten. Die Tunnelwände waren ziemlich glatt und in gleichmäßigem Rosa gehalten. Alis stieß sich ab, um hinauszuschweben.

In der Mikroschwerkraft erwies sich die Wahrnehmung als trügerisch, und einen Augenblick lang hatte

Alis das Gefühl, sie wäre gerade mitten in einem senkrechten Tunnel angekommen und stände im Begriff, kopfüber in den Kern Kantalupes zu stürzen. Genauso schnell, wie die Illusion aufgetaucht war, kippte sie, und Alis spürte, daß der Tunnel horizontal verlief.

Ganz sachte schwebte sie zum Tunnelboden hinunter. Die Schwerkraft war so gering, daß ein leichter Stoß nach oben zumindest zu einem Dreisprung geführt hätte – vorausgesetzt, das Dach hätte gefehlt. Alis' Helmlampen erhellten eine Reihe von Griffen, die sich in weiten Abständen durch den Tunnel zogen, soweit sie blicken konnte. Diese Griffe erleichterten es, ungeachtet der ultraniedrigen Schwerkraft durch den Tunnel voranzukommen.

Einer nach dem anderen gesellten sich die Gefährten zu ihr. Karl sagte: »Ich hoffe wirklich, daß das kein U-Bahn-Tunnel ist.«

Alis' Navigationssystem funktionierte wieder, und die aktuelle Position war genau dort, wo sie sie erwartet hatte. Sie markierte die Stelle auf dem Display. Die Zone, die sie sich als Ziel ausgesucht hatte – wo sie vielleicht die letzte Sonde fanden –, lag vor ihnen. Sie packte eine der Sprossen und zog sich daran mühelos vorwärts. »Gehen wir.«

Die anderen folgten ihr. Man kam ganz leicht voran, mußte nur gelegentlich leicht an einer Sprosse ziehen, mehr, um über dem Tunnelboden zu bleiben, als um Boden zu gewinnen.

Vor ihnen, außer Reichweite der Helmlampen, war der Tunnel dunkel. Hinter ihnen lag die Dunkelheit viel näher. Alis blinzelte, um die Augen in den Teleobjektivmodus zu versetzen, und erhöhte die Lichtempfindlichkeit. Die Grenze zwischen der von den Helmlampen beleuchteten Tunnelfläche und der Dunkelheit weiter voraus bildete einen breiteren Übergang, und das Blickfeld wackelte mehr, aber ansonsten sah sie im wesentlichen dasselbe wie vorher.

Eine Vergrößerung der 3-D-Innenkarte von Kantalupe verriet durch Einblendung der gegenwärtigen Position schon bald, daß sie den halben Weg zwischen der Transportkapsel und dem Ziel zurückgelegt hatten. Der Tunnel, in dem sie sich aufhielten, war als schattenhafte Linie zu sehen, die direkt an der gesprenkelten Zone ihres Interesses vorbeiführte und dann geradlinig weiterführte, so weit, daß die Schwerkraft nicht auf ganzer Länge senkrecht zum Boden weisen konnte.

Inzwischen hatte die Wirkung des Stimulanzmittels voll eingesetzt. Alis fühlte sich energiegeladen, wach und zu allem bereit. Sie hoffte nur, daß die Gruppe in keine Situation geriet, in der sie eine Energiereserve benötigte, die real nicht mehr vorhanden war. Das Stimulans diente weitgehend dem gleichen Zweck wie eine frische Lackierung an einem verrosteten Auto. Es half kurzfristig, konnte aber letztlich nicht die Wirklichkeit ändern.

Alis schoß an einem Oval an der linken Wand vorbei. »Huah! Ich denke, wir sind schon da.«

Für einen Moment bestand ein orgienreifes Knäuel von Leibern, als sie alle versuchten, eine Sprosse zu packen und die Vorwärtsbewegung zu stoppen. Lucy kam als letzte; somit war sie dem, was eine weitere Tür zu sein schien, am nächsten, als sie alle angehalten und sich neu orientiert hatten.

Wenige Sekunden später waren alle vier an der Seite des Tunnels und schwebten vor der Tür wie vier Guppies, die alle auf dasselbe Häppchen scharf waren, das jemand ins Wasser geworfen hatte.

»Nur zu, öffnen Sie«, sagte Alis. Im Augenwinkel sah sie, daß sich Karl am nächsten Handgriff festhielt.

Die ovale Tür öffnete sich im Stil einer Irisblende, erinnerte aber mehr an ein Katzenauge als ein menschliches Auge. Dahinter lag etwas, was nach einer weiteren Luftschleuse aussah. Während Lucy hineinschwebte, gefolgt von Robert, dachte Alis über den Glücksfall nach, daß sie in einer Zeit lebte, in der die meisten Forscher unbekanntes Gebiet in Druckanzügen aufsuchten, in denen für Luft, Wasser, Abfall und Temperatur gesorgt war. Einige Pyramidenforscher und noch mehr Polarforscher hätten mit dem Schutz, den Alis manchmal als selbstverständlich betrachtete, viel länger gelebt.

Als alle vier in der kleinen Luftschleuse schwebten wie Guppies in einer künstlichen Höhle, schloß sich die Tür hinter ihnen.

»Ich komme mir vor wie in einem Torpedorohr«, sagte Karl.

Alis streckte die Hand aus und berührte das Oval vor ihr. Es öffnete sich.

Das, was sich dahinter ausbreitete, ähnelte wenigstens in keiner Weise der Kammer mit den rotierenden Scheiben. Alis stieß sich sachte nach vorn ab. Sie war überzeugt, daß sie hier vorsichtig sein mußten, war besorgt, dieser Ort könnte in jeder Beziehung so gefährlich sein wie die rotierenden Scheiben, hatte aber keine Vorstellung, wo mit dem Schlimmsten zu rechnen war.

Nachdem sie den Horizont abgesucht hatte, blickte sie nach oben und unten. Sie hatte das Gefühl, in etwas zu schweben, das irgendwo zwischen einem riesigen Bienenkorb und einem gewaltigen Korallenriff angesiedelt war, mit endlosen Löchern und Durchgängen, die nach oben führten, nach unten, im Kreis und quer hindurch. Die meisten Durchgänge waren so groß, daß ein Mensch im Raumanzug bequem hindurchpaßte. Alis blickte forschend durch eine solche Höhle und gelangte zu dem Schluß, daß hinter einem Tunnel, der nur wenig länger war als sie selbst, ein weiterer Raum von vielleicht drei Metern Durchmesser folgte.

Karl deutete auf einen anderen Durchgang. »Wenn ich mein Display korrekt ablese, denke ich, daß die Sonde ungefähr da drüben steckt. Ich vermute, sie ist der hellste Punkt. Sie liegt dicht am Ende der Linie, die für den von ihr geschnittenen Weg steht.«

Alis kontrollierte Karls Angaben noch einmal, und Robert sagte: »Könnte verdammt schwierig werden, aus dem Ding wieder herauszufinden. Das ist ja ein gigantischer dreidimensionaler Irrgarten!«

Karl sagte: »Um einen Anfang zu machen, könnte ich ein Ende meines Seils hier anbinden und ... Oh, mir ist gerade eine bessere Idee gekommen!«

Alis beendete das Kartenstudium und gelangte zum gleichen Schluß wie Karl, was die Richtung anbetraf, in die sie gehen mußten.

Karl fuhr mit seinen Ausführungen fort, war offenkundig ganz aufgeregt, weil er eine Lösung für das Problem hatte, sich hier nicht zu verirren: »Wir brauchen nur folgendes zu tun: Einer von uns sollte als Nachhut bestimmt werden. Wir nehmen seine Videokamera und eine Helmlampe und montieren sie an seinen Füßen, um einen klaren Blick auf jeweils das zu erhalten, was wir gerade hinter uns lassen. Wenn wir umkehren möchten, spielen wir einfach die Aufnahme rückwärts ab und benutzen sie als Fremdenführer.«

»Das ist wirklich eine ganz schön clevere Idee«, sagte Robert.

Zu hören, wie Robert Karl ein Kompliment machte, wie indirekt auch immer, war eine fast so seltsame Erfahrung wie der Aufenthalt an diesem Ort, entschied Alis. Und sie war mit dem Vorschlag einverstanden. Da sie lieber keine Schnitte oder sonstige Markierungen an der Umgebung anbringen sollten, um keinen Abwehrmechanismus zu stimulieren, war die Lösung mit der Kamera ausgesprochen sinnvoll. »Gut, Karl. Sie übernehmen die Nachhut. Können Sie Kamera und Lampe selbst montieren?«

»Es geht womöglich besser, wenn mir jemand hilft. Vielleicht kann mir jemand beides am Stiefel festbinden.«

Letztlich arbeiteten Lucy und Robert zusammen, um das zu erledigen. In der Mikroschwerkraft schien es das einfachste, wenn Lucy Kamera und Lampe an den gegenüberliegenden Seiten des Stiefels festhielt, während Robert mit dem Seil hantierte. Nach ein paar Minuten sah Karl aus, als hätte er einen Skiunfall gehabt und jetzt einen Fuß in Gips, aber Kamera und Lampe waren sicher montiert.

»In Ordnung«, sagte Alis. »Gehen wir.«

Sie stieß sich zu einer Öffnung ab, die ungefähr in die gewünschte Richtung führte.

Als sie den Durchgang erreichte, packte sie beide Seiten der Mündung und orientierte die Körperhaltung anhand der Passage. Das blaugrüne Material der Wände gab ein wenig nach, als wären sie aus dem Stoff von Äpfeln geschnitten. Sie fragte sich, ob es tiefer unter der Oberfläche wohl fester wurde, aber sie hatte nicht den Wunsch, Abwehrmechanismen auszulösen, indem sie hineinschnitt.

Sie zog sachte an beiden Seiten der Mündung und glitt in den Durchgang hinein, ohne die Wände zu berühren. Zum Glück war die Kammer am hinteren Ende nicht viel größer als die erste. Falls sie in solch geringer Schwerkraft mitten im Raum hängenblieb, konnte es eine ganze Weile dauern, bis sie sich wieder zu einer Fläche vorgearbeitet hatte, von der sie sich abstoßen konnte.

In der neuen Kammer boten sich sieben Möglichkeiten, und sie stieß sich zu der Öffnung hin ab, die am ehesten in der gewünschten Richtung weiterführte – etwa fünfzehn Grad aufwärts und zwanzig Grad nach rechts. Sie erreichte die unregelmäßige Öffnung und zog sich in den neuen Gang hinein. Bei der mühelosen Fortbewegung fühlte sie sich wie beim Gerätetauchen in stillem, vollkommen klarem Wasser, nur ohne den Widerstand.

Aus der nächsten Kammer führten nur drei weitere Gänge. In der darauf folgenden waren fast drei Viertel der Wandfläche wie ein Schweizer Käse mit Gängen durchzogen. Alis hielt sich ständig über die aktuelle Position ihres Teams und des hellen Punkts vor ihnen auf dem laufenden. Sie hoffte, daß sie hier nicht mit

Überraschungen wie beim Tauchen zu rechnen hatte – zum Beispiel, rückwärts gegen einen Hai zu prallen.

Allmählich suchten sich die vier ihren Weg durch Grotten und Spalten; die Kammern wurden unterwegs größer und folgten in immer weiteren Abständen aufeinander. Dementsprechend wurden die Gänge länger und gewundener. Alis zog sich jetzt durch einen Tunnel, der etwa ihre fünffache Körpergröße lang war und zwei Biegungen aufwies. Ihr kam der Gedanke, daß sie ohne Karls Videoaufzeichnung genausogut gleich hätte aufgeben können, statt zu versuchen, jemals die Tür wiederzufinden. Abgesehen von einem ganz schwachen Gefühl wechselnden Aufs und Abs hatte sie keinerlei Orientierung mehr. Sie legte das Bild aus Karls Kamera auf den eigenen Helmbildschirm und war erleichtert zu sehen, wie es sich rückwärts durch einen unregelmäßig geformten Gang bewegte.

Als sie sich durch den nächsten Tunnel zog, legte sie die Hände an die Wände und hielt an. »Warten Sie eine Minute. Ich sehe mir hier mal die Wand an. Sie scheint anders beschaffen zu sein, als wir es bislang erlebt haben.« Sie wechselte die Haltung, damit die Kamera einen besseren Blickwinkel erhielt. Aus einer Vertiefung, wo sich die Wand aus schwammigem blaugrünem Material zurückgezogen hatte, schimmerte etwas hervor. Die glatte, dort freiliegende Fläche, nicht größer als Alis' Handfläche, war kupferrot.

Alis schwebte weiter durch den Gang. Der helle Punkt kam näher.

Der nächste Durchgang war doppelt so lang wie der vorherige und hatte eine Schmalstelle unweit einer Biegung auf halber Länge. Zuerst glaubte Alis, sie käme dort hindurch, aber dann dachte sie an die größeren Gefährten hinter ihr.

»Tut mir leid. Gehen wir zurück. Ich denke nicht, daß wir alle hier hindurchpassen.«

Hinter ihr zogen sich die Gefährten langsam aus dem

Gang zurück. Alis folgte ihrem Beispiel, stieß sich langsam ab, um hinauszuschweben.

Sobald sie sich neu gruppiert hatten, suchte sich Alis den Korridor aus, der als nächstbester in Frage kam. Wie sich herausstellte, war er noch länger, blieb aber wenigstens breit genug, damit alle hindurchpaßten. Hier entdeckte sie häufiger Flecken von dem kupferfarbenen Material.

Alis hielt an, als ihr Kopf aus dem Tunnel hervorlugte. Sie blickte sich in der neuen Kammer um und kam sich dabei wie ein Barsch vor, der bereit war, sich ruckartig wieder in seine Höhle zurückzuziehen. Diese Kammer durchmaß bestimmt zwanzig Meter. Um die nächste Tunnelmündung zu erreichen, mußte man entweder einen ganz schön weiten Sprung riskieren oder an der Wand entlangkrabbeln.

Sie entschied sich für den Sprung. Sie pflanzte die Füße unmittelbar hinter dem Rand der Öffnung auf und stieß sich ab. Dabei schaffte sie es tatsächlich, die Schwerkraft mehr als nur zu kompensieren, und traf ein bißchen über dem Ziel an der Wand auf. Zum Glück war das Material, das die Wände bildete, hier gerade schwammig und unregelmäßig genug, um Griffmöglichkeiten zu finden. So konnte sie es vermeiden, abzuprallen und langsam zum Grund der Kammer hinabzusinken.

Sie zog sich in den Durchgang hinein und ließ nur ihre Stiefel in die Kammer hinausragen. »Kommen Sie rüber«, sagte sie. »Sie können sich an meinen Stiefeln festhalten.«

Ein paar Sekunden später tastete Robert an ihren Stiefeln und zog daran. Sie hielt ihre Position, indem sie die Hände an den Tunnelwänden abstützte.

»Okay«, sagte Robert. »Ich habe eine stabile Position.«

Alis zog sich tiefer in den Gang, so daß Robert jetzt Lucy helfen konnte.

Dieser Gang war so unregelmäßig geformt, daß Alis

vermutete, er könnte sich als Sackgasse erweisen, aber nach vielleicht dreißig Metern entdeckte sie einen dunkleren, offenen Raum. Ihrer Karte zufolge mußte das Team inzwischen sehr dicht am vermutlichen Standort der Sonde sein.

Sekunden später hielt Alis an der Mündung des Gangs an und blickte hinaus auf eine Szenerie, die sie an Bilder von Pflanzenfäulnis erinnerte. Die blaugrünen strukturierten Oberflächen, an die sie sich gewöhnt hatte, waren hier an den meisten Stellen milchigweiß geworden. Die kupferroten, glänzenden Flächen, die sie bislang hier und da gesehen hatte, bedeckten fast ein Viertel des Raums und leuchteten wie Flecken eines Hundefells zwischen den weißen Flächen hervor. Die Kupferflächen spielten hier allerdings ins Grüne, als wären sie korrodiert.

Alis verließ den Tunnel und hielt sich daneben an der strukturierten Wandfläche fest, damit auch die anderen einen Blick in den Raum werfen konnten. An der Wand gegenüber klaffte auf gleicher Höhe mit Alis eine Öffnung, die viel größer war als üblich. Darin sah sie etwas, was wie gelegentliche Funken in der Dunkelheit aussah, als wäre dort jemand mit Schweißarbeiten beschäftigt.

»Ich hoffe, daß man unsere Aufnahmen findet«, sagte Robert. »Man würde uns nie glauben, wenn wir nur erzählten, was wir hier drin gesehen haben.«

Karl steckte den Helm aus dem Tunnel hervor und sah sich um. Lucy tauchte neben ihm auf.

Das Feuerwerk kam aus genau der Richtung, in der die Sonde sein mußte. Alis sprang durch die große Kammer und wußte schon, ehe sie den halben Weg zurückgelegt hatte, daß sie sich nicht präzise genau abgestoßen hatte.

In Zeitlupe landete sie etwa einen Meter über der Oberkante des Eingangs an der Wand. Sie versuchte sich festzuhalten, um dann nach unten zu klettern, aber die Oberfläche war hier härter, mehr wie getrocknetes Leder.

Alis prallte davon ab und sank zum Boden der Kammer hinunter.

Während sie fiel, sprang Robert zum Durchgang hinüber. Er hatte mehr Glück, nutzte vielleicht zu seinem Vorteil, daß er Alis' Flugbahn hatte verfolgen können. »Zwei Punkte!« sagte er, während er mit den ausgestreckten Händen in den Tunnel griff.

Männer und Sport! dachte Alis, strich diese Einschätzung aber wieder, als sie sich daran erinnerte, daß sie nie einen konkurrenzwütigeren Sportler kennengelernt hatte als eine Prallballspielerin auf Station Tokio. Marlee hätte die Umgebung hier wahrscheinlich geliebt, Gefahr hin, Gefahr her.

Robert bewegte sich tiefer in den Gang, und auch Lucy hatte den Sprung geschafft, ehe Alis sich wieder unter Kontrolle brachte.

Sie führte eine kurze Folge von Sprüngen aus und erreichte den Gang hinter Lucy. Als letzter machte Karl den Sprung.

»Seltsames Zeug hier drüben«, sagte Robert.

Sekunden später konnte Alis an ihm und Lucy vorbeiblicken und feststellen, was die Funken erzeugte. Robert hatte recht.

Das, was an der Szene noch am ehesten normal wirkte, war die bislang vermißte Sonde. Die Bohrgeräte waren nach wie vor freigelegt, als hätte sie sich ihren Weg durch Kantalupe geschnitten, bis zu dem Augenblick, in dem sie erstarb.

Der Rest der Szenerie wirkte viel weniger vertraut. Alis trat aus dem Gang hinaus, damit auch Karl etwas sehen konnte.

Die Sonde hatte sich anscheinend durch etwas hindurchgeschnitten, was entfernt an den Ast eines Baumes erinnerte und von einer Seite der Kammer zur anderen reichte. Die Sonde steckte zwischen den durchtrennten Hälften des Astes fest. Vielleicht lag das daran, daß sie in dieser Position die Schneidwerkzeuge nicht mehr einsetzen konnte und ihr schließlich die Energie ausgegangen war.

Während Alis hinsah, bildeten sich Tropfen einer Flüssigkeit an beiden Hälften des durchtrennten Astes. Beide Tropfen bewegten sich dann aufeinander zu und trafen Anstalten, die Sonde zu überziehen und eine Brücke zwischen den beiden Asthälften herzustellen.

Links von Alis bewegte sich etwas. Ein langes kupferrotes Kabel schwang ganz langsam um einen Drehpunkt an der Decke. Das lose Ende näherte sich allmählich der Sonde. Mehrere Sekunden später schlug es dort auf. Funken flogen. Das Kabel wurde auf derselben Bahn zurückgeworfen, auf der es gekommen war.

Sobald Alis die Oberfläche der Sonde wieder sehen konnte, stellte sie fest, daß die Sickerflüssigkeit, die sie überzogen hatte, weggebrannt worden war.

Die vier Gefährten sahen weiter schweigend zu. Das Kabel schwenkte lautlos um vielleicht fünfundvierzig Grad hoch und fiel dann von neuem herunter. Wieder bildete sich Flüssigkeit an beiden Hälften des Astes.

Karl sagte: »Ich sehe ein Déjà-vu-Erlebnis auf uns zukommen.«

Alis ging es genauso, und beide hatten recht. Der Kontakt zwischen Kabel und Sonde schlug erneut Funken, und wiederum wurde die frisch gebildete Sickerflüssigkeit weggebrannt.

Sie verfolgten zwei weitere solcher Zyklen, ehe Lucy sagte: »Sieht aus wie ein Perpetuum mobile.«

Robert meinte: »Vielleicht haben wir hier den Grund, weshalb die Reparatur nie abgeschlossen wurde. Irgendwie hat die Sonde einen Schaden angerichtet, mit dem Kantalupe nie gerechnet hatte, und die Abwehrmechanismen sitzen – wie es scheint – in einem endlosen Zyklus fest.«

»Falls das alles stimmt«, überlegte Karl, »könnten wir vielleicht die Sonde dort herausziehen, damit Kantalupe die Reparaturen durchführen kann.«

»Möglicherweise«, räumte Alis ein. »Sieht irgend jemand etwas, was gegen einen solchen Versuch spricht?«

»Nur, daß er sicher einige Zeit in Anspruch nimmt«, sagte Lucy. »Allerdings haben wir ohnehin keine große Chance, hier wieder herauszukommen.«

Alis musterte den Rest der Kammer. Sie war vielleicht anderthalbmal so groß wie die letzte, immer noch klein genug, um in der niedrigen Schwerkraft mühelos vom Boden bis zur Decke zu springen, aber auch groß genug, um einen präzisen Sprung schwierig zu gestalten. Fast die gesamte Wandfläche zeigte ein bröcklig wirkendes Weiß, durch das an einzelnen Stellen das angelaufene Kupfer erkennbar war.

Vielleicht zehn Meter unter dem beschädigten, die Kammer überspannenden Ast zog sich ein weiterer Ast horizontal durch den Raum, jedoch im rechten Winkel zum oberen.

»Wissen Sie«, sagte Karl, »was wir hier sehen, ist ein gutes Argument dafür, daß wir hier kein lebendes Wesen mehr antreffen werden. Man sollte eigentlich meinen, daß eine solche Situation – ein Schaden, der auf normalem Wege nicht mehr zu beheben ist –, einen manuellen Eingriff erfordert.«

Lucy sagte: »Es sei denn, alle wären eingefroren.«

»Oder es war noch nie jemand hier drin.«

»Reparieren wir doch den Schaden und machen uns später um die anderen Fragen Gedanken«, schlug Robert vor.

Das Kabel schwenkte wieder an die Sonde, und erneut flogen Funken. Alis sah zu, wie kleine Teilchen zum Boden der Kammer hinabregneten. Die Oberfläche wirkte dort etwas dunkler, aber kein nennenswerter Schutt hatte sich angesammelt, als würde alles von den Kammerwänden absorbiert.

Karl meinte: »Vielleicht können wir die Sonde mit Hilfe des Seils herausziehen.«

»Klingt vernünftig«, sagte Alis. »Ich bin nicht übertrieben scharf darauf, ihr zu nahe zu kommen. Also los, wickeln Sie das Seil von der Kamera ab.«

Karl entdeckte einen weiteren Durchgang und kroch halb hinein, damit Lucy und Robert an seinem Stiefel hantieren konnten. Nur Augenblicke später hatte Lucy die letzte Schlaufe abgewickelt. Karl montierte Kamera und Helmlampe wieder an alter Stelle, während Alis dafür Sorge trug, daß sie den Gang, durch den sie gekommen waren, jederzeit wiederfand.

Als die anderen bereit waren, sprang Alis vorsichtig zum unteren Ast hinauf. Sie hatte den Sprung präzise kalkuliert und saß nur Augenblicke später rittlings auf dem Ast. Die Gefährten trafen Anstalten, sich zu ihr zu gesellen.

14
Nukleus

Karl fühlte sich viel wohler, als seine Helmlampen wieder komplett waren. Er rollte das Seil zusammen und befestigte es am Gürtel. Sobald Lucy auf den unteren Zweig gesprungen war, der sich durch die Kammer zog, und dort Platz gemacht hatte, folgte er ihr.

Er stieß sich locker ab, und der Sprung fiel ein wenig zu kurz aus, aber die Schwerkraft war so gering, daß er sich mühelos auf den Ast ziehen konnte. Er setzte sich rittlings darauf, klammerte sich mit den Beinen fest und blickte nach oben.

Er tat es gerade rechtzeitig, um zu sehen, wie das rötliche Kabel wieder die Sonde berührte und eine weitere Funkenexplosion hervorrief, die an ein Feuerwerk erinnerte.

Einige der nach oben wegschießenden Funken erhellten das Dach stärker, und von seiner neuen Position aus konnte Karl es besser sehen.

Die Decke lag viel höher, als er zuerst gedacht hatte. Ein unregelmäßiges Gitter aus rötlichen Kabeln erinnerte an das Klettergerüst eines Kinderspielplatzes, und es war eines dieser rötlichen Kabel, das abgetrennt worden war. Das andere Ende war dicker und bewegte sich nicht. Karl konnte nicht erkennen, ob das schwingende Ende überhaupt weit genug reichte, um sich wieder mit dem Gegenstück zu vereinigen. Auf dem obersten Punkt der Pendelbewegung klafften immer noch ein paar Meter zwischen den beiden Schnittenden.

»Erstaunlich, wenn man sich überlegt, daß dieser Zyklus vielleicht seit Jahrhunderten abläuft«, sagte Robert.

»Yeah«, stimmte ihm Lucy zu. »Man sollte meinen,

irgendein Abwehrmechanismus oder irgendeine Heilfunktion hätte den Schaden schon lange behoben.«

Karl blickte zu dem langsam schwingenden Kabel hinauf. »Ich vermute, die Antwort besteht darin, daß die Sonde zwei verbundene Zonen verletzt hat. Vielleicht kann Kantalupe praktisch jede einzelne Störung beheben, aber nicht unbedingt auch jede mögliche Kombination aus mehreren Störungen. Was mich noch mehr überrascht, ist die Tatsache, daß sich das Kabel so oft biegen konnte, ohne zu reißen.«

Alis sagte: »Ich denke mir, daß das Kabel womöglich fortlaufend repariert wird. Der Reparaturmechanismus konnte es zwar nicht wieder in die richtige Position bringen, um zusammenzuheilen, aber anscheinend sind die einzelnen Abschnitte in guter Verfassung.«

Robert sagte: »Na ja, ich weiß nicht recht, ob wir zuerst versuchen sollten, das Kabel zu reparieren, oder lieber zunächst die Sonde dort herausziehen.«

»Wie wäre es damit«, schlug Karl vor. »Wir versuchen zuerst, die Sonde herauszuziehen. Falls das leicht zu bewerkstelligen ist, können wir uns anschließend um das Kabel Gedanken machen. Falls wir die Sonde nicht ohne große Mühe herausziehen können, probieren wir lieber, etwas mit dem Kabel zu machen. Vielleicht kann Kantalupe eines der Probleme selbst lösen, wenn wir uns um das andere kümmern.«

»Klingt vernünftig«, fand Alis.

»Vielleicht können wir das Seil um die Sonde binden«, sagte Robert. »Danach ziehen wir es unter diesem Ast durch und spannen es.«

»Hat jemand eine bessere Idee?« fragte Alis.

»Nein«, antwortete Karl, »aber in der niedrigen Schwerkraft wird es nicht leicht sein, den Wurf richtig hinzukriegen.«

»Ich probiere es mal.« Robert streckte die Hand nach dem Seil aus. Karl gab es ihm.

Robert rutschte weiter auf den Ast hinaus, um dichter

an die Sonde heranzukommen. Als er in Position war, warf er zum erstenmal. Die Schwerkraft war so gering, daß das Seil weitgehend nur in gerader Linie flog und auf derselben Linie zurückkehrte, nachdem es sich voll ausgestreckt hatte. Robert versuchte es erneut und erzielte das gleiche Ergebnis.

Danach ging er anders vor. Er ließ ein langes Stück Seil unter sich baumeln und probierte, es in eine Pendelbewegung zu versetzen, die er dann verstärken konnte. Auch das jedoch erwies sich in der geringen Schwerkraft als zu schwierig. Das Seil bewegte sich so langsam, daß überhaupt keine Pendelbewegung dabei herauskam, sondern nur Wellen, die durch das Seil liefen.

Karl schlug vor: »Wie wäre es, wenn ich zu dem Ast hinaufspringe, in dem die Sonde festsitzt? Sie können mir das Seil zuwerfen, und ich ziehe es oben über den Ast.«

»Ich bin nicht besonders scharf darauf, daß irgend jemand zu dicht an die Sonde herankommt«, wandte Alis ein.

»Ich im Grunde auch nicht«, gestand Karl. »Möchten Sie Robert schicken?«

Alis zögerte und sah noch eine ganze Weile Roberts Versuchen mit dem Seil zu, ehe sie sagte: »Machen Sie es, Karl.«

Karl rückte zu einer Stelle vor, von wo aus er sicher springen konnte, ohne in die Nähe der Sonde oder des funkenschlagenden Kabels zu kommen. Vorsichtig stellte er sich mit den Füßen auf den Ast und hatte dabei das Gefühl, auf einem rutschigen Baumstamm zu balancieren. Er sprang.

Er hatte sich wohl inzwischen an die geringe, wenn auch noch nicht auf Null gesunkene Schwerkraft gewöhnt, denn er kam präzise an der gewünschten Stelle an. Er packte den oberen Ast und zog sich hinauf, bis er rittlings darauf saß. Kaum hatte er das geschafft, sah er, wie das Kabel wieder sachte an die Sonde schlug.

Diesmal erschienen ihm die Funken weniger als fernes und hübsches Feuerwerk. Er hatte eher das Gefühl, zu dicht an Schweißarbeiten zu stehen. Instinktiv lehnte er sich zurück. Ein paar Funken nahmen direkten Kurs auf sein Helmvisier. Zwei davon schafften die komplette Distanz und prallten vom Permalex ab. Er sah genau hin, konnte jedoch keine Beschädigung erkennen.

Er neigte sich auf eine Seite, bis er Robert sehen konnte. »Okay, werfen Sie mir das Seil zu.«

Roberts erster Wurf segelte unter Karl hindurch. Karl versuchte, das Seil mit dem Fuß zu angeln, verfehlte es aber.

Robert probierte es erneut. Diesmal gelang der Wurf perfekt.

»Super!« Karl packte das lose Ende und entrollte das Seil an der anderen Seite.

Robert kam nicht ganz ans andere Ende heran, aber Lucy. Das Seil hatte fast die Ideallänge für ihren Zweck. Falls Lucy ihr Ende unter dem Ast hindurchzog und sie die beiden Enden dann zusammenbanden, konnten sie das Seil mit einem Schraubenschlüssel aus der Werkzeugtasche verdrehen und die Schlaufe soweit straffziehen, bis ordentlich Spannung aufgebaut war. Jetzt mußten sie das obere Ende der Schlaufe nur noch über die Sonde ziehen.

Karl packte das Seilstück vor sich und warf es zur Sonde hinüber, schaffte aber nur die halbe Distanz.

Das rote Kabel bog sich wieder zur Sonde durch und schlug Funken.

»Kein Problem«, meinte Robert. »Wir kriegen es auch noch über das restliche Stück.« Er und Lucy schlugen das Seil hin und her, damit die dadurch erzeugte Wellenbewegung es in die gewünschte Position bugsierte. Die über den Ast gezogene Schlaufe rutschte zur Sonde hinüber.

Alles sah vielversprechend aus, bis das Seil gerade noch einen halben Meter vor der Sonde nicht mehr weiterwollte. Robert und Lucy zerrten daran, aber es schien irgendwo festzuhängen.

»Einer von Ihnen sollte mal ziehen«, sagte Karl.

Lucy überließ Robert die Ehre, aber ungeachtet seines gleichmäßigen Ziehens, gefolgt von ruckhaftem Zerren, rührte sich das Seil nicht mehr von der Stelle. Dann versuchte Lucy ihr Glück, hatte aber auch keinen Erfolg.

»Sieht so aus, als müßte ich es losmachen«, meinte Karl.

»Haben wir keine andere Möglichkeit?« fragte Alis. »Mir gefällt die Idee nicht, daß Sie sich in Reichweite dieser elektrischen Entladung begeben.«

»Ich bin für andere Vorschläge offen. Während Sie darüber nachdenken, berechne ich den Zeitablauf des Zyklus.«

Aber auch während er das tat, schlug niemand eine Alternative vor. »Das Kabel schlägt alle vierzig Sekunden Funken an der Sonde. Das müßte reichen, damit ich dicht genug heranrücke, um das Seil zu lösen, und mich wieder zurückziehe.«

»Es gefällt mir immer noch nicht«, stellte Alis fest.

»Mir auch nicht, aber ich habe sonst keine Vorschläge gehört. Heißt ›es gefällt mir nicht‹ dasselbe wie ›nein‹?«

»Seien Sie nur vorsichtig.«

»Das bin ich. Aber egal, was wir hier anstellen, es sieht nicht so aus, als würde es auf lange Sicht einen Unterschied machen.«

»Sagen Sie das nicht.«

»Wie Sie meinen.«

Karl bereitete sich darauf vor, schnell zu handeln. In manchen Situationen begünstigt eine geringe Schwerkraft die Fortbewegung. Hier war das nicht der Fall; er hätte sich mehr Reibungswiderstand gewünscht. Bei einem g hätte er einfach zum Seil hinüberlaufen, es freiziehen und zurücklaufen können.

Der nächste Zyklus stand kurz bevor. Das rote Kabel fiel zur Sonde herunter.

Sekunden, ehe es aufschlug, war Karl schon unterwegs und schob sich nach vorn, wobei er den Ast weiterhin mit den Beinen umfaßte. Funken regneten durch sein Blickfeld und machten ihm deutlich, daß er viel dichter dran war, als ihm gefiel. Und dann bog sich das rote Kabel zurück und gab ihm fast vierzig Sekunden Zeit für eine Aufgabe, von der er hoffte, daß sie nur zehn erforderte.

Zuerst hatte es den Anschein, als bewegte sich das hochschwingende Kabel noch langsamer als zuvor, während Karl sich dem Seil näherte.

Er erreichte es. Es schien leicht in den Ast hineingesunken zu sein. Karl packte es an der Seite des Astes an einer Stelle, die um ein Viertel der Astdicke tiefer lag, und zog.

»Das Seil hängt fest«, sagte er.

Er packte das Seilende und zerrte es hoch, und langsam löste es sich. Unter dem Seil hatte sich auf der Oberseite des Asts eine saftähnliche Substanz gebildet, die anscheinend der Reparatur diente.

Das Seil war halb abgelöst, und das rote Kabel näherte sich erst noch dem obersten Punkt seiner Pendelbewegung.

Karl umklammerte den Ast fester mit den Beinen, während er noch kräftiger am Seil zog. Es war fast frei. Das rote Kabel erreichte den höchsten Punkt. Karl hatte schon die Hälfte seiner Zeit verbraucht.

»Schnell, Karl!« sagte Lucy.

Das Seil war frei. Karl zog an beiden Seiten und warf die Schlaufe nach vorn. Langsam legte sie sich über die Sonde.

»Gut gemacht!« sagte Robert.

Noch während das Seil auf die Sonde herabsank, traf Karl Anstalten, sich auf sichere Distanz zurückzuziehen.

Wenigstens versuchte er es. Aber er klebte fest. Mit der Innenseite des linken Oberschenkels pappte er am Ast. »Ich stecke fest!« schrie er.

Die Spitze des roten Kabels fiel wieder, zunächst extrem langsam.

»Nein!« rief Alis.

Wäre das Seil noch in Griffweite gewesen, hätte Karl sich von den anderen loszerren lassen können, frei von dem Saft oder was das sonst für eine klebrige Substanz war. Aber das Seil war außer Reichweite, wenn auch noch quälend nahe. Karl versuchte sich loszureißen, riskierte dabei einen Sturz, riskierte einen Riß im Anzug, riskierte alles, nur damit er nicht mehr hier war, wenn das rote Kabel bis zum Ende durchgeschwungen war.

Vergebens.

Er hob das rechte Bein und stemmte den Fuß auf die Astoberseite. Er drückte sich ab. Er drückte kräftiger. Plötzlich spürte er, wie etwas nachgab. Der Schenkel löste sich vom Ast.

Zu langsam. Er stand zwar im Begriff, sich zu lösen, aber das rote Kabel kam immer näher.

»Schnell, Karl!« rief Lucy.

Es ging einfach zu langsam. Auf einmal wußte er, daß er es nicht mehr rechtzeitig schaffen würde.

Er drückte weiter, und in den letzten ein oder zwei Sekunden, ehe das rote Kabel ihn erreichte, verschwendete er ein wenig Energie auf die Worte: »Ich habe den Unfall nicht verschuldet, verdammt noch mal!«

Der Raumanzug löste sich mit einem Ruck.

In einer stärkeren Schwerkraft wäre er vielleicht schnell genug gestürzt, um dem roten Kabel auszuweichen, aber in stärkerer Schwerkraft wäre der Sturz auch tödlich gewesen.

Das Kabel traf auf. Funken flogen.

Ein Schmerzstich jagte durch Karls Schenkel. Er stürzte.

In der Schwerelosigkeit hatte er das Gefühl zu sterben, und der Schmerz war das einzige, was ihm verriet, daß das nicht geschah, so daß er die Agonie gerade einen Augenblick lang begrüßte. Das Summen in den Ohren erkannte er erst rückblickend als die besorgten Rufe seiner Gefährten.

Er schwebte in Dunkelheit, hatte vor Schmerzen die Augen geschlossen. War der Raumanzug aufgerissen? Bei dem Schmerz glaubte er fast, das Bein wäre abgetrennt worden und der Raumanzug verströmte seine Privatatmosphäre in das umgebende öffentliche Vakuum.

Karl stürzte. Die Nullschwerkraft verstärkte das Gefühl, von der wirklichen Welt losgelöst zu sein. Die Dunkelheit winkte einladend.

Der rationale Verstand funktionierte gerade noch genug, um ihn daran zu erinnern, daß selbst in geringer Schwerkraft ein langer Sturz genügend Trägheit erzeugen konnte, um ...

Er schlug auf. Ihm wurde bewußt, daß er eben noch geatmet haben mußte, denn plötzlich bekam er keine Luft mehr. Aller Atem war aus ihm herausgedrückt worden, und er blieb in jenem seltsamen Zustand zurück, wo die Muskeln, die die Lungen mit Luft füllten, gerade in dem Augenblick gelähmt schienen, in dem sie am meisten gebraucht wurden. Weitere schwache Summgeräusche kamen aus großer Ferne. Karl war wieder schwerelos, abgeprallt von dem, worauf immer er gestürzt war.

Gerade als er zu dem Schluß gelangte, daß er deshalb keine Luft mehr bekam, weil der Raumanzug zum Vakuum hin offenstand, konnte er schließlich wieder kurz Atem holen und schaffte dann noch einen längeren Atemzug. Er saugte kostbaren Sauerstoff in sich hinein. Erneut schlug er auf, aber diesmal viel leichter.

Schmerzen brodelten nach wie vor an der Außenseite des Schenkels, wo das Kabel ihn getroffen hatte, aber zum erstenmal konnte er jetzt Stimmen ausmachen.

»Flicken Sie das!« sagte eine Stimme, die nach Alis klang. Sie schien so weit entfernt, daß sie genausogut auf der Oberfläche Kantalupes hätte stehen können.

Ein Winkel seines Gehirns registrierte ein erneutes Nachbeben, als er wieder abprallte. Die Nachbeben folgten jetzt in kürzeren Abständen, während Karl am Boden in sich zusammensackte. Er hätte Buchhalter werden sollen. Hier mußte er einfach zuviel Scheiße einstecken.

»Ich mache ja schnell«, sagte eine Stimme, die Roberts hätte sein können, hätte sie nicht noch distanzierter geklungen als üblich.

»Karl, hören Sie uns?« fragte Lucy. Sie schien näher als die anderen.

»Ich denke schon«, sagte Karl. Zumindest glaubte er, daß er das gesagt hatte. Niemand reagierte auf eine Art, die es ihm bestätigte, also wußte er nicht, ob er sich das nur eingebildet hatte oder sein Sender ausgefallen war.

Einige Schmerzrezeptoren im Bein mußten es leid geworden sein, ihre Botschaft hinauszuschreien. Das war entweder ein gutes oder ein schlechtes Zeichen, entschied er. Er konnte nicht feststellen, ob ein Teil des Beins aufgehört hatte, sich über die Schmerzen zu beschweren, oder ob es einfach taub geworden war.

»Kann mich irgend jemand hören?« fragte er.

»Was?«

»Können Sie mich hören?«

»Wir hören Sie, Karl!« Alis klang so glücklich, daß er sich fragte, ob sie gerade gute Nachrichten von der *Ranger* erhalten hatte.

»Liegen Sie endlich still«, sagte Robert. »Ich muß den Anzug flicken.«

Karl hatte gar nicht gespürt, daß er sich bewegte, aber sobald Robert es erwähnte, bemerkte Karl, daß er sich mit den Beinen abzustoßen versuchte, als wollte er einer Gefahr ausweichen. Mit dem Willen überwand er sich, um ruhiger zu werden und stillzuliegen. Er entschied, daß der größte Teil des Körpers den Anweisungen folgte und nur das rasende Herz offenkundig den Befehl verweigerte.

Er spürte Druck am Schenkel. Er biß die Zähne zusammen, als der Druck einen erneuten Schmerzstich provozierte. Der Vorgang wiederholte sich.

»In Ordnung«, sagte Robert. »Ihr Raumanzug hält wieder dicht. Sie haben ein bißchen Sauerstoff verloren, aber ich denke nicht, daß es genug war, um noch ins Gewicht zu fallen. Wie fühlen Sie sich?«

»Das Bein fühlt sich an, als hätte mich jemand angeschossen. Davon abgesehen fühle ich mich wirklich ganz schön beschissen.«

»Man hat doch nie wirklich auf Sie geschossen, oder?«

»Doch, hat man. Mein Dad hatte einen Haufen Schußwaffen, und mein kleiner Bruder ist auf den Trichter gekommen, wie er das Schloß am Waffenschrank knacken konnte. Vielleicht hat er sich zu viele Episoden von *Mangry Mike* angeschaut. Er dachte, er hätte gerade ein tolles Spielzeug gefunden. Zum Glück hat er nichts Lebenswichtiges getroffen. Ich habe es ihm allerdings heimgezahlt. Mensch, habe ich geheult!«

»Können Sie, äh, deutlicher sein, was die Art der Schmerzen angeht?«

»Wie auf der Richterskala oder so was?«

»Wo genau tut es weh?«

Karl gab sich Mühe, auf die Stelle zu zeigen. »Von hier bis etwa hier, denke ich.«

»Fühlt es sich heiß oder kalt an?« fragte Robert.

»Heiß, schätze ich.«

»Sind die Schmerzen stabil? Pulsieren sie? Gehen sie weg?«

»Sie pulsieren. Sagen Sie mir die Wahrheit, Doc. Bin ich ein Hypochonder?«

Robert ignorierte die Bemerkung. »Verdammt, ich kann unter diesen Verhältnissen wirklich nicht viel tun.«

»Wie gut beherrschen Sie Autopsien?« Die Schmerzen wurden stärker, und Karl kamen die Tränen. Er schniefte, fühlte sich wie ein krankes Kind.

»Sie kommen wieder in Ordnung, Karl«, sagte Alis.

Karls tränende und blinzelnde Augen erschwerten es ihm, einen prüfenden Blick aufs Helmdisplay zu werfen, aber Sekunden später schaffte er es, ein Diagnosedisplay für den Raumanzug aufzurufen. Die meisten Lampen standen weiterhin auf Grün, aber ein paar gelbe machten ihm Kummer. Eine gelbe Anzeige verriet, daß das Wärmeverteilersystem nur noch vermindert arbeitete. Knapp im Rahmen, aber vorübergehend akzeptabel. Die andere gelbe Leuchte sagte, daß die Heizung im linken Stiefel im Grenzbereich war.

Robert sagte: »Ich schicke per Helmfunk eine Verschreibung, die Ihnen der Raumanzug verabreichen soll. Wenn Sie nächstesmal einen Schluck Wasser trinken, nehmen Sie einen kräftigen Schluck, um den Beigeschmack zu mildern. Trinken Sie ab jetzt häufiger als normal.«

»Wird gemacht. Was steht auf dem Speiseplan?«

»Schmerzkiller, Antibiotika, entzündungshemmende Mittel und noch ein paar Sachen.«

»Irgendwie scheint es mir medizinisch unpassend, etwas mit dem Begriff ›Killer‹ zu belegen. Solltet ihr Typen so was nicht ›Schmerzhemmer‹ oder ›Schmerzunterdrücker‹ oder so ähnlich nennen?«

»Ich gebe Ihre Empfehlungen an den Ausschuß für Medikamentennamen weiter.«

»Gibt es so was?«

»Werden Sie mal ernst.«

»Kommt er wieder in Ordnung?« fragte Alis.

Karl hörte auf zu schwatzen, weil er sich ebenfalls für die Antwort interessierte. Eine medizinische Statusanzeige leuchtete auf dem Helmbildschirm auf, und er nahm einen kräftigen Schluck Wasser. Bei dem süßsauren Beigeschmack nahm er gleich noch einen Schluck, der sich als erfrischend neutral erwies. Karl betete darum, daß das Diagnosesystem des Raumanzugs alles richtig einschätzte und das Wiederaufbereitungssystem nicht beschädigt worden war.

Robert zögerte. »Ich weiß es nicht. Der Anzug hat kein Leck mehr, aber Sie sehen ja die Brandspuren. Ob er sein Bein noch adäquat schützt, weiß ich nicht. Und ich kann nicht richtig einschätzen, wie stark das Bein verletzt wurde.«

Karl ertappte sich dabei, wie er sich wünschte, die beiden hätten einen Privatkanal benutzt, damit er den Wortwechsel nicht hören konnte. In Gedanken legte er sich ein Bild von verbrannter Haut zurecht, die an geschmolzenem Raumanzugstoff klebte, und überlegte sich, wie schmerzhaft es schon sein konnte, nur ein großes Stück Verbandmaterial zu entfernen. Er spürte einen leichten Lufthauch am rechten Fuß, hatte aber keine entsprechende Empfindung am linken.

»Ich bin sicher, daß Sie wieder in Ordnung kommen, Karl«, sagte Lucy.

»Ich hoffe, daß Sie recht haben.« Karl bog den Rücken durch und reckte den Hals, um einen Blick auf die Sonde zu werfen.

Als er hinaufblickte, erschien ihm irgendwas falsch an dem, was er sah. Ein großes Objekt senkte sich langsam von weit oben herab, als käme ein Fahrstuhl in einem unsichtbaren Schacht auf die Gruppe zugefahren.

»Vorsicht!« schrie Karl. »Die Sonde stürzt herab!«

Drei Paare Helmlampen zuckten hinauf. Karl rollte sich von der Aufprallstelle weg. Seine Ohren waren voll mit Flüchen und Lauten des Erschreckens. Alle versuchten wegzuhasten, drängelten sich dabei und kamen in der geringen Schwerkraft kaum voran, wie Haustiere auf rutschigem Boden.

Karl bemühte sich, den durch das Bein pochenden Schmerz zu ignorieren, nachdem er sich zweimal gedreht hatte. Er hielt an und blickte erneut auf. Die Sonde war immer noch im Sturz, bewegte sich jetzt schneller und wurde größer. Karl war ihr sicher ausgewichen, und Lucy schaffte es als letzte, aus der Aufschlagszone herauszukommen. Karl wollte sich schon entspannen, aber dann fiel ihm ein, daß die Sonde abprallen konnte. Er rollte sich noch zweimal ab, und vor Schmerzen kamen ihm die Tränen.

Er hielt an, gerade rechtzeitig, um zu sehen, wie die Sonde auf dem »Boden« aufschlug, ohne dabei auf irgend jemandem zu landen. Sie war so massiv und der Boden so elastisch, daß sie kaum abprallte. In Zeitlupe stieg sie weniger als einen halben Meter hoch, ehe sie bedächtig wieder herabsank und nach nur einem weiteren Aufprall zur Ruhe kam.

»Alle in Ordnung?« fragte Alis.

»Sicher und gesund«, antwortete Lucy.

»Ich bin okay«, sagte Robert.

»Ich hatte schon bessere Tage«, sagte Karl. »Können wir jetzt nach Hause gehen?«

Alis räusperte sich. »Danke, Karl. Das Ding hätte ernsthaften Schaden anrichten können.«

»War mir ein Vergnügen.«

»Was passiert da oben?« fragte Lucy.

Karl drehte sich auf den Rücken, damit er an die Decke der Kammer blicken konnte. Er kniff die Augen zusammen und versuchte zu erkennen, was sich verändert hatte.

»Kantalupe repariert sich!« sagte Alis. Zweifellos profitierte sie beim Blick an die Decke vom Teleobjektivmodus. »Der Ast, den die Sonde durchtrennt hatte, wächst wieder zusammen. Das rötliche Kabel biegt sich langsam in die ursprüngliche Position zurück. Sieht so aus, als würden die beiden Enden in einer Minute wieder zusammenkommen.«

»Aber wir haben doch gar nichts gemacht«, sagte Lucy.

»Aber Karl womöglich. Er hat das Kabel mit dem Körper blockiert, so daß es die Schadenszone rings um die Sonde nicht mehr direkt berühren konnte. Das reichte wohl, um den Zyklus zu durchbrechen und die Heilungskräfte des Asts so stark zu unterstützen, daß er den Fremdkörper ausgestoßen hat – die Sonde.«

»Klingt vernünftig«, fand Robert. »Falls die ständige Pendelbewegung des Kabels die Heilung verhindert hat, dann könnte die Unterbrechung des Zyklus dabei geholfen haben, den Heilungsvorgang einzuleiten. Falls man im menschlichen Körper zwei voneinander unabhängige Defekte zu beheben versucht, kann man auf Probleme stoßen, zum Beispiel Wechselwirkungen der Medikamente, die man gegen beide Leiden verabreicht hat. Könnte sein, daß Kantalupe von seiner Konstruktion her jedes der beiden Probleme hätte beheben können, die Kombination beider jedoch so unerwartet kam, daß der Zyklus ewig hätte fortdauern können, sofern er nicht unterbrochen wurde.«

»Sehen Sie mal«, sagte Lucy. »Die Kammerwände da oben. Die Textur oder die Farbe verändert sich.«

»Sie haben recht«, sagte Alis. »Die blassen weißen Flächen nehmen allmählich eine rosa Färbung an. Vielleicht war der durchtrennte Ast nur die am leichtesten sichtbare Komponente des Schadens.«

Robert sagte: »Richtig. Wenn man den Herzrhythmus stabilisiert, bessert sich die Gesamtprognose erheblich.«

»Natürlich wissen wir nicht, ob wir gerade das Herz geheilt oder nur eine Blase behandelt haben«, meinte Lucy.

»Stimmt«, sagte Alis. »Aber ich denke, wir haben etwas Gutes bewirkt. Ob noch rechtzeitig, um einen Unterschied zu machen, weiß ich allerdings nicht.«

Robert sagte: »Was immer passiert ist, die Veränderungen laufen rasch ab. Sehen Sie mal die Wände an.«

Karl tat es und gab sich dabei Mühe, die konstanten Schmerzen zu ignorieren. Die bislang weißen Wände waren inzwischen fast komplett rosa getönt.

Lucy sagte: »Hat sich irgend jemand schon gefragt, ob diese Durchgänge eine normale Erscheinung sind oder nicht? Falls es sie nur aufgrund des Schadens gegeben hat oder sie durch den Schaden vergrößert wurden, sind wir vielleicht erledigt.«

Alis reagierte sofort. »Sie haben recht. Nichts wie raus hier.«

»Ja, unsere Arbeit ist abgeschlossen«, meinte Robert. Sein lockerer Tonfall war eine für Karl neue Erfahrung.

Alis sagte: »Ich habe Karls Aufzeichnung vorbereitet und kann sie jederzeit rückwärts abspielen. Ich übernehme die Führung. Lucy, Sie kommen als nächste. Robert, Sie nehmen die dritte Position, damit Karl sich an Ihren Knöcheln festhalten kann, falls er zu schwach ist, um mitzuhalten.«

»Nur noch einen Vorschlag«, sagte Lucy rasch. »Ich möchte hochspringen und so viel von dem Seil abschneiden, wie ich kann – für den Fall, daß wir es später noch brauchen.«

»Gut«, sagte Alis. »Nur los.«

Karl glaubte, er hätte die Kraft, um mitzuhalten, aber als er sich hochstemmte, brachte ihm schon dieser kleine Energieaufwand Kopfschmerzen ein, die er bislang nicht gespürt hatte.

Lucy war wenig später mit zwei Stücken Seil zurück, die sie aufgerollt am Gürtel befestigte. Alle nahmen ohne Widerrede ihre Positionen ein. Alis hatte sich wirklich als gute Teamleiterin erwiesen. Karl wußte, daß eine andere Einsatzgruppe, die unter praktisch unvermeidlicher Todesgefahr arbeitete, inzwischen gut hätte auseinanderfallen und sich in einem Morast aus Meuterei, aus simplem Meckern und Dissens auflösen können. Vielleicht lag ihr Erfolg als Team an Resignation und Neugier, aber Karl fand, daß mehr daran war.

Erneut schossen Schmerzen durchs Bein und lösten irgendwie eine Echoreaktion aus Kopfschmerzen aus. Sobald er Roberts Knöchel erst mal gepackt hatte, hielt Karl sich blind daran fest.

Nach langen Sekunden gelangte er mit dem Kopf in einen Durchgang. Er hielt sich an Robert fest und spürte, wie er durch den Gang gezogen wurde und damit immer wieder an den Wänden abprallte. Irgendwo in einem nebligen Winkel des Gehirns fragte er sich, ob die Passage nicht enger war als vorher. Irgendwann löste der

Schmerz im Bein den Wunsch aus, es einfach abzuhacken.

In einem untypischen Augenblick der Klarheit dämmerte ihm, daß das wirkliche Maß für die Schmerzen in seinem Wunsch bestand, sie zu beenden, einem Wunsch, der alle anderen Erwägungen ins zweite Glied verwies – zum Beispiel, ob sie die Luftschleuse noch lebend erreichten oder lebend wieder aus Kantalupe herauskamen.

Wieder erlitt das Bein einen Stoß. Er schrie.

»Karl?« fragte eine blecherne Stimme, die sich anhörte, als käme sie vom Mars. »Karl, hören Sie mich?«

Nach einer Weile gelangte er zu dem Schluß, daß er der Karl war, der hier angesprochen wurde, und daß es Robert war, der mit ihm redete. »Ich hatte Sie gebeten, mich hier nicht anzufunken.« Karl kicherte.

»Karl, nehmen Sie das Seil. Lassen Sie meine Knöchel los. Ich muß Sie mit dem Seil dort herausziehen. Strecken Sie die Hände aus. Ertasten Sie das Seil. Packen Sie es.« Eine Pause. »Packen Sie das Seil, Karl!«

Karl vermutete, daß er dem Befehl wohl nachgekommen war, denn Augenblicke später sagte Robert: »Gut gemacht. Jetzt festhalten!«

Karl bewegte sich jetzt weiter durch den schmalen Gang, und das an der Wand vor seinem Gesicht gespiegelte Licht war so stark, daß es fast schmerzte.

Er schoß aus dem Tunnel hervor wie ein Torpedo aus einem U-Boot-Abschußrohr. Er fiel, und eine Zeitlang hatte er sehr schlimme Schmerzen.

Irgend jemand – Robert, vermutete er – band ihm die Hände zusammen und zog sie ihm über den Kopf. »Okay, ich habe Sie jetzt. Wir sind gleich draußen.«

»Das ist nett. Wo sind wir?«

»Entspannen Sie sich einfach.«

Karl spürte einen Ruck an den ausgestreckten Händen. Nicht sehr entspannend! Für unbestimmte Zeit schwebte er in Schwerelosigkeit, näherte sich dann einem dunklen

Loch und wurde hineingezogen. Er fragte sich, ob ihn eine Regression in den Geburtskanal zurückführte.

Erneut stieß sein Bein irgendwo an. Schmerz flammte auf, und diesmal schrumpfte die Welt dankenswerterweise auf einen kleinen Lichtpunkt zusammen und verschwand schließlich ganz.

Die Welt rumpelte. Karl kniff die Augen fester zu. Der Gedanke flackerte auf, ob er vielleicht gerade während einer starken Beschleunigungsphase vom Rand der Bewußtlosigkeit zurückkehrte.

Der Nebel verzog sich ein wenig. Vielleicht wachte er gerade aus einem bösen Traum auf.

Nein, es war kein Traum gewesen, schloß er. Er ging schließlich nicht im Raumanzug zu Bett.

Ein Stück Tunnelwand glitt an ihm vorbei, und die Erinnerungen stürmten erneut auf ihn ein. Innerhalb Kantalupes gefangen. Verletzt. Die Gefahr, daß Kantalupe von Sprengsätzen zur Asteroidenabwehr zerfetzt würde. Die Gefahr, in der Sonne zu verbrennen. Er wünschte sich, er könnte wieder einschlafen. Was für ein Scheißtag!

Etwas zerrte an seinen Händen. Er nahm immer noch die Taucherhaltung ein, die Hände über dem Kopf, wurde nach wie vor durch die Gegend gezogen, vermutlich von Robert.

»Sind wir schon da?« fragte Karl.

»Gott sei Dank, Karl!« sagte Alis. »Wir fürchteten schon, Sie wären ...« Sie brach plötzlich ab, hatte anscheinend bemerkt, daß keine der Alternativen ein besonders gutes Gesprächsthema fürs Krankenbett abgab oder besonders viel Zuversicht wecken konnte. »Ich freue mich, daß Sie wach sind.«

»Wie fühlen Sie sich?« fragte Robert. Für einen Moment hatte Karl das Gefühl, in einer anderen Welt zu sein, denn Robert hatte ihn ohne den üblichen verächtlichen Ton angesprochen. Dann fiel ihm jedoch wieder ein, daß Robert tatsächlich schon seit kurzem höflich zu ihm war.

»Besser. Vielleicht wirken die Medikamente endlich.«

Robert redete weiter und erweckte dabei nach wie vor den Eindruck, er spräche zu jemandem, den er wirklich mochte oder respektierte. »Ich wünschte, ich hätte Ihnen wirklich spezifische Medikamente oder Injektionen verabreichen können. Die oral eingenommenen Mittel brauchen zu lange, bis sie wirken, und es ist mit ihnen schwieriger, bestimmte Körperzonen zu beeinflussen.«

»Kein Problem. Ich hasse Nadeln.«

»Wir sind fast schon draußen, Karl«, sagte Lucy. »Zumindest glauben wir das.« Auch sie klang besorgt. Lucy war schon immer weniger reserviert gewesen als Robert, so daß der Unterschied bei ihr nicht so auffällig war. Trotzdem war es auch für sie ein beachtlicher Wandel.

»Von der Aufnahme ist nur noch eine Minute übrig«, stellte Alis fest. »Brillante Idee, Karl.« Ihr Lob war die größte Überraschung; er hatte das Gefühl, an der gegenüberliegenden Seite aus dem Kaninchenbau zu kriechen und festzustellen, daß die Welt nicht mehr so aussah, wie es zuvor den Anschein gehabt hatte.

»So bin ich. Karl, das Genie. Karl, der sein Bein in eine Steckdose gesteckt hat.« Sein Kopf kam aus dem Durchgang hervor, und Robert zerrte ihn in eine neue Richtung. Innerhalb weniger Sekunden wurde sich Karl wieder der kürzlichen Ereignisse bewußt.

Alis lachte doch tatsächlich kurz auf, und es klang bemerkenswert schön für ihn. Karl hatte von Anfang an damit gerechnet, in Kantalupe Dingen zu begegnen, die er nie zuvor gesehen oder gehört hatte, und er hatte recht behalten. »Sie waren toll.«

»Robert, ich denke, ich komme jetzt selbst zurecht. Würden Sie mich losschneiden?«

»Es ist nicht mehr weit, und ich weiß nicht, ob Sie

nicht noch einen Rückfall bekommen. Bringen wir es so hinter uns.«

Karl hätte sich lieber wieder auf eigene Füße gestellt, aber wenigstens hatte Robert nicht mit einem kategorischen, autoritären »Nein« reagiert, das Karls Entschlossenheit ohnehin nur gestärkt hätte.

Der Anstieg aus dem Nebel schien jetzt langsamer zu verlaufen. Karl fühlte sich viel wacher und kräftiger als nur wenige Augenblicke zuvor, aber er glaubte noch nicht wieder, eine schriftliche Klassenarbeit bestehen zu können, deren Stoff wesentlich über die dritte Klasse hinausging. Zwischen ihm und der wirklichen Welt schien eine ultradünne und durchsichtige Membran gespannt zu sein, ein Filter, der in beide Richtungen Worte durchließ, durch den er aber weiterhin etwas in die Enge getrieben blieb und etwas desorientiert.

»Ich kann die Luftschleuse sehen«, sagte Alis.

Ein erneuter Ruck an den Armen beförderte Karl weiter durch die Passage. Er kam sich wie ein Fisch am Haken vor.

Lucy sagte: »Geht es nur mir so, oder sehen die Oberflächen ein bißchen mehr rosa aus als vorhin?«

»Ich denke, Sie haben recht«, antwortete Alis. »Sieht so aus, als würde die ganze Umgebung gesünder.«

»Finde ich auch«, sagte Robert. »Ich werde aber immer noch nicht schlau daraus, warum vor uns niemand gekommen ist und den Schaden behoben hat.«

»Vielleicht finden wir am nächsten Haltepunkt einen Hinweis darauf. Ich denke mir, daß es sowas wie eine Steuerzentrale geben muß.«

Lucy sagte: »Falls es eine gibt, würde ich mich freuen, wenn wir dort einen Hinweis finden könnten, wie wir hier wieder herauskommen.«

»Mit so was wie einem Schleudersitz?« fragte Robert.

»Irgendwas. Materietransmitter, Rettungskapsel. Und wenn schon nichts anderes, dann könnten wir vielleicht die *Ranger* informieren, wo wir sind, damit sie uns herausschneiden – vorausgesetzt, wir finden wenigstens einen Funksender.«

»Vielleicht hat sich die Lage draußen gebessert«, überlegte Karl. »Wir haben in letzter Zeit nichts mehr gehört. Hätte uns der Captain nicht noch eine oder zwei Warnungen übermittelt, ehe sie sprengen?«

»Äh, Karl«, sagte Alis zögernd, »er hat sich erneut gemeldet, als Sie bewußtlos waren. Wir haben nicht mehr viel Zeit.«

»Wie lange noch?«

»Das möchten Sie bestimmt nicht wissen.«

Seltsam genug, aber Karl stellte fest, daß er ihr recht gab. Vielleicht lag es an den Medikamenten. Er war so lange ein Paria gewesen, daß es einfach ein gutes Gefühl war, von drei Menschen akzeptiert zu werden.

Er kam aus einem weiteren Durchgang hervor, wurde durch eine Kammer und zur Mündung einer weiteren Passage gezogen. Diese Kammer war viel kleiner als die anderen, die dem Epizentrum des Schadens näher lagen.

Auf dem Weg in den neuen Durchgang stieß sich Karl das Bein. Er spürte keinen großen Schmerz, aber das Gefühl machte ihm trotzdem Sorgen. Es war mehr wie ein Schlag auf eine taube Stelle als auf gesunde Haut, und er konnte nicht einfach die Hände ausstrecken und die Beine abtasten, um zu sehen, wie es tatsächlich mit ihnen aussah. Er versuchte, sich zu entspannen und locker durch den Gang zu schweben. Der letzte Zug an den Armen führte ihn gerade bis an die Mündung zur nächsten Kammer, so daß Arme und Oberkörper daraus hervorlugten. Auf der gegenüberliegenden Seite hatte Alis schon die Luftschleuse geöffnet.

»Okay«, sagte Robert. »Weg mit dem Seil.« Mit den Handschuhen wirkte er zu unbeholfen, um ein Seil loszubinden, aber er zog einfach an einem losen Ende, und der Schlippstek löste sich problemlos.

Karl beugte die Arme, um die ersten Spuren eines Krampfes loszuwerden. Er fragte sich, ob er Robert allein aufgrund dessen notorisch verärgerter Haltung unterschätzt hatte. »Danke, daß Sie mich den ganzen Weg geschleppt haben, Robert.«

»Danke, daß Sie Ihr Bein in eine Steckdose gesteckt haben, damit ich es nicht zu tun brauchte. Wie fühlen Sie sich?«

»Keine starken Schmerzen mehr, aber ein bißchen benommen.«

»Das bleiben Sie vielleicht auch. Ich habe Ihren Medikamentenspender so programmiert, daß er Ihnen in Abständen Antibiotika und Schmerzmittel verabreicht. Sollten Sie so schläfrig werden, daß Sie nicht mehr auf uns reagieren, setze ich die Dosierung etwas herab. Ich habe auch ein Überwachungsprogramm eingerichtet, das mich warnt, wenn Ihre Lebenszeichen zu stark vom Normwert abweichen. Im Augenblick ist Ihre Körpertemperatur fast einen Grad zu hoch.«

»Na ja, ich bin froh, daß nicht der Raumanzug die Störungen hat. Noch nicht.«

»Seid Ihr Typen soweit?« fragte Alis. Sie und Lucy waren schon in der Luftschleuse.

»Ich denke, ich bin es«, sagte Karl.

»Dann los«, sagte Robert. »Ich helfe, wenn es nötig wird.«

Karl zog sich aus der Gangmündung und war dankbarer denn je für die ultraniedrige Schwerkraft. Er traf Anstalten, die Beine für den Sprung anzuziehen, und ein Schmerz flammte auf, von dem er gehofft hatte, ihn nie wieder zu erleben.

»Sind Sie okay?« erkundigte sich Alis.

Karl hatte gar nicht bemerkt, daß ihm ein Laut entfahren war, aber er vermutete, daß es wohl passiert sein mußte. »Ich denke ja. Nur ein leichtes Stechen. Es geht los!«

Er stieß sich ab und erwartete eigentlich, daß der Sprung in Anbetracht der kurzen Strecke und der Mikroschwerkraft eine simple Sache war. Schon im

Augenblick des Absprungs wußte er jedoch, daß er das Ziel verfehlen würde, genauso wie es ihm mit einem Basketball gegangen wäre: Kaum geworfen, war ihm klar, ob er danebengehen würde. Karl landete etwa einen Meter unter der Luftschleuse an der Wand.

Nach kurzem, peinlichem Schweigen sagte er, während er langsam herabsank: »Blödes Spiel!«

Auf dem Boden fand er das Gleichgewicht wieder und versicherte allen, daß er für einen weiteren Versuch in Form war. Diesmal unterschätzte er den eigenen Kraftaufwand und schoß über das Ziel hinaus, aber Alis packte ihn am Gürtel, als er an der Öffnung vorbeisank. Sie zerrte ihn herein.

»Danke«, sagte er. »Ich fühle mich wie eines dieser neugeborenen Jungtiere in Tierfilmen. Sie wissen schon, ein winziger Hirsch, der auf Stelzen herumstakt.«

»So was habe ich auch schon erlebt«, sagte Alis. »Willkommen im Club.« In einem Protokoll hätten sich die Worte vielleicht schroff ausgemacht, aber hier schwang eine Wärme darin mit, die Karl nie zuvor vernommen hatte. Es schien, als hätte Alis Mitgefühl für jede Bitterkeit, die bei Karl durchschien. Sie setzte ihn sachte auf dem Boden der Luftschleuse ab.

»Danke«, wiederholte Karl. »Manchmal erinnere ich mich voller Nostalgie an Sachen, die ich zwar früher gemacht habe, aber nicht mehr in jüngster Zeit. Ich denke aber nicht, daß dieser Ort je auf meine Liste kommt.« *Mal abgesehen davon,* dachte er, *daß Alis hier aufgetaut ist.* Aber es erschien ihm ganz schön unwahrscheinlich, daß er alt genug werden würde, um sich an die jetzige Zeit einmal von ferne zu erinnern.

Robert tauchte unter der Schleusentür auf, und Karl zog ihn herein. Alis ließ die Tür zugehen.

Karl entspannte sich wieder und merkte dabei, daß er allzuleicht einschlafen konnte.

Lucy öffnete die Tür gegenüber, und Augenblicke später befanden sich alle vier auf dem Tunnel dahinter. Er sah noch genauso aus, wie Karl ihn in Erinnerung hatte – ein unendlich langes Abflußrohr mit rötlichen Wänden und Griffsprossen am Boden. Alis achtete darauf, daß Robert hinter Karl ging, damit es jemand bemerkte, falls Karl den Anschluß verlor. Sie sagte: »Schaffen Sie es zurück in die Transportkapsel, Karl?«

»Ich denke ja. Ich muß ja fast nur die Arme einsetzen.«

»Kann ich mich darauf verlassen, daß Sie etwas sagen, wenn Sie Schwierigkeiten bekommen?«

»Sicher. Ich jammere einfach ein bißchen.«

»Klar.« Alis' amüsierter Unterton erweckte bei Karl den Eindruck, daß sie ihn nicht für einen Jammerlappen hielt. Er fühlte sich ein bißchen besser als noch einen Augenblick zuvor.

Alis übernahm auf dem Rückweg zur Transportkapsel die Führung. Lucy folgte an zweiter Position, Karl an dritter. Er zupfte sachte an einer der Sprossen am Boden und zog sich in einer leicht gewölbten Flugbahn vorwärts. Nach einigen nicht perfekten Sprüngen schaffte er es, die Hände beim Zug jeweils ein wenig zu drehen, und fortan blieben seine Beine in der Luft und stießen nicht mehr jedesmal am Boden an.

Er fiel in ein bequemes Bewegungsschema und konnte mit Alis und Lucy Schritt halten. Nach einer Weile wurde er durch den monotonen Rhythmus schläfrig, aber er kämpfte dagegen an, wollte keine Last mehr sein.

»Sind meine Augen müde?« fragte Lucy. »Oder ändert sich die Farbe der Wand?«

Karl blinzelte und machte die Augen weiter auf. Alis und Lucy hielten an, und auch Karl stoppte seine Vorwärtsbewegung. Als er angehalten hatte, drehte er sich auf den Rücken und blickte an die von seinen Helmlampen beleuchtete Decke. Er versuchte, die Augen offenzuhalten.

Nachdem er ein halbes Dutzend mal langsam und träge geblinzelt hatte und die Lider jeweils für mehrere Sekunden geschlossen geblieben waren, sah Karl, wovon

Lucy gesprochen hatte. Die Deckenfarbe vollzog einen ganz allmählichen Übergang von Rosa nach Violett.

»Ich sehe, was Sie meinen«, sagte Alis.

»Ich auch«, sagte Robert.

»Karl, sind Sie okay?« fragte Alis.

»Prima. Ich dachte, ich hätte gesagt, daß ich die Veränderung sehe. Ich schätze, ich habe es nicht getan, wie?«

»Nicht, daß ich es gehört hätte.«

Lucy sagte: »Ich frage mich, ob Kantalupe stirbt. Vielleicht wurden die Ablenksprengsätze schon gezündet.«

»Das bezweifle ich«, sagte Robert. »Meinem Display zufolge ist das aktuelle Kartenupdate erst vor wenigen Minuten eingetroffen. Also besteht immer noch Kontakt, und ich kann mir nicht vorstellen, daß der Captain vergessen hat, uns Bescheid zu sagen.«

»Ich auch nicht«, sagte Alis. »Ich frage mich, ob der Schaden, den wir repariert haben – oder den Karl repariert hat –, eine Zone betraf, von wo aus viel mehr in Mitleidenschaft gezogen wurde als nur die unmittelbare Umgebung.«

»Sicherlich möglich«, fand Robert. »Der menschliche Körper kann vor Schmerzen schon fast gelähmt sein, wenn nur ein Nierenstein von gerade mal der Größe eines Ameisenkopfes vorhanden ist. Ein kleiner Tumor an der falschen Stelle, und man kann nicht mal mehr zusammenhängend sprechen. Der von der Sonde angerichtete Schaden hat vielleicht einen lebenswichtigen Teil Kantalupes daran gehindert, auf einen anderen Schaden zu reagieren, oder auch nur die routinemäßige Wartung behindert.«

Die Farbveränderung setzte sich fort, während Robert sprach, und die Wände nahmen eine noch tiefere Violettschattierung an.

»Also haben wir womöglich einem Löwen einen Dorn aus der Tatze gezogen?« fragte Karl.

»Vielleicht«, antwortete Robert. »Könnte jedoch sein, daß der Löwe sich dieses Umstands nie bewußt wird.

Und falls er mehr Bewußtheit entwickelt, könnte er sogar zu dem Schluß kommen, daß *wir* die Quelle des Schadens waren.«

»Was, und genau die vernichten, die ihm geholfen haben?«

»Vom menschlichen Körper ist bekannt, daß er schon mal Organe abstößt, die er zum Überleben braucht, ganz zu schweigen davon, daß er Fremdkörper vernichtet.«

Vor wenigen Tagen noch hätte Karl Roberts Einschätzung als negativen Ausdruck einer pessimistischen Persönlichkeit verstanden. Heute erschien ihm Roberts Standpunkt als klug und als Ausdruck vernünftiger Vorsicht.

»Gehen wir weiter«, sagte Alis.

Karl hätte wirklich gern ein Nickerchen gemacht, aber es war ein gutes Gefühl, in Bewegung zu bleiben, und sei es aus keinem anderen Grund, als Abwehrmechanismen auszuweichen, die sie vielleicht erwischten, wenn sie stehenblieben. Die Gruppe setzte ihren Weg fort, und ihre Bewegungen erinnerten vage an Gerätetaucher, die durch einen langen Abwasserkanal schwammen. Karl fragte sich, wie weit wohl die Haie entfernt waren.

15
Verstopfung

Als jemand an seine Kabinentür klopfte, wechselte Captain Fernandez augenblicklich aus dem Standby-Nickerchenmodus in Betriebsbereitschaft. »Kommen Sie rein.«

Die Kabinentür glitt auf. Martina Binotell verfrachtete ihre große Gestalt in das Besuchernetz, und die Tür schloß sich wieder.

Der Captain blieb, wo er war – in seinem Bettnetz. Der Zeitpunkt lag mitten in seiner Schlafschicht, aber das spielte jetzt kaum eine Rolle.

»Ich hoffe, Sie sind mit diesem hier zufrieden«, sagte Martina. »Ich denke wirklich, daß es das Beste ist, was wir hinbekommen.«

Captain Fernandez ermunterte sie nicht, aber falls sie wirklich glaubte, die beste Lösung gefunden zu haben, die kurzfristig möglich war, stimmte es wahrscheinlich. Sie war die ausgesprochen gescheite Leiterin der Gruppe für Asteroidenabwehr. Fernandez hatte sie ordentlich auf Trab gehalten, zum Teil, um die Alternative zu finden, die noch den geringsten Schaden anrichtete, und zum Teil, um die Sprengung so lange wie möglich hinauszuzögern. Falls er versuchte, die Sache noch viel länger zu verzögern, würde er sich, wie er wußte, mit Lichtgeschwindigkeit Martinas Boß und dessen Boß gegenübersehen. »Zeigen Sie es mir.«

Martina klappte einen Taschenmonitor auf, bis er einrastete. Eine Folge von Graphiken erschien darauf; sie stellten eine mit »Kantalupe« beschriftete Kugel dar. Ihr näherte sich ein Kugelabschnitt von etwa dreißig oder vierzig Grad Umfang. Seine konkave Seite war Kantalupe zugewandt.

Martina erklärte: »Wir zünden die Sprengsätze, wenn

sie noch etwa einen Radius weit über der Oberfläche sind.« Auf dem Bildschirm verströmte eine Explosion eine Wolke dunklen Staubes zur Oberfläche Kantalupes hinab und verfärbte etwa ein Zehntel der Kugeloberfläche.

Martina fuhr fort: »Das Gerät wird mehrere Stunden lang gleichmäßig beschleunigt, ehe es den Detonationspunkt erreicht. Die entsprechende Trägheit addiert sich noch zum Impuls der Explosion.

Der Rückstoß der Explosion müßte die Vorwärtsbewegung des Behälters größtenteils neutralisieren, vorausgesetzt, er wird nicht ohnehin in Fetzen gerissen. Es läuft darauf hinaus, daß wir eine riesige Fläche bestreuen, anstatt eine gewaltige Kraft auf einen winzigen Punkt zu konzentrieren. Bewirkt fast den gleichen Gesamtschub.«

Gut, dachte Captain Fernandez. Ein Standardsprengsatz, den man auf Kantalupes vergleichsweise weicher Oberfläche gezündet hätte, wäre wie ein Schuß in eine Wassermelone gewesen. So wie jetzt geplant, hatten sie eine Chance, Kantalupe abzulenken, ohne es zu zertrümmern, und dadurch sank das Risiko, die Leute dort unten zu verletzen. Fernandez sah sich die Sequenz noch einmal an und fragte sich dabei, ob er weitere Verzögerungen oder Feinabstimmungen verlangen konnte. Er kam zu dem Schluß, daß er Martina wahrscheinlich schon an die Grenze getrieben hatte. »Wann könnten Sie alles bereit haben?«

»Der Aufschlag erfolgt in nicht später als vier Stunden, nachdem Sie das Startsignal gegeben haben.«

»Ich gebe es hiermit.«

Martina hielt den Armbandcomp an die Lippen. »Los.« Als eine männliche Stimme antwortete »Verstanden«, entspannte sie sich zum erstenmal, seit der Captain sie kennengelernt hatte. Sie deutete auf die Seite Kantalupes, die dem geplanten Aufschlagspunkt gegenüberlag. »Sie werden sich wahrscheinlich zusammen mit dem

Rest meiner Schiffe an dieser Stelle aufhalten wollen. Überall sonst möchte ich nicht in der Haut Ihrer Versicherung stecken.«

Alis blickte erneut auf die Uhr. Sie hatte es eilig, wieder die Transportkapsel zu erreichen. Vor ihr füllte sich der dunkle Tunnel im Rhythmus ihres Tempos mit Licht. Hinter ihr setzten Lucy, Karl und Robert die regelmäßigen Bewegungen fort, die sie in flachen Bögen von einem Haltegriff zum nächsten beförderten.

Während sie nach der Tür zur Transportkapsel Ausschau hielt, gestattete sie sich einen Augenblick der inneren Bestandsaufnahme. Wieso die Ungeduld? Vor Stunden, vielleicht sogar Tagen hatte sie sich damit abgefunden gehabt, für den Rest ihres vermutlich kurzen Lebens in Kantalupe festzusitzen. Jetzt hatte sie das Bedürfnis, sich zu beeilen, als ob die Aktionen des Augenblicks tatsächlich etwas bewirken konnten.

Der Umschwung war ein Rätsel für sie. Sie hatte nie viel von übersinnlichen Fähigkeiten gehalten, also zweifelte sie daran, daß die neuen Gefühle aus einer verborgenen Botschaft resultierten, derzufolge die Gruppe nur dann noch lebend herauskommen würde, wenn sie sich jetzt beeilte. Wäre es Alis jedoch wirklich darum gegangen, Leben zu retten, dann hätte sie sich wahrscheinlich nur darum gesorgt, ob Kantalupe noch auf einem Kollisionskurs mit Station Hamilton war. Vier oder sogar sechs Menschenleben hätten die Gesamtzahl der Gefährdeten nur marginal gerundet.

Diese Überlegung trug bei Alis zu der Erkenntnis bei, daß sie sich tatsächlich nur mit dem eigenen Überleben beschäftigte sowie dem ihrer verbliebenen Teamgefährten. Ausgerechnet jetzt wünschte sie sich, sie könnte Karl besser kennenlernen. Hätte sie ihn schon vor dem Unfall besser gekannt, dann hätte sie vielleicht eher geglaubt, was er zu sagen hatte.

Der Gedanke an Karl trieb sie noch schneller an. An Karl, der Schmerzen hatte. Hätte ihr vor wenigen Tagen jemand gesagt, daß sie mal so auf Karl reagieren würde, dann hätte sie darauf wohl kaum ohne Kraftausdrücke geantwortet. Sie versuchte, ihre Reaktionen tiefer zu ergründen. War die Tatsache, daß sich ein Teamgefährte verletzt hatte, der springende Punkt, oder ging es speziell um Karl?

Sie versuchte sich vorzustellen, daß Robert sich verletzt hätte, und gelangte zur seltsamsten ihrer bisherigen Schlußfolgerungen. Es ging um Karl. In Roberts Fall vermutete sie, daß sie besorgt gewesen wäre und sich schuldig gefühlt hätte und all die anderen für sie typischen Dinge, aber sie glaubte wirklich nicht, daß sie die gleiche überwältigende Furcht empfunden hätte. Sie hatte nicht geweint, als Belinda umkam. Sie wußte nicht recht, ob sie weinen würde, falls Robert starb. Aber irgendwie schien die Vorstellung, Karl könnte jetzt sterben, über ihre Kräfte zu gehen.

»He, he, he!« sagte Lucy.

»Was?« Alis blinzelte ein paarmal.

»Wir sind da. Sie sind übers Ziel hinausgeschossen.«

Alis wurde sich plötzlich der Tatsache bewußt, daß der runde Fleck, an dem sie gerade vorbeigekommen war, die von ihr so eifrig gesuchte Tür zur Transportkapsel war. Sie leistete ja wirklich tolle Arbeit. »Verzeihung. War abgelenkt, schätze ich.« Sie packte die nächste Sprosse und hielt sich diesmal daran fest, statt nur leicht zu ziehen, um weiterzuschweben. Sie führte einen Purzelbaum aus und prallte letztlich mit den Fersen vom Tunnelboden ab.

Als sie sich umgedreht hatte, hatte Lucy schon die Tür zur Transportkapsel geöffnet. Robert half gerade Karl hinein.

»Danke für die ganze Hilfe«, sagte Karl leise. »Ich fühle mich echt alt oder echt reich.«

Alis hätte ihre ursprüngliche Abneigung gegen Karl

leichter aufrechterhalten können, falls er sich ständig über die Verletzung beschwert hätte, wie sie es von Robert erwarten würde. Statt dessen erweckte sein Humor bei ihr den Anschein, daß der wirkliche Karl nicht allzu verschieden war vom öffentlich erkennbaren Karl – gar kein schlechter Kerl also.

Alis erreichte die Kapseltür und folgte den anderen hinein. Wenige Sekunden später versetzte sich die Kapsel wieder in Rotation. Alis nahm eine bequemere Position ein, während die künstliche Schwerkraft anstieg und sich die Kapselwände in einen vage zylindrischen Boden verwandelten.

Für gerade mal eine Sekunde ertönte ein gedämpftes Stöhnen, kaum lange genug, um es richtig zu identifizieren, aber es war Karls Stimme.

»Kommen Sie mit dieser Schwerkraft zurecht, Karl?« wollte Alis wissen.

»Jetzt schon. Einen Moment lang dachte ich, die komplette Beinbehaarung würde an der Innenseite des Raumanzugs kleben.«

»Ich sehe mir das lieber noch mal an«, sagte Robert.

Robert führte Karl durch eine weitere detaillierte Abfolge von Fragen wie »Tut es hier weh?« oder »Wie fühlt sich das an?« Karls Antwort lautete meist »Okay«, gelegentlich durchsetzt mit einem »Das brennt« und einem »Fassen Sie mich da nicht an.«

Alis rief die aktuelle Version der 3-D-Innenkarte auf und versuchte sich darauf zu konzentrieren, während Robert Karls Zustand neu einschätzte. Der vor ihnen liegende Weg war noch besser zu erkennen als eben. Sie hatten direkten Kurs auf das Zentrum Kantalupes.

Falls es sich bei der Ansammlung dünner Linien weiter voraus sämtlich um Transportrouten handelte, dann führten die Wege von mehr als einem Dutzend Transportkapseln durch eine kugelförmige Zone, die ein anscheinend offenes Volumen von vielleicht wenigen hundert Metern Durchmesser umgab. Alis gewann den

Eindruck, daß die Gruppe die jetzige Transportkapsel auch verlassen und jede beliebe andere hätte benutzen können. Leider zeigte die Karte nach wie vor keine Spur von einer Route, die bis ganz hinauf an die Oberfläche reichte.

Sie suchte die übrigen Innenzonen ab. Wie es auch für die anderen Merkmale im Display galt, waren die beiden aneinandergrenzenden Sphären auf der anderen Seite Kantalupes jetzt deutlicher zu sehen.

Die präzisere Darstellung zeigte Alis schattenhafte Strukturen innerhalb der beiden Sphären, aber aus irgendeinem Grund blieb die Detailgenauigkeit beträchtlich hinter der der übrigen Regionen von Kantalupes Innenwelt zurück. Alis fragte sich, ob das Oberflächenmaterial beider Kugeln leitfähiger war als das Material andernorts in Kantalupe und daher ein stärkeres Hindernis für die Sensorendaten.

Die riesige Kluft, an der die Gruppe vorher gehalten hatte, und eine symmetrische Kluft auf der anderen Seite Kantalupes waren ebenfalls deutlicher gezeichnet. Noch weitere große Strukturmerkmale waren sichtbar geworden und verstärkten Alis' Gefühl, die Ergebnisse der Innenabtastung eines Körpers zu betrachten, nicht eines Schiffes.

Was die Ergebnisse bislang nicht zeigten, war irgendeine Zone, die Alis als Wohnunterkünfte hätte interpretieren können. Anscheinend keine Besatzung, und anscheinend keine Passagiere. Nur die gewaltige Masse Kantalupes und ihre inneren Mechanismen.

»In Ordnung, Karl. Sie können sich wieder entspannen«, sagte Robert. »Ich nehme einige Veränderungen an der Medikamentenzufuhr vor. Sie halten sich so gut, wie man nur erwarten kann.«

»Danke, Doc.« Karl klang schläfrig.

Die Glocke für »Privatdurchsage« ertönte in Alis' Helm. Alis nahm den Anruf entgegen, und Robert begann mit seinen nur für ihre Ohren bestimmten Ausführungen. »Ich fürchte, er sieht nicht allzugut aus. Ich tue mein Bestes, aber ...«

»Aber?«

»Na ja, zumindest kann ich ihn größtenteils schmerzfrei halten. Aber zum gegenwärtigen Zeitpunkt ist alles so hypothetisch. Wir könnten jederzeit umkommen, und ich vermute, wir sterben spätestens in ein paar Tagen alle, wenn sie einen Asteroiden auf uns schießen, oder, falls wir Glück haben, ein paar Tage später, wenn wir in der Sonne braten.«

»Wie Sie sagten, ist das alles hypothetisch. Wie steht es um Karl?«

»Ich kann im Grunde nichts für ihn tun, nicht ohne einen Operationssaal und ohne ihn aus dem Raumanzug zu holen. Das Bein hat üble Verbrennungen, und die Menge der Toxine im Blut steigt. Obendrein funktioniert das Bein des Raumanzugs nicht zuverlässig. Ich gebe ihm vielleicht noch vierundzwanzig Stunden. Sechsunddreißig, falls er unglaubliches Glück hat.«

»Meinen Sie damit, bis er das Bein verliert?«

»Bis er tot ist.«

Alis war wie betäubt. Sie fand kaum den nötigen Atem für die Worte: »Das kann nicht sein!«

»Ich wünschte, es wäre anders, aber wir befinden uns hier nicht unter normalen Umweltbedingungen. Wenn man einen Menschen in einen Lebenserhaltungsanzug steckt, kann man die Kombination aus beiden an einen Ort schicken, wo man normalerweise nicht atmen und kein Streichholz anzünden kann und wo man in dreißig Sekunden gefrieren oder kochen würde. Sollte jedoch irgend etwas schiefgehen, sind wir im Grunde ganz schön zerbrechlich.«

»Das kann einfach nicht sein«, sagte Alis leise.

»Ich überwache ihn weiter und sage Ihnen Bescheid, falls sich meine Einschätzung ändert.«

»Bitte tun Sie das.«

Die Glocke ertönte, die das Ende einer Privatdurchsage begleitete, und Alis starrte durchs Kartendisplay hindurch, sah nur noch verschwommene, einander überlappende Linien.

Sie fragte sich, wie Karl auf die Wahrheit reagieren würde. Vielleicht unter der Wirkung der Medikamente nur resigniert, so, wie Robert sich anhörte. Oder vielleicht zeigte er Zorn und Unglauben.

Karl stöhnte. Dann verwandelte sich das Stöhnen in schmerzliches Lachen, typisch für jemanden, der bei plötzlich auftretendem Schmerz einfach nicht wußte, ob er lachen oder weinen sollte. Die Vibrationen, die eine Bremsphase der Transportkapsel begleiteten, hatten erneut eingesetzt, und Karls Bein diente offenkundig als Frühwarnanzeige.

»Sind Sie okay, Karl?« fragte Alis, als er verstummte.

»Yeah. Hab' mir nur gerade überlegt, daß ich gern länger geschlafen hätte, ehe wir uns zum Ausstieg bereitmachen.«

»Wir nähern uns der Zone, die nach einem Hauptbahnhof aussieht. Vielleicht können wir von dort aus in jeder gewünschten Richtung weiterfahren, vorausgesetzt, wir erfahren, welche uns hinausführt.«

»Ich wäre schon mit der Fahrt einverstanden, die ohne Zwischenstopp am längsten dauert. Ich bin immer noch ein bißchen müde.«

»Haben Sie Hunger? Vielleicht würden ein paar Nährstoffe helfen.«

»Ich schlucke vielleicht später einige Pillen, aber im Moment bin ich gar nicht besonders hungrig. Vielleicht langweilen mich auch nur die Rationen, die der Raumanzug ausgibt.«

»Ich weiß, was Sie meinen. Ich könnte im Moment auch eine echte Mahlzeit gebrauchen.«

»Ich wünschte, wir hätten Zeit, um auf Station Tokio mal bei Alfredo reinzuschauen. Dort gibt es eine Lasagne, bei der man fast glauben möchte, sie mit Edelmetall bezahlen zu müssen.«

»Ich mag das Essen dort auch«, sagte Alis überrascht. Sie fragte sich, ob sie und Karl jemals zur gleichen Zeit in diesem Restaurant gewesen waren.

»Als ich letztesmal dort war, habe ich darum gebeten, nach hinten gehen und den Chefkoch sprechen zu dürfen. Er ist ein kleiner Kerl, aber als ich ihm sagte, wie sehr ich die Mahlzeit genossen habe, wirkte er gleich doppelt so groß.«

Die Schwerelosigkeit erwischte Alis auf dem falschen Fuß. Sie stellte fest, daß die Kapselrotation gestoppt hatte und sie augenscheinlich am Ziel waren. Hier unten war die Schwerkraft entweder null oder so gering, daß Alis wahrscheinlich gar nicht die Geduld aufgebracht hätte, um einen Test durchzuführen.

Hinter der Kapseltür breitete sich ein milchigweißer »Boden« aus, der in alle Richtungen leicht abfiel, bis er außer Sicht war. Die Teamgefährten hatten den Eindruck, über einem kleinen, runden Asteroiden zu schweben. Die »Decke« lag etwa zwei Meter über dem Boden und behielt überall diese Höhe. Ein Netz aus vertieft angebrachten Handgriffen an Boden und Decke – offensichtlich dazu bestimmt, die Fortbewegung zu erleichtern – bildete ein weiteres Detail für die These, daß Kantalupe künstlich konstruiert war.

Alis blickte zur Transportkapsel zurück. Die kreisförmige Tür befand sich, vom Mittelpunkt versetzt, in einer dicken Säule, die vom Boden zur Decke verlief.

Karl erstaunte Alis erneut mit einem Beleg dafür, daß er sich nicht damit zufriedengab, nur ein verletztes Anhängsel zu sein, sondern daß er weiterhin nachdachte und beobachtete. Er sagte: »Das hier könnte durchaus Start- und Endpunkt für eine Rundreisekapsel sein. Auf meiner Karte fehlen immer noch einige Wegstücke, aber ich habe doch den Eindruck, als wären alle Transportrouten im wesentlichen große Kreise, die einmal hier vorbeiführen. Keiner der Kreise scheint einen anderen zu berühren.«

Alis warf erneut einen Blick auf ihre Karte. Die Transportrouten waren nicht einfach nur Kreise, und an vielen Stellen führten unterschiedliche Routen so dicht aneinander vorbei, daß man sich schon konzentrieren mußte, um eine bestimmte Route zu verfolgen. Nachdem Alis jedoch sorgfältig ein paar von ihnen nachgegangen war, gelangte sie zum gleichen Schluß wie Karl. »Wollen Sie damit sagen, daß wir letztlich unserem Weg zurück folgen würden, wenn wir gleich hier wieder einstiegen?«

»Das vermute ich.«

»Aber das hilft uns nicht«, meinte Robert. »Die Route kommt nie dicht genug an die Oberfläche. Keine von ihnen tut es.«

»Hab' nicht behauptet, wir wären gerettet«, sagte Karl. »Hab' nur was festgestellt.«

Alis sagte: »Meiner Karte zufolge finden wir die nächste Transportröhre dort drüben.« Sie zeigte in die Richtung, die sie meinte. »Überzeugen wir uns doch einfach mal davon.«

Angeführt von Lucy, bewegten sie sich in die Richtung, die Alis gewiesen hatte, und zogen sich dabei sachte von einem Handgriff zum nächsten. Nach nicht mehr als einer Minute entdeckte Alis wieder eine Säule, die vom Boden zur Decke führte. Sie enthielt tatsächlich eine weitere Transportkapsel.

Alis betrachtete ihren aktuellen Standort auf der Karte und verfolgte die Route mit dem Blick. »Diese kommt nicht einmal so weit an die Oberfläche wie unsere vorherige.«

Lucy sagte: »Die Route, die am dichtesten an die Oberfläche zu kommen scheint, schafft es auch nur bis auf vielleicht einen Kilometer. Das wirkt wie eine kleine Lücke, verglichen mit dem Ganzen, aber da muß man immer noch viel graben.«

»Aber falls wir nahe genug herankämen, um wieder die *Ranger* zu erreichen«, sagte Robert, »dann könnten die uns ausgraben.«

Alis starrte die Karte lange an. So nahe!

Karl räusperte sich. »Sie wissen doch, daß wir den Captain noch auf andere Weise informieren können, wo wir stecken, selbst wenn wir nicht mit dem Schiff reden können.«

»Und welche ist das?« Alis war auf einmal ganz Ohr. Wäre diese Behauptung von, sagen wir mal, Robert gekommen, dann hätte sie vielleicht mit einer üblicheren »Beweisen-Sie-das-mal«-Einstellung reagiert, aber Karl schien weniger häufig Äußerungen nur wegen ihres Schockwertes zu machen.

»Die Karte ist inzwischen schon ganz detailliert, nach all der Zeit, die die Messungen jetzt schon laufen. Die Veränderungen von einer Version zur nächsten sind ein bißchen schwer zu erkennen. Ich habe gerade mehrfach zwischen der vorherigen und der aktuellen Kartenversion hin- und hergeschaltet. Ich habe beide Versionen sogar so eingestellt, daß sie einander mehrmals pro Sekunde ablösen.«

»Und?« fragte Robert.

»Und die beiden sind weitgehend identisch, abgesehen von Geräuschfetzen hier und dort. Die Unterschiede zwischen den Versionen beschränken sich weitgehend auf Systemrauschen und die tatsächlichen Abweichungen. Wir sind hier drin in Bewegung. Wir verändern die Karte. Sehen Sie sich mal die Stelle an, wo wir gerade sind.«

Alis brauchte einige Sekunden, um dem Anzugcomputer die richtigen Befehle zu geben, aber schon bald konnte sie sich das flackernde Wechselspiel zweier Karten ansehen, der aktuellen und der vorherigen Version, die hin- und hersprangen.

Die beiden großen Kugelzonen an einer Seite Kantalupes flackerten dabei besonders stark, als ob die Ablesung ihrer Innendaten viel störanfälliger war als die der übrigen Innenwelt Kantalupes.

Alis suchte den aktuellen Standort ihres Teams, und

auf einmal sah sie das Flackern, von dem Karl gesprochen hatte.

»Ich sehe es«, sagte sie. »Unser letzter Fahrtabschnitt auf der Transportkapselroute ist als kaum merkliche Abweichung von der letzten Karte zu sehen. Falls auch Captain Fernandez das bemerkt, könnte er sogar unseren Weg verfolgen.«

»Toll«, sagte Robert. »Wir können also herumfahren und dabei große Buchstaben zeichnen?«

Alis wollte schon eine scharfe Antwort geben, als Karl ruhig sagte: »Gutes Bild. Falls wir alle darüber nachdenken, welche Möglichkeiten sich uns bieten, wie haarsträubend sie auch zunächst aussehen mögen, finden wir vielleicht noch heraus, wie wir das zu unserem Vorteil nutzen können.«

»Hmm«, machte Robert, und bei Alis erweckte dieser Laut den Eindruck, daß Karls Vorschlag sich positiv ausgewirkt, den Augenblick der Herablassung entschärft und Robert dazu gebracht hatte, seine Energie nutzbringender einzusetzen. Zumindest schloß Robert keine sarkastischen Bemerkungen an.

Lucy sagte: »Möchten Sie also sagen, daß wir so dicht an die Oberfläche fahren sollten, wie es geht, um dann auf dieser Höhe in Bewegung zu bleiben?«

»Das ist vielleicht die beste Möglichkeit«, antwortete Karl. »Im Moment fällt mir nichts Besseres ein, was aber keine Garantie ist, daß uns nicht noch klügere Gedanken kommen.«

»Welche der Transportkapselrouten nehmen wir dann?«

»Noch keine«, sagte Alis. »Ich möchte diese Sphäre zunächst erkunden, ehe wir aufbrechen.«

»Wozu die Verzögerung?« fragte Lucy.

»Zum einen machen zehn oder zwanzig Minuten nicht unbedingt viel aus. Zum anderen befinden wir uns hier im Zentrum Kantalupes. Der physische Standort weist schon auf eine gewisse Bedeutung hin. Sie möchten doch nicht fünf Meter von einer Erklärung für Kantalupes Existenz entfernt sein und es gar nicht mitbekommen, oder?«

»Falls wir umkommen, nur weil wir zu lange hier drin festsitzen, und dann niemandem von unseren Entdeckungen erzählen können, ist das eine dieser hochgradig theoretischen Fragen, oder?«

»Na ja, ich wenigstens bin neugierig«, sagte Karl.

»Gut«, sagte Alis. »Dann los, allerseits. Mir nach.« Sie setzte sich in Bewegung, ohne auf weitere Einwände zu warten. Einige Sekunden später blickte sie hinter sich und sah drei Personen, die ihr folgten. Sie konzentrierte sich wieder auf das, was vor ihr lag, und ihre Zuversicht kehrte zum Teil zurück. Sie warf noch einmal einen prüfenden Blick auf die Karte und korrigierte ihren Kurs leicht nach rechts. Der Radarpunkt auf der Karte war schon viel näher. Sie kam erneut an einer Säule zwischen Boden und Decke vorbei, durch die ein Transportschacht führte, und zog sich mit sachten Bewegungen weiter. Bei richtigem Lichteinfall wirkte die milchige Fläche unter ihr fast wie eine Wolkendecke, vorausgesetzt, sie wandte auch leicht den Blick ab. Sie hatte noch nie zuvor einen Flugtraum gehabt, der ihr so seltsam erschienen war.

In kaum mehr als einer Minute hatten die Gefährten fast ein Viertel des Umfangs der Zentralsphäre hinter sich gebracht. Weiter voraus entdeckte Alis eine Störung in der milchigen Außenwand der Sphäre. Sekunden später stoppten die vier, rings um einen dunklen, runden Fleck auf dem Boden verteilt, als träumten sie gemeinsam einen unwirklichen Lagerfeuertraum, in dem das ganze Licht nicht vom Lagerfeuer, sondern von den Köpfen der Leute ringsherum stammte. Alis entschied, daß sie schon zu lange wach war.

»Wieder ein Kaninchenloch?« fragte Robert.

Alis fuhr mit den Handschuhen über die Fläche.

»Na ja«, sagte Lucy, »nichts zu machen. Ich schätze, wir ziehen lieber weiter.«

Alis wollte schon eine Antwort geben, da kam sie mit

der Hand an einen etwas dunkleren Fleck direkt im Mittelpunkt der Scheibe. Abrupt teilte sich diese in zwei Dutzend Dreiecke, die sich alle im Mittelpunkt trafen. Langsam wuchs dort ein Loch, als die Dreiecke an Angelpunkten, die auf dem Umfang der Scheibe lagen, nach innen schwenkten.

»Sieht fast wie eine umgedrehte Venusfliegenfalle aus«, meinte Karl.

Alis richtete das Licht der Helmlampen durch die Öffnung. Sie sah nichts weiter als eine flache weiße Fläche etwa zwei Meter tief im Innern. Öffnungen an zwei Seiten führten weiter hinein, aber versperrten den Blick von hier draußen, als ob die vier am Eingang eines Videotheaters stünden.

»Vielleicht ist es eine Falle«, überlegte Lucy.

Alis schüttelte den Kopf. »Das kann ich nicht akzeptieren. Ich kann die Vorstellung nicht akzeptieren, daß irgendeine Lebensform etwas so Großes nur für diesen simplen Zweck erbauen würde.«

»Ich weiß nicht«, entgegnete Lucy. »Die Pyramiden waren auch ziemlich groß, und sie enthielten Fallen.«

»Okay«, sagte Alis. »Wer hier draußen bleiben möchte, kann das gerne tun. Er sollte aber nicht vor Ablauf von zehn Minuten verschwinden.«

Alis zog sich über den Rand der Scheibe und schwebte unter Ausnutzung des Bewegungsimpulses schräg durch das Loch. Ein weiterer Schatten an der Wand vor ihr zeigte, daß ihr mindestens eine Person folgte.

Die Wand voraus krümmte sich, und Alis schob sich tiefer ins Innere. Schattenfragmente verrieten, daß ihr mindestens zwei Teamgefährten gefolgt waren.

Sie kam um eine weitere Biegung. Ihre Augen weiteten sich, und ihr Atem ging schneller. Etwas vor ihr strahlte Licht aus.

Alis wand sich um zwei weitere Biegungen und erreichte den Raum im absoluten Zentrum Kantalupes. Vor ihr schwebte ein gewaltiges kugelförmiges Hologramm. Sie hatte so viele Versionen von Computerkarten vom Inneren Kantalupes studiert, daß sie sofort wußte, was sie vor sich sah – Kantalupes Bild von sich selbst.

»Wow«, sagte Karl leise.

Alis schaltete die Helmlampen aus. Eins nach dem anderen gingen drei weitere Lampenpaare aus, und das riesige Hologramm zeichnete sich noch deutlicher ab. Die Außenschale war hellgrün getönt. Die Routen der Transportkapseln stachen scharf in Hellgelb hervor. Tausende zusätzlicher Einzelheiten, die von den Sensorenmessungen gar nicht identifiziert worden waren, ließen das Innere Kantalupes so überfüllt erscheinen wie eine 3-D-Ansicht der Station Tokio.

Das Hologramm füllte praktisch den kompletten Raum im Zentrum aus. Die dunklen Wände wiesen deutliche Rillen auf, als hätte Alis hier eine vergrößerte Ansicht von schalldämpfenden Dachziegeln vor Augen.

Alis schwebte vor dem Hologramm und merkte erst jetzt, daß sie bei der konzentrierten Musterung die Wand losgelassen hatte. Sie glitt langsam auf das Hologramm zu, und sobald sie die Außenschale berührte, öffnete sich dort ein großer runder Ausschnitt, durch den sie das Innere deutlicher sehen konnte.

Sie stellte sicher, daß der Recorder des Raumanzugs immer noch lief, und plazierte darauf ein Signal, mit dessen Hilfe sie die entsprechende Stelle leicht finden konnte.

Sie schwebte tiefer ins Hologramm hinein.

Ein Netz aus braunen Ranken durchlief fast das gesamte Volumen Kantalupes. Dort, wo sich die Ranken zwei Baumstämmen näherten, die einander beiderseits des Zentrums gegenüberlagen, wurden sie größer und hatten weniger Ausläufer, und die Analogie zu den Venen und Arterien im menschlichen Körper war unmöglich zu übersehen.

»Es sieht wirklich nach etwas Lebendigem aus, wie?« fragte Karl.

Niemand bestritt das.

Die beiden symmetrischen Klüfte, von denen sie eine besucht hatten, waren dunkelblau gezeichnet. Sie reichten beide näher an die Oberfläche heran, als Alis geglaubt hatte, ehe sie Kantalupes eigene Karte studierte. Sie zündete einen kurzen Schub aus einer Anzugdüse und schwebte näher an die Stelle heran, wo eine der Klüfte der Oberfläche am nächsten kam.

»Vielleicht finden wir dort einen Ausweg«, meinte Lucy. »Das reicht höher als irgendeine der Transportkapseln.«

»Ich begreife das nicht«, sagte Robert. »Ich gebe ja zu, daß dieses Ding eher als etwas Lebendiges erscheint, weniger als eine Konstruktion, die ein, sagen wir mal, Generationenschiff darstellen soll. Ein beträchtlicher Teil Kantalupes muß aber konstruiert sein, absichtlich erzeugt. Ich kann mir nicht vorstellen, daß viele natürliche Lebensformen im Mittelpunkt Hologramme haben und obendrein Haltegriffe für Besucher und Fahrstühle.«

»In gewisser Hinsicht«, sagte Karl, »ähnelt Kantalupe Ihnen ein bißchen, Alis.«

»Wirklich? Was bringt Sie auf diesen Gedanken?«

»Beide Körper sind überwiegend organisch, aber Sie beide haben auch fabrizierte Elemente. Sie haben neue Augen und ein neues Herz. Kantalupe hat Fahrstühle.«

»Oh, das klingt vernünftig«, fand Lucy.

»Ich drücke mich nicht besonders gut aus«, fuhr Karl fort. »Ich möchte nur sagen, daß eine Mischung aus natürlicher Entwicklung mit künstlichen Implantaten nicht unbedingt etwas ist, was wir noch nie erlebt hätten.«

»Stimmt«, sagte Robert. »Kantalupe könnte eine natürliche Lebensform sein, die von irgendeiner Spezies verändert wurde. Oder sie haben es von Anfang an technisch erzeugt. Letzteres mal vorausgesetzt, scheint die Absicht aber nicht gewesen zu sein, ein Generationenschiff zu bauen. Nicht mal auf dem Display kann ich irgendwas entdecken, das nach möglichen Wohnunterkünften aussieht.«

»Es sei denn, die Bewohner unterscheiden sich stark von uns«, sagte Lucy.

»Versteht sich das nicht von selbst? Immerhin käme wohl niemand auf die Idee, daß eine so große Konstruktion nötig wäre, um Lebensformen von Mikrobenformat zu befördern. Die Tunnel und Sprossen deuten auf eine Lebensform hin, die in mindestens der gleichen Größenordnung existiert wie wir, und wir haben bislang weder Spuren solchen Lebens gefunden noch Unterkünfte für Körper dieser Größenordnung.«

Lucy sagte: »Körper von unserer Größe schneiden im Vergleich zu Kantalupe nur wie Mikroben ab. Falls Kantalupe so etwas wie eine riesige Lebensform ist, vielleicht sogar mit Bewußtsein, dann wäre der Versuch einer Kommunikation zwischen uns vergleichbar mit dem Versuch einer Mikrobe, sich einem menschlichen Körper mitzuteilen.«

»Vielleicht. Ich denke jedoch, daß Kantalupe eine künstliche Schöpfung ist, eine lebendige Konstruktion, ein einzelner riesenhafter Organismus, kein Fahrzeug für kleinere Kreaturen. Vielleicht sind einige der Tunnel nur Zugangswege für die Konstrukteure, damit sie ihr Werk direkt inspizieren können.«

Während Alis durch das riesige Display schwebte, entdeckte sie zufällig eine weitere Funktion des Hologramms. Mit einem Handschuh geriet sie in eine Sektion des gelben Transportnetzes. Als sie die Hand zurückzog, formte sich eine lichtdurchlässige Sphäre rings um den Berührungspunkt, und diese Sphäre folgte dann ihrer Handbewegung. Je weiter Alis die Hand zurückzog, desto größer wurde die Sphäre, und darin entdeckte sie die zunehmende Vergrößerung des Volumens in ihrem Mittelpunkt. »Sehen Sie sich das mal an!«

In der Vergrößerungssphäre wuchs die gelbe Linie immer rascher an, als erfolgte die Steuerung des Vorgangs logarithmisch. Eine Sekunde später war die gelbe Linie zu einem Strohhalm geworden, und schließlich zeigte sie sich als Röhre von fast einem Zehntel ihrer tatsächlichen Größe. Solange Alis die Hand aus demselben Stück mal zurückzog, mal wieder hineinschob, schrumpfte oder wuchs die Sphäre, wie an den Handschuh gekettet. Als sie die Hand im rechten Winkel bewegte, also entlang der Sphärenoberfläche, verschwand die Vergrößerung und sah das Display wieder so aus wie zuvor.

Karl meldete sich über Helmfunk bei den anderen. Mit einer Handbewegung vergrößerte er eine Sektion ihrer bisherigen Route. Zunächst vermittelte das Bild in der Sphäre den Eindruck von Wolken, die sich allmählich umformten. »Dort haben wir den Schaden repariert. Wie mir scheint, können wir aus der Darstellung zwei sehr interessante Rückschlüsse ziehen.«

»Und das wären?« fragte Robert schnell, als Karl aus irgendeinem Grund eine Pause einlegte. Alis hoffte, daß nicht stärker werdende Schmerzen dieser Grund waren.

Karl redete weiter, aber die Stimme klang jetzt für Alis' Ohren brüchiger. »Erstens scheint die Reparatur ganz schön schnell zu erfolgen. Zweitens ist das Display dynamisch aufgebaut. Es zeigt uns genau das, was im Moment geschieht, nicht nur irgendeine statistische Darstellung, die Jahrhunderte alt ist. Es muß mit Sensoren überall im Körper Kantalupes verbunden sein.«

Alis nahm Kurs auf die beiden Kugeln an der gegenüberliegenden Seite des Hologramms, denn auf einmal wurde ihr klar, daß sie vielleicht eine Ahnung bestätigen konnte, die sie seit einiger Zeit im Hinterkopf hatte.

Auf der Brücke deutete Captain Fernandez auf die Funken im Zentrum des flackernden Hologramms. »Sehen Sie, genau da.«

Martina Binotell kniff die Augen zusammen und

starrte lange auf das Bild. »Na ja, wenn sie das wirklich sind, wieso halten sie sich dann im Zentrum auf und nicht näher an der Oberfläche? Sie scheinen sich nicht besonders anzustrengen, um wieder herauszukommen.«

Der Captain schüttelte den Kopf. »Ich weiß es nicht. Nussem ist eine gescheite Person, also muß sie einen Grund dafür haben. Das einzig Gute an der Situation ist, daß sie sehr wahrscheinlich nicht von der Sprengung verletzt werden. Ich hatte mir schon Sorgen gemacht, das Team könnte genau im falschen Augenblick einen Weg nach draußen finden. Ich habe sie vorgewarnt, und im Moment könnten sie keinen besser geschützten Platz finden.«

Der Captain blickte auf den Countdown für die Sprengung. Vier Minuten und zweiundfünfzig Sekunden. Unterhalb der Uhr sah er eine Echtzeitaufnahme der Oberfläche Kantalupes. Auf der gegenüberliegenden Seite des Besuchers beschleunigte die Sprengsonde weiterhin in Richtung auf ihr Ziel.

Er betrachtete gerade eine Vergrößerung der holographischen Karte, als er im Augenwinkel eine Bewegung ausmachte und Martina Binotell sagte: »Was geht da vor?«

Auf dem Bildschirm, der Kantalupes Oberfläche zeigte, geschah Außergewöhnliches. Ein riesiger geschwungener Spalt hatte sich innerhalb weniger Sekunden gebildet. Captain Fernandez mußte sich daran erinnern, daß er das Bild von etwas betrachtete, was hundert Kilometer breit war, denn auf dem Monitor hatte es den Anschein, als ob etwas Apfelsinengroßes Risse bekommen würde.

Der Spalt breitete sich rasend schnell über Kantalupe aus. Als der Vorgang stoppte, mußte er fünfzig Kilometer lang sein. Er war schmal, ein gutes Stück weniger als einen Kilometer breit, und das entsprach einer der beiden Klüfte, die sie auf den Sensorenbildern entdeckt hatten. Der Spalt war ungefähr so stark gebogen wie ein schwaches Lächeln, und die Linie verlief wellenförmig, als setzte sie sich aus einer Reihe viel kleinerer wechselnder Linien zusammen.

Captain Fernandez vergrößerte ein Bild, das von der Sprengsonde hereinkam und die gegenüberliegende Seite Kantalupes zeigte. Ein entsprechender Spalt hatte sich auch dort gebildet. Fernandez und Martina Binotell sahen in wortloser Erschütterung zu. Sekunden, nachdem der Wachstumsvorgang der Spalten gestoppt hatte, veränderte sich die Struktur der Dunkelheit entlang beider Klüfte.

Irgendwas Glänzendes bewegte sich dort und kam zum Vorschein.

»Brechen Sie die Sprengung ab!« sagte Captain Fernandez. »Lenken Sie die Sonde um!«

»Ich weiß nicht, ob die Zeit noch reicht«, sagte Martina.

Ihre Aussage war nur die typische regierungsamtliche Verlautbarung, mit der Bürokraten ihren Arsch zu retten versuchten, und kein Einwand, denn sie gab sofort den Befehl.

Die Sonde hatte schon lange genug stark beschleunigt, daß sie sich inzwischen mit fast zehn Prozent der Lichtgeschwindigkeit bewegte. Das Bild aus ihrer Kamera zu betrachten, vermittelte Captain Fernandez ein seltenes Gefühl von Hilflosigkeit. Kantalupe wurde in diesem Bild laufend größer, als die Oberfläche auf einmal doch ganz langsam zur Seite wegrutschte.

Die Kamera der Sonde hatte umgeschwenkt, um die Oberfläche weiter im Bild zu behalten, während der Rumpf der Sonde um neunzig Grad abgedreht hatte, damit der Schub sie in einem Bogen vom Kollisionspunkt wegführte.

Falls sie noch rechtzeitig gehandelt hatten.

»Haben Sie den Sprengsatz entschärft?« fragte der Captain, während er gebannt das zu langsam wechselnde Bild betrachtete.

»Natürlich. Aber falls die Sonde doch aufschlägt, kann alles mögliche passieren.«

Der Captain beugte sich vor. Während sich die Bewegungen auf ganzer Länge der Kluft fortsetzten, wurde aus dem, was zunächst wie ein Zaun ausgesehen hatte, ein mehrere Kilometer langer, niedriger Wall. Das Material, aus dem er bestand, glänzte und schien hauchdünn und war in Abständen von etwa einem Kilometer von dunklen Streben durchzogen. An einem Ende wurde der Zaun immer größer, und ehe man sich's versah, ragte das eine Ende mehrere Kilometer weit in den Weltraum hinaus, das höhere gar zehn oder zwanzig Kilometer weit.

Captain Fernandez spürte ein Kribbeln an Gesicht und Hals, während das Material immer tiefer in den Weltraum vorstieß.

Alis klammerte sich an der Höhlenwand fest und betrachtete erstaunt das Display. Sobald die Veränderungen an den beiden Klüften begonnen hatten, waren sie und die anderen zurückgewichen, um einen besseren Überblick zu haben.

»Denken Sie, daß wir das ausgelöst haben?« fragte Lucy.

Alis riskierte keine Vermutung, und Karl und Robert taten es auch nicht.

»Ich verstehe immer noch nicht, was da passiert«, sagte Robert.

Alis ging es ebenso.

Kantalupe stieß anscheinend aus den Zwillingsklüften Material ins Weltall hinaus. Eine ganz dünne Substanz spannte sich über ein blätterähnliches Netz aus Rippen und schob sich aus den Klüften immer weiter in den Weltraum vor. Das Material im Weltraum war rot getönt, das sich langsam hinausschiebende unterirdische Material hingegen blau. Wo es die Oberfläche erreichte, schien sich ein Akkordeoneffekt auszuwirken, denn für jede

Bewegungseinheit des blauen Materials in der Kluft wuchs das rote Blatt um fünf oder zehn Einheiten über der Oberfläche. Alis mußte an einen orientalischen Fächer denken, der langsam größer wurde, während er auseinanderklappte.

»Flügel«, sagte Karl leise. »Nein, Sonnensegel.«

16
Schwangerschaft

Karl betrachtete das Display. Er fühlte sich benommen, teils wegen der Schmerzen und der Medikamente, teils aufgrund des erstaunlichen Ausblicks. Ein paar riesige Konstruktionen, anscheinend Sonnensegel, wuchsen aus gegenüberliegenden Seiten Kantalupes hinaus wie zwei Tragflächen.

»Ich denke, Sie haben recht«, sagte Alis leise. »Das sieht wirklich nach Sonnensegeln aus.«

Karl mußte sich in einem fort daran erinnern, daß Kantalupe hundert Kilometer Durchmesser hatte. Es fiel einem hier zu leicht, sich die Displaydarstellung als lebensgroß vorzustellen. Selbst im Hologramm wirkten die Konstrukte länger als alle Flügel, die Karl je gesehen hatte. Mit jeweils vielleicht hundert Kilometern Länge von Kantalupes Oberfläche bis zur Spitze waren sie von einer Dimension, die Karl den Atem verschlug. Er fragte sich, ob das eine Halluzination war. Er entschied sich dagegen, aber diese Entscheidung fiel knapp aus.

Einfach erstaunlich! Diese Segel waren groß genug, um ganze Länder in Dunkelheit zu tauchen, wenn Kantalupe zwischen der Erde und der Sonne hindurchflog. Sie waren groß genug, um manche Monde vollständig einzuhüllen, und schienen von einem Giganten erzeugt, der mit Gestein, Schere und Papier herumgespielt hatte.

»Denken Sie, daß das jetzt wirklich passiert?« fragte Lucy. »Oder ist es eine Aufzeichnung oder Demonstration?«

Alis sagte: »Die Hinweise sprechen dafür, daß alle anderen Darstellungen im Display echte aktuelle Gegebenheiten zeigen, also vermute ich, daß es wirklich passiert.«

Robert lachte. »Ich wette, Captain Fernandez ist im Moment wohl aufgeregter als je zuvor oder später in seinem Leben.«

»Ich weiß nicht recht«, entgegnete Lucy. »Ich wäre nicht überrascht, wenn er uns sagt, er hätte schon die ganze Zeit damit gerechnet.«

Karl stieß sich das verletzte Bein leicht an der Wand. Ein schmerzhafter Stich fuhr hindurch und raste bis ganz hinauf an die Schädeldecke. Karl bemühte sich, nicht aufzuschreien. Sekunden vorher hatte er sich mit den Schubdüsen aus dem Zentrum des Displays entfernt, um einen besseren Überblick zu erhalten, und in wachsender Ehrfurcht hatte er alles außer den Sonnensegeln vergessen. Der Schmerz war die Strafe für die Vergeßlichkeit.

»Karl, alles in Ordnung mit Ihnen?« fragte Alis.

Offenkundig hatte er den Aufschrei nicht unterdrücken können. »Mir geht's gut. Ich habe mich nur an der Wand gestoßen.« Er brach ab, als eine weitere Schmerzwelle ihn wie ein Nachbeben der ersten übermannte. »Ich hatte gar nicht vor, so unachtsam zu sein.« Er zündete kurz die Brustdüse und stabilisierte seine Position vor der Wand.

Robert sagte: »Es hatte gar nicht den Anschein, als wäre der Stoß so heftig gewesen. Ich denke, ich steigere lieber die Dosierung der Medikamente.«

»Wenn Sie sie noch viel weiter steigern, kann ich nicht mehr wach bleiben. Ich passe ab jetzt besser auf, okay?«

Robert zögerte. »Okay, aber seien Sie vorsichtig.«

Karl hätte gern darauf hingewiesen, wie sachte der Zusammenstoß mit der Wand gewesen war, aber er fand nicht, daß er damit seine Position untermauert hätte. »Verstanden.«

Die Aufmerksamkeit der Gruppe wanderte von Karl zum holographischen Display zurück, und er fühlte sich wieder wohler.

Inzwischen waren die Segel in der Abbildung so weit aus Kantalupes Rumpf herausgewachsen, daß Karl der optischen Täuschung unterlag, sie würden über die Wände der Zentralhöhle hinausreichen.

Er fing sich gerade noch rechtzeitig ab, ehe er wieder an die Wand stieß. Er brauchte einen Augenblick, ehe er kapierte, was geschah. »Wir werden langsamer. Es sind die Sonnensegel. Kantalupe hat wohl den Bremsvorgang eingeleitet.«

»Einfach erstaunlich«, fand Martina Binotell.

Captain Fernandez schüttelte den Kopf über das, was Tragflächen zu sein schienen, die sich immer weiter ins All ausbreiteten. Er konnte sich nicht so sehr auf den Anblick konzentrieren, wie dieser es verdient gehabt hätte, denn er betrachtete überwiegend den Monitor, der das Bild von der Sprengsonde zeigte. Fernandez hatte so viele Aufzeichnungen eingeschaltet, daß er jede Sekunde mehrere Gigabyte an Informationen einfing.

Die sonnenbeschienene Aussicht hatte in den letzten zwei Minuten durch fünf Vergrößerungsstufen zurückgeschaltet, und Kantalupes Oberfläche wirkte noch so groß wie zuvor. Sie glitt mit zunehmender Geschwindigkeit zur Seite, aber zwischen dem aktuellen Blickfeld und dem Rand war noch reichlich Fläche zu überqueren. Der Schiffscomputer zeigte eine Projektion des Aufschlags und wies dabei seinen Fehlerspielraum als gelbes Band aus. Zwei Drittel des Bandes lagen auf dem Rand Kantalupes, das restliche Drittel – das dem nervösen Captain eher wie ein Zehntel erschien – im freien Raum. Der Grund für den Fehlerspielraum bestand nur darin, daß der Computer der *Ranger* nicht wußte, wie groß der Treibstoffvorrat der Sonde war, so daß er deren Masse nicht genau bestimmen konnte.

Die Sonde war schon ein gutes Stück über die Reichweite der Flügel hinaus, als sie nur noch ein paar Sekunden zurückzulegen hatte. Sie wäre visuell etwa so leicht zu entdecken gewesen wie eine Gewehrkugel, hätte sich die *Ranger* auf der anderen Seite Kantalupes aufgehalten.

In der letzten Flugsekunde tauchte zum erstenmal ein Scheibchen schwarzen Weltraums im Display der Sonde auf. Das Scheibchen wurde breiter. Der Bildschirm wurde dunkel.

»O Gott!« sagte Martina.

Captain Fernandez schluckte schwer. Er betrachtete ein Display von der anderen Seite Kantalupes, übermittelt von einer Orbitalsonde. Er erkannte den Irrtum schon, als sein Blick in diese Richtung wanderte, vielleicht um zu sehen, wie eine riesige Wolke weggesprengten Materials von der Oberfläche aufstieg.

Der Monitor war nicht unbedingt deshalb dunkel geworden, weil die Sonde ausgefallen war.

Und klar doch, schon in der nächsten Sekunde tat die automatische Aufnahmesteuerung der Sondenkamera ihre Arbeit, und Lichtpunkte überfluteten das Bild. Sterne. Die Sonde blickte auf die vor ihr liegenden Sterne.

»Sie hat es geschafft!« rief Martina.

»Ja«, sagte der Captain. Er war überzeugt, daß er auf Martina ruhig wirkte, aber sein Herz raste, und ihm war viel zu warm.

Die Sonde hatte Kantalupe tatsächlich verfehlt.

Der Captain war an ihr jetzt überhaupt nicht mehr interessiert, aber er wußte, daß er sich vor den Bürokraten würde verantworten müssen, falls sie verlorenging. Statt sie einfach davonfliegen zu lassen und sich auf das zu konzentrieren, was sich vor ihm entfaltete, nahm er sich die Zeit für den Steuerungsbefehl an die Sonde, sich um weitere neunzig Grad zu drehen und die Bremsung einzuleiten. Sie hatte wahrscheinlich nicht mehr genug Treibstoff, um stark genug abzubremsen, damit sie im Sonnensystem blieb, aber der Captain hatte wenigstens sein Bestes getan.

Auf dem Hauptbildschirm breiteten sich Kantalupes Schwingen immer mehr aus.

»Wir ziehen uns besser weiter zurück«, sagte Captain Fernandez. Er gab langsam Schub, bis die *Ranger* mit einem g beschleunigte. Der automatische Zoom des Primärbildschirms sorgte dafür, daß Kantalupes Bild gleich groß blieb, während sich das Schiff entfernte. Als die Strukturmerkmale der Oberfläche flacher wurden, bemerkte der Captain die schon vertraute Illusion, daß Sterne aus dem Rund des Horizonts aufstiegen. Er sendete einen einzelnen Befehl an alle Sensoren im Orbit, die Schubtriebwerke einzuschalten und die Orbitalgeschwindigkeit zu wechseln, damit sie sich von Kantalupe entfernten. Später würde er ihnen den Befehl übermitteln, den Schub umzukehren, damit sie eine höhere und langsamere Umlaufbahn erreichten.

Martina Binotell schüttelte langsam und ehrfürchtig den Kopf. Sie mußte sich dieser Reaktion bewußt geworden sein, als der Captain sie anblickte, denn sie hörte auf.

Nach mehreren schweigsamen Minuten schienen Kantalupes Schwingen ihre maximale Spannweite erreicht zu haben. Im voll ausgestreckten Zustand fächerten sie jetzt langsam in eine Konfiguration mit vergrößerter Oberfläche aus. Als sie nach etlichen weiteren Minuten die maximale Oberflächenausdehnung erreicht hatten, drehten sich beide Flügel langsam um fünf oder zehn Grad und bildeten damit eine Konfiguration, die Kantalupe aus dem bisherigen Kurs drücken mußte. Beide Flügel bogen sich leicht unter dem Sonnenwind.

Captain Fernandez verbrachte seine Zeit nur selten mit Rückschau, aber er wußte, daß er die Aufzeichnung dieses Ereignisses immer wieder abspielen würde.

Begleitet von einem *Ping* erschien ein neues Display auf einem bislang ungenutzten Monitor. Kantalupe hatte tatsächlich leicht den Kurs geändert. Die vom Schiffscomputer erzeugte Simulation zeigte sowohl den aktuellen Kurs des Besuchers als auch die Änderungsvektoren. Die Flügel wechselten erneut die Stellung, und weitere Vektoren erschienen auf dem Bildschirm.

Kantalupe wechselte den Kurs, um den Gefahren auszuweichen, die auf dem bisher eingeschlagenen Weg lauerten. Es würde nun Station Hamilton verfehlen, nahm jedoch direkten Kurs auf die Sonne.

Alis betrachtete das Hologramm, als die gewaltigen Flügel ganz leicht umschwenkten. »Sie wissen, was das bedeutet«, sagte sie. »Falls Kantalupe Kurskorrekturen vornehmen kann, dann wird es mit keiner Raumstation kollidieren. Wenn es manövrieren kann, verfügt es sicher auch über einen Mechanismus, um zu sehen, wohin es unterwegs ist.« Ihre Haut kribbelte. Sie hatte immer noch Mühe, die neuen Informationen und all das, was daraus folgte, zu akzeptieren.

»Klingt vernünftig«, meinte Robert. »Aber für uns persönlich sind das wohl schlechte Nachrichten. Die Flügel oder Sonnensegel oder wie immer Sie sie nennen möchten, geben den Menschen draußen einen deutlicheren Hinweis darauf, daß Kantalupe zumindest nach einigen Interpretationen wirklich lebendig ist. Vielleicht war man bislang bereit, uns herauszuschneiden, falls wir uns der Oberfläche nähern, aber jetzt erscheinen vier Menschenleben wahrscheinlich als zu gering im Vergleich zu der Idee, den einzigen außerirdischen Besucher aufzuschneiden, den wir je gesehen haben.«

»Er hat recht«, sagte Lucy. »Wir müssen aus eigener Kraft einen Weg hinaus finden. Irgendwie. Um noch mal auf Ihre guten und schlechten Nachrichten einzugehen: Das ist wirklich der Erstkontakt, und wir stecken mitten drin, um Himmels willen! Unser Leben ist im Vergleich zu anderen Erwägungen jetzt jedoch kaum noch etwas wert. Wahrscheinlich besteht keine Gefahr mehr für irgendeine Raumstation oder für Kantalupe selbst. Niemand wird Kantalupe jetzt mehr beschädigen, um uns zu retten.«

Karl räusperte sich. »Sehen Sie, ich weiß, daß ich nur

noch eine Last bin. Sie drei kommen viel schneller voran, wenn Sie einfach ...«

»Seien Sie still, Karl«, sagte Alis, aber sie sagte es in einem anderen Tonfall, als sie ihn noch vor einer Woche für die gleichen Worte benutzt hätte.

Sie überlegte und entschied dann, daß ihr egal war, ob sie sich dumm anhörte, und brachte ihre Überlegungen vor: »Es könnte noch einen anderen Weg hinaus geben.«

Robert und Lucy gaben anspornende Laute von sich, als Alis noch einmal nachdachte. Sie fuhr fort: »Wir müssen uns erneut einen Teil des Displays ansehen. Ich suche die Stelle auf, wo die beiden Kugeln dargestellt sind. Kommen Sie mit.« Alis gab einen ganz kurzen Schub aus der Rückendüse. Wenige Sekunden und einige Stabilisierungsschübe später schwebte sie neben einer der beiden Sphären. Kurz darauf trafen Lucy und Robert neben ihr ein. Robert schwebte auf der Seite, aber unter den Verhältnissen hier waren oben und unten ziemlich willkürliche Begriffe, und er machte sich nicht die Mühe, seine Position zu ändern. In der holographischen Darstellung waren beide Sphären von grünen Schalen umhüllt, die einen Blick ins Innere erschwerten.

Alis sagte: »Ich glaube zu wissen, was diese beiden Kugeln sind. Ich möchte, daß Sie nachvollziehen, was ich schon getan habe, und mir sagen, was Sie sehen. Rufen Sie die erste Innenkarte ab, auf der diese beiden Merkmale erscheinen, und vergleichen Sie sie mit der aktuellen Karte. Schalten Sie zwischen beiden Versionen hin und her, wie wir es getan haben, um Störungen in der neuesten Ausgabe zu erkennen.«

Sie wartete. Eine halbe Minute später gaben sowohl Lucy als auch Robert Laute von sich, denen zu entnehmen war, daß sie den Vergleich angestellt hatten und vielleicht interessant fanden. »Okay, was sehen Sie dort?«

Lucy sagte: »Beide Kugeln sind anscheinend ein bißchen größer als vorher.«

Robert sagte: »Wirkt auch auf mich so.«

»Mir ist das gleiche aufgefallen«, sagte Alis. »Von allen Zonen Kantalupes sind die Innenräume der beiden Kugeln auf der aktuellen Karte am undeutlichsten. Irgendwelche Theorien dafür?«

Lucy sagte: »Weil das Schalenmaterial ringsherum von den Sensoren am schwersten zu durchdringen ist.«

»Oder weil die Innenbereiche ziemlich gleichförmig aussehen«, meinte Robert.

Karl warf leise ein: »Sie verändern sich.« Er war auf Alis' Wellenlänge.

»Sie verändern sich. Ich denke, daß Karl recht hat. Das Innere beider Sphären könnte sich fortlaufend ändern. Falls das stimmt, würde eine Sensorenmessung des Inneren wenig Daten finden, die von Messung zu Messung gleich blieben; deshalb bliebe die Karte undeutlich und unlesbar.«

»Und das bedeutet?« fragte Lucy.

Robert machte auf einmal *»Mmm«*, als hätte er die Verbindung hergestellt.

Er war der Mediziner unter ihnen und hatte deshalb vielleicht einen Vorteil vor Lucy.

»Denken Sie darüber nach«, sagte Alis. »Wir haben hier eine Kreatur mit kugelförmigem Körper. Innerhalb dieses Körpers gibt es zwei viel kleinere Kugeln, die anscheinend wachsen und sich verändern.«

»Zwillinge«, sagte Karl.

Lucy schnappte nach Luft. »O mein Gott! Möchten Sie damit sagen, daß Kantalupe – schwanger ist?«

Alis sah, wie sich neben ihr jemand bewegte. Karl war zu ihnen gestoßen. Sie wandte sich wieder dem Hologramm der nächstgelegenen kleinen Kugel zu und streckte die Hand hinein. Die Oberfläche verschwand, und das Innere war freigelegt.

»Sie haben recht«, sagte Robert leise. »Das ist erstaunlich.«

Das Kugelinnere sah wirklich nach einer kleineren Ausgabe Kantalupes aus, komplett mit einem kleineren

Netz aus Venen und Arterien – oder was immer das war –, mit Transportkapseln und dem Zentralkern.

Karl mußte lachen, bis anscheinend die Schmerzen diese Reaktion unterbanden. Als er wieder reden konnte, streckte er die Hand aus. »Sehen Sie. Sehen Sie mal dort!«

Er mußte vorrücken, bis sein Handschuh die Schale um eine der beiden Kugeln durchdrang. Er bewegte sich noch ein Stück weit und deutete auf etwas. »Da. Sehen Sie diese beiden winzigen runden Klümpchen? Die Babies werden wohl schwanger geboren!«

Alis entdeckte die blaßgrünen, fast unsichtbaren Klümpchen in dem Moment, als Karl davon sprach. »Erstaunlich!«

Robert war der anderen Kugel näher. Er griff durch die Schale, um das Innere freizulegen, und es war in der Tat eine Kopie der anderen Sphäre. Wahrhaftig, Zwillinge.

Lucy sagte: »Ich gebe ja zu, daß das eine tolle Sache ist, aber Sie sagten etwas von einem Ausweg.«

Alis antwortete: »Denken Sie mal darüber nach. Wir befinden uns im Innern einer schwangeren Kreatur. Die Babies sind in den letzten ein oder zwei Tagen merklich gewachsen und stellen bereits einen beträchtlichen Anteil der Masse Kantalupes.«

»Möchten Sie damit sagen, daß Kantalupe kurz vor der Niederkunft steht?«

»Genau das. Und falls die Zwillinge bald zum Vorschein kommen, können wir sie vielleicht begleiten.«

»Sie könnten sich irren, was die zeitliche Abfolge angeht«, meinte Robert. »Nach allem, was wir wissen, könnten die Babies rasch zu voller Größe heranwachsen und dann doch noch Jahrhunderte reifen, ehe sie zum Vorschein kommen.«

»Das ist möglich, aber ich halte die Zwillinge trotzdem für unsere beste Chance. Vielleicht unsere einzige. Keine der Transportkapseln kommt nahe genug an die Oberfläche, damit wir uns schnell genug einen Weg nach draußen freischneiden können, und auf der *Ranger* wird man Kantalupe wahrscheinlich nicht mehr aufschneiden wollen, da jetzt Hinweise vorliegen, daß es lebendig ist. Sehen Sie eine bessere Möglichkeit?«

Roberts Schweigen war Antwort genug, und auch sonst brachte niemand einen Einwand vor.

»Robert hat recht, was die Zeitfrage angeht«, sagte Karl schließlich. »Selbst wenn wir sofort aufbrechen, könnten wir zu spät kommen, weil Kantalupe vielleicht nur noch Minuten vor der Niederkunft steht. Es ist unmöglich festzustellen. Wir haben aber auch keine andere greifbare Hoffnung, um wieder hinauszukommen.«

Alis sagte: »Das denke ich auch. Wir müssen uns beeilen, nur für alle Fälle.«

»Um so mehr Grund, mich hier . . .«

»Halten Sie den Mund, Karl«, sagte Alis lächelnd. »Das erste, was wir brauchen, ist eine vernünftige Karte vom Zielort.« Sie suchte die Transportkapsel aus, die am dichtesten an den kleineren Versionen Kantalupes vorbeiführte. Alis bewegte sich so schnell, wie sie es in der Schwerelosigkeit konnte, spürte der Route nach, streckte die Hand danach aus und zog sie weit genug zurück, damit die Vergrößerungsblase ein brauchbares Niveau an Details erreichte. Sobald Alis die Informationen auf Video aufgezeichnet hatte, konnte sie immer wieder Abschnitte davon abspielen und das Display noch weiter vergrößern.

Sie entdeckte den Haltepunkt, der den Zwillingen am nächsten lag, und vergrößerte die Darstellung der Zone zwischen dem Haltepunkt und dem nächstgelegenen Zwilling. Zwischen den beiden interessanten Zonen verlief ein gewundener, ungleichmäßiger Tunnel, der Alis an die 3-D-Ansicht eines Darmabschnitts erinnerte. Sie folgte dem Tunnel und erhielt bessere Einblicke in die verschiedenen Sektionen.

»Okay, brechen wir auf«, sagte sie. »Und Karl, falls Sie

mir noch mal mit diesem Scheiß kommen, wir sollten Sie zurücklassen, schalte ich einfach Ihren Funkkanal ab. Wir kommen hier raus – wir alle.«

»Aye, aye, Ma'am.« Karls Worte wiesen einen Unterton auf, den Alis als Erleichterung interpretierte – Erleichterung darüber, daß er sein Angebot gemacht hatte und sich jetzt nicht mehr so schuldig zu fühlen brauchte.

Alis flog mit Hilfe ihrer Schubdüsen zu der Stelle zurück, wo sie, wenn sie sich richtig erinnerte, in die Zentralkammer gelangt war. »Robert, Sie haben die Wache, bis wir in der Transportkapsel sind. Achten Sie darauf, daß Karl mitkommt.«

»Gern.«

Auf dem Weg hinaus schaltete Alis wieder die Helmlampen ein. Sie war dankbar, daß ihr manchmal zuverlässiger, manchmal aber auch katastrophaler Richtungssinn sie diesmal nicht im Stich gelassen hatte. Ein oder zwei Minuten später hatten sie alle wieder die weiße Schicht rings um die Zentralkammer erreicht.

Alis konsultierte ihre Karte, orientierte sich neu und wandte sich nach rechts in die Richtung, die ihr vorschwebte. Die anderen folgten ihr.

Ein paar Minuten später stoppte sie vor einem Kapselhaltepunkt. »Kontrollieren Sie auch noch mal, um sicherzustellen, daß dies hier die Kapsel ist, die uns zu den Zwillingen bringt. Wir können es uns wirklich nicht leisten, die falsche Route zu nehmen.«

Einige Sekunden später bestätigten sowohl Lucy als auch Robert den Standort. Alis drückte auf das Zentrum der runden Tür, und sie ging auf.

Erst, als alle vier in der Kapsel waren und diese ihre vertraute Rotation aufgenommen hatte, nahm Alis sich die Zeit für Zweifel.

17
Meeresstille

Alis rutschte in eine andere Position. Die Rotation der Kapsel hatte vor mehreren Minuten ihre Normalgeschwindigkeit erreicht, aber Alis spürte allmählich einen Zug zur Seite, etwas, was ihr bei den bisherigen Fahrten nicht aufgefallen war.

Robert sagte: »Es fühlt sich so an, als würden wir nicht nur rotieren, sondern auch beschleunigen.«

»Richtig«, sagte Lucy. »Auf dem Weg nach unten sind wir meist einfach nur gefallen. Wahrscheinlich beschleunigt die Kapsel um so mehr, je höher sie kommt und je mehr die Schwerkraft zunimmt. Sie muß jetzt horizontal rotieren.«

Alis fand eine etwas bequemere Haltung. Sie fragte sich, wie es Karl wohl ging, und plötzlich fiel ihr auf, daß sie seit dem Einstieg in die Kapsel nichts mehr von ihm gehört hatte. Ohne recht zu wissen, warum sie nicht einfach den offenen Kanal benutzte, öffnete sie mit einem Augenblinzeln einen Privatkanal und fragte in die Stille hinein: »Karl, sind Sie okay?«

Nichts.

»Karl, wie geht es Ihnen?«

Endlich verkündete ein leises Läuten, daß Karl den Privatanruf angenommen hatte. Einen Augenblick später sagte er: »Gut.« Es kam nur mühsam hervor.

»Sind Sie sicher? Sie klingen gar nicht danach.«

»Ich komme wieder in Ordnung«, sagte er. Er lag reglos auf der anderen Seite der Kapsel, Alis gegenüber, aber seine Stimme hörte sich so an, als würde er gleichzeitig ein paar hundert Kilo stemmen.

»Haben Sie mal mit Robert über eine stärkere Dosierung gesprochen? Sie hören sich wirklich schlecht an.«

»Falls ich bewußtlos werde, nütze ich niemandem mehr etwas.«

»Sie können eine Pause gebrauchen. Wir tragen Sie notfalls; es ist ja ohnehin nicht so, als ob die Schwerkraft besonders hoch wäre.«

Karl sagte für den größeren Teil einer Minute nichts. In dieser Zeit verstärkte die Helmfunkanlage die Stille und das Geräusch seines qualvoll mühsamen Atems. Endlich meldete er sich wieder. »Versprechen Sie mir etwas? Ich weiß, daß Sie mir nichts schulden.«

»Was für ein Versprechen?«

»Falls Sie – mich zurücklassen müssen – sagen Sie es mir einfach? Lassen Sie mich nicht schlafend zurück, ohne etwas zu sagen.«

»Ich verspreche es.«

Karls Atem schien ein klein wenig ruhiger zu gehen, aber er sagte nichts mehr.

Nach ein paar Minuten fragte Alis: »Weshalb haben Sie darum gebeten? Wir hätten Sie ohnehin nicht einfach zurückgelassen.«

»Es ist nichts. Ich schätze, ich mag einfach saubere Abschlüsse.« Karl probierte ein kurzes Lachen, aber es verwandelte sich in eine Folge schmerzhafter Laute, die entweder Lachen oder Weinen waren.

»Sagen Sie es mir. Bitte. Ich verrate es auch niemandem.«

Sie dachte schon, daß er gar nicht mehr antworten würde, aber die Schmerzen mußten seine Abwehrmechanismen untergraben haben, denn endlich sagte er: »Mein Dad ist weggegangen, als ich sechs war. Ich erfuhr es am nächsten Morgen, als Mom es uns erzählt hat. Ich habe ihn – seitdem nicht mehr gesehen. Mir schien es nicht sehr – fair – so zu gehen.«

»Gott, Karl, es tut mir leid!«

»Es ist lange her.«

Nicht so lange, daß es nicht mehr weh tun würde, dachte sie. »Ich verspreche Ihnen, Sie nicht im Stich zu lassen.«

»Nein, ist schon okay, wenn Sie es tun. Sie werden es wahrscheinlich müssen. Tun Sie es nur nicht – ohne Lebewohl zu sagen.« Karl schluckte. »Das wird Sie nicht zu sehr aufhalten.«

»Ich verspreche es Ihnen.« Alis' Hand bewegte sich wie aus eigenem Willen. Sie spürte, wie sie am liebsten Karls Hand berührt, ihm einen Arm um die Schultern gelegt, irgendeinen echten Kontakt hergestellt hätte. Der Augenblick erschien ihr unwirklich – sie in ihrem Raumanzug und Karl auf der anderen Seite der Kapsel; sie konnte im Moment nicht mal seine Augen erkennen. Sie stellte fest, daß er sein Helmvisier absichtlich abgedunkelt hatte.

Ohne richtig darüber nachzudenken, versetzte Alis ihre Augen in den Teleobjektivmodus und verstärkte den Kontrast. Sie konnte Karls Gesicht durch das graue Helmvisier verschwommen erkennen.

Er kniff die Augen zu, und aus einem lief eine Träne. Sie konnte nicht feststellen, ob es an den jetzigen Schmerzen lag, dem Schmerz aus der Vergangenheit oder beidem.

Etwas verkrampfte sich in ihr, und sie schien die gleichen Schmerzen zu empfinden. Nur einen Augenblick später wurde ihr klar, daß sie spionierte. Sie fühlte sich auf einmal verlegen, versetzte die Augen blinzelnd in »Normalsicht« zurück und konnte von Karl nur noch das erkennen, was auch Robert oder Lucy sahen. Sie fragte sich, ob Karl gespürt hatte, wie sie eindrang.

Einen Moment später sagte Karl, fast als hätte er bemerkt, wie sie ihn betrachtete: »Danke, Alis.«

Sie fühlte sich noch schuldiger und fragte sich, ob er mitbekommen hatte, wie sie ihn erst ansah und sich dann wieder zurückzog. Das war albern. Offenkundig dankte er ihr für das Versprechen. Sie mußte sich räuspern. »Es ist auch nicht mehr, als Sie für mich tun würden.«

»Ich wünschte immer noch, ich wäre nicht in diesem

Shuttle gewesen. Es war richtig hart, daß andere Leute dachten, mir wäre ein Pilotenfehler unterlaufen oder so was. Daß Sie es auch dachten, war ...« Er hustete. »Das hat mir überhaupt nicht gefallen.«

Irgendwie beschwor das, was er gesagt hatte, den Eindruck letzter Worte herauf, von Dingen, die in den letzten Minuten eines Lebens gesagt wurden, wenn die Last der Schmerzen und der Angst irgendwie alles Lügen unmöglich machte und dem Körper die Fähigkeit dazu förmlich entriß.

»Ich glaube Ihnen, Karl. Nennen Sie mich ruhig leichtgläubig.«

»Das finde ich nicht. Sie sind eine sehr gescheite Lady, Alis. Ich wünschte mir wirklich, ich hätte Sie unter anderen Umständen kennengelernt.«

Ich auch, dachte Alis. »Sie reden, als ob Sie sterben würden. Das werde ich aber nicht zulassen.«

»Wir tun nicht immer das, was wir uns zunächst vorgenommen hatten.«

Alis dachte über die Möglichkeit nach, daß die Zwillinge Kantalupe nicht rechtzeitig verlassen würden, um die Gruppe zu retten. Und sie dachte über die Chancen nach, daß die Geburt zu früh erfolgte oder daß sie zwar rechtzeitig geschah, die Zwillinge aber das Team auf dem Weg nach draußen zerquetschen würden. Sie versuchte gerade, sich zwanghaft von diesem Thema abzulenken, als ihr bewußt wurde, wie seltsam es war, daß sie und Karl direkt vor Roberts und Lucys Nase ein Privatgespräch führen konnten. Genausogut konnten Robert und Lucy gerade selbst ein Gespräch führen, von dem sie, Alis, nie etwas erfuhr. »Versuchen Sie etwas zu schlafen, Karl. Wir brauchen vielleicht noch Ihre Kraft.«

»Klar.« Karl mußte lachen, brach aber schnell wieder ab. »Es könnte nötig werden, daß ich meine Superkräfte einsetze und einen Tunnel zur Oberfläche stanze.«

Alis sagte nichts, aber sie lächelte.

Einige Augenblicke später sagte Karl: »Danke, Alis. Ich

fühle mich besser. Normalerweise halte ich mich nicht für einen Jammerlappen.«

»Sie jammern nicht. Sie sind nur ein Mensch.«

Während die Kapsel weiter nach oben fuhr, fragte sich Alis, ob sie der Jammerlappen gewesen war, als sie sich über die Operationen und die Implantate beklagte. Vielleicht hatte sie überzogen reagiert. Aber die Tatsache, daß sie diese Gefühle hatte und diese Reaktion zeigte – auf verdrehte Art und Weise konnte sie dem entnehmen, daß sie nicht war, was sie zu sein fürchtete. Eine Maschine hätte solche Sorgen nicht gehabt. Vielleicht galt der Ausdruck »nur ein Mensch« ja gleichermaßen für sie.

Sie wußte immer noch nicht, wo ein Mensch endete und eine Konstruktion anfing. Die Menschen hatten sich künstliche Zähne einsetzen lassen, bis sie durch Genzüchtungen abgelöst wurden. Sie hatten Hörgeräte und Brillen getragen, ehe Operationen und Gentechnik das unnötig machten. War ein künstliches Herz schlechter als ein Transplantat? Falls Alis inzwischen eine künstliche Konstruktion war, zweifelte sie ernstlich daran, daß sie noch Zorn, Neugier und – zum erstenmal seit viel zu langer Zeit – Hoffnung empfunden hätte.

Ihre neuen Augen wurden nie müde, und an müden Augen hatte sie früher zuerst gespürt, daß sie erschöpft war. In der Gesprächspause wurde ihr jetzt deutlicher bewußt, wie wund sich die Arme anfühlten und wie leicht es ihr fiel, die Augen zu schließen. Die Vorstellung, im Raumanzug einzuschlafen, hatte nicht mal mehr etwas Unbequemes an sich. Sie schwebte davon.

Alis fuhr aus dem Schlaf hoch, als die Kapsel ihre Rotation abbremste und schließlich anhielt.

Die Schwerkraft war nach wie vor so gering, daß sie zu einem orgienhaften Wirrwarr von Körpern beitrug, die durch die Kapsel purzelten.

»Das ist noch nicht der richtige Haltepunkt«, sagte Robert.

Nachdem sie ein paar Minuten gewartet hatten, gelangten sie zu dem Schluß, daß die Kapsel erst dann weiterfahren würde, nachdem die Tür einmal auf- und wieder zugegangen war. Die Theorie erwies sich als richtig.

Sobald die Kapsel die reguläre Rotation erneut aufgenommen hatte, schlief Alis rascher ein als in ihren Kindertagen. Sie träumte von Achterbahnfahrten, von rotierenden Raumstationen und Waschmaschinen.

Als sie schließlich den richtigen Haltepunkt erreicht hatten, war Alis noch so müde wie zuvor, aber dazu kam jetzt die für Schlafentzug typische Verärgerung darüber, viel zu früh geweckt worden zu sein.

Die Kapseltür führte in einen Raum, grob kugelförmig und doppelt so groß wie Alis. Die Innenfläche war eine glatte, ins Türkis spielende strukturierte Mischung aus Grün- und Brauntönen. An gegenüberliegenden Seiten führten runde Öffnungen in ähnliche Kugelräume, und die Gefährten hatten den Eindruck, sie wären mitten in einer Kette aus hohlen Perlen gelandet, die miteinander verschmolzen waren und keine Schnur mehr brauchten.

Die Teamgefährten wechselten nur wenige Worte, als sie aus der Kapsel stiegen. Menschen wirkten in Raumanzügen immer steifer als sonst, aber Alis fand, daß Karl am schlimmsten aussah. Er zog sich in die Richtung, in die er wollte, und die Beine schwebten einfach mit dem restlichen Körper hinterdrein, ohne daß man unterhalb der Brust eine Bewegung hätte erkennen können.

Falls Karl starb, beliefen sich die Verluste auf die Hälfte des ursprünglichen Teams. Alis vermutete, daß es grausame Witze über die Halbe Nussem geben würde, falls sie und die anderen ohne Karl hinauskamen, aber sie scherte sich keinen Deut um diese Möglichkeit. Karl zu verlieren wäre für sie eine ganz eigene Krise, und es wäre ihre schmerzlichste Erfahrung seit dem Unfall. Tatsächlich würde sein Verlust sie sogar, wie ihr plötzlich klar wurde, mehr schmerzen als der Unfall. Zumindest war sie hier und immer noch am Leben, mit intaktem Hirn und Intellekt.

Vielleicht lag es an ihrer Müdigkeit, vielleicht an der Nachdenklichkeit, die die Gespräche mit Karl ausgelöst hatten, jedenfalls erlebte sie eine Umkehr der Wahrnehmung, ähnlich der Skizze, die mal eine alte Frau, mal eine junge Frau zeigte, je nach Blickwinkel. Auf einmal wußte sie nicht mehr, warum sie so stark auf ein paar Ersatzteile reagiert hatte. Besonders solange sie in diesem Raumanzug steckte, konnte ohnehin niemand feststellen, ob sie »normal« aussah oder nicht.

»Dort entlang kommen wir zu den Zwillingen«, sagte Robert. Er deutete auf den runden Durchgang links von Alis.

»Schön«, sagte Alis. »Karl, schaffen Sie das?«

»Darauf können Sie wetten.« Sein Tonfall deutete an, daß gezwungener Optimismus die meisten Zweifel weggespült hatte.

»Also in Ordnung. Robert, Sie übernehmen die Führung, dann kommen Sie, Lucy. Als nächster Sie, Karl, und ich folge Ihnen.«

Robert zog sich durch die runde Öffnung in der Kammerwand. Als Karl an die Reihe kam, schaffte er es aus eigener Kraft, aber er bewegte sich immer noch steif, als würden seine Knie blockieren. Alis zog sich hinter ihm hindurch. Die Öffnung durchmaß etwa einen Meter, so daß kein Risiko bestand, darin steckenzubleiben. In der nächsten Kammer gab es keine Transportkapseltür zwischen den beiden Durchgängen, aber ansonsten war sie der bisherigen ganz ähnlich.

Alis überwand sich, lange genug zu warten, bis Karl die Kammer verlassen hatte. Dann übersprang sie die bescheidene Lücke und landete im gegenüberliegenden Ausgang. Karl war der langsamste, denn in seiner Verfassung mußte er sich durch die Öffnung ziehen, über den geschwungenen Boden hinwegmanövrieren und die nächste Öffnung durchqueren. Alis überlegte sich, wie man eine Trage oder sowas hätte konstruieren können, um es ihm leichter zu machen, aber ihr fiel nichts Passendes ein. Schon die geringe Schwerkraft reichte, um das zu erschweren.

Der ständige Ablauf gleicher Eindrücke allein gestaltete das Fortkommen schon langweilig, ungeachtet des Gefühls der Dringlichkeit, das sie daran hinderte, sich einfach hinzulegen und zwölf Stunden lang zu schlafen. Alis fand reichlich Zeit, um darüber nachzudenken, warum die Kapsel nicht näher an die Zielzone herangefahren war, und gelangte zu dem Schluß, daß Kantalupe immer eine Million Aspekte behalten würde, die niemand verstand. Die Vorstellung, daß Kantalupe offensichtlich im Begriff stand, sowas wie eine Mutter zu werden, erschien Alis weiterhin so fremdartig wie alles andere hier.

Alis betrachtete sich gelegentlich den aktuellen Standort der Gruppe auf dem Kartendisplay, nur um sicherzustellen, daß sie sich weiterhin in die richtige Richtung bewegten. Die Geschwindigkeit, mit der sie vorankamen, wirkte nur dann ermutigend, wenn sie eine extreme Vergrößerung einschaltete.

Der Abstand wurde schließlich doch schmaler. Ohne einen Blick auf die Uhr konnte Alis nicht sagen, ob die Reise bislang eine Stunde oder fünf Stunden gedauert hatte. Als Robert sagte »Sieht so aus, als wären wir da«, hielt sie es für das Wunderbarste, was Robert je zu ihr gesagt hatte. Und das konnte gut sein.

Eine Minute später schwebten die vier an einem weiteren Schnittpunkt. Der Tunnel endete an einer großen runden Stelle, die anscheinend eine geschlossene Tür war. Sie hatte die gleichen gerippten Kanten ringsherum wie die Türen zu den Transportkapseln. Links und rechts erstreckte sich ein kleinerer Korridor weit genug in beide Richtungen, daß man die Endpunkte nicht mit den Helmlampen erreichte.

Karl ließ sich auf den Boden hinabsinken, während Lucy sich der Tür näherte. Sie hob die Hand und hielt inne, als würde sie Anstalten treffen, an die Tür zu klopfen.

»Irgendwelche Einwände?« fragte sie.

»Nur zu«, sagte Alis.

Lucy faßte an den Mittelpunkt der Tür. Alis hatte sich so daran gewöhnt, daß die Türen der Transportkapseln aufgingen, wenn man sie anfaßte, daß sie ganz überrascht war, als diese Tür geschlossen blieb – falls sie überhaupt eine Tür war.

Lucy drückte fester zu. Robert gesellte sich zu ihr und tastete überall an der Fläche herum, wie jemand, der absichtlich Fingerabdrücke hinterlassen wollte. Die Tür blieb geschlossen.

»Vielleicht muß man einen bestimmten Anklopfcode kennen«, sagte Karl.

»Vielleicht ist es keine Tür«, meinte Lucy.

»Oder vielleicht ist sie verschlossen«, sagte Robert. »Das könnte sogar ein gutes Zeichen sein. Falls unsere Annahmen stimmen und diese beiden Neugeborenen bald hinausfliegen, dann ist der Bereich hier womöglich für diesen Zeitraum abgesperrt.«

Alis sagte: »Er könnte ständig abgesperrt sein. Vielleicht bräuchten wir ein Paßwort oder so was.« Sie blickte in beide Seitenkorridore. Ihrer Aufnahme zufolge mußten sie sich außen um den Hohlraum ziehen. »Lucy, sehen Sie sich mal den Korridor links an. Suchen Sie dort nach einer anderen Tür. Robert, nehmen Sie den rechten Gang, ja?«

Die beiden bestätigten den Befehl und entfernten sich in entgegengesetzte Richtungen. Alis näherte sich der runden Fläche vor ihr und drückte daran, nur um sich dann dumm vorzukommen. Als ob ihre Berührung etwas Besonderes wäre und Lucy und Robert es nicht »richtig« gemacht hätten. Und natürlich geschah nichts.

»Es war ein guter Versuch«, sagte Karl mit einem Lächeln in der Stimme.

Früher hätte Alis vielleicht das Gefühl gehabt, ausgelacht zu werden. Jetzt fand sie eher, daß jemand mit ihr lachte. »Man kann nie wissen.«

Karl sagte: »Ich habe zu oft das gleiche getan. Wenn ein Freund einen kaputten Taschenrechner hat oder sein Telefon keine Verbindung herstellt, möchte ich das Gerät immer selbst in die Hand nehmen und wieder hinkriegen, ehe ich jemandem, der absolut vertrauenswürdig ist, auch glaube und die Tatsache akzeptiere, daß es wirklich kaputt ist.«

Alis sank neben Karl zum Boden hinab und glitt gleichzeitig auch in ernstere Stimmung ab. »Meine Mom hat eines Morgens meine Katze tot aufgefunden. Pepper war fast sechzehn und schon seit ein paar Monaten ganz teilnahmslos gewesen, bei allem, was wir probiert haben, aber ich konnte es trotzdem nicht glauben, bis ich es selbst gesehen hatte.«

»Das muß Ausdruck unserer skeptischen Natur sein. Falls wir alles glaubten, was uns die Leute erzählen, wären wir ganz schön leicht zu manipulieren.«

»Vielleicht«, sagte Alis langsam, »sind wir manchmal zu schnell mit Zweifeln bei der Hand, wenn man uns etwas erzählt.«

»Hat man mir auch gesagt.« Wieder war das Lächeln in Karls Stimme unverkennbar.

Alis überließ sich für ein oder zwei Minuten ihren Gedanken, ehe sie sagte: »Lucy, Robert: Suchen Sie noch fünf Minuten und kommen Sie dann zurück, falls Sie nichts gefunden haben.«

»Roger«, antwortete Robert.

»Wird gemacht«, sagte Lucy.

Alis stieg wieder hoch und drückte erneut auf die Tür,

wiederum ohne Ergebnis. Sie fand es einfach unfair, daß sie sich endlich lebendiger fühlte als seit mehreren Jahren und der Tod ausgerechnet diesen Moment aussuchte, um ihr so dicht auf die Pelle zu rücken, daß sie seinen Atem im Nacken spürte. Sie trat gegen die Tür und erreichte damit nicht mehr, als das Gleichgewicht zu verlieren und rückwärts zu stolpern.

»Versetzen Sie ihr für mich noch einen Tritt, ja?« sagte Karl.

»Das täte ich auch, wenn ich fände, daß es was nützen würde.«

Lucy kehrte unmittelbar vor Robert zurück. »Das hier muß die einzige Tür in der Umgebung sein«, sagte sie. »Was denken Sie – wie sollen wir uns hindurchschneiden?«

»Ich habe versucht, mir was anderes auszudenken«, sagte Alis. »Ich denke, sie wird von selbst wieder heilen, aber im Grunde gefällt mir die Idee nicht, daß wir uns den Weg einfach mit dem Messer bahnen.«

»Ist auch nicht nötig«, warf Robert ein. »Wir können den Schweißbrenner benutzen. Wir benötigen dessen größeren Kraftaufwand wahrscheinlich sowieso, und es würde sich eh nicht lohnen, die Energie für später zu sparen.«

Alis schüttelte den Kopf. »Mein Einwand galt nicht dem Instrument. Mir gefällt es nicht, Kantalupe zu verletzen.«

»Wie Sie schon sagten: Es wächst nach.«

»Haben Sie eine Meinung dazu, Karl?« Alis kam sich für einen Augenblick töricht vor, weil sie jemanden um Rat bat, der zur Zeit ihrem Befehl unterstand, besonders Karl, aber sie stellte fest, daß seine Meinung für sie wichtig war.

»Ich denke, die anderen haben recht. Das ist eine der Gelegenheiten, wo es nicht hilft, eine schmerzliche Entscheidung hinauszuschieben. Es könnte ohnehin schon zu spät sein.«

Alis drehte sich zu Robert um, der schon einen Schweißbrenner bereithielt. »Fangen Sie an.«

Robert drückte den Schalter, und eine helle Flamme aus blauem Licht leuchtete auf, so daß sich Alis' Helmvisier abdunkelte und sich ihre Pupillen zusammmenzogen.

Alis sagte: »Ich möchte, daß alle sofort hindurchgehen, wenn die Öffnung groß genug ist.«

Sie rappelte sich wieder auf und sah zu, wie Robert mit dem Schweißbrenner langsam einen Spalt durch die Tür schnitt. Irgendwie erinnerte er sie an einen Safeknacker aus alter Zeit, der eine Tresortür aufschnitt.

Zuerst glaubte Alis, Robert würde einen großen Kreis herausschneiden, aber dann sah sie, daß er auf der Grundlage seiner medizinischen Ausbildung eine klügere Lösung gefunden hatte. Er beendete den Kreis nicht, sondern schnitt so etwas wie einen Halbmond heraus. So konnten sie, vermutete Alis, die Klappe umschlagen, hindurchgehen und das Material wieder an Ort und Stelle ziehen, damit der Heilungsvorgang so leicht wie möglich vonstatten ging.

Alis schätzte, daß Robert etwa drei Viertel des beabsichtigten Schnitts durchgeführt hatte, als Lucy aufschrie.

»Da bewegt sich was!« rief sie. »Was zum ...«

Alis richtete die Helmlampen auf sie. Lucy wand sich hin und her. Ihre Stiefel steckten schon ganz in einem milchigweißen Schleim. In den gerade mal ein oder zwei Sekunden, die Alis zusah, stieg der Schleim schon höher.

»Mir gefällt nicht, wie das aussieht«, sagte Karl. Er kämpfte darum, sich aufzusetzen.

Alis folgte der Richtung von Karls Helmlampen. Der Korridorboden hinter Lucy wirkte klumpig und lebendig. Eine milchweiße Flüssigkeit sickerte aus den Wänden auf den Tunnelboden. Sie stieg und fiel dort, als würde sie kochen, aber mit jedem Steigen und Fallen sprudelte mehr Masse auf das Team zu.

18
Fortpflanzung

Alis riskierte kurz, den Blick vom Korridorboden und dem sickernden Schleim abzuwenden. Was sie sah, trieb ihren Adrenalinspiegel noch höher. Weitere milchweiße Flüssigkeit strömte aus der anderen Richtung heran. Nur der große, gewundene Korridor, der von der Transportkapsel hierher geführt hatte, war noch sauber. Sie konnten allerdings nicht dorthin zurück. Falls sie es taten, kamen sie vielleicht nie mehr rechtzeitig hier durch.

»Schneiden Sie weiter, Robert!« sagte sie. »Wir kümmern uns um das hier.«

»Sind Sie sicher?« fragte Lucy. Sie zückte den eigenen Schweißbrenner, ehe ihr der Schleim über die Knie stieg. Die Fingerspitzen des linken Handschuhs steckten bereits darin fest.

Alis nahm den eigenen Schweißbrenner vom Handgelenk, zog das Kabel mehrere Zentimeter weit aus und drückte sich das Instrument in die Handfläche. Sie schaltete es ein. Mit den Füßen steckte sie schon fest, obwohl sie versucht hatte, die Beine in Bewegung zu halten. Sie fühlte sich wie eine Fliege, die in Sekundenkleber geraten war, während das Zeug rings um den Raumanzug hochstieg. Auf dem Boden erreichte die Schicht aus Schleim noch nicht die Oberseite der Stiefel.

Sie zog die blaue Flamme des Schweißbrenners durch den Schleim und versuchte, sich aus der Falle zu befreien, ohne den Raumanzug der blauen Acetylenflamme auszusetzen. In einem Augenblick der Panik hatte sie das Gefühl, eine Spinne würde im Dunkeln auf ihrem Rücken landen, und sie verlor beinahe die Kontrolle über den Schweißbrenner und schnitt sich durch den Handschuh.

Im Augenwinkel sah sie, daß Robert mit seiner Arbeit fertig geworden war. Er hielt die Klappe mit einer Hand auf, und mit der anderen half er dabei, den Kleister wegzuschneiden.

Alis blickte zurück und sah, daß es Karl am schlimmsten erwischt hatte. Er hatte auf dem Boden gesessen, als der Schleimfluß einsetzte, und war bereits zur Hälfte darin versunken.

Sie schwang ein ums anderemal den Schweißbrenner und fand gerade die richtige Geschwindigkeit – schnell genug, um voranzukommen, und langsam genug, damit die Flamme den Kleister voll erwischte.

Das Zeug erinnerte in mancher Hinsicht an Plastik. Der von der Flamme unberührte Kleister floß wie erhitzter Kunststoff, und nachdem er lange genug an einer Fläche geklebt hatte, verfestigte er sich zu etwas, was mehr wie starres Plastik war.

Wenn Alis mit dem Schweißbrenner hindurchfuhr, erzeugte sie eine Barriere, die mehr wie festes Plastik war und den weiteren Fluß verhinderte, zumindest vorläufig.

Karl hörte auf, sich zu bewegen. Er hatte seinen Schweißbrenner gar nicht einsetzen können, da das Gerät zu Beginn zu dicht am Boden gewesen war. Sein Raumanzug schien förmlich mit dem Tunnelboden zu verschmelzen.

»Nein, verdammt!« kreischte Alis. Sie hatte schließlich genug Schmiere weggeschnitten, um sich wieder bewegen zu können, und sie trat auf die versengten Flächen aus dunkel gewordenem Kleister. Sie erreichte Karl.

»Wir müssen uns beeilen«, sagte Robert.

»Wir müssen Karl holen«, sagte sie. Es war eine mechanische Äußerung, im Grunde kein Argument, eher die Erläuterung einer kosmischen Wahrheit für jemanden, der nicht klar dachte. Sie schnitt ein ums andere Mal rings um Karls Raumanzug herum und kam ihm dabei so nahe, daß sie an einer Stelle fürchtete, sie hätte seinen

Ärmel aufgeschnitten. Vielleicht diente der Kleister ja als Flicken, falls das wirklich passiert war.

Ein kurzer Blick zeigte ihr, daß Lucy auch noch mit dem Schweißbrenner arbeitete und in langen Schwüngen eine Barriere erzeugte, die den Schleim daran hinderte, aus einem der Tunnels zu fließen.

Nach einer Zeitspanne, die vielleicht Alis' halbes Leben gedauert hatte, vielleicht nur zwanzig Sekunden, bewegte sich Karl wieder.

Sie löste seinen Schweißbrenner aus der Halterung und drückte ihm das Gerät in die Hand. Sekunden später arbeitete er schon selbst daran, den Kleister auf seiner anderen Seite wegzuschneiden. Wie Alis dankbar feststellte, war der Schleim so zähflüssig, daß nicht viel davon unter Karl gesickert war.

»Kommen Sie schon!« schrie Robert. Alis blickte auf und geriet fast in Panik. Wie Melasse, die sich in Zeitlupe bewegte, rollte eine Miniaturflut aus weiterem Schleim auf sie zu.

Karl war beinahe frei. Sie konnte ihn nicht zurücklassen, nicht so kurz vor dem Ziel.

Karl sah das anders. »Verschwinden Sie! Die Zeit reicht nicht!«

Alis war es noch nie leichter gefallen, Widerspruch zu erheben. »Schneiden Sie weiter! Sie kommen mit!« Sie löste den Griff um ihren Schweißbrenner, und er schaltete sich ab.

Karl steckte nur noch mit einem Fuß fest. Mit einer Hand hielt Alis sich an Robert fest, während sie mit der anderen Karl auf sich zuzog. Sie hoffte, daß sein Fuß freikam, ohne daß sie weiter schneiden mußten.

Erst als Karl aufschrie, bemerkte Alis, daß sie sein verletztes Bein in einem fürchterlichen Winkel beugte. Die neue Schleimwelle war fast über ihnen. Mit wieder eingeschaltetem Schweißbrenner beugte sie sich vor und führte weitere rasche Schnitte durch. Hinter ihr war Lucy schon durch die Öffnung, die Robert in die Tür geschnitten hatte. Robert stand mit einem Bein draußen, mit dem anderen drinnen, und hielt Alis die Hand hin.

Es blieb keine Zeit mehr. Alis schaltete den Schweißbrenner aus und packte Roberts Hand. Mit der Rechten packte sie Karls Hand und zog ein letztes Mal, so fest sie nur konnte.

Karl schrie erneut auf, aber sie konnte es nicht ändern. Sie zerrte weiter und betete darum, daß es nicht nur Einbildung war, als sie sah, wie er näherkam.

Der Schleim war da, nur noch eine Handbreit davon entfernt, Karl wieder einzuschließen. Sein Schrei brach ab; wahrscheinlich war er vor Schmerzen bewußtlos geworden. Alis hatte Tränen in den Augen, als sie wieder an ihm zog. Karls Schweißbrenner ging aus, als er ihm aus der Hand fiel.

Sie stolperte rückwärts an Robert. Hatte sich ihr Griff gelockert? Nein, Karl war bei ihr! »Ja! Ziehen!«

Robert zerrte sie durch die Öffnung, und sie zog Karl hinter sich her. Sie stolperte rückwärts, fürchtete auf einmal, auch auf dieser Seite der Lücke Schleim anzutreffen, aber sie spürte keinen klebrigen Widerstand, abgesehen von den Schleimresten, die an ihrem Raumanzug hafteten.

Lucy war schon an der herausgeschnittenen Klappe, als sich Alis darüber klar wurde, daß sie sich um die Öffnung kümmern mußten. »Helft mir!« Lucy stemmte sich gegen den Rand der Klappe, die sich in ihre Richtung wölbte, als ob der Schleim durchbrechen wollte. Nur Sekunden später waren Alis und Robert bei Lucy, aber sie hatten alle Schwierigkeiten, richtig Druck aufzuwenden, weil ihnen in der geringen Schwerkraft die Füße wegrutschten.

Erster Schleim sickerte durch die Naht. Alis packte ihren Schweißbrenner und machte sich daran, einen Tropfen entlang des Schnitts herzustellen, so etwas wie eine Schweißnaht.

»Ja, das klappt!« schrie Lucy erleichtert.

Bald war auch Alis überzeugt, daß sie recht hatte. Überall entlang des Schnitts schienen Schleimtropfen mit der Wand zu verschmelzen und so den Schaden zu heilen.

»Antikörper?« fragte Alis.

»Gute Theorie«, sagte Robert, und sein Ton verriet noch die Anspannung. Er redete lauter als nötig und abgehackt. »Anscheinend stand mein Schnitt durch die Tür nicht auf der Positivliste.«

»Karl?« fragte Alis. »Karl, alles in Ordnung mit Ihnen?«

Keine Antwort. Alis konnte nur die Echos seiner Schreie von eben hören, als sie das verletzte Bein durchgebogen und aus Leibeskräften gezerrt hatte.

»Er lebt noch«, sagte Robert. »Seine Lebenszeichen sehen übel aus, aber er ist nicht tot. Ich bin mir allerdings nicht sicher, wie lange er noch durchhält.«

Langsam wurde die Tür, an die sie drückten, flacher, ganz so, als stemmten sie sich gegen einen großen Ballon, der Luft verlor. Alis löste erst eine Hand und dann die andere von dem geschlossenen Tropfen in der Lücke. Sie trat von der Wand zurück. Auch Lucy und Robert wichen zurück, bis sie rechts und links neben ihr standen.

»Sieht so aus, als würde es halten«, fand Lucy.

Niemand war anderer Meinung.

Sie drehten sich zu Karl um. Er lag nur einen Meter neben ihnen, die Beine ganz schmutzig von getrocknetem Schleim.

Sachte drehte Alis ihn auf den Rücken und hoffte dabei, seinen Zustand nicht zu verschlimmern. Sie legte den Kopf auf die Seite, um besser in seinen Helm blicken zu können. Der Mund stand offen, und das Gesicht hatte einen Stich ins Blaue, der entschieden ungesund wirkte, aber die Brust hob und senkte sich langsam. Anscheinend war er wenigstens vorläufig schmerzfrei, dank der Bewußtlosigkeit.

Robert kniete neben Alis nieder und beugte sich vor, um Karl besser sehen zu können.

Alis stand auf und nahm die Umgebung in Augenschein. Es waren insgesamt nur ein paar Meter bis zur Wand gegenüber der Tür; hinter Karl war es noch ein Meter. Ungefähr fünf Meter rechts und links ragten die Wände vom Boden bis zur Decke in zehn Metern Höhe. Die Gruppe saß also in einem hohen, schmalen rechteckigen Raum fest.

Wie sollten sie hier nur herauskommen? fragte sich Alis. Als sie ausdruckslos an die Wand gegenüber blickte, erinnerte sie sich an Einzelheiten des Hologramms und lächelte. Die Farbe der Wand erschien ihr vertraut; es war ungefähr die gleiche Beigetönung, wie sie die Oberfläche Kantalupes aufwies. Und das gleiche Dellenmuster sah man dort auch. »Das ist einer der Zwillinge«, sagte sie und näherte sich der »Wand«. »Wir sind da!«

Mit drei Schritten war sie dort. Beim letzten Schritt gab der Boden unter ihr nach.

Sie schrie auf, als sie das Gleichgewicht verlor. Sie kippte nach vorn an den Zwilling und stieß sich so fest davon ab, wie sie konnte.

Sie stolperte den ganzen Weg bis an die Wand zurück, die sie gerade versiegelt hatten. Sie prallte dort ab und fand das Gleichgewicht wieder. Die Strahlen ihrer Helmlampen gesellten sich zu den Lichtflecken, die von Lucys und Roberts Lampen erzeugt wurden, und Alis sah, wie der Boden dort drüben langsam wieder wuchs, bis er erneut bündig mit dem Zwilling abschloß.

Alis ging vorsichtig wieder hinüber. »Halten Sie mich am Arm fest, ja?«

Lucy tat wie geheißen.

Alis tat einen weiteren Schritt und tastete mit dem anderen Bein den Boden voraus ab. Sie setzte die Zehenspitzen direkt vor der Oberfläche des Zwillings auf. Der Boden zog sich zurück, eine Reaktion, die an eine

Pflanze erinnerte. Alis berührte die jetzt freiliegende Kante, und sie zog sich noch mehr zurück, bis eine Lücke von fast einem halben Meter klaffte.

Alis richtete das Licht der Helmlampen ins Dunkle hinunter. Der Raum dort sah wie ein rechteckiges Volumen aus, eine genaue Entsprechung dessen, in dem sie sich aufhielten. Alis nahm den Fuß zurück, und nach ein paar Sekunden rückte der Boden wieder ganz in die alte Position vor.

»Wow!« sagte Lucy leise.

»Seltsam«, meinte Alis.

Sie betrachtete die kurzen Wandstücke, die von der Seite, durch die sie hereingekommen waren, bis hinüber zum Zwilling führten. Die Textur erinnerte stark an die fleckige, gummiartige Beschaffenheit des Bodens. Alis trat an die nächste kurze Wand heran. Sie hielt auf ein gutes Stück Distanz zum Zwilling, beugte sich zu ihm vor und berührte die Wand direkt neben der Linie, wo sie an den Zwilling grenzte.

Die kurze Wand wich genauso zurück, wie es der Boden getan hatte. Hinter der Öffnung tauchte ein Hohlraum von ähnlichem Format auf.

Alis blickte an die Decke und gelangte zu dem Schluß, daß sämtliche Flächen zurückweichen würden, wenn man sie dazu provozierte.

Robert sagte: »Wir stecken also in einer Art Waffeleisen, das den Zwilling an Ort und Stelle hält.«

»Sieht so aus«, sagte Alis. »Wenn sich der Zwilling in Bewegung setzt, sorgt vielleicht die Reibung dafür, daß alle diese Stützen zurückweichen.«

»Das könnte eine schlechte Nachricht sein«, bemerkte Lucy. »Ich hatte nicht sehr weit vorausgedacht und mir einfach überlegt, wir könnten uns an der richtigen Stelle auf einen der Zwillinge setzen und würden dann von ihm hinausgeschoben. Aber hier, an der Seite, würden wir von diesen Blechen heruntergefegt. Wir würden einfach hier irgendwo schweben und hätten keine Garantie, noch hinauszukommen, ehe sich der Geburtskanal – oder was immer das ist – wieder schließt.«

Robert sagte: »Wir könnten uns von einer Abteilung zur nächsten vorarbeiten, bis wir die Stelle erreichen, die am weitesten vom Zentrum Kantalupes entfernt ist.«

»Theoretisch möglich«, meinte Alis. »Aber das wäre ein langer Weg, und wir haben einen Verletzten dabei. Obendrein wissen wir nicht wirklich, ob dieser Zwilling zum Geburtskanal hinausfährt wie ein Schiff aus dem Dock, oder ob er sich dabei dreht.«

Die Gruppe schwieg einen Moment lang, bis Alis fortfuhr: »Es muß einfach einen Weg geben! Wir können nicht so weit gekommen sein, nur um hier zu scheitern.«

Nur Sekunden, nachdem sie das gesagt hatte, ruckte der Boden.

»Was war das?« wollte Robert wissen.

»Keine Ahnung«, sagte Lucy, »aber es gefällt mir nicht. Was, wenn sich der Zwilling gerade jetzt in Bewegung setzt?«

»Ich denke, er tut es«, sagte Alis. »Sehen Sie nur.«

Sie streckte den Arm zum Zwilling aus, bis der Zeigefinger nur noch einen Zentimeter von dessen Oberfläche entfernt war. Im Licht konnte sie deutlich sehen, wie der Zwilling langsam aufwärts fuhr.

19
Spasmus

Alis war für lange Sekunden wie versteinert und blickte auf die Fläche vor ihrem Finger. Der Zwilling neben ihnen stieg wirklich hoch, war anscheinend bereit, den Mutterleib zu verlassen. Die Bodenkante, die ihn berührte, wich langsam zurück, als sie die Bewegung spürte.

»Sie haben recht«, sagte Lucy. »Er will hinaus.« Sie packte nach der langsam vorbeigleitenden Fläche. »Und wir bleiben hier zurück!«

Alis schüttelte die Überraschung ab und berührte die Oberfläche, hoffte auf das Unerwartete. Vielleicht war die Haut des Neugeborenen ja so weich, daß sie einfach eine Falte packen und sich daran festhalten konnten. Soviel Glück hatten sie nicht. Die Oberfläche erinnerte weitgehend an die Kantalupes – sie war nicht steinhart, aber doch wie eine Apfelsinenschale, die irgendwie unzerstörbar gemacht worden war.

Auch Robert betastete die Oberfläche. »Wir haben immer noch unsere Schweißbrenner. Wir könnten einen Hohlraum hineinschneiden und darin mitfahren.«

Alis blickte zu Karls regloser Gestalt zurück, und in ihrem Kopf überschlugen sich die Möglichkeiten. »Das kann ich nicht machen. Ich hätte das Gefühl, ein Baby zu schneiden.«

»Aber das ist nicht ...«

»Ich weiß, daß es nicht vernünftig ist. Ich fühle nur so. Machen Sie es selbst, wenn uns nichts anderes einfällt.«

»Er beschleunigt!« sagte Lucy. »Wir müssen uns schnell entschließen!«

Alis starrte den bewegungslosen Karl an. »Kleister!« sagte sie plötzlich. »Sie haben ja gesehen, wie sich der

Schleim verhielt, als er in Kontakt mit unseren Raumanzügen kam. Wie er auf Wärme reagierte. Wir können die Schleimreste an unseren Raumanzügen erhitzen und uns damit an die Flanke des Zwillings heften.«

»Was wir auch tun, es muß sofort sein«, sagte Robert. »Versuchen wir es.«

Sie drei schalteten gleichzeitig ihre Schweißbrenner ein und verteilten sich.

»Robert, an Ihrem Raumanzug klebt am wenigsten. Ich wette aber, daß Sie sich etwas von Karl holen können.«

Alis und Robert näherten sich Karl, als Lucy damit begann, vorsichtig etwas von dem Schleim zu schmelzen, der seitlich an ihrem Stiefel klebte.

Ohne Karls Anzug zu beschädigen, konnten Alis und Robert rasch einen großen Brocken klebrigen, verfestigten Schleims davon ablösen. Das Zeug erinnerte fast an etwas, was aus einer heißen Tube Klebstoff gekommen war.

»Wünschen Sie mir Glück!« sagte Lucy.

Alis drehte sich um.

Lucy lag neben der ansteigenden Außenfläche des Zwillings auf dem Boden. Mit der Flamme des Schweißbrenners fuhr sie über den verfestigten Schleim an der Außenseite des Stiefels, der dem Zwilling näher lag. Mit praktisch einer durchgängigen Bewegung schaltete sie die Flamme ab und drückte den Stiefel an den Zwilling. Der klebrige Schleim brauchte nur eine Sekunde, um wieder fest zu werden, und Lucy wurde an ihrem Stiefel langsam hochgezogen. »Ooohh!«

»Start geglückt«, sagte Robert ehrfürchtig.

»Ich denke, es wird halten«, sagte Lucy. Sie trat mit dem anderen Stiefel an den Zwilling, und der Kleister hielt. Lucy war schon auf halbem Weg zur Decke, die sich vom Zwilling zurückgezogen hatte.

Alis und Robert verfolgten ihren Weg bis ganz hinauf. Die Deckenkante wich noch mehr zurück, als Lucy mit dem Fuß daran stieß. Die Deckenkante paßte sich ihrer Form an, als sie vorbeiglitt. Man hatte den Eindruck, daß Lucy in so etwas wie eine außerirdische Waschstraße eintrat.

Sekunden später war sie außer Sicht. »Ich bin immer noch okay! Ich denke, es geht endlich nach Hause!«

Zum erstenmal gönnte sich Alis die echte Hoffnung, daß es wirklich funktionieren würde. »Geben Sie mir jede Minute Ihren Zustand durch, bis Sie draußen sind.«

»Wird gemacht. Hier kommt noch eine Trennwand. Und ich bin problemlos daran vorbei.«

Alis wandte sich zu Robert um. »Sind Sie soweit?«

»Heften wir Karl zuerst dran, damit Sie das nicht allein machen müssen.«

»Danke. Ich hoffe nur, er hält das alles durch, ohne daß es ihn umbringt.«

»Er ist dem Tod schon zu nahe, als daß ich noch eine Prognose wagen würde. Wir müssen einfach unser Bestes tun.«

Alis zwang sich, an das unmittelbare Problem zu denken. »Machen wir ihn mit beiden Fersen fest, damit nicht ein Bein herunterhängt oder alle Last an einem Bein hängt.«

»Klar.«

Sie beugten Karl in Rückenlage an den Hüften durch, die Beine in der Luft, die Fersen der rasch hochsteigenden Außenfläche zugewandt. Alis und Robert zogen gleichzeitig die Flammen der Schweißbrenner über den verfestigten Schleim an den Fersen der Stiefel.

»Alles klar?« fragte Alis.

»Ja.«

»Auf drei. Eins – zwei – drei.« Bei »drei« drückten sie Karls Fersen an die Außenwand des Zwillings. Alis drückte so lange zu, bis der Zwilling Karls Fuß zu weit hochgezogen hatte.

Auf einmal hatte sie das Bild vor Augen, wie sich die Fersen lösten und Karl abstürzte, durch die Lücke im

Boden und immer tiefer ins Innere Kantalupes. Wundersamerweise hielten die Stiefel.

»Halte durch«, sagte Alis vor sich hin. »Halte durch.«

»Immer noch okay!« rief Lucy.

»Zeit, daß wir gehen«, sagte Robert.

Alis wartete, bis Karl durch die Lücke in der Decke verschwunden war.

Sie legte sich auf den Rücken und machte das nach, was Lucy vorexerziert hatte. Ein paar Meter neben ihr tat Robert das gleiche und erhitzte ein Klümpchen verfestigten Schleims an seinem Stiefel.

»Los geht's!« rief Alis. Sie zog den Schweißbrenner zurück und knallte die Ferse an die nach oben gleitende Fläche. Als sie hochgerissen wurde, fiel ihr noch ein, den Griff um den Schweißbrenner zu lösen, damit die Flamme ausging.

Robert sagte: »Ich bin auch unterwegs!«

Die Fläche beschleunigte weiter. Alis hatte das Gefühl, doppelt so schnell an der Deckenkante vorbeizukommen wie Lucy eben. Sie bemühte sich, das freie Bein an die Oberfläche gedrückt zu halten. Es erforderte keinen großen Geschwindigkeitszuwachs mehr, um aus einer unglücklichen Kollision mit einer Trennwand ein tödliches Problem zu machen.

»Immer noch ... Argh!« schrie Lucy. Stille trat ein.

»Lucy, sind Sie in Ordnung?«

Keine Antwort.

Alis war auf einmal nicht mehr überzeugt, daß sie die richtige Entscheidung getroffen hatte, konnte jetzt aber nichts mehr ändern. Sie hielt den Körper starr und wartete ab.

Die Trennwände ratschten immer schneller und härter an ihr entlang, und sie fühlte sich wie ein Keks unter einer schweren Teigrolle.

Innerhalb einer Minute folgten die Trennwände so rasch aufeinander wie die Latten eines Palisadenzauns bei 100 Stundenkilometern. Sie peitschten ihren Kopf auf und ab, bis sie das Gefühl hatte, mit der Ferse an einer Rakete zu hängen, die durch einen Tornado aufstieg.

Sie knallte erneut mit dem Schädel an die angeblich gepolsterte Helminnenseite und wurde bewußtlos.

Captain Fernandez starrte auf den Hauptbildschirm.

Neben ihm sagte Martina Binotell zum etwa achten Mal: »Mein Gott!«

Ohne den Blick abzuwenden, streckte der Captain die Hand aus und schaltete den schiffsweiten Kanal ein.

Er räusperte sich, während er den Bildschirm weiter im Auge behielt, und sagte: »Wer von Ihnen zufällig gerade nicht zusieht, möchte jetzt vielleicht seinen Hauptbildschirm einschalten.«

Er vermutete, daß es wohl kaum jemanden gab, der noch nicht vor einem Monitor saß, wenn man an die Erstkontaktsituation dachte und an die kürzlich ausgefahrenen Sonnensegel. Er konnte sich allerdings vorstellen, daß auf seine Durchsage hin selbst ein paar Besatzungsmitglieder, die erschöpft in die Kojen gefallen waren, nun zum nächsten Bildschirm hetzten. Wenn man bedachte, wie wenig der Captain sonst auf Publicity gab und wie selten ihn etwas aus der Routine riß, konnte man seine Durchsage auch mit anderen Worten wiedergeben: »Das ist absolut erstaunlich! Schalten Sie sofort alle ein!« Obwohl er überzeugt war, daß schon alle zuschauten, konnte er nicht anders, als noch hinzuzufügen: »Ich meine es ernst. Das ist wirklich was.«

Das Hauptdisplay wurde gegenwärtig von einer Sonde übermittelt, die etwa neunzig Grad von der aktuellen Position der *Ranger* entfernt war; diese Sonde hatte den besten Blick. Kantalupes Schwingen waren wieder etwas zurückgeschrumpft, befanden sich nicht mehr in der voll ausgefahrenen Position. Ein enormer Abschnitt der Oberfläche Kantalupes schien sich seitlich verzerrt zu haben. Eine Miniaturausgabe des Besuchers tauchte aus der neu gebildeten Kluft auf und war schon auf halbem Weg ins Freie. Sie wurde immer schneller. Aus einem anderen Blickwinkel erinnerte der Vorgang an einen Mondaufgang, der schneller ablief, als man von astronomischen Ereignissen erwartete.

Der Vorgang wurde von mehr als zwei Dutzend verschiedenen Instrumenten aufgezeichnet, die ein halbes Dutzend Abschnitte des elektromagnetischen Spektrums abdeckten. Trotzdem blickte Captain Fernandez zwanghaft noch einmal auf die Steuerung, um sicherzugehen, daß die Aufzeichnungen auch liefen.

Der Captain sagte nichts mehr, während die kleine Kugel ganz aus der Höhle Kantalupes hervorkam. Als das Bild einer Sonde, die seitlich dazu stand, ein Band schwarzen Raumes zwischen den beiden zeigte, spürte der Captain, wie steif sein Hals davon war, daß er ihn zu lange in derselben Stellung gehalten hatte.

»Immer noch keine Nachricht vom Team?« fragte er. Es war eine dumme Frage, da er ja sofort auf jeden Funkspruch reagiert hätte. Er war jedoch so in das Bild auf dem Monitor vertieft gewesen, daß er es für klüger hielt, noch einmal nachzufragen.

Martina schüttelte den Kopf und sagte dann ein weiteres Mal: »Mein Gott!«

Die kleine Version Kantalupes fuhr schon ihre Flügel aus. Sie entfalteten sich langsamer, als es Kantalupes Flügel getan hatten, und obendrein ruckhafter.

Der Captain schüttelte erstaunt den Kopf.

»Mein Gott!« wiederholte Martina.

Eine zweite Kugel bahnte sich ihren Weg aus Kantalupe.

Captain Fernandez hatte die Ergebnisse der Sensormessungen gesehen und gewußt, daß zwei Kugeln im Inneren vorhanden waren, aber trotzdem reagierte er mit Staunen. Zu vermuten, daß jemand schwanger war, unterschied sich völlig davon, im Entbindungsraum zugegen zu sein.

Martina wiederholte ihr »mein Gott« erst wieder, als das zweite Kind bereits komplett zum Vorschein gekommen war und damit begann, die Flügel auszubreiten. Zu diesem Zeitpunkt hatte das erste seine Sonnensegel fast schon unter Kontrolle.

Die runde Öffnung in Kantalupes Oberfläche schloß sich allmählich wieder. Es dauerte fast zwanzig Minuten, ehe der Boden wieder genauso aussah wie zwei Stunden früher.

Captain Fernandez warf Martina einen ostentativen Blick zu.

»Nein, Sir, immer noch keine Nachricht vom Team.«

Alis wurde in Schwerelosigkeit wach. Sie blinzelte mehrfach und war dankbar dafür, daß die Vorstellung, sie würde vom Mond auf die Erde herabstürzen, nur ein Traum gewesen war.

Sie hatte Kopfschmerzen.

Neben sich sah sie die Oberfläche Kantalupes. Sie war draußen!

Aber nein, das konnte nicht ganz zutreffen, denn sie sah Kantalupe auch über dem Horizont. Kantalupe schwebte dort im Weltraum, und es hatte Flügel. Was für riesige, herrliche Flügel!

Die Zwillinge! Das war es. Alis hing an einem der Zwillinge. Und Karl war in der Nähe. Zumindest sollte er das sein.

»Karl!« rief sie.

Keine Antwort. Sie setzte sich auf, um über die Füße hinwegblicken zu können.

Da war er! Karl klebte mit den Fersen nach wie vor an der Oberfläche, aber sein Körper schwebte im All – ein Bild, als hätte man ihn mit Zementschuhen ins Meer geworfen. Hinter Karl, weit hinter Karl entdeckte sie Lucy. Und rechts neben Alis war Robert.

»Robert? Lucy? Ist irgend jemand von Ihnen wach?«

Die eigentliche Frage lautete, die Frage, die Alis zu stellen fürchtete und die zu stellen auch sinnlos gewesen wäre: Lebten sie noch?

»Alis Nussem ruft die *Ranger.* Hört mich irgend jemand?«

Das nahezu lautlose elektronische Zischen war die deprimierendste Antwort, die sie je gehört hatte.

20
Zwillinge

Alis' Kopf wurde in den nächsten Minuten etwas klarer, und so blieben als vorrangige Symptome ihrer Tortur der Hunger, die Erschöpfung, der Schlafmangel und die Schmerzen in Kopf, Hals und Schultern.

Sie gewöhnte sich allmählich an die Vorstellung, im Weltraum zu schweben und nur mit einem Stiefel an einem riesigen Kantalupe-Baby zu kleben, als sie langsam zu »Boden« gedrückt wurde. Der Zwilling, auf dem sie reiste, mußte seine Sonnensegel gedreht haben, um der Sonne auszuweichen.

Alis hatte darüber nachgedacht, sich von der Oberfläche zu lösen und zu Karl oder zu Robert hinüberzuschweben, damit sie sich wenigstens davon überzeugen konnte, daß sie noch lebten, auch wenn sie bewußtlos waren. Sie hätte das jetzt zwar riskieren können, ohne noch befürchten zu müssen, daß sie die Gefährten nicht mehr erreichen konnte, wenn sie sich einmal von der Oberfläche gelöst hatte, aber sie wußte nicht, wie lange die Beschleunigung des Zwillings die Schwerkraft aufrechterhielt.

Endlich entschied sie, daß sie nicht viel zu verlieren hatte, also setzte sie sich auf und nahm den Schweißbrenner zur Hand.

Ihre Hand zitterte vor Erschöpfung und weil sie sich bemühte, sie stillzuhalten. Sie wollte sich gerade schlüssig werden, wie groß das Risiko war, daß sie sich den eigenen Raumanzug aufschnitt, wenn sie sich loszuschneiden versuchte – da setzte ein Paar Füße vor ihr auf. Zu den Füßen gehörte eine Gestalt im Raumanzug.

Es war noch jemand hier. Jemand von der *Ranger!*

In Alis' Kopf mußte mehr Nebel herrschen, als sie

gedacht hatte, weil sie so lange für die Erkenntnis brauchte, daß sie gerettet wurden.

Links von ihr landete noch jemand. Die erste Person beugte sich zu Alis vor und legte den Helm an ihren.

»Ihr Empfänger muß ausgefallen sein«, sagte eine Männerstimme. »Wir haben versucht, Ihnen mitzuteilen, daß wir unterwegs sind.«

»Lebt Karl noch?«

»Wir sehen bei den anderen nach. Bleiben Sie ruhig.«

»Wir hängen an der Oberfläche fest. Wir haben etwas Schleim erhitzt und als Klebstoff benutzt. Mit dem Schweißbrenner kann man ihn ablösen, aber seien Sie vorsichtig, okay?«

»Klar doch.«

Als hätte ihr Körper nun eigenständig beschlossen, daß sie ruhig davonschweben und schlafen konnte, weil das Team fachmännische Hilfe erhielt, legte sie sich zurück und hatte keine Erinnerung mehr an das, was folgte.

Als Karl zu sich kam, wußte er nicht, ob er an Bord der *Ranger* war oder wieder in einer Krankenstation auf einer der Orbitalstationen. Er konnte lediglich feststellen, daß die Schwerkraft nicht nahe genug an ein g heranreichte, um auf der Erde zu sein.

Das Fehlen jeglicher Schmerzen bereitete ihm mehr Kummer als alles andere, denn er hielt das für ein sicheres Zeichen, daß er unter starker Medikamentenwirkung stand.

Sein erster Besucher war ein schroffer Arzt, der ihm erklärte, daß er sich an Bord von Station Tokio befand und länger als eine Woche bewußtlos gewesen war, daß er aber wieder »ganz in Ordnung« kommen würde. Das Bein würde letztlich heilen, aber nicht so schnell, wie es noch in seiner Jugend geschehen wäre.

Die Erinnerungen an die Ereignisse in Kantalupe kehrten allmählich zurück, aber als der Arzt ihm ein beschleunigtes Video von den Zwillingen zeigte, die mit ihren Sonnensegeln herumhüpften und -sprangen, konnte er ein Gefühl des Staunens und Unglaubens nicht unterdrücken. Kantalupe und die beiden Kleinen hatten einige sehr enge Kurven geflogen und sich damit wieder auf Kurs zurück zur Sonne gebracht – was ihnen mehr Zeit gab, sich mit Hilfe der riesigen Sonnensegel abzubremsen.

Später – Karl schätzte, daß es derselbe Tag war – empfing er seinen ersten Privatbesucher, Robert.

»Man hat mir erzählt, es ginge Ihnen ›gut‹«, sagte Robert.

»Ich habe das auch gehört, also muß es wohl stimmen. Ich hätte allerdings erwartet, daß der Doc einem Kollegen eine vollständigere Diagnose mitteilt.«

»Hat er auch. Es läuft aber trotzdem darauf hinaus, daß es Ihnen ›gutgeht‹.«

»Danke, daß Sie mich herausgeholt haben.«

»Woher wollen Sie wissen, daß ich dabei geholfen habe? Ich hätte dagegen gestimmt haben können.«

»Nur so eine Ahnung. Ich denke nicht, daß Sie hier aufgetaucht wären, wenn Sie immer noch so sauer auf mich wären wie auf der *Ranger.*«

»Stimmt. Ich weiß im Grunde nicht, was damals hier passiert ist, aber ich weiß sehr wohl, was auf Kantalupe geschehen ist. Ich weiß nicht, ob wir dieses Gespräch führen könnten, wenn Sie uns da drin enttäuscht hätten.«

»Danke, Robert.«

Robert überreichte ihm etwas. Eine Karte. »Nur eine kleine Karte mit Genesungswünschen.«

Karl öffnete sie und las die Namen und Bemerkungen von Besatzungsmitgliedern der *Ranger.* Er fand einige freundliche Worte von Menschen, die vorher nie freundlich zu ihm gewesen waren. Er sah zu Robert auf. »Mußten Sie einige davon fälschen?«

Robert lächelte. »Nein, aber ich habe den Leuten erzählt, was da oben geschehen ist.«

Karl schluckte. »Das bedeutet mir viel. Danke.«

Robert nickte.

Karl blickte wieder auf die Karte. Sogar Captain Fernandez hatte mit einem knappen »Werden Sie wieder gesund, Karl« unterzeichnet. Und Alis hatte unterschrieben und die Worte hinzugesetzt: »Danke für das, was Sie getan haben.«

Karl klappte die Karte zu und sagte: »Was halten nun die Experten von all dem?«

»Sie haben eine Menge unterschiedlicher Theorien. Natürlich waren die Leute ganz schön erstaunt über das Videomaterial, das wir mitgebracht haben. Wenn ich es mir ansehe, fällt es mir selbst schwer, irgendeine Theorie zu akzeptieren, derzufolge Kantalupe natürlich entstanden ist, aber es gibt sogar Leute, die das behaupten. Für mich ist es ganz offenkundig eine konstruierte Lebensform, aber vielleicht wird es darüber nie eine einheitliche Auffassung geben. Mir gefällt die Theorie am besten, daß Kantalupe erzeugt wurde, um die Galaxis zu erforschen, indem es sich in Abständen fortpflanzt und sich vielleicht irgendwann zurückmeldet. Ich wette, daß Kantalupe und die Zwillinge uns verlassen werden, sobald sie jede Menge Sonnenenergie aufgesaugt haben, und sie wenden sich womöglich nicht alle in dieselbe Richtung.«

»Das klingt für mich so gut wie jede andere Theorie. Ich würde gern dem begegnen, der fähig war, so etwas zu entwerfen. Was das angeht: Die Sonde, die den ganzen Schaden angerichtet hat, weist auf die Existenz – zumindest die frühere Existenz – einer weiteren Lebensform hin. Und die größere Sonde, die weich auf der Oberfläche gelandet ist, war wahrscheinlich wiederum anderer Herkunft. Ich schätze, wir sind nicht so allein, wie wir dachten.«

Karls Arzt kehrte zurück, um einige Tests vorzunehmen.

Robert legte Karl eine Hand auf die Schulter. »Besuchen Sie mich, wenn Sie hier herauskommen. Ich spendiere Ihnen einen Drink.«

»Mache ich.«

Einige weitere Leute von der *Ranger* und ein paar von Karls Freunden kamen am gleichen Tag noch vorbei, aber Karl merkte allmählich, daß er eine bestimmte Person am liebsten gesehen hätte. Leider war es die Person, mit deren Besuch er noch am wenigsten rechnen konnte: Alis.

Noch mehr Ärzte führten noch mehr Tests durch und versicherten Karl regelmäßig, er würde wieder »ganz in Ordnung« kommen.

In der folgenden Nacht – aufgrund seiner aus dem Takt geratenen Schlafgewohnheiten schien es ihm mitten in der Nacht zu sein – sah er sich die Videoaufnahme von den Zwillingen an.

Er hatte inzwischen ein paar neue Aufzeichnungen erhalten. Wenn man sie schnell genug abspielte, erweckten sie den Eindruck, daß die Zwillinge herumtollten. Kantalupe selbst war massiver und deshalb langsamer. Das Video erinnerte Karl an einen alten kahlen Adler mit zwei jungen Spatzen, ein Bild, das sich ihm irgendwie eingeprägt hatte.

Er sah sich die auf Endlosschleife geschaltete Aufnahme wohl zum fünfzigsten Mal an, als er spürte, daß jemand in seiner Nähe war. Er wandte den Kopf. Er lächelte zögernd und bekam ein Spannungsgefühl in der Brust. »Ich hatte gehofft, daß Sie mich besuchen.«

Alis kam ganz durch die Tür. Sie nickte Richtung Videobildschirm, als wüßte sie nicht recht, was sie sagen sollte. »Das ist wirklich ein Anblick, was?«

»Sicher. Es ist ein gutes Gefühl, daß wir ihnen vielleicht geholfen haben.«

Alis nickte. Sie sah sich erneut das Video an, fühlte sich anscheinend unwohl und wußte nicht, was sie sagen sollte.

Sie näherte sich wieder der Tür. »Na ja, ich freue mich, daß Sie sich ...«

»Müssen Sie wirklich schon gehen?«

Sie blieb an der Tür stehen.

»Falls Sie noch böse auf mich sind ...«

»Nein«, sagte sie rasch.

»Ich freue mich wirklich, Sie zu sehen.«

»Tun Sie das? Ich fürchtete schon, nach all ...«

»Das ist vergangen. Ich kann die Gefühle verstehen, die Sie gehabt haben. Mir wäre es wohl nicht anders ergangen.«

»Das bezweifle ich.« Sie kam ins Zimmer zurück. »Ich habe Sie in einem Zustand erlebt, der wahrscheinlich der Tiefpunkt Ihres bisherigen Lebens war, und Sie haben sich ganz gut gehalten. Ich denke, daß ich Sie falsch eingeschätzt hatte, und es tut mir leid.«

Karl war zu verlegen, um sie weiterreden zu lassen. »Sehen Sie, das ist vorbei, ja?«

»Okay.« Alis nahm neben dem Bett Platz und blickte wieder auf den Bildschirm.

Karl betrachtete sie einen Augenblick lang. »Wußten Sie schon, daß Sie schöne Augen haben?«

»O bitte! Ich ...«

»Ich weiß, was Sie sagen möchten: Ihre Augen sind Kameras, sie sind künstlich, all so was. Aber davon rede ich nicht. Ich würde das gleiche sagen, wenn Sie noch Ihre alten Augen hätten.«

»Woher wissen Sie das? Sie haben mich damals nie gesehen.«

»Weil ich nicht von der körperlichen Erscheinung rede. Was ich in Ihren Augen sehe, ist Ihre Art, sich zu geben. Manche Leute drehen die Augen hoch, wenn jemand etwas Dummes sagt. Sie halten die Augen reglos, als wäre der Fauxpas unbemerkt geblieben. Manche Leute laufen mit leerem Blick herum, während Sie sich die Welt in Ihrer Umgebung ständig ansehen. Manche Leute blicken in einem Gespräch mal hierhin, mal dorthin, werden von allem abgelenkt. Sie dagegen sehen den Menschen an, mit dem Sie reden, so daß er spürt, wie sehr er Ihre Aufmerksamkeit hat. Falls die Augen das Fenster zur Seele sind, dann liegt es nicht an ihrem Aussehen, sondern an der Art, wie sie blicken.«

Alis sah Karl direkt an und sagte schließlich: »Dieser Einsatz hat mir wahrscheinlich das Leben gerettet.«

»Wie bitte? Ich dachte, er hätte Sie fast das Leben gekostet.«

»Vielleicht wäre ›hat mir das Leben zurückgegeben‹ die bessere Wortwahl. Sie wissen ja – manchmal kratzt man sich immer wieder an einer verschorften Wunde, so daß sie nicht heilt. Dann vergißt man sie jedoch eine Zeitlang, und wenn man wieder hinsieht, ist sie weg. Vielleicht habe ich etwas gebraucht, das mich im Bann hielt, das mich aus der alten Umlaufbahn warf.«

»Und was war das für eine Umlaufbahn?«

»Ich weiß nicht. Aber in Kantalupe habe ich ein paar Dinge herausgefunden. Ich habe mich wieder dabei ertappt, wie ich mir etwas aus jemandem machte, wie ich mir wirklich wünschte, daß er gut aus der Sache herauskommen würde.«

Karl erwiderte ihren offenen Blick und brauchte sie nicht mehr zu fragen, von wem sie redete. Seine Wangen wurden warm, und er fühlte sich besser, als er es seit langer Zeit erlebt hatte.

»Wenn man sich vorstellt, daß Kantalupe Zwillinge bekommen hat«, fuhr Alis fort, war wieder verlegen. »Und daß wir dabei geholfen haben, sie zu heilen, damit das passieren konnte.« Sie zögerte. »Das wird sich jetzt wirklich dumm anhören.«

»Das bezweifle ich wirklich.«

Sie blickte erneut auf den Bildschirm. »Sehen Sie sich die Zwillinge an. Sie haben mehr Masse als manche kleinen Monde, aber sie sind Kinder. Man sieht, wie sie herumspielen und mit dem Fliegen experimentieren. Es ... Dieser ganze Vorgang hat mich daran erinnert – daß ich irgendwann – vielleicht wirklich eigene Kinder haben möchte.«

»Das hört sich überhaupt nicht dumm an.«

»Aber es kommt noch mehr. Nach den ganzen Operationen, mit den neuen Augen, dem Herzen ... Na ja, Sie kennen die Liste ja. Nach all dem habe ich Tage erlebt – viele Tage –, in denen ich mir mehr wie eine Maschine und nicht wie eine Frau vorkam. Aber eine Maschine würde sich keine Kinder wünschen.«

»Das bezweifle ich auch.«

Karl sah zu, wie die kleinen Ausgaben Kantalupes Richtung Sonne sprangen und dabei die Sonnensegel hin und her drehten. Er sah ihnen zu und erinnerte sich daran, wie er zum erstenmal Fahrrad gefahren war. Er wandte sich an Alis. »Sie kennen ja auch den tollen Italiener hier auf der Station. Ich würde dort sehr gern mal mit Ihnen zu Abend essen, wenn man mich hier herausläßt. Falls – Sie Interesse daran haben.«

»Ich fände es toll.« Alis mußte plötzlich rasch Luft holen, und sie lächelte.

Auf dem Bildschirm spielten Kinder, und es wirkte noch gefälliger als vor einer Stunde.

ENDE

Vier Romane vom Kultautor der SF: alle ausgezeichnet mit dem HUGO und dem NEBULA AWARD, den bedeutendsten internationalen SF-Preisen.
Die besondere Kunst von Vance liegt in der atmosphärisch dichten und phantasievollen Gestaltung exotischer Welten und seltsamer Lebensformen. Hier findet man den SENSE OF WONDER, die Faszination, die von allen guten SF-Romanen ausgeht.

In einer fernen Zukunft, irgendwo im All, ist die Wissenschaft der Menschen so weit fortgeschritten, daß sie von Magie nicht mehr zu unterscheiden ist. An diesen zeitlosen Orten hat die Menschheit andere gesellschaftliche Verhaltensweisen entwickelt, um zu überleben. Von Menschen und Drachen und von Drachen und Menschen berichten diese ungewöhnlichen Abenteuer am Rande der Wirklichkeit.

ISBN 3-404-23212-7

BASTEI
LÜBBE

Die Menschen sind dabei, den Mars zu besiedeln. Geschildert werden die Abenteuer von Frank und Jim, die auf dem Mars aufgewachsen sind. Sie kommen einem abgefeimten Plan der Siedlungsgesellschaft auf die Spur, die aus Kostengründen die Kolonialisierung verhindern will.
Zusammen mit ihrem eingeborenen Freund, dem kugelförmigen Genie Willis, besuchen Frank und Jim die alten, rätselhaften Städte der Marsianer und gewinnen das Vertrauen ihrer seltsamen Bewohner. Diese verfügen über paranormale Fähigkeiten und stehen den bedrängten Kolonialisten auf ganz eigene Art gegen deren Gegner bei.

ISBN 3-404-23214-3

BASTEI
LÜBBE

Charity und ihre Freunde finden keine Ruhe. Erneut greifen die ›schwarzen Riesen‹ an. Ihr Interesse gilt vor allem dem rätselhaften Gurk und dem gestohlenen Rochenschiff. Auch diesmal können die Fremden abgewehrt werden. Doch Gurk hat das Mißtrauen des Hohen Rates von Skytown geweckt. Und auch Charity hat ein eigenartiges Gefühl: Wieso kommen ihr die Fremden so vertraut vor? Bei einer Untersuchung des fremden Rochenschiffes entdeckt sie roten Sand – Sand vom Mars. Als man Teleskope auf den Planeten richtet, macht man eine phantastische Entdeckung ... Für Charity und ihre Freunde beginnt ein neues Abenteuer.

Ein brandneuer Roman aus Wolfgang Hohlbeins actionbetonter SF-Reihe.

ISBN 3-404-23213-5

BASTEI LÜBBE